U0794480

KUWEI
酷威文化
图书 影视

时镜 著

坤宁

上册

江苏凤凰文艺出版社
JIANGSU PHOENIX LITERATURE AND ART PUBLISHING

目录

卷一

故人在洗心怀，

卷二

韶光逝，奉宸殿

卷三

暗宫廷，血冠礼

番外

青山遮不住

卷一

洗心怀，故人在

第一章

回府

“很小的时候，婉娘告诉我，这天下最尊贵的女人是皇后，皇后居住的宫殿就叫作‘坤宁宫’。我就问婉娘，坤宁宫是什么样的？

“婉娘说，她也不知道。

“我坐在漏雨的屋檐下，便想，如果能变作那天上飞过的鸿雁，飞去繁华的京师，飞到那紫禁城里，看一看坤宁宫是什么样的，该有多好？”

宫门幽闭，仅左侧一扇窗虚开着。

天空阴沉，光线昏暗。

往日热闹的坤宁宫里，此刻一个宫人也看不见了。

只剩下姜雪宁长身跪坐于案前，用白皙纤细的手指执了香箸，在案上那端正摆着的错金博山炉里轻轻拨弄，丝缕般的烟气自孔隙中悠悠上浮，她织金绣凤的衣袂长长地铺展在身后，繁复的云纹在幽暗的光线中隐约游动着点点光辉。

“后来，我果然到了京师。老天爷跟我开了个大玩笑，给了我一颗不该有的妄心，却让我在乡野田间长大，没养出那一身京中名媛、世家淑女的气度，还偏把我放到这繁华地、争斗场，仅施舍我一副好皮囊……”

姜雪宁的容貌是极明艳的，灼若芙蕖。

蛾眉细长，眼尾微挑，檀唇点朱，自是一股浑然天成的妩媚韵味，又因着她这些年来执掌凤印、身在高位，养出了三分难得的雍容端庄气质。

低眉敛目间，她便能叫人怦然心动。

尤芳吟在她侧后方静立良久，听着她那缥缈似尘烟的声音，想起她在世人眼中机关算尽、争名逐利的一生，忽然便有些恍惚起来，竟有一种悲哀从心头生出。

她们都知道，她已经逃不掉了。

姜雪宁忽然就笑了一下："芳吟，这段时间我总是在想，我果真错了吗？"

小时候她被婉娘养大，不知自己的身世，在庄子外的田园山水里撒野，是一只谁也管不住的鸟儿，只有婉娘的胭脂水粉能让她回家。

婉娘是瘦马出身，是女人中的女人，她说：天下是男人的，只有男人能征服；而女人只需征服男人，便也征服了天下。

辗转回京后，她认识了勇毅侯府的小侯爷燕临，他带她女扮男装，在京城里肆意玩闹，连她爹娘也不敢管教太多，颇有几分青梅竹马之意。

后来勇毅侯府被牵连进平南王谋反案，燕临一家被流放千里。

那尚未及冠的少年在夜里翻过姜府的高墙来找她，沙哑着嗓音，用力地攥着她的手："宁宁，等我，我一定会回来娶你。"

姜雪宁却对他说："我要嫁给沈玠，我想当皇后。"

她犹记得，那时的燕临用一种锥心的目光望着她，像是一头挣扎的困兽，红了眼眶，咬紧了牙关。

那一夜，少年退去了所有的青涩，放开了她的手，转身遁入黑暗之中。

五年后，她已是沈玠的皇后。

她登上后位的路并没有那么顺利，所以在她短暂的生命里，像燕临这样的人还有不少。

比如吏部侍郎萧定非。

比如锦衣卫都指挥使周寅之。

甚至，有后来殒身夷狄的乐阳长公主沈芷衣……

只是谁也没想到，昔日的少年会有卷土重来的一日。在边关立下战功后，燕临投了谢危，打着"清君侧"的旗号披甲归来，率军围了京城，控制了整座紫禁城，也将她软禁起来。

沈玠被人下了毒，缠绵病榻，不理朝政。

燕临便堂而皇之地出入她的宫廷，每每来时都屏退宫人。

朝堂内外，无人敢言。

人人都知道，他是谢危的左膀右臂。

谢危屠了半座皇宫的时候，是他带兵守着各处宫门，防止有人逃走；谢危抄斩萧氏九族的时候，是他率人撞开了紧闭的府门，把男女老幼抓出……

如今，他便与那位昔日的帝师谢危站在她的宫门外。

沈玠已经驾崩，留下诏书命她垂帘听政。

然而从宗室过继来的储君尚未被扶立登基，便在赶来京师的途中，被起义的天教乱党割下头颅，悬在城门上。

现在，轮到她了。

姜雪宁轻轻眨了眨眼，浓长卷翘的眼睫在眼睑下投落一片淡淡的阴影，让她此刻的神情带上了几分世事变幻难测的苍凉之意。

尤芳吟有些怅然地望着她。

姜雪宁却已搁下了香箸，盖上香炉，取过案上那四四方方的大锦盒打开来，里面端正地放着传国玉玺和一道她一个时辰前写好也盖了印的懿旨。

懿旨里写，她自愿为先帝殉葬，请太子太傅谢危匡扶社稷，辅佐朝政，擢选贤君即位。

姜雪宁忽然抬首向窗外看了一眼。不知什么时候，下了一夜的雪已经停了。

耀眼的阳光从阴沉的云缝里透出来，照进这阴森宫廷的窗内，投下一束明亮的光线。

她呢喃了一句："若早知是今日结局，何苦一番汲汲营营？还不如去行万里路，看万里河山，当只自由自在的鸟儿。这一世，终不过是误入宫墙，繁华作茧……"

尤芳吟默然。

姜雪宁便问："芳吟，若给你一个选择的机会，你怎么选？"

尤芳吟是姜雪宁认识的所有人里，最奇怪的那一个。

她本是个伯府庶女，笨拙可怜，一朝跌进水里，醒来后竟然性情大变，从此抛头露面、经商致富，开票号、立商会，短短几年间便成了江宁府首屈一指的大商人，叫她"尤半城"也不为过。

只是她运气不好，在这场宫廷朝堂的争斗中先站错了队，后来虽也向谢危投诚，可这些日子以来也被防着，软禁在这宫中。

两人惨到一块儿，倒成了无话不说的知己。

不过常常是尤芳吟讲得多些，从白手起家到海外经商，再到富可敌国，经历不可谓不传奇。她的性情也迥异于世间其他女子，姜雪宁有时好奇什么样的人家才能养出她这样的人来，尤芳吟便总露出几分惆怅的情态来，开玩笑地说自己其实来自一处"平行世界"，只是倒霉地遇到这地方时空混乱，让她找不到回去的路了。

姜雪宁不懂什么"平行世界"，只理解可能是某个遥远的海外夷国的名字。她比较感兴趣的，是尤芳吟提过的另一件事——

尤芳吟说，前朝有一个巨大的秘密，如果知道了它，但凡有点脑子的人都不会在这场争斗中行差踏错。只可惜，她知道得晚了。

此时，尤芳吟幽幽地叹了口气：“金钱诚可贵，爱情价更高；若为自由故，二者皆可抛！这还用选吗？”

她说话总是奇奇怪怪的，一首打油诗都不完全押韵，姜雪宁也不介怀，只是听得“自由”二字时恍惚了那么刹那，回过神来后，却觉满口苦涩。

时辰也不早了。

她垂着的眼睫一颤，终是忽然抬首喊了一声：“谢大人！”

朱红的宫墙上覆盖着皑皑的白雪。

宫门外是黑压压的一片人。

想必燕临按剑在侧。

为首之人长身而立，闻言却并未回答。

姜雪宁知道他能听到。

这是整个大乾朝心机最深重的人，圣人皮囊，魔鬼心肠。

两朝帝师、太子太傅，多少人敬他、重他、仰慕他？

可他偏谋反了。

他这一副疏风朗月似的高洁外表下，藏着一颗戾气横生、覆满杀戮的心：天子所赐的尚方剑上沾满了皇族的鲜血，杀得护城河水飘了红；抚琴执笔的一双手里紧扣着萧氏满门的性命，受牵连者的尸体堆叠如山。

这是唯一一个她穷尽浑身解数也无法讨好的人。

“您杀皇族，诛萧氏，灭天教，是手握权柄，也手握我的性命之人，按理说我没有资格与您讲条件。”姜雪宁眼底突地坠下一滴泪来，烙在她的手背上，“我这一生利用过很多人，可仔细算来，我负燕临，燕临亦报复了我；我用萧定非、周寅之，他们亦借我上位；我算计沈玠，如今也要为他殉葬，与他共赴黄泉。我不欠他们……”

一生飘摇跌宕的生命轨迹，便这般划过。

匕首便在她的袖中。

她轻轻地将其拔出，寒光闪烁的刀面上映着她的眼和鬓边那一支华美的金步摇。

姜雪宁的身体颤抖起来，声音也颤抖起来，眼底蓄满了泪，可她也没资格去哭，只一字一顿，泣血般道：“可唯独有一人，一生清正，本严明治律，是我胁之迫之，害他误入歧途，污他半世清誉。他是个好官，诚望谢大人顾念当年上京途中雪宁对您喂血之恩，以我一命，换他一命，放他一条生路……”

谁能料到，薄情冷情到仿佛没有心的皇后娘娘，有一日会以己之命，换张遮那区区一刑部侍郎的命?

究竟是她没心，还是旁人没能将这一颗心焐热呢?

宫门外那人久立未动。

过了好久，姜雪宁才听到平淡的一字:“可。”

真是好听的声音，还像很久以前。

姜雪宁笑了笑，决然地抬手——

“扑哧——”

锋利的匕首刺破身体，仿佛扎破了一张纸，声音轻得怪异。

宫门外却仿佛有谁在声嘶力竭地喊着什么，伴随着“当啷”一声，长剑坠地的声响传来。

是谁的剑落了呢?

姜雪宁倒下去的时候想，大约是燕临的吧。

精致的金步摇砸在地上，上头镶嵌着的深红色宝石碎了又飞溅出去。温热的鲜血顺着台阶在冰冷的地面上慢慢洇开，像极了她年幼时常光脚踩着玩的那条浅浅的溪水。

误入宫墙，繁华作茧。

窗外的晴阳出来，照在雪上，一点一点，雪到底慢慢化了……

姜雪宁以为自己立刻会死。

毕竟匕首扎得那样深。可为何她还有知觉?只是她动弹不得，伤处钝痛，脑子昏昏沉沉。仿佛有谁正紧紧地抱着她的身体哭喊，但很快她就听到了一道淡漠的声音:“把燕将军带出去，将皇后娘娘安葬。”

是谢危吧?

那抱着她的人在挣扎，然而或许是拉他的人太多，那人终究还是被人带走了。

大殿里安静下来。

过了一会儿才有平稳的脚步声响起，带着这宫廷里独有的、手握权柄的人才能有的从容。

他来到了她的身边。

姜雪宁睁不开眼睛，只能感到一只寒凉的手掌轻轻地搭在她的脸颊上，像是多年前他在奉宸殿当先生教他们读书时一样，宽容温和，一点也没有后来举兵谋反、杀戮无常的冰冷戾气。

“我以为，你早忘了……”然后便是久久的沉默。

边上的宫人小心翼翼地问：“太师大人，将皇后娘娘葬在何处为好？”

那人想了好久，才说：“就葬在坤宁宫吧。”

这倒是了，坤宁宫终究成了吞她骨、葬她命的坟墓。

有人将她殓入棺椁，紧接着是机关被打开的声音。

姜雪宁记得，前朝平南王兵变，打入皇宫，皇室危难，幸而坤宁宫中有密道通往地下的密室，容皇室藏身，使得皇室没被叛军乱党找到，才免遭劫难。

谢危竟要将自己葬在这里。

姜雪宁的伤处渐渐也不疼了，好像连身体都不属于自己了，她突然变得轻飘飘的，似乎踩在云端上。她模模糊糊地想，自己这才是要死了吧？但好歹她当过皇后，还被葬在坤宁宫里，这辈子不亏。

意识开始涣散，姜雪宁感觉整个人仿佛在被未知处的黑暗吞噬。然而就在她即将彻底被黑暗吞没的那一刹那，却好像有一道声音传入她的耳中：“原刑部侍郎张遮，罪犯刑律，午时三刻，斩首示众！”

张遮……

张遮！

怎么会呢？谢危明明答应过她不杀张遮的！

姜雪宁心脏骤痛，眼泪瞬间从眼角滚落，烫得她昏沉的意识一下清醒了。那一刻，连她也不知道究竟是什么在支撑着她，竟让她从深重的黑暗中挣脱出来，用尽了全力，将疲惫的双眼睁开——

密室里没有半分天光，仅有铜雀盏上点着一豆长明灯，可什么也照不亮。

也可能是她什么也看不见。

姜雪宁喉咙里翻涌着血腥气，她跌跌撞撞地起身，想要去找谢危问个清楚，然而脚步才落地，便无力地跌倒。

黑暗中，却忽然有一片炽烈的白光将她包裹。

没有跌落的声响传来。

长明灯依旧昏暗，密室里的人影消失了，只余下一片寂静。

疼痛消失了，棺椁不见了，一切都好像是一场梦。

姜雪宁怔怔地看着眼前的场景发呆。

她躺在一张凌乱的榻上，更确切地说，是躺在两个男人中间。近在咫尺处便有一张俊秀儒雅的青年的脸，几乎与她气息相交，对方甚至抬了一只手来大大咧咧地揽住了她。

姜雪宁简直头皮一麻。

这场景，不得不让她想到当初燕临返朝后，将她软禁，总是悄无声息地踏入她的宫中，让她连觉都睡不安稳……

她一下把这人的手甩开，翻身从榻上站了起来。

那青年在醉梦中掀开眼帘，倒奇怪于她这举动，只半坐起身来，还要伸手去拉她："嗯，姜兄，我们继续睡——"

"放肆！"

好歹是当过皇后甚至号令过百官的人，姜雪宁听他出言不逊，还见他举止放浪，完全下意识地一巴掌朝他的脸上甩去！

"啪！"

这声音响亮得很，终于惊动了软榻另一头枕着剑酣睡的玄袍少年。

他睁开眼，长眉挺鼻薄唇，自有一身锐气。他一看这场景，刹那间有些茫然，可紧接着就瞥见了华服青年那凌乱的衣袍和右侧脸颊上五道微红的手指印，还有姜雪宁那一张又惊又怒的脸。

"铮"的一声，少年反应过来，瞬间跨步挡在姜雪宁身前，拔剑出鞘，剑尖压在了青年的脖颈上！

尚存一分青涩的面容上覆满冰霜，他寒声质问道："你对她做了什么？！"

青年一则惊讶于他竟这般冲动敢拔剑指向自己，二则委屈又无辜，不由得捂住了自己的脸颊，说："本王能做什么？本王又无断袖之癖！"

少年皱起眉峰，看他的眼神十分怀疑。

本王……

姜雪宁忽然愣住了。

直到这时候，她才后知后觉地闻见自己一身酒气，发现自己穿的是银线绣竹纹的青袍，做少年打扮，刚才打人的手掌上也传来火辣辣的疼痛。

她不是在梦中？

而那被剑指着的青年的脸和这挡在她身前的少年的身影，终于渐渐地从她的记忆中浮了上来：一个是后来当了皇帝的临淄王沈玠，一个是后来当了乱臣的小侯爷燕临！

这、这不会是尤芳吟说的"平行世界"吧？

姜雪宁感觉脑袋炸了，总算是想起了自己“临死前”看到的那片白光。难道是老天爷开恩，给了她一个重新选择的机会？不不不，这些都不是现在的重点，重点是——

现在，她竟然甩了未来的皇帝一巴掌！

她立刻跪下谢罪，还来得及吗？

★

这时候，她是十八岁半。

她既不在一切刚刚开始之时，也不在一切完全发生之后。

姜雪宁十四岁回京，开始女扮男装，假称是京中姜侍郎府上的远房表少爷，跟着燕临在京中疯玩；十八岁那年的九月，她被宣召进宫为乐阳长公主伴读；同年十一月，勇毅侯府出事。

姜雪宁恍惚间想起，她真正的年少时期，都有燕临在。

有燕临她就什么都不怕。

少年出身将门，在边塞待过一段时间，有着京城里大部分男儿没有的意气风发、鲜衣怒马、仗剑而行的姿态，总在她身边疼着她、护着她。

若没什么意外，他便该娶她回家。

只是在这一年，她跟着燕临时，竟偶遇了来找燕临的临淄王沈玠。

彼时她还不知沈玠的身份。

但燕临见到这温文儒雅的华服青年时，脱口而出的第一句话是：“您怎么出来了？”

燕临是什么身份？他是堪与萧氏一族比肩的勇毅侯府里早早由圣上钦点下来的世子，很得宫中之人喜爱，走到哪里，别人都要恭恭敬敬地叫一声“小侯爷”。能让他用一个“您”字的人实在不多。

曾经的姜雪宁便暗暗上了心，留意打听后，果然发现沈玠乃临淄王，且京中风传圣上无子，想立沈玠为皇太弟。

于是，原本无意的接触变成了有意的接近。

后来勇毅侯府出事，她则如愿以偿地嫁给了沈玠。

没两年圣上因病驾崩，传位给沈玠，她也就成了皇后。

只是沈玠虽自幼在宫廷中长大，却不同于他其他的兄弟。他心地太过善良以至于优柔寡断，性情太过温和以至于懦弱，虽有手腕却不忍心对人施展，以至于连朝野上下的文武百官都弹压不住，总要新封的太子太师谢危替他处理、周旋朝中事务，末了更是被人毒杀而亡。

姜雪宁那时已被燕临软禁，竟连他的最后一面都没能见着。

太过善良的人，是当不了帝王的。

这是姜雪宁从沈玠的悲剧中所能获得的唯一启示。

如今恰好是她认识沈玠不久的时候，万幸她和他牵扯得还不深。

她现在可不要再入宫了。

坤宁宫是她的坟墓。

布置得简单的房间尚算雅致，初秋微凉的空气里还浮荡着已经变得淡了一些的昨夜的酒气。

紧闭的窗户外面，隐隐传来远处集市上嘈杂的声音。

燕临手里还举着剑，虽是少年人的身量，却已能看见清晰的腰背曲线了。他抿直嘴角，脸上不带笑时，已有几分慑人。

燕临暂没理会沈玠，只回过头来，眼角眉梢有退不去的寒气，冷声问道："他哪只手碰了你？"

姜雪宁终于回过神来，少年那灿若星辰的眼眸近在咫尺，尚未浸满燕氏一族遭难时的苦痛，亦未被那宫廷重重争斗的黑暗侵蚀，干净、明亮又耀眼。

他整个人也像是天上悬挂着的灼灼骄阳。

只是这问题大有她回答了，他就要把沈玠的爪子给剁下来的架势。

姜雪宁额上冒着冷汗，忙搭住他的手臂："不、不，没有的事！一场误会。方才怪我做了个噩梦，魇着了，一睁眼又没看明白状况，还当沈公子是坏人，惊慌之下才打了他。你快把剑放下，仔细伤着人！"

燕临皱眉："真的？"

沈玠听了姜雪宁的说辞，心里暗道一声自己倒霉。

可毕竟姜小少爷是燕临的朋友，虽身份地位与他悬殊，可难道他能因这一巴掌就与人计较？

这实在有失君子风度。

只是燕临这不大相信的模样实在让他哭笑不得："我的人品你还信不过吗？别说我本无冒犯之心，便是真冒犯了，你难道还能真斩了我的手不成？"

他可是临淄王，天潢贵胄。

但他没想到，燕临静静地看了他片刻，利落地收剑回鞘，笃定地道："我会。"

沈玠眼皮一跳，顿时抬眸看他。

燕临却已转身看向姜雪宁，先前冰冷的声音和缓了很多，像是积年的冰雪忽然化了："你还好吧？昨晚趁我没注意，你喝了许多。我送你回府吧？"

姜雪宁听到他那"我会"二字时，便无法克制地想起曾经：燕临还朝之后便投了谢危，与谢危一道架空了沈玠，不久后，沈玠被毒杀。

曾经她觉着这多半是谢危搞的。

可现在她觉着，未必不是燕临干的。

年少时，她对这心意视作寻常，如今才发现有多难能可贵。

少年人的一腔赤诚之心尚且不大懂得遮掩，喜欢的人他便要护在身边，在意便要全表现出来，恨不得时时刻刻都将人捧在手心里。

可惜她配不上这样的喜欢。

姜雪宁怔怔地看着他，一时忘了说话。

沈玠则觉出了几分微妙感，忽然道："今日谢先生要在文华殿开日讲，我们也要去的。这时辰了，燕临你不该同我一道进宫吗？"

姜雪宁这时才反应过来。

她自然是要回府的。

可她现在脑子里面乱糟糟的，尚待梳理，不愿被燕临送回府去，便道："宫里的事情自然耽误不得，燕临，我今日也想自己回去。"

当年的她，性情出了名的娇纵，一半是因为她父亲姜侍郎心中有愧，不大敢管她这被接回京的女儿；另一半都是燕临惯的。

所以她要自己回去，其实本不需要理由。

果然，燕临也真的没问为什么，像是早已经习惯了她的任性与娇纵，反正她是他放在心尖尖上的宁宁，所以只道："那我叫青锋远远地跟着你。"

青锋是他的两名贴身随从之一。

姜雪宁知道这人，虽有拒绝之心，可看了看他的神情，暂时还是把这想法压了下去，乖乖地点了点头。

沈玠越看越觉着这俩人不对劲。

他是个天生好脾气的人，不易动怒，一副样貌也是极好的，尤其是笑时两眼微微弯一点，儒雅温润得像是一块美玉。

姜雪宁当年嫁给他后，两人从未争吵过一次。

原因很简单，一则沈玠脾气太好，二则他真正喜欢的人不是她，三则她也不喜欢他，她只是喜欢那位置，所以别的事都不能牵动她的心。

在不知情的人看来，两人大约算得上“举案齐眉，帝后和睦”吧？

怎么算也是她无礼在先，姜雪宁又怀了几分歉意地看着他：“方才是我冒犯，竟还出手伤了沈公子，望沈公子莫怪，异日必摆酒，向您赔罪。”

沈玠平白挨人一巴掌，要说心里没气那是假的，且燕临还很霸道。

可姜雪宁说这话时，声音软绵绵的，望着他的一双眸子像是在泉水里浸过，纤弱少年面如傅粉，唇红齿白，许是年纪未到，脸部轮廓还很柔和，更衬得五官精致，有一种雌雄莫辨的美。

沈玠也不知为何，一时竟生不起气来了。

他向来不爱与人为难，当下便笑了笑，道：“你下手本也不重。不过既然你这般说，那我便不客气了，等小少爷改日请酒了。”

燕临忽然想把这厮打一顿。

他冷了脸，只交代了青锋几句，收拾了一番，先与沈玠从客店离开。

回宫途中，沈玠回想起先前客店中的种种细节，总觉得不那么对劲，尤其是燕临为维护那姜家表少爷拔剑压在他的脖子上的时候。

他再一想，那少年纤弱，样貌出众……

沈玠微蹙眉头，觉得自己痴长燕临几岁，有些话还是该提点他，便撩了车帘道：“咳，燕临啊，虽然目下京中有些文人颇好男风，那姜家表少爷也的确好看，可你乃勇毅侯府世子，将来婚娶……”

沈玠坐的是马车。

燕临却骑了一匹马，同马车并行。

马俊，人更俊。

可他听见沈玠的这番话，脸都黑了：“殿下，我不爱男人。”

这回轮到沈玠用怀疑的目光看着他了：“那你对那位姜家表少爷？”

“她不是姜家什么表少爷。”

燕临也想起刚才的事情来，尤其是方才姜雪宁看着沈玠的目光，让他心里不那么舒服，黑沉的眸底便闪过了几分思量之色。

怀着心事的少年忽然朝着旁边的沈玠道：“她是姜家的二姑娘。”

“噗！咳，咳咳……”

才在马车内端起一杯茶水来喝的沈玠一下呛住了，简直不敢相信自己听到了什么！

“你、你竟然——”

燕临却不觉得有什么。

他坐在马上，一身玄袍衬得身量越发挺拔。他说道：“她爱繁华，爱自在，我便带她出来玩。殿下待我如兄如友，我今日把她的身份告知，是想殿下知道她是个女儿家。往日殿下不知时，自然不怪；现在殿下知道了，今后也好注意些分寸，避免今晨惊吓之扰。”

沈玠下意识地点了点头。

只是才点完头，他便觉出了不对：“更该注意分寸的不是你吗？若事情传出去，让人姑娘家怎好嫁人？”

少年那锐气的眉眼间锋芒微露，他只笑了笑，道：“我宠出来的，自由我来娶。”

★

真是好大的口气。

只是沈玠算算他的年纪，再过两个月，行过加冠礼，燕临也的确该谈婚娶之事了。

沈玠笑道：“你这想法，侯爷可知道？”

“知道。”

剑在腰间，燕临转着手腕，随手甩了甩马鞭，姿态潇洒。

九重宫禁就在前方。

他先将自己的佩剑解下了，才道：“父亲说，姜府诗书传家，且姜大人如今为户部侍郎，掌的是实职，早年圣上登基，是他密送谢先生进京，也算从龙有功，又与先生是朋友。她是姜家嫡女，与我勉强算得上是门当户对。待十一月行过冠礼，我便请人上门提亲。”

“你小子平时既不搭理京中那些纨绔，名媛淑女向你献媚，你也不睬半分。本王还当你年少不知儿女事，是以清心寡欲，不承想你在背后早有成算，看不出来啊！”

沈玠细一琢磨，慢慢回过点味儿来。

“且我昨夜醉后，行止并不孟浪，只不过是今晨醒来时无意间搭了搭她的肩膀，你便赶着来告诉我她女儿家的身份，还说自己将来要娶她。燕临，你这护得太过了吧？”

正所谓“朋友妻不可欺”，燕临先前那番话，除了提醒沈玠姜雪宁是姑娘家，往后该与她保持些距离之外，也是明明白白地将姜雪宁圈进了他的属地，盖上了他的印，好在旁人生出什么想法之前，绝了旁人的觊觎之心。

小小的心思被人道破，少年难得俊颜微红，声音却比先前还要大一些，像是这样就能掩盖掉什么东西似的："护着怎么了？我愿意！"

他就这么霸道。

沈玠听了，不由得笑起来。

二人在午门前停下。

燕临交了佩剑，与沈玠一道往右过会极门去文华殿。

当今圣上，也就是沈玠的皇兄沈琅，是在四年前登基的。

任何一朝，帝位更替之年都是凶险万分的，沈琅登基的那一年也不例外。

先皇病糊涂了，将沈琅禁足于宫内，还不知怎的发了昏要送他去封地，一时门下之臣都乱了阵脚。幸而有谢危入京，当真算得上横空出世，先稳住了沈琅在京中的势力，又请了名医将先皇的病治好，这才有先皇立下遗诏，传位于三皇子沈琅。

谢危，字居安，出身金陵望族谢氏，也就是诗里"旧时王谢堂前燕"的那个"谢"。

只是到本朝时，谢氏已近没落。

他二十岁就中了进士，也进了翰林院。只是不久后金陵就传来丧报，说谢母病逝于家中，于是谢危丁忧，回金陵为母守孝三年。

三年后他二十三岁，秘密回京，正逢其事。

谢危一朝之间挽狂澜于既倒，助沈琅顺利登基，便与圆机和尚一道，成了新帝最信任的人。

他虽无实职在身，却被封为太子少师。

宫中久无皇子，也不必给皇子讲课，他反而给皇帝讲课，可以说是"虽无帝师之名，却有帝师之实"了。

最近秋意转凉，沈琅渐感龙体不适，曾几次密召内阁三大辅臣入宫。具体谈了什么无人知晓，但从上个月开始，沈琅便下旨选召了一些宗室子弟入宫与他一道听经筵日讲，这里面还包括他的几位兄弟，也包括沈玠。

燕临与沈玠到文华殿前的时候，日讲已经开始有一会儿了。

门口守着的太监总管黄德一见他俩来便连忙凑过来弯腰，低声急道："殿下和小侯爷今日怎么这么晚才来，都讲了两刻了，您二位这时候进去必要被少师大人看见的！”

昨夜两人喝酒时开心，哪儿还记得今日要听日讲？

沈玠和燕临对望了一眼，觉得头疼。

这位先生谢危，向来是宽严并济，人道“有古圣人之遗风”，但眼底里也容不下沙子。

上回颇得圣上喜爱的延平王不过迟了半刻，也没敢声张，只悄悄从殿门旁溜进来，谁想被谢危看了个正着，竟当堂将他点了出来，要他把昨日讲过的《朋党论》背上一背。

延平王年少贪玩，哪里背得出来？

他站在那儿支支吾吾半天，闹了个大红脸。

谢危也不生气，反而温声请他回去坐下，说昨日可能是自己讲得太复杂，记不住正常，将过责揽到了自己身上。

延平王坐下后真是羞愧万分。

当天回了自己府中，延平王便挑灯夜读，次日再到文华殿没迟半分，不仅顺顺当当地把《朋党论》背了，还背了《谏太宗十思疏》，叫人刮目相看。

从此延平王就奋发向上了。

延平王再丢脸也不过十四岁，还能辩解说自己是个小孩儿不懂事。

可燕临和沈玠年纪都不小了，要脸的。

这会儿看着文华殿殿门，听着里面隐隐传来的讲学声，两人一时都觉得头皮发麻，有点怵。

还是黄德机灵，琢磨了一下，给出了个主意：“少师大人一向是有事当场就发作了，一旦时间过了便不追究，也从不跟谁翻旧账。尚仪局今日送上来一把古琴，圣上送了少师大人，一会儿两讲茶歇，必要试琴。少师大人爱琴，不如殿下和小侯爷再候上一候，待少师抚琴再进，想必能敷衍过去。”

沈玠、燕临顿觉得救，忙向他一揖：“多谢公公！”

说完两人自悄悄去偏殿等待不提。

姜雪宁也不知燕临和沈玠这时辰去宫里听经筵日讲，会是什么个光景。

他二人走后，她也很快踏上了回府之路。

京中大大小小的街巷，她年少时差不多都走遍了。刚从客店出来，她还觉得有些陌生，不大对得上方向，好在没走两步，旧日的记忆便渐渐复苏，很快便找到了回姜府的路。

街上人来人往。

小贩们挂起笑脸高声叫卖。

有年幼的孩童举着面人儿追逐打闹……

一切凡尘烟火气扑面而来，沾染在姜雪宁的眉梢上，她原本紧绷着的身体慢慢放松下来，这才终于觉得一切真实起来，不再是先前面对着沈玠、燕临时那种混混沌沌幻梦一般的感觉。

现在她不是皇后，也不用总住在那四面高墙圈着的坤宁宫里。

姜雪宁走在这街上，就像是鱼儿回了水里，连脚步都轻快起来。

姜府就在槐树胡同，也不需走太远，没一会儿她便瞧见了那朱红色的大门。

坦白说，她对姜府并没有十分深的感情。

毕竟她十四岁才回到京城，之前都在通州的田庄上长大，由父亲姜伯游的小妾婉娘养着。

拿她亲娘的话讲，她是被养废了。

姜雪宁的身世，有点说道。

她本是父亲的嫡妻孟氏所出，可当年孟氏怀着她时，正与婉娘闹得不快。

婉娘是扬州瘦马，被人送给父亲，后来抬了做妾，颇受父亲偏爱，也正大着肚子。

据婉娘说，是孟氏捏了个错处，要把她撵去庄子上。

可婉娘也不是什么好相与之辈。眼见自己被撵去通州田庄的下场已定，干脆一不做二不休，趁与孟氏同夜生产兵荒马乱之际，把自己生的女儿同孟氏生的女儿换掉了。

婉娘的女儿从此摇身一变，成了姜府嫡小姐，锦衣玉食，学礼知义，唤作姜雪蕙；孟氏的女儿则随婉娘去了田庄，纵性天野间，大家闺秀的规矩她是半点不知。

这倒霉的孟氏的女儿，自然就是姜雪宁。

还好婉娘对她很不错，教她读书识字，也教她妆容玩香，并没有任何苛待。

姜雪宁现在想想，婉娘的算计是极深的。因为四年前婉娘病重，竟直接修书一封进京，吐露当年狸猫换太子的实情。

这一下，姜府整个炸了。

查实之后，京中就来了人。

但婉娘也懒得同他们废话，撂下一句“悔之晚矣”便撒手人寰，留下个烂摊子。

孟氏恨极了婉娘，可婉娘到底也没苛待她女儿，还留下“悔之晚矣”一句话，证明其有悔改之心。

她没办法再跟一个死了的人计较，更无法迁怒姜雪蕙。

姜府也是有头有脸的人家，出了这样的丑事，不好大张旗鼓地处理；大姑娘虽是婉娘所出，可自小养在孟氏膝下，端庄贤淑，与孟氏已有了母女之情，又与当年的事情无关，若恢复庶女身份，恐惹人耻笑，婚事怕也艰难。

所以府里上下合计，选了个折中的办法。

那就是假称姜雪宁年幼时被大师批命，十四岁之前有祸，必要远避繁华才能渡过，便将她送至庄上当作寻常人家的孩子养着。

如今十四已过，她自然被接回府中。

如此，姜府便有了两位嫡小姐。

姜雪宁刚回姜府时，尚算拘谨，孟氏让学什么姜雪宁就学什么，努力做个大家小姐。可姜侍郎慈父心肠，格外怜惜这命苦的女儿，更有几分愧疚之心，对姜雪宁便多少有些溺爱。

时日一长，姜雪宁的性情就娇纵起来。

连姜雪蕙她也欺负。

后来她认识了燕临，更是谁也管不得。

女扮男装的事情头一回败露时，孟氏气得骂姜雪宁果然是婉娘那个小贱人养出来的。

姜伯游也终于觉得姜雪宁有些出格。

可架不住她由燕临带着出去玩，少年燕临往姜府拜会过一趟，同姜伯游说过一顿话后，府里便默许了这种行为。

若姜雪宁女扮男装，那下人都叫她“表少爷”，上上下下一起打掩护，权当姜府里真有这么一号人。

所以现在她回来，门房也就是惊得眼皮子一抬，连忙把头埋了下去，畏畏缩缩地说一声“表少爷回来了”。

京城地价金贵，姜伯游占的虽然是户部侍郎这样的实缺，可毕竟只是个三品官，家中殷实也不敢太张扬，四进的宅院做得小而精致。

姜雪宁还记得自己这时候住的应该是西厢房。

隔壁住的就是姜雪蕙。

曾经，刚回府时，她见着姜雪蕙是既自卑又嫉妒，性情娇纵后便总借着对方本是妾生的身份拿捏对方，默许下人作践对方。

她抢了姜雪蕙入宫伴读的机会，甚至抢了姜雪蕙的婚事——

沈玠原本中意的那个人其实是姜雪蕙，只是他仅有一方手帕作为信物，并不知到底是姜家哪个小姐，由此被姜雪宁找到了机会。

姜雪蕙后来嫁了一科的进士，随他出京了。

也就在年节内外命妇入宫朝拜的时候，姜雪宁再见过她，可也都是远远地看一眼，只听说她过得还不错。

现在又要面对这位似乎夺走了本该属于她的人生的“姐姐”，姜雪宁多少有些心情复杂，想回自己房里之后就思考一下以后要用什么态度对待姜雪蕙。

可她才走到廊庑下，就听见了一把掐着的嗓音。

说话的明显是个婆子。

“大姑娘这话说得真是可笑，我们屋里人多，你屋里人少，这分例我们多拿点怎么了？

“您是什么身份自己还不知道吗？

“甭说是你，就是二姑娘来了我也不怵！我啊，是当年去接过二姑娘回府的，她对我言听计从，我叫她往东，她都不敢往西！”

“你！”

廊庑下立着一位穿天青绣缠枝莲纹褙子的女子，鹅蛋脸，柳叶眉，五官虽没有姜雪宁那般妩媚惊艳，可眉眼间自有一股端庄之气。

此刻女子脸上却浮上来一点怒气。

这是姜雪蕙。

她身后跟着一名穿比甲的小丫头，面前三步远的地方，则站着个穿金戴银的妇人，唇下一颗黑痣显出几分刻薄相，嘴角勾起一侧，看姜雪蕙的眼神里带着满不在乎的嘲讽。

姜雪宁走过来时，正好站在她背后，她没瞧见。

听见对方那句“言听计从”，姜雪宁眉梢便忽地挑了一下——她怎么不知自己对谁言听计从？

那妇人是在姜雪宁房里伺候的王兴家的，原在孟氏身边伺候，当初的确是去庄子上接了姜雪宁回来，一路上对她还算照顾。

后来姜雪宁便向孟氏要了这个人。

从此以后王兴家的对着她便跟对着再生父母似的，恨不能跪下来舔。

背地里这人怎么这德行？

王兴家的看不到姜雪宁，正对着她的姜雪蕙却看了个一清二楚。

这一瞬间，姜雪蕙真是心都凉了半截。

府里这妹妹是出了名的混世魔王，在这节骨眼儿来，只怕又要不分青红皂白，闹出好一番难堪来。

她身后立着的丫头腿都发软了，哆哆嗦嗦地朝着姜雪宁喊了一声："二、二姑娘好……"

王兴家的顿时身子一僵，但转过身来时，先前的跋扈样子已经消失了个干干净净，满面笑容，热情又谄媚，惊喜极了："哎哟，我的二姑娘，您可回来了！老奴在家里炖了乌鸡汤，还准备了您最爱的凤梨酥！"

她说话的时候还殷勤地向姜雪宁伸出手来，似乎想要扶她。

那手腕上戴着一只青玉镯子，玉质剔透，色泽莹润，一看就是上好的和田青玉。

姜雪宁低眸一看，瞳孔忽然就缩了缩……

这镯子……

婉娘临去前曾拉着她的手，她当时虽知婉娘不是自己的亲娘，反是将自己抱走的恶人，可毕竟两人相处了这么多年，姜雪宁也不知道其中利害，并未对婉娘生恨，所以她以为婉娘是有话要同她说。

没想到，婉娘将这镯子塞到她手中，竟哀哀地对她道："宁宁，姨娘求你件事，你若回府，看到大姑娘，帮我把这个交给她吧……"

姜雪宁当时只觉得一盆凉水当头浇下。

也许她对姜雪蕙的嫉妒便是从那时候开始的。

等婉娘去了，她回了姜府，这镯子她却弃于匣中，宁愿烂着都不给姜雪蕙。

后来她遇到许多事，想起婉娘，想起旧日种种情形，再要寻这镯子的时候，却再也寻不着了。

没想到，这镯子竟在王兴家的这里。

姜雪宁静静地看着王兴家的，面上的神情忽然有些变幻莫测。

王兴家的还在笑："看您这一身，一定玩累了吧，老奴伺候您回屋……"

然而她一抬眸，触到姜雪宁的眼神，不知怎的，背脊上一股寒意顿时蹿了上来。

姜雪宁也不看旁边的姜雪蕙，只轻轻一扯嘴角，瞅着王兴家的："以前怎么不知道你本事这般大，连变脸这绝活儿都会呢？"

第二章
交集

此言一出，王兴家的愣住了。

一旁立着的姜雪蕙和她的贴身丫鬟更是一脸见了鬼似的表情，仿佛不相信这话能从姜雪宁的嘴里说出来：不掺上来纵性搅和一番就罢了，话里竟然还讽刺了她往日格外宠信的仆妇？！

王兴家的眼皮开始直跳。

她原来在孟氏身边伺候，但并不是最得孟氏信任的几个仆妇之一，四年前奉命去通州接姜雪宁回府，便看出这是个好拿捏的主儿：年纪小，见识浅，身份高，偏她在田庄上长大，府里一个人也不认识，到了京城后一定会惶惶不安。

所以在路途中，王兴家的便对姜雪宁百般讨好。

果然，回府之后，她略略向姜雪宁透露了两回口风，姜雪宁便将她从孟氏那里要了过去。

从此，姜雪宁房里大大小小的事情都要归她管。

且随着姜雪宁和燕小侯爷玩到一起，府里人人见了姜雪宁都害怕，她这个管事妈妈自然也越来越有头脸。

可她万万没想到，今日姜雪宁竟会说出这样一番话来！

“二、二姑娘说笑了，老奴又不是蜀地来的，且连戏班子都没见过几次，哪儿学得会什么变脸呢？”王兴家的强压下心头的疑惑，摆了摆手，厚着脸皮拿出以前那股讨好姜雪宁的劲儿来，“您忽然说这个，一定是想看戏了吧？老奴前儿在夫人那边听说京中最近新来了两个戏班，要不给您请进府里来演一出？”

这种奉承讨好的话，若是以前的姜雪宁听了，即便不喜笑颜开，也不至于翻脸生气。

可现在的姜雪宁嘛……

她随意地一理那绣银线竹叶纹的青色锦缎袍的下摆，慢条斯理地坐在了廊下的美人靠上，做少年打扮的她即便画粗了眉毛也挡不住唇红齿白的样子，一张脸上既有青山隐雾的朦胧，又带花瓣含露的娇态。

唯独唇边那抹笑，有些发冷。

姜雪宁将目光移到了王兴家的那手腕上，一副假假的好奇模样："妈妈腕上这镯子真是好看，只是瞧着有些眼熟，倒跟我前儿寻不着的那个有点像。"

王兴家的心里登时"咯噔"一下。

戴在手腕上的漂亮镯子被姜雪宁那目光注视着，竟跟被火烤着似的，变得滚烫，让王兴家的手也跟着抖起来。

但她这德行能在后宅里混这么多年，揣度人心思的本事她还是有的。

这一句话的工夫，前后不过几个念头的时间，她便隐隐摸着了几分关键——镯子。

二姑娘这态度变化，一定跟自己腕上这镯子有关。

管着姜雪宁房内大小事情这么多年，作威作福惯了，姜雪宁对自己的东西又没个数儿，王兴家的哪能忍住？

她手脚不干净才是正常，平日里东拿西拿，哪晓得今日就触了霉头？

她心念急转间，立刻演起戏来："像吗？老奴这镯子可不敢跟姑娘的好东西比，这还是上回在街口货郎那边买的，说是裂了条小缝儿，压价贱卖给老奴的，老奴买回来之后还废了二钱银子给镶了镶呢，您看，就在这儿。"

说着她就满面笑容地把镯子撸了下来，要把那条缝儿指给姜雪宁看。

只是才一指，王兴家的就"哎呀"了一声，睁大了眼睛，一脸逼真的惊讶表情："这、这怎么就没缝儿了？"

姜雪宁看着她演。

王兴家的想了想，很快又露出一副恍然大悟的神情来，讪笑道："瞧老奴这记性，昨儿帮二姑娘收拾妆奁，怕磕坏了老奴那刚镶的镯子，就摘下来给搁在了旁边，估摸着是不小心和二姑娘那好镯子弄混了，收拾完之后拿差了，戴错了。老奴便说这镯子戴着怎么润了这么多，感觉人一戴上，精气神儿都不一样了，原来是姑娘的好物，沾了您通身儿的仙气呢！"

听听，怕是马屁成了精也说不到这么好听的地步！

再比比她对姜雪蕙的态度、对自己的态度，姜雪宁便能理解曾经的自己为什么要把她从孟氏那边要过来，还由着她作威作福了。

她微微笑起来："原来真是我的镯子吗？"

"都怪老奴年纪大了，眼神儿也不好了，这也能拿错，还是二姑娘火眼金睛发现得早，不然回头老奴落个私拿您东西的罪名，可真是跳进黄河也洗不清！"

她一副感恩戴德的模样。

因姜雪宁歪坐在美人靠上，她便蹲下身来，作势要给姜雪宁戴上镯子，但伸到一半又想起什么来。

"哎哟，不行，老奴这一身俗气沾在镯子上，怕不玷污了您的仙气儿？您等老奴擦擦。"

王兴家的把腰侧挂的帕子扯下来，仔仔细细地把那镯子擦了一遍，才堆着满脸的讪笑，轻轻抬了姜雪宁的左手，把镯子给她戴上。

少女的手指纤长白皙，那镯子的玉色是天青青欲雨，更衬得那一截皓腕似雪。

王兴家的那一堆废话，别的没说对，有一句却是没说错：这镯子给她戴就是个俗物，戴在姜雪宁的腕上才是上上仙品。

"看，您戴着真好看！"王兴家的戴完就赞叹起来，同时也在悄悄拿眼打量姜雪宁。

若按着姜雪宁在宫里那两年的做派，王兴家的这般行事，只怕早就被姜雪宁命人拉下去打死，留不到明天了。

只是现在毕竟是在姜府，姜雪宁往后又不准备进宫，自觉该低调行事，没那么高身份，自也该将脾性收敛一些，所以只随意地转了转腕子，像是在欣赏这镯子。

这是她第一次戴这镯子。

婉娘当传家宝留下的东西，自是不差。

可惜……这并不是留给她的。

平静的眼神里没有半分欣喜之意，反是一片毫无波动的漠然，姜雪宁回眸看向王兴家的，笑着伸出手来，搭了搭她的肩膀，随手为她拂去上面并不存在的灰尘，一脸和善地说："妈妈待我真好。"

王兴家的连忙笑起来要表忠心。

然而姜雪宁接着便淡淡地道："往后妈妈叫我往东，我必不往西，定对妈妈言听计从。"

王兴家的脸上那笑才挤出来，又一下被这句话全砸了进去！

一时她脸上是五颜六色，精彩纷呈。

姜雪宁却不管那么多，方才如何慢条斯理地坐下，此刻便如何慢条斯理地站起。

这时她才看了一直站在旁边的姜雪蕙一眼。

在她的记忆里，这位姐姐的容颜几乎已经模糊了，即便是午夜做噩梦时浮现，也是只一个淡淡的轮廓。如今她再看，姜雪蕙眉清目秀，好像也并没有她以前总觉着的那般面目可憎。

但她并没有同姜雪蕙说一句话。

她和姜雪蕙之间隔着一个孟氏，隔着一个婉娘，隔着身世命运的作弄，且性情迥异，完全不是一路人。

退一万步讲，就算姜雪蕙对她毫无芥蒂，她心里也始终打着个结。

没有必要说话，她也懒得搭理对方。

姜雪宁转身顺着回廊离去。

姜雪蕙不由得随之转过目光来，望着姜雪宁远去的身影，只觉那脊背挺拔，腕上青玉镯轻晃，给人的感觉竟和往常很不一样。

人才一走，王兴家的便腿一软，整个人都垮了下去，一张拍满了粉的脸惨白，才觉背心全是汗。

刚刚姜雪宁说出那句话时，面上平平淡淡的，可越是平平淡淡，越让人觉得瘆得慌！

说完了她也不发作，就这么走了，吓都要吓死人！

跟在姜雪蕙身边的那丫鬟唤作玫儿，从头到尾看了个真真切切，这时竟没忍住搓了搓自己胳膊上冒出来的鸡皮疙瘩：“二、二姑娘今天、今天怎生……”怎生这样吓人！

玫儿凑到自家姑娘身边嘀咕：“她这一夜没回，简直变了个人。姑娘，二姑娘别是在外头遇着什么事了吧？”

“胡说，有燕小侯爷在，怎会出事？”

只是细细回想起这件事来，姜雪蕙也觉得不可思议，眉心一蹙，也生出几分忧虑来，瞥了瘫坐在旁边地上的王兴家的一眼。

这会儿那人哪里还有方才耀武扬威的气焰？

姜雪蕙招手便叫玫儿跟自己一起走，只道：“许是这王兴家的犯了她的什么忌讳。总之她的脾性，咱们招惹不起，只要不打上门来，都当没看见。”

玫儿深以为然：“是。”

初秋时节，外头有早开的淡淡桂子香。

姜雪宁一路转过回廊，便到了自己的西厢房。

她跨进门去，就瞧见一个梳了双丫髻的丫头伏在外间的桌上好睡，面前不远处还放了个针线篓子，里头装着还没做完的针线活儿。

这是她在府里的两个大丫鬟之一，莲儿。

姜雪宁也不叫她，径自从外间走进里间，只觉件件物什都是熟悉中透着陌生。

衣箱里的衣裳一半是女装，一半是男装；临窗的方几上摆着一炉上好的沉水香；妆奁前面却摆满了各式的珠花簪钗和胭脂水粉……

婉娘做女人，最厉害的便是一个“妆”字。

自来扬州瘦马分三等。

一等瘦马吟诗作画，弹琴吹箫，练习体态，更学妆容，卖的是风流颜色。

二等瘦马识字弹曲其次，打得算盘算得好账是第一，卖的是本事。

三等瘦马则不识字，只学些女红、厨艺，好操持家务。

婉娘本是二等瘦马，天生五分颜色，却学来了一等瘦马都未必有的妆容本事，能把这五分颜色妆出八分，兼之心思灵巧，能揣度男人心思，所以在遇到孟氏之前都混得如鱼得水。

哪个女儿家不爱美？

姜雪宁被她养大，自也爱这些能将自己打扮得更好的东西。

她学了不少。

况她乃孟氏之女，颜色本就有十分，如今十八岁的年纪，虽还未完全长开，可稍稍妆点一下便能轻易叫人移不开目光，为之着迷。

不得不说，她过去之所以能成事，这张脸也是大大的功臣。

须知——这天下最不讲道理的，便是美貌。

姜雪宁静静地立在那妆镜前，望着镜中那一张姣好的脸，此时还没有当皇后时的那三分端庄，可越是如此，眼角眉梢那天然的妩媚与娇艳便越是明显。

那是男人最喜欢、女人最痛恨的脸。

她忽地轻嗤一声，把妆镜给压下了，将先前被王兴家的套在腕上的镯子也扯了下来，“当啷”一声扔在奁上。

曾经的她嫉妒姜雪蕙，抢了她的伴读，进宫却遇到乐阳长公主，遭了百般刁难；她记恨姜雪蕙，抢了她的婚事，当个皇后却进了修罗场，跟一群人精演戏，谁也斗不过，还赔上了性命。

由此可见，世间因果相系。

老天爷不糊涂。

她扔了镯子便坐了下来。

但外间睡着的莲儿却被惊醒，听见声响连忙站起来，一掀开里间的帘子就看见姜雪宁坐在那儿，顿时吓得一哆嗦，小脸儿都白了一半，来到她面前："莲儿不知二姑娘回来……"

姜雪宁回眸看了她一眼。

这小丫头是孟氏在姜府里挑的，过去跟了她六年，心肠不坏。她嫁给沈玠后，这丫头也许了人家，没在她身边伺候了。

估摸她昨夜没回，屋里伺候的人都紧张呢。

姜雪宁无意怪罪她，见她眼睛下面一圈青黑，声音便不由得温和了许多，道："我无事，你且回房去睡吧。"

她这话一出，原本还站着的莲儿"咚"一声就给她跪下了，脸上的表情比先前还惊恐。

"姑、姑娘，莲儿保证以后再也不在您回来之前睡觉了，也不敢再趴在桌上睡觉了，您千万别叫婆子发卖了奴婢，奴婢上有父母下有弟妹……"

姜雪宁知她是误解了自己的意思，又是好气又是好笑，伸手便要拽她起来："地上凉，别跪着。我又没说要罚你……"

莲儿被她拽起来了，可脸上的神情更不对劲了。

她定定地看了姜雪宁一会儿，忽然拔腿就往外面跑，一面跑还一面喊："棠儿，棠儿你快来！二姑娘一晚上没回怕是得了什么毛病，人都不对了！"

那棠儿便是姜雪宁的另一个贴身丫鬟了。

莲儿拽着棠儿进来看，急出了哭腔："她方才竟叫我去睡觉，还说地上凉不让我跪着。你说二姑娘是不是出去在哪儿磕了碰了不好了？这要真出什么毛病我们可怎么办呀？"

姜雪宁听着这番话，总算是明白她方才看自己的眼神为什么不对了，一时无言，听她抽抽搭搭地喊个没完，嘴角连着眼角微微一抽，旧时那一点坏脾气便又翻了上来。

她一蹙眉，神情便冷了下来："你再哭一声试试！"

"嗝！"

莲儿正哭得惊慌，听见她这句话吓得打了个嗝，一下就停住了。

这分明是句训斥，但她听后，竟忽然转悲为喜，破涕为笑："好了，好了！这是原来那样了！棠儿，二姑娘没毛病，二姑娘没毛病！"

不知为什么，姜雪宁忽然想起以前沈玠给她讲过的那个叫"没毛病"的冷笑话。

看来她不是当好主子的料。

这丫头，姜雪宁琢磨着，还是找个机会发卖了算了。

★

棠儿要比莲儿大上两岁，性情也稳重许多，穿着件浅青色的比甲，被莲儿拽进来时，手里还拿着封帖子，这会儿一眼就瞧出姜雪宁神情不对。

她连忙掐了莲儿一把。

莲儿顿时收声。

棠儿这才走过去，先把那封帖子压在了旁边的几案上，然后到姜雪宁身边来，给她解那一身沾了酒气的袍子："莲儿是见您一晚上没回来，吓糊涂了。奴婢猜着小侯爷还要进宫听日讲，您最迟上午会回来，所以让人先备了热水，您先沐浴，然后歇歇觉吧。奴婢看着您昨晚像是没睡好。"

这倒是个能用的人。

姜雪宁打量了棠儿一眼。

这丫头也是孟氏放到她身边来的，虽然有本事，可架不住她这个主子脾性太坏，对那些个逢迎奉承的下人太纵容，棠儿纵然有十分本事，能使出来三分都了不得了。

"那便先沐浴吧。"姜雪宁这会儿也不想说太多话，见莲儿没再哭哭啼啼的，便暂时把那个发卖了她的念头给压了下去。

一应沐浴的物事都准备好后，姜雪宁宽了衣袍，进了浴桶，慢慢坐下来，让那暖热的水缓缓地没过她光滑的肩、修长的颈。

这种时候，最容易将脑袋放得空空的，她却格外喜欢在这种时候想事。

刚才她问过了棠儿，如今是九月初七：她还没有女扮男装地跟着燕临去逛重阳灯会，也还没有遇到跟沈玠出宫玩的乐阳长公主。也就是说，乐阳长公主阴差阳错地喜欢上她这件事，如今还能避免；看先前客店中的情形，她也还没有开始故意接近沈玠，那么只要她不去争，被宣召进宫伴读这件事也就落不到自己身上；燕临还在京中仗剑走马，勇毅侯府也还未被牵连进平南王谋逆余党一案，她还未对那身处最黑暗中的少年说出那句伤人的话……

但事情也不全然乐观，光是一个燕临就够她头疼了。

眼见着就要加冠的少年，几乎完全将自己青涩而热烈的感情交付给了不值得的她，带她出去玩，又护着她，还为她出格的任性和大胆帮她摆平了姜府。

曾经的她没想清楚，可现在她已经历过不少事了，哪里还会看不出来？

姜伯游对她这个命途多舛的女儿，固然会有几分愧疚怜惜之意，可大户人家多少要规矩，再溺爱也不至于由着她女扮男装地在外头跑。

可姜府偏这样默许了她的行为。

这只能有一个解释——

那就是她的婚事早已经被暗中定下。与其说姜伯游纵容她，是因为她是姜府二姑娘，还不如说因为她是未来的勇毅侯世子夫人。

但两人注定是不会有结果的。

勇毅侯府再过两个月就要遭难，曾经的燕临根本没有等到那个带着人上门提亲的日子，就在行加冠礼的前一天被抄了家。

姜雪宁静静地靠在木桶边缘，眨了眨眼，想起少年燕临那意气风发的面庞、热忱炽烈的眼眸，又想起青年燕临携功还朝时那坚毅的轮廓、森然莫测的目光，一时竟觉得心乱如麻。

勇毅侯府和平南王一党余孽有联系是真的。

只是这中间似有内情，不然那时的燕临还朝后，重兵在握，不至于就投了谢危，还跟他一道谋反。

可内情具体是什么，姜雪宁到死都没能弄明白。

她还是且行且看吧。

不管接下来的事情如何发展，她反正是不打算留在京城了。只是她已然招惹了燕临，必得想个稳妥的法子跟他好聚好散，也免得他因爱生恨，一朝回了宫便软禁她，报复她。

那种日子简直是她的噩梦。

若她能躲去外头，是再好不过的了。

毕竟曾经京城里一窝人精斗狠，但范围控制得极好，宫廷里再乱，也就在皇城那一亩三分地儿上乱，整个天下还是黎民富庶、百姓安康的。

她不如等他们斗完了，自己再回京过日子。

满打满算前后也不过就七年。

她若离了京城，还能去找走遍天下做生意的尤芳吟，何乐而不为？

姜雪宁自认顶多有点玩弄人心的小聪明，安邦定国的大智慧是不敢说有的，更别说朝中还有个披着圣人皮的帝师谢危。

跟这位共事，哪天一个不小心，她连自己是怎么被弄死的都不知道。

这一局棋，她掺和不起。

趋吉避凶，人之常情。

姜雪宁想得差不多了，便叫来莲儿、棠儿为自己擦身穿衣，换上了一身雪青色的绣裙，裙摆上细细地绣着深白的流云暗纹，腰带一束，便尽显婀娜。

只是棠儿为她叠袖的时候又瞧见她左腕内侧那道两寸许的疤痕，一时便轻叹道："月前拿回来的舒痕膏已用得差不多了，您这一道看着像是浅了些，奴婢过两日再为您买些回来吧。"

姜雪宁便翻过手腕来一看，是四年前的旧疤痕了。

自手腕内侧中间向手掌方向斜拉出去一道，下头深上头浅，她一看就知道是自己拿匕首划的，用来短时间放血，大约能放上半碗。

她重又把手腕翻了回去，眼底却闪过几分晦暗难明的光华：真不知该说是老天厚待她，还是厚待谢危。老天固然给了她重来一次的机会，却偏选在了回京以后。

若是在回京路上……她还没划下这一刀，或许现在就轻松很多了。

只是发生的事已经发生了，她多想无益。

姜雪宁既已经有了离京避祸的打算，钱财就成了需要考虑的头等大事，自然得先弄清楚。

所以她吩咐道："去把屋里的东西都搬来，我要点上一点。"

两个丫头都愣了一下。

自家姑娘的东西向来都是没数的，且她又是个喜新厌旧的人，有时候领了分例，分了东西，或者小侯爷送来一些东西，她都是戴了一回二回就扔一旁去了，也不计较它们的去向。所以屋里有几个猪油蒙心的奴婢，以王兴家的为首，常拿姑娘的东西。

她们再不满也没用，因为姑娘睁一只眼闭一只眼，根本不说那些人。现在姑娘忽然要点东西……

棠儿和莲儿对望了一眼。

棠儿还好，沉得住气。

莲儿却压不住情绪，振奋地握住了小拳头，连忙道："是，奴婢们这就去！"

在姜雪宁的印象里，这四年她得着的东西不少。

可待两个丫头收拾了东西搬上来一看，就只有两个匣子。

明珠美玉，金银头面，她随手一翻，成色虽还不错，可数量着实有些寒酸了。

她拿起一条剔透的碧玺珠串，笑一声，又将其扔回了匣子里，只道："把人都给我叫进来吧，里里外外一个也别少。"

两个丫头下去叫人，可花了好半天，七八个人才陆陆续续地到齐，且站没个站样，轻慢而懒散。

丫鬟婆子都窃窃私语，猜她想干什么。

姜雪宁就坐在临窗的炕上，半靠着秋香色的锦缎引枕，端了几上的茶盏喝了口茶，不动声色地打量着这些人。

又一会儿，连王兴家的也到了。

她上午在廊下被姜雪宁吓了个半死，刚才一听说姜雪宁叫人，便急急地赶来了，赔着笑道："许多事都还等着大家做呢，姑娘忽然把大家叫来，是有什么事要交代吗？"

姜雪宁懒得同她们废话，只拿手一指搁在她们前方桌上的那两只匣子，淡淡地道："也没什么紧要事，就是看着我这匣子空了点。你们往日拿了多少，都给我放回来吧。"

王兴家的顿时脸色一变。

其他人也是猝然一惊。

屋里一下没了声音，安静极了，人人目光闪烁，可谁也没说话。

姜雪宁看笑了："都没拿是吧？"

王兴家的拿得最多，更知道这屋里就没几个人干净，大家相互包庇还来不及，只觉得出不了大事，便站出来一脸大惊小怪地道："姑娘说的这是什么话！可真是折杀老奴们了。大家都是在这府里伺候您的，大大小小、桩桩件件，都是以您为先，谁敢拿您的东西？"

姜雪宁不听她的，只看向其他人："你们也是这般想吗？"

其他人面面相觑。

但这种事谁敢站出来承认？

且二姑娘对自己的东西没数她们都是知道的，就算是查出东西少了又有什么用？二姑娘也不能平白无故地就断定是她们谁拿了。

谁站出来认，那就是傻。

这点简单的道理她们还是想得明白的，也觉得姜雪宁可能就是见东西少太多才发作，但以她外强中干的性子，也搅不出什么事来。

所以姜雪宁问完话后，迟迟没人回答。

里头还有个瓜子脸的小丫头出来附和王兴家的："姑娘可真是想一出是一出，

没得张口就来冤枉我们这些辛辛苦苦伺候您的下人，平白叫人寒心！”

姜雪宁也不生气，只道一声：“行。”

说完她就踩着炕边的脚踏站起来，随意地拍了拍手，也不管旁人，就往屋外面走去。

所有人都一头雾水。

王兴家的迷惑极了，还以为她要理论几番，没想到竟然走了。

她悬起来的心本该落下了，可无端又隐隐生出几分不安来：“姑娘干什么去？”

这时姜雪宁已走出去了。

王兴家的站在她背后，仔细地分辨了一下方向，忽然之间面色大变——她这分明是要去老爷的书房！

方才那场面，姜雪宁已看分明了。

这帮丫鬟婆子她一时是无法使唤动的。

她固然有的是办法跟这帮人折腾，可内宅中这些小事，实在不值得她花费太大功夫，还要跟人斗得跟乌眼鸡似的。

有麻烦她找爹就是了，能尽快解决就别拖着。

孟氏跟她这个妾养大且行止出格的嫡女不亲厚，但姜伯游对她还不错，可能因为燕临，对她甚至称得上纵容。

她惩治丫鬟婆子这种事，要他的一句话足够，顶多是费些口舌解释因由。

可这是姜雪宁拿手的，她自也不怵。

姜伯游的书房在前院东角，掩映在几棵老槐树的绿荫里。

姜雪宁走进了外间。

门旁立了个青衣小厮，是在姜伯游身边伺候的常卓；里面靠墙一溜儿排了四把椅子，其中最末的那把椅子上竟坐了一名男子，穿的是玄青的锦衣卫常服，腰上挂了块令牌，看着高大沉稳，五官虽然生得普通，可一双眼开合间却有鹰隼般的利光，透出一种深沉的算计。

姜雪宁瞧见他时，他也瞧见了姜雪宁。

当下他便从座中起身，沉着地向她拱手行礼：“二姑娘好。”

周寅之，在姜雪宁走过的“平行世界”里做到过锦衣卫都指挥使，是掌本卫堂上印的主官。

但这人是朝中出了名的“三姓家奴”。

最开始他不过是姜府一个下人的儿子，受婉娘之事牵连，随同他的家人一道被发往田庄。长大后他也帮着干点庄子上的力气活儿，还跟学堂里的先生学了几个字，自己读了几本书。

姜雪宁那时要回京，无人可依，便请他与京中来人一道回来，送自己上京。

周寅之便提出一个要求：到京之后，请姜雪宁跟姜伯游说上几句，让他跟在大人身边做事。

姜雪宁允了。

到了京城后，周寅之便为姜伯游办事。

姜伯游看他处事妥当，有些成算，两年前将他举荐到了锦衣卫，为他谋了个校令的职。他也争气，到今天已是正六品的锦衣卫百户。

如果姜雪宁没记错的话，按照事情发展顺序，一个月后，她便会托周寅之为她查清楚沈玠的身份。

而周寅之提出的条件是将他引荐给小侯爷燕临。

正所谓"君子同道，小人同利"，她和周寅之之间便是"因利而合"，一个有所求，一个有所需，她自然应允了下来。

在勇毅侯府出事之前，他就抓住机会往上爬，成了从五品的"副千户"。

后来姜雪宁嫁了沈玠，周寅之便自然而然地跟了沈玠。

沈玠登基后，对他也颇为信任。

最终他官至都指挥使，与宦官把持的东厂分庭抗礼，做了很多事，有该做的，也有不该做的，算是朝中一股不小的势力。

只可惜，他的下场极惨。

谢危从幕后走到台前，把持住朝政、控制住宫廷之后，第一件事便是命人将周寅之乱箭射死，头颅用三根长铁钉钉在宫门上，让进出的文武百官都能看到。

姜雪宁没亲眼看到过那场面，可光是听着宫人的传闻，都觉得心底发寒。

说起来……勇毅侯府被牵连进平南王逆党余孽一案，正是锦衣卫办的。

一个念头忽然就闪过去了，姜雪宁看了周寅之一眼，并未还礼，只平平地点了一下头，然后便转身对常卓道："父亲可在里面？"

常卓道："在里面，不过有客。"

姜雪宁蹙眉，拿出她往日的娇纵气来："我不管。我屋里那帮丫鬟婆子反了天了，偷拿我的东西，撺掇着一起来欺负我。你进去跟我爹说一声，我要拿句话去收拾她们！"

常卓不禁有些汗颜，但也知道这位二姑娘的脾性，硬着头皮应了，还真掀了里间的帘子进去禀报。

姜雪宁就在外间的椅子上坐了下来。

周寅之却不再坐了，只立在一旁，偶尔看她一眼。

却说常卓进去禀报时，姜伯游正亲自给客人沏茶。

他生得一副儒雅面相，年将不惑，还留了一把美髯，倒有几分气度。

听了常卓附耳说是姜雪宁找，他便皱眉道："胡闹！"

常卓抬眼一看坐在姜伯游对面那位，多少也觉得有些尴尬，越发压低了声音，说道："二姑娘说是屋里丫鬟婆子手脚不干净……"

一番絮语后，姜伯游忽然面露惊喜之色，眼睛一亮，问："她当真这么说？"

常卓点了点头。

姜伯游立时拊掌而笑："这丫头居然也有开窍的时候，怕不是一时怒极被冲昏了头吧？她屋里这一起子人不大守规矩，夫人说了好几回，我老早就想收拾了，正愁找不着机会！你立刻去，把那一屋人给我押来！千万别等宁丫头回过神来，她要气过了，再收拾就不成了！"

常卓看着自家老爷这兴奋劲儿，不由得越发汗颜。

姜伯游自己却还不知，转头便对坐在桌对面的客人道："居安，怕要慢待你一会儿了，我这府里有点腌臜事，料理一下就来。"

那客人微微一笑，只道："无妨。"

★

姜雪宁坐在外面，心里正琢磨着燕临、周寅之等人的事情，倒没怎么去在意内间的声音。

只听得帘子一响，她抬起头来看时，姜伯游已经出来。

她立刻站了起来，先规规矩矩地行了一礼，道一声"见过父亲"，然后才道："为这些小事搅扰父亲，实在是女儿无能愧怍……"

姜伯游这会儿心里别提多舒坦了，摆手道："你那院子里下人没有下人样，主人没有主人样，老早就该收……"

"喀喀！"他话还没说完，常卓立刻在旁边咳嗽了两声。

姜伯游目光向他一扫，看见他微微向自己摇了摇头，一时便醒悟过来。

雪宁这丫头回府也有四年了，长成什么样，他们这些做大人的看在眼底。

屋里的丫鬟婆子手脚不干净她难道不知道？显然她是察觉了的。可这些下人不管背地里有多过分，当着她的面儿都是二姑娘长二姑娘短地叫，众星拱月似的把她围在中间，捧在手心里，好像她是这世上独一无二的存在。

她便纵着这些人了。

归根到底，这孩子是从田庄上接回府来的，婉娘没了，她与孟氏又不亲厚，刚来时在京中更无一个认识的人，外表看着娇纵，内里却是脆弱且敏感的。

里头越弱的人，越需要外在的东西来撑着。

姜伯游毕竟是能在朝廷上做到三品官的人，更不用说掌的还是户部这种至关重要的实职，很多事、很多人他是能看明白的，这个女儿当然也不例外。

所以过往那些时日里，即便眼见着她纵容那一屋的刁奴，他也都劝孟氏先别出手去治，只恐一个料理不好伤了雪宁的心，让她觉得府里的人都针对她。

今日也不知是被什么事情触怒，让她起念要动一动这满屋刁奴，找到他这里来。

可越是如此，他越不能表现出对这件事的热衷。

若人是她自己料理的还好，若是别人着急忙慌地来插手，骂她屋子里的人，说不准她要多想，别人都帮她骂了，怒气散了这事也就不成了。

姜伯游一想，不如以退为进，便忽然改口道："不过你平日里对她们也颇为维护，想来她们是伺候得不错的。府里下人们手脚不干净也是常有的事情，你却要来找爹帮你主持公道，又要料理屋里人。其实你在屋里处置就是了，怎生要这样大张旗鼓、大动干戈？"

真是平滑自然的一个大转弯。

姜雪宁听着，静静地看了姜伯游片刻，已看出端倪来，一转身道："父亲说得也有道理，是女儿考虑不周，那这便回屋，女儿自己料理？"

"哎哎！别！"

她的反应怎么跟自己想的不一样呢？

听见有人为她屋里的刁奴说话，难道她不该更愤怒、更想要狠狠地惩罚这些人吗？

姜伯游被她这一句杀了个措手不及，见她一副转身要走的架势，都没来得及多想，一伸手就连忙把人给拉住了，露出安抚的微笑："你说说你，来都来了，爹怎么能让你又自己回去料理？须知我在朝廷掌管的就是户部，最见不得这些手脚不干净的人！家不齐，何以治国？爹断不能让你受委屈！"

他早这么说不就好了吗，偏要玩以退为进！

她这爹真是……

姜雪宁微不可察地勾了勾嘴角，可难得觉得好玩之余，又忽然生出几分不可为人道的怅惘来。

她做姑娘时，在府里的丫鬟婆子纵然不好，也惹不出什么大事，有什么麻烦向燕临一说，基本都能处置下来。而她嫁给沈玠之后，沈玠固然待她不薄，却不会像燕临一般什么事都为她料理妥当。彼时又是在宫廷这种凶险之地，任是她再不擅长，也被环境逼着一步步往前走，慢慢才磨砺出沉稳心性和与人周旋的手腕。

那时的她再与年少时的她相比，俨然已判若两人了。

姜伯游看着她，也觉得她眉目间好似有些微妙的变化，一时好奇便问："往日你对她们都很'宽厚'，我和你母亲都还挺担心，今日怎么就忽然改了想法？"

姜雪宁想了想，自己的变化的确很大。

最好还是有个过得去的解释。

抬眸转念间，她面不改色心不跳地道："燕临教的。"

哦，那个总翻他们府墙的臭小子啊……

姜伯游闻言拈须，心里哼了一声，露出一脸若有所思的表情。

不一会儿，姜雪宁屋里那一帮丫鬟婆子都被带到了，个个抖如筛糠，面如土色。

姜伯游念着内间还有客人在，怕太吵着他，便命人搬了两把椅子放在了书房外的屋檐下，只叫那一帮丫鬟婆子都跪在院子里。

闹出这么大的动静，府里不少下人知道了这事，悄悄在墙根下、廊庑边探出脑袋来看。

以王兴家的为首，姜雪宁屋里伺候的所有人简直不敢相信自己在这短短不到半个时辰的时间里经历了什么：先是原来被她们哄得团团转的二姑娘忽然把她们叫到了屋里，接着毫无预兆地让她们把以前拿的东西都交出来，她们不过才否认了一轮，还以为二姑娘就算要惩治也会跟她们讲讲道理，结果她二话不说转身就告到了老爷面前，把她们全拉出来跪在了这里？

王兴家的更惨一点。

她在姜雪宁刚回来要那镯子时就受过了一阵惊吓，只觉这位以前的确对她"言听计从"的二姑娘忽然之间全不按常理出牌，她完全搞不明白对方在想什么，又为什么忽然变了。

姜雪宁现在有姜伯游撑腰了，只抬手点了莲儿一下："去，拿两只大匣子来。"

莲儿去拿来，按着姜雪宁的指示搁在了地上。

姜雪宁便端了旁边常卓奉上来的茶，轻轻一吹，饮了一口，放下才道："话我刚才在屋里的时候已经说过了，有拿我东西的人，最好早早地去寻了放回来，我可以既往不咎。”

众目睽睽之下，还有老爷在看着，下头完全鸦雀无声。

王兴家的都不敢出来说话。

后面有个小丫头推了她一把，她心里恨极，也忍了没作声，只想着等渡过眼前的难关再回头收拾这小娘皮。

姜雪宁见她们还是不肯开口，便笑了，但也没多说话。

人跪着她坐着，有热茶喝，有糕点吃，着什么急？

院子中间铺着的都是坚硬的青石板，府里这些个丫鬟婆子虽然说不上是娇生惯养，可大多也细皮嫩肉，没怎么受过苦。

刚跪一会儿还行，时间长了渐渐就有人受不住了。

人跪在地上，膝盖开始挪动，身子也开始摇晃，额头上和后背上都浸了汗。

终于还是有丫鬟忍不住了，又急又气，往地上磕了个头装委屈：“二姑娘实在是冤枉奴婢等了，往日伺候您时谁不是尽心尽力地哄得您高高兴兴的，又都知道您是什么脾气，谁还敢在您面前作妖，那不是自己不要命了吗？只是奴婢们想，奴婢们对主子好，主子也必疼惜奴婢。谁想二姑娘想一出是一出，连这种偷拿主子东西的帽子都往奴婢们头上扣！您若要拿个账本出来与奴婢们一一对质，奴婢们或许还心服口服。可屋里上下伺候的人谁不知道您对自个儿的东西都没数，全由奴婢们来收拾。今日说匣子里东西少了就是少了，多了就是多了，都凭您一张嘴。奴婢们个个出身寒微，哪儿来的钱替您堵上这个缺？”

好一张颠倒黑白的嘴。

姜雪宁一看，正是先前在屋里反驳她的那个人。

要不是惦记自己这一双手多少还有些金贵娇嫩，姜雪宁这会儿早就两嘴巴子给她抽上去了。

对方这是料定她拿不出证据来。

尤其是她对自己的东西没数这件事，她们都清楚，咬死了这一条说，还能倒打姜雪宁一耙：须知她娇纵成性，若再来个众口铄金，可不是洗不清了吗？

“要证据是吧？”姜雪宁那两弯细细的眉一低，唇畔已挂了一抹笑，声音闲闲的，“往日我纵着你们，是觉着你们好歹还知道屋里谁是主子，没想到你们现在还敢顶撞我了。真当我心里没数吗？”

所有人顿时一愣。

连没有被牵连、立在一旁伺候的莲儿和棠儿都没反应过来。

姜雪宁看了这俩丫头一眼，目光从莲儿的身上移到了棠儿的身上，微微一闪，便吩咐道："棠儿，取账本。"

莲儿这时迷惑极了：姑娘有账本，她怎么不知道？

就连稳重些的棠儿都有些茫然。

但姜雪宁并没有让她茫然太久："我那书架上从上数下来第三层左起第六本就是，你去拿。"

这话一出，旁边的姜伯游顿时用一种奇异的目光看着她。

姜雪宁自顾自地喝茶等待。

下头跪着的那些丫鬟婆子一听"账本"两个字，心里狠狠一颤，有承受力不好的，差点就扑倒在了地上，一时只觉得心内熬煎，又不敢相信。

二姑娘怎么会有账本呢？自己再贵重的东西都随手乱扔的人，私底下居然还记账？

这简直令人百思不得其解。

她们真希望是自己听错了，一面心慌意乱地跪着，一面看着垂花门的方向，只盼着棠儿一会儿空手回来。

可惜，天不从人愿！

棠儿回来了。她自垂花门那头走来，两手里捧了本颇厚的蓝色封皮的书册，上来就奉给姜雪宁："二、二姑娘，账本按您的吩咐取来了。"

隔得有些远，下面跪着的其他人根本看不到——看似镇定的棠儿，一双手都在发抖！

姜伯游离得近，下意识地朝棠儿手中一看，差点没惊得把刚喝进去的茶给喷出来！

那哪儿是什么账本？封皮上明明白白地写着四个大字：幼学琼林！

天知道那书架上根本就没有什么破账本，棠儿按着姜雪宁的吩咐在第三层左起第六本的位置看见的就是这本给孩子开蒙用的书！

可她也没办法，硬着头皮将其拿了过来。

眼下这么大的场面，棠儿简直不敢想自家姑娘要怎么收场！

姜雪宁却面不改色，沉着镇定地从她手中接过了"账本"，还翻了起来："今年三月，我十八岁生辰的时候，母亲添了一枚红玉如意佩，点翠头面一副；父亲给了松烟墨、澄心堂纸；燕世子送了一对汝窑白瓷的花觚、一枚大食国来的夜明珠，还有整块羊脂白玉雕成的九连环，还有……"

一只雪白的小兔子。

那是燕临外出打猎时抓到的，说觉得那小兔子跟她很像，舍不得杀，干脆抓了来送给她养。只可惜她对这兔子不上心，交给了下人看顾，没两个月就被养死了。

姜雪宁自然是不可能有账本的，她年少时根本不记这些，可燕临都记得，在被软禁在宫中的那段时间里，他每每踏着夜色来后，侧躺在她的卧榻上，因习武而磨出了粗茧的手指从她面颊上抚过，便会跟她说起少年时候的那些心意。

她想忘记都难。

姜雪宁低低地垂着眼帘，念了好一段后，才抬眸看向跪在下面的那帮人。

这时，那帮人哪里还跪得住？有一个算一个，差不多全瘫在了地上。

王兴家的是见机最快的，只听得她这账本上一样一样都记得十分清楚，且有些物件极为特殊，若府里有心要查，即便是当出去都能找回来，到时可就是板上钉钉的罪，被扭送官府那就完了。

关键时刻她也豁得出去。

王兴家的"咚"一声就往地上磕了个响头，真心实意地哭了起来："姑娘英明，都是老婆子我猪油蒙了心，原先不敢承认，是小看了姑娘的本事。老奴家中困难，眼见着其他人拿姑娘东西，姑娘也不管，才想着先借姑娘的东西去周转周转，待我家里人渡过难关，便悄悄给姑娘还回来。谁想姑娘心里竟跟明镜似的，把我们这些腌臜货看得清清楚楚。老奴伺候姑娘这么多年，当初看着姑娘回到府中，这些日子以来因做了对不起姑娘的事，欺瞒着姑娘，晚上连觉都睡不好。今日被姑娘发现，心里反倒松了口气。还请姑娘稍待，老奴这就把您的东西如数奉还，诚请姑娘看在往日的情面上，让老奴将功折过，要打要罚都随您，只要还能留在您身边伺候，老奴便满足了！"

跪在她身后的所有小丫头差点没把眼珠子给瞪出来。她们见过不要脸的，没见过这么不要脸的！论脸皮厚度，她们对王兴家的简直拍马不及。

姜雪宁听完王兴家的这一番话，既给自己拿东西找了理由，又恭维了她，重点是还认了错，表了忠心。若谁一个不留心听了，只怕还以为这真是个不折不扣的"忠仆"呢！

她觉得好笑，当下便道："那便滚下去拿东西吧。"

王兴家的如蒙大赦，又"哐哐"地往地上磕了三个头，才爬起来，对姜雪宁露出谄媚的笑容后，退下去，回自己屋里收拾东西去了。

其他人见状哪里还敢负隅顽抗？

一时之间人人跪地求饶，纷纷告罪回自己屋里把东西都拿了出来，一一投入先前姜雪宁命人放在地上的匣中，不一会儿，珠翠头面、花瓶画轴就已经堆得满满的，还冒了尖。

不治不知道，一治这帮人，姜雪宁才发现，敢情自己还是个小富婆。

连旁边的姜伯游见了都不由得咋舌。

乖乖，勇毅侯府到底是当朝两大高门之一，人还没嫁过去呢，燕临就贴了这么多东西，莫不是把自个儿的家底都掏给她了？

★

眼见着最后一个丫鬟也把自己私藏的一根金簪子放进了匣子里，姜雪宁总算是满意地点了点头。

姜伯游瞥了一眼她拿在手里的《幼学琼林》，咳嗽了一声，试探着问道："她们拿的东西都吐干净了吗，你要不要点点？"

点？

她拿这本开蒙书点吗？

姜雪宁先前能说出燕临在她十八岁生辰时送过的一些东西唬人，已经是极限了，再多又哪里知道？

所以她只道："东西她们必定是没有还完的，想来已有不少人拿了东西出去当了，可要她们再拿出点什么来也太难为人。这两匣子东西我也不点，敲打敲打她们，叫她们以后不敢放肆就罢了。父亲意下如何？"

她这未免有点重重拿起轻轻放下。

姜伯游蹙了眉："不罚吗？"

姜雪宁考虑片刻，看了看院子里重新跪得规规矩矩的丫鬟婆子，道："她们原也是府里调教过才分到我房里的，原本有规矩，当着女儿的面时也无不奉承逢迎，单论伺候人的功夫也不差。且叫她们出来跪着，除了少数几个，旁的也不敢出来顶嘴。世上多的是这般欺软怕硬之人，皆属'庸人'。归根到底是女儿太好说话，也太纵着她们，又想太多，容不下旁人说上我这一屋人哪怕一句。所以女儿想，不若给她们个机会，这一次便下去各领五个板子，罚两个月的月钱，以后尽心伺候不再犯就罢了。若她们再犯，便拎出来新账旧账一起算，直接处置。"

这番话听着平淡，落入姜伯游耳中却让他百感交集。

宁丫头真是长大了……

他原以为她大动干戈，怕要打打杀杀，没想到除了寻别人的错处之外，竟还会反思自己的过错，且这样直言不讳，倒是忽然多了几分坦荡磊落的大家风范。

重要的是她还不失仁厚之心。

这手段虽不能说是雷厉风行，可女儿家要那么厉害的手腕干什么？

姜伯游看着这女儿，不知不觉间已比原来顺眼了些，忍不住微微点了点头，道：“好，就按你说的办。”

姜雪宁心底却平静得不起波澜。

她当然不是什么完全的纯善心肠，只不过是深深懂得了“做人留一线，日后好相见”的道理。

就像当年她对燕临。

她固然是死活非要当那皇后，就算勇毅侯府不失势，最终她也会选择嫁给沈玠，可何必把话说得那么绝，又何必要选在那节骨眼儿上说？

话说死了，人做绝了，她要是燕临都得恨自己，燕临得势还朝要欺负她，完全在情理之中。

这世上有两件事最好不要做，一是欺负少年穷，二是逼疯狗跳墙。

处理这些丫鬟婆子的事理同后者。

一是庸人都一样，与其换一拨新的，她还不如留着这些已经知道自己错处，会更谨言慎行的；二则发落太重，难免让自己留下心狠手辣的恶名，且她们还要把仇恨算到自己身上。这些人都在她身边伺候了这么久，错处又不至将她们治死，一个人一张嘴出去说，谁知道说出什么来？

更何况有时候不处置未必比处置了差。

很多人刚才拿东西还回来的时候，必定还藏了点私，有的人拿出来的多一点，有的人拿出来的少一点。

姜雪宁不知道她们各自都拿了多少，也懒得花工夫再细查。

可她们相互之间未必不猜忌。

你觉得她藏多了，她觉得我拿出来的太少，等散了之后，回头她们自己掐起来，该有罪受的自然有罪受。

届时再出什么事，她们也恨不到她身上来。

如此，她便可落个干干净净，还博个善名，更讨姜伯游喜欢，她何乐而不为？

须知将来她要想出府，还得姜伯游首肯。

姜雪宁想了想，请常卓命人端了个火盆来，然后站起身面向所有人：“刚才我说的话，你们都听清楚了吧？”

下头所有人战战兢兢地答：“听清楚了。”

姜雪宁便不紧不慢地道：“我是什么脾性，你们伺候久了，向来知道。这一番我自领三分过责，并不是真觉得自己有什么错处在身，不过是念你们大多上有老人要照顾，不忍叫你们因此被发卖出府去，坏了名声，要寻个好人家都难。我用惯了你们，以前怎么伺候，往后你们更紧着点心就成。但若是谁要再错第二次，可就别怪我翻脸不认人。”

王兴家的伏在地上，狠狠地打了个寒战。

院落里一片安静。

周围角落有不少悄悄来围观的下人仆妇，闻言也都是心头一凛：这位二姑娘好像变得不一样了，以后谁若不尽心伺候着她，说不准就要跟现下跪在地上的那些人一样，吃不了兜着走了。

姜雪宁抬手把那本“账册”拿了起来，踱到那火盆前。

浮上来的热气氤氲了她的容颜。

她直接将书扔进了火盆，明黄夹着艳红的火舌一下舔上来将书页吞没，很快将其烧毁。

下头跪着的所有人都看着，暗地里松了一口气。

姜雪宁道：“这一回的事情便到此为止，不再往下牵连，也不再往下追究。你们都下去领罚吧。”

王兴家的立刻又在地上磕了个头拍起马屁：“二姑娘真是菩萨心肠，宅心仁厚，老奴并着这些丫头能遇到您这样的主子真是祖坟上冒青烟，烧了三辈子的高香！这就领罚，这就领罚……”

其他人也是千恩万谢，不一会儿全下去领罚了。

莲儿、棠儿两个都是识字的，知道自家姑娘刚才那本“账册”上写的什么字，看了这发展简直目瞪口呆。就连旁边伺候的常卓，都忍不住用一种“就服你拿本开蒙书胡说八道瞎吓唬人”的眼神看着姜雪宁。

姜雪宁的目光却在那些丫鬟身上停留了片刻。

她转过头，轻声问棠儿：“方才跪在下头还顶嘴的那个是谁？”

棠儿一怔，回想了一下。

方才那种情形下还顶嘴的人，拢共就那么一个。

她回答道：“也是能进屋伺候的，叫甜香。”

姜雪宁便点了点头。

这一出好戏结束后，她也不忙着立刻告辞离开，而是跟随着姜伯游起身，又走回了书房外间。

姜伯游看出来了：“你想处置那个丫头？”

姜雪宁两道细眉轻蹙，微微点头，却又将螓首垂下，道：“旁的人还好，没什么本事，顶多就是欺软怕硬。可这个甜香伶牙俐齿，一张嘴很能说道。女儿方才都差点被她说得哑口无言，要不是女儿真没做下那些事，听了她说话，怕也要以为是自己的错处了。只是一则我应允了不再追究，二则女儿以前也没有处理过类似的事情，实在不知该如何发落她。”

刚才的场面姜伯游也是看在眼中的。

那个顶嘴的丫鬟是个被逼急了会咬人的，且旁人对姜雪宁都还有几分畏惧，唯独这丫鬟气焰嚣张，好像浑不将主子放在眼底。

留下这人多半是个祸端。

他心念转动间已有了打算，直接给常卓打了个手势，但也没明说什么。

姜府在这京城虽然算不上十分大户的人家，可对宅院里的有些手段都是知道的。

常卓心下了然，应了一声：“小的记下了。”

姜伯游则用手抚了抚姜雪宁的背，对她道：“此事到此便告一段落，这丫头自有人去料理，你不用担心了。不过说起来，你今日这一番言语作为，也是小侯爷教的吗？”

那自然不是。

只是姜雪宁当然不会跟人说自己的经历，先前已经拉燕临当过了挡箭牌，也不多这一次，便点了点头：“也是燕临教的。”

于是姜伯游叹了一声：“勇毅侯府后继有人啊。”

姜雪宁垂眸不言。

姜伯游便道：“你也累了，回去歇下吧，昨儿一夜没回，今儿又闹出这么大动静，晚上记得去跟你母亲请安，也好叫她放心。”

姜雪宁应下：“是。”

算不上特别亲厚的父女两个这便算叙完了话。

姜雪宁躬身告退。

姜伯游则重掀了帘子走进书房内间去，开口便笑了一声：“居安，可等久了吧？”

这一瞬间，才往后退了一步的姜雪宁整个人都愣住了。

一股恶寒从脚爬到头！

分明只是简简单单的两个字而已，可撞进她的耳朵里时，却尖锐地嚣叫着，轰出来一片令人惊悚的彻骨寒意！

她转过头，正好瞥见那门帘掀开时露出的书房一角的场景：雕琢精细雅致的茶桌上摊放着一卷书，一只修长、骨相极好的手伸了出来，轻轻翻过一页，无名指的指腹习惯性地顺着书页边沿轻轻一划，十分自然，然后虚虚地压在了书页那一角上。

这动作姜雪宁可真是太熟悉了！

不管是曾经她入宫伴读听他讲学时，还是后来当了皇后偶然踏足内阁看他与沈玠处理朝政时，又或者是沈玠被毒杀后，她又惊又惧地走过御花园却发现他正坐在亭中读奏折时……这人举手投足间有一股天然的风雅气度。

便是杀人不眨眼时，他也煞是好看。

谢危，字居安！

在这短暂的刹那，姜雪宁脑海里所有与这人有关的记忆，全部以恐惧的姿态翻腾上涌！

她想起尤芳吟说："前朝有一个巨大的秘密，但凡有点头脑的人知道，都不至于行差踏错。只可惜，我知道得太晚了……"

她也想起了自己曾经的结局，想起了她手腕上那一道至今不能消磨掉痕迹的旧疤！

姜伯游已经走了进去，门帘重新垂下来。

但姜雪宁的世界安静极了，她能听见里面传来的交谈声。

姜伯游叹气："唉，刚才是宁丫头的事。她也算是让我操心久了，没想到这回倒拎得清。你没做父亲，肯定不知这感觉。说起来，当年你秘密上京，还是同她一块儿来的呢。一眨眼，竟都四年啦！"

他对面那人似乎沉默了片刻，接着才淡淡开口，嗓音有若幽泉击石，低沉而有磁性："宁二姑娘吗？……"

这时，后头的常卓端香进去，帘子再次被掀起来一角。

于是姜雪宁清楚地看见了那一片覆了天青色绉纱的袍角，轻轻一动，是坐在茶桌一旁的那人向着门帘的方向侧转了身。

即便看不见他的脸，也触不到他的目光，这一刻，她却能清清楚楚地感知到，他是向着还站在书房外间的她望了过来！

分明隔着门帘，他的目光却仿佛能透帘而出。

姜雪宁只觉得自己一颗心忽被一只巨大的手掌攫住，连气都差点喘不上来！

放眼天下，所有人都知道四年前太子少师谢危孤身一人秘密入京，辅佐当时的三皇子沈琅登上皇位；所有人也都知道户部侍郎姜伯游从龙有功，在四年前掩人耳目，暗中助谢危入京，不大不小也算是功臣一位。

可少有人知道当年姜伯游假称谢危是姜府的远房亲戚，使他与自己流落在通州的嫡女一同上京，而后来运筹帷幄、力挽狂澜的帝师谢危，彼时就藏于姜雪宁的车中！

别人都叫她“姜二姑娘”，独他谢危与人不同，要唤一声“宁二姑娘”……

姜雪宁千算万算，又怎算得到今日姜伯游书房里的“贵客”就是谢危？

她早该有所警觉的。

朝野上下有几个人敢一句话不说，直接把个锦衣卫百户周寅之丢在外面，让他一声不吭毫无怨言地等着？

姜雪宁不知自己是怎么从书房里退出来的，只知道她的脚步前所未有地平稳、镇定。

一直到出了书房，上了回廊，眼见着就要回到自己屋里了，她脚下才忽地一软，毫无预兆地绊了一下，她扶了旁边的廊柱一把，惨白着一张脸，瘫坐在了廊下。

错了，她犯了个致命的大错！

姜雪宁永远记得当年第一次见谢危时的情景。

风寒尚未痊愈的男子，面有病容，穿着一身毫无赘饰的白布衣，抱了一张琴，神情有些恹恹的，唇边却含着笑，走到马车旁，向她略略颔首。

那时她并不知道这个人将成为后来权倾朝野的帝师，更不知道这个人将屠戮整个皇族……

如果知道，在那一段路途中，她或许会选择收敛自己恶劣的脾性，对这个人好一些。

不……如果知道，她绝不会在荒山野岭危难之时，为他放那半碗血做药引！他的刀剑对准萧氏、对准皇族之初，她曾质问谢危怎敢做出这样伤天害理、草菅人命之事。谢危用朱红的御笔在那份名册上轻轻地勾了一道，然后回道：“你又不是天，怎知我是伤天害理，不是替天行道？”

姜雪宁全然怔住。

他便又搁下笔，望着她道：“至于娘娘，您能活到今日，已是谢某最大的仁慈。当年我病中糊涂，曾对娘娘吐露了一些大逆不道之言。幸而娘娘那时记性不好，又心无成算，入京后我命人三番试探，娘娘都全无印象，我才放了心，饶娘娘多活了两年。不然，谢某被封少师的那一日，娘娘已身首异处了。”

那时他笑了笑，伸出手来在自己的脖颈上轻轻比画了一下。姜雪宁便觉自己浑身都似被浸在冰水里，而他含笑的神情比当时的夜色还叫人发寒。

换言之，谢危入京后没杀她，是因为她不记得那日的话且不聪明！

如今这番话再一次回荡在她耳边，姜雪宁再回想起那一句意味深长的“宁二姑娘”，抬起手覆在自己的脖颈上时，才发现手指尖已失去了温度，战栗不已！

谢危不是善类。

在“平行世界”的最后那两年里，他的名字就像是一片巨大而浓重的阴影，覆盖在整个朝堂、整座皇城上，让人连走路都要害怕得低下头。

棠儿、莲儿见她这般吓得慌了神，连忙问道：“姑娘、姑娘您怎么了？”

姜雪宁现在也不记得那些大逆不道之言是什么，但这并不妨碍她判断自己很快可能陷入的处境——谢危会动杀机。

几乎没了知觉的手指慢慢放下，她眨了眨眼，声音有些恍惚：“棠儿，你回去看一下周寅之还在不在……”

第三章
逆鳞

她原本没打算再与周寅之有接触，可现在忽然撞见谢危……

她须自保。

周寅之虽是个小人，可与小人相交的好处便在于只要有利可图，便可同道而行，各取所需。

今日她来找姜伯游，拿着一本《幼学琼林》充当账本，给屋里下人立威这档事，只怕已被谢危收入眼底。即便算不上老谋深算，可她怎么也跟“不聪明”三个字不沾边了。

曾几何时，她是真的心无城府，对京城与朝堂的事一无所知。

十四不到十五岁的年纪，她正为自己的遭遇和命运彷徨，也不知京中等着她的陌生的父亲和母亲将会是什么模样，还遇上天教作乱，与谢危受困于荒野之中，一颗心满是恐惧与惶然，哪里有心思去揣度一个人病中言语背后的深意？

她都听过，但真的忘了。

后来她绞尽脑汁地回想，也不过勉强记起“沈琅品性不堪大任”“黎民百姓是人，九五之尊也是人”这样的话。

就算如此，谢危还是对她三番试探才肯罢休；如今虽已经过去四年，可他在见了她今日的行事之后，未必不会回头思量，怀疑她其实记得他说过的话，只是惯会装傻，蒙混过关！

午后的庭院幽静极了，花架上垂下来细细的枝条。

西斜的日影如赤纱一般覆在了廊庑上、台阶前。

姜雪宁吩咐了棠儿去找周寅之，自己却在廊下坐了良久，终于慢慢地冷静了下来。

眼下的处境，她有三种方法应对。

第一，继续硬着头皮装傻。

毕竟她刚才表现归表现，立威归立威，可锅都甩给了燕临，对姜伯游也是说都是燕临教她的。燕临那边她更不担心露馅儿，只怕她杀了人回头说是燕临干的，燕临都会认下来。且如果勇毅侯府不出事，燕临也能庇护她。问题是，谢危会不会信这说法?

第二，学一回尤芳吟，投靠谢危。这位披着圣人皮的魔鬼可是曾经的大赢家，且除了萧氏一族、皇族和天教起义的乱党之外，他并不嗜杀。但问题也有。燕临有勇毅侯府，兵权在握；尤芳吟商行天下，富甲一方。她呢？她有什么本事和筹码，能让谢危看中，接受她的投诚?

第三，一不做二不休，干脆和谢危对着干。她知道他身上最大的秘密，甚至知道他最终的图谋，知道朝堂上的一些动向，拥有着先知先觉的优势，在往后的很多事情上可以占得先机。可问题是，现在谢危已是一朝帝师，她还只是个闺阁姑娘，两人地位与权势悬殊，只怕她还没开始跟人家作对就被弄死了。且谢危的智谋是活的，她所知之事却是死的，又怎知一定斗得过他?

尤芳吟常说“条条大路通京城”，可现在姜雪宁前看后看，每条路都是窄小的死路!

当然，其实她还有第四个办法。

谢危再厉害也是一个男人，她曾经能用女人的手段哄得男人们团团转，如今自然也可以尝试着去哄一哄这位智计卓绝的帝师。

若谢危能成为她的裙下之臣……

这想法刚一冒出来，她就不由得打了个寒噤，立刻将其按了下去，对自己道：“不，万不能有这般可怕的想法……”

谢危跟沈玠，跟燕临，跟周寅之，甚至跟张遮……都是不一样的。

姜雪宁不会忘记，曾经的她走投无路时，就动过这样的念头：夜里换上了一身鹅黄的宫装，妆容明丽动人，端了御膳房一盅熬好的汤去到西暖阁。然而谢危抬眸注视着她，见着她的衣着与妆容，目光深沉，眉尾几不可察地一扬，便已将她看穿，淡淡地对她一笑，道：“娘娘自重。”

那晚她又羞又愧，简直落荒而逃。

如今只要一想起当时的场面，姜雪宁都还有一种挖个坑把自己给埋掉的冲动，怎可能还作死地去经历第二次？

她在谢危这等人面前这样做，那是自取其辱！

所以，以她眼下的情况看，最好、最可行的方法是第一种和第二种。至于第三种，姜雪宁已直接把它跟死路划到了一起，不被逼到鱼死网破的绝境，她绝不想与谢危作对！

她想明白这一切之后，见周寅之就变得很重要了，不管是很快就要发生的勇毅侯府被牵连进平南王旧案一事，还是单纯出于让自己变得有利用价值、有筹码的目的。

只是姜雪宁并没有等来周寅之。

棠儿还没回来，前面不远处就走来个婆子，一见到姜雪宁坐在廊下，面上便堆了几分笑，上来对她行了个礼，道："老奴正准备去找二姑娘呢，没想到二姑娘坐在这里。夫人听说老爷把您屋里的人叫过去打打杀杀的，也不知是个什么情况，叫老奴来请二姑娘过去见见，问上一问。"

这是孟氏身边伺候的人。

姜雪宁对这婆子没什么印象，但听她的话也能猜出来对方的身份。

只是她方才骤然撞见谢危心下烦乱，此刻又想见一见周寅之，平白来个人叫她去见孟氏，让她心内着实不大爽快，连着脸色都不算很好，只冷淡地应了一句："知道，这就去。"

孟氏正在自己屋里同姜雪蕙说话。

前头姜雪宁找姜伯游料理屋里的丫鬟仆妇的事情传过来时，两人都有些惊讶。

孟氏知道昨夜姜雪宁没回，便正好叫姜雪宁来，一来问问前面的情况，看看自己这被妾养大的女儿又在想什么，二来再没规矩也该有个限度，未出阁的姑娘一夜不回算个什么事？

没多一会儿，姜雪宁来了。

她对生母孟氏本不亲厚，孟氏也不喜她规矩不严、生性放纵，所以她对孟氏态度本就生疏，又瞧见有姜雪蕙在场，行礼时的声音便越发寡淡，例行公事一般："女儿给母亲请安。"

旁边的姜雪蕙直接被她无视了。

孟氏一听知她对蕙姐儿心存芥蒂，描得细细的两道柳叶眉便蹙了蹙，但也不好说她，只道："起来吧，今日是怎么回事，忽然跟丫鬟婆子大动干戈？"

姜雪宁便答："她们在屋里不规矩久了，近日越发猖狂。昨日女儿与燕临出去时提起，燕临教了女儿一个法子来治她们，所以回来才有今日之事。若不慎惊扰了母亲，是女儿的罪过。”

旁人提起燕临都要叫一声“小侯爷”或者“燕世子”，就连姜伯游和孟氏也不例外，毕竟勇毅侯府势大，且执掌兵权，甚得圣心，并不是谁人都轻慢得起的。

可姜雪宁倒好，开口闭口直呼其名，足可见燕临对她有多纵容。

孟氏听着，眉头皱得更深了。

虽然燕临的出身在整个京城里都算得上是数一数二的，除了诚国公府萧氏一族的子弟，无人能出其右，可这也是个行事孟浪胆大的人。

宁姐儿刚被接回来那阵还算听话，可自打认识了燕临，成日里女扮男装地顶着“姜府表少爷”的名头出去厮混，还要阖府上下为她遮掩！

孟氏觉着有必要说上一说了：“往日你与燕世子出去，我虽觉着过分，可毕竟这件事老爷已经默许，我自不好置喙。然而宽容并非纵容，宁姐儿，你自己心里得有个数。大姑娘家在外头一夜不归，成日鬼混，这事情若传出去，你毕竟有世子为你兜着，且你既然做了，想来也是不把那些流言蜚语放在眼底的。但你姐姐如今也是待嫁闺中，你自己的名声坏了不要紧，外人提起来说的总是姜家姑娘，如此你把你姐姐置于何地？”

孟氏这话合情合理，姜雪宁的所作所为若传出去的确会牵累到姜雪蕙。

理智告诉姜雪宁，她不该觉着这话有什么不对，心底却偏有一股戾气浮了上来，让她悄然握紧了垂在身侧的手掌，只敛眸道：“母亲说得是，女儿往后会更谨慎些。”

孟氏听她答得敷衍，人站在这里又是这般脸色，一时也有些光火起来。

“啪”的一下，她把手里的茶盏放下就要训她。

旁边的姜雪蕙看见这场面简直眼皮一跳，心里面长叹一声，只觉母亲虽是为了她好，可这言语和苛责无疑是将妹妹往她们对面推，且这账回头说不定又要算在她身上，哪里还敢坐视孟氏发作？

姜雪蕙忙握住孟氏的手，及时截住了她的话头：“要知道妹妹往日连燕世子的话都未必听的，如今也肯听旁人的话来料理自己屋里的事情，可见心性是成熟稳重了。燕世子既能让妹妹变得更好，母亲又何必担心什么流言蜚语？妹妹将来的婚事体面，对府里来说也是好事一件，未来我的婚事也未必不沾妹妹的光，还请母亲放宽了心。今日我遇着那王兴家的刁难，还是妹妹出面为我解了围呢。”

姜雪宁心道那不过是见王兴家的背地里猖狂胡言且拿她的东西，可跟姜雪蕙没太大关系，此刻便冷眼看她拿瞎话安抚孟氏。

孟氏听闻这话后，一想也的确是这个道理。

只是她先前说出来的话要收回去也难，一抬眼又见着姜雪宁死气沉沉、面无表情地站在那里，五官虽有些像她，可眼角眉梢那一股韵致，无不让她想起婉娘那个贱人。她一下就没了心情，摆手道："罢了，反正你的事有你父亲做主。回去吧，晚上你也不用来请安了。"

"是，女儿告退。"

孟氏不愿多看她一眼，姜雪宁还懒得多留呢。

她干净利落地行礼退出。

这时天色将晚，晚霞璀璨。西厢后面的墙下种着一片木芙蓉，粉色的花朵或深或浅，被霞光一照，看着艳艳一片。

姜雪宁带着莲儿从下头经过，一朵木芙蓉忽然就砸到了她的头上。

那盛开的木芙蓉滚落下来，姜雪宁下意识地伸手接住，然后抬起头来一看，竟瞧见燕临一身玄色长袍，革带束腰，大咧咧地坐在那开满了木芙蓉的墙头，一腿屈起，一手扶剑，向她笑着："今日日讲结束得倒是早，可被圣上拉着说了半天的话，这会儿才出宫来。后天是重阳，京里有灯会，我想带你去看。"

晚霞落在花上，也落在他的脸颊上。

姜雪宁忽然被晃了眼，恍惚了一下。过了一会儿，她才意识到他说了什么——重阳灯会。那就是在"平行世界"里，跟着沈玠出宫的乐阳长公主沈芷衣遇到女扮男装的她，喜欢上她的时候……

★

姜雪宁虽是有了重来一次的机会，可好处就只有这比身体要成熟了不少的脑子和对以后发生的一些事情的先知先觉，真要论起处境来，着实比曾经的自己还要糟糕。

她认真地考虑了一下。

其实如果她能勾搭上乐阳长公主，无疑是又在燕临之外为自己的安全加了一层保障。只是她又的确不是男子，若女扮男装先让沈芷衣对她生情，后又被对方知道真相，只怕结局跟曾经差不多。

天知道她曾经花了多大的力气才抢了姜雪蕙入宫伴读的机会，结果入宫第一天就撞见了沈芷衣。

那时她才知道，重阳灯会上遇到的那个沈玠带来的姑娘，实是当今圣上沈琅的妹妹，乐阳长公主沈芷衣。而这一次入宫的伴读，实都是为沈芷衣挑选的。

于是姜雪宁倒了大霉。

沈芷衣发现她是女儿身之后，当即黑了脸，大约是觉得自己一腔痴心错付，不能接受，面子上也挂不住，接下来便对她处处刁难。燕临与沈芷衣算从小一块儿玩到大，因此与沈芷衣吵了好几回。沈芷衣便更记恨上了她，觉着她以言语挑唆，让燕临与自己生了龃龉，越发变本加厉地为难她。

虽然这位长公主其实不会什么真正磋磨人的手段，可在当时的姜雪宁看来都是很难接受的招数，以至于现在回想起那段日子来都觉得色调晦暗。

艳粉的木芙蓉被她两手捧在掌心，与沈芷衣有关的记忆都从脑海中闪过，姜雪宁抬头凝视着燕临，忽然觉得他的少年心性真已在言语里体现得淋漓尽致。

他是霸道的，不懂遮掩的，一来就对她说“我想带你去看”，而不是“要不要一起去看”。

姜雪宁微微笑了一下，忽然生出几分戏弄的心思来，问他：“重阳灯会是九月初九，可今日才九月初七，你就来找我？”

燕临原本还十分潇洒地坐在墙上。她这话一出，他的目光顿时变得有些躲闪起来，连扶着剑的手指都紧了些。只是一转念，他又觉得自己实在没有心虚的必要，于是立刻又变得理直气壮起来：“要你管，我愿意！我就是想来看你，怎么了？”

侍立在姜雪宁身边的莲儿目瞪口呆，连忙把头埋了下去，不敢抬起来多看一眼。

姜雪宁未料他言语如此大胆而直白，想到曾经那些事，又不由得有些沉默下来。

燕临不满：“去不去呀？”

姜雪宁勾出一抹稍显歉意的笑容：“这回我不去，但若是你下一次要看什么灯会，便来寻我，我再与你一道去。”

她其实也可以穿女装出门，这样便可避免被乐阳长公主看上。但女装出门难免惹人注意，很不方便，倒不如不去，且她本也对什么灯会没有兴致。

燕临皱起了眉：“你这话说得奇怪，怎生是‘这回’不去？这回与下回又有什么分别？不过是每一回的灯不同罢了。还是你重阳那日有别的事，去不了？”

姜雪宁想了想，干脆给自己找了个借口：“今早回来有些头晕，想在家里歇两日。”

燕临便打量着她的脸色，的确不算好。

他的宁宁比别人白一大截儿，站在光下时，那肌肤像极了剔透的玉，叫人忍不住想伸出手去轻抚。回了府之后她又换了一身衣裙，不再是往日他常见着的男装打扮。过了十八岁的少女身段已然玲珑有致，此刻站在花树下，两手捧着他方才砸下去的木芙蓉，削葱根似的手指搭在那披着红霞的艳艳粉瓣上，一张巴掌大的脸抬起来，微微仰着头看他，目光温和而澄澈，显出一派动人的明丽与缱绻。

刚来时他不曾注意，这一打量却撩动了少年的心事。他只盼着加冠之日早些到来，好把这样好看的她娶回家来宠着。

燕临对上她的目光，又咳嗽了一声，稍稍避开些许，才道："都怪我昨夜不知轻重，也没看顾好你，叫你偷偷喝了好几杯，醉成只懒猫。罢了，那这几日你好好在家歇着，我打听打听下一次灯会是多久，回头给你补上。"

姜雪宁正想回他，不料远处另一头忽然传来一声喊："好啊，又叫我逮住你来爬墙！信不信我回头告到侯爷面前，叫他来评评理！有你这样做世子的吗？"

竟是姜伯游经过时恰好看见了这边的情况。

燕临顿觉头疼。

姜伯游二话不说甩着袖子就往这边走来，恨不能找根长竹竿把燕临戳下来："小侯爷，你这般做也太过分了吧？我府里可不止宁丫头一个姑娘！"

燕临不懂："可我只看她一个啊。"

姜伯游气得胡子都吹了起来："反正不许你再爬这墙了，你堂堂一侯府世子，有事走前门或叫手底下的人传个话，老夫都不说你。你像这样，成什么体统？"

燕临跟姜伯游早就熟了，手腕一转，便将那柄长剑一翻，半点不怵地开了个玩笑："姜大人不必动怒，这墙修来不就是让人爬的吗？您要觉着不高兴，回头就把这院墙修得高高的，正好借晚辈练练本事。"

姜伯游一时气结，说不出话来。

燕临却看天色已经不早了，心里虽还想多看姜雪宁一会儿，可也的确要回府给爹娘请安了，所以回眸看着她道："今天我先走了，改日再来看你。"

姜雪宁点了点头。

燕临便手一撑，自那开满了木芙蓉的墙头纵身一跃，眨眼间便到墙那边去了，没了踪影。

原地只留下姜伯游瞪眼生气。

姜雪宁见状一笑，也不知为什么竟觉得心情舒畅不少，只对姜伯游行了一礼，便转身回房。

只听得姜伯游在她后面嘀咕："这叫个什么事！"

姜雪宁回到屋里的时候，棠儿已经等候一会儿了，见着她便道：“方才依着姑娘的吩咐去找了周大人，周大人一听说是您要找，便在外头等着。只是您被夫人叫去，一会子不见回，周大人那头又有事来找，等不着他便去了，但留了句话给您，说姑娘如果有事，府里又不方便的话，若不嫌纡尊降贵，也可去斜街胡同寻他，他必不敢怠慢姑娘。”

回来都这天色了，姜雪宁也没指望能见着周寅之，但总归对方留了句话。

若对着姜雪宁记忆中的事情来看，这段时间的周寅之正是千方百计地想要搭上燕临的时候，只怕他也是十分想见她一面的。

姜雪宁只道一声“知道了”，打算寻个方便出门又不引人注意的时候去找周寅之谈上一谈，然后便落座在临窗的炕上。

一伸手要端茶时，她忽然瞧见几上竟有一张帖。

姜雪宁微一扬眉，将其拿了起来：“这是什么？”

早些时候，棠儿被莲儿一惊一乍地拉进屋里来时，手里其实就捏着这张帖，但接下来伺候姜雪宁沐浴、用茶，险些给忘了，这时见状便想起来，连忙道：“是清远伯府的几位小姐送来的帖子，请姑娘重阳那日去他们府上赏菊。帖子今晨才递到府上，奴婢早先想跟您说来着，后来耽搁着竟差点给忘了。”

“清远伯府？”姜雪宁眼皮忽地跳了一下，“可是清远伯尤府？”

棠儿瞧她这反应，觉着有些意外，可又不知她为什么是这反应，便道：“是尤府。清远伯府在京中算不得什么名门，袭爵到如今已是一代不如一代。府中两位小姐虽善弄花草，可这封请帖与诚国公府邀人赏菊的时间撞了，京中能收着诚国公府请帖的人只怕都不会去清远伯府。刚才来人说诚国公府的请帖也下到了夫人那边，想来夫人是要带着您与大姑娘一块儿去的。这伯府的请帖，姑娘实不必在意。”

不必在意?

她怎能不在意!

这是清远伯尤府啊!

她曾经所识的尤芳吟便是伯府的庶小姐，在外人口中是“一朝落水性情大变”，最后经商，成了大乾最富庶之地江宁城里的首富的那个人。

可这落水一事，恰恰就发生在清远伯府重阳赏菊那一日！

也就是说，后世商行天下、富甲一方的尤芳吟现在还没有落水，也还没有真正来到这个世上！现在清远伯府的尤芳吟，与姜雪宁曾经结识、如今想要重新结识的尤芳吟，并不是同一个人。

尤芳吟曾说她是从“平行世界”来的。姜雪宁当时听不懂这话，只听懂她说她从一个遥远且已经回不去的地方来，本不是他们这里的人。可现在姜雪宁竟隐隐能理解尤芳吟的意思了。

尤芳吟终究是孤独的，旁人只知她行事与周遭的人不同，当她是离经叛道、胆大妄为，可只有她自己知道，自己与周围的人并不一样。

或许他们都不是一个“世界”的人。

在姜雪宁的了解中，“世界”这个词是佛教喜欢讲的，但尤芳吟好像总喜欢用它来代替“天下”二字。

此时此刻，望着手中这一张描了花样的极尽雅致的请帖，姜雪宁先前脸上还挂着的淡淡笑意一点一点地隐没了。

又一个选择摆在了她的面前。

若尤芳吟以后还会如曾经般来到此界，自己或许是少数几个能理解她的人之一，毕竟在被软禁的那些天里两人成了无话不谈的知己，证明自己的确与尤芳吟契合。凭借尤芳吟的本事，再凭借自己的先知优势，两相合作，只要前期小心谨慎，好生经营，未必不能与谢危斗上一斗。

用尤芳吟的话讲——她会成为姜雪宁的“金大腿”。

可偏偏姜雪宁还知道：尤芳吟骨子里是厌恶这个世界的。

这天晚上，躺在那轻纱垂下的床幔里，姜雪宁辗转反侧，久久难以入眠。

她一闭上眼，梦里恍惚间，竟又回到当初被困在坤宁宫中，与尤芳吟下棋、喝酒、玩叶子牌、说真心话的那些日子。

一时是她穿着一身布衣，把满架的经史子集都往火盆里扔时的酣畅淋漓。

一时是她赤脚走在地上，于如水凉夜中哼唱那些自己从未听过的歌谣时的随性潇洒。

一时又是她喝醉了，拎着酒壶，坐在那窗沿上，怅然望着宫墙外那一轮满月时的落寞寂寥……

尤芳吟歪在榻上说：“娘娘，我从远方来，那是一个比此间好得多的时代。我在局外，你在局中。我从不觉得女子有点野心有什么错。你想当皇后便想当皇后吧，又没做什么伤天害理的事。错的不是你，是这个世界！”

尤芳吟举着酒盏说：“世人笑我太疯癫，我笑世人看不穿……”

尤芳吟也指着天边那圆月说：“旁人看我富甲一方，天下没有我用钱买不到的东西。可我看自己却是个可怜虫，拥有一颗自由心，却被困于囹圄之间，苦厄不得出。娘娘，你可知我在那方世界，也有朋友想念我，也有父母待我去孝顺……”

那一字一句在姜雪宁的梦里渐渐变得哽咽，竟浸满了泪。

一夜过去，不能成眠，姜雪宁第二天一早起身时，一双眼里都爬上了淡淡的血丝，更觉出了一种连她都难以捕捉的彷徨。

她实在太需要尤芳吟了。

可同时，如今的一切又赋予了她改变这位知己的命运的机会。

棠儿看见她的模样担心极了。

姜雪宁却只问："清远伯府的请帖还在吗？"

棠儿小心翼翼地道："还在，您要去吗？"

姜雪宁眨了眨眼，过了好久，才道："去。"

她总是要去的。可去了之后，她要怎么办呢？

姜雪宁不知道。

★

清远伯府赏菊之宴明日便开，得了姜雪宁这一个"去"字以后，棠儿便拟了一封回帖，着人送往清远伯府。毕竟发了请帖也只是邀请，并不是每个收到请帖的人都会去，若给主人家回个帖，待宴会那一日主人家也好提前安排。

只是这事辗转被燕临知道了。

这日日讲结束，他和沈玠出了宫，在沈玠的府邸煮茶。他一张俊脸黑沉沉的，发了脾气："我问她九月九看不看灯会，她不去；人家请她重阳节赏菊，她倒巴巴地去了。清远伯府这等破落户，她是成心要气我吗？"

小儿女的事，沈玠不好插话，只瞧着他。

燕临想不过，心里还吃味，刚端起茶盏，喝不下，又给放了回去。

他皱起眉来便唤："青锋！你回府去看看，清远伯府的请帖我们府里有没有，有的话去回个帖，到时我也去。没有的话，没有也得有！只管带我的名帖递了去，他们还敢将我拦在门外不成？"

青锋犹豫了一下，小心提醒："可是世子，诚国公府的人也送了帖来，若您届时去了清远伯府……"

诚国公府萧氏一族是京中唯一能与燕氏并肩的大族，二十多年前两家还有过姻亲关系，可现在嘛……

燕临冷笑了一声："诚国公府是大人们一起宴饮，小辈们不过作陪，且我们勇毅侯府与诚国公府早就老死不相往来了，我不去有什么稀奇？你废什么话，赶紧去。"

青锋不敢多言，只问："那要告诉二姑娘吗？"

燕临闷闷地道："不告诉。我倒要看看，届时她见了我，能找出什么鬼话敷衍！"

沈玠笑他："你这脾气啊。"可说完了，他细一琢磨，竟然道，"既如此，我也陪你去清远伯府凑个热闹好了。"

燕临挑眉看着他。

沈玠却慢条斯理地饮了茶，解释道："你也知道宫中近来的传闻，都说皇兄想要立我为皇太弟。今日从文华殿出来时，谢先生点了我，说朝中人言可畏，纵我问心无愧，近来也最好与萧氏疏远一些。"

诚国公府也就是萧氏，是当今太后的母族，也是当今圣上的外家。沈玠与沈琅乃一母同胞的兄弟，圣上的外家自然也是他的外家。

只是如今时机的确特殊。皇兄毕竟是皇帝了，萧氏又势大，虽风传皇兄要立他为皇太弟，可他与萧氏走得近了，也未必不会引起皇兄的猜忌与怀疑。

燕临垂眸沉思了片刻后说道："谢先生倒肯指点你。"

沈玠倒不在意，只道："先生君子气宇，圣人遗风，对谁都好的。"

诚国公府与清远伯府同发帖请赴重阳赏菊宴的事情在京中高门大户之间早已经悄悄传遍了，许多同时收到两府的请帖的人，大多准备去诚国公府。

无他，萧氏一族太显赫了。

门第不怎么高的人，上赶着攀附萧氏；门第本身就够高的人，瞧不上清远伯府这个破落户。

所以虽觉得这件事很驳尤府的面子，可很多人也不得不找了个借口，甚至连借口都懒得找，就推掉了清远伯府这边的邀请。

大家都猜这回该没几个人会去伯府。

可谁也没想到，下午的时候忽然传出消息，说勇毅侯府小侯爷与临淄王殿下回了帖，明日竟要一同赴清远伯府的宴！

一时间人人惊掉了下巴。

连伯府里的人都是一片茫然，面面相觑：我们和勇毅侯府有交情吗？谁认识小侯爷？谁搭上了临淄王殿下？说过几句话吗？平白无故人怎么来了？

但紧接着众人就是狂喜。

原本和诚国公府撞了办宴的日子，他们是既诚惶诚恐，又尴尬不已，这些日子以来收到的回帖稀稀拉拉没几封也就不说了，打开来看还有一半是婉拒的。尤府这里都能预感到明日开宴时的凄凉场景了。

可忽然之间说临淄王殿下和小侯爷要来，这可真是天上掉下来的大喜讯，要知道这两位爷的身份在整个京城都是首屈一指的！

阖府上下顿时振奋了起来。

到得晚间，大约是燕临和沈玠明日要来的消息已经传开，各种回帖和拜帖便雪片似的朝清远伯府飞来。

原本他们预备下的桌席只以为是多了，可没想到拿着算盘扒拉一下，竟还不够！

于是清远伯府连夜张罗起来，一晚上府里庭院都是灯火通明，生怕没准备好，明日慢待了贵客。

尤府有两位嫡小姐，大小姐叫尤霜，二小姐叫尤月。

姐妹二人姿色都算中上。

听下人说临淄王和小侯爷要来时，两人都睁大了眼睛，惊得以手掩唇。

下人满面都是喜色，只对她二人道："伯爷交代了，这一次可是千载难逢的机会，大小姐和二小姐可要准备好，打扮得漂漂亮亮的。"

这句话下人说得含蓄，可尤霜、尤月二人都听懂了，面上微微一红，口中却道："父亲可真多事，这等重要的宴，我们姐妹自然不会丢了伯府的体面。"

下人连声道"是"。

尤霜转念一想，却觉得事不寻常。

她面容要冷些，只凝眉思索："真是奇怪，我们伯府何时攀上了勇毅侯府？也从没听说哥哥们与小侯爷和临淄王殿下有什么交情，今日两人怎么说来就来？"

而且他们回帖的时辰也太晚了，倒像是临时决定来的。

尤月则喜形于色。

她的长相要浓艳些，年纪也小，一身鹅黄色的长裙看着十分娇艳。

听了姐姐这番话，她不甚在意："姐姐就是多心，还不兴人家临时兴起想来吗？都说萧氏与燕氏不和，说不准燕世子是故意下诚国公府的面子，所以才来的。"

倒不是没这个可能，可是……

"便是要下诚国公府的面子，燕世子不去就是了，如何轮得到反来给我们伯府做面子？"尤霜是做姐姐的，也跟着母亲学过许多事了，总要想得深些，便问那下人，"我问你，燕世子和临淄王殿下的回帖来之前，还有谁说过要来？"

那下人掰着手指头数："在世子和殿下之前回帖说要来的人不多，拢共也就商山伯府、御史台周府，哦，上午时还有户部姜侍郎府上的二姑娘！"

尤霜不由得皱了眉："姜二姑娘……"

天知道，伯府给姜侍郎府上的帖子是出于礼节送的，她们与姜雪宁并不熟悉。要说姜雪蕙来还正常。可姜雪宁来，便跟燕世子和临淄王来一样透着些奇怪，而且她还在这两位爷之前……

尤月却懒得想那么多，一听见"姜二姑娘"四个字，立时嗤了一声，露出嫌恶之色："燕世子要来本来是件大好事，没想到这乡下野丫头也要来，平添一股晦气！"

尤霜觉得事情蹊跷，没接话。

尤月说到姜雪宁，便又想起另一个让自己讨厌的人来，抬了下颌吩咐下人："对了，明日既有贵客，千万把那蹄子给我看好了，关在柴房里，别叫她冲撞了贵人。"

姜雪宁在府中，还不知道因为她临时起意决定去赴清远伯府的宴引出来多长一串连环反应，也还不知道燕临和沈玠要去。她想尤芳吟的事想得头疼，昨夜又没睡好，整个白天都浑浑噩噩的，没什么精神。

孟氏听说她要去清远伯府，而不去诚国公府，竟也没有多过问。

姜雪宁暗想她可能是松了口气。

毕竟孟氏要去赴诚国公府的宴，带端庄贤淑识大体的姜雪蕙去，总出不了什么岔子，带性情娇纵顽劣的她去，就不知会惹出什么事来了。

第二天一早，姜雪宁起来用过了粥饭，便梳妆打扮，然后登上府里准备好的马车，绕过半座皇城，去往清远伯府。

清远伯府坐落在城东，那一片都是勋贵之家。

与诚国公府那高到吓人的门楣相比，清远伯府也就门口两座石狮子还有点气势，但门庭之间已显出了几分没落之势。

好在今日来赴宴的人竟然不少。

往日清冷的门前此刻也称得上是车水马龙，不断有人带着满面的笑容相互招呼着往门里进，倒让人想伯府是不是又要得势了。

姜雪宁听尤芳吟讲过，所以很清楚清远伯府现在的状况，刚下车时瞧见周遭这热闹景象，险些以为自己来错了地方，抬起头来再三看那匾额，才确信这里确实是伯府。

她心里奇怪，可也不好多问，把帖子一递，下人便引着她们进府。

一行人从抄手游廊下走过，沿路只闻桂子飘香，菊盏错落，布置得倒是有几分风雅精致。

只是才要进圆门去后园时，斜刺里竟然冲过来一道清瘦的身影。

来人一袭绿裙有些脏破，是个梳了垂鬟分肖髻却有些蓬乱的少女，脸上恓惶，眼睛红红的。

姜雪宁一时觉得对方眼熟，心底已震了一下，见着她慌张地跑过来，尚未来得及分辨，也未来得及躲避，便被她撞了一下肩膀，系在腰上的锦绣香囊掉在地上。

姜雪宁站着没动，只看着她。

尤芳吟才从柴房里逃出来，只想去见一见病重将去的姨娘，就怕连最后一面都见不着，眼下却偏偏撞了人，急得眼底直掉泪。她连忙弯腰去捡那香囊，可眼泪掉下来却打湿了香囊上那针脚密密的白牡丹。她再用手去擦，已污了一块。

这时尤芳吟便恨极了自己的笨手笨脚，也不敢再用自己沾有污迹的手去擦香囊，又愧又怕地用双手捧了香囊递还给姜雪宁："芳吟蠢笨，冲撞了姑娘还坏了您的香囊，改日必为姑娘绣一只作赔，还求姑娘饶恕！"

她伸出手时，衣袖滑落几分，露出来的一截手腕上竟无一块好皮，青黑瘀紫一片，甚至有几道鞭痕。

引路的下人看见她都惊呆了。

姜雪宁将目光从她的面上移到她的腕上，面上却越发恍惚。

还是棠儿反应极快，看出情况不对，连忙上来先将香囊接了："给我便好。"

另一头的廊上传来了杂乱的脚步声，还有几个婆子的厉声呼喝："一个人都看不好！关起来还能叫她跑了！又是这样重要的日子，出了事你们吃不了兜着走！快，快去找！"

尤芳吟一听那声音，哪里还敢多留？她忙欠身给姜雪宁行了个礼，便提起裙角，朝着另一头奔去，道中那蔓出的花枝划破了她的袖子和手背，她也不敢停留。

后头的婆子们很快发现她的踪迹，追了过去，闹嚷了一阵。

那下人是知道府里最近因为姨娘的事情不太平的，也不敢叫客人知道，只连忙向姜雪宁赔笑："让姑娘见笑了，府里刚买来的丫鬟没规矩，妈妈们正教训呢，您没惊着吧？"

姜雪宁从棠儿手中拿过那枚香囊，本来雍容的牡丹用了白线来绣，所以反有一种高华的清雅，此刻却沾了一抹泪痕，泪痕上又有一抹污迹。

她眨了眨眼，垂眸看着，浓长的眼睫覆下，形成一片晦暗的阴影。

姜雪宁能听见自己心底那个冷酷的声音：别管，别管。世上每天要死那么多人，多她一个算什么？别去管，再过几个时辰，你就能见到真正的"尤芳吟"了。

★

“什么，跑了？”

正在花厅里待客的二小姐尤月被自己身边的丫鬟拉到了廊上说话，一听说尤芳吟竟在这时候从柴房里跑了出去，一张俊俏的小脸便黑沉了下来。

“不是叫粗使婆子守着了吗？都是干什么吃的？”

丫鬟见她发怒，瑟瑟不敢说话。

尤月冷哼了一声，道：“不过她左不过是要去见她那命贱的姨娘一面，今日家里来了客，不好声张，你吩咐下去，叫他们现在都不必管，免得叫人看见传出些不该有的风言风语。等过上一会儿，我与姐姐带着客人去园里赏花，你们再直接去那贱人房里把她给我拿住，好好治她。”

丫鬟低声应是，自下去传话。

这当口，来赴宴的客人陆陆续续都到了。

大家都聚在花厅里说话。

有许多勋贵之家的小姐原本是没打算来的，可一听说清远伯府这边有燕临和沈玠，哪里还坐得住？

京中谁人不知燕小侯爷一表人才，习武学文俱是上佳，世子之位早早定了不说，再过两个月便要行冠礼。按理说，冠礼之后他便要谈婚娶之事。

就算不慕勇毅侯府高门，光凭一个燕临已足以让人趋之若鹜，更不用说竟然还有个尚未取正妃的临淄王沈玠。

姜雪宁从花厅外面走进来时，扫眼一看，只见得满厅红巾翠袖，粉面朱唇，不管门第高低，每个人脸上都挂着因过于得体和礼貌而显得场面的笑容。

唯有两个人的笑容显得真切些，一个是尤府大小姐尤霜，另一个是尤府二小姐尤月。

这也难怪。

在她的印象中已经衰落的清远伯府设宴，还跟诚国公府撞了日子，竟也能有这许多人来赴宴，若姜雪宁是她们，怕也掩不住面上的喜色。

引她进来的下人刚到门厅就朝里面笑着通传了一声：“姜侍郎府二姑娘到了。”

原先正凑在厅中说话的名媛淑女们听见这一声，本来没有太在意，只是习惯性地抬起头来向门厅处望了一眼。

可谁知就是这一眼，众人竟闪了眼。

姜雪宁从门外走进厅里的那一刻，也不知是谁先安静了下来，传染开去，整个厅里忽然一下就没了声音。

姜雪宁自回京之后，其实甚少参加这类宴会。

京里这些姑娘大多是大家闺秀，个个养得和姜雪蕙一样的气度。而姜雪宁刚回京的那两年都在学规矩，孟氏没办法把她带出去；后来认识了燕临，干脆不耐烦学那些烦琐的规矩和大家闺秀们都喜欢的调香、抚琴，自然就更不爱凑这些与她脾性不和的热闹。

更不用说这类场合基本少不了姜雪蕙的存在。有这么一个厉害姐姐在，纵然姜雪蕙其实没有硬要压她一头的意思，可在外人眼里，姜雪宁这个二姑娘就是处处不如姜雪蕙，姜雪宁懒得为自己找气受。

是以，此刻厅中许多人虽然听过有她这么一号人存在，却大多没有亲眼见过她的模样与行止。

乍见之下，个个心底泛酸。

老天爷捏她这么个人时，未免也太偏心了——即便姜雪宁不是盛装而来，妆容也过于素净，可越如此越使人觉得她天生丽质。眉不画而黛，唇不点而朱，雪白的肤色仿若天山顶上的雪，使人有种触不可及之感。偏那一双明眸似点漆，目光轻轻流转时，又将她拉下凡尘，带出一段天然的妩媚与灵动，甚至有点艳色，既拒人于千里之外，又偏在尽头勾人遐思。

一头蓬松的乌发绾成了朝云近香髻。少女的身段虽还未完全长成，可已有了百般的玲珑妙态，纤细的腰肢在行走间轻摆，让人想起春风里摇动的柳枝，清新而柔嫩。

短暂的寂静中，也不知是谁哼了一声："她怎么来了？"

这一下，隔得稍远些的小姐们才反应了过来。有以前见过她的人窃窃私语，也有往日从没见过的人去向别人打听。

那些声音虽然细碎，可姜雪宁随意一扫这些所谓的"名媛淑女"的神情就知道，只怕这些人对自己的印象并不十分好，隐隐之间还透出一股忌惮的敌意。

但很快，这种敌意就变成了了然的轻蔑。

毕竟一个前面十四年都在田庄上长大的乡下野丫头，纵然回了京城，可穿上龙袍也不像太子，怎能与她们这些从小娇养的贵小姐相比？

曾经，她尤其介意这些目光。

可如今，她看她们却从容了很多——自己都当过皇后了，就算斗不过前朝那些人精，也是实打实披荆斩棘登上了皇后宝座的赢家，看这些"手下败将"跟看跳梁小丑没区别。

花厅里的气氛有一点奇怪的尴尬感觉。

好在此次宴会的两位主人都在。听见下人通禀时，尤霜连忙迎了上来，见着姜雪宁时目光一闪，微微一笑，同姜雪宁见礼："往日好像只在张尚书家的宴上同姜二姑娘打过照面，未料今日二姑娘竟然来了，里面请。"

尤月却下死眼把姜雪宁盯了两眼。

今日她是主人家，称得上是盛装打扮，出门前揽镜自照时都觉得镜中之人算得上姿色过人，兼之尤府许久没有遇到过这样有面子的好事，是以眼角眉梢都沾染上了几分热烈情绪，就像是那枝头开着的艳艳的红花，即便不能艳压群芳，也绝对光彩照人，能让人在人堆里一眼就看出她来，是一颗耀眼的明珠。

可姜雪宁一来，全将她比了下去。

如同一轮皓月升上夜空，使明珠暗淡。

尤月的心眼本就不大，一则她觉得姜雪宁过于好看以至于碍着人眼，一则又瞧不起姜雪宁幼时长于山野之中，当下便假假地笑了一声，竟故意道："今日怎的只见二姑娘一个，没见着你姐姐呢？"

周围不少人偷眼打量姜雪宁。姜府这两位嫡小姐的情况大家大多听过姜府的说辞。好端端的偏要在妹妹面前提姐姐，尤月这有意要姜雪宁不快的心，可算是十分明显了。她们都存了几分看笑话的心，先看姜雪宁怎么应对。

可谁想，姜雪宁竟十分沉得住气，既不窘迫，也未着恼，只含笑回视尤月，淡淡地道："姐姐与母亲当然是去诚国公府了，还特着我向尤府这边道声歉呢。"

尤月脸色骤然一变。其他人也都是暗暗吸了一口凉气：这姜二姑娘看着不动声色，说话却够狠！

谁不知道今日清远伯府与诚国公府撞了日子？

有聪明又人多的人家，都是一部分人去这边，一部分人去那边。大家都心知肚明，但不会说出来。而姜雪宁这回答明摆着是说姜府里身份更高的姜夫人带着大姑娘去了诚国公府，清远伯府就她一个来，这跟当众打了尤月的脸有什么区别？

尤月往前走了一步，就想发作。

站她旁边的尤霜眼皮一跳，手疾眼快，一把抓住了她的手，抢先接过了姜雪宁的话："这又何妨？总归大家都久居京城，往后赏花赏月之类的还少不了，总有能聚的时候。咱们还是坐下来再说话吧，请。"

这下她才请姜雪宁坐下了。

有往日同姜雪宁有过接触的世家小姐，见了她这从容镇定的姿态，倒有些怀疑起自己以前对她的印象来：姜家这二姑娘除了一张脸，一向上不得台面，怎么今日这气度，看上去比她们都要尊贵几分？

姜雪宁知道不少人在暗暗打量自己，可也不在意。

她本来就不是为了宴会才来，且厌恶了京中这些虚伪的应酬，坐下来之后便基本不说话了，只有一搭没一搭地听着旁人闲聊，满心里记挂的不过一个尤芳吟。

曾经她所识的尤芳吟的面容和她当下遇到的尤芳吟的身影，不断地在她的脑海里交错闪烁，重叠又分离，搅得她心烦意乱。

那尤月自己生气了一阵，可看姜雪宁坐下之后便没说话了，旁的姑娘小姐们又因为这一回尤府请来了燕临和沈玠，话里话外都捧着她恭维，便渐渐把先前的龃龉给忘了，这会儿便和人聊起京中近来的事。

她一拍手想起来一件："哎，有一桩有趣的，你们听说了吗？就那个什么刑科给事中和锦衣卫叫板的事。"

姜雪宁刚心不在焉地拿了席面上一小块桂花糕，听见"刑科给事中"五个字，心头一颤，手上一顿，忽然就抬起眼来，看向尤月。

尤月一脸轻慢的讥讽表情，向其他人笑道："谁不知道前朝先帝设立锦衣卫之后，便对其十分倚重，很多刑狱之事都交了下去。前儿锦衣卫的周千户带人去抓两个瞎写书编派朝廷的酸儒，谁不知道那是圣上的意思？人都抓了下狱了，可你们猜怎么着？第二天有人给圣上上了道折子，说锦衣卫拿人没经过他们刑科同意，要弹劾周千户呢！那人叫张遮，就一小小的七品刑科给事中，胆子倒很大，嫌命长了！"

周千户跟清远伯府有些关系。

为着朝上这件事，清远伯在自己的书房里已气得大骂过好几回了，尤月自然觉得这姓张的很多事，言语间也颇为不客气。

其他人也都附和："这芝麻大的小官竟敢跟锦衣卫抬杠，也太不识好歹了吧！"

姜雪宁手指头轻轻一松，那块拿起来的桂花糕便被她丢回了碟里，破天荒地插了句话，笑了一声："这都叫'不识好歹'，那依列位高见，什么才叫'识得好歹'？"

众人都愣了一下。

她们坐在这里说话久了，也不听姜雪宁接半句，渐渐都要忘了旁边还有这么个存在，忽然听她说话，一瞬间都有些茫然。

众人再一看这姜家二姑娘的神情，不觉微惊，便是先才尤月拿话刺她，姜雪宁面上也都是淡淡的表情，显得不是很在意。可此时此刻，她唇边虽然挂着笑，却显得有些冷。

她一双漂亮的眼眸抬起，静静地看着人时，无端透出几分慑人之感，衬着嘴角那一抹冷笑，竟有一种讽刺般的尖锐。

尤霜怔住了。

尤月则是一下被姜雪宁这句话点着了，彻底把一张脸拉下来：“你这话听着倒像是要为这姓张的抱不平，可我怎么没听说姜侍郎本事大，连个不知道是什么东西的七品官都要提携了？”

她这话竟暗指张遮背后的人是姜伯游了。

姜雪宁无论何时都不是什么好脾气的主儿，更何况尤月这一番言语接连犯她的忌讳！

于是，姜雪宁面上最后一丝笑意都隐没干净了。

她接过一旁棠儿递过来的锦帕擦了手，一字一顿地道：“朝廷律例，锦衣卫除了要有驾帖外，还必须要有刑科给事中的批签才能拿人。这位周千户胆大妄为，竟连朝廷律例都敢不放在眼中，被张大人参上一本实属咎由自取，怎的倒轮着尤小姐为他喊冤抱屈？尤小姐莫不是要枉顾本朝律例，颠倒一回黑白？”

周遭其他人齐齐变了脸色。

锦衣卫行事虽日渐张狂，朝野中人也慢慢习惯了他们的行事，今日这等场合还是头一回有人把律例拿出来说事，实在叫人不大敢插话。

就连尤月反应过来后都觉悚然。只是她原本就看不惯姜雪宁，又平白被对方驳了一回面子，这会儿若退让闭口不言，实在脸上无光，便咬着牙又顶了一句：“你且别拿律例说事，只等着看这位‘张大人’回头下场如何吧。”

姜雪宁慢条斯理地笑了笑：“我也等着看周千户的下场呢。”

她笑时，眼中毫无笑意，只瞅着尤月，眸底竟戾气横生！

之前，她虽没有主动去害过谁，可到底是经历过一朝杀伐的人了，骨子里有些东西已养得与这些闺阁小姐不同了。

这眼神带了几分血气，尤月哪里见过，一时之间竟被这眼神看得发抖，张了张嘴，却一句话也说不出来了。

她哪里知道“张遮”这个名字对姜雪宁来说意味着什么？这是她曾经唯一愧对之人。她贪生怕死，却在生命的最后为他交付了自己毕生的勇气，又怎容得旁人玷辱他半句？

别说今日坐在这里的是小小一个尤月，便是谢危，姜雪宁也敢直言不讳！

第四章
指点

花厅内的气氛彻底僵硬下来。

大家都不怎么敢深论朝中之事，又眼见得姜雪宁这架势骇人，干脆连和事佬都不敢出来做了，只心里纳罕：一个前面十四年都养在田庄上，半点见识都没有的姑娘，在京中待了四年而已，怎生这般叫人害怕?

好在正当此时，外头的下人忽然面带喜色，急急来报："禀小姐，临淄王殿下和燕世子已经在外头了。"

先前尤月与姜雪宁这一番争执立刻就被众人抛之脑后了。甚至连尤月自己都一下不在意了。

花厅里这些妙龄女子一下交头接耳地谈论起来，各有或憧憬或羞赧的娇态，有一些胆子大的更是直接凑到了门旁窗边去看。

唯有姜雪宁闻言微微怔住：燕临怎么也来了？但随即她便感到头疼。难怪她今日来清远伯府，见着来赴宴的人这么多，原来不是伯府重新得势，而是因为燕临与沈玠要来！

这下可好，那日她婉拒燕临时信口敷衍说要在家歇两日，结果到了九月九重阳节的时候又来别人家赴宴，只怕一会儿醋坛子要翻了。

清远伯府赏菊都在园子里，男客女客虽然分开，可一边在花厅，一边在水榭，相距其实并不遥远，且两边进来时都要经过园中一条长廊。

在花厅水榭里的人，远远就能相互看见。

那下人来报时，燕临与沈玠已经从外头进来，不多时便走上了长廊。

沈玠天潢贵胄，气质温文尔雅自不必说。

今日的燕临则难得没带佩剑，做贵公子打扮。一身收腰的锦缎天水蓝长袍，革带上简单地悬了一块白玉，少年英姿挺拔，面如冠玉，目若星辰，遥遥从长廊那头走来，仿佛灼灼骄阳，使人目眩。

花厅里这些闺中少女早已过了不知事的年纪，一时望见这般出色的公子哥儿，心底都萌生出些许春情来。

尤月更是看呆了眼，脸颊绯红。

她今年也是十八妙龄，自忖容色高于姐姐，又与燕临年纪相仿，昨日听闻燕世子与临淄王要来时，便暗中揣度燕临为何而来，险些一夜没睡好觉，如今见得燕临来，心便怦怦直跳。

“哎呀！”一位倚在门边看的小姐忽然叫了一声，惊讶地以手掩唇，“燕世子怎么向这边来了？”

众人顿时跟着惊讶起来，原本还能在座中假装镇定的人都不由得站了起来，向外望去。果然，只见燕临立在廊上，同旁边的沈玠说了两句话，便带着他身边那名青衣仆从往花厅的方向走来。

厅中众人立刻猜测起来。

“燕世子这是要干什么？”

“他来找谁吗？”

“呀，他莫不是来找咱们尤家小姐的吧？”

尤月、姜雪宁她们这一桌正好在窗边，乃整个花厅中视野最佳的位置，能清楚地看见外面。外头对她们这边相应地也能略窥其一二。

尤月听到其他人的打趣，心里欢喜，面上却又羞又恼，作势要打那几个嘴碎的姑娘，只道：“你们可别胡说，我们府里可没发帖请燕世子，昨日接到他的回帖，说今日要来，府里上下还纳闷呢。谁知道世子为什么来？”

她不这般说还好，一说却越发引人猜测：“那这可是巴巴地寻来的，还是清远伯府面子大呀。”

姜雪宁坐在窗边一角，朝外望着没说话，脸上半点看不见旁人那般暗暗的激动和羞怯之情。别人的注意力也都不在她身上，唯有尤霜若有所思地向她看了一眼。

不多时，燕临已经走近，竟正好来到那窗前。

今日是清远伯府的宴，燕世子若只在男客那边倒也罢了，眼下往女客这边走，难免就要使人多想：他今日给面子来赴宴，既在伯府，又来女客这边，按寻常道理来推论，他自然是来找尤府小姐的。

一时周遭的目光都落在了尤月身上，也不知是疑多，羡多，还是嫉妒居多。

尤月身处旁人的目光之中，只生出一种前所未有的紧张感，差点一个失手打翻茶盏，但很快，这种紧张就变成了一种得意与虚荣。

她毕竟算主人家，要待客，便轻吸一口气，压住那一颗几乎快要跳出喉咙的心，穷尽自己毕生的镇定，端出了一副得体优雅的姿态，款款起身，扬起了微笑："燕世子……"

燕临长在高门，从小不知有多少女人在他面前献媚，见多了这样矫揉造作的姿态，都懒得睬她一眼，全当没听到，反将目光落到了窗内角落里那名少女身上。

姜雪宁犹自端坐着，一双明澈的眼从里面看出来，自然且安静，只是神情间似乎藏了几分苦恼，倒像是觉得他是个麻烦，叫人看了心头火起。

燕临本就不满她敷衍自己又跑来这劳什子的清远伯府折腾，当下便微微抿唇，拉下了脸来，道："没想到今日我也来吧？"

周遭所有目光"唰"的一下转了向。

尤月面色一白，刚在面上挂好的得体微笑险些扭曲，霍然转头，几乎用一种难以置信的目光看向了姜雪宁！

姜雪宁在心底叹了口气，没答话。

燕临便道："你出来。"

周围又是一阵倒吸凉气的声音。

姜雪宁知他的脾性，猜他心底着恼，倒不敢当着众人的面触怒他，只恐他脾气上来叫大家都下不来台，便依言起身，出了花厅。

她前脚才迈出去，花厅里后脚就炸开了。

先才还对燕世子怀有憧憬的大家闺秀们简直不敢相信自己的眼睛，连带着看尤月的目光都古怪了几分。

尤月作为主人家巴巴地站起来，刚说了半句话要招呼客人，谁料这位尊贵的客人竟然丝毫不搭理她，反而跟她们以为上不了台面的那姜二姑娘说话，言语之间好似熟识，实在叫人惊得跌落一地下巴！

这何异于当面打脸？

原本她们以为燕世子与临淄王殿下来赴宴，该是清远伯府有什么不为人知的本事，可看燕世子方才的言行，似乎完全不是她们想象的那般。

尤月站在原地，望着外头那两道远去的身影，脸上忽然变得五颜六色，表情十分"精彩"。

燕临走在前面。

姜雪宁落后半步。

青锋与棠儿则在更后面，只远远地跟着。

等走到这园子角落的幽静处了，燕临才停下脚步，似笑非笑地看着她："自己说要在家歇两日，今日又出现在人家的赏菊宴上，你成心要气我是吧？"

姜雪宁自打听见他来了，就知道醋坛子要倒，如今果然倒了。她抬眸望着他，眼底仿若有一泓清泉，只含笑道："我也是回了屋才看见有尤府的请帖，临时决定的。何况你现在不也来了吗？"

她这话里的意思，竟像是说她知道燕临也会来一样。

燕临顿时生不起气来了，还没来由地感觉到了一丝甜意。

他先前抿起来的唇便压不住了，浮上来一抹真笑，道："正经本事没学多少，哄我的功夫倒练了个炉火纯青！"

姜雪宁心里道：你不就吃我这套吗？

她嘴上却道："可世子胆子也太大了，方才厅中还有其他府里的小姐在呢，你也敢过来。今日情形叫人瞧见，不知回头要传出怎样的流言蜚语呢。"

"那便叫他们传好了。"燕临眉目间竟透出几分霸道来，浑然不将那些事放在眼底。

"往日是我尚有两年才加冠，不好叫旁人知道，怕中间生了什么变故，让你为流言所困；可如今就剩下两个月，我巴不得叫全天下的人都知道。"

姜雪宁一时无言。这时她想起来的，是彼时燕临那血腥的冠礼。被抄家灭族，流放千里，偌大的燕氏一族一朝覆灭，像是烈日坠于山谷中，暗得透不出一丝光来。

她再看眼前少年对真正成年的憧憬与向往，不由得深觉残酷。

燕临瞧着她神情不对，以为她是生气了，一时倒生出几分局促感来，思量片刻便改口道："但你若不高兴，往后这样的事情我再也不做。"

姜雪宁心底越发悲凉。

燕临却走上来一步，拉了她的手："殿下那边还在等我，你今日既出来了，就不急着回去。待得下午宴席散了，你在层霄楼等我，我晚些时候出来，带你去看灯会。"

少年的手是执剑的，指腹被磨出了些细茧，拉着她的手掌时，传递出一股透入肌理的热度。

姜雪宁看他笑望着自己，实在说不出拒绝的话来。

毕竟她先拒了他，又来了清远伯府，要再拒他一回，只怕他会当场翻脸给她看，只好应下了，道："好。"

燕临在此也不好多留，且误以为她不高兴他高调行事，是以跟她说了两句话，又交代她一会儿地莫贪杯喝成只醉猫，这才带着青锋返回水榭。

姜雪宁则顺着原路，信步要回花厅。

可才经过几丛花树，她便忽然听见几声咒骂在花树的另一边响起，透过层叠的枝叶传了出来。

“小贱蹄子让你跑！”

“你是谁的种都还不知道，府里养你这许多年，你倒敢反了天了！”

“塞住她的嘴，摁她下去清醒清醒！”

中间仿佛夹杂着女子绝望的呜咽声，但模糊极了。

姜雪宁的脚步在这条幽静少人的道路上停住，电光石火间，她已然意识到花树的另一边正在发生什么，理智催促着她赶快离开，脚却半分不听使唤。

她也不知自己是不是疯了，竟轻轻抬手拉开了一根枝条，透过缝隙向里望去。

那边是一片不大的莲池。只是深秋时节，夏日里的莲花荷叶早已败了，留下满池的衰色尚未来得及清理。此刻正有三个粗使婆子在池边上。其中一个黑着脸抽了帕子擦着自己被咬出血的手腕，另两个婆子一个绞住了尤芳吟的手，一个摁住了尤芳吟的头，竟将人朝着水里按！

姜雪宁只听闻曾经的尤芳吟是落水之后才性情大变的，却不知是这种“落水”法！

棠儿站在她身后已看得骇然。

姜雪宁却觉得浑身发冷，先前在她心底叫嚣过的声音再一次浮了出来，比先前那一次还要尖锐，还要刺耳——

别去。

别去。

各人有各人的命数，原本的尤芳吟胆小怯懦且蠢笨，只会被人欺负。你救她也只能救得一时，难道还能救她一世？

且你真不想见另一个尤芳吟吗？

别去，别去，杀人的不是你，你不过袖手旁观而已！

那几个粗使婆子因尤芳吟从柴房中逃跑而受了两位小姐的责骂，恨尤芳吟一个贱妾所生且身份不明的庶女不识抬举，成心要折磨她，好叫她长长记性，日后不敢再犯。

这一来几人下手便极重，把尤芳吟的脑袋按进水里，任由她扑腾挣扎，也不让她起来。尤芳吟被关在柴房中几天，都没吃多少东西，又挨了打，哪里还有力气？

她只不过挣扎了几下就再也挣扎不动了。

池里冰凉的水灌进她的口鼻，她已难以呼吸，先前还算激烈的反抗便渐渐无力起来，一段纤弱的脖颈慢慢地向着池水里沉去……

那是何等绝望的姿态？

姜雪宁忽然便被扎了眼。死亡的恐惧，没人比她更懂，因为她已切切实实地经历过一次。

姜雪宁见着尤芳吟不再挣扎，脑袋里轰然一响：她当真能见着这样一个无辜的姑娘在她面前被人谋害，又当真觉得等她要等的那个“尤芳吟”来了，她能像之前那般问心无愧地与对方成为挚友吗？

那一刻，姜雪宁终究没能控制住自己，一声“住手”喊出时，她便知道这几日来对自己的告诫全然白费了！她是个自私的人，可终究坏得不够彻底。

那池边的三名婆子听见这声音吓了一跳，转头一看是个不认识的贵家小姐从花树间走了出来，便连忙松了手。只是尤芳吟早已没了力气，她们一松手，她整个人便从池边跌了下去。

只听“扑通”一声响，人竟往池底沉去。

先前动手的那两名婆子见状顿时面色一白。

姜雪宁一张脸上没有表情，连声音都异常冰冷平静，她只道：“把人捞上来。”

两名粗使婆子原本只不过是想要惩戒尤芳吟一下，哪里能料到她这样不经折腾？尤芳吟再卑贱也是府里的庶女。若真闹出人命来，她们吃不了兜着走！

被姜雪宁这么一吩咐，几人当即回过神来，手忙脚乱地把人往上捞，再拖到岸上时已湿淋淋一身，脸色发青，两眼紧闭。

之前指使人动手的那婆子也慌了神，忙道：“快，拍两下！”

姜雪宁便立在一旁，冷眼看着她们施救，也看着这一张自己本来熟悉的脸，心里面却前所未有地恍惚，一时甚至无法分辨自己此刻到底是期待还是恐惧。

她想，自己是虚伪的，明明可以早一些出面呵斥这几人，可偏要等到人奄奄一息了，才出来阻止。也许这样她便能安慰自己：不是见死不救，也不是故意要那个尤芳吟来到这个令其厌恶的世界，她尽力了，只是没能阻止这件事发生罢了。

“喀！”

那粗使婆子拍了两下都不见尤芳吟有反应，慌神之下用了大力气在人背后拍了一下，又掐了人中，尤芳吟才猛地咳嗽了一声，把呛进去的水都咳了出来，一双眼疲惫而缓慢地睁开。

这一瞬间，姜雪宁没站稳，身子一晃，往后退了两步。

那一双眼，不聪慧，不通透，半点没有她所熟悉的那种身在局外淡看人世的清醒与淡漠，只有一片仓皇的恐惧、笨拙的木讷。

有什么东西轰然坠地，也有什么东西烟消云散，不留下半点影子。

姜雪宁整颗心都空了一下。随即，一种旷世的孤独感翻涌上来，将她吞没。

★

那两名婆子见人醒转过来了，都不由得松了一口气，这才感觉到自己竟在这凉快的天气里出了一头汗，不由得举起袖子擦了擦额头。

可谁也没想到，刚醒来的尤芳吟眼底忽迸出一丝狠色。

她奋力地挣脱了二人，竟扯着嗓子大喊道："救命，救命——"

婆子们吓了一跳，连忙伸手去捂她的嘴："你瞎叫什么？！"

但是已经晚了。

尤芳吟现在虽然虚弱，可这两声好似用了全身的力气来喊，在这算得上空旷安静的地方回荡开去。周围虽然幽静，可也有抄近路的丫鬟经过。有人听见这声音凑过来一看，见尤芳吟湿淋淋地瘫在地上，一时误会了，也没等那几个婆子出言阻拦便大声惊叫起来："不好了，不好了，有人落水了！"

那几个婆子差点没把脸给气绿。

这会儿外头园子里众人早就开始赏菊了，距离这里本也不远，没一会儿就乌泱泱来了一大帮人，既有府里的丫鬟，也有今日来赴宴的客人。

燕临本在同沈玠说话，一听见有人落水原本还没在意，可再一打听，说是个姑娘落在了莲池里，再一回忆姜雪宁走的方向，吓了一跳，慌乱之下都没来得及问清楚，便与其他人一道过来看。

还好，他来时与众人都在莲池这头，只瞧见姜雪宁虽在莲池边，却好端端地立着，这才松了一口气。他转念一想，觉得自己关心则乱，但下一刻又疑惑起来。

先前那一声喊，尤芳吟几乎用尽了所有的力气，往前蹿了没两步便扑在地上。因她先前掉进水里，衣裙湿透，这会儿全都贴在了身上。

对面亭中、廊下不少人朝这边看着，指指点点，窃窃私语。

姜雪宁的神思飞走了好一阵，回过神来时，她却能看懂尤芳吟这番作为的因由——若尤芳吟不将事情闹大，焉知以后还会遇到什么？

她便是白白被人暗地里弄死，旁人也都不知道。

人都已经救了，再后悔也来不及了。

姜雪宁今日一身月白的衣裙外还罩了一件满绣遍地金的褙子，便褪下来，轻轻给尤芳吟搭在身上，而后冷着一张脸，向池对面那围观的熙攘人群道："都围着干什么，没见过婆子惩治姑娘、奴才欺负主子吗？"

哗！

此言一出，简直让所有人都惊呆了。那三个立在旁边的粗使婆子更是睁大了眼睛见鬼一般看着姜雪宁。

就连尤芳吟都怔住了。那犹带着一分余温的外袍就搭在她的身上，而她面前那位年轻的姑娘在褪去了外头这宽松的褙子后，只着一身月白的长裙，在腰间收束，挺拔而笔直地立着，眉目里带着些许冷意。

艳似雪中梅，凛若寒潭月。

便是她听的戏文里用以描摹美人最好的词，都无法描摹这姑娘万一。

这一刹那，她连鼻尖都酸涩起来，眼底大颗的泪接连滚落，却笨嘴笨舌，说不出半个"谢"字，只知道望着对方，移不开目光。

站在池对面的燕临一听就知道是什么事了，他的目光从姜雪宁那单薄纤细的身影上扫过，又一看他身边站着的那些世家公子，只觉得他们看的不是那"落水"的姑娘，分明是自己的宁宁，眉头不觉深深皱起。

燕临拉下了脸来，立刻道："对啊，人一个姑娘家落水，一群大老爷们儿在这里围着看像什么话？赶紧走，赶紧走。"

无论如何，这毕竟是人清远伯府内宅中的事情，且那落水的姑娘身份不明，大家也的确不好多留。众人听了燕临的话心里虽有些不满，到底还是嘀咕着去了。

唯有燕临落后了几步。沈玠看向他，他想了想，竟直接把自己的外袍脱了下来，递给身边跟着的青锋，一脸不耐地道："给她去，转凉的天气为个不知什么来头的丫头，别让自己冻病了。"

青锋心说您这衣裳给了姜二姑娘只怕人家也未必敢披，可到底这是自家主子，青锋又是知道他的脾性的，实不敢在这种时候多嘴，便将他这一件绣工精致的外袍接了，向莲池对面走去，到了便将那衣裳往外递。

棠儿却转头看向姜雪宁，也不知是该接还是不该接。

青锋在心底哀叹了一声，只低低地道："二姑娘若是不接，小的一会儿拿着回去，只怕不好交代……"

姜雪宁回眸看他一眼，才对棠儿道："接着。"

青锋顿时松了一口气："谢二姑娘怜惜。"

棠儿把这一身天水碧的外袍收了挂在臂弯上，青锋便向着姜雪宁躬身行了一礼，退了下去。

围观的客人们都散了。这附近只留下了清远伯府的下人。

姜雪宁看尤芳吟浑身湿透，这外头风又大，一吹人便瑟瑟发抖，整张脸上都没个人色，又看了看那三个婆子，道："你们伯府的事情外人虽不好置喙，可你们下手这般重，若真害了人性命，也不怕亏了阴德吗？"

那三个婆子先前听到姜雪宁一介外人竟胡言乱语说什么"婆子惩治姑娘、奴才欺负主子"，差点没气得七窍生烟，可转眼便见着燕小侯爷身边的人来给她送衣裳，又庆幸她们没有一时冲动上去斥责姜雪宁，不然得罪了不该得罪的人，回头吃不了兜着走。此刻听姜雪宁训她们，个个埋了头讪笑着不敢回嘴。

姜雪宁也不想过多插手清远伯府的事，只道："先把人送回房里吧。"

"是、是。"

府里其他主子怕还不知道这里的消息，得过会儿才来，三个婆子先前的作为都被姜雪宁目睹，她们是既心虚又害怕，闻言连忙应声，上前把尤芳吟扶了，往东北跨院的方向走去。

姜雪宁犹豫了一下，竟跟了上去。棠儿在后面看得一头雾水。姜雪宁却也很难形容自己这一刻到底是什么想法：救人救到底，送佛送到西？不，她不是这样良善的人。等待着奇迹发生？发生在她身上的奇迹已经够多了，老天爷不会对她那么好的。

也许，她只是单纯地想要看上一眼吧，看看以前的尤芳吟住的是什么地方。

跨院是府里没地位又不受宠的小妾和庶女住的地方，清远伯府的跨院实在不怎么样，看着十分简单，姜府里稍有些头脸的下人住的地方都比这里好。

姜雪宁进门之后发现一应摆设十分朴素，床榻、木屏、桌椅，炕桌上的针线篓子里还放着没有做完的针线活儿，周遭看上去倒是干干净净的，整理得很是服帖。

屋里就一个刚留头的小丫头，还不知是不是伺候尤芳吟的，见了这许多人进来，吓得连手脚都不知该怎么放。

还是为首的婆子呵斥了一声，小丫头才晓得端茶递水拿帕子。

姜雪宁看了她一眼，也不说话，只忍不住去打量这间屋子。

可毕竟那个尤芳吟没有来过，这屋子里既没有各种杂书，也没有富贵的绫罗，既没有时新的玩意儿，也没有西洋的钟表……

刚才救了人时那种虚幻的感觉终于渐渐消散了，她的心又沉落下来，变得实实在在，容不得她再有半分希冀与幻想。

她也是第一次，真真正正地转过眼来打量现在的尤芳吟。

因有外客在，尤芳吟不好下去换衣服，也或许是怕得慌了，只小心翼翼地揭了姜雪宁先前披在她身上的衣裳，又叫小丫头抱了一床薄被来裹在身上，青着一张脸望姜雪宁。

尤芳吟五官只能算清秀，柳眉、杏眼、樱唇，本是好看，可眉眼之间少一股神气，像是街面上那手艺不精的匠人雕刻的木头人似的，呆滞而死板。

她左眼角下有一颗泪痣，这是老人家们常常讲的福薄命苦之相。

姜雪宁妄图从这张脸上寻出一丝一毫的另一个尤芳吟的影子，可仔细打量完才发现：没有了，真的没有了，再没有那个尤芳吟了……

尤芳吟从未见过这样的眼神。这位救了她的贵人，仿佛要从她身上看出另一个人来。她的眼神有那么一点如泣如诉的哀婉，又像是接受了现实，却被打破了梦境。

尤芳吟不由得握紧了手指，觉得自己应该说些什么，可张了张嘴，又说不出半句话来。

姜雪宁立了半晌，眨了眨眼，对那几个不知所措的婆子道："你们出去。"

婆子们面面相觑，心中疑惑，却不敢反驳；连带着那小丫头，虽搞不清楚状况，却也不敢多留，跟着一齐退了出去。

屋里便只剩下姜雪宁与尤芳吟二人了。

尤芳吟终于讷讷地开了口："谢、谢贵人救命之恩……"

姜雪宁却注视着她，抬了手指，轻轻抚过这一张自己原该十分熟悉，眼下却觉得陌生的脸庞，将她颊边一缕发拂开了，梦呓般道："是该谢的。为了救你，我竟放弃了此生最大的依凭呢……"

尤芳吟怔住。

姜雪宁这才自嘲般笑了一声，对她道："我看你是个不想死的人。如今你都算是去阎王殿走过一遭了，往后还有什么好怕的？你便这样熬下去，好歹活出个人样来，才不辱没了这一身皮囊。"

明明这是尤芳吟的身体，自己不该说这般有失偏颇的话。可她又怎么压得住心底的失落？

姜雪宁自认是个普通人罢了。

尤芳吟大约是听不懂她在说什么，只知道睁着那一双大眼望着她。

姜雪宁见了越发失落，两个人到底是差太远了。她原本所有想说的话忽然都说不出口了，心里藏着千般万般的事情，都不知该找谁倾诉，一时只能全倒回了肚子里。

"棠儿。"姜雪宁想了想，唤了一声，叫棠儿进来，"带钱了吗？给我。"

棠儿便摸出个荷包来，里面塞着些银票，三张百两、两张十两，还有些许散碎银子。这是她带出来备着姑娘回府路上要买东西用的。她看了一眼姜雪宁，迟疑片刻，还是将荷包递了出去。

姜雪宁打开看了一眼，便将其搁在了桌上，道：“你我也算有缘，这钱你拿着，回头为你姨娘收拾一副好棺椁，好生安葬了。至于剩下的，你自己留着，好生过活吧。”

尤芳吟不知她怎么知道这事，眼眶霎时便红了，突然恸哭起来。只是这哭也无声，她像一条岸上的鱼，张大了嘴，没发出什么声音，却越发让人觉着撕心裂肺。

她终究不敢哭。

左不过是府里死了个姨娘罢了，还是自己吊死的……

姜雪宁只觉得此间无比压抑，与这个尤芳吟实在没半句话能说，便站起身来，往外走去。

只是她才走到门口，又停了下来，一手扶着门框，回眸看了一眼，只淡淡地道：“三日之后的上午，东市江浙会馆外会有个叫许文益的商人卖一批生丝，你若手中有余钱，且不甘于现状，可去谈价买下一些来，半个月后能得价三倍。若你省着些，也该够你一段时间的用度了。”

当年那个尤芳吟的第一桶金来得很不容易，连钱都是去外头借的印子钱。只是她敢闯敢想敢做，愣是赚出来了。这个尤芳吟却像个榆木疙瘩，脑筋也不似能转过弯来的。那个尤芳吟的手段与眼界，她如何能及万一？

姜雪宁这般指点，也不过是想做到自己无愧罢了。

连她都学不来那个尤芳吟的本事，是以不觉得这个尤芳吟真能做出什么来。

说完，她便觉得自己该做的都做了，敛了目，叫上棠儿，从这小小的跨院离开。

屋里只余下尤芳吟一人，用模糊的泪眼望着姜雪宁渐远的背影，将那个荷包紧紧地攥在掌心里，久久没有松开。

★

姜雪宁返回花厅时，在道中遇见了匆匆赶来处理此事的尤氏姐妹。显然她们也已经听说了姜雪宁这一个外来的客人竟插手他们府里的事的消息，一则有先前花厅中的“旧怨”，二则有眼下的“新仇”，尤月盯着姜雪宁的那一双眼睛里好似能喷出火来。

就连尤霜面色都不算好，只淡淡地跟姜雪宁道了声好。

姜雪宁也敷衍地应过。她跟清远伯府这两姐妹的梁子，肯定算是结下了。可她并不在意。天下有哪个人怕被一只蚂蚁恨上呢？

姜雪宁返回花厅后，尤芳吟“落水”的消息都传遍了，因不知道具体实情，所以传言反倒比事实还离谱。

有说是府里丫鬟，不堪主家折辱才投水的；有说是正经姑娘，姨娘刚投缳，一时想不开做了傻事。当然，传得最广的莫过于姜雪宁方才的那句话：这姑娘是尤府的庶出小姐，被恶仆欺辱，只怕“落水”的事情没那么简单……

因先前燕临来找姜雪宁说话，这花厅里诸多世家小姐平日都循规蹈矩，倒还头一回见到这种公然的“私会”，在姜雪宁走后便对她有颇多非议。且大家原本对燕临都有点心思，想到半路杀出个姜二姑娘，竟让她们觉着燕世子在冠礼之前敢这般作为，该是婚事暗地里都敲了个七七八八了。

这实在令人泛酸。

可奈何紧接着就出了尤芳吟落水的事情。世家小姐们的日子乏味，哪能抗拒谈资的诱惑？正好主人家料理事情去了，有些人便趁机凑到了姜雪宁身边来打听情况。

姜雪宁便说了自己看到的场景，既不添油加醋，也不少说半分。

不一会儿，尤氏姐妹回来，只说是府里一个庶女不慎失足落水，还好婆子们发现得早，救过来了，如今已经找了大夫来看，不妨事。

众人面上当然都一副“人没事便好”的庆幸样子。

可这些世家小姐先前已经听过了姜雪宁的一番话，且谁家里没点腌臜龃龉？有些事情大家一听就明白，内里根本懒得信尤氏姐妹这番鬼话，只不过她们是主人家，面子还是要给一点的。至于等宴会结束，回了自己家要怎么传，那就是众人的事了。

接下来便是午宴，赏菊，作诗作画，这于姜雪宁而言着实无聊。

若不是燕临先前说下午结束后去层霄楼等他，晚上一起去看灯会，她怕在见完尤芳吟之后就走了。

最后半个时辰，她只坐在边上，看这些个世家小姐舞文弄墨，在那一张一张铺好的宣纸上工笔描摹出一幅又一幅姿态各异的秋菊图。

一会儿等大家选个魁首出来，此宴便算结束了。

可谁也没想到，在这雅宴将尽的时候，门口忽然传来一声唱喏：“乐阳长公主到！”

长公主？

厅内所有人都吃了一惊，根本没来得及抬头多看，便都慌忙行礼：“恭迎长公主！”

姜雪宁在听见这声音的时候，眼皮都跳了一下，心里面已经开始暗恨自己没有提前离席了。

但她转念一想，自己现在是女装，于是又强迫自己放松了那根忽然绷起来的神经，在角落里随同众人一道行礼，下意识地把头埋得低低的。

厅前传来了轻微的脚步声，还有贵族女子腰上所悬的佩环相撞的声音。很快，众人便听得一道声音从头顶传来：“不必多礼，本公主与阿姝不过听得清远伯府宴会未尽，顺道来看看是什么模样罢了，平身吧。”

一字一字，若珠玉落盘，竟有如仙乐，仿若天人。

众人听得这声音，便忍不住去想，能拥有这样美妙嗓音的乐阳长公主，该是何等神仙妃子般的模样？

世家小姐身份虽贵，却从未进出宫廷。大部分人从来没有见过公主，是以平身之后，都抬了眼眸打量。

然而在看见这位公主的样貌的瞬间，所有人都愣了愣，眼里不由得浮出几分异样目光，随即便生出一种怜悯之情，心里面暗暗道了一声：可惜了。

乐阳长公主沈芷衣乃先帝宠妃贤皇贵妃所出，自小受尽宠爱，锦衣玉食，养得皮肤细嫩雪白，五官又继承了皇贵妃的精致，异常明丽照人，笑起来时更有甜甜的小酒窝，叫人看了便心生欢喜。

然而她左眼下半寸靠近眼尾的地方，竟有一道疤痕。疤痕颜色虽已稍浅，也不太长，可在这般无瑕的容颜上便显得格外醒目，格外刺眼，让人很难不去注意。原本一张脸上的美感便因这一道疤损失殆尽，使人不由得惋叹“明珠有裂，美玉生隙”。

这是一张破了相的脸，便是使了脂粉来遮，也能看清那疤痕。

长公主有那般动听的声音，却偏没有与之相衬的样貌。

姜雪宁则知道，乐阳长公主脸上这一道疤痕乃二十年前平南王举兵谋反进犯京城时留下的，那时她不过是刚刚出生不久的一个奶娃娃，被叛军从乳娘手中夺来，作为人质，用匕首在她脸上划了一道，胁迫躲藏在皇城中的其他皇族现身。

后来勤王之师赶到，平息叛乱。

贵为公主的沈芷衣当然安然无恙，脸上却永久地留下了这样一道疤，从她的幼年伴随到如今。

如今虽二十年过去，可朝堂上、皇宫里，所有经历过那一场变乱的人，看了她脸上这道疤，都会不由得回忆起那一场让宫廷内浸满了鲜血的叛乱。乐阳长公主这道疤，是平南王逆党在大乾这一泱泱王朝脸上划下的耻辱！

也正因此，当今圣上对这位妹妹格外宠爱。但凡沈芷衣有任何要求，只要不涉及国家社稷的存亡，他都予以满足。便是她想要摘那天上的星星，沈琅也要叫人去试一试能不能摘方肯罢休。

沈芷衣在宫廷中长大，从小就见过了无数人注视她脸上这道疤时的目光，有的怜悯，有的疼惜，有的讥讽，甚至她偶尔会从一些容貌昳丽的宫人脸上看到她们的心声：纵然是高高在上的一国公主又如何？有了这道疤，破了好颜色，实在连她们这些低贱的宫人都不如。

年幼时她尚且不知这些目光的含义，待得渐渐年长明白之后，却由怒生恨，由恨生悲。试问天下女子，又有谁能真正不在乎自己的容貌呢？

沈芷衣一眼扫过去，众人打量她的目光都被她收入眼底，唯有角落里一人埋着头没有抬起，一直把脑袋垂得低低的。

这倒是稀奇。

她在宫中时已习惯了别人这样的注视，所以此刻虽觉得心底跟扎了根刺似的，却没有发作，只冷淡地道："你们继续作画即可。"

众人都被她扫过来的眼神惊了惊，连忙收回了目光。公主既已发话，她们自不敢反驳。于是一个个都回到了自己原先的位置，作画的继续作画，作诗的继续作诗。

姜雪宁也轻轻松了口气，退回去就要继续假装自己根本不存在。

可压根儿还没等她重新坐下，沈芷衣竟直接向着她走来，往她面前一站，便道："你就是姜雪宁吗？抬起头来。"

姜雪宁真不知道这位祖宗为什么又注意到了自己！

自己如今可不是皇后了，对比她一国公主之尊，不过是个普通大臣家的小姐，身份地位的差距摆在那里，也不敢有所违逆，依言抬起头来。

这一瞬间，沈芷衣眼底闪过了毫不掩饰的惊艳之色，不一会儿，却又变成了一点带着哀婉的艳羡，轻轻叹了一声："我今日便是为你而来的。"

姜雪宁的眼皮又开始狂跳。

沈芷衣却道："难怪燕临那个谁也降服不了的人为你死心塌地，你这般好看，便是我见了都要心动，实在让人羡慕……"

她今日本在诚国公府赴宴，可到了才听说她兄长沈玠去了清远伯府。沈芷衣本来就黏着这个性情温和又脾气极好的哥哥，后来更得闻从小跟她一块儿玩到大的燕临也在那边，便着人问了问。她这才知道，沈玠是因为燕临去的清远伯府，而燕临又是因为某个官家小姐去的。

这一来她便好奇了。

眼看着诚国公府的宴会结束，她便拉了与自己要好的诚国公府大小姐萧姝杀来这里，看看这传说中的“姜二姑娘”到底是何方神圣。

沈芷衣知道燕临那德行，他从来对女人不大感兴趣。若谁能被他看中，那必然有过人之处。所以刚才她扫眼一看，那个唯一低垂着头的身影便被她注意到了，走过来叫对方抬头一看，果真是那个姜二姑娘，一张脸姝色无双，似冷非冷，似艳还无，叫人一见难忘。

姜雪宁却在心底里哀叫了一声“这算什么孽缘”，听沈芷衣这意思好像是因为燕临才来看她的，算是不想遇到也遇到了。

这位乐阳长公主将来的命运，她是清楚的。

原本执掌兵权的勇毅侯府被平南王旧案牵连流放后，没两个月，北方鞑靼便蠢蠢欲动，称新王即位，想向大乾求娶公主作为王妃，皇帝又不想重新启用勇毅侯府，便送了乐阳长公主去和亲。四年之后，鞑靼养精蓄锐结束，彻底举兵进犯。

满朝文武只迎回了公主的棺椁。

那时的皇帝已换了沈玠。他悲恸之下，这才推翻了沈琅当年为勇毅侯府的定罪，为勇毅侯府平反，启用已被流放在外四年的燕临。燕临终于得到了机会，以戴罪之身率兵平定边乱，驱逐鞑靼，杀到夷狄寸步不敢越过大乾国土，封了将军，掌了虎符，也回了京城。

之后，便是姜雪宁的“灾难”了。

她在记忆中搜寻到她们上一次初见时，她做男儿打扮，却见沈芷衣对自己脸上那一道疤过于在意，于是拎了灯会上别人用来描花灯的细笔，蘸了一点樱粉，在对方的左眼下为其描了那道疤。

沈芷衣彼时误以为她是男子，对她生了情愫，后来知道她是女子，心里自然过不去。可在去往鞑靼和亲前，沈芷衣特着人请了自己来，为她画上她们第一次见面时那妆容，然后静静地坐在妆镜前，望着镜中那张娇艳的容颜，颊边却滑过两行泪。

在沈芷衣去后，姜雪宁也多次问过自己：若再有一次机会，你还会在初见时为她画上那一笔吗？

当时姜雪宁没有答案。

她以为自己不会。

可如今真等到沈芷衣再一次活生生地站在自己面前，姜雪宁真的有了这样一个机会时，才发现自己的答案是：我会。

“公主殿下本是天姿国色，是整个大乾朝最耀眼的明珠，雪宁何能及万一？”她抬眸望着沈芷衣，微微笑起来，“您本不必艳羡臣女的。”

这番话听上去实在像是闭着眼睛的恭维，沈芷衣在听见的第一瞬间是厌恶的。可当她触到姜雪宁的目光时，却发现这番话里的认真和毫不造伪的郑重，一时怔然。

姜雪宁便转身，自一旁的画桌上轻轻地提起一管羊毫，轻轻蘸了一点浅浅的樱粉，道一声“冒犯了”，而后便凑上前去，在沈芷衣左眼下的那道疤上轻描了几笔。原本刺目扎眼的疤痕一时竟变作一抹月牙似的粉色图案，像极了一片飘落的花瓣。

待得她退开时，跟在沈芷衣身边的宫人已低低惊呼一声，目露惊艳之色。

姜雪宁只道：“有些伤痕，若殿下在人前过于在意，则人人知道这是殿下的柔软处，皆可手执刀枪以伤殿下；可若殿下示之人前，不在乎，或装作不在乎，人则不知殿下之短，莫能伤之。您的伤疤本是王朝的荣耀，何必以之为耻？”

沈芷衣彻底愣住了。从来没有人对她说过这样大胆的话，明明很是直白犀利，却好似一缕清风，拂过心田，把某些伤痕抚平了。

她注视着眼前这位初次见面的姜二姑娘，难以移开目光。

姜雪宁画完那一笔，便觉心头舒坦，又琢磨了一下：虽然她又与乐阳长公主有了交集，可现如今还不知谢危要怎么对付她，若能巴结好公主殿下，便是谢危要对她动手，说不准也得掂量掂量。

这没什么不好。

只是当她敛神回眸时，撞见沈芷衣此刻注视着她的眼神，忽地头皮一麻！这眼神……怎的跟曾经一般无二？！

她下意识地低头看了一眼自己的穿着，确实是女子打扮。

可为什么沈芷衣这眼神……

电光石火间，姜雪宁脑海里忽然冒出了一个前所未有的念头，以至于让她浑身一颤，禁不住起了一串鸡皮疙瘩——谁说曾经乐阳长公主一定是因为她女扮男装，误以为她是男子，才阴差阳错地对她生情？

同一种情形，未必不能有另一种解释，那就是，公主见她做男儿打扮，却一身阴柔女气，所以对她亲近！

如果是这样的话……

姜雪宁还执着画笔未来得及放下的手，忽然就僵硬了。

这一瞬间，顶着沈芷衣那炙烈的目光，她整个人如被雷劈一般，脑海里只冒出了三个字——

完蛋了。

第五章 遇袭

冷静。

自己要冷静下来。

姜雪宁强迫自己暂时不要想太多，眼神这种事，且还是最初的眼神，也不过就是一切的萌芽和开始罢了。

男子看喜欢的女子，眼神很好分辨，因为在爱意之外，总是夹杂着或多或少的欲望。可女子看喜欢的女子，不夹杂欲望，本质上与看一个十分亲密、特别喜欢的朋友并无太大的分别。

她该是留下的阴影太深，有些杯弓蛇影了。心念转过来之后，姜雪宁便变得镇定了许多。她虽内心汹涌，面上却看不出来。

沈芷衣虽然站得离她很近，却不知道她心里面百转千回地绕过了多少奇异而荒唐的念头，只叫身边的宫人拿了一面随身带着的巴掌大的菱花镜一照，在瞧见那一瓣樱瓣似的图案时，目光闪烁，已动容了几分。

她刚才初见姜雪宁时，着实为其容貌所惊，以为燕临喜欢姜雪宁不过是因为这好颜色；可不过三两句话的工夫，这位姜二姑娘却又叫她看见了其完全不同于寻常闺阁小姐的一面。

京中哪个闺阁小姐说得出这番话来？

她与燕临从小玩到大，这时再想，他从不是什么色迷心窍之辈，该是这姜二姑娘的确有很值得人喜欢的地方，他才喜欢的。

沈芷衣又走近了两步，竟笑起来拉了姜雪宁的手："你说话格外讨人喜欢，难怪燕临喜欢你，连我都忍不住要喜欢上你了。"

她不说还好，一说姜雪宁差点腿软跪下去。强绷住脑袋里那根险险就要断裂的弦，也强忍住将手从沈芷衣的手中抽回来的冲动，姜雪宁彻底收敛了先前自如的颜色，做诚惶诚恐模样，道："臣女口无遮拦，惯会胡说八道，还请公主莫怪。"

沈芷衣见她忽然这般模样，瑟瑟缩缩，全无先前拉了自己来提笔便在自己面上描摹时的神采与风华，不觉皱起了眉，就要说什么。

这时旁边却插来一个声音，道："殿下吓着她了。"

沈芷衣转头看去。说话的人是一名盛装打扮的女子，先前一直站在沈芷衣旁边，论通身的气派也只弱了沈芷衣一线，衣裳皆用上好的蜀锦裁制，光是戴在头上的那条抹额上镶嵌的明珠都价值不菲，更别说她腕上那一只羊脂白玉的手镯，几乎无任何杂色。

远山眉，丹凤眼，青丝如瀑，香腮似雪，女子虽不是姜雪宁这般叫人看了第一眼便要生出嫉妒心的长相，可在这花厅中也绝对算得上是明丽照人，更不用说她眉目间有一股天然的矜贵之气，唇边虽然挂笑，却给人一种不怒自威之感。

这女子一看就是个顶厉害的人。

这是诚国公府的大小姐萧姝，姜雪宁也是认得的，或者说得更清楚一点——曾经，几乎被谢危屠了全族的那个诚国公府萧氏的大小姐。

她先前只在旁边看着，这会儿才出来说话。

只是沈芷衣听了这话后有些不满。萧姝便笑起来，展了手中的香扇，看着姜雪宁，却凑到沈芷衣耳旁，压低声音说了几句话。

沈芷衣听后，一双眼眸里便闪过了几分璀璨色彩，原本左眼下并不好看的疤痕也被点成了樱花瓣形状，一时相互衬着，整张脸竟都亮了起来。

她笑着拍手道："你这个主意好。"接着便对姜雪宁道，"今日人多不便，我改日再找你玩好了。"

姜雪宁没听见萧姝对沈芷衣说的到底是什么，但心里隐隐生出了几分不安：要知道她之前就与萧姝不是很对盘，两人基本同岁。她在沈玠尚是临淄王时便嫁给了他，沈玠登基后顺势封她为皇后；萧姝却是后来入宫，凭借着母家诚国公府的尊荣，又与沈玠是表兄妹，很快便被封了皇贵妃，沈玠还让萧姝协理六宫。

虽然因为出身萧氏，她最后的下场不好，可在眼下，萧姝的存在还是让姜雪宁忍不住生出几分忌惮之意。

姜雪宁向沈芷衣恭声应了"是"，对萧姝却只淡淡地颔首。她绝不要跟萧氏扯上什么关系——将来谢危杀起人来是不眨眼的。

萧姝从小在国公府这样的高门里长大，所见所学远非寻常姑娘能比，只从姜雪宁这小小一个举动中，便轻而易举地感觉到了对方对她的冷淡。

这倒有点意思了。

萧姝也不表现出什么来，只意味深长地看了姜雪宁一眼，才拉着沈芷衣走了。

因清远伯府这边的宴会已至尾声，又正好遇到国公府大小姐和当朝长公主来，尤霜、尤月姐妹倒懂得抓住时机，竟请了二人来评判，点出今日赏菊宴上作诗、作画的魁首。

萧姝诗画俱佳，便一一看过，最后与沈芷衣讨论一番，由沈芷衣点了尤月的《瘦菊图》为画中第一，点了翰林院掌院樊家小姐的《重阳寄思》为诗中第一。

那樊家小姐诗书传家，倒算稳重；尤月却是多年苦练画技终有了回报，且还是乐阳长公主钦点，一时喜形于色，高兴得差点掉了眼泪。

姜雪宁既不会画，也不会写，从始至终冷眼旁观，眼见着这一切结束，等沈芷衣与萧姝走了，便头一个告辞离去。

扶她上马车时，棠儿小心翼翼地问了一句："去层霄楼吗？"

姜雪宁看了看天色，算了算时辰，刚才花厅这边结束时，水榭里还是一片热闹场景，燕临一时半会儿该出不来，于是目光一转，想起了另一桩还拖着的事。

她道："先去斜街胡同。"

周寅之就住在斜街胡同。这条胡同距离紫禁城实在算不上近，所以许多需要上朝或经常入宫的大臣并不会将自己的府邸选建于此，而王公勋贵又都在城东，所以这条胡同里住的大多是下品官吏。

周寅之发迹得晚，钱财又都要拿去上下疏通，打点关系，自然没有多余的财力置办府邸。

是以姜雪宁到斜街胡同时，只见得深处两扇黑漆小门，扣着年深日久的铜制门环，上头挂着块简单至极地写着"周府"二字的匾，的确是寒酸了些。

她让棠儿前去叩门。

不时里面便传来一道女声："来了。"很快两人听得有人拿下后面门闩的声音。紧接着"吱呀"一声，门被打开了，一张清秀的脸从里面探了出来，先看见了棠儿，又看见了棠儿后面的姜雪宁，只觉穿着打扮虽不华丽，却不像是什么身份简单的人，一时有些迟疑："您是？"

姜雪宁不答，却问："周大人不在家吗？"

那清秀女子道："今日大人一早就去卫所了，也不知什么时候才回来。姑娘若有急事找，不妨入院先坐，奴叫人为您通传去。只是大人回不回，奴实在不知。"

姜雪宁没料着自己竟还要等。但如今她来都来了，白跑一趟又算什么事？她琢磨片刻，便点了头。

女子打开门让开两步，请姜雪宁与她的丫鬟进去，接着便行至那不大的小院，唤了那正在院中刷马的小童，道："南洲，去卫所找大人一趟，就说家里来客，有急事找他。"

那唤作南洲的小童放下扫帚便要出门。

姜雪宁拧眉一想，忽然叫住了他，道："不必，只跟你家大人说他养的爱马病得快死了，请他回来看一眼。"

南洲不由得茫然，看了看那女人。

那女子不知姜雪宁的身份，可看着她不像是来寻仇的，又怕误了大人的事，所以虽有些迟疑，最终还是点了点头，道："便这样报。"

南洲这才去了。

院落实在不大，拢共也就那么四五间房，见客便在中堂。

那女子自称"幺娘"，是周寅之买来的婢女。

她请姜雪宁落座，又泡了茶来奉上，许是头回见着这样光艳的人物，有些无所适从和自惭形秽，只道："是今年的新茶，只是不大好，望您海涵。"

姜雪宁之前是听说过幺娘这么个人的。这是周寅之身边少数几个能长年得宠的姬妾之一。原来她这么早就跟着周寅之了，算是相逢于微时，也难怪日后即便周寅之宠姬美妾成群，也不曾薄待这样一个姿色平平的妾室。

姜雪宁道："无妨，我就坐一会儿，若你家大人久不回来，我很快便走了。"

她端起那茶来抿了一口，新的冻顶乌龙，然而的确是入口生涩还有一点苦味。

她在宫中那些年早就被养刁了口味，于口腹之欲上要求甚高，是以此刻也不勉强自己，只沾了一口，便将茶放下。

她等了有两刻多快三刻，胡同口才传来了急促的脚步声。

幺娘忙迎上去开门。

周寅之穿着一身暗绣云纹的黑色锦衣卫百户袍服进来，这院落狭小而无遮挡，他在院门口一抬头就看见了坐在堂屋里的姜雪宁，目光顿时一闪。

他向屋里走来，幺娘跟着他，他却回头道："你下去吧。"

幺娘一时微怔，看了姜雪宁一眼，也不敢说什么，只道："那大人有事唤奴。"

周寅之这才走进来，倒也不含糊，躬身便向姜雪宁行了一礼："上回二姑娘有请，周某临时有事，不辞而别，有所失礼。今日却累得姑娘亲自前来，望姑娘恕罪。"

这人生得颇高，立在堂上都觉得这屋矮了。

姜雪宁抬眸打量他，道："你回来得倒快。"

"卫所中正好无事，本也准备回来了。"

事实其实恰好相反，卫所里成日有忙不完的事。南洲来找他时他正听着周千户与刑科给事中张遮的那桩龃龉，一听南洲说他的马不好，心里第一个念头便知道不对。

早晨到卫所时，他刚亲自喂过马，并不见有什么不好，于是知道是有别的事。他当即做担忧状，给卫所里的长官说了一声，这才匆匆赶回，路上一问南洲，果然是姜雪宁来找。

周寅之乃白身熬上来的，心有抱负，对着姜雪宁一介弱质女流，神情间也并不见倨傲之色，反将姿态放得更低："不过兴许姑娘等得两日，便是您不来找周某，周某也会去找您了。"

姜雪宁猜着了，却故作惊讶地道："哦？"

周寅之便道："近日锦衣卫这边周千户拿贼的时候，没找刑科拿批签，因此被给事中张遮上奏弹劾，还声称应当依律严惩。周千户虽在朝中有些关系，事情却不好摆平，那张遮如何还不知，但至少周千户这千户的位置是难保了。如此将缺出一个千户的名额，但周某人微言轻，既无钱财疏通，又无人脉活络，所以本打算厚着脸皮请二姑娘相助的。"

原来他要谋的这个缺，兜兜转转竟还跟张遮有点关系。她对张遮早年的事情知道得实在不多，也不知他这一次到底是怎么度过的。

姜雪宁敛了眸。来这里之前，她原本就有完整的打算，只是没想到周寅之如此直白，先开了口。不过这倒也好，免去她再费什么口舌了。

想着，她便道："你是想托我将你引荐给燕临吗？"

周寅之坐在她的下首，鹰隼般锐利的一双眼底闪过了一缕幽光，他只道："勇毅侯府堪与萧氏比肩，在朝中颇能说上话，且姑娘又与世子交好，世子年将及冠，若我能得世子青眼，将来也正好为姑娘效力奔走。"

他这明摆着是说她以后嫁进勇毅侯府的事了。

曾经周寅之提出这请求，是因为她先需要个人去查沈玠的身份，又的确想着周寅之能为自己所用，所以帮了他。但如今她已经知道沈玠的身份，自然无所求。

只不过……

姜雪宁看着他，慢慢一笑道："父亲乃户部侍郎，虽不执掌吏部，却也在六部之中，若你仅仅是想谋求个千户的缺，只去求父亲便是，却偏要从我这里投靠燕世子。我倒奇怪，为什么呢？"

周寅之听着她这番话，心里忽然有种说不出来的感觉——二姑娘什么时候对朝堂的事都这么清楚了？

须知她往日不过就是脾性娇纵，成日里跟着燕世子贪玩闹事。

他望着姜雪宁，一时没回答。

姜雪宁却道："要我将你引荐给燕临，倒也未尝不可。不过我有一个问题想要先问一问你。这也是我今次来此的目的所在。"

周寅之不动声色："姑娘请问。"

姜雪宁便道："周千户的处置还没下来，你却已经急着请我将你引荐给燕临，除了想要谋个千户之位外，恐怕还有锦衣卫那边查平南王旧案，要你潜到勇毅侯府查个清楚的原因吧？"

"嘎吱！"尖锐且刺耳的声音响起。

周寅之浑身汗毛倒竖，霍然起身时带到了座下的椅子，让那椅子腿划在地上拉出了短暂的声响。

他瞳孔紧缩，盯着姜雪宁，眼里全然是不敢相信的神色！

要知道这件事他也是前两天才听见风声，今日卫所的长官刚将他叫进去吩咐了一番，本是机密中的机密，他甚至没有告诉过任何人！

可现在竟被姜雪宁一语道破！她是从何得知的？！

姜雪宁看到周寅之如此强烈的反应，哪里能不知道自己竟然猜对了？

一时心头涌上来的却是悲哀情绪。

难怪曾经周寅之下场凄惨。勇毅侯府被牵连进平南王谋反旧案，抄家流放，实与他脱不了干系。也难怪后来谢危要使他身受万箭而死，还要割掉他的头颅挂在宫门上……

而这条毒蛇，竟是她当年引给燕临的。

姜雪宁微微闭了闭眼，道："周寅之，你若想活，我教你个出路。此案关系重大，你万莫与之牵连太深。你办成了或许平步青云，显赫一时；可再等久一点，我只怕你将身首异处，死无葬身之地！"

姜雪宁与周寅之摊牌之后，又与他说了有半刻才走。

天色不早了，她怕燕临在层霄楼等久。

她走后，周寅之坐在堂中，满面阴沉，却久久没有动上一下。直到幺娘进来找，被他这面色吓住："大人，您、您怎么了？"

周寅之却没答。他转过头来，望着这座小院。院落一角便是马棚，一匹上等的枣红马正在那边埋着头吃草料。

这是周寅之前两年刚谋了锦衣卫百户时为自己买的一匹马，每日必要亲自喂上一遍，再带它去京郊跑上一趟。

他看了一会儿，便起身走过去，摸了摸那马儿漂亮顺滑的鬃毛。马儿识得主人，亲昵地蹭着他的掌心。可站在屋檐下的幺娘却清楚地看见周寅之的另一只手竟已抽出了腰间那一柄刀，一时便惊叫了一声。

“刺——”

锐利的刀尖穿进马脖子时，一声裂帛似的声响传来。

那马儿吃痛，顿时就扬起前蹄，踢倒马棚，却被周寅之死死地按住了头，大片的鲜血喷了出来，溅了周寅之满身。

然而这一刀又狠又准，它没挣扎一会儿便倒下了。

周寅之这才卸了力，半跪在那骇人的血泊里，一手攥着那柄沾血的刀，一手轻轻地搭在马首之上，注视着它咽了气，才慢慢地道：“记着，今日无人来找过我，是我的马病了。”

★

曾经，是周寅之“查”的勇毅侯府，后来沈玠登基，为勇毅侯府平反，再后来周寅之被谢危乱箭射死，枭首钉在宫门之上。

由此可见，周寅之绝没做什么好事。

此人一心向着权势和高位，为达成目的总是不择手段，但做事偏又细心谨慎，滴水不漏，很难被人抓住错处。这也是姜雪宁曾经用他顺手的原因所在。

只是这次她连宫都不想进，再与此人有太深的干系，无异于与虎谋皮。但眼下对方偏偏又是她唯一一个了解勇毅侯府被牵涉进平南王旧案的情况的渠道，且还有个谢危不知何时要摘她的脑袋，她便是不想联系他也得联系。

但愿这次她能免去俗世纷扰，得一得尤芳吟所说过的那种“自由”吧。

她在心里叹了口气，重上了马车，道：“去层霄楼。”

此时天已渐暮，深秋里了鸿雁踪迹。

层霄楼里饮酒的人已不剩下几个。

半年前升任刑部侍郎的陈瀛把玩着那盛了佳酿的酒盏，一身闲散气息，却道：“锦衣卫向来只听从圣上的调遣，要查勇毅侯府恐怕也是圣上的意思。平南王一党余孽被押在刑部大牢里已经有好几天了，他们什么都审不出来，今儿特喊我出山去折腾一番，看能不能从他们的嘴里撬出东西来。少师大人，您常在圣上身边，能不能点点下官，圣上想从他们嘴里知道点什么呀？”

陈瀛是近些年来出了名的酷吏，用刑折磨犯人的手段十分残酷，甚至惨无人道，但也因此破过好几桩大案子，在地方上的政绩很是不错，这里面甚至包括一锅端掉天教教众在江苏分舵的大事。

只是他也很爱揣摩上面人的心思。现今他在天子的眼皮底下做事，有时候真相是什么并不重要，重要的是当皇帝的想要听到什么。

坐在他对面的那人今日既无经筵日讲，也不进宫，所以只穿着一身大袖的简单白衣，不配以任何赘饰，甚至头上也不过用一根没有任何形制的黑檀簪束起。

此刻他并未抬头看陈瀛一眼。

桌上端正地置着一张新制的琴，已过了前面十一道工序，漆光如镜，装满雁足，他则垂眸拉了琴弦，一根一根地仔细往上穿。

陈瀛目光闪了闪，又道：“咱们这位圣上，看着宽厚，可陈某私心里觉着吧，圣上疑心病太重。”

谢危穿好了第一根弦，然后缠绕在琴背右边的雁足上。

陈瀛忍不住打量他的神情：“像少师大人您，怎么说也是当年辅佐圣上登基的功臣吧？可眼下圣上不过封了您一个没实职的‘少师’，还不是‘太师’，若真要计较，有帝师之实，而无帝师之名。可那什么实在事都没做过的圆机和尚，圣上不仅封他为国师，还让他执掌礼部，官至尚书。陈某若有您十之一二的本事，都忍不了这等事。少师大人难道真没有半分不平之心吗？”

谢危的手指是天生抚琴的手指，指甲盖干净透明，显出一派温润色彩。

他没停下穿琴弦的动作，只道：“陈侍郎慎言。圣上乃九五之尊，天子心思怎能妄自揣度？况危一介书生，只是纸上谈兵罢了。圆机大师往日在圣上潜邸时，与危坐而论道，佛学造诣绝非浪得虚名，圣上封其为国师自有道理。雷霆雨露，俱是君恩，何以不平？”

陈瀛笑了一声，似乎不以为然：“是否公平朝野心里都有数。您便指点指点，这人，下官到底该怎么审？”

谢危道：“该怎么审便怎么审。”

陈瀛皱眉：“要什么都审不出来呢？”

谢危道：“陈大人审不出，自有觉着自已能审出的人来接替。”

陈瀛心头顿时一凛，心里已有了计较，当下便放下酒盏，长身一揖道：“谢先生指点。”

谢危继续埋头穿着琴弦，偶尔轻轻拨动一下，略略试音。楼里声音断续。西坠的落日为他披上了一层柔和的霞光，却不能改他的半分颜色，只能将他的身影拉长。

陈瀛知他这一张琴制了有三年，对其甚是爱惜，眼下到了上琴弦时，能搭理自己三言两语已是给足了面子，自然省得分寸，不再多留，躬身行礼后便告辞离去。

陈瀛走后，先前一直抱剑立在一旁的剑书眉头都拧紧了。他虽是少年人面容，却不冲动，着实思虑了一番，才迟疑着道：“先生，任由他们这样查吗？”

谢危道：“不是陈瀛也会有别人。”

剑书沉默。

不一会儿，楼下有小二上来，漆盘里端着满满的酒菜：“这位爷，您点的东西到了。”

剑书道：“我们先生何时点了东西？”

那小二一脸惊讶状：“不是刚下去的那位爷帮忙点的吗？”

这小二普通人模样，看着却面生得很，说话时则带着一点不大明显的吴越口音。

层霄楼何时有了这么个小二？

剑书忽然觉出不对，陡然扬眉，拔剑出鞘，大喝了一声：“先生小心！”

“哗啦！”

剑书出声时，这“小二”便知道自己已然暴露，先前装出来的一脸纯善讨好的表情立刻变得狰狞凶狠，竟直接将那满漆盘的酒菜向剑书一推，自盘底抽出一柄一尺半的短刀，直向谢危袭去！

“受死！”

谢危方抱琴起身，这人的短刀已至，只听得“铮”一声断响，才穿好的四根琴弦已被刀尖划断，琴身上亦多了一道刀痕！

他方才还平和温煦的神情，顿时变得冰冷。

斜街胡同距离层霄楼算不上太远，姜雪宁觉着燕临怎么也该到了，所以只叫把车停在此楼斜对面的路边，又吩咐车夫去楼里请人。

可她万万没料着，车夫才走没片刻，便有一道黑影从外袭来！

只见雪亮的刀光一闪，短刀已压在她的脖颈上。同在车内的棠儿尚来不及惊叫，便被此人一掌劈在后颈上，失去知觉，倒在姜雪宁脚边！

这一刻，感受着自己颈间传来的冰冷，姜雪宁脑海里只冒出一个念头——挨千刀的！姓谢的果然要杀本宫灭口！

然而很快，她就意识到情况不对：对面的楼中似乎传来了呼喝之声，是有人在大叫着把里外搜清楚，接着就是一阵杂乱的脚步声。

有人回禀说，不见了人。

姜雪宁看不见这挟持了自己的人到底长什么模样，只能感觉到这人握刀的手轻微颤抖着，似乎才经历了一场激斗，又似乎跟自己一般紧张。

很快，有脚步声接近了这辆马车。

一人在车前站住了。

姜雪宁听到那声音道："车内可是宁二姑娘？"

唯有谢危会称她为"宁二姑娘"，便是不认得这声音，她也能分辨出这说话的人是谁，一时心念急转。

将刀架在她的脖子上的，多半是刺客。谢危则是要捉拿此人。对方并未动手，想必是从她的车驾判断出车内人的身份至少不普通，想挟持她为人质。

表面上她的性命受到持刀之人的威胁，然而……车外则是更可怕的魔鬼！

这种情况可比单纯遇到谢危要杀她灭口可怕多了！因为谢危完全可以以诛杀刺客或乱党的名义将她一并杀死，事后再推到乱党身上；或者任由对方挟持她为人质却不满足刺客的任何条件，故意等刺客杀死她！

如此他连遮掩和解释都省了。

天下再没有比这更省心的办法，能让谢危与她的死完全脱开关系，顶多说一声"力有未逮"，也无人能苛责。

姜雪宁只消这么一想，便头皮发麻，也不敢回头看那持刀的刺客一眼，在对方推了她一把之后，立刻带着颤音开口："是我。"

外头的谢危又道："只你一人？"

姜雪宁摸不准背后的刺客的想法，不敢回答。

那刺客却阴沉沉地笑了一声："当然不只她一人。"

方才谢危身边那家仆反应太快，以至于他行刺失败，周遭立刻有人一拥而上要捉拿他，想来这姓谢的出门，暗中有不少人在保护。

他不得已之下遁逃，也只有这马车是藏身之处。

谢危既能辅佐那无德狗皇帝登基，自有几分洞察能力，猜到他在车上并不稀奇，所以他也没有必要遮掩。相反，他隐约听得出来谢危竟认识车内这姑娘。

如此，他便有的谈了。他拿刀碰了碰姜雪宁的脖子，问她："你跟姓谢的认识？”

比起外面那位，这刺客其实不是最危险的。

姜雪宁已在谢危面前露过一次破绽，生恐这一次他再看出什么端倪，趁机搞死自己，便假哭起来："认识、认识。四年前我救过谢先生的性命！虽不知壮士是何方神圣，但请勿冲动，有话好说！"

她这话不仅是对刺客说的，也是对谢危说的。

想当年她在生命的最后时刻，为了保住张遮，还他一世清誉，才用了多年前的人情；如今才几天？她明明知道的事更多，也比之前更聪明……

可她没想到，这么早就要把人情拿出来保命！

谢危立在车外，与车内的人仅隔了一道垂下来的车帘。

听见那刺客的声音，他并不惊讶。

倒是姜雪宁这一番说辞，他听后眉峰微微一动，觉出了些许玩味。

周遭行人早已没了，街道上一片肃杀气氛。

剑书寒着脸望着车内。谢危却看了他旁边另一名劲装绑袖、背着箭的少年一眼，动作极轻微地一摆手，示意他去，而后才对着车内道："不错。宁二姑娘于危有救命之恩，且她父亲与危交好。壮士对朝廷心有不满，也算是事关天下的公事，如今挟持一个不谙世事的姑娘，未免有伤及无辜之嫌。拿逆党与救恩人，危当择后者。想来阁下也不愿命丧于此，若阁下愿放宁二姑娘，在下可命人取来令信，使人为阁下开城门，送阁下安然出京。"

一派胡言！姜雪宁一个字也不相信。只是她受制于人，不可贸然开口。且当着谢危的面，她也不敢开这个口。

那刺客却没想到自己运气这么好，随便闯了辆马车竟抓着了谢危曾经的救命恩人，于是大笑一声："看来是老天眷顾，要放我一条生路了。只听人说谢少师潜心道学，不近女色，没料着竟也有怜香惜玉的时候。你既然说这是你的救命恩人，想要她平安，倒也简单，不如你来换她！我挟持你出城，岂不更好？否则……"他声音一顿，却陡然阴狠至极，"老子现在一刀宰了这娘们儿！"

姜雪宁背后的冷汗都冒出来了，她在心里面大骂这刺客蠢材一个！要不说过去不管是平南王逆党还是天教乱党全折在了谢危手里呢，这猪脑子差得实在太远了！

谢危说的话能信？

这人还指望用她来威胁谢危，让谢危替她？

谢危要肯，她能把自己的脑袋摘下来拎在手上走路！

外头一片沉默。

刺客不耐烦地道："我数十声，你若还没考虑好……"

"不必数了。"谢危淡淡的声音，将刺客的话打断。

姜雪宁的心一下提到了嗓子眼，紧接着她竟听到他道："请阁下送宁二姑娘出来，我可相替。"

姜雪宁吃了一惊。

不管她怎么想，刺客已大喜，只道这传说中的帝师谢危也有犯糊涂的时候，光想着是人都想要活命，竟跟他谈条件。殊不知他既动了手，今日便没想活着回去。他让谢危来替这女人不过是个幌子，在交换靠近之时趁机杀人，才是他真正的目的所在！

"你，把帘子挑开。"他恶声命令姜雪宁，刀架在她的脖子上也没移开。

于是姜雪宁缓慢地移动，前倾身子，伸出手来，慢慢挑开了车帘。

微红的天光顿时倾泻而入，她看到谢危长身立在她车前三丈远的地方，长眉淡漠，两目平静，一身宽袍大袖，不染纤尘，五官好看至极。可所有人在第一眼时，注意到的都是这一身克制的气度，渊渟岳峙，沉稳而从容，又隐隐藏有三分厚重，使人想起高山，想起沧海，想起古时行吟的圣人，或是山间采薇的隐士。

他的目光越过虚空落在她身上，平和深远。

姜雪宁却打了个寒噤，她一下想起来：谢危身边除了一个剑书善剑之外，另有一个刀琴长于弓箭，例无虚发，百步穿杨不在话下！

她再扫眼一看，外头便是高高的层霄楼……恐怕这刺客离开车驾显露在人的视线之中的那一刻，便是他身死之时！只是她不知谢危会不会十分"顺便"地处理掉她……

她身后的刺客也扫了一眼，只对谢危道："叫你的人都退到三十丈开外！"

所有持刀持剑的人都看向谢危。

于是谢危向他们一摆手，而后直视着那刺客道："还请阁下放心，危不敢将恩人与友人的爱女的性命置于险境，君子一诺，若阁下肯放人，危绝不伤阁下性命。"

众人退去，原地只留下谢危一个。

刺客道："你上前来。"

谢危上前。待得他走到距离车驾仅有六尺时，那刺客才叫他站住，而后一搡被自己制住的姜雪宁，挟着人下了车，一路将刀压在姜雪宁的脖子上未曾移开，然后慢慢地靠近了谢危。

姜雪宁浑身都在发抖。她觉得阎王爷已经站在外面叩门，可万没料到，在终于靠近谢危时，那刺客毫无预兆地将她一推，竟直接举刀向谢危斩去！

谢危脸色都没变。

电光石火间，姜雪宁抓住了机会，毫不犹豫地改向谢危扑了过去——她就不信，有一个谢危垫背，楼上拉弓的人还敢瞄准她！

一片清爽的冷香扑面而来，眼看着姜雪宁就要倒在谢危身上，谢危眼角微微抽了抽，反应竟然很迅速，在她扑到自己身上之前，伸手一把将她扶住了，隔开了二人之间骤然拉近的距离。

同时，她只闻得半空中“嗖”的一声锐啸，寂静而危险的空气中仿佛有一声弓弦的震响悠然回荡！

一支箭从那高楼之上疾电般激射而来！

这一刻姜雪宁瞳孔骤缩，以为自己要死。然而下一刻，便有一片雪白的袖袍挡在了她的眼前。

谢危一身淡然气质，平平抬手，举了宽大的袖袍将她挡住。

姜雪宁一怔，看不到前方，耳中但闻一声箭矢穿破人颅骨的声响，就像是穿过一个脆皮西瓜，接着就见几道鲜血的红影溅射而出，落在这干净的袖袍上。

场景触目惊心！

那刺客的刀此时距离谢危不过两三寸，面上狰狞之色还未退散，一支羽箭已插在他的眉心上，全根透进颅骨，从脑后穿出。足见射箭之人用了何等恐怖的力道！

刺客直被这一箭带得往后倒下，咽下最后一口气时，眼底犹带着几分难以置信的神色。

谢危却表情冷漠，只看了刺客一眼，然后收了扶着姜雪宁的胳膊的手，也垂下了举起袖袍为她遮挡的手。

姜雪宁自己站稳了，这时才看见那刺客确已毙命于箭下。她再向旁边层霄楼上望去，一名背着箭囊的蓝衣少年已在栏杆旁收起了弓，重退入阴影之中。

地上红白迸溅，有鲜血也有脑浆。若非方才谢危举袖，这些东西必然沾她满身。

姜雪宁站在一旁，光闻见那股血腥味儿都觉反胃，脸色煞白，于是别过眼不敢再看。

先前退开的所有护卫这时才连忙奔回来。有人去查看那刺客的情况。剑书则直接走到了谢危身边。谢危左边的袖袍上已是一片血污，连带着那如清竹般修长的手上也沾了不少污渍。

剑书见了，便从袖中取出一方干净的锦帕双手奉上：“先生。”

谢危接过锦帕，却一转头，目光落在姜雪宁的耳郭上。他看了片刻，将这一方锦帕递了过去。

姜雪宁顿时愣住。然后她后知后觉地抬手，指尖触到了一点儿黏腻的东西，放下手来看，是少数溅到她耳垂上的血迹。

她顿时觉得毛骨悚然。

她怕极了谢危，可刚才扑谢危并未成功，也没有箭落在她身上，此刻又见他递出锦帕，暗惊之余更生惶恐之情。犹豫了好半晌，浓长的眼睫颤了颤，她才小心地伸出手去，从谢危递出的手中取过锦帕，低声道："谢过大人。"

刚才她扑谢危是情势所逼，可现在……

因曾有被他说"自重"的难堪，所以她十分谨慎，只拿锦帕，手指却不敢挨着他的手掌分毫。然而那锦帕雪白柔软，以上等的丝绸制成，被她取走时，一角垂落下来，偏偏自谢危的掌心上似有似无地滑过。

谢危长指痉挛似的微微一蜷，同时他也看见了她伸手时手腕上露出的那道浅浅的疤痕，隐隐觉着口中又泛出了某一年在绝境中满口的血腥味儿。

他收回手来，负到身后，虚虚握住，这时才注视着她道："让宁二姑娘受惊了。"

姜雪宁擦拭了耳际那一抹血迹，锦帕上染了血污。她低垂着目光道："幸而得遇大人，知道您必有办法相救，所以还好。"

"是吗？"看她拭了血迹，将那一方锦帕攥在手中，谢危向她伸了手，却淡淡地道，"可方才听宁二姑娘在车中提及对危有救命之旧恩，倒更似怕危袖手不救一般，看来是危多心了。"

姜雪宁听到这话，吓得魂都险些没了一半，强作镇定地道："刺客问我，我不敢不答，一时没了主意，又怕他觉得我寻常便随意杀我，是、是说错了吗？"

说完她才看见他伸手，于是忙将锦帕递还。

谢危从她手中接回锦帕，就用这一方已沾了点血污的白绸，慢慢地、仔细地擦拭着自己方才被溅上血迹的左手，竟低眉敛目，不再言语。

他的沉默使姜雪宁心里打鼓。

一旁的剑书见状，看了谢危一眼，默不作声地收起了原准备递出的另一方锦帕。

不一会儿，有人来报："少师大人，燕世子在街外，想要进来。"

谢危擦拭的动作顿了顿，他抬头看了姜雪宁一眼，便道："剑书，送宁二姑娘过去。"

剑书应声："是。"

姜雪宁屏气凝神，向谢危敛衽行了一礼，也不敢问她车里的丫鬟是什么情况，只跟着剑书从这长街上穿过，去到燕临那边。

二人走后，刀琴从楼上下来，怀里抱了一张琴。

谢危接过琴，抬手抚过那断掉的琴弦，还有琴身上那一道深入琴腹的刀痕，一张脸上没了表情，过了许久才道："坏了一张好琴。尸首送去刑部，叫陈瀛来见我。"

★

燕临没想到清远伯府那边一帮人这么能闹腾，又因清远伯亲自来找他说了一会儿话，暂时没能脱身，所以直到近暮时候才得以出来。原本要去层霄楼，可到街口时却发现这里已经被官兵封锁，一问说是前面层霄楼出了刺客，行刺朝廷命官，他差点就慌了神。

他想进去，可里面是谢危，他也不敢造次。

还好有人前去通传，回来时也把姜雪宁带回来了。

"宁宁！"见到她出来，燕临情急之下都没管周围是不是有人看，便拉了她的手，上上下下地看她，"没受伤、没摔着哪儿吧？"

姜雪宁刚经过那一场突如其来的惊心动魄，虽一路走过来，腿却有点发软，见着燕临都不大能回过神来。

听到他叫了好几声，她才眨了眨眼，只道："没事，有惊无险。"

人看着虽然没伤着哪儿，可一张巴掌大的脸煞白得不见血色，神情也是恍恍惚惚的，一看就是受了惊吓。

燕临的眉头非但没松开，反而蹙得更紧。

他攥着她的手，只感觉她手指冰冷，一时心都有些揪起来，偏还要压低了声音哄她："别怕，别怕，我现在来了。都怪我不好，原不该给伯府那些人什么面子，不该叫你到层霄楼等我，如此你也不会遇到刺客……"

姜雪宁怕的哪里是刺客？她怕的是那个别人怎么看怎么好、圣人一般的帝师谢危！且她回想二人方才一番暗藏机锋的对话，才发现谢危竟然知道她与燕临的关系。

下头人来报时只说燕临要进来，可没提她一个字，谢危却直接看了她一眼，叫剑书送她出来。须知她往日跟燕临出去都是女扮男装，事情并没有传开。

谢危从何得知？

这时姜雪宁想到了很多可能，也许他是从勇毅侯府，也许是从她父亲姜伯游那里知道的。但总归对谢危来说，这是一件心知肚明的事情。

那么曾经的谢危必然也是知道的。

如此，谢危无论如何都对她敬而远之的态度就完全解释得通了：因为她负了燕临，间接害了勇毅侯府，甚至后来还重用周寅之！

姜雪宁感受着少年掌心炽热的温度，仿佛也能感受到他心底那一片炽烈感情，抬头触到他真诚而满溢着心疼的眼神，一时竟有种不敢直视之感，因为她的卑劣，因为她的虚伪。

燕临还在担心她："今日你受了惊吓，该回家早早地睡上一觉，养养神。灯会我们便不去了吧，等以后什么时候再开了，我再带你一起去看。"

说着他便要拉她上一旁的马车。姜雪宁心底却泛开了一片酸涩之感，她反拉了他的手道："不，我想去。"她强忍住那一点想要落泪的冲动，弯了弯唇，冲他露出了个笑容，想以此让他放心，告诉他自己没事。

燕临就这么静静地望着她。过了好半晌，他才跟着笑起来："可是你说要去的啊！"

话音刚落，他便上前一步，竟然揽住她的腰，将她抱上了马！

姜雪宁哪里反应得过来？眼睛一时睁大，她没控制住自己，当即便低低地惊呼了一声："燕临！"

燕临大笑起来，也不解释，接着便扶了鞍上马坐在她身后，一手扯着缰绳，一手甩着马鞭，半将她圈在自己怀里，直接打马离去！

马儿撒开四蹄便跑。

秋日微冷的风猎猎地打在面上，灌进人的衣襟里，街道上稀少的行人和两侧鳞次栉比的楼台都飞快地从视线的两边掠过。

姜雪宁后背紧紧地贴着少年已显宽阔的胸膛，耳边一时只有风声和他在背后那畅快的笑声，她只觉一颗心跳得比方才遇到刺客和谢危时还要剧烈。

她好不容易缓过神，一时没忍住道："你有病啊！"

燕临笑得整个胸腔都在震动，快意得很："我有啊。"

姜雪宁气结。

燕临知道她害怕，可非但不让马的速度慢下来，反而又催了催，让马儿跑得更快，只问她："现在不怕了吧？"

姜雪宁心说自己差点吓死了，就要回怼他，可话要出口时，她却怔住了。是了，就在被他抱上马在这街面上飞奔的那一刻，先前在层霄楼里遇到的所有事成了一片空白，被她抛诸脑后，竟忘了个干净。

姜雪宁反应过来后，也不知是该感动还是该继续骂他，但下马时两腿差点软得没站住。

被他扶着站稳后，她又看他耸着肩膀窃笑，火气上头就攥了拳头把这崽子捶了一顿："还笑个没完了是吧？你再来一次试试！"

她一个姑娘家，打人根本不疼。

燕临从小有大半时间被家里养在军营里，武功练得扎实，哪里怕她这两下，就站在那边任她捶。然后他还要捂一捂胸口，假得不能再假地装出很疼的模样："哎呀，疼、疼、疼，好疼啊！"

姜雪宁瞪他，干脆不揍他了。谁都知道他不疼，习武的少年胸膛也是硬邦邦的，揍他他不疼就罢了，关键是自己手疼。

她索性转身便往那热闹的灯会走去，道："懒得搭理你。"

燕临也不介怀，反而满面笑容地追上去，不一会儿就问她：

"那边有糖人，你要吃吗？

"看，放花灯的，咱们也去放一个吧？

"宁宁，你看她们头上戴的那个，真好看，我给你买一个。

"花灯、花灯！

"有猜灯谜的，快，跟我来！"

姜雪宁生来实是爱玩的性子，重来一次之后，这才算是第一次真正意义上的出门。刚开始时还有些不惯，但被燕临带着，他左一句右一句地问，没一会儿她便找回了少年时的那种感觉。

两人穿行在人群里，无拘无束。

这一方世界没有坤宁宫的逼仄，而是广阔无边，任由她这一条鱼在里面欢腾地游弋。

于是她想起了自己年少时为何总喜欢与燕临在一起——她是乡野里长大的孩子，回了京城后却要跟着府里学这样那样的规矩，既担心自己不被"新的"父母喜欢，又担心被下人嘲笑不如府里长大的那个姐姐，成日里不能出门，见到的人和事也总是那么些，实在压抑又乏味。

是燕临给了她挣脱一切的机会。他虽年少，却随他的父辈走过了很多地方，有许多超乎常人的见闻，既带她在这京城中放肆，也为她讲述外面那些她从未知晓的壮丽河山、风俗人情，是她窥知那令她好奇的一切事物的一扇明亮的窗。

而且他给了她从未得到过的爱。就像是那画上最明媚的一抹颜色，这样好的少年，她当年到底是何等冰冷的心肠，竟忍心拿那样残忍的话去伤他呢？

燕临带着她去猜灯谜。猜得灯谜的彩头虽然都是些不值钱的小玩意儿，但胜在不用花钱，感觉就像是白捡来的，真将那一大堆东西都拿在手里的时候，她只觉得比自己花钱买了还要高兴。

满街都是漂亮的花灯，夜色一深，便全亮了起来。人走在里面，就像是徜徉在一片光海里。

路边也有小贩在叫卖一些吃食。

燕临竟瞧见有人摆了一筐鸡头米，招呼着往来的客人买，于是一下想起宁宁颇爱此物，便拉了她去买。

买的人多，最后没剩下几个，那小贩见他衣着光鲜，忙堆了笑道："前儿苏州刚运过来的，上等紫花鸡头米，好吃着呢，您要不尝一下？"

鸡头米又名芡实，一般栽种在南方，因外表形似鸡头而得名，吃的却是掰开之后里面的"米"，也就是里面的核，跟莲子有些像。

燕临拿了几个来看，道："这两日漕河上水况不好，你这样新鲜的鸡头米哪儿能是苏州运来的？便是八百里加急的荔枝都不能这么快。什刹海里种的吧？"

那小贩顿时讪笑道："是、是，您可真是火眼金睛。不过这味道也不比苏州的差呀，您尝尝！"

燕临便掰开来拣了里面一颗圆圆的果实，递到姜雪宁的嘴边。

姜雪宁下意识地张了口。

燕临便问她："好吃吗？"

姜雪宁点了点头。

燕临便道："你剩下的这几个都给我吧。"

他递了一粒碎银子出去，也不用对方找，装了那几颗鸡头米便走。

姜雪宁便一路玩一路吃，等到终于玩得累了，燕临便拉着她到白果寺前面的台阶上坐下歇脚。

寺前栽种着大片银杏，到现在这深秋时节，树叶全都飘黄了，从树上掉下来，铺了一地。

寺内僧人们的晚课都结束了，远处的街上热热闹闹的，近处却敲响了晚钟，气氛安然而寂静。

燕临就坐在姜雪宁旁边。这些天来，姜府里的一些事他也听说了，只觉得她好似有些变化，跟以前好像不大一样了。

他有心想要问问，可一转过头来，看见她并着脚蜷坐在台阶上，专心致志、心无旁骛地嗑着最后一颗鸡头米。旁人都是把里面的果实抠出来吃，她有时候却习惯于凑上去将其衔下来吃，跟只啄米的小鸡似的。

于是他一时失笑。她哪里有什么不一样的呢？还是他的那个宁宁。

燕临也有点累了，便顺着台阶在她身侧躺下来，望着那繁星满天的夜空，笑着对她道：“宁宁，很快我就要加冠了。”

姜雪宁动作一顿，她不大想谈及他真正想要说的话题，于是道：“我有个人想要荐给你。”

燕临好奇地问：“谁呀？”

姜雪宁道：“叫周寅之，原算是我家的家仆，后来跟着父亲做事，父亲为他在锦衣卫谋了个职位。这几日朝中好像出了个什么周千户的事情，周寅之求到我这边来，想谋这个缺，搭上你的路。”

这人燕临是听说过的。他都不多问几句，便道：“那你改日叫他拿了名帖来投我便是。”

对她的要求，只要他能做到，从来都是一味满足的。

这回答，与曾经几乎一般无二。

于是姜雪宁想起了自己对周寅之的告诫：她是想要避免勇毅侯府重蹈覆辙，也想要救燕临。可如今她什么也不是，能用的不过周寅之一个。到底这一点点力气，能救到哪一步，连她自己都没信心。

此刻她便慢慢垂下了手。

一颗鲜嫩的芡实被她捏在指间，她眼睫轻颤，忽然问：“燕临，你对我这样好，到底喜欢我什么呢？”

她长得虽然好看，但京中别的大家闺秀也不差；至于性情，她还比别人刁钻娇纵一些；学识修养也平庸至极，用她亲娘的话来说那是“上不得台面”。

可燕临偏偏喜欢她。

燕临觉得她是犯了傻，理所当然地道：“见着你第一面，我就知道你跟京城里那些姑娘不一样。一双眼睛看人的时候真真儿的，半点不懂得遮掩。想要便去抢，不高兴便谁的好脸色也不给，高兴了又能把人哄得心里甜，伤着心了却要躲起来哭。我便想，这本该是个被人疼着的人，若能叫她每天都把我放在心上，用那种期待的眼神亮亮地看着我，把我放到心上哄着，该是一件很开心的事。”

姜雪宁又觉得眼底酸酸的：“可是别人都不喜欢我，婉娘不喜欢，母亲不喜欢，府里的下人不喜欢，京城里别的人也都不喜欢。所以，你就没有想过其实是你喜欢错人了吗？”

燕临啊，你知不知道我不会永远是那个被你捧在手心里就满足了的小姑娘。

我会长大，会变坏。

燕临终于察觉她的声音里带着的哭腔，慢慢从台阶上坐了起来，凝望着她红红的眼眶，只觉得心口都堵了，有点发闷。

他伸出手去摸了摸她的脑袋，却笑道："胡说八道。你想啊，你的婉娘其实本没有必要让府里面知道你和你姐姐换过。只要她不说，你姐姐便永远是姜府的嫡小姐。她若去了，这秘密便长埋黄土里。可她临死前，既有自己的亲生骨肉在，却还肯冒着让她受苦的险，送你回府，又怎么能说她不爱你呢？"

姜雪宁眼底的泪一下滚落。她想起了婉娘，也想起了婉娘临去前塞到她手里那个要送给姜雪蕙的镯子。不知为什么，她虽竭力想要让眼泪停下来，却哭得越发厉害了。

那一颗鸡头米都浸了泪。

燕临看得心疼，从她的指间将其拿了过来，含进口中，便是满口苦涩的咸味。他道："我的宁宁值得全天下最好的爱。"

姜雪宁埋头还是哭。少女粉白的脸庞在周遭朦胧的灯光下犹如月下绽放的冷昙花，泪痕滑落却泛着夜里的星光，看着又是可怜，又叫人心里抽疼。

燕临又轻轻道了一声："别哭了。"

这一刻，他觉着自己是着了魔，既控制不住自己的想法，也控制不住自己的手脚，竟然凑了过去，用他微颤的手指挨着她的面颊，而后将唇贴了上去，一点一点，舔吻去那一道泪痕。

他像是已长了牙但性情还算温驯的小兽，有一种向她亲近的本能。

姜雪宁怔住了。

燕临却觉得在他的唇覆上她的脸颊时，浑身一下热了起来，连着一颗心都在胸膛里狂跳。

这时他几乎不知道自己在做什么，但唇瓣已移游而下，不知不觉间便落到了她那两瓣娇软的唇上。

她的唇微凉。

他的唇滚烫。

不同的温度，在触碰的那一瞬间便将燕临惊醒，直到这时，他望着近在咫尺那一双不知是惊还是愕的眼，指尖立时像是被烙铁烫了似的放开，一下退了回去。

"我、我……"

他刚才干了什么？！

燕临那一张少年的脸忽然就变得通红，他一时觉得无地自容，连忙背过身去，咳嗽起来："我、我失礼了。"

寺前的台阶上，一时什么声音都听不见。

少年只能听见自己剧烈的心跳声。

他看着那一棵叶子已差不多掉光的银杏树，过了很久，才背对着同坐在阶前的少女道："宁宁，等过了冠礼，便嫁给我吧。"

第六章 琴起

这一天，两个人回去的时候，灯会上的人都散得差不多了。

燕临牵着马扶了她上去。

两人还像来时一样回去，只是他不再纵马奔腾，而是信马由缰，与她一道坐在马上，恨不能将这一条回姜府的路变得长一点，再长一点，走到天荒地老，海枯石烂，永无尽头。

这时的少年怀了满腔赤诚的感情，心爱的姑娘便坐在他的马上，依偎在他的怀里，他一时什么旁的事情都想不到，剧烈的心跳已占据他的全副心神。

他对往后的日子实在是太憧憬了，以至于并未注意到坐在他身前的那个人不同于以往的沉默。

风微冷，姜雪宁能感受到背后的胸膛传来的滚烫热度。

只是她看着眼前越来越熟悉的回姜府的路，心里却越发惘然：若她是此刻少女的年纪，又退去曾经的偏执与不懂事，遇着像这样为她赴汤蹈火的少年，该会为他的剑、为他的眼、为他紧紧攥着她的手掌，还有那高墙上投下来的木芙蓉，而欢欣、羞涩、雀跃、感动。

可她不再是了。

两人到得姜府门口时，已是夜深。

燕临又扶了她下马，笑着嘱咐她："今晚回去可得睡个好觉。"

说完他便重新上了马，只是一转头见她还站在门口望着自己，便道："回府去吧，我看着你。"

姜雪宁却回视着他，问："燕临，你总是这般宠着我、护着我，可有没有想过，若某一日，我没有了你，会是什么样，又该怎么办？”

燕临怔住了。他觉着她今日有些伤感了，便道：“杞人忧天，你怎会没有我呢？我会一直在你身边。”

姜雪宁一时竟觉心痛如绞，连再看他一眼都觉得难受，于是低低笑了一声：“也是。那我回去了。”

燕临点了点头。

于是她转过身，走进了姜府还为她开着的侧门。

燕临长身坐在马上，牵着缰绳，注视着她的身影渐渐隐没，心底却忽然涌上一阵迷惘情绪。

姜府里很多人没睡，在等着她回来。

白日里京城出了刺客的事情早就传开了，姜伯游一听说姜雪宁当时竟然在场，且正好被那刺客挟持，吓得一颗心差点跳出心口。

还好别人都说她没事。

只是后来这小丫头片子居然又被燕临拐去逛灯会，着实令人生气。姜伯游在心里打算好了，等姜雪宁回来，必要好好训她一顿才好。

可等到她回来，看她的脸色实在算不上好，他这时又忍不住有些心疼这丫头：刺杀这档子事要么是平南王逆党所为，要么是天教乱党所为，怎么着也不算是宁丫头的错，她都这么惨了还要被苛责一番，那自己也太过分了。

所以他还未开口，心便软了下来，只温声对她道：“近日来京里颇不太平，听说锦衣卫已抓了好些作乱的逆党，今日也不仅谢居安一个人遇袭。你与燕临虽然要好，我也对他放心，可谁也不知道到底会遇到什么事。这段时间你便少出门吧，等太平一些，你们再出去。”

他以为姜雪宁还要反驳两句，但没想到这一次她竟低眉敛目地应了，道：“好。”后面一连十多日，她果真没再出门。

只有遇袭之后的第二天，她派人去了一趟斜街胡同，让周寅之带名帖去投燕临。之后的事情她便暂时没过问了。

没两日，燕临便随他父亲勇毅侯去巡视丰台大营和通州大营，九月廿一才回来。

也是这一天上午，宫里面传出消息，说乐阳长公主羡慕文华殿总开日讲，央求圣上也为她寻几个靠谱先生，想认认真真地读点书。

于是圣上发话了，为长公主选伴读，下朝的时候便对各位大臣交代了一句，要他们家里有女儿的、年纪和公主相仿的，挑一个品性好的报上来，再由宫里擢选。

这下满朝文武的心思都活络起来了。

谁不知道乐阳长公主受宠？且如今文华殿陪着皇上听经筵日讲的人哪一个不是天潢贵胄、世家才俊？

不说将来姑娘家嫁人的时候“进过宫”“当过长公主伴读”这名头有多好使，光是这结姻亲的机会，还有被选进去后各家的脸面，都值得大家伙儿拿出力气来争上一争。

别家是如何安排的，姜雪宁不知，她只知道自家。

姜伯游从宫里回来之后便把这事同孟氏说了，对她道：“我听说前阵子重阳节宴的时候，宁丫头在清远伯府好像被乐阳长公主另眼相看，很是亲近喜欢的样子。各家把人选报上去，宫里是还要挑一遍的。论品性才学，自是雪蕙这孩子适合些，沉稳端庄识得大体，不容易惹事，可也未必比得上别家姑娘。将宁丫头报上去，被挑中的可能很大，可她性情顽劣，只怕比长公主还刁钻一些，不是能受气的人。这要怎么办才好？”

孟氏一听，眉头就拧了起来。她情知姜伯游因对宁丫头有愧且又有勇毅侯的原因在，对宁丫头格外偏宠，可入宫为长公主伴读到底事关重大，叫姜雪宁去哪里能让人放心？

她道：“宁姐儿浮躁，宫里却拘束，她未必愿意去。”

姜伯游看了她一眼：“我其实也觉着蕙姐儿稳妥一些。”

倒不是他偏心，而是宁姐儿的性情实在令人担忧，挣不着脸面无所谓，只怕会惹出祸来。

不过这等事还是要和两个姐儿商量，所以姜伯游便道：“去请两位小姐来。”

孟氏一时又觉着气不顺了，叹气道：“我只怕宁姐儿又闹起来要争，不肯罢休。”

姜雪宁原是在午睡，骤然被叫起来其实有些起床气，但也不好发作。

收拾一番去了之后，她发现姜雪蕙早到了。

她行过礼坐了下来。

姜伯游把事情都给她们讲了，末了道：“现在只知道是挑伴读，具体进宫要学什么、怎么做，却还一概不知。但本朝皇子们的伴读都是要住在宫里的，而皇宫是什么地方你们都知道，万万得小心谨慎，须得挑个稳妥的人去。可宁姐儿似乎很得长公主青眼。你们俩怎么想？”

下头一时静默无声。

姜雪宁坐着没动，也不说话。

姜雪蕙却低垂着头，看着自己手里那一方绣帕，想起前些日子国公府重阳宴回来时撞见的那个人。可她并非府里正经的嫡女，眼下虽有嫡女名分，可在姜雪宁面前绝没有立场为自己争取什么，当下只轻声道：“但凭父母做主。”

孟氏却着意看了姜雪宁一眼，开口道：“府里就你们两个嫡出姑娘，本来是谁去都合适，一个性情沉稳，一个讨公主喜欢。可入宫毕竟不是易事，且还要伴读，我们也并不想要你们为府里争什么光，能平平安安地出来就是了。宁姐儿性子太活泼，在宫里面虽可能有燕世子照应，可宫中规矩严，世子也不住在宫中，未必照应得过来。所以，按理是蕙姐儿去合适一些。”

姜雪宁面无表情地听着。

姜伯游却时时在关注她的神情，听了孟氏的这番话，莫名就有些心虚，又觉着这样对二女儿有些不公平，忙找补了一句：“当然了，宁丫头是公主喜欢的人，既是为公主选伴读，若你想去，还是呈你的名字上去。”

孟氏抿着唇不说话了。

姜雪蕙实在没抱太大的希望。她是熟知宁姐儿的性情的，但凡她有什么东西，宁姐儿一定要一个更好的。如今入宫伴读这种机会，别的世家小姐都要抢破头，宁姐儿又怎会让她如愿呢？虽则这一次她其实有那么一点点希冀，可这一点希冀实在微不足道。

姜雪宁坐了好半晌，众人的目光都落在她身上。她的目光却落在了姜雪蕙身上。

姜伯游与孟氏等得久了，也没听她说话，只以为她是默认将这机会让给姜雪蕙，一时心里面都有一种一颗大石头落了地的想法。

孟氏松了口气，开口便要道“那事情就这么定了”。可正当她要说出这话时，姜雪宁竟站了起来。孟氏还未出口的话顿时堵在了嗓子眼里，眼皮都跳了起来。

姜雪蕙转头看见姜雪宁的动作，心底微微苦涩地叹了一声：果然。连姜伯游都暗暗喊了一声“要坏”，在脑袋里琢磨着等一会儿宁丫头闹起来要怎样才能摆平这件事。

可他没想到的是，姜雪宁都没看谁一眼，耷拉着眼帘，躬身行了一礼，竟然道：“父亲、母亲说得有理。此次入宫的机会虽然难得，可女儿知道自己的性情，忍不得、让不得。而姐姐端庄贤淑识大体，也愿意前去，且与京中世家贵女都有交往，入宫更妥帖。这一次让姐姐去，女儿并无意见。”

姜伯游忽然蒙了：“你说什么？”

孟氏不由得坐直："你——"

姜雪蕙亦怔了片刻，随后莫名动容："宁妹妹……"

姜雪宁一哂，又想起婉娘来，半点面子也不给她地道："别觉着我这回是要成全谁。我不想入宫实是因为受不了宫里的规矩。他日你要有什么东西让我看上了，照抢不误！"

姜雪蕙无言，只望着她。

姜雪宁却已转开了目光，径直对姜伯游与孟氏道："父亲、母亲如无他事，女儿便告退了。"

姜伯游和孟氏哪里想到事情竟然这样容易？

两人第一时间还未反应过来，待听到她这句话，却都忘了去追究这句"照抢不误"是什么意思，只在心底生出几分复杂情绪来——原以为宁姐儿必要闹出一番事，可她轻轻巧巧地就把这大好的机会放掉了，倒叫他们为自己先前的心思生出几分惭愧来。

姜伯游忙道："没事了。"

姜雪宁也不拖拉，又行了一礼，便从屋内退出。

厅里便剩下他们三人，神情各异。终究是姜雪蕙望着那一道已渐渐消失在廊庑上的清瘦背影，慢慢地笑起来，对着孟氏道："宁妹妹的心地其实很软的……"

孟氏默然不言。

姜伯游却生出了几分感动之情，叹道："宁姐儿如此懂事，倒叫我有些不习惯了。她是真的长大了，懂得体恤我们，也懂得让着姐姐了。"

还好这番话没叫姜雪宁听见，不然她恐怕要笑出声来。

只怕人人都当她是放弃了入宫伴读的大好机会，却不知她压根儿就没打算要这个机会。

她从厅里走出来时，脚步不要太轻快。莲儿都差点跟不上她，一面走还一面叫："天哪，姑娘您是怎么了？那可是进宫到长公主殿下身边去做伴读的好机会呢！京城里不知多少人削尖了脑袋也未必进得去，您竟然直接让了出去！"

姜雪宁嗤了一声："我要去了才傻呢！"

宫里哪儿有外头舒服，行走、坐卧都要有规矩。

别说是下面大臣家里选进去的伴读了，就是进宫伺候皇帝的那些妃嫔，都得谨言慎行，不敢有半分懈怠。

她进了宫才知道日子有多苦。还好后来被封了皇后，即便她行事放肆些也没人敢说什么了。

但伴读那是什么光景？

一个事事精通、样样厉害的萧姝便压得人喘不过气，一个对她“因爱生恨”的乐阳长公主更是逮着机会就寻她的错处，还不放她出去。

更可怕的是，有两门课请了谢危当先生！曾经她在这时候与谢危算得上无冤无仇，对方也不怎么为难她。可如今，谢危当先生，还有她的活路？

更别说先前乐阳长公主那眼神叫她心有余悸，燕临也常常出入宫廷……

她要再把自己折腾进宫里面，那简直是嫌自己头太铁、命太硬！

只是方才姜伯游、孟氏问起，姜雪蕙也坐在那边，她实在不想让姜雪蕙太好过，才故意拖了那么久。

不过最后效果有些出人意料。他们好像都当自己是什么好人了。

但这也无妨，不是坏事。

至于姜雪蕙入宫做伴读会不会受苦？

那与她有什么相干。

姜雪宁回了屋后，便将自己那些“家当”又搬上来清点了一遍，只在心里琢磨：如今伴读这件事落到了姜雪蕙的身上，就算回头她没被选上，进宫也不干自己的事了。如此，轨迹完全偏移开来，她也没招惹上沈玠。那么，只待找个合适的机会和燕临说清楚，再待勇毅侯府的事情落定，不管最后的结果是好是坏，她都已经尽力，接下来便可回通州去住，或者干脆拎上行囊走天下。

外头的风光那样好，她何必将自己困在一隅？

小算盘一时被扒拉得噼啪直响。

勇毅侯府被牵连进平南王谋逆一案虽然还叫她有些挂心，可这一晚她也难得地睡了个好觉。

次日下午，宫里面擢选的名单就下来了。

名单传到姜府时，姜伯游和孟氏简直不敢相信自己的眼睛，一再跟宫里来的太监确认：“公公，这名单别是传错了吧？我们府里呈上去的是大姑娘的名字，可这名单上被选中的怎是二姑娘？！”

那公公也不清楚内情，只道：“旨上就这么写的，奴不知道啊。反正都是您家的姑娘，也没差。旨下了后日便可略收拾些东西入宫，先学一些规矩，熟悉一下宫里的情况。若实在不合适的人，还会被挑出去呢，总之您可为小姐准备着了。”

姜伯游与孟氏面面相觑。

消息传到姜雪宁这里时，她还在屋里点自己的东西，准备回头把一些不易携带的贵重东西换成银票，往后出门也会方便些。

结果莲儿兴冲冲地跑进来：“姑娘，是您！是您啊！”

姜雪宁听了她的声音只觉得脑仁疼。但莲儿这丫头跳脱，想法一般与她是不同的。莲儿若觉得有好事，那一定是坏事！

在账册上画着的羊毫一停，姜雪宁感觉眼皮都跳了一下，问：“什么是我？”

莲儿喘着气道：“进宫！进宫伴读啊！”

姜雪宁感觉头皮发麻，一下把笔摔了站起来：“你说什么？！”

莲儿还没明白状况，以为她是高兴坏了，忙给她解释：“宫里面定下来的伴读名单里写着姑娘的名字啊！老爷呈进宫的是大姑娘的名字，可不知为什么没选上，反而直接把您的名字添了进去。您很快就要为公主伴读了！”

姜雪宁脑袋里顿时“嗡”的一声，千万念头都潮水似的闪过，最终只留下一个——

明明她爹没呈上她的名字，最后出来的伴读名单却偏有她……

宫里可是正宗的“修罗场”啊！

到底是谁在背后搞我？

★

这问题在姜雪宁的脑海里盘旋了整整一夜，都没有答案。

她不知道擢选具体是如何进行的，如此，即便是心里有怀疑的对象，也无法得到验证。

第二天一早，便陆续有更多关于乐阳长公主选伴读的消息传了出来，比如初选的伴读名单。

沈芷衣自小玩到大的诚国公府大小姐萧姝自然在其中，另外还有其他大臣和勋贵家里学识、修养俱佳的小姐十一人。

这里面就有“命好”的姜雪宁。

同时她也注意到，上一回在清远伯府被沈芷衣点了诗中魁首的樊家小姐和画中魁首的清远伯府二小姐尤月也在其列。

比如具体要学的东西。

大乾的男子们要学礼、乐、射、御、书、数，寻常人家的女儿家却顶多识几个字，学的都是女红、诗画一类可有可无的东西。

但沈芷衣是公主，且本就有要求，自然不一样。

君子六艺里礼、乐、书这三样她是要学的，其次还要学些调香、作画的雅事，除此之外，圣上偏宠沈芷衣，知道她总想溜去文华殿听经筵日讲，便为她在翰林院里找了几个学识过人的老先生，为她讲一些只有男子才能读的书。

其中最令人咂舌的，恐怕是圣上为她请的这些先生里，有一位竟是“谢先生”——当朝太子太师谢危！据说他要开两课：其一是琴，算在“乐”中；其二会在经史子集里选一本来讲，但具体是哪本还未定。

天知道姜雪宁从莲儿那一张叭叭的小嘴里听见这些消息的时候，恨不能以头抢地！

再比如入宫的安排。

后日她们便要准备入宫，待个三到五天，跟着宫里的女官粗粗学一学宫廷的礼仪，了解一下宫廷里的禁忌，免得犯了什么错闯出什么祸。

这时有若实在学不会或资质太差的人，便会委婉地被劝退。

而后姑娘们各自回家待上几日，再真正入宫伴读。

伴读基本都住在宫中，每隔十日能回家两日，直到学完了先生们安排的学业为止，估摸会有大半年的时间。

这学礼仪的三五日绝对是个好机会。

姜雪宁只要一想到入宫做伴读就头大如斗，圣上的旨意下来，她当然不敢明目张胆地说不去，所以一定要有个合适的理由。

若她学不会礼仪，或资质太差被“劝退”，可不正好遂了自己的意？

她打定了主意要“消极怠工”！

午后，棠儿、莲儿在屋里给她收拾打点第一趟进宫需要准备的东西，又说届时进宫要见到那么多世家小姐，少不得要带点见面礼之类的东西，最好晚些时候出去买些。

姜雪宁坐在窗边看闲书，听得嘴角微抽。

“知道的说是去伴读，不知道的还以为我要走亲戚呢。”

莲儿嘟嘴道：“姑娘进宫，当然是要万事准备周全，这回奴婢们又都不能跟进去，谁知道宫里那些宫女什么样呀？这回姑娘用不着，下回还能用呢。且我们姑娘可是唯一原本没呈上名字却在伴读名单里的人，什么都能输，排场不能输！”

姜雪宁一听这话就眼皮直跳。

果然她还是应该先找个牙婆来把这丫头卖了吧？

这丫头怎么就哪壶不开提哪壶呢？

她埋着头从盘子里拣了块蜜饯来吃，随手翻着书看，也不管她们怎么折腾了。反正她没打算在宫里待太久，只是这也不能说出去。若叫人知道她故意耍心机、玩手段不想入宫，只怕会惹来些不必要的麻烦。知道的人越少越好，最好没有。

只是她才又翻了没两页书，忽然听得“啪”一声响，似乎有什么小东西打到了窗扇上。

姜雪宁抬头看去，外头只一片日影。她刚要低头继续看书，又是“啪”的一声轻响。这一回有东西打在窗棂上，弹了一下，滚落到她的书上。

她捡起来一看，竟是枚金黄的松子，还开了个小缝儿。她手指用力一捏，那松子便开了。原来是炒松子，熟的。

姜雪宁没看到人，但已知道是谁来了，没忍住笑道：“府里这院墙砌了跟没砌似的，若叫我父亲知道你又不声不响地不走正门进来了，怕又要发一阵牢骚了。”

“可这回不是没让他瞧见吗？”

燕临的声音从高处传来，随即从墙下那棵树浓密的树荫里现身，纵身一跃便跳了下来。他今日穿了一身藏蓝的长袍，腰上悬了个不大的荷包，手里还抓着一小把松子，笑着踱到她窗前：“除非你去告状。”

好些日没见，他竟好像晒黑了一点点，原本俊俏的一张脸上也多了一道浅浅的擦伤，还好不深，并未真的破相，只是在原本的贵公子气上添上了一分硬朗气质，更显得炽烈。

姜雪宁问他：“怎么弄的？”

燕临多少有些在意这张皮相，闻言抬手摸了自己的脸颊一下，咳嗽了一声，道：“去通州大营的时候，喝了一点酒，没忍住要跟父亲的几个部下比比武，拳脚无眼，伤着了一点。不过没大碍，军中的大夫说了，放着过两天就好。”

丰台大营和通州大营两地，历朝都有驻军，为的是拱卫京师。

但自从二十年前平南王谋反挥兵进犯京城，而丰台、通州两地都来不及反应，无法及时入京平乱之后，先帝便在京中设立了禁军，选两营中的佼佼者出来编入其中，守卫京城。

到得本朝，沈琅登基后，进一步加强了禁军管理。只因他是当年平南王谋反一役的亲历者，对藩王谋反的危险和大军驰援的缓慢有极深的阴影，所以丰台大营与通州大营在军中的地位越发下降。

勇毅侯府是朝中执掌兵权的几家勋贵之一，主要管的是距离京城远一些的通州大营。至于距离京城更近的丰台大营，则由诚国公府掌管。而如今最重要的二十六卫禁军，由皇帝自己与兵部共同掌控。

由此可见，虽然说燕氏与萧氏乃京城中两大可以比肩的勋贵望族，可诚国公府萧氏乃当今圣上沈琅的外家，明显要比燕氏更得信任一些。

也不知勇毅侯府的事情背后是什么人在推。

姜雪宁望着燕临，道："周寅之怎么样？"

燕临看了她屋里忙碌的丫鬟一眼，把手里那一把松子放在了她靠窗的桌上，手一撑窗沿便翻上来坐下，一条腿垂在外面，一条腿却在窗沿上屈起，顺手便拿了她的一块蜜饯来吃，然后才道："这人有点意思。"

他回想了一下，竟露出颇为欣赏的神情来："我是离京之前见他的。不卑不亢，沉得住气，可能因为本是锦衣卫，他对朝中大小事情都很了解，应该是个能办事的人。只是我觉得这人堪用，倒不仅仅因为此。近来有件跟他有关的事，不知道你有没有听说？"

姜雪宁好奇地问："京里最近出了刺客，不太平，我都没出门，也没关注外头的情况。是什么事？"

燕临便道："此人养了一匹好马，甚是喜爱，每日都要亲自喂，京城里没什么开阔地界儿，若有时间他还要去京郊跑马。可前不久他在卫所里处理公务时，家里忽然来了小童急传说他的马病了，眼看着就要不行了。此人当即向长官告假，回家看过那马之后，竟然拔了自己的佩刀亲手把马给杀了。"

姜雪宁忽然愣住。

燕临却笑起来："第二日他去镇抚司，长官问他，你的马还好吗？他说，马死了，我杀的。长官大为诧异，问他缘由。他竟说，这匹马他养了两年多，便如自己的亲人一般，可马儿患病，他实不忍见它痛苦不堪的样子，索性给它个痛快，免去一番折磨，也算还了那马跟他两年多的情谊。"

那匹马……姜雪宁哪里能不知道？

当日她去找周寅之时，那匹马还好好的，何至于就病到要死，还"痛苦不堪"？

此刻她唯一能想到的，只有当初自己随口编了让那小童去卫所找周寅之回来时的借口：周大人的爱马病得快要死了……

一股寒意顿时从脚底下传遍全身。姜雪宁压着书页的手指一下没按住，轻轻地颤了颤。

燕临则道："这一番说辞真假不好说，可杀马的事不假。这人行事之果决利落，可见一斑。近来圣上有意将刑狱之事放给锦衣卫来处置，可刑部、大理寺和都察院这原本掌管刑狱之事的三法司都有很大的意见。这回那个刑科给事中弹劾周千户，正好给了三法司借题发挥的机会，圣上也扛不住悠悠众口，前些日子已撤了周千户的官品。我着人在朝中打点过了，这缺落在周寅之身上刚好。”

周寅之是不见兔子不撒鹰的。

燕临办事利落，也好。

姜雪宁虽是重来一次，可过去经历这些时对朝政之事还一无所知，只知道最后的结果，可事情是怎么发生的，中间具体有什么内情，又有几方势力在角力，她全不清楚，若贸然提醒，还不知会落入谁人眼中。

只怕她没帮着勇毅侯府还害了自己，但若通过周寅之来示警，一则能藏起自己，二则周寅之是锦衣卫派去查勇毅侯府与平南王逆党关系的“暗子”，对这件事本身知道得要比她多，且能拿出实在的消息来，才能引起勇毅侯府足够的重视。

即便避不了祸，若勇毅侯府能提早做些提防和准备，也可避免像曾经那般——抄家固然死了一些人，可更多的人是死在流放途中的。

有的人是因为年老体衰，有的人是因为遭遇流匪，也有的人是因为贫病交加……这里面包括燕临的父亲。

姜雪宁心中又觉出几分沉重来，只道自己曾经被周寅之利用得彻底，如今虽还是用了此人，可也要对其严加防范。今日他能为滴水不漏地圆谎而杀了自己的爱驹，明日也能为了自己的仕途和前程向她举起屠刀。

她也忍不住提醒燕临：“我倒觉得这人喜欢他的马，可说杀就杀了，固然果断，但也是个手段狠辣的人。”

燕临眉目舒展，知她是关心自己，道：“我知道。”

姜雪宁便不好再说什么，低眉拿了他方才放下来的那一把松子来剥。松子仁小小一颗，剥起来不快，有些费神，她剥着剥着便皱起了眉头。

燕临看得一笑，这时才把自己腰间挂着的那鼓鼓囊囊的荷包解下来扔给她：“就知道你不耐烦剥，打开看看。”

她接住荷包，只觉沉甸甸的，打开来一看，全是已经剥好了的松子仁，黄澄澄地堆在一起。

东西虽不贵重，可要剥好实得花些工夫。

只看着这鼓鼓囊囊的一个荷包，她便能想象出坐在她的窗沿上的少年是怎样用他那一双本来只用来握剑的手，一点一点仔细地把松子仁从壳里剥出来，然后攒起来，再这般若无其事地扔给她。

燕临见她不说话，还以为她不喜欢：“不爱吃吗？”

姜雪宁摇了摇头：“不，很喜欢。”

燕临奇怪地问：“那为什么不吃？”

姜雪宁不知该怎么解释，东西虽小，可心意太重，她怕自己还不起。

窗前有秋日微凉的风吹着，九月也快结束了，丹桂的香气都渐渐残了。

燕临半天没听见她说话，也不知为什么，就想起那天晚上她对他说的那句奇怪的话，一抬眼则见她的丫鬟又收拾了几本书来问她："姑娘，明日进宫要带几本书去看吗？"

姜雪宁头也不回地道："不带。"

燕临这才想起入宫这档子事，又拿了她的一颗蜜饯，笑道："要入宫当公主的伴读了，而且还能得谢先生授课，怎么样，你高兴吗？"

姜雪宁高兴得起来才怪。她张口便想说自己半点也不想去，可话还没说出口，一抬头竟看见燕临满面笑容，再一想竟觉得他话里好像透出几分得意，心里顿时有了不好的预感。

姜雪宁的眼皮跳了跳："你刚回来没两天就知道伴读的事了？"

燕临"啊"了一声，向她眨了眨眼，一双乌黑的眸子里光华璀璨，眉目间那种得意之色越发明显："公主要选伴读的事情我早知道，老早就跟她提过你了，要她无论如何都要把你加进去。你总说想去一去没见过的地方，往日你不是很好奇皇宫里的事情吗？有这大好的机会，我当然不能忘了宁宁你。怎么样，这事情我办得漂亮吧？"

姜雪宁沉默着想：闹了半天，是你要搞我啊！

她强忍住一把把这小子推下窗台的冲动，嘴角抽了抽，看似笑着，实则暗地里咬紧了后槽牙，只道："漂亮！办得可真是太漂亮、太让人'惊喜'了！"

燕临也不知为什么觉得脖子后面有些发凉。

但宁宁高兴，他也就高兴了，于是道："眼下虽不知谢先生要教你们读什么书，但学琴是已经定下来的。我前些日子已命人去搜罗了一些好琴，有几张还是好几百年前的古琴。谢先生爱琴，你进宫学琴带一张好的去，便是先生要求严格，看在琴的面子上也会宽容你几分。今日正好，还有些时间，走，我带你相琴去！"

姜雪宁一听见"谢先生"这三个字就浑身发毛，一听见"琴"字更是头大，想说自己去一趟就会被"劝退"回来，真心用不着这东西。

可架不住燕临霸道，没一会儿，她便被他强行带上了马车，出府去选琴。

这时距离九九重阳已过去十四日。

尤芳吟不知第多少次地踏入这家商行，询问过了今日生丝的市价后，蹙了眉头，也没管柜台的伙计用多少白眼看她，依旧诚恳而老实地道了一声谢。

连着十多天挑灯学看账本、练习记账，她眼底都是血丝。从商行走出来时，她只觉头重脚轻。

外面的街市上人群熙攘，车马络绎不绝。

最近府上看得越来越严，她老是偷溜出来，若被她的两位姐姐，尤其是二姐姐发现，只怕又是一番折磨。二姐姐刚被选为长公主伴读，府里谁也不敢开罪她。

尤芳吟想，自己今日该早些回去。且昨夜只睡了两个时辰，她实在有些熬不住了。可走着走着，她就看见路边那摆着的小摊儿，上头放了许多绣得精致的锦帕与香囊，还有各式各样的绣样。其中有一个香囊上绣了绿萼的兰花，针法竟是她从未见过的，一时目光停住，脚步也停了下来。

尤芳吟想起了那朵被自己弄脏的白牡丹。于是她伸出手去，将这香囊拿起来细看。不想旁边有人经过，无意间撞了她一下，而她恍恍惚惚已连站都不大站得稳了，一时便被带得往前扑了一下，不承想慌乱间衣袖一带，竟将人原本排挂得整整齐齐的锦帕、香囊扫落了大半在地上。

那小贩也是做小本生意的，立时叫了起来："你这姑娘怎么回事？诚心来砸人生意是不是？"

尤芳吟顿生愧疚之意："对不住，我只是想看看香囊，并非有意……"

周遭目光都落在她身上，叫她难堪极了。她忙低下头来，帮着小贩把落在地上的东西一一捡起来，连声道歉。

街面上这动静不小，众人都不免对她指指点点。

姜雪宁才跟着燕临上了楼上这一家布置雅致的幽篁馆，还不待走进去，听见声音，转过头循声望去，一下就看见了人群里窘迫不堪的那个姑娘。

那人捡起来一个香囊，反而碰倒了更多，越来越手忙脚乱。

她认出那是尤芳吟来，心底不由得微微一室。尤芳吟好像并没有什么改变，原来如何笨拙，现在依旧如何笨拙。

姜雪宁再一看那小摊，卖的是香囊锦帕……

她忽然便自嘲地笑了一声，自己到底是在期待些什么呢？

她不是早就知道，一个后宅中的姑娘，又从未学过管家，只怕连账本都不会看，字都写不来几个，还受着家中束缚，即便手里有了钱，撑死了也就会置办些田产。难道她还真奢望对方拿钱去冒险，买生丝，做生意不成？

那样大胆且出格的尤芳吟，终究只有一个。

燕临顺着她的目光望去，认出那是她那天救过的那个尤家庶女，一时蹙了眉道："怎么了？"

姜雪宁收回目光，垂下了眼帘，道："救得了病，救不了命。有时候明知道一件事不可能，可真当亲眼看见不可能时，依旧会有一点失望……"

燕临回眸注视着她，有些疑惑。

姜雪宁慢慢笑了笑："没事。"

★

清远伯府的光景一日不如一日，燕临身为世家勋贵子弟自是清楚的。这伯府庶女在那一日重阳宴上"落水"的事情也算是尽人皆知，更何况当时还有姜雪宁那惊世骇俗的一句话——"婆子惩治姑娘，奴才欺负主子"。

清远伯府的脸面算是丢尽了。

只是为免旁人闲言碎语，说他们伯府苛待庶女，明面上他们自然不大敢再为难这庶女，但只怕暗地里给的苦头只多不少。

勇毅侯府只有他一个嫡子，且他在宫中又很受宠，种种后宅中的阴私手段落不到他身上。但没吃过猪肉也见过猪跑，后宅里有些争斗是什么样的，燕临还是清楚的。

毕竟父亲也有一干妾室和庶子女。

他觉着宁宁是对这萍水相逢的伯府庶女太上心了，不由得劝她道："你就是心太善，天底下像这样又笨又拙且自己不争气的人，不知凡几。救了人便罢了，难不成你还指望她脱胎换骨？须知人的处境皆有因由，若她有本事，也不至于落到先前的境地了。"

姜雪宁收回了目光，道："正因为是自己救的，所以反而要比寻常人在意些，也希望她更好些。不过你说得也对，我已仁至义尽，哪儿能管更多呢？"

说罢，她轻轻吐出一口气来，似乎想要借此纾解心底某种不那么畅快的感觉。

随后她才对燕临道："我们还是进去看看琴吧。"

幽篁馆，听这名字便知道此馆是专为琴而设，位置虽然在熙熙攘攘的闹市之中，在京城也算得上是寸土寸金的地界儿，却一定要从临街那不起眼的楼下顺着楼梯走上二楼，才能看见那清雅素淡的竹制匾额。

"幽篁"二字便以纯墨写在竹上。

只因琴是件雅物，来相琴的客人假爱琴的要附庸风雅，真爱琴的又不凑热闹，所以这装潢和风格倒是刚好能兼顾。

燕临显然不是第一次来这里了，轻车熟路地带着姜雪宁走了进去。

角落的香炉前正有一名做文士打扮的男子拿着香箸拨香，焚的竟是上好的婆律香。

整间幽篁馆内都浮荡着淡淡的香息。

那文士听见脚步声便回过头来，瞧见是燕临便笑了笑，只轻轻将那香箸放下，一面走到旁边的铜盆前净手，一面道："世子可算是来了。我琢磨着你要再不来，那几张琴我便要挂出来卖了。"

燕临失笑："好歹在琴馆，你能收收这一身铜臭气吗？"

那文士浑不当一回事，只道："你当我开琴馆是为做善事？弹个琴要沐浴、洗手、焚香，还得要好琴，哪样不要钱？"

姜雪宁只觉此人清奇，不由得多看了几眼。

那文士瘦削，寻常长相，也看了姜雪宁一眼，醒悟过来："便是这位姑娘要相琴吧？"

姜雪宁没说话。

燕临没好气地道："别废话，琴呢？"

那文士微微一挑眉梢，轻而易举地便感觉到了燕临对这女子的不一般，没因此收回目光，反倒多看了姜雪宁几眼，才转身走入内间，将里面藏着的四张琴一张一张地抱了出来，排在馆中的长案上。他一一解开外头的琴囊，叫燕临上来看："原本是找了五张琴，有一张是江宁顾本元新制的，但到得晚了，我的人去时，顾本元已将那张新琴赠给谢居安了。"

顾本元乃如今名气最大的斫琴师。

一般来讲，斫琴的工序甚为烦琐，从挑选木料开始到穿弦试音，制一张琴最少要花上一年的时间，有做得细致、讲究的则要两年多甚至三年。

斫琴师算手艺人，以此为生。

两年出一张琴当然会饿死，所以许多斫琴师会准备好木材，同时制作十张或者二十张琴，如此制琴的工序虽依旧需要两年，可两年能出很多张琴。

但顾本元今年已经六十好几，眼见着就要到古稀之年了，精力不比那些年轻的斫琴师，无法再同时制很多琴，是以基本两三年才出一二张琴。

时人却偏爱追捧稀少的东西。

这两年千金求琴的人不计其数，只是谁也没想到，这张新琴面儿都还没露一回，音都还未泄一缕，老头儿竟然直接将之送给了谢危，不知叫多少人暗中咬牙。

燕临习武，不算爱琴，可也听过顾本元的名声，一时愣了愣："赠给？"

"啊，白送。"那文士终于泄露出了几分不满情绪，冷笑了一声，但转而又有几分幸灾乐祸地道，“前阵子不是又有平南王逆党在京城刺杀朝廷命官吗？谢居安一张琴斫了三年，那日在我这里选了几根好琴弦，正打算趁得闲穿好试音，结果回去的半道上不知怎的就上了那什么层霄楼，遇到了逆党。人没事，一张新琴弦都还没穿好却被人一刀给劈了。啧，他心里怄不怄、气不气，咱不知道，反正啊听人说他两天没去上朝。顾本元知道这事情后，便叫人从江宁远道把琴送上京城来给他。这不是倒贴吗！”

燕临道：“你不是在乎琴吧？”

那文士冷哼了一声：“千金买琴我转头就敢翻一番卖给你，谢居安断老子的财路！”

“咳。”燕临咳嗽了一声，很想说“本世子看着像那种好骗的冤大头吗”，但想了想还是没有接话。

谢危乃太子少师，如今又主持宫中的经筵日讲，算他的半个先生。

对方却不一样。

这文士乃幽篁馆的主人，原本是与谢危同科的进士，且还同是金陵人氏，姓吕名显，字照隐。一路考学上来，谢危案首他第二，谢危解元他第二，谢危会元他第二，连进翰林院都还要被压一头。

时人都开玩笑说“谢一吕二”。

吕显是个寒门出身犟脾气的人，越是比不过越要跟谢危比，自己还挺得劲儿。

没料想一朝金陵来了丧报，谢危回家奔丧还要丁忧三年，吕显忽然成了第一，却觉着翰林院里没什么意思了。

待了一年，他竟直接辞了官，听人说好像也是回金陵去了。

四年前，谢危因扶立当今圣上沈琅重新回到朝廷，如今官至少师；吕显却好像对仕途没了兴趣，虽然也回了京城，可竟然开了间琴馆卖琴，像只闲云野鹤。

进过翰林院的人搞这种营生，这简直是闻所未闻。京中一些旧识都不敢相信，多来光顾，没多久这间琴馆就闻名朝野。

当然了，渐渐便有人发现比起清正做官，吕显当起“奸商”来是毫不含糊，暗地里都传一句话，叫“进士卖琴，不买不行”，可见生意做得有多黑。

也就是说，吕显与谢危乃打过交道的旧相识，一口一个“谢居安”颇不客气，可燕临受教于谢危，却要掂量掂量“尊卑”二字。

他看了看面前这四张琴，问：“这些呢？”

吕显便一张琴一张琴地介绍起来，不过全程有大半的目光放在姜雪宁的身上，很多话也是对着她说的，显然知道今日这一桩生意的“重点”在哪里。

只是姜雪宁实在不爱琴。

姜雪宁上一次学琴时，各位世家贵女都铆足了劲儿要在谢危面前露脸，唯独她嫌苦又嫌累，前期仗着自己有燕临，后期仗着自己有沈玠，压根儿没去听谢危讲过几回。

若要问她这些琴喜欢哪张，她很想回答：一张也不喜欢。

还好燕临知道她以前在府里就不学琴，大致考虑考虑后便要了那张三百多年前的古琴，名曰“蕉庵”。琴身上因常年风化和弹奏震动，已覆着一片流水断纹，散音浑厚，泛音清润。

只是那琴的价钱也吓人。

吕显微笑着给燕临比了三根手指，姜雪宁倒吸一口凉气。

燕临却视若寻常，叫人拿银票付钱，之后亲自将琴囊套上，交至姜雪宁手中，道：“你们入宫虽是为公主伴读，谢先生待人也算宽厚，可于学问、琴上，他却不会因为你们是姑娘家就轻轻饶过。听谢先生讲学，你须得打起十二分精神来。他在宫中不常抚琴，我有幸得闻过几回，是极好的。你往日不想学琴，必是教琴的先生不好。这回入宫，你听了谢先生的琴，说不准便喜欢上了。”

所以，一张好琴是必须的。

可姜雪宁听见他这一番话后，眼角却微微抽了抽。没有人知道她入京之后怎么都不愿学琴，便是因为谢危。

四年前上京的路上，谢危便抱着琴。她还以为这人真是姜府的远房亲戚，穿着一身白布衣，除了一张琴一无所有，看着还病恹恹的。虽与她同乘一车，却不爱搭理人，大部分时间闭目养神，唯有中途偶尔停下歇脚时，他会抚弄那张琴。

姜雪宁听不懂琴曲，也看他不顺眼。

那时她才知道自己的身世，又知道家里还有一位人人称赞的“姐姐”，一路上生怕被别人瞧不起，虽没学过什么规矩，却因为内心的恐惧，偏要端出一副大家小姐的架势，不愿让人看轻了去。

大小姐都是高高在上，颐指气使的，所以她对别人也是高高在上，颐指气使，这“别人”里便包括谢危。

她在乡野间长大，也没学什么规矩，可此人行走、坐卧皆有章法，不管是同在一起进食时那举箸的姿态，还是靠在马车内小憩时的一丝不乱，都叫她看了难受。

当时她觉着此人一身寒酸却还端着，很久以后才愿意承认，她之所以难受，实是因为即便不懂，也能感受到那种云泥之别。而这种差别，正是当时在乡野间长大的她和那座她即将抵达的繁华京城的差别。

但人总是不愿承认这点。

即便后来当了皇后，她都不愿意看见谢危。因为她一生中最惶恐、不堪的时候，都被这个人看见过，只要看见这个人，她就会想起那些过往。而这是那时的她最忌讳的。

所以她只当从没有过那段上京的经历。

洞悉人心的谢危大约知道她的想法，极少出现在她面前，且对此绝口不提。

甚至连腕上那道疤，她都请太医开了方子，仔细涂了两年的药，消了个干干净净。

馆内的婆律香氤氲着，香息悠远，使人静心。

姜雪宁眨了眨眼，垂眸看着这张交到自己手里的琴，忽然想：如果不是为了张遮，或许她到死了被埋进土里，也不会对谁提起她还对谢危有过喂血之恩。

不过，宫变后，谢危手上沾了血，好像就再也没碰过琴了。

★

一张琴要价三千两，燕临付钱的时候却眼睛都没眨一下，勇毅侯府家底殷实可见一斑。

以前是懵懂不知，燕临理所当然地对她好，她也理所当然地享受着燕临对自己的好；现在她却知道自己还不起少年这份赤诚的喜欢，也不当理所当然地受着这一份好。

这张琴她不该收。

可是她待要拒绝，改叫棠儿拿银票来付钱时，又忽然犹豫了一下，心念一转，竟把先前的想法压了下去，默不作声地接受了这张琴。

那吕显收了钱，一张张地点着银票，整张脸上都是笑容，对燕临道："就知道小侯爷出手是最阔绰的，满京城这么多主顾，我吕照隐最乐意见到的便是你！往后常来，须知琴这玩意儿上瘾，若喜欢上之后，有一张还想要两张，学琴不够往后还要学制琴。你们都到我这里来，要什么有什么，保管不叫小侯爷白跑一趟。"

燕临翻了个白眼。

姜雪宁却整个人都愣住了，几乎不敢相信自己的耳朵——吕照隐！

那不是谢危后来发动宫变时最得力的党羽之一吕显吗？

燕临管着兵，吕显管着钱。

后来的燕临是掌握禁军的统领，吕显则在她被幽禁宫廷之时被谢危破格提拔上来，成为进士从商又由商成官的第一人，当了新一任的户部尚书……

那时尤芳吟为了保命，向朝廷捐了自己八成的钱财以充国库，便是由此人经手打理！

先前进这幽篁馆时，燕临不曾介绍过此间主人的身份，直到方才吕显自己无意间吐露了自己的名姓，姜雪宁这才悚然一惊，窥见了一点燕临窥不见的端倪。

这时她再看吕显，感觉便全然不同了。刚才她只觉得这人言语大胆而放肆，生意做得很有趣；此刻再看，却觉得这种大胆而放肆里未必没有几分恃才傲物、众人皆醉我独醒的傲慢。

吕显点完了银票，满意地点了点头，驾轻就熟地把银票往怀里一揣："数没错儿。"

燕临便道："那我们告辞了。"

三千两的大生意可不是时时能有的，吕显把个市侩商人的精明演绎得淋漓尽致，堆着满面笑容，亲自把他二人送到了门口。

姜雪宁跟在燕临后面，抱着琴下楼，不承想楼下快步上来一人，跟他们撞了个照面。

姜雪宁一看，是谢危身边的剑书，眼皮便跳了一下。

剑书常跟在谢危身边，且习得一身好剑术，燕临是见过他也知道他的，看见他便道："谢先生又着你跑腿来了？"

剑书向他行了一礼，也笑："正是呢。"

说罢目光一转，他又看见跟在燕临身后的姜雪宁，原本要继续迈开往上去的脚步又停了停，向她道礼："宁二姑娘好。"

姜雪宁微怔，颔首还礼。

燕临听着这话却忽地一挑眉，觉出一种微妙情况，用略带几分奇异的目光看了剑书一眼："宁二姑娘"是什么称呼？

但剑书好像没觉得不对，道过礼后便匆匆上楼去了。

幽篁馆内，吕显刚准备关上门，给自己倒上一杯小酒，庆贺庆贺卖出了一张这么贵的琴，可两手刚放到门上，就看见剑书过来了。

他眼角一抽，立刻加快了动作要把门关上。

岂料剑书手疾眼快，直接上前一掌卡在了门缝里，向吕显微微一笑："天还亮着呢，吕先生怎的这样急着关门呢？"

吕显在心里骂"练武的人果然皮糙肉厚怎么就没夹死你"，表面上却一脸惊讶好像才看见剑书一般，笑得亲热极了："呀，剑书啊！我这不是没看见你吗？怎么样，你家主人坏了一张琴，在家里气死了没有？”

剑书不由得脸黑：“不劳吕先生操心。”

吕显眉目里那幸灾乐祸的神色便又浮了上来，道：“想买什么？”

剑书道：“不买东西，有事。”

吕显一听这话，脸色一变，立刻要把他卡住门的手推出去，断然道：“我没钱，你赶紧走。”

剑书动也不动一下：“燕小侯爷不是才刚走？”

吕显撒谎不眨眼地道：“那琴不值钱。”

剑书冷冷地笑，竟将手放了，作势要走：“那我回去跟先生说你三个月前的账目上，有一笔五千两的出账不对。”

“哎哎哎，有钱，有钱！”吕显二话不说连忙拉住了他，将他往屋里拽，“真是，你说你，年纪不大，学谢居安那样老成有什么意思？哪怕你跟刀琴一样也好啊。动不动就拿账来威胁人，这可不是什么好习惯。说吧，什么事？”

剑书显然已习惯了吕显的德行，情知事情紧急，也不耽搁，言简意赅地道：“漕河上翻了船。”

吕显忽地一震：“什么船？”

剑书道：“丝船。”

吕显两只眼睛都冒了光：“什么时候？”

剑书道：“三天前。消息是加急传来的，京中还没几个人知道。”

吕显顿时拊掌大笑：“好！”

剑书道：“先生说，前阵子京中丝绸商人联合起来把丝价压得极低，如今漕河上运丝上京的丝船翻了，京中生丝之价必涨。若能趁着消息还未传开，以低价购入生丝，待消息传开丝价涨时出手，当能大赚一笔。只是前阵子丝绸商人压价，许多商人扛不住，多已将手里的生丝贩出，只怕市上已所剩无几。”

吕显琢磨了一会儿，把京中一应大小商人的名字在脑海中过了一遍，扯开嘴角一笑，眼底竟光彩熠熠的，道：“有的，还有一位！”

许文益见着尤芳吟走进来时，被她憔悴的脸色吓了一跳：“您这是几天没好好睡觉了啊？快来人，给尤姑娘端杯热茶上来。”

尤芳吟揉了揉眼睛，坐了下来。

下面的伙计立刻把茶给端了上来，也难免用藏着几分担忧的眼神看了她几眼。

此地乃江浙会馆里的一间客房，由江浙商帮的商人们在此设立，专容纳江浙两省上京来的商人留宿、谈生意。

许文益便是苏州南浔的丝商。两个月前他就上京了，只因江浙一带做丝绸的大商人联合起来压低生丝的进价，搞得蚕农不满，他们这些以贩丝为生的中小商人亦无以为继，只好被逼得北上。不承想京中大商与江浙大商也沆瀣一气，加之入京的中小商人太多，丝价不涨反跌，竟只有去年市价的一半！

别说赚钱了，他就连付给蚕农的成本价都不够！

许文益今年三十六岁了，即便没有学人蓄须，一张脸上也看得出有了些风霜痕迹，眼角都是细细的皱纹。更不用说连日来丝价不涨，他滞留京城，睡着今天的觉却不知明天的太阳会不会升起来，实觉得每一日都在油锅上煎熬，连眼神里都透着一种沉沉的压抑与焦虑。

他的身家性命都在这单生意里。

他去年学人贩盐赔了不少，今年从蚕农手里买丝时都拿不出钱来，还好他是南浔本地商人，又与当地蚕农往来过数年，大家知道今年行情不好，但愿意信任他，只收了他一成的定金，便把这一年产的生丝都交到了他的手上，让他上京卖个好价钱之后再回去付讫余款。

生意场上，谁不是一手交钱，一手交货？可家乡的蚕农却愿意先给货后收钱。

许文益是个有良心的商人，也不愿辜负背后乡亲们的信任。可天知道他来到京城，四处询问生丝市价时有多绝望！

直到十一日前，他滞留京城，几乎连住会馆的钱都拿不出，终于觉着自己扛不住了，只想着把手里那船生丝卖出去，价钱低也无妨，能收回多少是多少，先带回乡里去。

至于不够的那部分他只能先欠着，慢慢想办法贴补。

但就在这种时候，就在这绝境之中，尤芳吟出现了，然后给了他一个全新的希望。

这姑娘那天来时还戴着孝，两只眼睛红红的，把许文益吓了一跳，还以为是出了什么事来求助的人。可没想到她直接从荷包里掏出四百两银票，竟跟他说要买丝。

许文益也活了小半辈子，从来没见过这样的主顾，一时都愣住了，半天反应不过来，又见这姑娘实在不是什么大富大贵的模样，也不像是商户家出来的女儿，心里着实纳闷。

他当时太想把生丝卖出去，也没有多问，便以当时的市价卖了一些给她。只是尤芳吟也就四百两银子，于他一船的生丝而言，实在是杯水车薪。

银钱付讫后，许文益实在没忍住心中的好奇，开口问她："如今市上生丝价格这样低，且看情况说不准还要继续跌，你一个姑娘家，连账本都不大看得懂，四百两银的生丝可也不算是小数目了，你买了之后要怎么办？"

尤芳吟竟然回答说："等半个月后涨了再卖。"

许文益当时浑身一震，脑袋里似有千雷轰鸣，眼见着她答完就要走，出奇地失态追了上去，连声音都在发颤："姑娘何敢出此断言？"

这尤家姑娘看着呆愣愣的，好像被他狰狞的脸色吓到了，过了好半晌才直言道："给我钱的人说的。"

许文益更为震惊："姑娘有东家？"

尤芳吟当时看着他，好像想了一会儿，觉得这个词贴切，便点了点头："有。她交代我今日拿着钱来买进生丝，等半个月后卖出，能赚三番。"

许文益当即倒吸一口凉气。

那到时生丝的价格岂不是比去年的市价还要高上一倍，是现在市价的四倍？

这尤芳吟的东家何许人也，竟敢说出这样的话？

从商多年的许文益意识到，自己无意间也许逢着了一个千载难逢的机会——自来做生意买低卖高，吃的是差价。

而价随市变，所以生意场上消息灵通极为重要。有能掌握别人不知道的消息的人，往往能在这里面如鱼得水，捞着消息滞涩之辈一辈子也捞不着的好机会。

尤芳吟，或者尤芳吟背后这个"东家"，多半便是掌握着消息的人！

虽然不知为什么对方掌握了这消息却只拿出四百两银子来做生意，但既然遇到了这个机会，许文益无论如何也无法说服自己放弃。

他想要冒险。

若半个月后丝价真的涨了，于他而言便是绝地逢生；若半个月后丝价未涨反跌，又能比现在跌到哪里去，他的处境又能比现在坏到哪里去呢？

所以他决定干脆豪赌一把。

许文益用尤芳吟付的四百两银子打点了渡口的船只，也在会馆续了半个月的房钱，索性放弃了低价抛售生丝的想法，还叫人买了一套上好的文房四宝，连着一把算盘和几本自家以前用过的账册，送给了尤芳吟，与她一道等着生丝涨价的那天。

这段时间以来，许文益也曾旁敲侧击，想问出她背后那东家的身份。可尤芳吟这时嘴却很严实，竟绝口不提任何信息。

若他问到底为什么会涨价，尤芳吟则只说："不知道，东家没提过。"

此刻许文益坐在她的对面，望着她满眼的血丝，掐指一算时间，终于还是叹了口气：“只剩下四天了。”

丝价非但没有上涨，反而跌了。

尤芳吟也刚从商行问过价出来，心里知道，可她不擅长与人打交道，也不知该怎么回这句话，便闷头喝茶。

她这架势简直看得人着急。

许文益苦笑了一声：“尤姑娘先前说这四百两银子就是你全部的积蓄，如今丝价迟迟不涨，你就不怕这钱亏了，东家责怪你吗？”

尤芳吟想了一会儿，道：“若亏了，我以后攒够钱再还给她。”

四百两银子里，有三百五十两是二姑娘给的。

尤芳吟虽不知道二姑娘为什么要救自己，又为什么要给自己钱，可滴水之恩当涌泉相报。她过往的十八年里从没有遇到过这样的事，也没有遇到过这样好的人，更不知道对方当时为什么用那种快落泪的眼神看着她。

想了很久，她也不知要怎样去报答对方。但二姑娘教她做生意，也许她把生意做成了，把赚的钱捧到二姑娘面前，二姑娘就会高兴吧？

许文益不知她是什么想法，听了这话顿时愕然。

过了片刻他便无奈地摇了摇头：这姑娘对她的东家倒真是死心塌地，钱本来就是东家给的，事也是东家让办的，如何亏了还要说“还”给东家？

他叫人把准备好的账本拿了上来：“这是给姑娘准备的新账本，我已让我手下的账房先生在上面做了些标记，姑娘看起来会容易些，也明白些。不过姑娘总是熬夜看账本，到底伤身，还是该适当一些。”

尤芳吟今日便是为取账本来学的，双手接过账本时，连忙道了声谢，又讷讷地道：“近日来府里看得严，我可能这几天都出不来了。若四天后许老板也不见我的人，便请您先帮我把生丝卖掉。”

许文益道：“不早不晚，四天后？万一又涨了呢？”

尤芳吟摇了摇头，道：“东家说这时候卖。”

许文益呼吸一窒，便答应了下来。

待送走尤芳吟，他重新坐下来，又是长长地叹了口气。

他身后的伙计皱着眉头，对这件事始终充满了疑虑：“老板，我看这姑娘脑袋就是一根筋，怎么看怎么像个傻的。有这样好的事情，她的东家难道不自己做，要轮着我们来做？”

许文益却咬了咬牙，目中一片孤注一掷的决然神色：“赌都赌了，这话休要再提。我觉着她话里说的这个‘东家’只怕不是骗人的。若撒谎也该圆得像样些，没有这样忌讳深到不提的。”

他闭了闭眼，重新睁开，这时眼底已是一片压抑的愤怒与凄怆之色：“再说我若真拿着低价卖的那点银子回去，又该如何面对乡里蚕农的信任和托付？秋冬一过，明年又要准备桑蚕，若手里没钱，难道要他们吃西北风吗？”

伙计顿时不敢再言。

许文益说过这番话后反倒平静下来，正待叫他再出去探探情况，没料想外头半开着的房门忽然被人叩响，竟有一名文士立在外头，向屋内的他拱了拱手，道：“可是苏州南浔许文益许老板？”

许文益觉得对方面生：“请进，您是？”

那文士自然是吕显，进来一看他桌上摆着的茶还未撤，便知道先前有客，但也没问，直接道出了自己的来意：“在下姓吕，单名一个显字。听说许老板手中有一船生丝，至今没有卖出去。今日特地来访，是想来跟您做笔生意，买这一船丝。”

许文益心头忽地一跳，连呼吸都不觉一停，面上却不动声色：“您出什么价？”

吕显道：“自是市价。”

许文益摸不清他的来头，只道：“市价不卖。”

吕显一挑眉梢，忽然觉得情况好像和自己想的不一样：“许老板的丝不是卖不出去吗？”

许文益道：“如今卖不出去，但也有您这样一看就揣着大钱来的人买。焉知再过几天不涨呢？”

吕显瞳孔便微微一缩。他意识到事情不简单了，却偏笑道：“您好像知道点什么？”

这时许文益已经敢确定尤芳吟的那个东家说的话是真的了！

他整张脸都因为过于激动而泛起潮红，但声音还是显得平静不乱，眼底一时竟含了泪光，也不知是对吕显说的，还是对自己说的：“十一日前有人来买了我的一批生丝，她的东家告诉她价会涨。到今天看见吕老板来，我便知道，我赌对了……”

吕显是一脚踹开斫琴堂的门的。

侍立在一旁的剑书差点拔剑劈过去，一见是他，不由得诧异地瞪大了眼睛。

吕显却青着一张脸走了进来，端起茶桌上已沏着凉了一会儿的猴魁便往喉咙里灌，放下时茶盏砸在桌上发出吓人的震响。

这间斫琴堂挨着东面墙的地面上，十几张制琴用的木料整整齐齐地排着，谢危手里拿着墨斗，穿着一身简单的天青直裰，正站在那儿选看。他也没披袖袍宽大的鹤氅，还把袖子挽到了手臂上，露出骨节分明的手腕来。

听见动静他便转头看来，见是吕显，长眉一皱，道："没办成？"

吕显道："办成了一半，但我今天见了鬼。谢居安，你老实告诉我，漕河上丝船翻了这件事是什么时候出的，最早又是什么时候传到京城的，都有谁知道？"

谢危又转回头去看木料。

他把正中间那块桐木翻了过来，道："剑书没告诉你吗？三天前出的事，消息刚到京城还没两个时辰，知道的人除了送信的也就我、剑书，还有你。"

吕显断然道："不可能！有人十一天前便找许文益买过生丝了，料定丝价会涨。我几番旁敲侧击，许文益也没说太多。但我出来之后找人打听，这几日来有一位姑娘进出会馆，似乎在同他谈生意。你道这姑娘是谁？清远伯府一个谁也没听说过的庶女，叫尤芳吟。这姑娘背后似乎有个东家，但我也没打听到是谁。若丝船在河上是三天前出的事，这人如何提前八天就知道此事？"

谢危摩挲着那块准备选来做琴面的桐木的手指一顿，听了吕显这一番话，他轻而易举地便发现事情有诡谲之处。但他竟没先问，反而道："你刚才说办成一半怎么讲？"

吕显差点被他这一问噎死，憋了口气，才回答："许文益是个有脑子的人，似乎猜着我来头不小。毕竟京城里能够第一时间得到这种消息的人，一般人都开罪不起。他想结个善缘，也怕若有万一的可能过几天丝价不涨手里没钱回去，所以以去年的市价，卖了半船丝给我。"

谢危道："也好。今年江浙一带蚕农苦不堪言，我等也不纯为谋财，少赚一些无妨。"

可吕显是个财迷啊！

他忍不住扣着手指头狠狠地敲了敲桌："谢居安！你搞清楚，这事情很严重！漕河上的丝船要出事，尤芳吟这个东家怎能事先预料到？他既能让一个小小的尤芳吟来买丝，暗地里未必没有低价购入更多的生丝。很有可能漕河上的丝船出事就与此人相关。未卜先知这种事我是不信的，对方要么误打误撞，要么早有图谋！不管此人到底是在朝还是在野，只怕都不是简单之辈。我看此事不能就此作罢。"

谢危原也没准备就此作罢，他不过更关心事情有没有办成罢了。

此刻他面上一片淡漠，既看不出喜也看不出怒。他垂了眼道："既不清楚此人是谁，便着人查一查那伯府庶女。她这东家与她必有接触，且与漕河上有些关系，做事又不敢明目张胆，说不定是某个品阶不高的小官。范围很小，查起来容易。"

吕显也是这样以为的。

但很快他发现，他们好像完全错了。

第七章

入宫

从幽篁馆离开后，燕临带着姜雪宁又逛了会儿。

诸如什么金银玉器、胭脂香囊，甚至笔墨字画，到一处店里，见着几样好的，他总要问她“喜欢不喜欢”。姜雪宁一开始还未察觉出什么来，可当她看见燕临又拿了一柄玉如意问她时，心里便有了隐隐的知觉。

少年的表达一向是直白的，此刻却显得含蓄。

他这般问她“喜欢不喜欢”时，眼底是含笑的，眼神却偏有几分躲闪，倒好像藏着点什么怕被她发现一般，还有一抹不大明显的羞涩。

燕临的确不想被她知道。

眼见着九月就要过去了，掰着手指数马上就是十月，然后便是十一月他的冠礼。

冠礼一过他便可谈婚论嫁。

届时他就能去姜府提亲，那么聘礼单子自然是要提前备下的：他想知道宁宁喜欢哪些东西，不喜欢哪些。若她有喜欢的，那等今日过后他便悄悄买下来，回头都放进聘礼单子里，想来她见了会有小小的惊喜。

少年的心事藏得实在算不上深。姜雪宁没看出来时，尚且能如常地说自己喜欢或者不喜欢，只以为他是如往日一般询问自己；可看出来之后，却是说自己喜欢不对，一直说自己不喜欢也不好了。

她跟着他又逛了两家店，最后终于在第三家卖珠翠头面的铺面前停下来，对燕临道：“我有些乏了。”

燕临抬眸便见她面色的确恹恹的，这才后知后觉地意识到，自己逛得开心，倒忘了她明日还要进宫，也忘了问她要不要停下来歇歇，一时有些内疚："都怪我，我又忘了。反正以后时间也还不少，等你进宫为公主伴读，我也能去找你。今日便早些回去吧，我送你。"

姜雪宁是乘马车出来的。

燕临却是骑的马，回去时只慢慢地跟在她的车驾旁边。

她偶尔撩开车帘的一角，就能看见落日那金红的余晖洒落在少年挺拔的身影上，高挺的鼻梁、含着些微笑意的嘴角，连着那微动的眼睫都沾上了光，回过眸来看她时，眼神炽烈又耀眼。

但她心底泛开的竟是一片酸涩。差不多了，她该找个合适的时间和燕临说清楚了。

回府之后，姜雪宁便叫人把自己的东西都搬了出来，还叫人去府上账房查近些年来父母给她添置了哪些东西。

她自己没有账，但府里是有的。

先前因为从她这里偷拿东西而受了惩罚的一众丫鬟婆子吓得瑟瑟发抖，以为二姑娘又要开始翻旧账了，连王兴家的都吓得面无人色。

姜雪宁只道："我说过不会再追究你们，这一次不关你们的事，该搬东西的搬东西，该查账的查账。"

屋里的丫鬟婆子们这才放了心，不一会儿好几口箱子便都被搬了出来。

姜雪宁便对着手上有的清单，把自己这些贵重的东西都分到了两边：一边是她自己的，基本是府里节礼添置；一边是燕临这些年来送的，这占了大多数。

她自己重新做了一本账册，将东西记录清楚。

勇毅侯府家大业大，显赫一时，可当年圣上下旨抄家时没有透露半点风声，甚至前一天晚上，侯府上上下下还在准备着次日燕临的冠礼。

所以一朝被抄家，勇毅侯府毫无准备，所有财产罚没充公，被查了个干干净净，人也直接被关进诏狱。即便外面有人在努力地奔走疏通，可钱财方面有所限制，又见不到侯爷和世子，再加上后来锦衣卫查出勇毅侯府的确和平南王逆党有书信联系，圣上雷霆大怒，便再也没有谁敢为勇毅侯府奔走了。

最终还是圣上念及侯府曾为国效命，饶了灭族的死罪。

然而勇毅侯府的人被流放之后又是何等潦倒落魄？

过去，燕临还朝后，浑然变了个人似的，身上总带着一股戾气，且极少再笑。

她记忆中那个炽烈的少年仿佛从未存在。

只有夜深人静时，他躺在她寝宫的床榻上，轻轻地拉着她的手，和她讲述他被流放西北绝域时的所见所闻所历所感，姜雪宁才能感觉到这是燕临——那个年少时为她讲山河壮丽的少年。

只是他讲的故事不同了：年少时，他是尊贵的小侯爷，鲜衣怒马，看遍山河，有着满满的意气风发，留在眼底的都是那些灿烂、美好的事物；被流放后，他不但不再是世家勋贵，反而成了戴罪之身，去往苦寒之地，便是一样的山河，看在眼底也是满目萧条，留在记忆中的则是世道艰险、人心易变。

如今，上天给了她一个机会，让悠悠岁月的长河倒流，又让她看见了她记忆中那个真挚而热烈的少年。

这一腔的情，她回报不了。可如果她能让这少年永远是记忆中这般美好的模样，该是何等动人？

白日里燕临买了来赠她的琴，还搁在案头上。

姜雪宁抬眸静静地凝望了琴很久，然后将这一张琴也记进了账里，在后面用小小的字，标写了一行“三千两银”。

标完了她又没忍住苦笑了一声。燕临这家伙，真是花起钱来不眨眼，要把她掏空不成？这张琴买来时花了三千两，可等要卖的时候还不知要折价成什么样呢。

那吕照隐实打实一个奸商！

莲儿、棠儿也不知道她为什么忽然又清点起东西来，但忽然想起一事，便凑上来说了：“对了，姑娘，因您被选为公主伴读，老爷和夫人都赏下来不少东西。下午大姑娘也送来了一套文房四宝，您要看看，也点点吗？”

姜雪蕙？

姜雪宁朝那边看了过去。湖笔、端砚、松烟墨，另配了一刀澄心堂的纸，都是极好的东西。

于是她一时沉默，随后道：“放着吧。”

姜雪宁被宣召入宫成为公主伴读的事情在姜府里自然引起了好一阵议论，毕竟她性情娇纵又不学好，无论从哪方面看都和大小姐姜雪蕙相去甚远。

可最终下来的名单上竟然是她的名字。

府里一开始都传呈上去的是大小姐的名字，谁也没想到会出现这么出人意料的情况。

一时之间，说什么的人都有：有说宫里可能是弄错名字了；有说是姜雪宁巴结上了公主，用了点什么手段，让公主画掉了姜雪蕙的名字，把机会给她；也有说她私底下到老爷那边去闹过，硬让老爷在把人选呈上去之前改成了她的名字，也有说是姜雪蕙资质不够，所以宫里才看不上的……

但反正话没传到姜雪宁的耳朵里，她也不在意。

明日姜雪宁一早就要入宫，姜伯游和孟氏虽然也觉得这一次的结果实在让人一头雾水，摸不着头脑，可到得晚间还是在屋里摆上了饭，叫了姜雪蕙与姜雪宁一起来用。

这还是宫里伴读人选下来之后，姜雪宁第一次看见姜雪蕙，看着与平时没有什么两样。

她照样是以往端庄贤淑的模样，席间还会主动为父母布菜，眉眼间也不见有什么不平与失落之色，倒好像这件事从来没有发生过一般，也并没有听见过外面任何流言蜚语。

姜伯游则是忧心忡忡，对姜雪宁此番入宫实在没有抱太大的希望，语重心长地叮嘱："父亲在朝为官，政绩也还将就。你入宫之后，也不需去争什么一二，只要好好地管住自己的脾气，不要惹事就行。至于公主是不是喜欢你，先生们是不是喜欢你，都不重要，你能勉强敷衍过去就是了。你千万记得，多看少说，埋头做事便可。"

姜雪宁都一一应过。但她心里想的是：明日进宫开始学礼仪，姜伯游实不必如此担心。毕竟若"消极怠工"的计划顺利，只怕她在礼仪与资质这一关就过不了，早早就能打道回府了。

姜伯游看她一副漫不经心的样子，着实有些担忧，嘴上没再多说，心里却琢磨着：等明日下朝，要找居安说上两句，托他在宫中照拂一些。

孟氏则还对伴读人选意想不到的改变耿耿于怀，席间脸色不大好，看了姜雪宁好几眼，有心想要问问她是不是在中间做了什么手脚，可姜伯游在旁边给她使眼色，她便没有问出口，交代话时也不过应付两句。

毕竟真正的话都让姜伯游说了，从头到尾她也没跟姜雪宁说上几句。

一顿饭吃到酉时三刻才散了。

姜雪宁从正屋出来的时候，府里已经上了灯。

她是和姜雪蕙一起行过礼出来的，所以在廊上走着，很正常地一个在前面，一个在后面。

若是往常，两人便这般各不搭理地走了。

可今日姜雪宁叫住了姜雪蕙，淡淡地道："你送的东西，我不喜欢。"

姜雪蕙停住脚步，没回头："那宁妹妹扔了便是。"

姜雪宁不无嘲讽地笑了一声："若我是你，名字都呈上去了，却一朝落选，反而是自己那不学无术的妹妹被选为伴读，必定要想一想自己是不是被人耍弄了一番。你倒虚伪，还送我笔墨纸砚。难道你以为我看不出你其实也想入宫吗？"

姜雪蕙终于转过头看她。

廊上都是铺下来的紫藤花，只是花季早过，又已到深秋时节，花叶枯萎，枝条萧疏，所以头顶上那霜白的月色便从枝条间的缝隙里洒落下来，细碎地流淌到她的身上。姜雪宁身着简单的月白衫裙，站在那儿却清丽妩媚，连嘴角那一抹讽笑都有动人的姿态。

她的喜与怒都不遮掩，仿佛她也不屑遮掩。

姜雪蕙慢慢地道："我想入宫，天下哪个女子不曾爱过繁华呢？这于我而言，并非什么可耻之事。只是最终事不成，我也没有什么好抱怨的。万事皆有其缘法，如今是我既没这本事，也没这缘分罢了。"

姜雪宁自来看不惯她说话时这种波澜不惊的神情，唇边那一抹笑意便渐渐隐没了，声音里的讥诮之意却更浓："你知道我为什么打一进府就不喜欢你吗？"

姜雪蕙没说话。

姜雪宁便折了那廊上垂下来的一小段干枯的枝条，"啪"的一声，在这寂静的夜里有一种别样的惊心感："不仅仅是因为你比我好，比我出色，享受了我本该享有的一切。更重要的是，四年了，你既知道了自己的身世，也知道了谁才是你的亲生母亲，有些人纵然没有养恩，也有生恩，可你从未向我问过婉娘一句，哪怕一个字。"

姜雪宁交叠在身前的手掌慢慢地扣紧了，她微微垂了垂眼，似乎还有话想说，可终究没有说。她随手把那枯枝扔了，向姜雪蕙笑了笑："婉娘病重临去前，拉着我的手，把她传家的镯子塞到我手里，让我回了府后把它交到你的手上。可我一直没有给你，因为我觉得，你不配。"

★

说完这话，姜雪宁也没管姜雪蕙到底是什么神情，转身便走了。

她很多时候都无法分辨自己对婉娘到底是怎样的情感，但她过去所有的悲剧，归根结底都跟婉娘有关。

照理说，她该恨婉娘。可只要想到婉娘心心念念记挂着的女儿，却不曾问过她一句，姜雪宁又觉得婉娘终究是可恨又可怜的。

曾经，姜雪宁是抢了姜雪蕙的机会，也抢了她的姻缘，争着一口气自己挤进了宫廷为沈芷衣做伴读；而现如今，她明明已经对皇宫避之不及，可所有人跟上赶着似的凑到她面前，连入宫伴读这件事都在她的名字并未呈上去的情况下落到了她的头上，她完全是被人在背后推着进宫的。

一切似乎与曾经没有太大的不同，这让她忍不住思考：她真的能改变什么吗？又或者，她不过是重蹈覆辙？

次日一大早，天都还没亮，姜雪宁就被丫鬟们伺候着起了身，梳洗打扮过后去辞别父母，带上少许行李，便上了马车。

大臣们出入宫从午门走，宫中女眷或是她们这样入宫做伴读的人则都从皇宫东北角的贞顺门进。

这一批入选的伴读年纪大多在十七到二十之间，都是青葱少女。

姜雪宁到的时候，已经有人到了。她很少在世家贵女的聚会之中露面，与她们并不相熟，但她们相互之间是熟悉的，正站在宫门附近低声交谈。

但姜府的马车一到，这议论声便停了下来。所有人都转过头来看她，目光里都露出或多或少的好奇或者忌惮：姜府一开始呈上去的名字是姜雪蕙，但后来被选入宫做伴读的人忽然就成了姜雪宁。这件事可不仅仅是姜府里的人知道，外头也早就传开了。像她们这些世家大族的姑娘，谁能不关注这些呢？

旁人抢破头都抢不到的机会，这姜雪宁倒好，坐在家里什么也不用做，馅儿饼便从天上掉下来砸在她的头上。

这实在是让人心里很难平静。

姜雪宁才从马车上下来，一眼扫过去就看见了几张熟悉的脸孔：还真都是曾经伴读的那些人。

一个是清远伯府的尤月。当日重阳宴上姜雪宁颇不给她面子，两人算是结下了仇怨。

此刻尤月穿着漂亮的宫装，一脸端庄贤淑的模样，可朝着她望过来的眼神里是毫不掩饰的敌意，甚至隐隐带了几分狠毒之意。

姜雪宁心道她可千万别来自己面前找死，不然如今自己入宫的处境要比原来好太多，若一个脾气上来不小心捏死她，传出去不大好听。

尤月旁边便是上一回重阳宴上被点为诗中第一的礼部樊尚书家的小姐樊宜兰，是所有人当中穿着最素净的，连耳珰都未佩上一枚，眉目间一股淡泊缥缈之气。

入宫这件事于她而言好像并不值得激动。

旁人看姜雪宁的目光多少有些异样，可樊宜兰只是淡淡地看过来，既没有好奇，也没有嫉妒。

姜雪宁知道，这个是此次入宫伴读的十二人里唯一对荣华富贵没有向往的人，并且最终没有留下来伴读。

其次是定远侯家的三姑娘周宝樱，是所有人里年纪最小的，也是定远侯宠爱的掌上明珠，一张小脸还有点婴儿肥，圆嘟嘟的，一双黑葡萄似的大眼睛甚是明亮。人站在宫门前东张西望，半点不害怕。白白嫩嫩的手上还抓着个不大的油纸包，她不断从里面拿出蜜饯来吃，两个腮帮子动起来跟只小仓鼠似的，正眨巴着眼一个劲儿地盯着姜雪宁看。

这是个随便给点什么零食就能收服的姑娘。但也有一点不好——谁给她零食，都能收服她。大约是人还小，不懂事，完全没有原则。

剩下的几个人分别是姚蓉蓉、方妙和另外四个人。

那四个姜雪宁看着眼生，已是没印象了。

因为她们好像都由于礼仪和学识资质不好，在这一次进宫学规矩、熟悉宫廷环境的几天里便被宫里的女官退了回去。

前面两个她倒还记得一些。

一个姚蓉蓉，乃这一次进宫的人里面出身最低的，是翰林院侍讲姚都平的女儿，小家碧玉的长相，穿着打扮相较于其他几位出身大家的姑娘来说，未免有些寒酸看人时也是低眉顺眼的样子。

她看过来时，一触到姜雪宁的目光，便立刻收回了自己的目光，不敢再看姜雪宁一眼。

姜雪宁记得姚蓉蓉，是因为她是所有人里面最笨、学东西最慢的一个。

末了便是方妙了，一张清秀的脸，干干净净；一双灵动的眼，却过于活泛。眉尖上有一颗小小的红痣，让她看上去有些娇俏。若仔细打量，便会发现她今日穿的乃一身水蓝色的衣衫。因为九月在五行当中属金，少阴之气温润流泽，与水相生。

没错，方妙是钦天监监正的独女。她从小耳濡目染，学她父亲观察天象、推算节气之余沉迷于五行八卦之学，还会给人看相占卜。

到底准不准，姜雪宁不知道。

反正在姜雪宁的记忆中，方妙因着这方面的爱好很得其他人的喜欢，晚上动不动就凑到一起算点什么姻缘祸福，混得如鱼得水。

姜雪宁也不管她们都用什么眼神看自己，反正如今她的计划十分明确。

学礼仪？

人无法叫醒一个装睡的人，那么再好的女官也不可能教会一个一心想要远离宫廷的人。

她才懒得搭理这些人呢。所以下车之后她也不去找她们说话，就隔了不远不近的距离，往宫门口一站。

那守在门口的太监看了她一眼，又掐着手指头算了算，道："九个人了，还差三位没到，还请诸位小姐稍等一下，奴随后便可带你们入宫了。"

那姚蓉蓉怯怯地问："是谁还没来呀？"

周宝樱低头扒拉着她油纸包里的蜜饯，嘟着小嘴，随口便答道："来得最晚的肯定是萧家姐姐啊，陈姐姐和姚姐姐同她一块儿，想必会一起来。"

其他人面上一时都有些微妙的异样神色。

周宝樱乃侯府嫡女，又向来与萧姝等人走得近，且心思单纯，所以说出这样的话并没觉得有什么不对。可其他人的门第却很难与她们相比。如今大部分人在这里等着，却还有人没来。谁听了不觉得还没来的那几位架子太大？

不过众人正说着话，一辆看着颇为豪奢的马车便远远地朝着贞顺门这边驶来，停在了众人前方。

车夫从车上拿了脚凳放下。

先前同姜雪宁等人讲话的太监一见了这马车便连忙凑上去，堆起满面的笑容，到车旁躬身行了一礼："大小姐可算是来了。"

车里果然是萧姝。

她今日穿着一身杏黄的广袖留仙裙，腰上佩环叮当，扶着那太监递过去的手便下了车，笑着道："今日竟是黄公公出来接人，长公主竟也没告诉我。"

黄仁礼跟着也笑："殿下知道这一回要来许多玩伴，很是高兴呢。今日特遣了奴来，也好看看，回去再跟公主说呢。"

众人听出来了，这黄仁礼乃乐阳长公主身边的太监，想来是极受长公主信任。可这样一个太监也上前扶萧姝下车，萧氏一门的显赫和萧姝与长公主关系之好，可见一斑。

那车上并不止萧姝一人。她下车之后，又有两人从车上下来。

姜雪宁一看，眉梢便微微一挑。

内阁大学士陈云缙家的小姐陈淑仪，虽然很少入宫，与乐阳长公主并不算很相熟，可与萧姝的关系极好。

只因二人在这京中出身相当。

陈淑仪的容貌虽然没有萧姝这般明艳，却是人如其名，自有一股端雅之气，唇边总挂着淡淡的笑，只是一双眼看着却颇有心思和成算，是个性情内敛而谨慎之人。

剩下的那一个就有意思了，人倒是杏眼柳眉，梳着单螺髻，耳朵上挂一对儿月牙形状的白玉耳坠，胸前还挂着精致的玉锁，看着好看，看打扮也知道出身不普通。只是从车上下来时，这位官家小姐锁着眉头，隐隐有些烦躁，好像是遇到了什么难以解决又令人不快的事。

姜雪宁对她的印象可太深刻了。

这是吏部尚书姚太傅的女儿姚惜——差一点就嫁给了张遮为妻，只是在议婚都议到一半时死活悔了这门亲事，还将张遮“克妻”的谣言满京城地散布，气得张遮年迈的母亲冯氏大病了一场。

结果千挑万选后，她嫁给了周寅之，从此让自己的母家帮助周寅之，一路扶摇上来。可没想到，仅仅三年之后便因为“难产”死在了周寅之那妻妾成群的府邸里。

这时候，姚惜应该正在和张遮议亲，且为此事烦恼吧？

姜雪宁也不知怎的，虽然自己知道过去也不是什么好人，甚至比姚惜还不如，可她上看下看，左看右看，就是瞧姚惜不大爽快。

弃了张遮，选了周寅之……这人真是瞎了这一双漂亮的眼！

她的目光平静而蕴含深意，只从姚惜的面上扫过。

姚惜才下得车来，抬眼向其他人打量时，无意间撞着姜雪宁这眼神，顿时一怔。

姜雪宁却顿时扯开了嘴角，立在众人旁边，向着她露出了一抹深深的微笑，藏起了方才的尖锐和讥诮之色，竟似对她很有好感，十分友善一般，还点了点头致意。

姚惜一头雾水。但姜雪宁这般好看的人若向人笑起来，便是女子也抵挡不住的，姚惜虽不明所以，也不由得下意识地还了一笑。

姜雪宁面上和善，心底却在冷笑：看本宫好好教你做个人！

★

这一来十二个人便到齐了。

萧姝在这一群人当中无疑是隐形的为首者，一走过来，所有人的目光便都落在她的身上，除去艳羡之外也多有一些畏惧与臣服之意。

也有许多人主动同她问好。

萧姝也不含糊，一一点头应过，倒是对谁都一样。

唯独看到姜雪宁时，她嘴角轻勾。

这时姜雪宁尚未向她见礼，她却先远远地向姜雪宁点了点头，算是打了个招呼，看起来似乎还算友善，隐隐还有一些认同的意味在里面。

若换了旁人，早就受宠若惊了。

可萧姝这态度落在姜雪宁眼底，却依旧带着一种天生贵族似的高高在上，并不是平等地表达友好，不过是因为觉得自己能入长公主的眼，所以也算能入她的眼，但并不会真把自己当一回事。

萧姝便是这样的性情。

她出身显赫，别人一辈子梦寐以求的东西都是她从小就拥有的，很少有什么得不到的东西。这让她在面对每件事、每个人的时候都极为平静，甚至在面对皇族的时候也能保持不卑不亢的姿态。对一切对她没有威胁的人，即便对方对她十分无礼，她也能谈笑风生，绝不会动怒。

因为一切在她之下的人，都不具有与她对话的资格。

唯独当她觉着谁威胁到她了，才会露出獠牙。

姜雪宁是同她交过手的。当年还没当上皇后的时候，她还用心地哄一哄沈玠，虽然沈玠心里未必真的属意她，可男人嘛，谁不喜欢漂亮女人哄着？所以那段时间她算是“受宠”。

但等到沈玠登基，姜雪宁当上皇后了，达成了自己的目的，她便懒得再哄沈玠了。正好不久后萧姝入宫，姜雪宁干脆由得后宫里的人争宠，乐得让皇帝歇在萧姝宫里，自己都不用伺候，只在坤宁宫里面执掌凤印，一心一意地当自己的皇后，小日子过得不要太舒坦。

直到有一天，萧姝有孕，被封了皇贵妃，沈玠还让她协理六宫。

姜雪宁终于开始慌了。

或者说，她开始愤怒了。

原来当上皇后之后，并不意味着一辈子都是皇后。后宫里人这么多，总会冒出一些有能耐的人。尤其是萧姝这种世家大族出身的女人，母族给予她的支持极为强大，且她自己又有本事，很争气，一辈子当惯了人上人，只怕很难满足于只是个皇贵妃，也很难容忍自己上头还有别人。

于是争斗正式开始了。

姜雪宁与母家的关系虽然不怎么样，但荣辱一体，姜伯游当时新任户部尚书，在朝中也算说得上话。她又有周寅之，彼时已经控制了大半个锦衣卫，心狠手辣，办事牢靠。

而且十分有意思的是，萧氏一族有个“流落在外”的嫡长子，叫萧定非，那两年刚“找回来”，是能正经继承爵位的诚国公世子，也是萧姝同父异母的兄长。他别的不行，浪荡登徒子的性情却是朝野闻名，一身浑不懔的混混做派，对姜雪宁甚是追捧，称得上是俯首帖耳。为了她，萧定非能气得诚国公背过气去，而且半点不给萧姝这个妹妹面子，完全是姜雪宁用来刺激诚国公府的一柄好刀。

所以跟萧姝和诚国公府打起来，姜雪宁还真不落下风，顶多说战况有些胶着。

后来谢危出手搞倒了萧氏，她还拍手称快了一阵。

当然，她没能高兴多久。因为顶多过去没半年，谢危又出手搞倒了皇族，把整个朝野都控制在了手中，姜雪宁这个皇后也终于风光不再。

真是一出“鹬蚌相争，渔翁得利”的好戏。

虽然说她和萧姝的下场都算不上好，而且最终都因为朝局牵累，折在了谢危的手里，她应该对这一位昔日的“对手”存有一分同病相怜的同情。

可其实根本不是这么回事。

谢危固然是一个披着圣人皮的魔鬼，但也不意味着萧姝就是个好人，更不意味着她就要与萧姝“同仇敌忾”。

相反，姜雪宁照旧不大喜欢她，且忌惮她。

面对着萧姝主动打招呼，姜雪宁垂眸思量片刻，淡淡地颔首还了个礼，依旧显得不是很热络。

萧姝的目光里又多了几分审视意味。

但很快她的注意力就移开了，因为黄仁礼已经点好了人数，叫了几个宫人来为她们拎东西，验过腰牌之后，一路领着她们入宫，路上还跟她们介绍了一下周遭的宫殿。

黄仁礼知道这一帮都是贵家小姐，且里面还有长公主殿下的朋友，也有长公主殿下很感兴趣的人，加之他嗓音阴柔，所以说话时有如春风般柔软和煦：“这一次诸位小姐都住在仰止斋。圣上为殿下准备这一次伴读的事情可也是费了心的，这仰止斋原本是给皇子伴读住的地方。只不过如今宫中没有皇子，正好诸位小姐进来，便着了御用监把一应陈设换新，又给栽上了些适合赏玩的花树。回头住的时候，一人一间，也算得上宽敞。这地方与奉宸殿挨着，讲学就在奉宸殿，离得很近。往北接着后宫娘娘们住的六宫，往南则能遥遥望着外朝文华殿、文昭阁。像先生们来为公主殿下和诸位小姐讲学，来往很方便。只是毕竟在内廷边缘稍接近外朝一些的地方，若小姐们怕不小心遇着谁，也只能稍稍小心些，少走动便可。”

本朝男女之防虽然没有那么严重，但也有些府里规矩十分严的人很在乎这些，甚至不大让自家的姑娘见外男，是以黄仁礼才有这一句。

姜雪宁自是不在乎，但同行的其他几个姑娘里有人深以为然地点了点头。

姜雪宁对此嗤之以鼻。

仰止斋对曾经的她来说不要太方便，距离文华殿近，有的先生给皇帝、王爷、大臣讲完课，穿过不远的路就能来给公主讲学。同样，像燕临、沈玠这些听先生讲课的人，也能够偷偷溜过来。

有时候遇到谢危讲一些书，还有其他的王孙子弟请过皇帝示下，特支了屏风，坐在外面听。

那她简直是想勾搭谁便勾搭谁。

现在的仰止斋跟过去一模一样，连宫墙下新栽的两株桂树的位置都不差分毫，因以前都是住的皇子伴读，所以甚是清雅朴素，很有书馆的翰墨之气，一看便知是个向学的地方。

在家里富贵惯了的世家小姐们未必觉着有多好，但似姚蓉蓉这般小门小户出身的人却目露惊喜，正想夸赞皇宫的气派，可一转头看见其他人都神色平平，才要出口的话便又悄悄咽了回去。

黄仁礼道："这里都已经打扫干净，不过诸位小姐要住哪间可能得商量一下。待诸位选好住处之后，略为收拾，便会有尚仪局的几位女官来教宫中礼仪。诸位小姐可要打起精神应对，因为苏尚仪也会亲自来看。她在宫中多年，早年乃伺候在长公主殿下身边的，可说是看着公主殿下长大的，于礼仪方面要求极严。若诸位不能过她那一关，只怕即便来了这宫中一趟，回头也不免要打道回府。"

苏尚仪。

姜雪宁一听见这称呼，便跟条件反射似的，只觉得自己的膝盖、腰背和脖子，甚至手指都开始隐隐作痛。

曾经的她本来就在乡野里长大，自来不爱学规矩，回了京城后又仗着有燕临在身边，越发放肆。

结果她一进宫就撞在苏尚仪手上。且苏尚仪是伺候沈芷衣长大的，也不知是为公主抱不平，还是得了沈芷衣的什么示下，对姜雪宁要求得格外严，反复折腾她，一个不小心便要重来。

这种时候，她便格外难堪。因为所有人都学会了，站在旁边看她的笑话，眼神难免异样，对她指指点点。

今日来伴读的许多世家小姐是着意打听过宫里的情况的，对这位尚仪局的苏大人显然也有耳闻，皆露出些许畏惧的神情。

这导致大家在选房间的时候都在小声地悄悄议论。

“苏尚仪我知道，特别特别吓人的咯，我娘亲在我今早走时还说叫我最好不要碰到她呢。不过黄公公又说会来几个女官，那应该是分开教吧？要真遇到苏尚仪，我可怎么办，呜……”

“有、有这么可怕吗？”

“这间房朝南，窗户开在西面，外头正好对着桂树，该能遇到贵人才是。我就选这间房了，你们谁也不要跟我抢！老君保佑，选了这间，能叫我顺顺利利地过了这难关。”

姜雪宁也不跟她们争什么位置特别好的屋子，干脆挑了最角落里最僻静同时采光也不大好的一间。

只听着后面传来的说话声，她都能知道谁是谁：说话总要带个“咯”“呀”之类的后缀，声音甜甜的那个是周宝樱；怯生生的那个是姚蓉蓉；神神道道选个屋子，还要咕哝着算半天的是那位算得上半个神棍的方妙。

其他人倒是没怎么说话。

不一会儿大家便选好了。大家非常默契地把最好的那一间留给了萧姝，陈淑仪和姚惜的房间正好在她的两边，其他人的便随意散落着。姜雪宁那间最靠边，所以只有东边还剩着一间屋子，位置也不大好，由也不大在乎伴读这事的樊宜兰选了。

选好后大家便各自进去收拾自己的东西。

姜雪宁带的东西最少，随便整理了一下便收拾妥当，出来时本以为自己会是第一个，谁料想抬眼一看，樊宜兰居然已经坐在外面了。

见她出来，樊宜兰便向她点了点头，也不知是不是觉着姜雪宁跟自己一样看淡这些事，竟难得展露出笑容来，向她笑了笑，的确如空谷幽兰绽放。她虽不是国色天香，却自有一股清雅绝尘之气。

姜雪宁估摸着这樊小姐可能误会自己是她的同道了，但也不好解释这种“美妙”的误会，索性厚着脸皮接下了对方这份善意，也笑了笑。

两人也不说话，便坐在外间等。过了有小半个时辰，所有人才陆陆续续地收拾好。

这时外头一声通传，说尚仪局来教规矩的女官们来了，仰止斋内外的宫女几乎立刻全都站直了，躬身垂首，屏气凝神，再没发出半点声音。

所有人都被这架势镇住了。

紧接着就见宫门外走来了四位女官。

打头的那位穿着灰青色的五品女官服，发髻绾得高高的，安了两枚如意云纹金簪，双手交叠在腰腹前方，却并不真正贴在腰间。行走间严谨整肃，每一步迈出的距离跟量过似的，一模一样。一张有些上了年纪的脸上见不到半分笑意，两眼角添了皱纹，眉心亦因为经常颦蹙而有一道浅浅的、皱起的竖痕，目光从众人身上扫过时，既冷且厉，没有什么温度。

十二人中有胆子小的人立刻吓得低下头去。唯有萧姝、陈淑仪、樊宜兰几个人还能坦然、平静地躬身行礼。萧姝、陈淑仪是经常进宫，早就学过礼仪。樊宜兰却是看谁都一样，是以也不觉得苏尚仪可怕。

苏尚仪看了这情况，眉头便皱了起来，走到众人正前方站定，毫无语气起伏地道："今日尚仪局奉命来教各位小姐一些宫廷中的礼仪，为期两天。各位小姐可称我为'苏尚仪'。往后各位都是要为长公主殿下伴读的，须得格外谨慎。所以还望大家这两日认真对待，若有谁懈怠或实在学不会，便要请谁离宫回府了。"

先前差不多意思的话，黄仁礼已经说过一遍，但众人听了不觉得如何；可当这话从苏尚仪口中说出来时，所有人都是心头一颤，打了个寒噤。

苏尚仪见她们都听进去了，这才道："现在便请诸位小姐自行分作三组吧，一会儿由三位女官分开教习，也能指点得透彻些。"

众人齐齐躬身应道："是。"

接下来苏尚仪便坐到一旁去了。

所有人见着顿时松了一口气：看来这位要求最严、最可怕的尚仪大人，应该不会亲自来"指点"她们了。

但一说"自行分组"，气氛又有点微妙了。

萧姝、陈淑仪、姚惜三人是乘同一辆马车来的，自然在一起。

尤月却左右看了看，竟上前把樊宜兰拉了，往正要去萧姝那边的周宝樱身边走去，笑吟吟地对她道："我往日便想认识宝樱了，我们一起好不好？"周宝樱想了想，觉着也无所谓，便点了点头。

姜雪宁站在原地没动，却是在琢磨自己跟谁比较好——

过去的她掐尖好强，是跟周宝樱一起的，结果运气不好遇到苏尚仪，被折腾得没个人样。

现在她虽然原本就打算糊弄，没准备让自己安然通过，可若再撞着苏尚仪，离宫这件事固然是十拿九稳了，可也会被折腾得够呛。

她还有点没想好。

"选跟谁在一起这件事吧，一定要看看'势'的。"一道神神道道的声音忽然在身后不远处响了起来，姜雪宁转头一看，竟然是方妙朝她走了过来，一双灵动活泛的眸子正盯着她精明地转动，一只手已经搭上了她的肩膀，笑着道，"姜二姑娘近段时间势头甚好，光也亮，我觉着若能跟你一起，必能借到几分势，沾到一点光。所以，我和姜二姑娘一起……”最后一个“吧”字，陡然滞住。

方妙本是打听得姜雪宁乃唯一一个原本没呈上名字但最终出现在伴读名单上的人，且还在重阳宴上得了乐阳长公主的青眼，这一回入宫只怕是长公主殿下除了萧姝之外第一在意的人，所以本想与她一道，也好混得容易些，多一点让长公主注意到自己的机会。

可她无意间眼角余光一扫，竟看见苏尚仪又站起来了！她不仅站起来了，还朝着姜雪宁这边走了过来！

我的姥姥哟！

方妙眼皮狂跳起来，各种还未来得及说出口的跟姜雪宁套近乎的话全都吞回了肚子里，手指轻轻一转，竟硬生生地转了个圈，指向了樊宜兰那边。

“哎，那边的势好像也不错啊！”

说完她就抬起原本搭在姜雪宁的肩膀上的手掌，还把她肩上的衣料的褶皱给抚平了，道：“那我就过去了，姜二姑娘不要想我！”

接着她一溜烟跑去了樊宜兰那边。

一时所有人都用一种怜悯的目光望着姜雪宁，尤月更是忽然“嗤”地笑了一声，只道姜雪宁昔日在他们伯府嚣张，今天总算是要倒大霉了，这种人合该被好好治治。姜雪宁落到苏尚仪手中，不死也要脱层皮！

姜雪宁这才发觉事情好像有点不对劲。

然后她就听见自己身后响起一道冷淡的声音：“姜二姑娘。”

姜雪宁浑身一僵，转过身来，就看见了不知什么时候立在自己身后的苏尚仪！看着这张没表情的脸，她浑身都疼了起来，心里只道果然如今也逃不过苏尚仪，但往好了想，苏尚仪要求严格，她只要把自己的娇纵脾气和投机取巧的劣性表现出来，多半就能出宫了。

姜雪宁当下便要行礼，但万万没想到，下一刻苏尚仪那一张不苟言笑的脸上竟然勾起了一抹淡淡的笑容，尽管并不明显，可与先前相比完全天差地别！

这一瞬间，不仅是姜雪宁，其他所有正在幸灾乐祸或者刚打算看笑话的人全都傻眼了，不敢相信自己看到了什么！

铁树开花了！

太阳打西边出来了！

苏尚仪竟然笑了！

她该是并不习惯笑，所以笑容看上去透着些违和的僵硬感，此刻只注视着姜雪宁，连声音都比先前放得柔了一些，只道："姜二姑娘是第一次入宫吧？礼仪便由我来教吧。"

姜雪宁：等等，是不是有哪里不对？

其他所有人：说好的对所有人一视同仁、异常严苛呢？！

★

她们哪里知道，苏尚仪是看着沈芷衣长大的，可从来没有看到过公主殿下露出那样开怀的笑容、释然的神情。

那是重阳节宴从宫外回来的晚上，她照例在天将昏时从尚仪局到鸣凤宫，去看望长公主。

她进去的时候，宫人们说公主在里面。于是她掀开珠帘，竟然看见公主坐在妆镜前，轻轻地伸手触碰着自己的面颊。

苏尚仪只觉自己在做梦。因为鸣凤宫所有伺候的宫人都知道，长公主殿下最厌恶看见的就是镜子，除了一些大庆节礼需要隆重端庄，她才会在宫人们为自己穿戴装扮完毕之后照一照镜，寻常时候是连看都不愿看镜子一眼的，打扮全凭宫人们用眼睛来看，自己却不甚在意。

如今公主这是怎么了？

还没待她从震惊中回过神来，心里正心惊肉跳地念叨着公主殿下是不是出了什么事，长公主殿下便从妆镜里看见了她，站起来转身便将她抱住，竟是满面的笑："姑姑看我！"

她这才看清楚。长公主换了新的妆面，以樱粉色轻轻描摹了幼时眼角留下的那一道细疤，只如一瓣樱花缀在美人面上，抹去了原本那一抹伤痕所留下的残破感，反而添上了全新的艳色。更重要的是公主的神态。往日公主便是再高兴，眉心间也笼着一股郁气，可今日全都散了，熠熠的神光从她眼底迸发而出，竟是坦然且灼然的。

那一刻，她实在没忍住内心忽然涌上来的感动，由衷地赞叹："真好看。"

但长公主也没有说自己为什么忽然这样。苏尚仪当然留了个心眼，从鸣凤宫中离开的时候，便询问了当日随长公主一道出宫去伺候的宫人，这才知道是在清远伯府的宴上遇到了一位很不一样的小姐，是姜侍郎府上的二小姐，叫姜雪宁。

当时她只欣慰公主终于遇到了很好的朋友，也没想要做什么。可不久之后她就在公主殿下的伴读名单里看到了这位姜二姑娘的名字。

苏尚仪虽不敢僭越说待沈芷衣如己出，却是真心偏疼着她的，巴不得公主殿下和这样能令她开心的人待在一起，是以才对姜雪宁展露出了前所未有的“和颜悦色”。

周遭人虽都跌掉了下巴，可她只看着姜雪宁。

眼见这位姜二姑娘愣愣地望着自己，似乎没有反应过来，眉头几乎下意识地一皱，但紧接着她又想到这位姑娘会成为公主的好朋友，不能随意斥责，于是又提醒了一声：“姜二姑娘？”

姜雪宁这才如梦初醒，忙道：“那、那就有劳尚仪大人了。”

苏尚仪便点了点头，又环顾了众人一眼，便道：“开始吧。”

一开始说的是十二人分成三组，可现在分明是实打实的四组人：萧姝、陈淑仪、姚惜三个人凑一起；樊宜兰、尤月、方妙、周宝樱四人在一起；姚蓉蓉和其他三个姜雪宁没什么印象的人在一起；而姜雪宁单独出来，一个人就是一组。

其他三位女官教那三组，苏尚仪则单独指点姜雪宁。

其他人差点把眼珠子都瞪出来了：要知道，她们中的大多数人对姜雪宁的态度一开始就有些微妙。谁叫她明明没呈上名字，最后却被选上当了伴读？摆明了这里面有一些外人不知道的事情，是以在这一群伴读之中，姜雪宁也有着十分特殊的位置。现在不仅擢选的时候特殊，连在宫中学礼仪都要给她特别待遇？

苏尚仪这么严厉的人都对她假以颜色！

一些人心里着实不平衡起来。

这里面以尤月为首。她早跟姜雪宁有一点过节在，刚才看见苏尚仪冷着脸向姜雪宁走去，只以为姜雪宁是要倒大霉了。可根本还没等她高兴上片刻，苏尚仪对姜雪宁的态度便像是一巴掌打在了她的脸上，她连笑容都还没来得及收起来，就觉得生生地疼。

此刻她差点没恨得把一口好牙咬碎。

只是很快，一面跟着女官学习礼仪，一面暗中关注着苏尚仪与姜雪宁那边的进展的众人就发现：这姜雪宁好像不大行啊！

尚仪局的女官来教习礼仪，首先教的便是站，站要有个站样。

苏尚仪讲得十分清楚明白了：“腿要并拢，腰要挺直，背不要弯一点，可脖颈要稍稍垂下，把头埋下来三分，两手交叠虚扣在腰间，不要实实在在地贴着，胳膊肘要支起来，左右看着一样高，切忌懒散地搭着。”

然而反观姜雪宁……腿并拢的时候，腰没有挺直；腰挺直了，背弯下去了；背直起来了，脖颈硬梗着；脖颈垂下去了，一颗脑袋还抬着；好不容易都站对了，两手交叠的方式又不对，左右两边胳膊就跟那不倒翁似的摇晃，无论如何也没有办法定在同一高度上。

她们从没见过谁的肢体可以这么不协调！

偏姜雪宁还面不改色，镇定自若，一副完全不知道自己有多差劲的样子。

苏尚仪在宫中以严厉出名，实则是个眼底不能糅沙子的人，平日里见了宫中谁没规矩都敢冷脸训斥上一句，所以本身脾气很不小。

她原本以为，姜雪宁既能开解公主，该是个心思灵秀的细巧人儿，且看这模样也不像是笨的。

谁料想她一教竟跟块榆木疙瘩似的，而且浑然没有羞耻之心。你戳她一下，她改一下，不戳就能立在那儿半天不动，完全不知道检讨自己有哪个地方做得不对，哪里有面上那股机灵劲儿？！

苏尚仪交叠地扣在腰间的手指有些发紧，骨节也隐隐泛白，有那么一瞬间她就要压不住脾气爆发出来。但很快她又想到了乐阳长公主。

不，没关系，这人笨一点也没关系，顶多是她教的时间久一些罢了，耐心些，耐心些。

在心里面不断地用这些话叮嘱了自己一番后，苏尚仪终于轻轻吁出一口气来，将那一股火气压了下去，保持着脸上那已经略显僵硬的笑容，违心地对姜雪宁道："没关系，慢慢来，姜二姑娘比起刚才已经好一点了。"

姜雪宁简直不敢相信自己的耳朵，苏尚仪你的要求什么时候变得这么低了？！

其他人也不敢相信，这绝对不是我们知道的那个苏尚仪！

假的吧！

毫无疑问，姜雪宁根本就没打算在这里认真学什么礼仪。

在姜雪宁的经历中，她早就学过了，更不用说后来怎么也在宫廷中生活过一段时间，即便当了皇后后，仪态方面有些懒怠，可很多东西已经成为习惯，再差也不可能比其他刚入宫来当伴读的小姐差。

可这些世家小姐努力，是为能留下来，她一个铁了心要走的人，认什么真，努什么力？她非但不要认真，不要努力，还要故意演出一副无论如何都学不会的模样来，让苏尚仪觉得她朽木不可雕。

然而计划进展得并不顺利。姜雪宁先前那种不祥的预感竟然成真了：虽然现在还是苏尚仪来教导自己，可一则苏尚仪对她和颜悦色，二则对她耐心至极，完全没有那种鸡蛋里挑骨头，好的也能说你不行的魔鬼架势！相反，无论她怎么演、怎么作，苏尚仪都紧紧扣着手掌，用一种"再努努力，我相信你可以"的鼓励眼神望着她……

太棘手了。

被苏尚仪用这种眼神看着，一身鸡皮疙瘩直接冒了出来，姜雪宁感觉整个人都不好了！

不，要冷静，苏尚仪是什么脾气她是知道的。如今对方可能是因为什么别的事对她格外容忍，但每个人的容忍都是有限度的，一旦越过某一个极限，便是圣人都会发作。

藏拙装愣的法子一时不奏效不要紧，千万不能放弃，坚持就是胜利！如果现在还不能激怒苏尚仪，一定是因为她还不够作，作的时间还不够久！

姜雪宁看得出来苏尚仪在忍耐，故意又不经意间把方才抬起来的手臂垂了下去，在清楚地看见苏尚仪眼角控制不住地抽搐了一下之后，挂起了腼腆而羞涩的笑容，嗫嚅道："多谢尚仪大人，我这人从小笨，学什么都学不会，多劳您费心了……"

我就不信你还忍得了！

苏尚仪的确差点没忍住，想厉声斥责她不仅仅是笨，更重要的是懒！

然而话到嘴边她还是咽回去了。

想想公主。

想想公主。

她反省了一下可能是自己逼得太紧了，这二姑娘有些紧张，且自己现在也需要冷静一下，于是道："无妨，二姑娘练习了这么久，该是累了，歇息片刻再继续吧。"

正被其他女官严格指点的其他人内心是崩溃的。

"嗖嗖嗖嗖！"空气中仿佛能听见利刃划过的声音。

姜雪宁清晰地感觉到旁边有十数道眼刀，瞬间飞到了自己身上，恨不能把自己戳成个筛子！

要知道，其他人可跟她不一样啊。

苏尚仪乃尚仪局的掌事女官，跟着她一道来的这三名女官都算是她的下属。如今与苏尚仪同处一室，在历来要求严格的苏尚仪眼皮子底下教授宫廷礼仪，哪个敢不打起精神来？就算是原本收了些打点银钱要照顾些的人，这会儿也不敢轻易放水，若一个不小心被苏尚仪看见，那可就成天大的事情了。

所以这些女官非但没有半分懈怠，反而比起平时更加严格，不苟言笑，活脱脱就是第二、第三、第四个苏尚仪！

然而苏尚仪本人……偏在前所未有地放水。

于是其他人所面临的局面和她们最初所构想的局面，完全掉了个个儿。原以为姜雪宁落到了苏尚仪的手中，肢体又这般蠢笨，绝对要被折磨得不成人样，而她们在旁边看笑话就是。可现在的情况是，姜雪宁在苏尚仪那边轻轻松松，半点事没有，而她们原以为要求不大严格的普通女官却把她们往死里折腾！

她们学不会，女官要冷脸呵责；姜雪宁学不会，苏尚仪却叫她坐下休息！

有那么一刹那，姜雪宁都㞞了：刚开始选伴读没呈名字却进来了，已经让她在众人之中很特殊，隐隐被孤立；如今学礼仪还有这样特殊的待遇，她若真坐下来，无疑立刻就要成为所有人的眼中钉、肉中刺，成为所有人的“公敌”！

然而事情都已经发生了，她意识到，越是如此，自己越要铆足了劲儿离开宫廷，不然留在这儿等着被其他人大卸八块吗？

她退无可退，当以攻为守。此念一通，姜雪宁立刻露出了感动又惊喜的神情，道：“我早就累了，尚仪大人可真是太会体恤人了。”然后一屁股坐在了旁边的椅子上。

对，真的是“一屁股”，大大咧咧，没有半点风雅仪态。

苏尚仪顿时觉得一口气差点没喘上来，只强迫着自己立刻转开了视线，心中一意地默念：南无阿弥陀佛，眼不见为净！眼不见为净！公主既然对她青眼有加，那么这姑娘身上必然有过人之处，自己现在还没有发现一定是自己眼拙。静下心来，慢慢发现她的美！

毕竟先前站了也有大半个时辰了，姜雪宁坐下来之后觉得浑身舒坦，只不过就是……后背有点凉快。

她转头一看，其他人的视线果然都落在她的身上，那尤月更是脸色铁青，差点没气歪了鼻子。

方妙也正看着她。这会儿她站在樊宜兰的身后，望着姜雪宁那一看就很舒适的姿态和那张一看就很舒适的椅子，差点羡慕得哭出来，恨不能把半个多时辰前的自己揍一顿。

何必呢！

她换什么换！

第一感觉才是最对的！

姜雪宁就是那个有“势”的人啊，自己为什么不鼓起勇气再坚持坚持？不然现在自己也能坐在那边凉快了……

还好，姜雪宁并没有坐上太久。苏尚仪把自己的心态调整过来后，便重新请她起来，继续学规矩。

然而让她万万没想到的是，休息一阵之后的姜雪宁不仅没有半点进步，比起先前来好像还更糟糕了！仿佛吃准了自己对她很有耐心一般，简直连最开始那种大家闺秀的气度都没了，看了就让人生气！

苏尚仪简直觉得自己都要憋出病来了，连唇边的笑容都要维持不住了。只是她依旧在努力地维持，即便颤抖着声音，也要对姜雪宁说出："没关系，已经好一些了，姜二姑娘再来一遍。"

殊不知这时候的姜雪宁心里也在颤抖。她真的好想冲上去抓住苏尚仪的肩膀摇晃，怒喊：苏尚仪！你清醒一点，拿出你原本的脾气来呀！

但她不能。

现在就看谁沉得住气，又是谁先绷不住。

旁人的礼仪教习都进行一大半了，苏尚仪与姜雪宁这边才好不容易搞定"站"，这时不管是指教的人，还是被指教的人，额头上都沁出了细密的汗珠。

苏尚仪是气的，姜雪宁是累的。

即便苏尚仪对她和颜悦色，可要一遍一遍地重复着那愚蠢的动作，于她而言也是不小的负担，还要注意着别一个不小心做对了暴露自己，可算十分艰辛。

第二次休息时，她看了看苏尚仪的神情，估摸着对方的忍耐应该要到极限了，只要再加一把劲儿自己就能被斥责，离宫回家。

所以第三次站起来时，姜雪宁心里充满了希望。

现在开始学"走"，她打算继续作下去，可没想到乐阳长公主沈芷衣这时候竟然从外面进来了。

伴随着一声"长公主殿下驾到"，所有人都躬身下来行礼。

沈芷衣今日着一身浅蓝的宫装，左眼角下那一道疤依旧画成了粉色樱瓣的模样，煞是好看，人笑着从外面走进来时，明媚得像是外面透蓝的好天，有一种晃着人眼的好看。

她才一走近，目光就落在了姜雪宁身上。姜雪宁浑身一僵，她却只摆了摆手，在一旁坐下来，对所有人道："不必多礼。本公主就是来看看，你们继续就好。"

所有人顿时齐齐应是。

女官们回去教其他人，苏尚仪继续教姜雪宁。

姜雪宁这时还没觉出什么不对来，虽然乐阳长公主的到来让她有几分不安，但总归对方也只是看了她一眼，并没有多余的举动，她便稍稍安了心。

她收敛心神，继续装着。

苏尚仪说："宫中行走，切忌要看路，不要东张西望。女子的步距以一尺为最佳，便是你脚下放着的这把尺的距离……"

姜雪宁走了一步，忽然“啪”的一声，“一没留神”踩在了尺上。

尺断了。

苏尚仪开始觉得自己太阳穴里有一根筋绷紧了在不断地跳动，隐隐已要断裂。

然而这时旁边传来一道声音，竟是沈芷衣以手支颐笑盈盈地望着姜雪宁，眼睛里都要冒出星星来，头也不回地对身边的宫女道：“你看，她把宫里的东西踩碎了，神情都没有半分变化，好镇定、好平静啊……”

其他人：等一下，这种半点没有责怪甚至透出一点欣赏与迷醉的口吻是怎么回事？！

姜雪宁只当自己没有听到，没有关系，还可以继续作！

苏尚仪听了沈芷衣的话，算是亲眼见识到了自家公主对眼前这姑娘的喜欢，原本的怒气一下就平息了下去，重新放平了气，叫人再取一把尺来，对姜雪宁道：“还请二姑娘重新迈步。”

姜雪宁再迈步，这一次倒没再踩着尺，只是那步伐迈出去顶多有半尺，显得随意极了，与苏尚仪最初说的“一尺为最佳”相去甚远。

沈芷衣见了，轻轻叹息了一声，捧着脸赞叹起来；“古时诗人形容美人娇态，说‘弱柳扶风’‘莲步轻移’，我还不信，想那女儿家步子迈得小了多少会显出几分畏缩之意来，未必好看。可见了宁宁我才知道，原来世上真有人小步一迈，会这样好看……”

其他人已经完全搞不懂这是什么情况了！

长公主殿下这是什么眼神？！姜雪宁这明摆着就是没把苏尚仪的话放在耳边，十分懈怠啊，怎么到了长公主的口中又给夸了个天花乱坠？！

姜雪宁听后，脚底下一个没站稳就颤了颤，差点滑倒。

沈芷衣把双掌合在了自己胸前，笑得两弯月牙似的眼底满是柔软而宽容的光芒，只道：“看，连差点滑倒都能面不改色，长得好看的人果然做什么都赏心悦目！”

姜雪宁才惊魂未定地站好，闻言心头一颤，眼皮一跳，这回是真的一没留神，左脚被自己的右脚绊了一下，瞬间没站稳，跪到了地上去！

还好她及时用手掌撑了一下，不太疼。

沈芷衣见状立刻从座中起身，竟直接走到她身边来将她扶起，一脸心疼的模样：“你怎么这样不小心？没摔疼吧？”

姜雪宁软着腿起身，已去了半条命般颤巍巍地道：“臣女自小于乡野间长大，实在没学过宫中规矩，又懒惰愚笨，这宫中的礼仪实在学不来，恐怕辜负长公主的厚爱，留在此地也不过丢人现眼，还请长公主遣了臣女离宫，臣女有自知之明，不敢奢望为公主伴读。”

“你胡说什么呀！”沈芷衣已挽住了她的手，神情间有一种自然的亲密感。

“上回重阳宴上你给本公主画了个落樱妆，本公主很喜欢，宫里面的人见了都纷纷效仿，本公主喜欢你还来不及呢。这宫中礼仪，你若学不成也没什么干系，本公主罩着你便是。再说了，你都不知道本公主为了让你进宫，花了多大的力气！”

姜雪宁眼皮又是一跳，一种熟悉的不妙之感涌上心头。

果然，沈芷衣露出了一个稍显委屈的神情，却凑上来，看着有些可怜，但言语之间完全是与燕临一般无二的邀功意味：“最开始燕临虽托了本公主添你的名字，本公主也的确想你进宫，可伴读的擢选要按着礼部拟定的规矩来，名字一开始没呈上来的人不能当伴读。本公主找到礼部那些个老头儿，磨了好久才让他们同意呢！怎么样，我对你好吧，你高兴吗？”

姜雪宁果然，背后搞我的也有你一份啊！

姜雪宁一张脸已是木然，慢慢地勾起一个笑容，十分得体地回答：“长公主殿下对臣女太好了，臣女实在太高兴了。”

她实在是——太、高、兴、了！

第八章

考校

没有任何正常人扛得住乐阳长公主这种完全枉顾事实的闭眼瞎吹，更不用说是姜雪宁这种有着心理阴影的人。

但还好，这种情况没有持续多久。

沈芷衣才在这里坐了一会儿，外头便有宫人来找，说太后娘娘请她过去说话解闷儿，沈芷衣只好依依不舍地去了。

临去前，她还拉着姜雪宁的手道："反正本公主喜欢你，在宫中这几天你若有什么事情，尽管跟仰止斋的宫女说，她们会来报我。母后那边找，我这就去了，明天再来看你。"

于是姜雪宁松了一口气，目送沈芷衣离开。

最终这一天，以她跟着尽心尽力、耐心无比的苏尚仪"勉强"学完了宫廷礼仪而告终——没办法，装起来实在是太累了，而且姜雪宁回想了一下沈芷衣在这件事上的态度，连"你若学不成也没什么关系"这样的话都说出来了，她再装下去还有什么意义？

一计不成，她得换一计了。

只是她也不能让旁人看出端倪来，所以一直熬到天色渐渐晚了，才像是被苏尚仪渐渐教会了一般，动作开始流畅起来，也慢慢符合了苏尚仪严苛的标准。

末了，苏尚仪难得露出一片欣慰之色，看着她，又指着她对众人道："由此可见，天分再差也没关系。自古俗语便有言，'笨鸟先飞''勤能补拙'，只要肯努力，世上很多难事还是能克服的。姜二姑娘今日做得很不错，你等当以她为镜鉴。"

其他人心底都在腹诽这要能当"镜鉴"大家都别进宫了，不过嘴上却齐齐地道：

“是，谢苏尚仪指点。”

苏尚仪这才叫她们散了，自带着那三名尚仪局的女官离开。

这深秋的天气，姜雪宁出了一身汗，见人一走，顿时懒得再跟谁打一句招呼，立刻就回了自己的屋里，请仰止斋的宫女为自己准备沐浴的香汤。

其他人却要落在后面一些。

内阁大学士陈云缙家的小姐陈淑仪便和姚惜走在萧姝的身边。她看了一眼不知在想些什么的姚惜，目光微微一闪，才淡淡地对萧姝道：“我与长公主殿下虽见得不多，却极少见她对谁这般好过。这姜家二姑娘也不过是为她上了个妆而已吧，怎值得公主这般对她？”

陈淑仪没去清远伯府，自然不知道。可萧姝是全程在场的。她手里把玩着一柄精致的香扇，低眉敛目间只笑了一声，倒不像是陈淑仪这般隐隐有些忌惮，反而显得很随意：“若仅仅是上了个妆当然不至于如此，要紧的是姜家二姑娘当时说的那番话。这种话，淑仪，你我是这一世都说不出来的。”

陈淑仪若有所思。

因大家都是第一次在这种场合下聚到一起，又是头一天进宫，到得晚间，大家都梳洗用膳完毕，也不知是谁起了个头，便在仰止斋单独给众人读书、喝茶用的流水阁里聚了起来。

姜雪宁本来对此没什么兴趣。要知道这帮人不会聊什么有意思的话题，左右都是那些香粉啊，头面啊，撑死了聊聊外面的英年才俊，实在没什么新意。

可架不住现在大家都觉得她厉害。

谁叫她在乐阳长公主那边面子大呢？

今天学礼仪时的情形，所有人都看在眼底，心底虽然都觉得她这后门开得实在是太过分了，可表面上还是要对她更加友善，虽都是世家小姐，不至于到“巴结”这个地步，但言语间都十分温和，连尤月见了她都收起了先前那种敌视的眼神，从唇边挤出一抹笑容来。

所以姜雪宁是被方妙等人拉过去的。

一张圆桌旁坐了六七个人，剩下的则有几个散坐在靠窗的炕上，正相互说着话，间或拿起盘子里准备好的蜜饯、干果来吃。

周宝樱更是一头扎进了吃食里，谁来也不抬头。

倒是萧姝似乎对姜雪宁格外另眼相看，见她进来，又点点头打了个招呼，笑道：“姜家妹妹这一天可算是把风头出大了。”

姜雪宁累得狠了，只能扯扯嘴角笑，做出一副尴尬的模样，仿佛不知道该回什么，只道："萧姐姐说笑了。"

萧姝见她始终没有与谁攀谈的意思，便也不好再借着话与她深谈，干脆转头去找别人说话。

大家都忍不住抱怨今天的女官。

那姚蓉蓉有些畏缩地坐在角落里，一张脸涨得通红："自小家里就没怎么教过这些东西，我学起来实在是太慢了。还好有姜家姐姐，跟我差不多，不然我今天可不知道该怎么办才好了……"

所有人听了这话都是一窒。该说这姑娘傻还是特别傻呢？这种话你自己心里知道就是了，怎么还宣之于口？

屋内忽然就安静了片刻。

尤月嗑了颗瓜子，虽然神情不敢做得太明显，但眼底又流露出看戏的兴趣来。

姚蓉蓉还反应了一下，才意识到自己说错话了，又想起今日姜雪宁在公主面前的面子，顿时瑟缩了一下，忙向姜雪宁道歉："我、我刚才说的话不是那个意思……"

姜雪宁倒是不生气，只觉得对方可怜。她无意为难对方，只随意地笑了笑道："没关系，我本来也笨，实在学不大会。只是苏尚仪也太负责了，一遍一遍地来，想不学会都难了。"

樊宜兰倒是心善，原本是从书架上拿了一本诗集在手中翻看，这时大约是见姚蓉蓉窘迫，便插了句话，道："宫中礼仪似乎是学两日吧？可一开始宫里说叫我们第一次入宫要待上三日，听说最后那一日是要先生们出题来考我们，看看大家的学识如何，以此来定往后讲学的内容与深浅。只是不知届时是哪位先生来考……"

还能有谁？谢居安呗。

姜雪宁在心底冷笑了一声。

果然，先前很是寡言少语的陈淑仪回答道："该是少师谢大人。如今宫中的经筵日讲都是他在主持，且他学识过人，这一回又要教我等学琴、读书，其他先生唯他马首是瞻。我入宫时父亲便叮嘱过了，说此次入宫并非就等于成为公主伴读了，除却学礼仪之外，还要学识能过得先生们这一关。太好倒无所谓，若是太差，留作公主伴读先生不好安排讲学，讲得深了听不懂，讲得慢了拖累长公主殿下。所以第三日的考校也是用来选人的。届时我们若不合适，同样会被先生劝退。"

这就是姜雪宁准备换的第二计了。

礼仪这一关因为苏尚仪和乐阳长公主的变化，眼见着她是无论如何装傻，便是躺在地上都能过了，自然也就绝了因为学不会礼仪而被劝离宫的可能。

但乐阳长公主不可能搞得定谢危！只要自己能在第三日的考校中突破自己的底线，交白卷或者瞎写一通，必然会触怒从不在这方面放低要求的谢危或者其他先生，那么因为学识不佳被劝出宫，也就是板上钉钉的事了。

一说起谢危，这帮世家小姐忽然就激动了几分。

有一个人道："不会真是谢先生亲自来吧？"

尤月打趣了一句："你脸红什么？"

那人啐了她一口，把脸捂住，道："你若哪天见过他了，也会脸红的！"

姚蓉蓉又怯生生地接话："我在家中也听父亲提过谢先生好多次，不过都说谢先生再有得四年，便要到而立之年了，却一直是孤身一人，也不谈婚论嫁，可实在是太奇怪了。"

方妙顿时抬起头来："这有什么好奇怪的？"

姚蓉蓉轻轻"啊"了一声。

方妙又低头去排桌上那几枚铜板，似乎想要算什么东西，只道："京中的人大多知道谢先生虽出身儒家，近年些来却潜心于佛老之学，每年都要空出两月来，去悬空寺和三清观斋戒暂住，与人讲经论道，是清心寡欲不近女色的，不成家不值得稀罕。"

谢危不近女色？

提到这个，姜雪宁忍不住要想起曾经的难堪，一时心里面种种恶毒的念头都冒了出来：说什么清心寡欲，可人在高位身边连个女人都没有，保不齐是哪儿不行呢！

众人正打闹说笑，外头忽然有个小宫女在门外躬身，轻轻地唤姜雪宁："姜二姑娘，有人找。"

姜雪宁顿时一抬眉，下意识地问了一句："谁呀？"

那小宫女眨巴着眼睛，看着她不说话。

姜雪宁心中忽地了然，也不问了，只跟其他人道一声"失陪了，我出去看看"，便跟着小宫女从仰止斋走了出去。

她们一路竟是向着文华殿的方向去的。眼见着便要到前朝的范围了，还好在路前面不远处的岔道上停了下来，姜雪宁再抬头一看，燕临穿着一身玄色长袍，就站在那一片秋海棠下头等着她。

小宫女悄悄退了下去。

姜雪宁走上前去："都这么晚了，还没从宫中回去？"

燕临从沈玠那边听说了一些今日长公主伴读们学礼仪的事情，生恐她受了什么委屈，特来看看，此刻便仔细地看了看她，道："宫门还有一会儿才下钥，你头回入宫，我实在放心不下。又听人说今日教你的苏尚仪很是严厉，你还在长公主面前摔了一跤。喏，刚才顺道去太医院讨了药，晚上记得敷上，别进一趟宫回头瘸了腿。这样的新娘子我可不要。"

不知不觉间他又说了点小儿女的话。

姜雪宁面色如常。

燕临却面颊一红，一下意识到自己又孟浪了，不由得掩唇咳嗽了一声掩饰，转移话题道："今日还习惯吗？"

他讨来的药装在一个白瓷小瓶里，姜雪宁攥在手里冰凉冰凉的，夜色下抬眼望着少年，道："还习惯，且长公主对我也颇为照顾，你不用担心。"

燕临是特意和沈芷衣说过的，一听也就放心了。他唇边漾着浅笑，这一下便换了一种神情看她，像是抓着了某只偷腥猫儿的小尾巴，促狭道："今日文华殿日讲结束的时候，我遇见侍郎大人了。"

他这说的该是姜伯游。

姜雪宁不明白他什么意思，眨眨眼看着他。

燕临便挑眉道："他问我，前阵子是不是教了你点什么治人的法子，好叫你拿着一本《幼学琼林》假充账册整治府里面不听话的下人。我一想，无缘无故他该不会问到我身上，且好像也不是一件坏事，便认了下来。但你知道，我也知道，我没有教过。"

姜雪宁垂下了眼眸："我便是知道你会为我圆谎，所以才推到你身上的。"

燕临笑着一刮她的鼻梁，只问："那是谁教的？"

姜雪宁道："自己琢磨的。"

燕临凝视着她，有那么一小会儿没有说话，一双沉黑的眼眸中，目光微微闪动，最终却只伸出手来摸了摸她的头，道："我的宁宁有秘密了。"

是，你的宁宁有秘密了。

只是这个秘密，她永远不敢告诉你。

姜雪宁重新抬了眼来望着他，一双眼珠黑白分明，像是琉璃珠子一般通透好看，却不说话。

燕临便道："那等有一天你想告诉谁了，便告诉我好不好？我想成为全天下第一个知道宁宁的秘密的人。"

少年望着她的眼神竟是无限包容的。

姜雪宁有那么刹那心软了，然而记忆里翻腾的又是他还朝后带着满身酒气走进自己的寝宫时的种种画面，她攥着那白瓷药瓶的手指微微紧了紧，但终究还是点了点头，道："好。"

于是燕临满足了，先前那一点小小的不快顿时消散了个干净，看时间也不早，又怕错过宫门下钥的时间，不舍地道："这几日你们都在学规矩，只怕还要被先生考校学问，我也不好明着来找你。明日还是这时候，在这儿见。我去打听打听你们第三日考些什么，也好叫你有些准备，到时给你。"

姜雪宁无言。曾经考了什么，她其实还记得不少，只不过现在知不知道也没有什么区别，因为她根本就没打算让自己过。

但她也并未拒绝少年此刻的善意，依旧道："好。"

次日还是尚仪局的人来。

只不过这一次教的就不是简单的礼仪了，而是对宫内各种人的称呼，甚至教了调香、制香的手艺与手法。

所有人都以为今日的姜雪宁该是一样笨拙。

可万万没想到，今天的姜雪宁就像是忽然开了窍一般，学什么都会，学什么都快！

对宫内各种人的称呼，只重复三次，她便可倒背如流。

行走进退的规矩，只看女官示范一遍，她就能完整记住。

至于制香就更不用说了，闻香、辨香、调香、焚香，纤纤素手一翻，做来那是头头是道，且每一个动作都称得上是行云流水，赏心悦目！

昨日因为姜雪宁学礼仪被折腾得够呛的苏尚仪，今日本是没抱着什么希望来的，只想着实在没办法就听长公主的话，轻轻这么饶过她算了。

可谁能想到这姜二姑娘竟跟变了个人似的！

旁人也许注意不到，可她站在姜雪宁面前是看了个清清楚楚：姜雪宁拿起那一枚乌木香印时，微抬了小指，用香匙拨了香灰到香印上，然后将其打在铺好的炉灰上时，不偏不倚，竟端端正正。这一枚打下的香篆，绽开的花心向着正前方！

反观旁人，动作虽没错，可落下的香篆大多不注意方向，有的倒着，有的歪着。

虽然大多制香的人不讲究香篆要摆放得端端正正，可牡丹国色天香，向来是每一朝皇后的爱物，所以苏尚仪自己打香篆的时候都会十分留意。

没想到，姜雪宁竟这般蕙质兰心，能留意到这种极小的细节……

苏尚仪忽然便忍不住用一种全新的目光来看她，在她打好香篆后，慢慢地道：

"长公主殿下对你青眼有加，果然是有缘由的。想来世上有些人天生四肢不协调，连在平地上走路都要摔跤。二姑娘恐便是其中之一。不过今日做得很好，尤其制香，该是第一。"

姜雪宁表情波澜不惊。过去，她的礼仪就是跟着苏尚仪学的，且后来又在宫中生活了那么久，想要做自然能比别人做得更好。

更别说制香了——这可是她过去除了当皇后之外不多的几个嗜好之一。

至于牡丹，她自己就是当皇后的，能不在意吗？

只是眼下当着苏尚仪的面她当然不能这么讲，只道："臣女是自己偏爱此道，所以有所研究，今日在尚仪大人面前是卖弄了。"

苏尚仪却已对她刮目相看了，听她这般讲，也只当她是谦虚，说话时的语气比起昨日的勉强，已成了一片自然极了的温和，道："今日姑娘该学的都学完了，算是完成得最早的，可先在一旁休息休息，看看别人。"

其他人：都说是风水轮流转，怎么就转不到她们身上呢！

昨天姜雪宁是学得慢，苏尚仪对她百般容忍；今日她是见了鬼般学得飞快，苏尚仪又对她百般夸奖！

现在她居然还坐到一旁休息去了！

她们简直百思不得其解：她怎么就能学得那么快，记得那么牢，做得那么好？！

姜雪宁今日实是已经不耐烦应付了：既然知道从礼仪这一条上已经没办法让自己离宫，再装下去也不过是给自己找苦头吃，还不如用最快的时间完成得最好，也好坐在一旁休息，省得流一身臭汗。

至于旁人怎么看，她也不管。

谁还能开了天眼猜出她来自"平行世界"不成？大家撑死也不过跟苏尚仪一般为她找一个四肢天生不大协调、昨日可能太过紧张的理由。

姚蓉蓉是昨日除了姜雪宁之外学得最差、最慢的一个，她本以为今日姜雪宁也会跟自己一块儿挨骂，还觉着二人同病相怜。

可一眨眼姜雪宁已经完成坐下了。她却还站在众人之中，彻彻底底地成了所有人里面最慢也最笨的一个，一时惶然无措，只用一种羡慕又惊讶的目光看着姜雪宁，暗暗觉出了几分苦涩之意。

沈芷衣想着今日学的内容更复杂些，便早早地去太后的慈宁宫请过了安赶到仰止斋这边来，结果刚走进来就看见姜雪宁竟然坐在一边。

她一问才知道姜雪宁已经学完了，一时望着她，心底竟然生出了几分感动，又上前拉了姜雪宁的手，笑道："我就知道宁宁不会是个笨人，但完成得这样快，昨日又那般努力，想必是为了不让我失望。宁宁你可真是太好了！"

姜雪宁想：现在告诉沈芷衣，自己做的一切其实跟她没什么干系，会不会立刻被她拖下去打一顿?

姜雪宁终究不敢冒险，默认了。

这时她只在心里长叹一声：还好明日要考校学问，考砸了就能离宫，不然她现在要直接祈祷老天爷干脆降一道雷把自己劈死算了！

★

"入宫之后连着学了两天的规矩，看着都累，成日里在仰止斋，应该还没有到宫内各处逛逛吧？"沈芷衣脸上都是笑意，忽然就想起点什么来，又转过头去看了看一旁的其他人，到，"你们也是吧？"

众人虽然都被选入宫来，可本来与乐阳长公主还没什么接触，乍然听她问话都怔了怔。

唯独萧姝与她相熟，笑着回道："她们都没呢。"

她用的是"她们"，而不是"我们"，言语间小小的细节都能显露出她对这座皇宫的熟悉以及与其他人的不同，并没有将自己与其他人放到一起来说的意思。

沈芷衣便拍手道："总归你们的礼仪也学得差不多了，明日谢先生考校你们学问，还不知有多少人能过。既然你们入宫一趟，便不能白来。本公主今日便带你们去逛逛御花园吧。"

所有人的目光顿时变得惊喜万分。

沈芷衣一手拉着姜雪宁，一手又把萧姝拉了，竟直接对苏尚仪道："姑姑，我和阿姝带她们出去转转，今日便不学了吧！"

苏尚仪对着自己看着长大的公主是从来没有什么办法也难得没有什么原则的，只道："本也学得差不多了，殿下带她们出去逛逛也好，只是不要玩得太晚。您明日可睡懒觉，诸位小姐明天还要考学问呢。"

沈芷衣便满口答应："知道，知道！"

然后她便高高兴兴地出了门，被这一大群人簇拥着往御花园走去。

御花园在仰止斋的西北方向，顺着各宫的宫墙往北走，再往西折过几道转弯，便能远远地看到了。

午后的宫廷，格外静谧。

虽然已经是深秋时节，北方的花树都几乎凋零，可宫里的花匠一点也不敢马虎，依旧在这御花园里栽种了应季的月季、盆菊，有的修剪得不蔓不枝，有的却错落地摆放，别有一种难得的江南气韵。

尤其是御花园东边角落挨着宫墙栽种的一树寒梅，眼下虽还未到花季，只能见着枝条萧疏，可形态上已有了几分病斜之美。

樊宜兰颇好此道，不由得赞了一句："都说宫中为了防走水，一般不种树，没料想竟还有一树梅花。"

沈芷衣看了便笑道："这是宫里的特例，是三年前圆机大师和谢先生打赌输了种下的，为此还惹来许多非议呢。"

宫中种树，是木在墙中，为一"困"字，意头上不吉利。

纵然种树的人是圆机和尚，也遇了不少阻力，唯有谢危打赢了赌，乐得在旁边看戏。

这位圆机大师可是本朝和尚做官的第一人。

姜雪宁对他印象深刻，因为她彼时见着此人，浑然没有半点和尚该有的样子，生得魁梧，一双倒吊三角眼，不仅没有佛家的慈悲祥和相，反而有几分凶恶之气，即便笑起来时也给人满满的成算之感。

外人都道他与谢危坐而论道，关系很好。

可姜雪宁根据记忆中的蛛丝马迹推断，这二人只怕是面和心不和，暗地里相互提防争斗。直到她死时，圆机和尚还逃亡在外，也不知最后有没有被谢危弄死。

此刻听沈芷衣忽然提到圆机，她便顺着众人的目光向墙角那梅树望了一眼，琢磨起这大和尚的下场来。不过也是巧了，正当她转过目光时，竟有一行人从宫墙那边远远地走过来。

她仔细一看，最前方那人穿了一身蟒袍，不是临淄王沈玠又是谁？他后面跟了几名太监，似乎是从后宫的方向来的，要穿过御花园出宫。

沈芷衣一见到他就眼睛一亮，远远地便跟他招手："王兄，王兄！"

沈玠原本是才去太后宫中请了安，要出宫去，听见这声音便抬起头来，一看是沈芷衣，一张儒雅的面容上便浮了淡淡的笑意，道："芷衣，你怎么在这儿？"

沈芷衣一指自己身后的众人，道："带我的伴读们逛御花园啊。"

沈玠便顺着她的手指的方向望了过去，果然是一群女孩子。

最前方的是诚国公府大小姐萧姝，沈玠也见过几次了，可萧姝旁边不远处的那个……换掉了往日的一身男装，改穿了浅紫的衣裙，立在众人当中，身段玲珑纤细，皮肤细白，脖颈修长，樱桃嘴唇红润，没了原本故意画粗的眉毛，淡淡的远山眉，眼波流转间实在有一股难以形容的清丽媚态。

沈玠才看了一眼便觉得心惊。这时他便想，若非燕临警告在先，已知这姜二姑娘乃燕临护着往后要娶回家的姑娘，只怕他一见之下也未必不动点男人对女人的龌龊心思。

萧姝见着他，原本是要上前行礼的，毕竟往日也见过。可当她抬眼时，却见沈玠的目光轻而易举地从她身上扫过，竟落到了她旁边的姜雪宁身上，还停留了好一会儿，心底便微微一凛。

她再要行礼，已错过最佳的时机了。

沈芷衣还没察觉什么，拉着沈玠的袖子向他炫耀："怎么样，我这一帮伴读的架势，可不比你和皇兄当皇子的时候小吧？"

沈玠笑："是、是，谁有我们乐阳长公主气派呢？"

沈芷衣哼声："你们当年的伴读也才一两个，我这儿十二个——嗯，这是什么？"

她方才说话时一直把玩着沈玠那宽大的衣袖，结果竟将袖口翻了出来，手指无意间一钩，竟然钩出来一方浅青色的绣帕。

沈玠顿时愣住，伸手便要拿回："给我。"

沈芷衣却一下瞪大了眼睛，立刻闪身躲开去，仔细看了看，这绣帕浅青色的面上竟然绣着一茎蕙兰，一角上还有一朵小小的红姜花，于是啧啧两声，促狭起来："王兄，这可不像是你们臭男人用的东西。哪家姑娘的呀？"

沈玠蹙了眉，俊脸薄红，上前去一把便将那绣帕扯了回来，胡乱地重新塞进袖中，只道："你小小年纪，胡说八道些什么！"

沈芷衣吐舌头："我快二十能嫁人了，似王兄这二十三四的年纪还没有王妃，只怕皇兄为你操心呢！你就告诉告诉我，要是喜欢，又磨不开面子，我去帮你跟皇兄说呗。"

沈玠是个面子很薄的人，被妹妹这么一打趣，更加窘迫了。

他塞好了这一方绣帕之后，便强将一张脸板了起来，道："你可别去。今天刚查出漕河上翻了丝船是官商勾结哄抬丝价，方才又因为三法司与锦衣卫相争发作了那刑科给事中，差点没把人投下大狱，连谢先生和几位阁老都劝不住。这种小事你还要去烦皇兄，怕不是往刀尖上撞。给王兄一个面子，别闹。"

沈芷衣撇了撇嘴，当然不会真的拿着这绣帕去沈琅面前胡说，只是看王兄这般紧张的模样，觉得有些好玩罢了，道："行嘛，王兄说什么就是什么咯。反正朝中的事情我也不懂，左耳朵进右耳朵出，被皇兄哄了也不知道的。"

沈玠气结，又见旁边还有许多伴读的世家小姐看着，一时更加窘迫了，只匆匆丢下一句“我先出宫了”，便急忙离去。

他这架势分明是落荒而逃。

沈芷衣见了差点笑得直不起腰。

可其他人的神情就各不相同了。

旁人或许没认出那绣帕来，可萧姝方才站得近，清清楚楚地看见了绣帕一角绣着的红姜花，又念及方才沈玠看姜雪宁的那一眼，拿着那一把精致香扇的手指便慢慢地紧了些。

她转过头来，看着姜雪宁，这一次的眼神与先前的任何一次都不同。

姜雪宁却心道沈玠这时候与姜雪蕙已经有了交集，这绣帕便算是二人间的“信物”，只不过曾经被她得了机会冒名顶替。现如今她不插手，也不知二人会如何？看沈玠方才的神情倒像是的确有几分认真的。

但这事也不过是在她的脑海里闪了一圈罢了，她的心念下一刻就转到了沈玠方才说的“漕河丝船”的事情上。原来丝船会翻是因为有人预谋。

如此曾经的尤芳吟恰好出事前用所有的钱购入生丝等着涨价，便合情合理了——也许她是无意中得到过什么消息。

至于这次……她脑海中又掠过那个木讷的尤芳吟的面容。

姜雪宁在心底轻叹一声，不由得摇了摇头，倒没有注意旁边萧姝打量自己的眼神，反而转过目光去看站得稍后一些的姚惜。这位吏部尚书家的嫡小姐连着两日来都是一副闷闷不乐的脸，即便方妙等人讲笑话逗得所有人前俯后仰时，她也只在一旁坐着，根本不笑。

在姜雪宁看过去时，她整个人的面色更是差到了极点，两手交叠在身前，攥着一方绣帕，但看得出手指十分用力，染过了凤仙花汁的指甲粉红娇艳，可扯在丝质的绣帕上却过于尖利，划出了一道道痕迹。

姜雪宁的眉头不觉慢慢皱了起来。

在御花园里逛着的时候还好，可才拜别长公主，与众人一道回了仰止斋，姚惜就直接扑到自己屋内的榻上哭了起来，那模样甚为伤心。

同行之人看见她回来时面色就不对了，一时都面面相觑。

怎么说大家都在同一屋檐下，不去关心不好，可她哭着的时候又不好去打扰。于是大家只好在流水阁先沏上茶，摆上干果蜜饯，待听见那屋里哭声渐渐歇了，才由能哄人开心的方妙和行事沉稳的陈淑仪去把人哄出来坐下。

姚惜一双漂亮的杏眼已经哭红了，妆容都花了不少，眉目间一股滞涩的阴郁之气，似乎有千般万般的不忿和委屈，众人一问，她便道："我是方才在御花园里听见临淄王殿下说那刑科给事中的事情，所以才哭的。"

有人不明白："刑科给事中？"

陈淑仪却是知道一点的，道："亲事定了吗？"

姚惜又差点哽咽起来，道："定下来一半。可凭他一个七品的刑科给事中，怎么配得上我？他都不是科举出身，乃白身吏考上来，才进朝廷当了官的，家里只一个粗鄙寡母，又老又丑。原本父亲说刑科给事中官品不高，却是天子近臣，若一朝得了圣上青眼，提拔起来很快，嫁给这样的人看的就是前程，所以我才被说动，答应了这门亲事。可现在呢？圣上都差点要把他投下大狱了！我听说此人在衙门查案时便总喜欢跟死人打交道，其性情极为古怪，绝不是一个好相处的人。如今锦衣卫势大，他偏还开罪了锦衣卫。这样的人，有什么前程可言？我嫁过去，一要侍奉他的老母，二要忍受他的怪脾性，三说不准还要同他一道坐牢！凭什么？"

众人这才听明白，她说的竟是最近在朝廷上搅出了一番风雨的那位刑科给事中——张遮。就因为他，圣上撤了锦衣卫一位姓周的千户。

姚惜竟与他议亲。

一时众人都不知道该说什么好。

萧姝微蹙眉着道："可亲事都在议了。"

姜雪宁坐在一旁，听着姚惜的这番哭诉，目光却落在那博古架前放着的大鱼缸上，看莲叶下游动着的金鱼，低垂了眼眸，也不知在想些什么。

姚惜咬紧了牙关，目中的不忿变得更为明显，在屋内这算不上太明亮的摇晃烛火下，竟显出几分阴沉可怕之色，道："正是因为在议了，我才不甘心！可如今庚帖都换过了，若要反悔，难免让人家说我姚府势利。如今不尴不尬，我是嫁不好，不嫁也不好。且那张遮先前已经议过两门亲，只是一个跟人私订终身退婚了，一个还没过门就死了，这一回好不容易攀附上我姚府门楣，必不肯主动退亲的。我父亲乃当朝一品大员，我堂堂一世家嫡女，怎能嫁给这种人？"

姜雪宁听得差点冷笑出声：张遮稀罕攀附你姚府门楣？真把自己当个东西了！

那尤月听得"张遮"二字，却下意识地看了姜雪宁一眼，不由得以手掩唇，轻轻地一笑，只对姚惜道："这等小事有什么可烦恼的？姚姐姐这心思未免也太死了。天底下大路那么多条，办法那么多种，何必一定要那姓张的退亲？贵府先退了又有何妨？只要贵府找对理由，谁也不能说什么呀。"

众人的目光都落在了她身上。

姚惜也诧异地抬起头来看向她，见是清远伯府的尤月，一时下意识地皱了皱眉，平日里是看不起这人的，只是这会儿听她好似有办法，便道："什么理由？"

清远伯府式微，这一趟好不容易被选进宫来，尤月的心里其实比谁都急切。这一时她连先前与姜雪宁起龃龉是因为张遮这件事都抛之于脑后了，且姜雪宁的父亲姜伯游撑死也不过是一个侍郎，她要讨好的姚惜却是礼部尚书兼内阁学士之女，又怎需要惧怕姜雪宁？

所以她笑了起来，当下不紧不慢地道："若真如姚姐姐方才所言，这张遮议过两回亲都没成，可见是个命里没有老婆的人，且第二门亲事没成人就死了。这叫什么？这不就是命硬克妻吗？"

姚惜怔了怔，呢喃道："可他的未婚妻从小就体弱多病，是因为当时受了风寒，才病逝的……"

尤月嗤笑道："姚姐姐的脑筋怎的这般死板？不管怎样，反正人是死了啊。你要退亲，只需说张遮命里克妻，是天煞孤星命格，谁嫁给他谁不得好死。如此，哪个敢说你姚府做得不好？且如今形势摆在这里，令尊大人即便惜才，觉得此人不错，可若这种话听多了，又怎能不疼惜自己的女儿？姚阁老在朝堂上说一不二，连圣上都要卖他几分薄面。若那张遮不识好歹，便是与姚大人作对，难道还治不住他？"

是了。

张遮乃吏考出身，因善断刑狱才破格被提拔，任用至今。可他并无科举功名在身，于朝野之上本就寸步难行，只要她能拿出一个过得去的理由，好好劝说父亲，以父亲对她的疼爱，这门亲事又有什么退不掉的呢？

姚惜捏着锦帕，目光闪烁。

姜雪宁静静地看了一眼姚惜，又看了一眼旁边出完主意后示威般向她扫了一眼的尤月，悄然间攥紧了手掌。

她还记得第一次见张遮，是在避暑山庄。她带了宫女游湖赏荷。

不承想七月天气孩子脸，午后的瓢泼大雨说来就来，她只好匆匆去往旁边的清凉亭中避雨。结果到了她才发现里面已经坐了一人，还有一个小太监侍立一旁，像是在等人。

那人穿着一身三品文官的官袍，坐在亭中圆桌旁的石凳上，一手搭在桌上，一手则垂下搁在右边膝盖上，正静静地看着亭外的大雨。

桌上沏了茶，有水汽伴着茶香氤氲而上。

亭外雨声喧嚣，亭内这一隅却像是被天地抛弃，有一种没来由的安然清静的感觉。

姜雪宁怔了怔才走进去。她穿着一身宫装，裙摆上是凤凰飞舞，牡丹团簇。

小太监先看见她，忙躬身行礼，道了一声："拜见娘娘千岁。"

那人这才看见她，立刻起身，连忙把头埋下，躬身行礼："微臣张遮拜见皇后娘娘。"

张遮。

这名姓一出，她便一下挑了眉：那一阵周寅之为她办事，锦衣卫又与三法司争权，张遮乃新任的刑部侍郎，处处与周寅之对着干，让周寅之这等心思缜密之人都失了常性，在镇抚司掀翻了桌案，暴跳如雷。

所以，她对此人是不见其人，却久闻大名了，当下目光流转，将他上下一打量，才似笑非笑地道："平身，张大人不必多礼。"

她本准备与这人说上几句话，但没想到这人面无表情，平身之后竟然直接道："张遮乃外臣，不敢惊扰娘娘凤驾。"

然后他从亭内退了出去，竟站到了亭外的台阶下。天上还下着大雨，他一出去，只片刻便被雨水浇得湿透。

小太监都吓了一跳。张遮之所以会在亭中等待，身边还有太监，应当是沈玠要召见他，只是沈玠暂时还没来罢了。小太监可不敢让朝廷命官这么淋着，拿了旁边的伞就要撑开，去外面给他打上。

岂料姜雪宁忽然冷笑了一声，竟然道："给我。"

她那时贵为皇后，谁见了她不捧着、哄着、宠着？这张遮竟对自己避如蛇蝎。且还有前朝的恩怨与争斗在，她岂能让这人好过？

所以她从那小太监的手中把伞接了，不慌不忙地踱到了亭边，因还在亭内，高于台阶，所以反倒比张遮高出一些来，却不给张遮打伞，只把玩着伞柄，看那雨水从他冷硬的轮廓上淌过。

张遮的脸是天生不带半分笑意的，唇极薄，眼皮也极薄，所以当他微微抬眸向她看过来时，那眼神竟如薄刃似的，轻轻一扫便能在人心底划出痕迹来。

姜雪宁笑道："大人见了本宫怎么就躲呢，是怕本宫吃了你吗？"

张遮抿唇不言。

姜雪宁心底越发觉得他不识相："听人说，张大人在前朝十分能耐，连如今锦衣卫都指挥使在大人手底下都要吃苦头呢。本宫知道大人可很久了，没承想，今日才见着……"

她的声音是悦耳动听的，但说出来的话藏着点谁都能听出来的嘲讽。

雨声喧嚣，水雾朦胧，张遮望了望她，收回了目光，依旧一语不发，竟转身就要离开。

只是他才迈开一步，却发现自己走不动。他转过头来才看见——因他先前立在台阶上，官袍的一角落在上面的台阶上，被雨水打得湿透，此刻正被一只用银线绣了云纹的翘头履踩着。

姜雪宁故意作弄他，浑然不知自己踩着了他的官袍一般，还要问他："张大人怎么不走了？"

张遮定定地看了她片刻，然后便在雨中俯下身，竟然拽着那一角官袍用力一扯。

"刺啦！"裂帛之声在雨声中显得有些刺耳惊心。

他直接将被姜雪宁踩着的一角衣袍撕开来，这才重新起身，不卑不亢地对她道："不敢劳娘娘移履。不过微臣也有一言要赠娘娘，须知人贪其利，与虎谋皮，却不知虎之所以为虎，便是以其凶性天生，不因事改。今日与虎谋皮，他日亦必为虎所噬。望娘娘好自为之。"

张遮说罢，便转身离去了。

姜雪宁恼怒至极，一下便将手里那柄伞扔了下去，撑开的伞面在雨中转了两圈，被雨水打得噼啪作响。

亭中的小太监已被吓得面无人色。

当时她想，天底下怎会有这样不识好歹的人呢？后来她便知道，张遮素来便是个不识好歹的人，脾气又臭又硬，谁骂他也不改。

当日那一番话她实觉得自己没放在心上，可回去之后不知多少次深夜里睡不着时，这话都要从记忆深处浮上来。因为她身边的人，绝不会对她说出这样的话……

她又怎知自己不是与虎谋皮呢？

只是人各有志，她为了当那个皇后，旁人的忠言逆耳，她是听不进的，明知是错，也要一错到底。

没承想，如今没见着张遮，倒是先见着他这位"未婚妻"了……

夜色昏沉，烛影摇晃。

尤月出完了主意，便在一旁得意地笑。姚惜则慢慢握紧了手指，满面阴沉的霜色，似乎就要做出决定。

于是姜雪宁忽然想：人活在世上，若要当个好人，必定极累，要忍，要让，要克制，要谦卑，要不与人起冲突，比起当坏人来，可真是太不痛快了。虽然当坏人最终会付出当坏人的代价，可按着她的经验来看，不管最后结果如何，至少当坏人的那一刻是极为痛快甚至酣畅淋漓的……

“尤二姑娘。”姜雪宁起身，像是没听到今日她们在张遮之事上的筹谋一般，踱到她方才一直盯着的那鱼缸旁边，看着这有人腰高的鱼缸里几尾金鱼缓慢地游动，然后唤了一声，“还请移步，我忽然有几句话想对你讲。”

她面上挂着平和的微笑，整个人看不出任何异常。

尤月却猜她许是因为自己方才出的主意而有些着恼，但如今是在宫中，且有这么多人看着，实在不怕她怎样，反倒想近距离地欣赏一下她一会儿难看的神情。于是尤月便笑了一声，向她走了过来。

屋内一时安静，大家的目光都落在她二人身上。

尤月一走近，便道：“有什么话你便说吧。”

然而她万万没想到，就在她走到那养着金鱼的大鱼缸前面时，一直立在旁边的姜雪宁竟毫无预兆地伸出手来，一把压住了她的脑袋，抓着人就往那白瓷鱼缸里面摁！

尤月顿时尖叫出声。可姜雪宁骤然之间下手，力道又极狠，岂是她慌神之间挣脱得开的？一时她的整个脑袋都埋进了水里！

屋里所有人都吓了一跳，跟着惊呼出声。

周宝樱先前端着的蜜饯都撒到了桌上，方妙更是直接捂住了自己的嘴。

就连萧姝也是面色一变，霍然起身！

这时姜雪宁脸上哪里还见得着先前的半分和善神色？她整个人脸上没有一点笑意，浑身戾气滋长，神情如被冰雪封冻了一般，只面无表情地把人往水里摁。

尤月挣扎时溅起来的水沾了她的衣襟，她也没动一下。

直到众人惊慌之后反应过来，要冲上来劝了，她才冷冷地把呛了水没了力气的尤月拎了甩在地上。

尤月惊魂未定，已面无人色，颤抖着伸出手来指着姜雪宁：“你、你、你——”

姜雪宁低垂着眉拿一旁的锦帕擦着手，道：“我怎样？”

所有人的目光都落在她身上。她却只平淡地笑了一声，居高临下地俯视着尤月，道：“我欺负你，你要去告状吗？可我有燕临，有长公主，还有个掌实缺的父亲，你有什么？”

尤月简直不敢相信自己刚才遇到了什么，更不敢相信姜雪宁竟然嚣张无比地说出了这样一番话来。

她想反驳，可迎着姜雪宁那戾气满溢的双眼，浑身都在打冷战。

姜雪宁这时才不紧不慢地把目光向一旁同样被吓着了的姚惜转去，眼里沉着浅浅的光华，口吻竟十分平和友善："闺阁女儿家，都还未出嫁呢，就要撺掇着坏人清誉，毁人终身大事。小小年纪便如此恶毒，长大怎生得了？传出去怕没谁敢娶。姚小姐，您说是吧？"

姚惜这才醒悟过来，她竟是因张遮之事发作，一时心底慌张，是又怕又恨。可她也不敢直视姜雪宁的目光，只躲躲闪闪的。

姜雪宁还当她敢用这般狠毒的伎俩，是有多大的胆气呢，不想㞞包一个，于是冷笑了一声，只把锦帕慢慢叠好放下，对众人道："你们慢聊，我有些乏，先回去睡了。"

★

做完了仗势欺人的坏事，姜雪宁毫无心理负担地回到了自己的屋里。

她有什么好担心的呢？

一个姑娘家为了退婚硬是要给议亲的对象扣上"克妻"的名声，且对方还以清正、刚直闻名，这传出去到底是谁倒霉还不知道。再说了，她们若要因为自己今日做的这一桩事闹起来，要让旁人来评理，姜雪宁还巴不得呢。

闹大了她不是正好能离宫？

左右都是一桩稳赚不赔的买卖。

这一天晚上，燕临还真给她送来了他打听到的一些考题，当然未必很全，但大概的方向和考哪几本书都知道，若她晚上挑灯夜读，明早起来再看一看，要过明日的考校应当不难。毕竟这次考校只是看看大家的学识，并非真正考学，考校的目的也不过是把太差的一些人剔除掉。

姜雪宁拿到考题之后大致地扫了一眼，发现跟曾经考的几乎没有差别，看完之后便将这几页纸都凑到火上烧了。她虽不在乎自己，可若这东西被别人看到，难免要查到燕临身上，说出去总不好听。

如此她一夜安睡。

次日一早起来洗漱梳妆完毕，她便推开了房门，结果一眼就看见，一大早的，廊上竟然有好几位世家小姐拿了书在外面，或站或坐，正在低声吟诵或者默记。

看来大家是真的都很努力地想要留下来啊。

姜雪宁忽然觉得自己这般懒散，实在有些格格不入。

大约是因为昨晚她忽然发作尤月与姚惜的事情，众人听见门响，抬起头看见她走进来时，目光多少有几分忌惮和畏惧。只有少数人主动跟她打了招呼，其中就有这帮人里唯一没有临时抱佛脚地看书的樊宜兰，她甚至向姜雪宁微微一笑道："姜二姑娘早。"

樊宜兰是真的不争不抢，腹有诗书气自华，有那真材实料，什么时候都平平静静，镇定自若。

这一份淡泊是姜雪宁羡慕不来的。

她对向自己展露友善的人，也一向是友善的，便也向樊宜兰颔首示意，道："大家今日起得好像都很早，看来都很重视学问考校这一关了。"

深秋的清晨，天际浮着淡淡的冷雾，衣着各异的姑娘们立在廊下读书。

无论怎样看，这都是一幅赏心悦目的画卷。

樊宜兰看了其他人一眼，道："毕竟大家往日应该都没经历过这阵仗，有所紧张是必然的，便是连我昨夜也不大能睡好，今日起了个大早。不过姜二姑娘倒是跟前两日一样，一觉睡到大天亮，实在令人钦羡。"

这人羡慕什么不好羡慕她能睡？

姜雪宁真是有些哭笑不得。

另一边坐着的是今日难得放下了种种天象历书，反拿起一本《论语》来啃的方妙，听了樊宜兰这话便酸酸地插话道："樊小姐哪里知道，便是我们这里所有人昨晚睡不好，姜二姑娘也不可能睡不好的。朝野上下都知道姜侍郎与谢先生交好，平日里也有往来。姜二姑娘别的不说，总能知道点谢先生的喜好，也知道一会儿考校答卷的时候要注意些什么吧？我们可就惨了，临时抱佛脚都不知道该抱哪只。"

话说到这里，声音忽然一顿，方妙终于意识到了一件先前被自己忽略的事情，一拍自己的脑门便站了起来，上来拉姜雪宁的手："姜二姑娘！姜二姑娘！我竟然忘了，你乃有'势'之人啊。咯，那什么，你方便的话，能不能小小地透露一下谢先生平时喜欢看什么书，阅卷的时候有没有什么特别的偏好呀？"

谢危固然与姜伯游有往来，可那都是大人们的事情，姜雪宁如今不过是一个十八岁撑死了说虚岁十九的小姑娘，能知道什么？

若是原来方妙这么问，那就是问错人了，只不过现在的姜雪宁还真知道。谁叫她是重来一次的，且还提前知道了考卷的内容呢？

在方妙问出这话的时候，廊上的读书声不知为何都小了一点。

姜雪宁注意到有不少人向她看了过来，心思便微微一动：这种"利人利己"的"好事"，自己为什么不做呢？

别人考得越好，才越显得她差呀！

方妙原本就是尝试着问问，眼看着姜雪宁目光闪烁，心里便道一声"果然是不会告诉自己的”。毕竟这种时候大家都算是竞争关系，谁愿意帮助自己的对手呢?若一个不小心自己被人挤掉，找谁哭去?

所以她叹了一口气：“我还是继续看我的《论语》吧，瞎抱总比不抱好。”

但万万没料到，姜雪宁竟然看着她笑了一声，对她道：“《论语》是要看的，若还有些空，再把《孟子》看了也不错。想也知道谢先生考校我们不会太难，也就看看大家都学了什么，所以按着一般士子们读书的顺序来讲，《大学》《诗经》也是得看看的。我父亲的确与谢先生有些交情，不过先生的习惯我所知不多，只知道比起答卷答得好，谢先生好像也很青睐于字写得端端正正的。答卷答得再好，若字不工整清晰，在谢先生那里都要被黜落。”

众人听了都愣了愣。有人是没想到姜雪宁竟然会直接说出来；有人则是在思考，她就这么轻而易举地说出来，到底是真是假；也有人对她说的内容有些怀疑。

连周宝樱今日都在看书。她一张小脸粉嫩嫩、红扑扑的，两道秀眉一皱，显得困惑不已：“怎么会呢?读书读书，学识修养难道不是第一的吗?若仅仅因为字写得不够好就被黜落，未免太不公平了吧?要是考卷上的题目本来不少，仓促之间字迹难免潦草……”

姜雪宁笑道：“那我就不知道了。”

过去，她与谢危的接触实在不算多，连见面的机会都少，只听人说他主持科考的时候，学识绝佳但字不够好的，在他手里都要往下面扔一等。原本一甲的人放入二甲，原本二甲的沦为三甲，原本三甲的可能就没有名姓了。

那一科的士子中多有不服气者，为此闹出了个士林请命上书撤掉谢危会试总裁官的事情，但谢危照旧我行我素，没有半点要改的意思，后来就这么不了了之了。

谢危为什么如此，姜雪宁自是不清楚的。反正她知道的都说了，旁人信不信是她们的事。

因周宝樱这一问，许多人对姜雪宁方才那番话都有些将信将疑起来。唯有萧姝对姜雪宁刮目相看，因为她知道，姜雪宁说的都是真的。

萧氏一族在朝中毕竟势大，萧姝虽然已经与长公主熟识，且学识也不差，基本不可能在这一关被劝回家去。可一旦涉及学问考校，便事关面子问题。早有人为她打听过了太子少师谢危的一应习惯喜好，其中“写字好”这一条排在第一。

她知道，但从没想过对旁人讲。

然而姜雪宁竟然都说了出来……这个人，竟没有半分私心的吗?

萧姝一时竟觉得自己不是很看得懂姜雪宁，一时又觉得比起此人的坦荡，自己那一点想争第一的小心思好像都落了下乘。

她心底忽然很复杂。

却不知，这会儿姜雪宁心底都要乐开花了：这帮傻姑娘可千万要抱好佛脚，趁这点时间赶快温书，答卷的时候认认真真地写字，本宫顺利离宫早早回家的“宏图大业”，可都靠你们了！

旁人都在抓紧时间温书，姜雪宁却觉着人生从来没有这般充满希望过。她走进了流水阁，想为自己沏上一壶茶，半点准备也不做，只等着一会儿来人叫她们去考。

只是没承想，她才刚把水烧上，便进来了一位“不速之客”。姜雪宁抬眸一看，眉梢不由得一挑。

来人是姚惜。许是因为昨日哭过，且姜雪宁走了之后她哭得更厉害，所以一双眼睛显得有些肿，从外面走进来时，她的目光便一直落在姜雪宁的身上。她身着一身杏红的衣裳，煞是好看。但姜雪宁能从她垂在身侧紧握的手掌中感觉到她的不甘与愤怒。

姜雪宁伸出手来，慢条斯理地在茶盘上摆好了一应茶具，笑道：“姚小姐放心，昨日你们那番话也是我们问了，你们才说的。我这人虽然不算是什么好人，但有什么仇有什么怨都是当面就说了，背后中伤传人小话这种事，我是不做的，您自然也就无须担心我回头到处乱讲。”

姚惜又觉得像被她一巴掌扇在脸上，毕竟什么“背后中伤”“传人小话”这样的词句，怎么听都像是意有所指。

她深吸了一口气，道：“我自问与姜二姑娘无冤无仇，昨晚回去之后着意打听了一下，也并未想到有什么地方得罪了你。要说二姑娘与那尤二小姐之间有些龃龉，二姑娘针对她也就罢了。可您字字句句，分明是冲着我来的。我小半夜没睡，始终觉着这事蹊跷。即便姑娘是打抱不平，反应似乎也太过激了，倒叫我不得不好奇，姜二姑娘与那张遮是什么关系？”

啧。对方这是想不通就要怀疑自己和张遮之间有点什么，只怕若有点眉目，也正好用来当作她与张遮退婚的理由。

姜雪宁很敏锐。

只不过这话嘛，姚惜若来质问原来的她，她或许不能问心无愧；但若是问现在的她嘛，现在她连张遮都没见过，哪儿来的什么“关系”？

姜雪宁向前倾身，用了茶匙一点点将茶则里的茶叶拨入壶中，面不改色地道：“张遮大人乃刑官，刚直不阿，一身清正，听闻早年断狱在百姓中颇有贤名。雪宁虽然也是个小人，不过这两年倒悟出个道理来。世上虽不能人人都是君子，当个小人也没关系，对小人用小人之道无妨，可若是待君子，最好还是以君子之道相待。

姚小姐似乎怀疑我与张遮有些什么，可只待今日过后，姚小姐出去打听打听便知道，我与这位传说中的张大人连面都没见过一次。若您想要从中做点什么文章，还是趁早歇了这心思吧。您觉着这门婚事不好，想要退了也无可厚非，世人趋利避害，本没什么值得指责的地方。可有些事做过度，便不大好，姚小姐既要退婚，还要对自己全无损害，天底下哪里有这样的好事呢？”

“姜二姑娘说得倒是好听。”姚惜听着她这字字与己无关的口吻，只觉刺耳至极，“我只听说您在府中也是不好相与的脾气，如今是站着说话不腰疼，真等你遇到了这样的事，要配这样一门婚事，只怕做得未必比我好看！”

她这就是血口喷人了。姜雪宁心道，便是自己过去最不会做人的时候，也是明明白白地告诉燕临她想当皇后，要嫁给沈玠，没有为自己找什么无辜的理由，更不至于往燕临的身上泼什么脏水，为他身上添污名啊。

且她看上沈玠也是在勇毅侯府出事之前。不管侯府后面是不是出事，她都是要嫁给沈玠的，本未存落井下石之心。只不过两件事撞在一起，有落井下石之嫌，雪上加霜，叫燕临更恨她罢了。

她抬眸看着姚惜的目光顿时变得嘲弄了几分：“我看姚小姐昨晚似乎还没有什么害人的心，今日起来反倒像是要钻牛角尖地一意孤行。若我是姚小姐，第一，遇着这样一门好亲事，且身为内阁学士的父亲都觉得此人不错，高高兴兴地嫁了还来不及，有什么必要退婚？第二，便是我觉得这婚事不好想要退亲，也不至于要将‘克妻’这样的脏水泼人身上，回头叫人怎么娶妻？索性大大方方地跟人说了这门亲事我要退，想来那张遮正人君子，也不会强求。第三，若我铁了心不想背个‘势利’的骂名在身，还想要退婚，不如按兵不动，坐在家里等着就是。”

姚惜听到前面的话时不免又扯着帕子暗中生恨，可待听到她的最后一句话时，却忽然一怔：“你这话是什么意思？”

姜雪宁此刻却怎么看姚惜怎么生厌，正好一旁的水开了，便冷冷淡淡地道：“我要沏茶了，姚小姐若不是想要坐下来与我品茗论道，便勿在此扰我清净了。一会儿就要考校，姚小姐趁着这工夫多读点书不好吗？”

多读点书，别欺负人穷，她过去经历许多，学会的也就这么一点道理了，也只能看在姚惜将来说不准还要嫁给张遮的面上指点对方这么多了。姚惜要懂便懂了，不懂也跟她没关系。

姚惜却道她是半分面子不给，再次气结。人家都赶客了，她也不好再留，拂袖便走。

可走出去了她才想到，流水阁又不是姜雪宁一人的地盘，怎的赶起人来倒跟自已是主人一样？

但这时她要再进去未免太落下乘，只好忍了。

大约卯正二刻，姜雪宁正好喝完了两泡茶，仰止斋外面便来了人通传：“几位先生现已从文华殿那边过来，带了题卷，辰初一刻便在旁边奉宸殿开考，还请诸位小姐随奴等移步奉宸殿。”

于是众人纷纷整理仪容，随宫人去往奉宸殿。

此殿距离伴读们住着的仰止斋走路过去连半刻都不需要，没一会儿便到了。

姜雪宁抬眼，只见这奉宸殿一座正殿，两边都是偏殿还带着耳房、山房，既无雕梁也无画栋，门扇上大多只以清漆刷制，殿前只五道台阶，喻圣人之五德。

正殿一如学堂。正上首是先生们讲课的地方，下方则桌椅齐全，案头上笔墨纸砚俱备；靠西墙则设了几张方几、几把椅子，有书格亦有茶桌，该是为先生们两讲间隙歇憩之用。

姑娘们各自选好自己的位置坐了下来。

姜雪宁对谢危终究是有些发怵，直接先挑了最角落里光线不大好显得有些阴暗的一张书案，虽然一会儿写东西可能有点费眼睛，但可避开旁人的目光。

这时后面便传来了一声：“先生们请。”

众人顿时重新起身。

姜雪宁立在角落里回头一看，只见谢危今日着一身宽松的苍青道袍，以青玉簪束发，眉眼淡不染尘，唇边含着点惯常的笑意，与另三位上了年纪须发已白的老学究从殿外走了进来，论仪容气度实在有些鹤立鸡群，更别说是在朝中同品级之人里过于轻的年纪了。

有先前还嘲笑过旁人提起谢危脸红的世家小姐，见了他才知道那人当时没说瞎话。

一时有许多人不敢直视谢危。

姜雪宁更是看了一眼之后便立刻垂下头去：她倒不是不敢看谢危，而是希望谢危无论如何不要注意到自己，只需要答完卷交上去等他喊自己滚蛋的时候有点存在感就足够了。

只是……谢危夹着卷起来的一摞题卷入殿，刚将其置于案上，抬眼一看，眉梢便微微一动。他又向角落里扫视一圈，这才见着在昏暗角落里垂首立着的姜雪宁。

他拆卷的手指便微微一顿。旁边一位老翰林问他：“居安，怎么了？”

谢危只点了一旁侍立在殿门口的宫人，淡淡地道：“往后若非疾风狂雨烈日，都把东角的窗扇打开。”

宫人立刻应声：“是。”

然后他从姜雪宁身边走过，把先前紧紧闭着的窗扇推开了。

外头的天光顿时倾泻进来，全洒落在她的身上，也把她面前的桌案与笔纸照了个亮亮堂堂。

这一瞬间，姜雪宁觉着自己无处遁形，心里面已骂了一声：这架势，他分明是怀疑本宫要作弊！嗤，看本宫今次给你交个“好”答卷，教你领教领教什么叫作“不学无术”！气不死你！

★

这一摞题卷都是提前准备好的，毕竟只是用于探探公主这帮伴读的学识修养，整体来讲并不复杂，所需的数量也不大，所以都是先生们各自出好题后交由人誊抄了十二份，文字大小一致，规规整整，全是漂亮的馆阁体。

谢危吩咐完便低头继续拆卷，拆完微微垂着眼眸将题卷的数目点过一遍，然后问同来的三位老翰林道：“几位老大人过目一下？”

三人都站着没动，摇了摇头。

其中一位老翰林叹了口气，道：“一帮小女娃子读书，这考校也跟儿戏似的，有什么过目不过目的，不都是那样吗？谢少师看过就是了。”

谢危看他一眼，没说什么，只将题卷递给了宫人。宫人双手将题卷接过，而后一份一份地发到了每个人的面前。

姜雪宁正好是最后一份。题卷一摆到面前，她就迅速过了一遍：这上面的题目与她原来做的相差无几，也与燕临昨夜交给她的那一份一般无二。

然后她便听到上首的谢危道：“此次考校只是为了看看诸位伴读的学识修养在何层次，各位先生拟的题目都相对简单，作答的难度也不高，所以答卷的时间只有一个半时辰，到巳正一刻便要请诸位将答卷交上。而我与三位先生则会花上两刻的时间，当场阅卷，做个评判。现在便可请诸位开始答卷了。”

他声音平平淡淡，不起波澜，落在人耳中，竟有一种清风拂面似的感觉。也许是因为这话中藏有宽慰之意，轻易便消解了人原本进入殿中时的紧张情绪，众人略略放松下来。

下方如萧姝、樊宜兰等人，皆是学识修养俱佳，胸有成竹的，听得谢危此言，便都起笔蘸墨，对着发下来的题卷在空白的宣纸上完整地作答。

倒是姜雪宁盯着题卷看了半天，才伸出手去，五指屈着，形似鸡爪，把旁边一管小笔抓了起来，在答卷上歪歪斜斜、不紧不慢地写了起来。

上头几位先生这时已经到了左边设的那几把椅子上坐下，只叫宫人沏了茶端上来。他们都是翰林院里的老学究，一瞅那边正在埋头答卷的十二个小姑娘，就忍不住直摇头。

方才回谢危话的那位老先生道："一个公主闹着要读书，圣上纵着随便请几个人来教就是，总归女儿家也不须懂得什么太大的道理，未嫁从父，出嫁从夫，夫死从子，学一学《孝经》《女诫》就罢了，偏还要搞出这般大的阵仗，不知道的怕还以为是哪位皇子出阁读书呢。老夫在翰林院也算是兢兢业业治学十余载了，到如今竟跑来教一群女娃娃，像什么话！"

谢危坐在他旁边，低眉端了茶盏，揭了茶盖，没有接话。

倒是旁边两位先生被这番话勾起了几分不满情绪。

其中一位也叹了口气，附和道："谁说不是呢？老夫入仕这么多年，还从未有人叫我教过女娃娃！我好歹也是两榜进士出身，读的是四书五经，来教公主和伴读，恐怕也只讲些入门的东西。倒不是我高看自己，实在是杀鸡用牛刀。光你我就罢了，毕竟不过是几个在院中不得志的迂腐老头儿，可似谢少师这般平日里主持经筵日讲的，圣上竟然也点了来给公主和这些个伴读讲学？这实在让人想不通。谢少师竟然答应了，就更让人想不通了。"

这些老先生都是翰林院清贵出身，自有气节，便是皇帝在面前，很多话也是不顾忌的。如今他们说的这些话，也都在朝堂上讲过好几遍了。奈何沈琅偏宠长公主，一意孤行，听不得人劝，所以他们讲了也没用。

谢危在朝上就听他们抱怨过了，且每每把自己拖出来说上一说，倒好像这件事他也有多大的不满似的。

但他并未表露出自己对此有太多的情绪，当下只朝一旁正在认真答卷的那些个伴读的世家小姐看了一眼，目光也在姜雪宁那握笔的姿势上定了定，不觉微微蹙眉，吹了茶略饮一口，却道："诸位伴读都在作答，我等还是少说些话，以免搅扰了吧。"

几位老先生这下便不好再多言了。

历来考场监考便甚为枯燥，谢危自带了一本《守白论》来，坐在边上一页一页慢慢地看。

那几位先生却不大坐得住。圣上点了他们来教长公主并一群伴读的世家姑娘，本来就叫他们有些不满，在这儿坐了没两刻，既不能说话，又无心看书，索性便称去外面透气，竟连“监考”这件事都扔了，相携从奉宸殿出去，只留下谢危一人在此。

从头到尾，谢危看都没看他们一眼，只翻着自己的书。

姜雪宁虽坐在角落中，方才却也将那几位老先生的话听在耳中，又见这几人没坐一会儿便出去了，一时没忍住皱起了眉。

要不说这些人是“老学究”呢？

老成这样，合该埋进土里！

回头她即便不留下来做伴读，这几个糟老头子的小报告，她也一定要打给沈芷衣才是。

第九章 参悟

想起那个尤芳吟所说的她所在的那个世界，再想想自己待的这地方，姜雪宁也不知为什么，心底不大爽快起来，于是埋头重新盯着这些先生出的题时，也越看越不顺眼。

原本她是准备装个不求上进的废物的，但现在，盯着盯着就生出几分抬杠的心思来：反正她也不留在宫里面，还怕得罪这帮老头儿？

姜雪宁纤细的手指提着那一管笔，慢慢在手里面转了转，唇边忽然就挂上了一抹笑。整张题卷确如谢危先前所说，并不是特别难，所考校的内容大多是孔孟之道，另加上一些诗文韵律、乐理知识。现在她已经用狗爬一般的字答了一小半，至于这剩下的一大半……

“子曰：三军可夺帅也，匹夫不可夺志也。当作何解？如何论‘君子贵立志’？”

姜雪宁认认真真一笔一画地在答卷上画了个王八，然后写：“一说，‘匹夫见辱，拔剑而起，挺身而斗，此不足为勇也’，二说‘匹夫一怒血溅五步’。既是‘匹夫’，便属庸碌，何来有‘志’？既无志，有什么夺不夺的？予不知当作何解，唯明了一事：圣人原来也胡说八道！”

“子曰：天生德于予，桓魋其如予何？请以‘德’字立论。”

这话的意思是，孔子说，上天给予了我这样的品德，宋国的桓魋能把我怎么样？

据说孔子去陈国时经过宋国，宋国的司马桓魋听说后，便去加害孔子。当时孔子正与弟子们在大树下讲《周礼》，桓魋便带人砍倒了大树，想要杀孔子。

这话是孔子在逃跑途中说的。

读书人向来将孔子奉为“圣人”，凡孔圣人说的都是对的，便是瞎说鬼扯也能给你附会出一堆道理来。

姜雪宁看着这句话，白眼差点翻上天。

一个人具备了“德”，就能逢凶化吉、不惧别人的加害？胡说什么呢。而且这还是形容自己，吹起自己来也真是不脸红。

对这一题，她可有太多“论”想要立了，当下便又唰唰地在答卷上奋笔疾书，除了字丑一些外，没什么大毛病。

一个半时辰很快过去，这时殿中其他人多已经停了笔，宫人敲响了殿中的铜磬，便上来收卷。

收到姜雪宁面前时，她还趴在案上一通写，宫人咳嗽了一声：“姜二姑娘，交卷了。”姜雪宁不为所动，都不抬头看她一眼，只道：“哦，等我写完最后一句。”

宫人不由得为难，下意识地转头看向已经站起身向这边看来的谢危。

谢危没说什么。

那宫人便只好垂手侍立一旁，安静地等着姜雪宁写。只是她这“最后一句”好像格外长，唰唰又写了许多。

所有人的目光都落到了她的身上，一时心底都有些纳闷：不该呀。姜雪宁先前给他们押过的题好像都考到了，由此可见她是早有准备的，而这题卷也不是很难，似萧姝、樊宜兰这样的，其实只花了一个时辰便将答卷写好了，只是都不愿出风头，没有提前交罢了。怎的姜雪宁需要这么久？

好不容易，她终于搁了笔，这才把写得密密麻麻的答卷从案上揭了起来，吹了吹墨迹，然后交给了等待已久的宫人：“有劳了。”

宫人暗暗松了一口气。她只当是这位姜二姑娘对待考校格外认真，学识渊博，因而答卷才这样满。可当她接过答卷来一看，这满眼鬼画符似的字是认真的？而且姜雪宁还写了这老多……额头上冷汗都差点出来，宫人也不敢多言，收好所有答卷做了一番整理后，便呈上去给了谢危。

这便算考校完成。

众人多少放松了一些下来。

方妙坐的位置距离姜雪宁近些，看着上方的谢危接过答卷在案头上铺平之后，便将脑袋凑到她身边，问：“你怎么答了那么久？难道是题中有什么不大容易发现的玄机？”

玄机是没有的，如果一定要说有，那就是：“杠精”的智慧。

姜雪宁也抬眸向上面看了一眼，见谢危并没有注意下面，才转头压低了声音道："我只是比较笨，所以答得比较久。"

笨？

她看着像是跟"笨"字沾边？

方妙瞬间不想跟她说话，只觉得她这是"明明很厉害却偏要谦虚两句"的虚伪做派，于是幽幽地看了她一眼，道："你就装吧。"

姜雪宁见她不信，也不好再多解释什么了。反正答完卷后她一身轻松。这次的答卷完全是"对症下药"，只怕那几个老头儿见了得吹胡子瞪眼，气出二两血来。她不愁出不了宫！

于是她便开始悄悄打量谢危。

案头上放在最上面的一份答卷是诚国公府大小姐萧姝的，一手簪花小楷极为漂亮，看得出练过很长的时间。谢危看过之后淡淡地点了点头，然后将这份答卷放到了一旁，又拿起一份新的答卷来看，神情还是淡淡的，下头坐着的众人没办法从中看出什么端倪来。

可等到第五份答卷时，他眼角忽然微不可察地抽了抽。

正密切注意他的神情的姜雪宁心中顿时一震：到自己了，到自己了！

想想曾经的谢危，熟读圣贤书，精通百家言，写得一手好字，弹得一手好琴，也不知见了她这一份答卷，会不会七窍生烟？

她想想这人若是变脸，便很刺激。

天知道谢危在看过前面四份字迹工整的答卷后，骤然看见这第五份答卷上密密麻麻的狗爬字时，心底受到了多大的冲击。横竖不直，撇捺倒歪，活像是道士画鬼符，便是连学堂里七八岁的孩童都能写得比这好！有那么一刹那，他蹙起眉尖，抬手便想将这张答卷扔到地上去。

可他一看卷首，"姜雪宁"三个字映入眼底。

谢危捏着答卷的手指便紧了紧，只将目光抬起，向着此刻殿中已经被外面的天光照得明亮的一角看去，竟看见姜雪宁正偷偷看着他，一双黑白分明的眼底有点狐狸似的狡黠的暗光。但他的视线一转过去，那种慧黠的暗光立刻消失了个干干净净，她只用一种尴尬又怯生生的目光看着他，很快便低下头去，好像知道自己答得有多糟糕，心底很为此忐忑似的。

谢危足足盯了她半晌。

姜雪宁以为他只是看一眼就会收回目光，所以埋下头之后不久，便又抬起头来，想继续看谢危的反应。可谁想她竟正正地对上了他根本没收回的目光，一瞬间汗毛倒竖！

尽管谢危一张脸上没有什么严苛冷厉的表情，显得淡泊，像是一片波澜不兴的海面，可姜雪宁觉着下面藏着翻涌的暗潮，令人心惊。

外面越是平静，内里越是汹涌。

她脖子后面都凉了一下，强忍住了拔腿就跑的冲动，又慢慢把自己的脑袋埋了下去，可这一次是怎么也不敢再抬起来了。

谢危这才极缓慢地收回了自己的目光，重新看这一张答卷。

殿中忽然安静极了。

因为所有同样在暗中注意谢危的神情的其他世家小姐十分惊讶地发现，原本一张答卷根本不需看上半刻的谢先生对着这第五份答卷，竟然已足足看了一整刻时间，那神情虽然看不出深浅来，可莫名叫人害怕。

一时所有人都生出几分忐忑之意。一则祈祷这张答卷千万不要是自己的，二则又忍不住去想，这张答卷上到底写了什么惊世骇俗的内容，竟能让身为太子少师的谢先生看上这么久？

正在这当口，先前出去的三位翰林院的老学究从外头踱步回来了，一看便知道众人已经答完了题，于是走上来对谢危笑道："正在阅看答卷吧？来，还剩下几份，我们也来帮忙看看。"

说着几人便向案上的答卷伸出手去。

谢危眼皮微微一跳，只不动声色地将姜雪宁这份放在上面的答卷抽开了，然后十分自然地扯过剩下的几份答卷递了出去，道："有劳几位先生了。"

几位老学究也没注意到这么一个细微的动作，接过答卷来一人看个两三份，一面看还一面评价："这张答得简直文不对题！这张也是，下笔千言，离题万里！连孟亚圣说的'生于忧患死于安乐'都解不出，这还入宫伴什么读……"

殿内某几位世家小姐一下白了脸。

姜雪宁这时却稍稍安了心，暗道这几个老头儿可算是回来了，等他们见到自己的答卷，必定不会让自己被选上。如此，大事已成！

很快，几位先生便看完了答卷，挑了四张出来，向谢危摇头。

这是说这几张不行。

谢危接过答卷一看，也没说什么，点了点头，便将所有的答卷重新放到了一起，对众人道："方才与几位先生阅过了答卷，评议的结果也出来了。"

所有人都紧张起来，屏气凝神。

姜雪宁悄悄地握紧了拳头，等着听到自己的名字。

"诚国公府萧姝，上佳，可留。

“陈大学士府陈淑仪，上佳，可留。

“姚尚书府姚惜，中上，可留。

“方监正府方妙，中等，于学识上虽然差了些，但胜在一手字写得认真工整，很有向学之心，可留。”

萧姝、陈淑仪、姚惜这三人原本就不担心自己过不了，所以听到结果时只是振奋了一下，是一种意料之中的尘埃落定的感觉。

可方妙是忐忑的。当从谢危口中听到“可留”二字时，她差点没蹦起来，连忙起身向谢危躬身道礼：“学生谢过先生指点，往后必将努力向学，好好为长公主殿下伴读！”

如此便已经留下来四个人了。

剩下的人听见前面那么顺利，只以为先生们的要求其实很宽松，即便学识不好，也不由得存了几分希冀，觉得自己运气好说不定能过。

可谁也没想到，谢危接下来念了三个名字，全都不过！

他向下扫了一眼，只见被念到名字的几位世家小姐全都脸色惨白，泫然欲泣，便道：“诸位小姐的答卷也并非全无可取之处，比起寻常姑娘家来已算得上是见多识广。只不过如今是为长公主殿下选伴读，还得考虑其他人的学识如何，所以也不必太过介怀。”

三个人全都站起来谢过，至少面上看着都很服气，至于心里如何想就没人知道了。

已经出了七个人的结果，还剩下五个。

姜雪宁觉着，应该很快就到自己了。

这时，谢危拿起了第八份答卷，但没有立刻开口，而是又看了一会儿，似乎在思考什么。

姜雪宁以为这份答卷是自己的。

可没想到，下一刻谢危开口，竟然问道：“谁是樊宜兰？”

樊宜兰顿时一怔，起身行礼：“回谢先生，我是。”

谢危的目光便落在她身上，打量了好一阵，他才道：“上上甲等。”包括萧姝在内所有人都惊讶地瞪大了眼睛。然而下一刻，谢危便道：“但你不能留下。”

她不能留下？！

所有人都傻眼了，先前惊讶的神情都还没来得及收起。

樊宜兰自己也没反应过来。

谢危却不解释什么，只将这份答卷向她一递，道：“取回你的答卷吧。”

先前念结果，他可都没有返还答卷。

樊宜兰见状，饶是性情淡泊，也以为自己是在答卷之中做错了什么，有些忐忑不安。

她走上前去，恭敬地接回答卷。

这时，谢危才淡淡地对她说了一句："皇宫里没有好诗。"

樊宜兰猛地一震，一时千般万般的想法全从心底深处冒了出来，竟似江河涌流一般难以停歇。她捧着自己的答卷，呆立了好久，最后才向谢危深深伏首："宜兰谨记先生指点！"

旁人都不大听得懂这番没头没尾的对话，唯有旁边的姜雪宁看着樊宜兰，面色略显复杂：樊宜兰有诗才，谢危实是从她的答卷中看出了她的灵气与才华，所以即便她的答卷是上上甲等，也没有留樊宜兰下来伴读。

因为她要写出好诗，就不能待在宫中。

而曾经的樊宜兰，后来走遍名山大川，也的确写出了许多叫男子都佩服传诵的好诗。

曾经的姜雪宁对此嗤之以鼻，很不理解怎会有人愿意放弃荣华富贵，竟不对谢危这般举动有任何质疑；可现在她才知道，这样走遍名山大川的自由淡泊生活，她有多羡慕。

想着想着，她一没注意就走了神，直到耳旁忽然响起声音："宁——"

但只出来一个字，谢危又忽然顿住。

姜雪宁抬起眼来，就看见谢危正从上方看着她。她一时也不知为什么，原本觉着结果十拿九稳，现在却心慌了几分——可能是谢危太吓人了吧。

她站起身来，静立着等待他念出最终的结果。

谢危一个"宁"字出口，便意识到于此时此地不合适，目光微微一敛，便已若无其事地改口，淡淡地道："姜侍郎府姜雪宁——可留。"

姜雪宁下意识地躬身："谢先生指点，臣女回家后必……"

等一等！

姜雪宁，可留？

脑海里忽然跟撞雷似的一炸，她霍然抬首，因为太过诧异，甚至忘了遮掩自己过于明亮锐利的眼神，一下便望向了谢危！

开什么玩笑！

她答的什么卷，写的什么字，她自己还不清楚吗？别说是皇宫里为长公主选伴读了，就是拿去请私塾的先生来，先生都未必肯教！

方妙听着她连“回家”两个字都说出来了，不由得掩嘴笑道：“看看，最后一个名额轮到自己，我们的姜二姑娘高兴得昏了头，都开始瞎说话了！”

谢危则平淡地看着姜雪宁：“姜二姑娘？”

姜雪宁头皮都在发麻，完全不明白事情怎么就忽然脱离了掌控，一时间心念急转。

什么时候长公主殿下连谢危都能搞定了？

燕临就更不可能了。

那就是谢危要留她在眼皮子底下好好看个清楚，看她是不是装疯卖傻？

不……无论如何自己也不能留在宫中，更别说是当谢居安的学生了！那简直是找死！

人被逼急了就有急智，姜雪宁眼珠子一转，即便明知可能会更让谢危注意自己，也不得不硬着头皮道：“谢先生，学生有一事不明。既是先生们当场阅卷，可为何樊小姐上上甲等还不能入选？且先生也只还了她的答卷，我等却见不到自己的答卷，更见不到旁人的答卷。学生虽然被选中留下，可设身处地地想，其余落选之人只怕并不知道自己为何落选。为何先生不能将大家的答卷发下，也好叫落选之人也心服口服呢？”

说实话，姜雪宁这话一出，先前被黜落的几个人都有些意动。查卷也未尝不可啊，万一有人比自己差却蒙混过关呢？

然而谢危只是扫了她们一眼，连平淡的声音都没有半分波动：“姜二姑娘说得也有道理。这落选几人的答卷方才虽也说了为何不能入选，可到底粗略，个中有许多瑕疵未能细讲。若几位小姐有心向学，谢某便多留得片刻，为几位小姐细细剖开来讲。”

细细剖开来讲……这与当众鞭尸有何区别？

原本这几人还想附和一下姜雪宁，但听得谢危这话，只恐自己那拙劣的答卷被摆到台面上来讲，叫所有人都听着，简直丢人死了！

先前的意动顿时消失了个干净，那几人纷纷道：“我等心服口服，已得先生指点，不敢再有劳烦！”

姜雪宁无言以对了，她道高一尺，谢危是魔高一丈啊！

这帮傻姑娘就不能有点骨气吗？你们知不知道自己放弃了一个多好的留在宫中的机会！全场不可能有人答得比我差好吗？！

谢危只看向姜雪宁：“姜二姑娘还有什么疑问吗？”

姜雪宁眼皮直跳：“我、可我……”

谢危的手指轻轻压在那张答卷上画着的王八上，旁边就是她不抬杠不舒服的一句句回答，他面无表情地打断她的话道：“要不姜二姑娘一会儿留下，待谢某为你单独解惑？”

姜雪宁登时觉得毛骨悚然，脸都差点绿了。

★

单独解惑？

那还了得！

姜雪宁一颗心狂跳，几乎想也不想地道：“不劳谢先生了！既然落选之人都无疑问，雪宁便更无疑问了。搅扰先生，实属冒昧！”

谢危依旧看着她：“真的不用？”

姜雪宁连忙露出勉强的笑容来，磕磕巴巴地道：“不、不用，真的不用了。”

谢危这才淡淡地收回目光，道：“既然大家都没有疑惑了，今日的考校便到此为止。只望无缘为长公主殿下伴读的几位小姐，回府之后能继续向学，潜心读书；有幸留下为长公主殿下伴读的诸位，今日过后便可收拾一番，回府准备两日，此后便正式入宫伴读。我与翰林院几位先生将在这几日为长公主殿下与诸位伴读安排好接下来半年的课业，从今往后，诸位便与我等师生相称，望诸位也勿松懈，既有此机会，半年后也当有所获才是。”

无缘留下的人暗叹了一口气，留下来的人则都是心头微微一凛。

众人尽数躬身：“是，先生。”

这一下众人都从殿中退了出来。

十二人参与考校，最终留下来八人：以萧姝为首，再加上陈淑仪、姚惜、周宝樱、方妙、尤月、姚蓉蓉、姜雪宁。

除了姜雪宁哭丧着脸外，其他人多少有些高兴。

周宝樱小女孩心性，一高兴就忍不住，刚走出奉宸殿，就手舞足蹈起来：“天哪，我居然过了！而且谢先生一点也不像是爹爹说的那么严肃，说话声音好好听的！我原以为入宫伴读会很苦，这不还挺好的吗？都怪爹爹吓唬我！”

姜雪宁心道那是你没见过他严肃的时候，吓死人都是轻的。

方妙却极其自然地走到了姜雪宁的身边，亲昵地挽住了她的手臂，简直跟看恩人似的看着她：“姜二姑娘可真是个大好人！我先前看见发下来的题卷时就想把你抱住亲一口了，今早你让我看的书竟然都考到了！如果没有姜二姑娘指点，我今天想必也是被黜落的命了！”

姚蓉蓉也是勉强才过的。听见方妙这话，她也低着头，怯生生地道：“对啊，太谢谢姜家姐姐了，就好像事先知道要考什么一样，猜得太准了。”

众人听方妙那番话还没什么感觉，可待听见姚蓉蓉这番话，心情就忽然微妙起来。

萧姝走在前面，忽然回头看了姚蓉蓉一眼。

姜雪宁也是瞳孔微微一缩，她第一次认真地思考，这姚蓉蓉是真的天生不会说话，还是故意如此？她打量姚蓉蓉，可对方依旧是软弱怯懦的模样，连眼都不敢抬得很高，叫人看了觉着畏缩又可怜。

方妙也把眉头皱了起来，只道：“你这人怎么这么不会说话呢？”

姚蓉蓉顿时又瑟缩了一下。

方妙又不好说她什么了，莫名憋了一口气在胸口吐不出来，只好回头对姜雪宁道：“不过姜二姑娘也是真厉害。我们这些人大多是头回这么近地跟谢先生接触呢，你竟然还有胆子站起来想跟谢先生查卷，那会儿我可真是吓死了，便想，万一谢先生责罚你怎么办？”

姜雪宁听着她话里的意思，只以为是自己找着了难得的伙伴，可没想到方妙下一句便话锋一转，笑容满面地道：“结果谢先生可真是好脾气，完全没有要追究的意思，和颜悦色也就罢了，居然还说要单独为你解惑，真是谦谦君子。我们能遇到这样的先生，运气太好了！”

姜雪宁所有还未来得及出口的话全堵在了喉咙口。

先前甚少说话的陈淑仪也难得表示了赞同，轻声附和道：“我父亲说，谢先生为人处世皆挑不出毛病，只是在治学一事上是从不马虎的。我们入宫之后只需认真对待学业，想必谢先生也绝不会有意为难谁，这是一位极好的先生，父亲还说若我能学着点皮毛，也不枉辛苦入宫这一趟了。”

听着她这番话，姜雪宁忽然意识到一个自己以前从未料想过的困境，那就是此时此刻的谢危跟“反贼”两个字根本扯不上任何关系，既没有暴露自己杀伐果断的一面，也没有向萧氏一族、皇族露出仇恨的獠牙。在所有人眼中他都是一位无可指摘的智者，一名德行持重的圣人；只有自己一心一意地认为这是一个坏人，所以不会有人能够理解她对谢危是何等防备、忌惮，甚至恐惧。

当日层霄楼下，谢危允诺那刺客说“绝不伤阁下性命”的场景历历在目，可待那刺客一露头，箭矢便毫不留情地穿过了他的头颅！而谢危对此一脸平静，好像自己先前并未对刺客做出任何承诺一般。这样一个心机深沉、诡诈之人，在已经对她有所怀疑的情况下，竟然很快就要成为她的先生！皇宫偏偏又是个动辄得咎的环境，她要怎样才能从这死局之中全身而退？

只这么一想，姜雪宁都浑身发冷，走着走着，脚步便停了下来。

方妙她们相互谈论着这一次出宫之后应该准备点什么东西再入宫，正想问姜雪宁会带什么好玩的东西，结果一回头发现没了人，顿时讶然："哎，姜二姑娘？"

姜雪宁站在那高高的宫墙下，竟一动不动。

方妙走近一看，才发现她面上竟神情变幻，好像正在天人交战之中，要做出一个十分困难的决断，不由得吓了一跳："你没事吧？"

姜雪宁抿了抿嘴唇，忽然抬头道："我要回去找谢先生。"

方妙瞪圆了眼睛："回去找谢先生？"

姜雪宁握住了她的手，肃然道："若两刻之后我还未回仰止斋，还请方小姐一定要来奉宸殿救我！"

方妙简直一头雾水，刚想说"你回去找谢先生能遇到什么危险还需要我来'救'"？可姜雪宁叮嘱完这句后，已经直接松开手，竟决然地转身，提了裙角疾步往回走去！

没一会儿她便重新绕过宫墙，进了奉宸殿。

谢危这时正卷了案上的答卷，与其他三位先生说过几句话，便要往偏殿里去，结果一抬头就看见了重新出现在殿门前的那道身影。

几位先生也都看到了，不由得一怔，迟疑着看了谢危一眼："谢少师？"

谢危也没想到姜雪宁竟敢去而复返。他向其他人一笑，道："我留下来处理，几位老大人先走便是，等明日到了翰林院，我等再商议讲学的内容也不迟。"

几位先生原本就不大想插手这教公主读书的事情，且也没看过姜雪宁答卷，只以为这女学生是要为哪个被黜落的伴读抱不平，躲还来不及，听谢危这般说，便都道一声告辞，从殿中出去了。

谢危一摆手，宫人们也都退了出去。

先前还有不少人的奉宸殿上，顿时冷冷清清的了。

谢危穿着道袍的身影在殿上那半明半暗的光线中显出几分挺拔绝尘的气质，他面上平静地道："宁二姑娘想问的恐怕不是别人的答卷，而是自己的答卷吧？"

姜雪宁是怕久了，心底反有一股邪火。

入宫这件事从一开始就出乎她的意料。先是燕临横插一脚，硬让沈芷衣将她的名字呈了上去；后是沈芷衣去摆平礼部，让她被擢选入宫当伴读，还交代了宫中的女官不为难她。

到了谢危，她本以为该有转机。毕竟此人别的不说，治学严谨出了名。可万万没想到，她交上去那样一份不学无术又离经叛道的答卷，谢危竟跟睁眼瞎似的让她过了！

她现在的经历在渐渐与曾经重合，隐隐觉着自己无法改变什么的愤怒渐渐压倒了她对谢危的恐惧，也使她在这种极致的困顿之中生出了几分质问的胆气。

当下，姜雪宁立在殿中，未退一步，以一种近乎逼问的姿态，冷然道："世人都道谢先生圣人遗风，治学严谨，除爱琴外便是爱书。可今日雪宁自知学识浅薄，答卷也不过瞎写一通。如何答得比我好的人离开，我这个答得一塌糊涂的人反倒能留下？"

谢危淡淡一笑："宁二姑娘不装了。"

姜雪宁没说话。

谢危将她那张答卷从案头上那一堆答卷之中抽了出来，拎在指间抖了抖，才念道："子曰：天生德于予，桓魋其如予何？请以'德'字立论。宁二姑娘在答卷上写，孔圣人之德与桓魋本无联系，桓魋不能杀孔圣人，是桓魋废物，砍树不砍人；孔圣人能逃，是孔圣人和弟子见机快，跑得也快；本是一与'德'无干之事，不能立论。又写，谁言桓魋不能如孔圣人何？杀头、车裂、炮烙，桓魋有的是办法治他，或将孔圣人洗净撒盐放入蒸笼，待其软烂；或将孔圣人腌制裹面，搁入油锅，炸至金黄……"

他的声音极其好听，只是越好听，当他平静地念出这些字句时，越是叫人后脑勺发凉。

姜雪宁忽然觉得那一点刚冒出来的作死的勇气又开始在她身体里消退。

谢危从来没有教过这么棘手的"学生"，念完后，抬起头来注视着她，道："我读圣贤书这许多年，竟不知道孔圣人有这十八般做法。宁二姑娘怎不连抹料生吃也写进去呢？读书不见得学了什么道理，宁二姑娘于烹调一道居然还颇有心得。"

他这话摆明了有点嘲讽的味道。

姜雪宁听得不痛快，下意识地便反驳道："烹调之道，谢先生面前，我哪儿敢班门弄……"一个"斧"字卡在喉咙里，她忽然觉得一股寒意从脚底蹿上来，顺着脊骨直接爬到后颈，让她一下打了个冷战！

坏了……这话茬儿她不该提的！

谢危掐着那张答卷的修长手指刹那紧绷起来，屈起的线条都似布满了某种一触即发的暗流。然而仅仅是片刻便放松了，他慢条斯理地将这张答卷平放回去，只微微弯起嘴角，轻轻地道："原以为四年前的事，宁二姑娘都忘了，没料想，竟还是记得的。”

姜雪宁这时候浑身都在打战，想要跑，可理智控制着她，让她两脚死死地钉在地面上一般，动也不能动一下。她强作镇定地道：“是雪宁失礼，一时胡言，望先生见谅。今日雪宁来，确只想问明答卷一事，还请谢先生道明缘由。”

谢危把话说得很客气：“宁二姑娘的答卷看起来的确与寻常人不同，想法颇为跳脱，天马行空。若是叫其他先生看见，必不能叫二姑娘过了。可谢某不才，倒发现宁二姑娘也是读了不少书的。‘匹夫见辱’一句出自《留侯论》，‘匹夫一怒血溅五步’则出自《战国策》，寻常闺中姑娘可不读这样的书。敢说孔圣人胡说八道，原来宁二姑娘胡说八道的本事也是不低的。”

姜雪宁的心都凉了半截。

谢危便重将那一沓答卷卷了，道：“虽都言朽木不可雕，可谢某既为人师，也得雕进去才知里头是不是藏了一段金玉。宁二姑娘以为呢？”

姜雪宁过去当了皇后之后，尤其是与萧姝争斗的那段时间里，的确是认认真真读了不少书的，就怕自己一朝计谋算不过，被人从皇后宝座上拉下来。便是当年在宫中伴读时，她都不曾那么刻苦过。

人习惯了自己所知，也就不觉得一些常挂在嘴边的话有什么不同之处，是以方才抬杠答卷时，她才会毫无防备地以此作为论据来驳斥圣人言论。

殊不知，正如谢危所言，寻常女儿家谁读这个？！

她一时眼神闪烁，绞尽脑汁地想找到个合适的借口，却不想谢危已夹了答卷从殿上走下来。

到得她身边时，脚步才略略一停，他竟道：“你现在是在想，要找到怎样的理由才能说服谢某，不让你这一张答卷通过，好逃掉当伴读的事，离宫回家吗？”

姜雪宁见他近了，不由得退了小半步。

谢危却一下笑起来：“若如此，宁二姑娘实在不必在谢某这里白费什么力气了。一则，几日之前令尊便已托谢某在宫中对宁二姑娘多加照顾；二则，燕世子昨日来央我抄了一份题卷去，也请谢某好生教导宁二姑娘；三则，古人言，滴水之恩，涌泉相报……”

姜雪宁下意识地抬眸看他，又生出了那种不妙的预感。

谢危眉目间一片平静，一袭青衫，有如巍峨高山，只道：“宁二姑娘入选伴读也有几日了，竟不曾听说过吗？入宫做伴读的名单虽是由各家呈交，经礼部擢选，可礼部定的名单，最终也要递到谢某这里过目定夺之后才能下发。也就是说，你的名字，早从谢某这里勾过一遍了。”

他若不同意……任何人的名字都能从名单上被画去！

他这番话简直如雷霆落下，瞬间把姜雪宁炸蒙了。

于是先前那个“到底是谁要搞我进宫”的疑惑彻彻底底得到了解答，让她有一种近乎崩溃的了悟——原来不是“谁要搞我”，而是“谁都要搞我”！

姜雪宁整个脑袋一时成了一团乱麻。

她想骂人。

谢危却静静地看着她，目中掠过几许深意，突地笑了笑：“你这般不愿入宫做伴读，是怕我杀你灭口？”

第十章
有光

秋意已深，即便是正午时分，日头高照，也减不去风里那一阵渐渐刺骨的寒意。

谢危便站在殿门口，身形颇高，正好将殿门外穿进来的那一片光挡了，将姜雪宁略显纤细的身形都笼罩在了他的阴影之中。而这一刻，她睁大了眼睛，也无法分辨在逆光的模糊光景中，谢危到底是什么样的神情。

她怕吗？

怕的。

她很怕。

这一刻，姜雪宁忽然觉得好累，浑身的力气都像是被人卸光了一般，终于彻彻底底地不再遮掩，眨了眨眼道："我只是一介闺阁小姐，在朝中既无势力，更无野心，甚至除了家父以外，与谢先生再无任何交集。于谢先生而言，我是一只先生略施手段便可捏死的小小蝼蚁，并不能对先生造成任何威胁。若我说我害怕，但从头到尾并无背后告发、加害先生之意，先生愿信吗？"

谢危沉默良久，反问她："你若是我，你敢信吗？"

不是愿不愿，而是敢不敢。

姜雪宁轻轻地垂下头来，一段修长白皙的脖颈即便在发暗的阴影中也如雪色一般。

这时她还真设身处地地想了想。

若她是谢危，最少从四年前开始便有一番自己的筹谋，却因为病中糊涂或身在绝境中有一瞬间的不理智，而对当时身边唯一的人道出了些许惊世骇俗之语，但事后偏又逃出生天，她会相信这个人能永远守口如瓶，不对任何利益相关者吐露这个秘密吗？

姜雪宁眼睫颤动，尽管内心万般不愿，却也不得不承认，慢慢地道：“我，不敢信。”尽管那威胁可能只是尘埃般那么一点，但千里之堤毁于蚁穴，焉知他日不会因这一点而功亏一篑？

谢危相信她，放过她，那便无异于将自己全部的筹谋甚至自己的项上人头置于险境，任何时候都要担心：这个人会不会抓住机会便算计我，什么时候会在背后捅我一刀……

想明白这一点，姜雪宁确信，自己必死无疑。曾经匕首划过脖颈时的痛楚几乎在她有了这个认知的同时冒了出来，让她交叠在身前的双手控制不住地颤抖起来。但偏在这一刻，她竟不愿表现出恐惧之意。

她用力攥紧了自己的手指。

谢危又问她：“那宁二姑娘觉得，当四年后忽然有一天，我发现那个知道我的秘密的小丫头并不是我以为的那般天真无知，我该作何揣测？”

姜雪宁道：“她装疯卖傻，试图保命。”

谢危的目光垂落在她过于用力的手掌上，他道：“所以，若你是我，会不会除掉这个人呢？”

姜雪宁微微闭上了眼：“可先生，我不想死。”

谢危便又沉默下来。

这段时间忽然就被无限地拉长，极度紧张的气氛里，姜雪宁觉得自己如同一只待在铡刀旁的羔羊，不知道什么时候便会被放在那利刃之上。

谢危凝望了她很久，似乎在考虑什么。

末了，他竟然向她伸出手来，缓缓地道：“你不是我的威胁，真正的威胁是，我不敢信你，却又想要信你。宁二姑娘，谢危不是不记恩的人，只是你所表露的种种并不在我的意料之中。我需要看清楚你是一个怎样的人，又是不是值得我冒险信任。我并不想除掉自己的救命恩人，所以，这半年做伴读，还请你好好待在我的眼皮底下。”

他说话时，修长的手指轻轻抚了抚她的头顶。

姜雪宁怔住。

谢危又道：“虽然你并不愿待在宫中，但这是我目前唯一能说服自己，可以不立刻杀掉你的办法了。请你把四年前的事埋在心底，成为永远只有你和我知道的秘密，不要逼我，也不要再惹我生气了。”

说罢，他收回手，转身从殿内走了出去，从暗处走到明处。

外头的天光终于将他的整个身形都照亮了，苍青的道袍衣袂飘摇，他行走在朱红色的宫墙下，渐渐远去。

回到仰止斋的时候，姜雪宁整个人简直像是刚被人从水里捞出来的，脚步虚浮，脸色煞白。

方妙正坐在廊下，掐着手指算过去了多久呢，考虑着一会儿若真过去两刻，自己要不要去“救”这位姜二姑娘。

她总觉得对方像是在开玩笑，结果一转头就看见姜雪宁这般模样地回来，惊得她直接站了起来：“姜二姑娘，你、你这是怎么了？”

直到这时她才意识到，姜雪宁先前说的话也许并不是开玩笑。

可……可朝野上下谁不知道谢危是何等好相处的人？姜二姑娘这到底是要去争论什么，才能被个圣人脾气的谢先生吓成这样？

姜雪宁却没有回答，径直进了自己的房间，转身将门合上，这才背贴着门慢慢地滑坐下来，用双手盖了自己的脸，贴在屈起的双膝上。直到这时，她才能清晰地听到自己的心跳与呼吸声。

她还活着。

北面那扇小窗上，有阳光透过雪白的窗纸照进来，细微的尘埃在空气里浮动，如同水里游动着的光点。姜雪宁抬起头来注视了那些尘埃许久，然后才忽然笑出声来，畅快地笑，也自嘲地笑。

谢危竟然说不想杀她！

这样一个诡诈的人，她该信吗？

可如今的她既不是皇后，手中也不握有任何权柄，不过一个闺阁女子，便是出门被山匪杀了，怕也溅不起多大的水花，想遮掩的人自有千万般手段来遮掩。

豺狼有必要欺骗蝼蚁吗？

没有的。

那曾经的谢危又为什么要对她说出那样一番可怕的话来？

这疯子觉得吓她很好玩？

或者，谢危态度的改变，是因为她如今的改变？重新归来还不到一个月，她所能做的事少之又少，真正论来，只有一件。那便是她没有在理所当然地享受着燕临对自己的好时，却开始筹谋着去勾搭沈玠。

如果这的确是谢危对自己的态度有差异的原因，而这时燕临甚至没有去投谢危，那么她便可以相信：曾经的尤芳吟对她吐露过的二十年前前朝的隐秘，八成是真的！

那谢危会屠戮皇族和萧氏，实在不足为奇，甚至情有可原。

这一瞬间，姜雪宁竟觉着这人实在有些可怜。可转念一想，她泥菩萨过河自身难保，哪儿来的资格去怜悯一个正手握自己性命的上位者呢?

“半年，半年……”她缓缓地闭上了眼睛，在心里将这个时间念了又念，终于缓缓地吐出一口气来，“避无可避，不如见招拆招！”

躲得了当然好，可实在躲不了，她也不想引颈受戮。

若谢危先前的一番话都是真的，那自然最好，半年过后出宫，她便可逍遥自在；若谢危是诡诈心性，一番话不过骗她，那这半年她待在皇宫，反而是她所能做的最安全的选择。谢危再如何行事，在宫中也总是要顾忌几分的。

退一万步讲，对她来说最差的情况不过就是重复曾经的老路，她豁出去继续勾搭沈玠，当上皇后再慢慢地跟谢危搞！

想明白自己接下来如何行事之后，姜雪宁又在原地坐了好一会儿，终于觉得腿上有了些力气，于是重新站起来，替自己洗漱，清醒清醒，然后稍微收拾了一下行囊，准备出宫。

这三天入宫不过是为了学规矩外加再次擢选，真正伴读是两日之后，最终被选上的人回家辞别父母，略收拾后再次入宫，仿效朝中官员实行休沐制，入宫为公主伴读后，每隔九日可回家两日。

学问考校的结果出来之后，乐阳长公主沈芷衣便派人赐了许多东西下来，选上的和没选上的人都有，不过选上之人多加了一套文房四宝。

姜雪宁随众人出宫前，沈芷衣还亲自来送了。

沈芷衣拉着萧姝的手说了好一会儿话，又拉着姜雪宁的手说了好一会儿话，这才让身边的管事太监黄仁礼带着一干宫人，领她们出宫。

姜府派来接人的马车早在宫门外等待。莲儿、棠儿侍立在马车旁，远远看见她从宫门口走出来，高兴得直跟她挥手。姜雪宁与其他人道别后，上了马车。

棠儿看出她似乎有些累了，忙将车内的引枕放好，扶她靠坐下来，打量她时未免有些担心：“姑娘这些天累坏了吧？”

姜雪宁心道累是真的，怕也是真的，当下只慢慢闭上眼，考虑了一番后道：“一会儿回府后，我先睡上一觉，你派个人去勇毅侯府递话，约燕世子明日酉时在层霄楼见，就说我有事想跟他说。”

要知道，以前二姑娘和燕世子玩，大多数时候是燕世子找上门来，所以渐渐地连她们这些丫鬟都习惯了时不时看见燕世子大大咧咧地出现在姜府的院墙上，或者姑娘的窗沿上，极少有二姑娘主动约燕世子出来的情况。

棠儿听着姜雪宁声音平静，却不知为何忽然生出几分心惊之感，但也不敢多问，轻声应了。

姜雪宁闭目小憩。

马车一路从宫门外离开，只是走出去还没多远，外头就忽然响起了一道压低的声音："二姑娘，二姑娘！"

姜雪宁觉得这声音好像在哪里听过，睁开了眼。

外面赶车的车夫见着人，已经及时停了下来，转头向着车帘内报："二姑娘，是个姑娘，好像要找您。"

姜雪宁一摆手，让莲儿掀开了车帘一角，朝外面一看，竟然是尤芳吟！

尤芳吟今日穿着一身月牙白的衫裙，只是看着不怎么新，头发绾成了髻，却没戴什么头面。一张仅能算是清秀的脸上写满了忐忑与紧张，两手都揣在袖中，似乎捏着什么东西，但隔着袖袍姜雪宁也看不清。

尤芳吟的紧张仿佛都因此而起。但在越过车帘，看见坐在车内的姜雪宁时，她一双眼一下就亮了几分，连着眼角那一颗微红的泪痣都像是缀满了光。

姜雪宁竟被这呆板木讷的脸上忽然迸出的一丝明丽与鲜活之色晃了下眼，一时没反应过来，看了她一会儿。

只在这一会儿间，尤芳吟又变得紧张起来，先前那一抹明亮迅速消了下去，重新被她原本的怯懦与畏惧取代。

她磕磕巴巴地开了口："我、我、我……"

姜雪宁一看便叹了口气，道："上车来说吧。"

姜雪宁看她这模样一时半会儿是说不清楚了，总不能叫她一直在车外站着。

车夫便搬了脚凳，退到一旁，让尤芳吟扶着车辕上了车。

姜雪宁让她坐到了自己的对面，道："什么事找我？"

尤芳吟坐下之后未免有些手足无措，身体绷得紧紧的，想了半天都不知道说什么，看了她两眼，似乎深吸了一口气，鼓起勇气，才将自己藏在袖中的东西取了出来。

那竟是一个简单的方形匣子，扁扁的，看起来装不了多少东西，且是很容易见到的酸枝梨木，并不名贵。她却用双手捧了，将它递向姜雪宁，期期艾艾地道："是、是想把这个，交给二姑娘。"

姜雪宁猜大约是自己救了她的命，她买了些东西来报答自己吧？可她实也不求尤芳吟的报答，当下并不伸手去接，只放软了声音道："你在府中的处境原也不好，有什么东西还是先留在自己手里，便是想要报答，也等自己的处境好些以后再说吧。"

"不、不是……"

尤芳吟听了她的话便知道她是误会了，脑子里有一箩筐的话想说，可她嘴笨，话到喉咙口愣是没办法说完整，且在姜雪宁面前又不知怎么的格外紧张，所以越发显得木讷笨拙。

她只能将这匣子放到姜雪宁的手中："这一定要给二姑娘的，都、都是您的。"

她的？

姜雪宁实在不记得自己给了她什么东西，见她如此坚持，倒是有些被她这执着且笨拙的模样打动，笑了笑，道："那我看看。"

她抬手翻开了匣子，下一瞬间，便彻底怔住——这简简单单的匣子里装着的竟然是薄薄一沓银票，旁边压着一个绣工精致的月白色香囊。

银号是如今京中最大的银号，每一张银票都是百两，姜雪宁手指轻颤，拿起银票略略一点，竟有二千五百两之多！

一个小小的伯府庶女如何拿得出这么多钱来？

在看到这些银票的瞬间，她便忽然明白了什么，眼底微热，几乎便有泪要滚下。可她还是抬起头来问尤芳吟："你哪里来的这许多钱？"

尤芳吟眨了眨眼，好像不明白她为什么这么问："不是姑娘教我的吗？拿了钱去江浙商会外面找一个叫许文益的商人买下生丝，然后等半个月涨价了再卖出去。我、我买了整整四百两的丝呢！"

她竟真的去做了……姜雪宁差点哽咽。

可看着这些银票，她依旧算了算，道："四百两银子的本，赚三倍也不过多一千二百两，你手里撑死也就连本一千六百两银子，如何有二千五百两之巨？"

尤芳吟老老实实地道："卖是只赚了一千二百两，可卖完丝后，许老板无论如何都说要给我添两千两，我拗不过，劝了好久，他才答应只添九百两作罢。"

姜雪宁疑惑地问："许老板给你钱？"

尤芳吟小鸡啄米似的点头，一说起这个来，两只眼睛便亮晶晶的："是呀。我的丝卖出去了，许老板的丝也卖出去了，赚了好多钱的。他家乡的蚕农知道这件事后也很高兴，让许老板转告我说，若明年芳吟还想继续做生丝的生意，到时可以匀一些好的货给我，叫我只交一半的定金先拿去卖都行呢！"

许文益的丝卖出去了……姜雪宁的眼皮都跳了一下："他知道丝价会涨？"

尤芳吟只看她神情似有变化，刚才亮起来的眼睛又有些收敛起来，声音也小下去很多，嗫嚅道：“他问我，我就告诉了他。但、但您放心，我都没有提及过您的身份，许老板问我您是谁，我也没有说一个字。”

姜雪宁捧着这匣银票，简直不敢相信自己听到了什么。

第一，曾经的尤芳吟不过只在这场生丝交易中赚了三倍的钱，可现在这个尤芳吟拿出去四百两，收回来二千五百两。

第二，这个傻姑娘自己发财就罢了，竟然还将消息跟许文益说了！

她眼神复杂地望着尤芳吟：“你怎么敢告诉他呢？这种消息说出去，会闯祸的。”

尤芳吟脸色都白了，两只手紧紧地攥在了一起，她张了张口，道：“可、可许老板是个好人……”

好人？

姜雪宁两世为人，除了张遮之外，都不知道“好人”两个字怎么写。

她道：“你怎么知道他是个好人？若他利欲熏心，只怕你今天都不能活着出现在我面前了。”

尤芳吟被她这么重的话吓到了，好半晌都只知道望着她，一双眼睛里面好似有千言万语，可她就是说不出一个字来。

姜雪宁长叹一声：“罢了。”她作势要将这匣子递回去，想反正这一次也没出事，只叮嘱尤芳吟以后小心些就是了。

她却没想到尤芳吟忽然又开口了，声音虽然因为害怕而有些发抖，可望着姜雪宁的眼神里竟有一种莫名的坚定与坚持：“二姑娘，我、我去江浙会馆之前问过的。许老板他、他的身家性命都在这桩生意里，而且他家乡的蚕农们都还在南浔等他卖了丝拿钱回去。我、我、我姨娘告诉我，一个人若有很多朋友帮他，也有很多人愿意相信他，至少他该是一个不坏的人。如果、如果我不告诉他这个消息，他怎么办？那些蚕农又怎么办？所以我、我才……”

姜雪宁怔住，下一刻却笑了出来，然而笑着笑着也不知为什么，心里一股酸楚之意涌出，先前强忍在眼眶里的泪全掉了下来，啪嗒啪嗒地滚落，把匣子里的银票都打湿了。

“傻姑娘……”

尤芳吟先见她笑了，脸上神色便跟着明媚起来，只以为她不追究了，甚至也觉得自己做得对。可还没等她高兴，姜雪宁又哭了。尤芳吟吓得手忙脚乱，慌了神，连忙举起袖子来给她擦眼泪：“您别哭，您别哭，都怪芳吟。芳吟知道错了，以后再也不对别人乱说了……”

姜雪宁听她这般说话，泪越发止不住。

尤芳吟都跟着哭了起来，自责极了：“姑娘希望我赚钱，那一定是芳吟不够好，这一回赚得还不够多。您别哭了，下一次、下一次我一定更认真地学，下一次一定给姑娘赚更多，很多很多……”

这真的是个傻姑娘啊！

姜雪宁哭着，又想笑，万般感受都翻涌上来，却化作一种更深更沉的东西，实实地压了下来，让她从不着边际的半空中踩到了地面上。她控制不住地哽咽起来，当下垂眸看着那一匣银票，又把头抬起来，似要止住泪，说道：“不，很好了，你真的已经做得够好了。”

是我，是我不够好。

★

姜雪宁从不否认自己是个很自私的人：比起现在这个尤芳吟，她内心深处曾卑劣地希望来到这里的是那个熟悉的尤芳吟。

可这种卑劣终究有限，她无法坐视这个尤芳吟被人加害，也无法去想象自己放任这一切发生后又将怎样与另一个尤芳吟成为朋友，所以救了对方，却看不惯对方的怯懦，看不惯对方与另一个尤芳吟不一样的地方。

可这个尤芳吟凭什么要成为另一个尤芳吟呢？

她只是在过自己的人生罢了。

而自己虽然救了她，却并没有资格对她的人生指手画脚，也并没有资格对她的任何选择表达失望——更不用说，她竟然真的照着自己的指点去做了，去买生丝，去学记账，走出了寻常女子不敢走出的后宅，然后将她满满的感恩都放进这一个小小的匣子里……

姜雪宁过了好一会儿才平静下来，望着尤芳吟道：“接下来呢，你有什么打算吗？”

尤芳吟见她终于不哭了，才稍稍安心，这时愣了愣，想了想道：“赚钱，赚更多的钱，让二姑娘高兴！”

她这又是傻里傻气的话。

姜雪宁没忍住破涕为笑，只觉得这个尤芳吟实在是太认死理了，可转念一想，不管原因是什么，对方想多赚钱并不是一件坏事。对现在的尤芳吟来说，没有比这更好的选择了。

不过，在这之前也有需要解决的问题。

她记得先前在宫中时听沈玠提过一句，说查出漕河上的丝船翻了是官商勾结，哄抬丝价，想要从中牟利。

姜雪宁道："你们的生丝卖出去前后，可听到过什么不同寻常的消息？"

"有的。"尤芳吟连忙点了点头，神情间还有几分畏惧之色，道，"就在前天，好多会馆里都来了官兵，抓了六七个大商人走。听许老板说，都是生意场上排得上号的大商人，有好几个人先前跟他提过要低价买他一船的生丝。可他当时觉得价钱太低，连回去给乡亲们的钱都没有，就没有答应。没想到我们的丝刚卖出去，他们就出事了，还听说好像是因为什么哄抬丝价。我和许老板都很怕，但等了两天也没人来抓我们。昨天晚上，我们府里有个管事被带走了，好像是说他家里哪个亲戚在漕河上哪个官员的府里认识人，不知道是不是被牵连……"

姜雪宁听着前半段还好，待听见尤芳吟说清远伯府有个管事被抓起来时，头皮都炸了一下。若是官商勾结故意翻船哄抬丝价这种大案，没道理连清远伯府里这些小鱼小虾都要过问，光抓着的那些官员和商人便足够折腾一阵了。可官府连管事都抓？

她慢慢抬起手来压着自己的眉心，尽管没有任何证据，可现在敢断定：一定有人在暗中查尤芳吟！或者说，是在查尤芳吟背后的自己……

曾经的尤芳吟到底从这一桩生意里赚了多少，又是不是同许文益说了这件事，姜雪宁并不清楚。但她知道，尤芳吟既然敢借印子钱来做生意，必定是因为提前知道了确切的消息，所以才敢放手一搏。

那倒推回去，清远伯府里有人会被查出来是情理之中的事。因为当时的尤芳吟刚过来不久，不可能有什么自己的人脉去得知这个消息，那么，多半是机缘之下偶然得知。

如今的尤芳吟是从自己这里得到这个消息的，却与她记忆中的尤芳吟做了同样的事，甚至可能因为她的善意而引起了旁人对这件事的关注，旁人这才捉住蛛丝马迹去查她，且必然是排查了她接触过的所有人，然后才能查到这个管事身上。

若真如此，这管事多半是为自己背锅了。

尤芳吟看她神情变幻，心底的不安感也渐渐大了起来，忐忑地道："是不是有人在查这件事，而我很有可能牵累到姑娘了？"

姜雪宁轻轻地吐出了一口气。她感觉到了有人在暗中窥视自己，但如果有人为她背锅的话，也许那人还没来得及查到自己身上。毕竟谁能想到，她这样一个与漕河毫无联系的闺阁小姐，竟会知道这种消息呢？

这是一件不符合常理的事。所以即便她的名字在排查名单上，只怕也会下意识地被人忽略。那么，尽管情况似乎有些棘手，但她依旧能够亡羊补牢。

姜雪宁对尤芳吟道："不管以后你要做什么，行事都必须小心。以前未对那位许老板提起我一个字，往后也不要多提一个字，尤其是我的身份。我不知道你今日来找我后面是不是有人跟着，但不管有没有，你都当不知道这件事，而我也不是曾指点你什么诀窍的人，我只是你很感谢的救命恩人。明日你去买些东西，然后偷偷溜出府，到姜府侧门悄悄拜访我，我正好交代你几句话。"

尤芳吟面上一肃，显露出前所未有的认真神色来。她用力地点了点头，可随后便皱起了眉："我若鬼鬼祟祟地来，不更叫旁人怀疑吗？"

"要的就是他们怀疑。"姜雪宁一双眼底覆上了些许阴影，尽管不知道暗中的对手是谁，可她必须格外小心，也对尤芳吟解释了一句，"一则财不露白，你若赚了钱，大张旗鼓地买东西来谢我这个救命恩人，实在奇怪。且你在伯府中也是小心翼翼的，偷偷来看似引人怀疑，可细细追究下来，这才是最合乎你的处境的办法。"

尤芳吟听得似懂非懂。

姜雪宁却笑道："若你有一日要最大限度地打消一个人对你的怀疑，一定要让他先怀疑你，再让他自己否定自己的怀疑。因为人习惯怀疑别人，却总是很相信自己。须知，天底下藏在暗处的聪明人都是很难对付的。"

尤芳吟垂着头，若有所思。

姜雪宁接着便将那装着银票的匣子递了回去，道："钱你拿回去吧。"

尤芳吟怔住："我带来就是给姑娘的！做生意的钱是您给的，赚钱的法子也是您说的，连我的命都是您救的，这钱您若不收，我、我……"

她两眼一红就要哭出来。

姜雪宁却只将那匣子里的一枚月白色香囊拿了起来，道："你上回撞倒了别人的小摊，为的便是这个吗？"

月白色的底上用深蓝的线绣着牡丹，里面还夹杂着几缕暗金花纹，是用金线一针一针刺上去的，针法很是别致。

尤芳吟没想到她竟然知道自己那天傻傻笨笨地撞倒人家的摊子的事情，一时脸颊都红了，两手放在膝盖上，无所适从地嗫嚅道："我只是从商行回来的路上看见了，觉着里面有个香囊针法很特别。我什么也不会，第一回见姑娘的时候还撞落染污了您的香囊，所以便想要绣一个更好的给您……"

姜雪宁凝视着手里的香囊没说话。

尤芳吟却难得说到了自己擅长的事，眼睛重新亮了些，道："这绣法我学了好久才学会的，而且这块布料也是上一回在许老板那里见到了他们南浔的一位蚕农，说是自家的丝织的绸，正好剩下来一小幅，送给了我。我想这是我第一次做生意，还是二姑娘教的，正好拿来绣个香囊。好看吗？"

"好看。"姜雪宁心底暖融融的，又险些掉泪。

她将这香囊攥在了自己手里，道："钱不用，但这个香囊，我收下了。"

尤芳吟抬起头来，似乎还想要说什么："可——"

姜雪宁却伸出手来，将她搂在了怀里，抱了抱她，轻声道："你今天带给我的东西，比这些钱都重要。"

尤芳吟愣住了。

姜雪宁的怀抱是温暖的，甚至是温柔的，声音也如梦呓般飘浮着："谢谢你，还有，很抱歉。"

很抱歉，我误会了你。

很感谢，你告诉我，原来我可以。

这一天，谢危告诉她：你什么也无法逃避。

也是这一天，尤芳吟告诉她：你有能力去改变结局。

尽管如今很多事情的轨迹似乎与姜雪宁记忆中的过往并没有太大的偏离，可每一件事又与曾经有差别。

尤其是尤芳吟的事。

姜雪宁本以为救了她，这也还是一个怯懦、一事无成的尤芳吟，与其说是对她的失望，不如说是对自己无法改变什么事的失望。

可尤芳吟去做了，还做成功了。甚至严格算来，她比姜雪宁曾经认识的尤芳吟做得还要成功。尽管尤芳吟留下了一些首尾，可那比起她今天所得到的，又有什么要紧呢？

尤芳吟既不知道她今天为什么哭，也不知道她刚才说的这句话是什么意思，可从这个怀抱里，她感觉到了一种前所未有的柔软。

那由她带来的匣子，又被放回了她的手中。

姜雪宁向她道："明天来找我。"

尤芳吟抱着那匣子，愣愣地点了点头，从车上下来，忍不住回头看了她一眼，才将那匣子藏回袖中，慢慢地顺着长街走了。

姜雪宁看着她走远，越来越远，最后却从车里出来，站在了外面的车辕上，眺望着她的身影，直到再也看不见。

谢危卷着那几张答卷从宫内顺着朱雀长街走出来时，望见的便是这样的一幕。

马车停在路边，姜雪宁站在车上远眺。秋日难得晴朗的天空里，晚霞已经被风吹来，而她便站在这霞光中。

姜雪宁回身要钻回车里时，一下就看见了停在不远处的谢危。

她本该是怕的，可也许是今日见到这样的尤芳吟太过高兴，此刻看见本该是面目可憎的谢危，竟也觉得顺眼了好多。她弯了弯唇，向他颔首，道了一声："谢先生好呀。"

谢危没有回应，只觉得她唇边那一抹笑便像今日的天一般，忽然挥开了身上所有压着的阴霾，有一种难得晴好的明朗。

姜雪宁也不需要他回应什么，只不过是这么打一声招呼罢了，然后便进了车内，叫车夫重新启程，向着姜府的方向行去。

快到宫门下钥的时间，很多临时被召集入宫议事的大臣也陆续出宫，半道上看见谢危立在那边，不由得道："谢少师在这边看什么呢？"

于是谢危收回了目光，转而望向那天。

近晚时分，天空格外瑰丽，头顶最高处是一片澄澈的深蓝，继而向西，渐次变作深紫、赤红，而后金红，金乌沉坠，然后收入西边那一抹镀了金边的黑暗中。

也不知为什么，他笑了笑，只回那位大人道："风日真好。"

卷二

奉宸殿，韶光逝

第十一章
报复

“吕老板，谢先生来了。”

天色暗了，街道上已经甚少有行人走动，大半的铺面已经关闭，但临街一栋楼的二楼上，幽篁馆外面挂着的灯笼还亮着。

后面的暗室外，有小童通禀。

吕显正坐在里面，看着下面递上来的结果，很不满意地皱起了眉头。听见通传的声音，他便骂了一声：“早不来晚不来，平日八抬大轿请都请不动，一跟他说这儿来了几块好木材就自己来了，合着老子还不如两块破木头！”

说着，他“啪”一声把密报摔在了桌上，起身朝外面走去。

幽篁馆内专设了一间给客人试琴用的琴室，吕显推开门进去的时候，就见自己的小童已经十分自觉地在屋里放了个烧炭的暖炉，还给谢危沏了他这里最好的碧潭飘雪，一时鼻子都气歪了。

吕显走过去就拿手指头戳小童的脑门：“他来买块木头才多少钱？你给他端个炭盆沏壶好茶，你老板我还赚什么？长长脑子不行吗？”

小童幽幽地看了他一眼。

自家老板就这抠门德行，改不了的。且谢先生哪次来喝的茶差了？就算他不沏，老板等会儿只怕也会自己乖乖地去沏。但他也不反驳什么，默默地退出去，还把门给带上了。

吕显气得瞪眼：“看看！看看这些个下人多没规矩！这幽篁馆到底谁是主人？”

谢危此刻盘坐在临窗搁了一张方桌的罗汉床上，因为畏寒，腿上还搭了张薄薄的绒毯，闻言只轻轻地笑了一声。

吕显走过来就发现他在看东西，十来张写满了字的宣纸，应该是被卷着来的，两头还有些翘起，看模样竟像是答卷。谢危眼下瞧着的，就是上面的那张，看着看着便不由得将一根手指搭在唇边上，竟笑出声来。

这狗爬字……吕显只看一眼就觉得眼睛疼。

他直接掀了衣袍下摆，坐到了谢危对面，面色古怪地道："听说你今天入宫是要去考校为公主选上来的伴读，这些不会都是那些个世家小姐的答卷吧？这字也忒丑了……"

谢危却并未接这话，只随手将下面十一份答卷抽了出来，轻轻一松手，全扔进炭盆里烧了，只留下方才看的那一份，卷起来收到一旁，这才略略扬眉道："你这儿来了上好的楸木？"

他不开口则已，一开口噎死个人。

如果不是眼下在为此人做事，吕显敢保证，像谢危这种人，出门就要被他打死！当下他冷冷地扯开嘴角，道："上好的楸木是有，但我这里有两个坏消息，你要先听哪个？"

谢危便轻轻叹了口气："你还在对那个尤芳吟耿耿于怀啊？"

早知道他便叫剑书来帮自己取木材了，何必自己跑上一趟？

吕显现在听不得这个名字，一听就炸，心里头压着一股邪火，总觉得自己是在被人耍着玩："你交代下去，让他们查。可这好几天查下来，有什么结果？"

早在得知许文益囤了生丝不卖的时候，吕显就觉得这尤芳吟有鬼，且背后还有个神秘的东家。不把这东家查出来，他心里面就跟猫在挠似的，毕竟是做生意成精且还斤斤计较的抠门老狐狸，可去买个生丝竟然被人捷足先登，反而使对方确认了生丝一定会涨，他差点没气得吐出一口血来。

这种事，吕显绝不能忍。

前几天他和谢居安定了个方向，觉着这件事与漕运、漕河上的人脱不开干系，便使人去排查尤芳吟最近接触过的人。

头一遍查，下面回说没有可疑之人。

吕显气得把人叫来大骂了一顿，又叫他们仔仔细细地重新把那些人查个清楚，范围扩大到整个尤府间接联系起来的人上。同时谢危那边向皇帝上书，陈明京中、江南两地丝价被恶意压低之事，以彻查官场上与此事有关的人。

这一下还真查出了结果。

漕河上的确有官员与商人联合起来，先是商人们恶意压低丝价，再使人弄翻漕河上运送生丝的丝船，如此供少于求，丝价自然暴涨。得利后，官商各分一半。

事情败露之后，官府自然查了一大帮官员和商人。

可尤府那边，就查出一个管事和漕河上某个官员家跑腿的家仆沾亲带故，事前的确听说过这个消息，还在尤府里喝酒的时候无意中吐露过。大家都当他是开玩笑，没当真，也没有人真的趁这个机会去买什么生丝囤着等涨价，就连那管事的都没当真。

“谢居安，这件事真的不合常理。”吕显用手指轻叩着那方几，跟谢危强调，“假设那个尤芳吟的确有命有运很敢赌，从这个管事那边得知了丝价会涨的消息，于是去买生丝，可她有必要编造出一个本来不存在的‘东家’吗？这个‘东家’的存在，对她不会有任何帮助。所以唯一的解释是，这个‘东家’的的确确存在！只是我们都还没有摸到他藏在哪里。”

谢危也垂眸沉思。

吕显却越说越沉郁：“这个人的行事完全不符合常理，知道消息，却只拿出四百两银子买生丝，可能是不敢做，但也可能是没钱。要么就是这一次的事情背后还藏着我们猜不到的深意。能看透的事情都不可怕，唯独看不透的事情，让我很是不安。”

谢危道：“如果你觉着查出一个管事来，还不足以消除你的怀疑，那便再派人跟那尤芳吟一阵。许文益的生丝才卖出去没两日，钱刚到手还热乎。这尤芳吟若真有东家，她必得去与‘东家’报个账吧？届时便可知道这‘东家’到底存在不存在，存在的话又到底是谁。”

吕显要的就是他这话，当下便笑起来，拊掌道：“那你可得派几个好手盯着，最好叫刀琴亲自去，万一人东家那边也是厉害角色，可别赔了夫人又折兵！”

谢危道：“刀琴可未必乐意去。别废话了，还有一个坏消息是什么？”

吕显这时便凝视着他，目光闪了闪。

谢危端了茶盏起来，修长的手指搭在天青的盈润釉色上，停住，忽地意识到了什么：“与勇毅侯府有关？”

吕显点了点头，他知道在谢危这里，但凡与勇毅侯府有关的都是大事——虽然他至今也不明白为什么。

此刻，他斟酌了一下才开口：“最近京中抓了平南王逆党，又出了好几起刺杀朝廷命官的事，皇帝显然被激怒了，由刑部与锦衣卫双管齐下，一起在查这件事，且内里还在较劲，看哪边先查出是谁在京中为这些逆党开了方便之门。世家大族里闹得人心惶惶，人人怕查到自己身上，即便与反贼无关，也怕被锦衣卫查出点别的什么来。可以说，大家都对锦衣卫避之不及。可你猜怎么着？燕世子那边收了个锦衣卫百户，叫周寅之，正为他活络，要顶上因张遮弹劾而空出来的那个千户的缺。今日已差不多定了，明日周寅之便会升上来。”

“锦衣卫……”

谢危一整日都在宫中，还不知道外头发生了什么事，一听吕显的此番言语，两道长眉顿时皱了起来，一张好看的脸上竟忽然笼上了一片肃杀之色。他不笑时很吓人，只沉声问：“勇毅侯府立身极正，向来不沾锦衣卫分毫。燕临怎会提拔这个周寅之？”

吕显得知此事的时候也觉得十分蹊跷，特意着人打听了下，此刻便注视着谢危道：“这周寅之原为户部姜侍郎办事，乃姜府的家仆，后来做到了锦衣卫百户。有人猜是燕世子受了未来岳家所托，也有人说这人是那位姜二姑娘荐给燕世子的。”

姜雪宁。

谢危的目光重落到那被卷起来的一张答卷上，想起自己今日在奉宸殿对她说的那番话，眼底一时有什么东西在翻涌。

他慢慢地闭上了眼，在考虑什么。

吕显却道：“这时机，这巧合，锦衣卫、勇毅侯府、平南王旧案，事情可简单不起来了。”

姜雪宁回到姜府时，天也晚了。

她过了礼仪与考校，最终被选为公主伴读的消息显然早已经传到了府中，她才从府门外下车往府里走，一路上看到的所有人都对她恭恭敬敬，恨不能一张脸上笑出十张脸的花。

那态度比起她入宫前，简直天差地别。

要不是一直以来对府里这些人的白眼和鄙夷印象深刻，只怕连姜雪宁都不敢相信这些人前后变化巨大的两张脸孔。

由此可见，能为公主伴读，得到宫内贵人们的青眼，是何等尊荣的一件事情。

姜伯游与孟氏也还没睡，都知道姜雪宁今日会回家来，所以在等着。

姜雪宁回府便去给二人请安。

显然，两人其实原本都对姜雪宁没抱太大的希望，尤其是听说学问的考校还是谢危去主持时，所以得知她居然过了考校，心底那种惊讶真是说不出来。原本两人准备了一箩筐安慰她落选之后不要伤心的话，这会儿全都没了用处，且与女儿本就有些生疏，也不知道该再说些什么，只能夸赞她做得好，也算为家里争光，除此之外便只能让她赶紧回屋好好休息了。

姜雪宁本就反感入宫这件事，一路听着恭喜过来，心内已厌烦到了极点，听他们叫自己回去休息，便面无表情地起身，都不客气半句，便道："那女儿告退。"

说完她便退了出去。

才从房内到走廊上，她就听见背后孟氏那扬起来的不满声音："你看看，选上一个伴读罢了，她竟已这般目中无人，还把我这个当母亲的放在眼里吗？"

姜雪宁的脚步一瞬间停住，垂在身侧的手指握紧。但立了片刻后，她还是抬步离开。

跟在她身边的棠儿、莲儿都将方才孟氏的声音听在耳中，此刻跟在姜雪宁后面亦步亦趋，一句话也不敢多说。

只是走着走着，棠儿、莲儿便发现她去的方向不对。

这……这不是去大姑娘屋里的路吗？

两人直觉要出点什么事。自家二姑娘是嚣张惯了的，往日欺负起大姑娘来一点也不手软，但这段时间反而没有什么动作。姑娘这是要故态复萌了？

两人对望一眼，有心想要阻拦，但一想到姜雪宁往日那脾气，又不敢了。

没片刻工夫，一行人就已经到了姜雪蕙的屋门外。

才端着水出来的丫鬟见着她吓了一跳，差点连铜盆都扔到地上去，脸色煞白，哆哆嗦嗦地喊了一声："二、二、二姑娘好……"

姜雪宁瞥她一眼，直接跨过门槛走了进去。

屋内的姜雪蕙已经洗漱完毕，将白日里绾起的发髻解了，乌黑的长发披散在肩上，一张脸上不施粉黛，长相虽差了些，可胜在气质怡然。便是见着她进来，姜雪蕙也不过轻蹙眉头，道："看这来者不善的架势，想必是母亲又给你气受，所以你要来给我气受了。"

姜雪宁笑道："我便是往你屋里走一步，她都要硌硬上半天的，不用给你气受，她自个儿便气了。谁叫我是姨娘养大的女儿，还跟姨娘学了一身轻浮腌臜举止呢？前两天是我脑袋被门撞了，竟想着要与人为善，得过且过，不跟她折腾。可今天我忽然就想通了，人活在世上，痛快最要紧。外头不痛快的事情都那么多了，回家还要受气，这日子过得未免也太苦。往后谁叫我不痛快，我便一定得想办法叫这人更不痛快。所以，我今晚给你讲讲婉娘，怎么样？"

★

姜雪蕙静静地望着她，一双乌黑的眼下仿佛藏了几分无奈，过了许久才道："你一直在等着我问，对吗？”

姜雪宁却跟没听到似的，直接吩咐她屋里的丫鬟：“玫儿，还不快去给我端盏茶来？话长，我可要慢慢讲。”

玫儿气得说不出话来。

然而姜雪蕙竟道：“去端。”

玫儿顿时愕然，直接叫了一声：“大姑娘！”

姜雪蕙没理。

于是玫儿憋了一口气，恶狠狠地瞪了姜雪宁一眼，才转身出去端茶。

姜雪宁笑道：“姐姐可真是好脾气。”

姜雪蕙却道：“毕竟发脾气也不能让你从我这里走出去。那么好脾气和坏脾气，也没有什么区别了。”

这还真是姜雪蕙说得出来的话。

过去她就是如此，被自己欺负，却依旧能保持端庄得体的样子，好像任何事情都不足以使她动怒。但人活在世上，若连一点脾气都没有，那也实在不像个真的人了。

姜雪宁听了她这番话，只信步在她屋内走动起来，去看那精致的榉木拔步床、雕漆缠枝莲的妆奁，还有那些刚刚熏过香的衣裙……这些东西她也有。但姜雪蕙的东西是孟氏给的，她的是自己争抢来的。

“你真的一点也不像是婉娘的女儿。”姜雪宁轻轻地拿起她搁在妆奁上的一串用红玛瑙穿成的手链，“自我记事起，婉娘就是一个很有脾气的人。我们那时候住在乡下的庄子里，因为是被府里赶出来的，所以很多人欺负我们，说一些风言风语。我很害怕，但她会从屋里走出来，站在屋檐下，笑着一句一句地骂回去。”

姜雪蕙微微闭上了眼。

但姜雪宁的声音一直在她耳边响起：“你不敢信吧？即便是在那样的穷山恶水里，就算是用最劣质的脂粉，她也总是把自己打扮得漂漂亮亮的。她会算账，会读书，会吟诗，还会骂人。她不跟那些村妇说话，因为从来不把自己当作和她们一样的人。就连别人家的小孩儿来找我玩，她也不许。她告诉我，我不是乡野里的农妇村夫的孩子，我和其他人是不一样的。那时，婉娘是我所能见到的，最不一样、最漂亮也最厉害的女人……”

姜雪蕙一直生活在这繁华的京城里，从来没有见过乡野间的生活，也无法去想象那里的村夫农妇是怎样粗鄙的模样，更无法想象一名女子站在屋檐下笑着和人对骂是什么场面……

华服美食，琴棋书画，这才是她所熟悉的。而姜雪宁所讲述的一切事情，对她来说都是陌生的。

“小时候，我在院子里面玩，捉蜻蜓，折桃花，婉娘偶尔会坐在屋檐下的台阶上看着我，有的时候也站在那一扇小小的窗后面看我。那时候，我只觉得婉娘那样的姿态和模样，真是好看；等稍稍大了一些，我才感觉到她看我的眼神其实很不一样，她总是在出神，总是在恍惚，好像是想到了别的什么。”

说到这里时，姜雪宁的声音忽然变得有些嘲讽，并在嘴角扯出了一丝微笑，仿佛这样就能将心内某种隐隐的涩意压下去。

“别人都说，婉娘是大户人家的小妾，而我是大户人家的庶女。总之是大户人家出来的。我便想，也许婉娘是想要回京城的吧。于是有一天，在婉娘又用这样的眼神看着我时，我跑进去，拉着她的手说，府里面不让她回京城没有关系。总有一天，我会带她回去，给她买最好的胭脂和衣裳，让别人再也不能欺负我们。”

这一段记忆于她而言实在已经是很久很久之前了，久到她都以为自己忘得差不多了，可真等说到时，却历历在目。

姜雪宁甚至还记得那天婉娘梳的是三绺髻，在柔软的耳垂上挂着一枚已经发旧的红珊瑚耳坠……

“她回望着我时，好像是动容了。我很高兴。可接着她的眼神一下就变了，竟然一下把我推开了。你知道婉娘跟我说什么吗？”姜雪宁把姜雪蕙那串红珊瑚手串戴在了自己细细的手腕上，垂着眼眸欣赏起来，“她叫我滚，还说我是贱人的种，叫我想回京城就一个人滚回去。”

她的皮肤很白，被质地极佳的红珊瑚一衬，像一片雪。姜雪蕙从这种极致的色差中只感觉到了触目惊心。

这手串好看是好看的，只可惜……跟婉娘一样，都不属于她。

姜雪宁忽然就感觉到了那种无处寄放的冰冷，笑起来：“婉娘以前对我很好的，我都不知道她为什么要骂我。我委屈地抱着自己，坐在屋檐下面哭，想着，也许婉娘是恨京城，所以怕我去了京城就不要她；也许婉娘是恨我爹薄情，所以才骂我是贱人的种。多可笑，多可怜？”

凝视着那手串半晌，她还是将其褪了下来，然后走回姜雪蕙身前，拉了她的手给她戴上，神情竟一派温然：“直到四年前，我知道了自己的身世，回想以往的一切，才明白她为什么骂我，又为什么用那样的眼神看着我……”

姜雪蕙慢慢地握紧了自己的手，只觉那红珊瑚手串戴到自己的腕上时，像是一串烙铁落在了她的皮肤上，让她的声音终于有了一丝隐秘难察的颤抖：“够了，不要再讲了。”

姜雪宁却跟没听见似的，继续道：“你看，上天多不公平呀。明明我跟你是被换掉了，便该拥有对方拥有的一切，有的东西，至少我也该有一份的。可偏偏，婉娘知道我不是她的女儿，她真正的女儿在京城；而我的生母恰好不知道你不是她的女儿，把你当成了她的亲生女儿来养，倾注了十几年的感情。于是我不仅没有生母的那份喜欢，连婉娘的那份喜欢也没有。你享受着她们两个人的爱，什么都有，可我……”

我什么也没有。

她好像听见那山间树里的风又从她心底吹过去，卷走一切，什么都不留下：“所以凡是你有的东西，我也要有；凡是你有的好东西，我都要抢。可有的东西，这一世我都抢不到。婉娘临死前都念着她的亲女儿，我都要嫉妒疯了，可你却不屑一顾……”

“啪”的一声，姜雪蕙一张脸终于冷了下来，她竟霍然起身，将姜雪宁先前戴到自己腕上的手串扯下来摔到了桌上，反问道：“我为什么要在意，为什么要过问？你嫉妒，那是你得不到；可你嫉妒的，未必就是我想要的。”

姜雪宁回望着她。

姜雪蕙的声音里有一种难得的凛冽：“婉娘固然是我的生母，可我从没见过她，更不用说是她居心不良在先，故意换掉你我二人，才招致后来的种种。一切可怜，皆起于可恨。宁妹妹，你是重情任性之人，我却不能够。我从小被母亲养大，学的是明哲保身。不过问婉娘之事，我负婉娘生恩；过问婉娘之事，我负母亲养恩。既然无论如何都无法两全，我又为何要让自己陷入不利的境地？且近二十年来，母亲对我悉心教养，纵然对不起你，可没有对不起我。你要我如何才能狠得下心肠去伤害她？”

说到这里时，她竟也显出了几分悲色，颓然地重新坐下来，道：“我知道你与母亲之间如今已隔了鸿沟天堑，可四年前你刚回府时，母亲也是想要补偿你的。但你总是提起婉娘，又不服管教，处处戳着她的痛脚，便是有十分愧疚都被磨没了，反叫她时时想起婉娘。我劝过你的，可你也恨我，不听。”

毫无疑问，姜雪蕙是个聪明人。

但这种聪明，总叫姜雪宁觉得发冷：“这天底下，并不是人人都能做到跟你一样，事事权衡利弊，凉薄得近乎冷血。”

姜雪蕙道：“所以你恨我是应该的，我也从不报复你。”

姜雪宁一下没有忍住笑出声来，好像今日才真正认识她一般。她望着姜雪蕙，恍惚地呢喃了一句："我以前怎么没发现，你才是那块做皇后的料呢……"

这声音太低，轻得仿佛呓语，姜雪蕙并没有听清。但这并不妨碍她下逐客令："今日已说了这么多，想来母亲也要硌硬上好一阵，猜忌我好一阵了，你痛快了，该走了吧？"

姜雪宁便道："是该走了。"只是往外迈出两步之后，她又停下，回眸用一种深深的目光望着姜雪蕙，"我晚上做梦总是会见到婉娘呢。不过，你没见过她，该是梦不到的吧？"

说完，她才笑了笑，转身出去。

姜雪蕙坐在屋内，只看着那一串已经被摔散了的红珊瑚，垂眸不语。

孟氏是第二天一早起来时，从身边伺候的大丫鬟口中得知昨晚姜雪宁去蕙姐儿屋里坐了好久还说了好久的话的事的，气得浑身颤抖，把屋里的茶盏都摔了。

据说她还骂了好几句。

她使人来唤姜雪宁去"说话"，姜雪宁才懒得搭理。

从宫里回来，姜雪宁也的确很疲倦，当晚就睡了个无梦的好觉。

孟氏那边的人来时，她正将热热的面巾搭在脸上。听见说孟氏叫她，她只笑了一声，声音混着热气往上走，模模糊糊，轻飘飘的："今日我要待客，晚点还约了燕世子，怕没时间去给母亲请安呢。只请转告母亲，往后对我客气一点，别来使唤我。不然，我自有本事叫满京城的人都知道她疼爱的'女儿'是什么身世……"

★

那来传话的丫鬟本是气势汹汹地来的，因知道主母生了气，猜姜雪宁怕没什么好果子吃，所以对她说话时颇不客气；可等到走的时候，却是脸色煞白、浑身发软着走的，因为被姜雪宁这毫不掩饰的威胁吓到了，更恐惧于一会儿回去之后要怎样将这番话转告给孟氏听。

莲儿、棠儿本都以为自家二姑娘这段时间以来脾气见好，是越来越通情达理，也越来越平和了。

哪里能料到她忽然说出这样一番话来?

两人都吓了一跳，再伺候她时难免多了几分战战兢兢，且还有几分担心："二姑娘，夫人毕竟是当家主母，这样会不会……"

姜雪宁把搭在脸上的脸帕扯了下来，随手扔进前面的铜盆里，一张粉黛不施的脸上染了几分热气熏出来的微红，越发如刚剥壳的鸡蛋般嫩滑，素面朝天也水灵剔透，没了妆容的遮挡和修饰，五官的精致与出色反而越发明显。

她道：“这难道不也是我的家？”

况且她还要进宫待半年，怎么说如今也是长公主身边的伴读，虽然她并不喜欢这个身份，也并不喜欢自己眼下的处境，可孟氏就算再恼火，还能把她怎么样不成？孟氏疼爱姜雪蕙，必然投鼠忌器。

她洗漱完便叫莲儿去沏了一壶茶，又吩咐棠儿道：“一会儿伯府的尤姑娘会过来，你找个机灵的嘴巴严的人，往门房那边多盯着些，别让人随便就给拦在了门外。”

这一回出宫她只能在家里待两日，要再次指点尤芳吟，再收拾一下上一次指点她后留下来的首尾，留给姜雪宁的时间可不多。

更不用说还有燕临那边的事。原本勇毅侯府出事的时间虽然渐渐逼近，但毕竟还有一阵，她可以慢慢地利用，给燕临做好足够的铺垫和准备，再同他说清楚，也许他可以更好地接受，如此才不会恨上她。

可计划全被入宫伴读这件事打乱了。若她入了宫，行事必定不方便，也不是什么话都敢在宫里讲，可再出宫却要十日之后。若不趁这一次说清楚，再往后，她只怕没有说出口的机会了。

一大早起来，尤芳吟便给那个与自己相熟的门房悄悄塞了一角小小的碎银子，因裙钗朴素，倒也不需怎样乔装改扮，看起来就像是府里的丫鬟，且还是不大体面的那种。她从府里溜了出来，走出门时还着意向四周仔细望了望，仿佛怕有谁跟着自己。

但其实她这种张望并没有任何意义。真要有人跟踪，怎么会那么轻易便被发现？

比如在她从清远伯府走出来的那一刻，道边不远处的馄饨摊子旁就有一名貌不惊人的蓝衣少年轻轻放下了筷子，又从腰间摸出几枚铜板，搁在那油腻腻的小桌上，起身便远远地跟了上去。

刀琴这会儿心里早就骂开了：姓吕的一天到晚使唤不动先生就使唤先生的手下，看不得他们闲着，竟然给他找了跟人这种苦差事！一个小小的伯府庶女有什么好跟的？若让兄弟们知道，怕不以为刀小爷我是那穷街陋巷里的下流猥琐之辈？

尤芳吟穿过了两条街，进了一家绸缎铺子。

刀琴在不远处的楼上看着，没一会儿就看见她抱了一匹上好的杭绸出来。这时他还没什么感觉。

但没过一会儿，尤芳吟又走进了一家笔墨铺子，买了两管上好的笔、一方不错的砚；接下来是胭脂水粉铺，也进去买了一些，出来时是被老板笑脸送出来的；然后是首饰头面等琐碎……

最后她还去庙里求了个平安符？！

刀琴的嘴角终于没忍住抽了抽。

这伯府庶女往日过的都是清贫苦日子，骤然之间因为生丝的生意得了一大笔钱，想必是要好好犒劳犒劳自己的，而且看这些买来的东西，无一不是女儿家的用度。姓吕的张嘴就说她肯定会去找自己的东家，这架势看着像是要去找东家？

有那么一瞬，他想要丢掉任务，转身回府去找先生告状：就说姓吕的一张嘴成天胡说八道，预测的事情就没一件准过。

可下一刻他就发现事情不对！

这尤芳吟半道上已经雇了一辆马车，从庙里出来后便上了马车，同车夫说了一句话。按理说她该回府了，可刀琴箭术极佳，一双眼更是目力极好，能看见十丈远的鸟儿身上的羽毛，轻而易举就看清了尤芳吟说话时的唇形，那可绝对不是“清远伯府”四个字啊。

刀琴心中一凛，顿时收起了先前对这一份任务的轻视，默不作声地观察着那马车的去向，时而疾走，时而抄近路，不一会儿就看见那辆马车远远地绕过了一座府邸，停在了那户人家向东开着的侧门前。

尤芳吟从车上走了下来。

刀琴抬起头来一看这府邸门上悬着的匾额，惊得差点没把舌头咬下来：“乖乖……”

先生的头怕是要大一圈了。

“尤姑娘请进。”

因先前得过姜雪宁的吩咐，门房那边早有准备，所以棠儿得着尤芳吟来拜访的消息，便连忙去把人迎进来，带到了姜雪宁的屋中。她先上前打了帘子，又向里面禀报：“二姑娘，人来了。”

姜雪宁的闺阁可要比尤芳吟那寒酸的屋子漂亮太多，经她回来后这一段时间的收拾调整，去掉了一些不适合的摆设，又添上了一些更合适的物件，越发有一种温柔乡的感觉。

案上的博山炉里还点着香气清远的笃耨香。

尤芳吟走进来时险些看直了眼。

姜雪宁在自己屋里没穿鞋，就赤着脚，连发都没梳起来，只以一种随意懒散的姿态，盘腿坐在窗边的炕上，一面喝茶，一面看书。只是想起傍晚要见燕临，她半天都翻不了一页。

听见人来，她抬头一看，果然跟她昨天指点的一样，尤芳吟打扮得很不起眼，且买了不少东西来，于是点了点头笑道："来得还算早，坐吧。"

尤芳吟先给她行了礼，却无论如何都不肯坐在姜雪宁对面。

棠儿不得已，只得给她搬了个绣墩。

这一来，尤芳吟才在姜雪宁下首坐下，道："二姑娘是我的救命恩人，我坐这里便好。"

姜雪宁有心想劝她，但一想她在自己面前都浑身不自在了，若坐到自己对面去，说不准紧张得连话都说不出来，于是罢了，道："来时怎么样？"

尤芳吟道："都按姑娘说的做了，出门时还左右看了看，不过的确没有看到有谁跟着我。"

"若能被你发现，那跟踪的人不免太蠢了。"姜雪宁不由得笑了一声，吩咐了棠儿端茶，又道，"反正你按我说的做了便可，至于后面会发生什么，还得等等看。今日叫你来，也是看你昨日颇有上进之心，既然想要赚更多的钱，自然得有钱生钱的法子。所以在你来之前我准备了一下，有几个法子想要告诉你。"

尤芳吟顿时惊讶地睁大了眼睛。

棠儿这时端茶上来。

尤芳吟一面想着自己该怎么回答，一面又忙伸手去接，却一下忘了自己手上还有伤，接过茶盏时无意间碰着，猝不及防的痛楚让她没忍住颤了一下手，险些惊呼了一声！

"啪！"茶盏没端稳，顿时打翻在地，摔碎了。茶水四溅开来，沾湿人衣裙。

棠儿都吓了一跳，用一种惊诧的目光望着尤芳吟："尤姑娘，你没事吧？"

"没、没，没，我没事。"尤芳吟用自己的一只手攥住了自己另一手的手指，满面的慌张与局促之色，完全没想到自己在别人家又因为不小心的莽撞，打翻了主人家的茶盏，一时羞愧极了，"都怪我，刚刚又走神了。"

走神？

她刚才看着可不像是走神的样子。且方才她去接棠儿端过去的茶时，分明像是触着什么痛处，烫了一下似的。

姜雪宁如今可不是什么好糊弄的人，凝视了她片刻，道："你过来。"尤芳吟有些害怕，不敢动。姜雪宁向她伸出手去，依旧道："过来。"尤芳吟终于还是走了过去。

姜雪宁便垂下眼眸，也不看她，径直将她刚才攥着的那只手拉了过来，一下就看见她手指尖上竟然有一道豁开的口子，指腹上的外皮都翻了起来，露出里面的血肉。伤口虽然不大，可看着都疼。

尤芳吟下意识地要缩手。她本身就已足够狼狈，越发不想再被眼前这位已经帮了她很多的二姑娘看见，畏畏缩缩地道："昨天回去太高兴，不小心在府里的台阶上摔了一跤，划着手了，没有大碍的。"

姜雪宁却用力握住了她的手，没让她把这只手抽回去。

摔了一跤？这尤芳吟看着笨笨的，走路摔跤这种事发生在她身上，的确不是没可能。

但……姜雪宁连话都没接一句，直接把她那将手臂笼得严严实实的长袖翻开，只见原本就有不少斑驳伤痕的手臂上，旧伤都尚未痊愈，竟然是青一道紫一道红一道，又添了好些新伤！

旁边的棠儿和莲儿看了都倒吸一口凉气，生出几分不忍来。

尤芳吟深深地垂下了头。姜雪宁终于又慢慢地抬起头来望着她，问："昨天，你二姐尤月也从宫里回府了，是吗？"

★

当从姜雪宁口中听到"尤月"两个字的时候，尤芳吟的第一反应是惊讶，因为不知道她怎么会如此准确地猜到，可仅仅是片刻之后，这种惊讶就变成了惊恐——东家已经帮了她太多，她不想再给东家添麻烦了。更不用说，这个人还是她那位很难对付的姐姐尤月，昨天回来还说了那许多不堪入耳的难听话……

她绝对不能让二姑娘知道！

当下她慢慢用力地把自己的手掌从姜雪宁的手中抽了回来，期期艾艾地道："没有的，我的伤和二姐姐没有关系的，都怪我自己不小心。这一点小伤不要紧，养几天就好了。"

姜雪宁便靠在引枕上看着她，一双眼里的审视目光难得变得有些锐利，她慢慢地道："我只是问问你二姐姐有没有回来，又没有说你的伤是你二姐姐弄的，你这么急着为她辩解干什么？"

尤芳吟这才意识到自己情急之下露了馅儿，且她撒谎的本事本就不好，更别说是对着自己的救命恩人撒谎了，一时窘迫起来，嗫嚅着道：“因为芳吟知道二姑娘是真心对我好，怕二姑娘误会了，和二姐姐之间生出龃龉。毕竟听说二姑娘和我二姐姐都在宫中为公主伴读，往后抬头不见低头见的，应该好好相处。”

姜雪宁在心底哂笑，目光微动，忽然问道：“你是怕我管了这件事，得罪了你姐姐，在宫里日子不好过吗？”

尤芳吟顿时怔住，过了好半晌才慢慢地道：“是。”

姜雪宁沉默无言。

尤芳吟怕她是生气了，又或者是伤心了，慌乱地解释起来：“我二姐姐很厉害的，在家里就很讨爹爹和嫡母的喜欢，脾气又不是很好。听说重阳宴那天连勇毅侯府的燕世子和临淄王殿下都来了呢，而且她画的画还被宫里面的长公主殿下点为了第一，想必很得长公主殿下的喜欢。若、若因为我这一点误会，让二姑娘和我二姐姐之间起了冲突，芳吟实在不敢想，也过意不去……”

厉害？

被她一把摁进鱼缸里话都不敢多反驳两句的“厉害”？

姜雪宁差点笑出声来。这姑娘是真的没搞明白情况啊，俨然将尤月当成了她人生中最可怕也最厉害的人，一副生怕自己被尤月欺负了的模样，所以才这般委曲求全、忍气吞声，活生生一个受气包，看着的确让人有点生气。可尤芳吟也是打心底里要维护她，宁愿自己把这委屈忍了，也不愿叫她知道府里面是尤月在作威作福，唯恐牵累到她。

姜雪宁和尤月结怨是真的不差这一桩了，此刻她那纤长的手指轻轻搭在案角，慢慢地转了一圈，忽然间便计上心头，原本抬起的眉眼又缓缓地低垂了下去。她仿佛想起了什么不堪一般，幽幽地叹了一声，嘴角竟挂上了一丝逼真的苦涩笑容：“这倒是了，你二姐姐极得长公主殿下的宠信，是很厉害很厉害的……”

尤芳吟原本还在紧张，怕姜雪宁惹上尤月，一见到她忽然低落下去的神态，心里便“咯噔”了一下，脱口而出道：“她、她欺负二姑娘了？”

姜雪宁扶着那案角，把头埋了下去，一只手却在尤芳吟能看见的地方慢慢攥紧了，道：“就前天晚上，还在宫里的时候，我们本来在好好地聊前朝一位大人的事情，我正说着，也不知道是哪句话触怒了她，她便叫我走去她那边。我过去了，可哪里料到，她竟忽然动手，好凶好凶地把我、把我……”

话到此处，声音已带了几分哽咽，竟是无论如何也无法再往下说了。姜雪宁还埋着头，飞快地抬起手来擦了一下自己压根儿没有半滴眼泪的眼角。

屋内棠儿、莲儿两人对望了一眼：咱家姑娘这柔弱的画风是不是有点不对？

姜雪宁没有把话说完，可效果比说完了还要好，简直留下了无限的遐想余地。

尤月到底把她怎么了？

尤芳吟满脑子忽然都盘旋着这个问题，一时想起那一日在尤府姜雪宁于绝境之中的相救，一时想起姜雪宁昨日哭着却温柔地搂住了自己的怀抱，也想起了那一天姜雪宁说过的那句话。

她至今也不敢忘记的那句话。

为了救她，二姑娘放弃了自己此生最大的倚仗。

可现在她的二姐姐，不仅在欺负她，竟然还在欺负二姑娘！

垂在身侧、笼在袖中的手悄然紧握，尤芳吟一双眼忽然有些发红。

她的身体在轻微地颤抖，可这种颤抖与先前的那种颤抖截然不同：先前她是因为恐惧，而这一刻恐惧虽未消散，却添上了一股无由的愤怒。

姜雪宁这时才抬起头来，重新看着她，扬起嘴角，冲她露出一个微笑。笑容越是灿烂，落在尤芳吟眼中便越是刺目。

姜雪宁重伸出手去拉她坐下，眸底是一片深沉的笑意，却偏偏温声劝慰她："唉，都怪我，好端端地提这个干什么呢？毕竟像我这样在家里不受宠的人，在宫中又没有贵人喜欢，自然不能跟你二姐姐相比。该是我无意之中犯了她的什么忌讳吧。在宫里面哪里有不受委屈的呢？我忍着就好了，算算也不过半年而已。"

尤芳吟坐了下来，可双目低垂着，身体没有半分放松，反而绷得比先前还紧了。

姜雪宁便先打发了棠儿、莲儿出去，故作轻松地道："瞧我，光顾着看你的伤，都忘了说正事了。你手里现在有不少钱了，也勉强能算是个不大不小的商人了。我听人说，最近一个多月来，有一位来自四川的盐场主，似乎姓任，叫任为志，一直在外面奔走，想要募一笔银子回去继续开发家里的盐场。很多人知道他们家的盐场已经煮盐一百多年，地下早就没有盐卤能打了，所以即便这位小任老板说愿意按大家出钱的比例给以后盐场的分红，大家也不愿投。可是这位小任老板也说，他发明了一样新工具，能打到盐井的更深处……"

大乾朝出名的盐场基本在南方，但四川自贡的自流井例外。这里称得上是除了海边以外最大的盐场！

人们从某些地方打井下去，井中就会涌出盐卤。而蜀地地下多有炎气，从地下汲取卤水后，便正好架锅在盐井附近引气燃烧，晒卤、滤卤，最后煎盐。如此产出来的盐，称为"井盐"。

自贡的井盐行销南北，十分出名，因此在自流井这个地方，出现了大大小小上百家做私盐的盐场，朝廷也管不过来。

任为志祖上三代都在经营那家盐场，传到他手上正好是第四代。

可一口井如何经得起上百年的开采？

自贡的盐井都是“大口浅井”，一口井只能打那么深，顶多只能将井挖得大一点，以取到更多的盐卤。可随着盐卤的汲取，其卤水的高度会渐渐降低，最终降到盐井深度以下，然后便无论如何也无法汲取出更多的盐卤，盐井就会成为“废井”，盐场也会跟着衰落。

任为志接手的便是这样一家眼看着便要衰落的盐场，长工们走的走，散的散，偌大的家业说垮就垮。

人在绝境之中，骤然面临这样的压力，很难接受。所以在之后长达两年的时间里，他挥霍金银，饮酒消愁，成日里坐在空荡荡的、除了废井一无所有的盐场上恸哭。

但忽然有那么一天，他摔倒了酒坛子，还一没留神按了下去。地面上是坚硬的泥土，他一掌按下去，酒坛子的碎片便慢慢扎进了土中。便是这样一个瞬间，叫他于万般的困顿和满心的黑暗中灵光乍现！

任为志忽然就再也不喝酒，甚至连门都不出了，成日关在家中，买来各种营造之书，竟然花了整整三个月的时间潜心研究，画出了几张复杂的图纸。

可这时的他已经没有钱了，周围也没有几个人愿意借钱给他。

任为志只好亲自上京来想要求以前父亲的一个朋友帮忙，岂料他父亲的这位朋友听说他来了，倒是好生待客，也肯借一些小钱给他，但要说借几千上万两银子，却是百般推托。

任为志在京中蹉磨了两个月，终究心灰意懒。他挂心家中的盐场，不得已之下才向京中的其他盐商放出自己研究出了新的工具能开采“废井”的消息，希望能以将来盐场的分红作为答谢，筹得一笔钱，赶紧回家实行自己的计划。

这样新工具，便是后世闻名的“卓筒井”。

过去，姜雪宁在宫里听说这个故事，是沈玠召见蜀地的大臣们的时候，任为志已经在家中的盐场吊死有三年了。

他的确从京城筹措了一笔钱回去，回到四川好一番折腾之后，也将这“卓筒井”制作了出来，可他运气不好，在试用卓筒井的第一天晚上便打到了盐井更深处的炎气，且当时外面有灯笼的明火，炎气上涌，沾着明火便立刻烧了起来，整座盐场毁于一旦。用楠竹制成的第一架卓筒井也在火中倒塌。更有甚者，好几名长工在火中丧命。

先前借钱给他的那些商人，几乎立刻逼上门来，要他偿还。

任为志山穷水尽。盐场被毁了，卓筒井没了，既要赔长工的命钱，还要赔商人们投给他的本金，走投无路之下，他变卖了家中传下来的祖宅，在清掉所有债务的那一天，用一条麻绳将自己挂在了盐场那只留下残骸的卓筒井上，结束了他坎坷的一生，离开了人世。

在他死后三个月，留在匣中的图纸被人发现。

在他死后四个月，第二架卓筒井被人制造出来，成功往地下打出了二十多丈的深井，汲出了以前从来不可能碰到、藏在“废井”二十丈深处的盐卤。

在他死后一年，卓筒井已成为自贡盐场“小口深井”采卤所必备的工具。

在他死后三年，自流井凡有盐场之处，必供奉他的画像！

也就是说，任为志发明的卓筒井是完全可以用于开采地层深处的盐卤的，只是他自己运气不好，没能够撑过最艰难的那段时间。

姜雪宁还记得过去的尤芳吟同自己谈论她白手起家的经历时，也感叹过错失这个大好的机会，因为并不知道任为志当年在京中筹钱。

她还说了什么“钻井技术”和“天然气”之类的话。

这些古怪的东西，姜雪宁也听不懂，但她知道这件事的来龙去脉，也知道这中间会有多少牵动人心的曲折。

“要知道一件事要做成不是那么容易的，中间说不准会经历许多山穷水尽的绝望，可咬牙撑下来才知道‘柳暗花明又一村’。”姜雪宁凝望着尤芳吟，给她讲着意味深长的故事，“这任为志既然敢借这么多钱，还说自己能开采‘废井’，想必这‘卓筒井’是一定能用的。若他有足够的钱，抢占先机，把别的盐场都不要的‘废井’给买下来，再以‘卓筒井’取卤制盐，天知道会做出多大一番事业。”

什么采卤制盐的事，尤芳吟听得有些不明所以，但这不妨碍她理解到姜雪宁话中的关键——这个任为志是个有本事的人。如果投钱给他，就算中间可能赔很多，可只要咬咬牙撑过去，便能打开一片新天地！

姜雪宁知道她至少听懂了最关键的那部分内容，目光轻轻一转，想起尤月来，便用一副忧心忡忡的模样提醒尤芳吟：“要知道，这一次的消息我得来也十分不容易，你可千万别又到处去说。这一次跟上一次不一样。上一次是卖了丝就好，这一次可要经历难熬的过程，中间若出点什么变故，说不准还要把所有的钱都搭进去。这是个长久买卖，且中间的折磨不是一般人承受得住的。若有沉不住气的人知道，一时冲动也去投了钱，最后连本都收不回来，可不是害了人家吗？”

尤芳吟攥紧的拳头没有松开，她听见姜雪宁的这番话时，脑子里忽然就冒出了一个疯狂的念头。但她没有说出口，当下似乎思考着什么，慢慢地点了点头，道：

“芳吟谨记。”

姜雪宁便道：“该指点的我都指点过了，今天你也出来的够久了，家里还有那么个厉害姐姐，可不敢再多留你，我送你出去吧。”

尤芳吟便起身来行礼。

姜雪宁站起身来踩了绣鞋，送她到门口，临了又往她手里塞了个药瓶：“这是给你的药，好好地把伤处敷了，很快就能好。”

尤芳吟差点掉下眼泪来：“您待我真好。”

姜雪宁心里笑她一声傻子，却抚着她的头顶道：“知道我待你好，就对自己好些。对了，上次你赚那么多钱，可也千万别叫你那位二姐姐知道，否则指不定怎么打听你的‘生财之道’呢。她欺负我，毕竟是在宫里，无论如何我都会忍下来。可你是在府里，我真怕你在她手底下有个什么好歹。我知道，你心里也是想维护我的，可千万别因我与她有什么冲突才是……”

棠儿和莲儿在外头站着，听着这话实在觉得耳熟：这难道不是刚才尤芳吟说过的话吗？二姑娘几乎原封不动地搬来用了！

尤芳吟却完全没有察觉这一点，听见她的言语，身体兀自颤抖起来，眼眶发红，头却埋得更深了，低低地应道：“是。”

姜雪宁这才一副放下心的模样，叫人送她出府。

尤芳吟从侧门出来，马车还在外面等待。车夫已经等得在打瞌睡了，见她出来才精神一振，忙问道：“小姐，现在去哪儿呀？”

尤芳吟手里握着那个小小的药瓶，站在台阶上看了好久好久，一张脸上都没了表情。心底有一股愤怒情绪在激荡，她重新将这个药瓶握紧了，一字一顿地道：“去清远伯府。”

尤芳吟前脚才走，姜雪宁先前那一份我见犹怜的柔弱样顿时散了个干净。她轻哼一声，轻松地拍了拍手，前后变脸之快简直让棠儿、莲儿目瞪口呆！

本性懦弱的人，要改正起来不容易，可也不是没有办法。

姜雪宁过去好歹也是能把男人哄得团团转的本事人，如今不过是把哄男人的手段用到了哄女人上面，反正效果都是那么立竿见影。

她虽有心要教尤芳吟做生意，赚更多的钱，可尤芳吟在伯府的处境也太差了，完全不能安心地做这些事情。攘外必先安内，这后宅的情况不解决，生意做起来都不放心。尤月这人心胸狭窄，又心肠狠毒，且看看尤芳吟这傻姑娘会不会又给自己一个惊喜吧。

莲儿还没搞明白方才发生的所有事情，只觉得整个脑袋都是晕的："姑娘，她，您，刚才……"

姜雪宁不欲解释，只道："时辰不早了，去看看马车准备好了没有，我们也该出发了。"

莲儿顿时没办法再问什么。

这头派了人去看马车，另一头却有府里的下人脚步匆匆地抬着一筐新鲜的梨过来，满面都是喜色，道："二姑娘！这是斜街胡同周府锦衣卫周大人派人送来的东西，说是刚从安徽快马运来的砀山酥梨，上面刚赏下来的，特送来给您尝鲜。"

那梨在筐中，有十二三个，个个看上去果皮柔黄，饱满鲜嫩。

姜雪宁见了，又听得下人这般禀报，面色却微微一变。上面赏东西，那该是周寅之已得着了千户的缺。如果是这样……只怕今日傍晚，燕临未必会来了。

棠儿见她半天没反应，小心翼翼地问了一句："姑娘？"

姜雪宁这才回过神来，道："一筐梨罢了，放下便是。"

她说完，垂下眼帘，走回了屋里，静静地坐着。

过了一会儿，莲儿回来，道："车驾已经准备好了。可二姑娘您看着好像不大舒服的样子，今日，还、还去层霄楼吗？"

姜雪宁眨了眨眼，道："去吧。"

万一呢?

第十二章 冬雷

昨日还是天气晴好，傍晚甚至能看见晚霞。

可到姜雪宁今日乘着马车从府中出去的时候，外头的天已经变得阴沉沉一片，彤云在低空密布，立冬后萧瑟的冷风已经有了几分刺骨的味道，看着竟像是要下雨。

大街小巷上叫卖的贩夫走卒早已慌忙地将自己的摊子收了起来，往日热闹的京城一下变得空旷安静了许多，只有风偶尔卷着一些凋零的落叶从鳞次栉比的屋宇间飞过。

层霄楼里也没剩下几个客人。

像这样的天，该不会有什么人来了。

忙碌了一天的堂倌靠在柜台边上正想跟掌柜的套两句近乎，可没想到，正在这时候，外头竟然传来了马车渐近的声音，很快车子停在了层霄楼外头。

堂倌愣了一下，才连忙跑出去招呼。

只见漫天冷风飞卷的落叶中，车帘撩开，车内的丫鬟先下来，然后给那位小姐系上滚了一圈雪貂毛的披风。堂倌在这层霄楼也算是见过京中许许多多达官贵人了，但这样好看的姑娘还是头回见。

他看对方这行头，出身只高不低，有什么必要，非得在这样的天气出门呢？

堂倌把人迎进了门，迟疑了一下才问："姑娘来这里是？"

姜雪宁扫了一眼冷清无人的楼下大堂，又看向那去二楼的台阶，垂下眼眸来，道："二楼挑个雅间，我等人。"

堂倌立刻道："那您楼上请。"

姜雪宁自带着人上了楼去。

外面街道的角落里，刀琴立在摇曳的树影中，看着层霄楼打开的那两扇门里，那位“宁二姑娘”的身影渐渐消失在楼梯的上方，眉头慢慢地拧紧了。

今日谢危少见地没有在斫琴堂里斫琴。

吕显跟个老大爷似的跷着脚仰在屋内一架罗汉床上，把原本端端正正地放着的案几都推得歪过去，好让自己躺得更舒坦，嘴里吃着的是杏芳斋刚送来的糕点，手里却捧着他这个月的账册，美滋滋地心算起自己这个月又赚了多少。

一抬眼看见谢危立在窗前看天，他差点没乐死。

“要不说人怎么会遭报应呢？”吕显假惺惺地感叹起来，“你看你，成天就知道压榨我，还叫我出钱为你办事，结果没想到买生丝这种事都被人捷足先登，现在还搞出这样大一个疑团来，派个刀琴出去，现在都还没回来，想必是跟着看到点什么东西了。唉，谢居安啊谢居安，我可是你的财神爷，往后你得对我好点，懂吗？”

剑书立在他的斜后方，冲他翻了个白眼。

吕显跟后脑勺长了眼睛似的，悠悠地道：“剑书，你的白眼不好看。再瞪我，下回我就让你去跟。”

剑书：还是算了吧，暗地里跟人这种苦差事，连个说话解闷儿的人都没有，回头他跟刀琴一样，被折磨成个没有人搭话也能自言自语的话痨就不好了。

忍一时风平浪静。

谢危这时才回头看了吕显一眼，眼见着他这一副跷脚仰躺的姿势，眉头便微微蹙了蹙，只道：“你信不信我现在便叫人把你扔出去。”

吕显默了默：行吧，大佬在这里。忍一时风平浪静。

他撇了撇嘴，十分不情愿地坐直了身子，面上却露出几分耐人寻味的神情：“谢居安，你吧，挺有意思的，看着像是个正经读书人，可身边这俩小孩儿，叫什么‘书’啊‘琴’啊就罢了，偏偏还要加上‘刀’和‘剑’。我细细一琢磨，你这人内里是真的藏着点凶险啊！”

谢危平静地回道：“我若不凶险，你肯为我效力？”

吕显便拊掌大笑起来：“正是，正是！”

想当年满翰林院那么多能人志士，他吕显恃才傲物，也就看得起这么一个谢危。后来谢危回家奔丧丁忧，他看其他人都是庸俗无能之辈，索性辞官挂印也回了金陵，登门拜访，这才渐渐着了谢居安的道，好好一个进士出身，竟被诓去做生意，想起来都是泪。

吕显长叹了一口气："路漫漫其修远兮，吾将上下而求索啊！"

他话音落时，外头便传来一声禀报："刀琴公子回来了！"

吕显露出个无言的神情。

果然，片刻后，一名蓝衣劲装的少年便出现在斫琴堂门口，从外面走了进来，脚步踩在地上，几乎没发出一点声音，躬身便道："跟到人了。"

吕显顿时精神一振，眼里精光四射，忙问道："尤芳吟背后的东家是谁？"

但没想到刀琴竟未回答，他只是抬起眼眸，看向谢危，目中竟有几分少见的迟疑之色。

谢危便意识到，刀琴跟到的人也许有那么一点不一般："说说看。"

于是刀琴道："那属下长话短说。一开始是听从先生的吩咐，只去了清远伯府看情况，在外头等了半天，还以为那位尤姑娘今天不会再出府了。但没想到辰正的时候她就从府里面悄悄出来了，打扮得跟府里的下人似的，带上了银两，先去了一家绸缎庄买了一匹上好的杭绸，好像是云鹤纹的料子，然后去买了文房笔墨，有两管笔，但隔得太远属下也没有看清楚到底是什么笔，还有……"

立在一旁的剑书暗暗抚了一下额，轻轻扯了一下刀琴的袖子，压低了声音提醒："长话短说。"

"哦。"

刀琴这才想起自己犯了毛病，点了点头，决定接受建议，换一种更简洁的说法。

"她买了很多东西，有杭绸、笔墨，甚至有一些女儿家用的胭脂水粉，然后还转去庙里上香，那里今天有好多人，上香的香客也有很多，我跟着她去还不小心被知客僧看见，捐了二两香油钱。尤芳吟好像也捐了，进去之后就在殿里面求了平安符……"

谢危抬手慢慢地压了一下自己的眉心，只道："说重点。"

刀琴忽然觉得心里有点委屈，他完全没有觉得自己话很多啊。跟踪的情况难道不该报得这么仔细吗？

他抿了抿唇，闷闷地道："宁二姑娘。"

剑书突然之间瞪圆了眼睛，露出几分难以置信的神情，这一瞬几乎是下意识地转头去看谢危。

谢危立在窗前，沉默不语。

吕显却听得一头雾水，也不知道这宁二姑娘是谁，差点被刀琴给气出病来："让你说重点也不是这样说的啊！这人怎么跟尤芳吟扯上关系的？是她的东家吗？跟她有什么交集？你都看到了什么？哎，不对，'宁二姑娘'又是谁啊？刀琴你是不是傻，光说个名字谁知道是谁啊？京城里面姓宁的虽然不多可也不少，这是哪一家的啊？你……”

一大串问题跟春笋似的全长了出来，吕显嘴里那叫个滔滔不绝。

只是等这一大堆问题都差不多抛出来之后，他才忽然看见屋内主仆三人的神情都不对劲，于是心里面跳了一下，顿时意识到事情不简单：“他说的‘宁二姑娘’，你们好像都知道是谁？”

“轰隆”一声，天际一声闷雷滚过。

这萧瑟凛冽的深秋初冬，一场豪雨从天而降，哗啦啦地迅速覆盖了整座京城。硕大的雨滴砸下来，砸到斫琴堂外那一片平静的湖面上，也砸到近处窗前的窗棂上，溅起细小的水雾。

谢危凝视着湖面，只慢慢地道：“下雨了啊。”

一阵冬雷过后，淡蓝色闪电划破了低垂的暮色，也在这瞬间照亮了勇毅侯府昏暗的书房。一架架藏书堆得很高，却在这一道闪电划过时留下深深的暗影，显出山一般的压抑感。

角落里的烛台上，烛火被风吹得摇曳起来。燕临俊朗的脸部轮廓也被摇晃的光影照着，显出了一种前所未有的冷沉神色。

周寅之便平静地坐在他对面。刚被升为锦衣卫千户的他，可以说已经有了触摸到锦衣卫权力核心的资格，彻彻底底一跃成为一个有头有脸的上位者。

只是这一切来得并不十分光彩。但这又有什么干系呢？周寅之觉着自己向来不是什么正人君子，世间所有手段，但凡能达成目的的，都是好手段。

他腰间新赐的绣春刀早已解下来放在门口的桌上，此刻身上穿着一身深黑的飞鱼服，对燕临道：“周某贪慕权势，满心都是名利，所以虽早早知道了这件事，可未见得利之前，身负锦衣卫交付的重任，并不敢对世子言说。直到二姑娘将我荐给世子，世子又苦心为周某谋得千户之位。周某是个小人，小人以利而合，所以才在今日将一切对世子和盘托出。”

调查勇毅侯府是锦衣卫的密令。天底下谁不知道锦衣卫只听圣上的？到底是谁怀疑勇毅侯府与此次京中出现平南王逆党一案有关，昭然若揭。

周寅之即便是个千户，也不过是听从上面的命令办事，阳奉阴违对没有势力的他来说是很危险的。他知道对世子来说，甚至对整个勇毅侯府来说，这消息都是一个晴天霹雳。所以他打量着燕临的神情，并未有任何劝解话语。

当下，听着外头雷声阵阵，大雨瓢泼，他只慢慢地道：“若勇毅侯府确与平南王逆党毫无联系，寅之既受世子恩惠，自然不至于做出捏造证据陷害侯府的事情来。可说出来您恐不信，这些日来，在下密查侯府，竟发现侯爷与平南王一党的余孽确有书信往来。此事，在下不知世子是否知晓？”

燕临听着，只觉恍惚。父亲怎会与平南王一党余孽有联系？搁在膝头的手指慢慢地握紧，他慢慢地闭上了眼，问道：“你既已查到，将何时上报？”

今日一个周寅之能查出来，他日一个赵寅之、王寅之一样能查出来，且或许还会比周寅之查出来的事情更多、更可怕。

帝王之心，谁能揣度？

燕临好歹也是在宫中行走过的人了，耳濡目染之下，知道要将这件事完全压下来是不可能的了。他所能做到的，不过是提早准备应对。

周寅之望着这仅余一月便要加冠的少年，忽然觉着他似乎也并不是自己刚开始以为的那般天真，容易轻信他人。相反，这位世子所想，已超出同龄人许多。

于是他想起了姜雪宁，回答道：“七日之后，如实上呈。”

燕临一下就笑出了声来。与周寅之有关的前前后后的事情这一瞬间全从他的脑海深处浮了上来，桩桩件件严丝合缝地对在了一起。于是先前的不合理，在今日这一番谈话之后，都变得合理起来，包括宁宁先前的那些话……

他越笑，越是止不住，末了终是忍不住，涌上来一种奇异的酸楚情绪。

周寅之却只是坐在那边看着，如一座山般沉稳，动也不动一下，唯有目光在闪烁，仿佛对眼前的少年，有那么几分很难察觉的佩服，但又仿佛无动于衷，不起波澜。

外头敲过了酉末的钟。

周寅之该说的话都说了，便从自己的座中起身，只向燕临躬身道：“周某不过一个无名小卒，在朝堂上更无半分翻云覆雨的本事，一切乃听命行事，还望世子勿怪。天晚雨大，周某还要回家，不敢在世子处再加叨扰，这便告退了。”

燕临两眼空茫地向上望着，道：“青锋，送送周千户。”

青锋立在门外，应了一声。

周寅之行过礼，又从桌上拿起了自己先前解下的佩刀，这才出了门来，从青锋手里接过伞，道一声：“不敢有劳。”而后他便顺着长廊，由青锋引着走了出去。

★

周寅之离开了。

燕临在书房里坐了很久。

青锋在外面问：“世子，层霄楼那边……”

燕临却慢慢用手掌盖住了自己的脸，问道：“我爹回来了吗？”

青锋一怔，回道：“该在承庆堂。”

燕临便起身来，径直出了自己的书房，竟沿着旁边堆满了假山的长廊，大步向承庆堂的方向走去。

外头豪雨正泼，即便是走在廊下，冷风也卷着冷雨往人身上吹。

青锋着实吓了一跳，眼见着人都走出好几丈远了才反应过来，忙拿了伞追上去：“世子爷，伞！”

勇毅侯府的承庆堂，乃当今勇毅侯燕牧，也就是燕临的父亲常住的地方。

燕临一走近，外头的老管家便露出了满面的笑：“世子来了呀，下头人刚送来两坛好酒，侯爷已经开了出来，正琢磨着这下雨的天气找谁来喝上一会儿，您来得正好。”

燕临没有回应，脚步也没停。

老管家顿时有些发愣，回头望了一眼燕临进去的背影，没忍住问了跟过来的青锋一句：“世子爷今儿怎么了？”

勇毅侯燕牧，如今已经是四十多岁的人了，头上有了一些白发，却还不明显。毕竟是行伍出身，领过兵，打过仗，便是到了这个年纪，身子骨看上去也还很硬朗，下巴上一把胡须硬硬的，眉眼之间自带几分武人才有的豪迈之气，隐约还看得见额头上有一道疤。这都是当年打仗留下的。

此刻，他确如老管家所言，刚开了一坛酒，桌上摆着一些下酒的小菜，刚开出来的酒倒在了酒盏中。酒香与菜肴的香气都在潮湿的空气里漫散开去。

见着燕临进来，他便笑了一声，十足的中气震动着胸腔，道：“不是说今日要出门吗，怎么过来了？正好，尝尝这酒。”

勇毅侯指了指桌上那酒盏。

燕临在桌前站定，也定定地凝视了自己的父亲一眼，紧抿着唇仿佛是在压抑着什么东西一般，然后抬手端起那盏酒，竟将其一饮而尽。已将及冠的少年，喉结滚动，将一盏烈酒如数灌入喉咙，从唇齿间一路烧到心肺！

“啪”的一声，酒盏被重重放下。

勇毅侯对自己这儿子是非常了解的，二人平日里称得上是无话不谈，就连这小子有多喜欢姜侍郎府那丫头他都一清二楚，可这般模样，他还没有见过。

于是，他意识到儿子有事。

勇毅侯上下将燕临一打量，笑起来：“怎么，跟雪宁那个小丫头闹矛盾了？”

燕临却没有笑，落在父亲身上的目光也没有移开，问道："父亲，您知道圣上在派锦衣卫查平南王逆党余孽一案吗？"

勇毅侯原本去端酒的动作顿时一停，他抬起头来，便对上了燕临那锐利的目光。少年人的锋芒全从这一双眼底透了出来，竟叫人无处躲藏，然而细细思量他话中的意思，勇毅侯忽然在这一刹那之间明白了什么。

没有慌乱，也没有意外，他竟然一下笑了起来，继而大笑，像是回忆起了什么荒唐又荒谬的往事，忍不住拊掌摇头，开口时竟带着一种刻骨的恨意与疯狂。

"该来的总会来！二十年过去了，我忘不了，做过亏心事的他们也忘不了啊！哈哈哈哈……"

勇毅侯为什么会与平南王一党的余孽有书信往来呢？

明明二十年前平南王联合天教乱党谋逆打到京城、杀上皇宫时，勇毅侯还是与诚国公一样的忠君之臣，立下了平乱的大功。

过去，终究还是有些谜团没有解开。

约定的时辰已经过去了很久，燕临依旧没有出现，姜雪宁一颗心慢慢地沉底。

本来若没有被选入宫做伴读，她该前几天就对燕临说了，可偏偏这一帮人掺和进来折腾，打乱了她全部的计划，在宫中人多耳杂，她根本没有把话说清楚的机会。

而现在，燕临应该已经知道了吧？

站在二楼雅间的窗前，她凝望着外面的那片雨。

雨下了很久，下得很大。

天色已经渐渐暗了下来，京城各处都点上了灯，昏黄的暖光照亮了各家的窗户，也照亮了远近的楼宇，但在飞溅的雨水与朦胧的雨雾中，都模糊了轮廓。

风渐渐刺骨，跟在她身后的棠儿、莲儿见着风大，未免有些担心，上前便要将窗户给关上，忍不住说："世子爷这么晚都不来，也许是有什么事情耽搁不来了吧？姑娘，要不我们先回去吧？"

姜雪宁道："别关。"声音轻轻的，视线却并未转开，依旧落在窗外那些发亮的雨线上。

莲儿、棠儿顿时对望了一眼，总觉得今日有些不寻常。从来不会主动约小侯爷出来的姑娘约了小侯爷出来，从来不迟到的小侯爷偏偏这时候还没来。可她们也不敢多问。

姜雪宁说了别关窗，她们伸出去的手也只好缩了回来，又想劝她别站在窗边："您要不去里面坐吧，奴婢们帮您看着，小侯爷来了便跟您说。这窗边风这么大，您身子骨本来也算不上好，若一个不小心吹冷了受了风寒，奴婢们真担待不起。"

姜雪宁跟没听到似的，动也不动一下。

莲儿、棠儿便不敢再劝了。

雅间内忽然重新安静下来，只听得到周遭喧嚣的雨声，偶尔夹杂着附近酒家客店里传来的觥筹交错之声。

马蹄声伴着车轮辘辘的声音穿破了雨幕。莲儿、棠儿都是浑身一震。可她们从窗户往下一看，那一辆马车并不是勇毅侯府的，也没有停在层霄楼下，而是停在了街对面的洗尘轩前。有下人先从车上下来，毕恭毕敬地撑起了伞，将车内的人迎了下来。

那人着一身玄青长袍，皱着眉，似乎不喜欢这样的下雨天，五官也算端正，只是一双眼太深，嘴角总仿佛勾着一抹笑，看人时却算不上真诚，甚至有一种天生的冷酷。

姜雪宁立在窗边，几乎一眼就认出对方来——陈瀛！本朝出了名的酷吏，如今的刑部侍郎，也是曾经差点要了张遮的命的那个人……

他怎么会在这里？

姜雪宁顿时一怔。

只见陈瀛下车之后立刻被人迎入了洗尘轩内，不多时，二楼紧闭着的窗内便起了一阵热闹的寒暄之声，即便是隔着雨幕都能听见众人热络地称呼着“陈大人”。

这时堂倌进来为姜雪宁换上热茶。

她便道：“都这么晚了，又是这样的下雨天，你们层霄楼都没有客人，对面的洗尘轩倒是热闹。”

堂倌顺着她的视线向窗外望了一眼便笑起来：“哦，对面啊，听说是刑部陈大人请客，去的都是刑部里的官老爷，不在我们这儿正常。上次陈大人前脚刚走，谢少师后脚便在我们这里遇袭，陈大人觉着不吉利，从此都改在洗尘轩吃饭了。”

这样吗？

姜雪宁的目光依旧落在对面那人影晃动的窗扇上，看得到有人影走近了。接着外头那一扇窗便被推开了，一屋子的酒气与笑声都传了出来，从姜雪宁这里轻而易举就能看见那一屋子的人，各有一副巴结奉承的嘴脸。

她顿时皱了皱眉，知道她能看到别人，别人也能看到她，便要转过身来，叫莲儿、棠儿把窗户给关上。

可就在她刚转身，想要开口的刹那，方才对面洗尘轩开窗后的场景如同一卷画般忽然回到了她的脑海里，定在了其中一个安静的角落，让她重新转回身，再一次向对面窗内望去！

洗尘轩内摆了宴，桌上摆的是玉盘珍馐，桌旁坐的都是朝廷命官。

陈瀛一来便被众人请到了上首。他在这一干人中毕竟是官阶很高的，且是刑部的堂官，众人说笑间都举起了酒盏来劝他的酒，一会儿站起来一会儿坐下，显得热闹无比。

于是那安静的一角便显得格格不入。

因那扇雕花的窗扇遮挡着，姜雪宁只能看见他被遮挡了些许的侧影，一身下品官员常穿着的藏青细布圆领袍，两袖略宽，随那一双修长但手指骨节突出的手掌轻轻压在分开的两膝之上。

坐在圆凳上，脊背笔直，张遮向外看着连绵的雨幕。背后满室应酬的热闹仿佛都沾不着他那一身冷静严肃，与他全无干系。

即便只是瞥着这样一道实在算不上完整清晰的侧影，姜雪宁也能够肯定是他。

再不会有别人。

这样安静看雨的姿态，过去了这么久、这么久，竟然还深深地刻在她的记忆之中，无法消磨掉一丝痕迹。

张大人，还是这样喜欢看雨啊……

这一刻，姜雪宁眼底竟有一股潮热的泪意涌了上来。

曾经的所有画面顷刻间全翻了出来。

大雨的亭下，是他站在台阶下伸手撕去了被她故意使坏踩着的官袍一角，再抬起头来望着她时，眼睫上沾满的雨珠。

午后的乾清宫里，是他垂首立在殿下，在她面前压低了视线不敢抬起时，手掌慢慢攥紧了的僵硬弧度。

泥泞的驿道上，是他捂了受伤的肩膀，向着崴了脚的她伸出手时，微微滚动的喉结和地上蜿蜒的血水。

……

她做什么不好，偏要由着自己去招惹这样好的一个人呢？

大抵是她心里藏着一个魔鬼，要把白的染黑，要把清的搅浊，要把那高高立在圣堂上的人都拽下来，在人世烟火的苦痛里打转挣扎……

如此，她方觉得满足。

曾经，她欠燕临的，燕临都十倍、百倍地报复回来了；可欠张遮的，便是舍了那一条命，她也偿还不了。

她是张遮清正凛冽的一生里终究没有跨过的魔障；而张遮，是她覆满尘埃的心内最后一角不染的净土。

曾有那么几个刹那，她想：如果不是皇后，她一定要不顾一切地嫁给这个人。从此以后，举袖为他拂去衣上每一点污浊的尘埃，俯身为他拾起前路每一块绊脚的瓦砾，变成一个好人，也就可以心安理得地享受他对自己的好。

可她终究是皇后。一颗为尘俗所蔽的心，害了自己，也害了他。

姜雪宁望着对面，视线慢慢一片模糊，只是不知到底是因为那倾盆的雨水，还是因为那上涌的泪水……

有人从洗尘轩的楼下匆匆上去。长久坐在窗下的张遮，终于动了动。那人对他说了什么，他便点了点头，起身向旁人道别，也不看他们是什么脸色，就从开着房门的房间里面走了出去，一路下楼。

洗尘轩的堂倌在门前给他递了伞，他接过，将那深青色的油纸伞撑开，打了起来。在伞檐抬起的时候，那一张轮廓深刻的面庞也在伞下显露，从紧绷的下颌到紧抿的薄唇，再到挺直的鼻梁，还有那平静狭长的眼、微微颦蹙的长眉……

仿佛感知到什么一般，他的视线抬了起来。

于是两人的目光就这样正正地撞上了。

隔着如帘似烟的雨幕与长街，她在楼上窗边，他在楼下阶前。

姜雪宁眼底，一滴滚泪毫无征兆地坠下。

伞尖上的一滴冷雨，轻轻落在张遮的手背上。

他觉着自己像是被烙了一下。

那模样明媚的少女，洗去了一身铅华，没有了那隐约的偏执表情，就这样干净而柔美地站在他最爱的大雨后面，用一双同样下着雨的眼望着他。

这一刻，执伞的手用力地握紧了，可他终究没有走过去，也没有表现出任何异样情绪，只是在久久地凝望之后，垂下了自己的目光，走下台阶，让那一把撑开的伞遮掩了自己所有的秘密，在她的视线里渐渐行远。

于是姜雪宁想：真好，一切都还没有发生。

★

张遮乃吏考出身。

吏考不同于进士，考后择优所录的吏员与一般食君俸禄的官员不同，被招进公门之后，是“事急则用，事定则罢”，算是临时在官府辅佐官员们办事的人。本朝向有规定，“吏”不能当御史，也不能再参与科考，所以一般而言会参加吏考的都是屡试不中或出身寒微之人。

张遮属后者。他年幼失怙，仅由寡母抚养长大，虽才干优长，于八股、经艺、策略却不十分通晓，吏考后供职于河南道监察御史顾春芳手下，专司平冤、治律之事，竟有奇才。

顾春芳因此破格将他举荐给了朝廷。未三年他便因在御前对一桩疑案做出了评判，被圣上看中，点为了刑科给事中。

只是曾经，他往后的仕途走得实在不是很平顺，满满都是坎坷。

姜雪宁想起来都觉着口中发涩。

他本可以名垂青史，以“直”“正”而远离宫廷那些纷扰的争斗，可偏偏被她卷了进去。

张遮刚升任刑部侍郎的时候，锦衣卫想要彻底掌握刑狱之权，张遮却觉锦衣卫行事嚣张、滥用私刑，两司之间颇有职权冲突，因而总是针锋相对。

偏生周寅之掌着北镇抚司。他一心要铲除张遮，张遮则一力要收回刑狱之权，且多次弹劾周寅之徇私枉法、败坏朝纲。

两人水火不容。

周寅之的背后便是姜雪宁，她彼时正与萧氏一族作对，多有用得着周寅之的地方，所以一开始看张遮便如看绊脚石，怎么看怎么不顺眼。

一开始她是因立场对其百般刁难，后来却发现这人冷面，戏弄起来着实好玩。她毕竟是皇后，便是言行举止过分一些，张遮也招惹不起，所以早些时候大半是忍她、让她，可她并不是什么见好就收的人，反而越发得寸进尺。于是张遮常以忠言劝告她。

姜雪宁那时也算是被众人捧着，并不将这些忠言放在眼底，只觉得这人迂腐，冥顽不化。直到后来萧姝与萧氏一族步步紧逼，竟有一日拿着了周寅之一干党羽营私受贿的证据，一朝全捅了出来，还故意交由刑部审理，让此案落在了张遮手中。

前朝与后宫息息相关。萧姝心高气傲，盯准的就是皇后之位，且她如今有孕，诞下皇嗣便了不得了，若再让她在前朝把自己的势力打压下去，成功得着后位，那姜雪宁便算得上是死无葬身之地了。

毕竟先前她与萧氏争斗得那么狠。她和萧姝，不管是谁得到了机会，都不会放任自己的仇敌安然无恙的。

一夕之间，姜雪宁忽然就到了进退维谷似乎只能引颈受戮的境地。

人们总爱锦上添花，却很少雪中送炭。

在她势头盛极时聚拢过来的人忽然就跟退潮一般散了。

可姜雪宁还不想死，于是选择了张遮。

那一天，沈玠在乾清宫召见包括谢危在内的几位阁臣，另有负责审理此案的张遮，一直到宫门下钥都还没谈完，所以便传旨让几位大人留宿宫中。

姜雪宁便站在长长的宫墙下等待。她的身影被高墙的阴影覆盖。引路的小太监在前面打着灯笼，照着一前一后两人的身影，远远地朝这边走近。

走在前面的那人是谢危。大约是因为走得近了，他一眼认出她来，竟然停下了脚步，说："忽然想起早上有方玉佩落在内阁值房了，我回去取，张大人先走吧。"说罢他便转身往回走去。其中一名小太监立刻打了灯笼跟上。

这时，姜雪宁才从那一片阴影之中走出来，望着留在原地的那个人道："张大人，本宫有话想跟你说。"

张遮似乎没想到她竟大胆到敢在这夜半宫中将他拦住，更不用说今日还有谢太师同行。他静默地垂下了眼帘，已猜出她的来意，只道："娘娘之请，恕张遮难从命。"

夜色深深，孤男寡女，一个是皇后，一个是外臣。

张遮立身虽正，但也恐积销毁骨，说完这一句，便要躬身行礼退让避嫌。可他才要走开，姜雪宁便伸手拽住了他宽大的官服袖袍。他迈开的脚步，顿时停下。

她纤长雪白的手指搭在那深色的绣纹上，微微仰眸望着他，嗓音轻微颤抖："大人要看着我死吗？"

张遮无言。

姜雪宁的手指便慢慢地扣紧了，透明圆润的指甲上是鲜红蔻丹，在暧昧的夜色中有一种惊心的艳丽，她用一种自己并不习惯的姿态去恳求他："马车从驿道上翻出去，你宁肯折了腿也护着我；天教乱党刺杀，我藏在荒草丛里，你却甘冒奇险去将他们引开。张遮，你对我这样好，便不能一直对我这样好吗？"

那一刻，他垂在身侧僵硬的手掌缓缓握紧了，道："娘娘是一国之母，张遮是一朝之臣。食君之禄，忠君之事，遇难遇险，以命换娘娘无虞，乃张遮分内之事。但周寅之党羽一案，本是国事，一朝兴衰皆系于此，张遮不敢徇私。"

"分内之事……"姜雪宁拽着他的袖袍袍角，执拗地不放手，听到这里竟笑了一声，一双眼直直地望向他的眼，问："真的吗？"

张遮终于避开了她的目光，也闭上了眼，滚动的喉结里似乎藏着一分挣扎，沉沉地道："若娘娘觉得臣昔日相救之举实有僭越之心，臣愿受其罚。"

于是姜雪宁慢慢地放开了自己的手指。那一角衣袖被她抓得有些皱了，垂落下去。

她只恓惶地道："我知道张大人眼里容不下沙子，朝中这些人结党营私，自该有律法来惩治。可你知不知道，周寅之一倒，我会是什么下场？我不想求张大人饶过他们一世，但请张大人高抬贵手，让我渡过这难关。他日这些人的罪行，我必一一呈至大人案前，让他们认罪伏法！”

张遮抬步要走。

姜雪宁也并未再阻拦，只是望着他即将隐入黑暗中的挺拔背影，说出了自己过去说过的最大的谎言：“张遮，你帮帮我。这一次后，我就当个好人，好不好？”

张遮在原地站了很久。天色太暗，头顶虽有朦胧月色，可她实在难以判断那一刻的张遮在想什么。她能听到的，只有自己擂鼓似的心跳声。

那一天晚上，张遮终究是一句话也没有再说，从那长长的宫墙下离开了。去取落下的玉佩的谢危也久久没有回来。

姜雪宁在夜里站到露气重了，听着宫里报时的声音了，才回到了坤宁宫中。

接下来的每一日，对她来说都是煎熬。

直到半个月后，周寅之党羽营私受贿一案经由三司会审后，消息传出，一半涉案者证据确凿，依罪被革职流放或秋后处斩，另一半人却因证据模糊、口供前后矛盾而幸免于难，有的被官降一品，有的则官复原职。

且三司审理此案的过程中还将萧氏一族在朝中结党的事情查出了一点来，引起了沈玠的忌惮。

萧氏的图谋功亏一篑。姜雪宁的后位保住了。

那一日她真是发自内心地欢喜，接连使人去打听前面何时下朝，连周寅之都不想见，只想着一会儿要在哪里拦住张遮，又要同他说些什么。

可她万万没料到，回来禀报的人竟然说，张大人下狱了。

她正拿起来要挂在耳边的耳坠顿时掉下去，砸了个粉碎。千算万算她也算不到人心易变，又或者，周寅之本就是一头养不熟的狼。

她在这一场危机之中竭力想要保住自己的势力，保住周寅之，却没有想到早在此事刚被捅出来的时候，周寅之便权衡过了利弊，不知何时转投了萧氏，效命于萧姝。

那一半人究竟是不是真的无辜，姜雪宁不知道。她只知道是周寅之在三司会审结束之后又提出了这帮人营私受贿的确凿证据，瞬间让先前断他们清白的张遮陷于险境，又在朝堂上联合言官弹劾张遮徇私枉法，且诬张遮与皇后有私情。

张遮的半生清白，终究蒙污。

昔日他是锦衣卫的死对头，一朝落入诏狱，在周寅之的手底下，又怎讨得了好？更别说还有一个长于种种酷刑且与他针锋相对的刑部右侍郎陈瀛。

姜雪宁不敢想他在狱中过的是怎样的日子，也不敢想他会不会以为是她算计他，终究是为了除掉他。她只知道张遮入狱后不过半月，家门被抄，无人照顾的老母因日夜忧心独子的安危，忧困病倒终至不治，撒手人寰。

张遮是出了名的孝子。可人在狱中，他竟连她的最后一面都没有见到。人传冷面冷情的张侍郎在得知其母病故的那一晚，在狱中失声恸哭。

他一身清正，断案无数，从无错漏，在百姓中多有贤名。

当时审理张遮一案的所有判官皆不敢或不愿下笔为其定罪，朝中亦多有为其请愿者。可最终，是他自己在母亲去世后第三日，请狱中卒役铺上笔墨后，自己提笔，一字一句地自述其罪，为自己写下了定罪的判词，处己以极刑，定于秋后处斩。

判词上呈三司后，半个朝廷的人都在叹息。

现在姜雪宁回过头去想，那一晚在宫墙下的哀求，竟是她与他见的最后一面。也不知那时的谢危，是否言出必行？

人已在那雨幕遮挡的长街下渐行渐远，风从窗外灌进来，吹到人的骨头缝里去，姜雪宁慢慢地收回了目光，终于感觉出了几分寒凉之意。

她再抬手覆面，竟是满眼的泪。

张遮，曾经我是皇后，是个坏人，欠了你好多好多。如今我不当皇后，当个好人——是否，可与你相配？

“姑娘，您、您是见着什么了，怎么哭了？”眼看着她站在窗前，久久不动，莲儿、棠儿都上前来查看，却被她满面的泪痕惊呆。

姜雪宁却笑了笑，拿了绣帕擦着自己红红的眼圈，道：“没事，风太大，眯了眼罢了。”

她叫两个丫头把窗关上了，等燕临等得有些倦了，便靠在屋内的贵妃榻上小憩，微微垂眸闭上眼时，心内竟一片安然，轻轻地道：“等燕临来了唤我。”

两个丫头都低声应道：“好。”

可这么晚了，燕世子还会来吗？

第十三章 酒气

“当年你姑母是何等要强的脾气？临去之前拉着我的手，病得说不出话来，只用那双眼睛看着我，一直掉眼泪……

“便是咽下最后那口气时，眼睛也没闭上。

“浩浩一个大乾朝，竟要一个六岁的孩童站出来面对这天下最残忍的刀剑！终究是我对不起你姑母，更对不起那个孩子！”

……

父亲在承庆堂中那含泪而悲愤的神情依旧浮现在脑海里，伴随着的还有那不甘而藏着怨怼的沙哑嗓音。这二十年来，燕临从未见过他如此。仿佛积压在胸臆中的所有情绪都在那一刻释放出来，要化作炽烈的岩浆将一切焚毁。

大雨瓢泼，好像是将整条天河的水都倾倒下来，淹没人世。

偌大的京城，此刻不过如一条孤舟。

他抬头看了看屋檐外漆黑的、时不时划过闪电的夜空，竟然径直走了出去！

跟在他身后本打算随着他一起回房的青锋简直惊呆了，愣了一下才连忙撑伞跟上，忙问：“世子，您干什么去？”

燕临的声音在雨中有些模糊：“备车，去层霄楼。”

青锋这才反应过来，他是要去见姜二姑娘。

可……雨点掉下来砸在伞上，跟冰珠子砸下来似的，俨然有将伞面都打穿的架势。

青锋忍不住劝道：“可都这么晚了，早已经过了约定的时间，而且今夜还下了这样大的雨，姜二姑娘久等您不至，应该早就回去了吧？您去恐怕也是白去一趟，若要担心，府里派个人去看看也就是了。”

燕临头也不回地道：“即便只有万一的可能，我也不愿叫她白等。”

大约是外面的雨声太过喧嚣，在姜雪宁闭上眼睛之后，这雨声便钻进了她的梦里，勾勒出了一场炎炎夏日午后的豪雨。

她与宫人匆匆地走在荷塘边，那避雨的凉亭就在前方。可等她们赶到时，里面已经坐了一人。于是那半亩方塘与满池的雨荷，都成了这个人的陪衬。

她身上沾了雨，从亭外走进去。周遭的场景顿时水墨一般化了，重新凝结出来的竟是山村茅舍，她坐在那唯一一张干燥的桌上，蜷着双腿，抱着自己的双膝，眨着眼睛看沉冷地站在角落里的张遮，心跳也不知为什么忽然加快。然后她听到自己有些艰涩且藏了一点紧张的声音：“你、你要不要过来一起坐？”

张遮转头看了过来。那是一双冰冷的眼，一下便将她摄住了。这一刻她想伸出手去触碰这双眼，可周遭那满溢的泥土与青草的味道中不知为什么忽然混杂了一丝酒气，由远及近，渐渐浓烈起来。

明明只是丝丝缕缕的气味，却像是刀剑般将那一场雨划破。

姜雪宁一下就坠入了梦魇之中。

避暑山庄的荷塘与凉亭没了，遇刺逃出生天中途的茅屋也没了。

她赤脚站在坤宁宫那冰冷的寝殿地面上，正用香箸去拨炉子里的香灰，怔怔出神。宫里再无别的宫人，她感觉到冷，感觉到彷徨，感觉到害怕。

果然，没过多久，殿外就传来了脚步声。只是这一次不同以往，这一次的脚步声有些凌乱，有些不稳。

在那道身影出现在门外，用力将殿门推开时，外头的风顿时将一股浓烈的酒气吹拂进来，姜雪宁的手颤了颤，原本执在指间的香箸顿时掉在了地上，发出刺耳的一声响。

燕临那一张已退去了所有少年时的青涩的脸庞，带了几分混沌的醉意，一双眼却比往日都要明亮，好像又回到了少年时最春风得意的时候。

他向她笑道：“宁宁，别怕……”

她却察觉到了前所未有的危险，一点一点地朝着后方退去。可坤宁宫本来也不大，更何况是这小小的寝殿？

他一步步逼近，终于还是将她擒住。那浓烈的酒味立刻逼近了她，笼罩了她的口鼻，如同囚牢一般将她困锁、侵占、浸染……

恍惚之中，有谁的手指从她的脸颊上抚过，那冰冷的触感像是带着鳞片的蛇一般，激得她毛骨悚然。

歪在贵妃榻上浅眠的姜雪宁带着梦中的余悸睁开眼时，只看见一道背光的身影坐在自己的榻前，少年的轮廓有些熟悉，又有些陌生。即便是被冷雨沾湿，那身上带着的酒气已变得浅了，却萦绕不绝。

这一刻她瞳孔剧缩，完全是下意识地往后一退。下一刻她才辨认清楚，眼前少年的轮廓尚未有风霜雕琢的痕迹，也没有边关苦寒压抑的深沉，尽管似乎有些少见地沉默着，可并不是记忆中的那个燕临。

燕临是半刻之前到的。

窗外的雨还没有小，他进层霄楼之后才看到她歪在贵妃榻上睡觉，巴掌大的一张小脸埋在薄薄的绒毯里，越发娇俏可爱，在这样特殊的时候，更叫他觉得心疼。

她该是等了许久吧？

燕临知道自己刚从外面进来，手指太凉，望着她轻声道："吓着你了？"

姜雪宁眨了眨眼："你喝酒了？"

燕临这才意识到自己的确满身酒气，这一念间又被带回了在府中与父亲说话的时候，沉默半晌，才垂眸道："先前陪父亲谈了些事，喝了几杯。"

周寅之已得了千户之位，又是风雨前夕，燕临和勇毅侯能谈些什么呢？姜雪宁能猜个大概。她今日本是想找燕临说个清楚的，可此时此刻看着他，却不知为什么，一句话也说不出口了。

房间里没有旁人，丫鬟都退了出去，一时安静极了。

燕临的心绪却在不断地翻涌，让他感觉自己就像是岸边的一块礁石，浪头一个接一个地打过来，可他无法躲避，只能立在原地，承受着、忍耐着。

如果没有今夜，如果没有周寅之，如果没有先前与父亲的谈话，恐直到将来某一日面临抄家灭族、万劫不复之境以前，他都不会意识到自己到底做错了什么。

他还记得重阳灯会那一天晚上，宁宁转过头来问他："燕临，你总是这般宠着我、护着我，可有没有想过，若某一日我没有了你，会是什么样，又该怎么办？"

他是勇毅侯府的世子，家里宠着，皇上喜爱，文武都不差，甚至比起京中斗鸡走狗安心享受父辈余荫的那些纨绔子弟而言，他已经随着父亲走过了很多地方，也见过了许多疾苦，自问既有不下他们的远见卓识，也有承继自父辈的雄心壮志。

什么艰难困苦，从来不在他眼底，所以他觉得自己所拥有的一切都是理所当然的，都是不会改变的。就像他曾对沈玠说的一般——"我宠出来的，自由我来娶"。

直到今天他才知道，有些东西生来拥有，却未必会长久。

他宠着她、护着她，压抑不住那一颗雀跃的心，在人前便表露出对她的特殊情感，巴不得叫全京城的人都知道姜雪宁会是他未来的妻子。

可他忘了，世事变幻，谁都不知道明天会发生什么。到如今，他只恨自己考虑不够周全，处事还太莽撞。

燕临不敢去想，她这样娇气，若没了自己，要如何去应对府里的刁难？她本不必入宫做伴读，却被他送了进去，将来又要怎样面对那步步的险恶？人人都知道她与他青梅竹马，关系匪浅，若变故陡生，婚事不成，她又将如何自处？

一时是大局倾覆，山雨欲来的压抑，一时是对自己懵懂稚嫩不够成熟的悔恨，更夹杂着对这个被他捧在手心里数年的少女的心疼，燕临只觉得喉咙口像是被什么东西堵住了，很艰难很艰难才能发出自己的声音。

他用力地将她拥入怀中，沙哑的嗓音有些颤抖："宁宁……"

在少年有力的手臂将她拥住的瞬间，姜雪宁的身体是僵硬而紧绷的："燕临……"

他的面庞埋在她的颈窝间，声音带着竭力想要压住的颤抖，乞求一般道："不要说话，宁宁，不要说话，对我仁慈一点，不要说话……"

这一刻，少年的姿态少见的软弱，他像是怕她说出什么来。

姜雪宁只感觉到有什么格外沉重的东西压在了他的身上，再看窗外是一片漆黑，只有这雅间里还投射出些微的亮光，心便渐渐软了。她紧绷的身体慢慢地放松下来，终于缓缓伸出手去，搭在了少年的肩膀上，告诉他："没事的，会没事的。"

燕临是猜着她今日约他要说什么了吗？姜雪宁也不清楚。她只是在这寂静深沉的雨夜里，想起了自己的自私和卑鄙。

在内宅之中，她数来数去也没什么能用的人，且勇毅侯府的事情即便没有周寅之去查，也还会有别人。既然如此，她用了周寅之总比不用好，好歹知道根底，还能为勇毅侯府通风报信，让燕氏一族有个准备。

至于她如何知道勇毅侯府会出事的问题，却并不需要担心。周寅之是个心机深沉的"聪明人"，会猜测她是从父亲或者其他权贵那里知道的消息，因为天下没有不透风的墙；燕临年岁虽然不大，对官场中的一些事情却也了解，即便知道她早知侯府会出事，也只会以为她是从周寅之处得知，然后才让周寅之来说这件事。

聪明人都不喜欢明着说话。

更何况这并不是一件不可理解的事，他们自己会构建出最合理的情况来解释，如此自己便藏了起来。

她的声音轻软和缓，莫名有一种令人安定的力量，燕临听着，紧紧地闭上了眼睛。

过了好久，他才把她放开，眼底有些濡湿，偏笑了一声："你等了我很久吧？都怪我，竟忘了提前叫人来知会你一声。我来时只盼着，到了层霄楼，最好你已经走了，好叫我心里的愧疚少些。可到了这里，见你还等着，愧疚之外，心里竟是压不住的欢喜。宁宁，我这人好笑吧？”

姜雪宁望着他，不知道该说什么。

燕临却变戏法似的从怀里掏出了一样东西，拉了她的手，便往她纤细的手腕上系，道：“来的路上瞧见有卖花的婆婆在屋檐下避雨，我看见这些花，也不知为什么，觉得和你很像，于是想，如果你在的话，我来迟了这么久，该有个东西给你赔罪。你收了我的花，可就不许再生我的气了呀。”

少年的声音似春风般温和。

他系在姜雪宁手腕上的，竟是一串雪白的茉莉，一朵朵柔软盛放的花被一根细细的线穿了起来，只缀了两片油绿的叶做装点，系好之后便像是两块碧玉般垂在她的手腕下。

冷寂的雨夜里，忽然暗香氤氲，那是一股极其清新、沁人心脾的花香。

少有人知道，茉莉本能开三季，只是一定要照料得很好。深秋初冬的茉莉就更为罕见了，与少年的心意一般，弥足珍贵。

姜雪宁突然有些恨起自己来。

燕临见她沉默，只捧起她的脸来端详，道：“难不成还真要生气？”

姜雪宁摇了摇头。

天实在已太晚了，燕临虽贪恋与她在一起的时间，可也不敢让她回去太晚，更恐如今多事之秋，再坏她的名节，便要送她回去。

两人相携着从层霄楼下来。

燕临撑着伞，扶她上马车。

这时，姜雪宁站在伞下，抬头望着他，浓长的眼睫在阴影里隐约颤动，轻声道：“燕临，以后不要喝酒，好不好？我害怕。”

不要喝酒？

燕临不明所以，想说壮志男儿有几个不饮酒？可一垂眸触到的却是她柔软后面藏了几分脆弱的眼神，也不知为什么心底仿佛也有某个地方被扎得一痛，于是迁就而宠溺地笑起来，承诺她：“好。”

★

这一天，姜雪宁很晚才回到府里。

她洗漱过后躺到已经铺好的床上，已经是深夜。

燕临系在她手腕上的那一条茉莉手串被她小心地解了下来，轻轻地摆在了妆奁上，幽幽的清香传到她的枕边，变得极浅极淡，却一直沁入沉沉的梦里。

只是次日她一早起来，妆奁上那串茉莉却败了。原本饱满的花瓣耷拉下去，像是失去了生机与水分一般，呈现出一种萎靡的姿态。

冬日的茉莉固然稀罕且好看，可终究算不上是绽放的最好时候。

姜雪宁站在妆镜前垂眸看了它许久。然后她将它捡起来，放进了一只藏香的小匣子里，搁在案头。

宫里只给了两天的时间，让这批入选的伴读回家探望父母，与家人道别，顺便再做好入宫常住的准备，时间实在算不上充足，今天傍晚她就要重新入宫。

屋里的丫鬟婆子都在帮姜雪宁收拾东西。

她自己倒不需要怎么忙碌，只坐在外面的廊下发呆，思考如今的局势和自己的处境。

原本她不打算入宫，结果遇着一帮“神队友”，活生生把自己弄进宫被选为了伴读。姜府的门第在京中固然算不上低，可比起别的世家大族则远远不如，那时她入宫最大的倚仗其实就是燕临。

可不久后勇毅侯府就出事了，她那时本就不合群，与别的伴读玩不到一起去，又因勇毅侯府出事，宫中不乏见风使舵、落井下石之人，所以后来有一阵，她吃了一番苦头。

还好后来她搭上了沈玠。她入得临淄王殿下的眼之后，处境才渐渐好转，没人敢欺负她了。

曾经的她是傻，对当时发生的事情没有任何准备，所以吃了那许多的苦头。如今勇毅侯府出事的结果只怕无法避免，而入宫这件事已经成为定局，她还要在宫中住上半年，且现在的她实在不想再与皇族有太深的牵扯，那么花心思去讨沈玠喜欢以保全自身这条路，无论如何也不该再走。

但如果这样……今后她要怎么做才能让自己在宫中的这半年好过一些呢？尤其是前几天在宫里那一番折腾，她好像无意间又成了人缘最差、最招人恨的那个人。

周寅之太危险。之前她用他是迫不得已，往后却要小心一些。但除了这个人之外，她还有谁能用吗？

“唉，头大……”姜雪宁看着雨后非但没有放晴反而越添上几分初冬阴霾的天空，长长地叹了一口气。

“也不知尤芳吟那边怎么样了……”

尤芳吟已经布置得差不多了，只是还有些不确定。

昨日从姜雪宁那边回来后，她中途便绕路去许文益那边看望了一下，这一次倒是对蜀地井盐和卓筒井的事情只字未提，坐了两刻便走了。她倒不是真有什么事要找许文益，而是姜雪宁这般吩咐过，说是什么“故布疑阵”。

此时此刻她看着自己笔下写出的歪歪斜斜的那一页字，手指却忍不住颤抖起来，心跳也有些加快：昨日二姑娘的话她都听进去了，心里面也的确冒出了一个报复尤月让其为自己的言行吃点苦头的想法。可她从小到大还没有成心害过谁，计划是打算得好好的，但当真要做时，却难免生出几分忐忑之意。

“她在屋里？”

正在她犹豫忐忑之时，外头忽然传来了急促而杂乱的脚步声，还有一声藏着轻蔑的询问。

立刻有人在外面回答：“在呢。”

那娇俏的声音立刻道：“走，进去看看她到底在搞什么鬼！”

脚步声立刻变得大了起来，也近了许多。

在府里生活了这么多年，也受了她这么多年的欺压，尤芳吟岂能听不出那是尤月的声音？尤芳吟几乎立刻就把桌上这张纸折起来往袖中一收，紧张地从座中站了起来，抬头看向门外，唤了一声：“二姐姐。”

尤月这时刚好走到了门口。

尤芳吟在看到她之前，以为自己会像以前一样恐惧到不敢直视对方，甚至瑟瑟发抖；然而真当尤月出现在自己的视线中时，她脑海中浮现出的却是昨日二姑娘那强忍委屈和苦涩的样子——二姑娘已经为她做了那么多，在宫中还要因为救过她而被二姐姐刁难，如今该是她报答二姑娘，保护二姑娘的时候了。

一颗心忽然就定了下来，尤芳吟藏在袖中的手指悄然握紧，也攥紧了自己先前放在袖中的那一张纸。

她知道，机会送上门来了。

尤月今日着一身鲜妍的桃红色襦裙，因着这两日天气骤然转凉，还十分娇气地戴了个兔毛手笼，将两手都揣在里面，站在门口斜斜地向尤芳吟看了一眼，又扫了她寒酸的屋子一圈，竟连走进来都嫌弃，只立在门槛前面，冷笑道：“听人说，昨日你好像出府去了？”

尤芳吟立刻道：“没有，没有的事。”

“没有？”尤月一张脸顿时沉了下来，直接向自己身后喝问，“张妈你出来说说，到底有没有！”

她身后一个一看就很厉害的粗使婆子立刻站了出来，指着尤芳吟的鼻子便尖刻地道："老奴绝对不会看错，昨日我去绸缎庄为您置办裁新衣要的绸缎，结果一眼就看到这丫头买了一匹上好的绸缎从绸缎庄离开。老奴年纪虽然大了，可这么多年眼神还没出过一点差错。当时老奴就纳闷呢，三小姐在府里什么地位，居然拿得出这么大一笔银子来买绸缎，只担心是府里出了什么不干净的事，不敢不回禀二小姐。"

尤月便道："我屋里正好少了一笔银子。"说完她便似笑非笑地看着尤芳吟。

尤芳吟一听，哪里还不知道她们打的是什么主意？若是往日，她只怕已经急红了眼，不住地为自己辩解。可现在她所能想到的却是接下来的每一个清晰的步骤，面上装作与往日一般慌张，道："不是我，我没有拿过，我连二姐姐住的地方都不敢靠近，又从哪里去拿二姐姐的钱？你们不能血口喷人！"

尤月是在宫中受了好一顿气，可里面有些细节太过丢脸，也不好对旁人声张，只能对人说自己与姜府的二姑娘起了龃龉，受了许多委屈，且还不好发作。

她本准备把这口气压下来，谁想到府里一个小小的庶女也敢作妖？她正愁没地方撒气！

尤月走过去就一巴掌扇到了尤芳吟的脸上，精致的面容上染上了一片恶意的刻毒之色，道："你没拿我的银子，那又是哪里来的钱买绸缎？难道银子是从天上掉下来的不成？来人，给我把她这屋子都翻过来仔细地搜！"

尤芳吟前阵子掉进水里就病过一场，更不用说近日来还受苛待，身子骨本来就不好，这一巴掌极重，扇得她脸上立刻浮出了红红的手指印，整个人都朝着右侧偏去，差点一头摔在地上，脑袋里面更是嗡嗡作响，连话都说不出来了。

丫鬟婆子们立刻进了她的屋子。

桌上的茶壶、水杯全被砸碎了，枕头、被褥扯作一团，甚至连少数的一些摆件都被推倒了扔在地上，整间原本寒酸但好歹整洁的屋子立刻变得一片狼藉。

不多时就有婆子搜出了藏在衣箱底下的几两散碎银子和两张五十两的银票，立刻大叫一声"搜到了"，然后如获至宝般送到了尤月的手上："二小姐，您看！"

尤月拿过来一看，瞳孔便缩了缩。原本听人说她还不大相信，想尤芳吟不过是团糊不上墙的烂泥，废物一个，哪儿来的本事搞到那么多钱？可现在银两和银票就实打实地出现在自己的眼皮底下，由不得她不信。

心中一股愤怒顿时涌了出来，她攥紧了银票和银两，道："好啊，在我眼皮子底下你竟然也敢做出这样偷鸡摸狗的事情了！前段时间是有那个不知廉耻的姜雪宁护着你，叫你免了一顿罚，没想到你跟找到了靠山似的，连我的钱都敢偷了！"

几个丫鬟婆子立刻上前按住了尤芳吟，她则剧烈地挣扎起来，瞪大了满布着血丝的眼睛喊：“公堂上审人都还要讲证据，碎银上没有标记，可这两张银票的来路清清白白，是我用姨娘留给我的钱去做买卖入干股赚来的！连钱庄银号都查得到，二姐姐便是要置我于死地罢了，又何必找这样拙劣的借口？二姐姐房里的钱有没有少，自己难道不清楚吗？”

尤月没想到她竟然还敢顶嘴了。被她呛声的这一瞬间，尤月差点没有反应过来，紧接着才勃然大怒，立刻就要吩咐人掌她的嘴。

可没想到，尤芳吟被丫鬟婆子按住挣扎之时，竟有一方折起来的纸笺从她的袖中掉出来，落在地上。

尤芳吟见了，立刻要扑过去抢那纸笺。

尤月看得心中一动，竟然上前直接踩住了她就要伸过去的手指，还用力地踬了一下，这才噙着嘴角那冷笑，在尤芳吟那似乎有些不甘又有些惊恐的注视中将这方纸笺捡了起来：“啧，让我看看是哪个小情儿写给你的东西……”

说着，她将纸笺展开了。那上面的字迹不算特别好，可她辨认起来还没有什么难度。

尤月粗粗一扫，几乎立刻就愣住了：井盐，卓筒井，任为志？

她房里有没有丢银两，自己当然最清楚，所以对尤芳吟这笔钱的来处，尤月也是好奇的。此刻她看到这页纸，一时有些惊疑不定，可冷静下来想了想，又怀疑尤芳吟的确是得了什么“高人”的指点，有了赚钱的秘诀。

旁边的丫鬟十分好奇，想凑上来看：“小姐，写的什么呀？”

尤月完全下意识地将纸笺掩住了，没让丫鬟看见上面的内容。她闪烁的目光中透出了几分贪婪之意，她也不声张，只挑了嘴角看着直勾勾盯着她的尤芳吟，心内快意至极，道：“先把她关进柴房，别成日里往外头乱跑，免得坏了我们府里的名声！”

粗使婆子们立刻将尤芳吟拉了下去。也因此，尤月并没有看到尤芳吟转过身的那一瞬间，消失了所有神情的一张脸。

下午接近酉时，姜府的马车准备好了。

大约是因为上一次进宫遴选，姜雪宁的表现还不错，也可能是因为她刚回府那一天就与家里又闹了矛盾，还去找了姜雪蕙的晦气，这一回拜别，姜伯游与孟氏都没有多说什么，只提醒了一句谨言慎行，便放她走了。

第二次入宫与第一次入宫不同，毕竟都算得上熟悉环境了，因此并不等人齐了再走，而是来了一个，便由小太监帮忙拎了带进宫的行李，引路先去仰止斋。

但姜雪宁下车这一会儿，旁边正好有马车过来。

居然是姚惜。两天不见，她看着似乎清减了一些，下车来时眉头依旧蹙着，抬眸看见姜雪宁，目光却有些凝滞，仿佛有话想说，可最终还是闭上了嘴。

于是姜雪宁想，姚惜回去这两日，是怎么处理与张遮的那一桩亲事的呢?

★

在姜雪宁的记忆中，姚家为退掉姚惜与张遮的亲事，除了四处散布张遮命中克妻的谣言外，还在朝堂上对他进行了打压，锦衣卫为除掉张遮这颗绊脚石故意罗织罪名构陷，姚太傅明知张遮被冤枉，却故意对此睁一只眼闭一只眼，甚至落井下石，在中间推波助澜，最终害得张遮被投入大狱。

直到后来原河南道御史顾春芳升任刑部尚书，查明情况，在中间周旋，才使张遮官复原职。

而如今的姜雪宁曾出言警告姚惜，但她并不能预料姚惜与姚太傅会如何选择。

两人对上目光的瞬间，宫门口有些安静。

姜雪宁与姚惜有些龃龉，但面上的和气还是会敷衍一下，所以姜雪宁倒像是将几日前的不快都忘了一般，主动打了一声招呼，道:“姚小姐。”

姚惜怔了怔，也敛衽还礼。只是对着曾经对自己说出那些话的姜雪宁，她的态度无论如何也无法热络起来。

姜雪宁也不在意。

在门口经由太监检查过了此次携带入宫的物品，二人便跟着太监进了宫。

上一次入宫，姜雪宁还存有希望，以为自己不过是入宫遴选走一遭，很快就会安然无恙地出来，去过自由自在的日子。

可天不从人愿，她没摆脱入宫的命运就罢了，还又被谢危给盯上了，且勇毅侯府出事在即，她不敢想此次入宫自己会是怎样的处境。

一重重宫门在眼前次第开启，如同环扣一般连接着长长的寂静宫道，点缀着高高的朱红宫墙，紫禁城的厚重感压顶而来。皇宫里的一切都建得太高太大了，以至于人在置身其间时，连抬头都感觉艰难。

行走于其间时，姜雪宁仿佛又回到了曾经：或逼仄或宽阔的宫道上，地砖与地砖之间浸满了顺着缝隙流淌的鲜血，即便顺着泥土与枯草的断茎往下渗透，依旧留下了冷酷血腥的痕迹；原本朱红色的宫墙上，有些地方如泼了墨一般显出更深的鲜艳色彩，有的地方又残留着刀剑的惊心痕迹；而前方的宫门上，悬挂着的不是麒麟瑞兽，而是周寅之面目狰狞、瞪大了眼睛无法闭上的头颅，被三根铁钉残忍地穿过，钉在所有人的头顶……

许是已经深秋入冬，穿过宫道的风竟有几分呜咽似的凄然与冷寒，她忍不住打了个寒噤，瑟缩了一下肩膀。

谢危当年持着弓站在九重阙上的身影，也似梦魇般浮上心头。

这半年，她当真能全身而退吗？

此刻仰止斋中，已经有几位伴读先到了，正笑着相互说话。

“呀，方妙啊方妙，你又带了这许多乱七八糟的东西。”

“这可是转运用的。你们又不是不知道，我这人榆木脑袋，其实不大会读书，若不是先前有姜二姑娘猜题，我哪里能被选上当伴读？这转运的笔架，回头我放在书桌上，只盼着先生们不要抽我起来读书啊回答问题之类的。无量寿佛，保佑保佑！”

“说起来有人知道回头到底学什么吗？”

“除了谢先生会教琴之外，别的都还不清楚。”

“萧姐姐带了好多书啊，这些都是世所罕见的孤本吧？”

萧姝、陈淑仪两人这一次依旧是一起来的，就坐在屋内靠窗的位置上；同样来得很早的方妙却闲不住，在屋里走动着，四处调整着摆设的方位，说是想给大家换换风水；年岁最小、脸蛋红扑扑的周宝樱却是打着哈欠趴在桌上，一副困倦模样。

萧姝不由得问她：“宝樱你怎么这么困？”

周宝樱撇嘴，委屈极了：“上次出宫回家之后，父亲竟说我在宫中不懂规矩，不学无术，本来要给我买杏芳斋的糕点，这一下全没了……”

原来她是为了吃的。

萧姝被她这回答窒了一下，没接上话。

只是没想到下一刻，周宝樱那小鼻子忽然朝周围嗅了嗅，像是猫儿闻见了鱼腥气似的，脑袋一下从桌上抬了起来，惺忪的睡眼也瞬间睁大：“有吃的，有吃的！”

而且这香味绝对是很好吃的东西！

凭着自己多年的经验，周宝樱轻而易举地就能闻见美食的味道，于是立刻从自己的座中蹦了起来，到门口一看，惊喜地叫出声来：“哇，小姚姐姐带了吃的来！”

因着此次被选上做伴读的姑娘里有两位姓姚，一位是翰林院侍讲姚都平家的姑娘姚蓉蓉，一位是太子太傅兼吏部尚书姚庆余家的姑娘姚惜，如果都叫“姚小姐”，未免难以区分。所以众人按着她们的年纪，称姚惜为“大姚姑娘”，称姚蓉蓉为“小姚姑娘”。

此刻端着食盒从外面走进来的便是姚蓉蓉，她本就出身小门小户，在宫中颇为谨小慎微，没料着会有人一下从屋里扑出来，差点被吓了一跳。

见是周宝樱她才将食盒往前一递，道：“这是我回家自己做的桃片糕，想着诸位姐姐和宝樱妹妹之前在宫中对蓉蓉颇为照顾，所以带了来，略表一些心意，想请大家尝尝。”

“是给我们吃的！”周宝樱刚闻见那隐隐的甜香味道便忍不住流口水，一听姚蓉蓉这么说，一张脸上笑容顿时灿烂起来，几乎立刻就伸出了手去，“那我先尝尝！”

桃片糕乃用糯米、桃仁和糖一起做的，都切成薄薄的小片，看上去雪白，口感软糯香甜，中间嵌着的桃仁又会增添一分甘香。

糕点做得好与不好，就看入口的感觉如何。

京中桃片糕做得好的铺子其实不多，就算有，周宝樱也全部吃过了。可她没有想到，姚蓉蓉做的这份桃片糕，竟清甜不腻，几乎入口即化，又留有不浅不深的余味。才吃一口，她就瞪圆了眼睛，惊叹一声：“天哪，好好吃！”

周宝樱是个嗜吃如命的人，又因出身好，所以将天底下好吃的东西基本都吃遍了，自然也养得一副刁钻的口味，并不是什么东西都入得了她的口。

所以，但凡能被她夸赞的，一定是好吃的，更别说眼下她是如此惊喜的模样了。

众人都好奇起来，虽然觉得姚蓉蓉有时候过于小家子气，比如先前和姜雪宁说话时就不太聪明，可这并不影响大家表面上的应酬。一时大家便都取了桃片糕来吃，果然味道很不错。

就连萧姝咬了一口后，都没忍住一挑眉梢，有些讶然：“的确好吃，都比得上京中出名的杏芳斋和齐云斋了。想不到姚姑娘还有这样的本事。”

姚蓉蓉顿时满脸惊喜，显然是没想到自己竟能得着萧姝的夸赞，捧着食盒的手指都有些颤抖，红了脸道：“蓉蓉见识浅薄，在家大门不出二门不迈，只好钻研这些。萧姐姐和大家喜欢，我便欢喜了。”

众人都道她是谦逊了。

屋里的气氛因着这一盒出人意料的桃片糕，总算是变得活络了一些。

姜雪宁和姚惜便是这时候进来的。方妙手里正端着个罗盘算什么东西，一抬眼见着她们便自来熟地招呼：“还在想你们要什么时候才来呢，可叫你们给赶上了。小姚姑娘带了好吃的来，你们要再不来，只怕就要被宝樱给吃光了。”

周宝樱不满地嘟起嘴来。

正低着头同其他人说话的姚蓉蓉一怔，看见姚惜时还好，看见姜雪宁时却有些不自在，连笑容都勉强了许多，但还是站起来捧了食盒向她们面前递，道："方姐姐说得是呢，这是我自己做的桃片糕，两位姐姐一起尝尝？"

姚惜今日的心情显然也不比上一次入宫时好多少，甚至更差了，隐隐藏着几分焦躁。见着姚蓉蓉递桃片糕来，她甚至有些不耐烦，只冷淡地道："谢了，但我今日不是很有胃口。"说完她便直接到萧姝与陈淑仪那边坐下。

姚蓉蓉顿时尴尬至极。

众人的目光却一下都落到姚惜身上，暗自猜测着她那桩亲事是不是有了什么变化，才引得她如此。

姜雪宁本是不想拿这糕点来吃的，一则她对姚蓉蓉的印象并不算好，总是楚楚可怜的做派好像谁欺负了她似的；二则……过去，这玩意儿她差点吃到反胃，以至于听见这三个字都忍不住想吐。可姚惜已经拒绝，她再拒绝气氛未免太尴尬，所以她给了个面子，从食盒中取了薄薄的一片桃片糕，斯斯文文地咬了一小口，然后笑了笑道："谢谢。"

她就这个反应？

也太平淡了。

要知道姚蓉蓉做的桃片糕可是连周宝樱都忍不住赞叹其味道好，姜雪宁吃了之后竟然没什么表示？有那么一瞬，周宝樱都开始怀疑自己的味觉了，十分纳闷地看向了她，道："姜家姐姐不觉得桃片糕很好吃吗？"

好吃？

姜雪宁垂眸看向这被自己咬出一个小小缺口的薄薄的桃片糕，想起的竟还是谢危，那位后来闻名遐迩的谢太师。

过去，她刚当上皇后的那两年，曾在宫里宫外找过很多好厨子，试着做了很多种桃片糕，只是最终也没有还原出当年的味道。

到底是谢危做得太好，还是她没了当初品尝的心境呢？姜雪宁实在不清楚。

现在想起来她都觉得自己是在做梦，那可是出身世家、才冠天下的谢居安啊，天下人眼中君子中的君子、半个圣人般的存在，怎会近庖厨，沾烟火？

姚蓉蓉做的桃片糕当然不能说不好吃，可有谁见过天上的明月后，还会对明珠的光华大加赞叹呢？

姜雪宁看了旁边已经默默垂首咬唇的姚蓉蓉一眼，最终浅浅地勾唇，找了个借口，道："好吃该是很好吃的，只是我本身不爱甜腻的口味罢了，还望莫怪。"

山珍海味也有人不喜欢呢。姜雪宁这么说当然没错。只是她和姚蓉蓉的关系也有点微妙，所以这言语也很难不让人生出点别的想法。

周宝樱倒是心思单纯没多想，只嘀咕了一句："我就说嘛，我的舌头还是很厉害的。哎，姜二姐姐不吃也好，那剩下的都是我的了！"她想到这里立刻高兴起来，也不管姚蓉蓉是什么脸色，便直接把那食盒拿到了自己面前，高高兴兴地吃了起来。

此次入宫的伴读八人，除尤月外都已经到了。姜雪宁也随意地在方妙身边坐下。众人又聊了点这两天出宫后各自遇到的事情，很快关注的焦点便落到了先前进来时脸色不好的姚惜身上，毕竟在座的所有人都知道她与张遮的那桩亲事，看她这样难免有些担心。

萧姝低声问她："可是议亲的事情有了什么变故？"

姚惜柳眉低垂，险些又要落泪："我回家之后求了父亲许多次，父亲也不肯应允，偏要说那张遮是良配，连母亲都劝不了他。如今我也不知要怎么办才好了……"

萧姝皱眉，下意识地看了姜雪宁一眼。姜雪宁表情淡淡的，眼观鼻鼻观心，端起茶盏来饮茶，好像此事与自己毫无关系。

众人别的或许不记得了，可当日姜雪宁把尤月抓了摁进水里的狠戾样子，却都还历历在目。一时大家都跟萧姝一般，莫名地向姜雪宁看去。

姜雪宁觉着好笑："议亲的又不是我，且跟我没半点关系，诸位都看我干什么？"

她事不关己的模样本没有什么问题，可落在姚惜眼中难免有那么一点幸灾乐祸的讽刺，脸上便一时青白交错，有那么一刻想要站起来与姜雪宁理论。

可她还没开口，外头就来了人。

来人是在仰止斋伺候的一名小宫女，脚步急匆匆的，手里还捏了一封信，进来就行了礼，将信封举过头顶，道："给几位姑娘请安。这是外面姚太傅托人传来的信，说是要交给姚小姐看。"

姚惜顿时一愣：她才离开家不久，怎么父亲就写信来了？

那封信被交到了她的手上，外面是姚太傅遒劲有力的字迹。

往日看了家信，她总觉得安心，今日却不知为什么，有些心慌意乱，甚至都不等回到自己的房间，便在这厅中将信拆开来看。

薄薄的信封里就只有两页信笺，可当姚惜看见信笺上的字迹时，便怔了怔——这不是父亲的字。父亲习惯写行书，苍劲有力，也算得上行云流水。可这一行行字却是用笔细劲、结体疏朗的瘦金体，甚至显出几分一板一眼来，透着些许沉静肃穆。

"兹奉姚公亲启，晚辈张遮，承蒙厚爱，赏识于朝堂，许亲以令爱。念恩在怀，不敢有忘。然今事变，遮为人莽撞，为官刚直，见弃君王在先，开罪奸佞在后，步已维艰……”

短短言语，对方已陈明身份与来信之意。

分明只是薄薄一页信笺，可透过这简简单单的一行行字，姚惜仿佛能窥见那名曰“张遮”的男子在灯下平静地提笔落字的冷淡神色。

何曾有半分谄媚？

他是清醒的，甚至是坦然的，向姚父陈明自己的处境，没有让姚府为难，也没有贪图姚府的门楣，竟主动提出了退亲。

这一时，姚惜原本苍白的脸色忽然变得潮红，又转而苍白，似乎是羞又似乎是愧，末了泪盈于睫。

以前她是不识，可如今看了张遮写给父亲的这封信，便知这该是何等月朗风清似的人，也知自己是错过了怎样好的一位良人。而自己先前竟还想要设计陷害他，迫他退亲……她愧疚之外，竟还有一丝难以言说的悔恨涌了上来。

姚惜也说不清自己到底是怎样的感觉，只有眼泪不住地往下掉。她将信笺一搁，将脸埋在臂弯中，伏在案上便大哭起来。

众人被她吓住了。

萧姝与陈淑仪都走到她身边去，忙问她：“不是姚大人来的信吗，信上说什么了？”

姚惜只哭不答。

姜雪宁却将目光转向了那一页被姚惜的手臂压住大半的信笺，在看见那清瘦刻板的一笔一画时，便无声地笑了起来。原来，他的字这么早便是这样了，她还以为是后来才练成的。

张遮呀……不欺暗室，防意如城。

曾经，她是走了怎样的好运，才能遇着这样好的一个人呢？

燕临对她好时，她还太小，太执拗，一点都不懂得珍惜；等往后懂得了，却没人肯真的对她好了。

唯有一个例外。

姜雪宁低垂着眼帘，看着伏案哭泣的姚惜，心里忽然想：不肯牵累旁人，主动退了亲，那么，如今的张遮应该没有婚约在身了吧？

第十四章
变化

萧姝在几个人之中乃身份最高的，且与姚惜的关系本来就不错，问她半天，见她只哭不答，眉头便皱得更紧了一些。

萧姝索性不问了，径直将那页信笺从姚惜的手臂下取了出来，读过后便了然了。很显然，这封信本不是写给姚惜的，而是写给姚惜的父亲，太子太傅姚庆余的。

姚太傅在看过后，将这封信转给了姚惜看，但除此之外再无一字，也不说这封信寄来是干什么用的。

“这张遮倒是个人物……”萧姝看完信后低低呢喃了一句。她其实是要强的做派，不大耐烦听人哭，所以对姚惜道：“别哭了，还嫌不够丢人吗？”

姚惜的哭声小了些。

萧姝这才问道：“前些天你才说过不想要这门婚事。如今张遮主动写信来退亲，都不用你再花心思使手段折腾，难道不好？”

姚惜埋着头，谁也看不清她的神情，可方才小下去的哭声，隐隐压抑着，又渐渐控制不住起来。

萧姝同陈淑仪对望了一眼，都知道这种事已不适合当众再说，且也猜着了点姚惜的心思，便道：“进去说吧。”

说完两人便扶了姚惜起身，去她的房里了，留下众人面面相觑。

方妙面色古怪，手里那罗盘的指针随着她向那三人的背影望去的动作而轻轻晃动，没忍住嘀咕了一句：“遂了心愿还不高兴，真是奇怪……”

姜雪宁却嘲讽地勾了勾唇。萧姝与陈淑仪能猜到的事，她自然也能猜着，只是竟不怎么高兴。主角都走了，她也不欲在这厅中多留，便借口收拾房间，出了厅往自己的屋子的方向走去。

方妙一琢磨，竟跟了上来。姜雪宁回头看了她一眼。方妙却讪讪一笑，好像有些不好意思，可跟着姜雪宁的脚步没见停。她道："当时姚惜小姐差点听信尤月的话，要污那张遮的名声，姜二姑娘还发作过一回，如今退亲的事情都出了，姜二姑娘却好像一点也不关心。那什么，我人比较笨，姚惜为什么要哭，她们又要去聊什么呀？"

从入宫的第一天起，方妙就认准了姜雪宁是个有"运势"的人，到底是真是假，姜雪宁也追究不出来。只是既然进了宫，还要待半年，她自然不能和先前一样一个朋友也没有。方妙这人神神道道，有一套自己的生存方式，过去算是少数几个全身而退的人之一，虽趋炎附势了一些，可心并不坏。

姜雪宁一琢磨，便笑道："你觉得姚太傅为什么送信来？"

方妙道："不就是给姚惜看吗？"

姜雪宁道："那本是写给姚太傅的信，且出自一男子之手，再转给闺阁小姐看，无论如何都不合适吧？再说，若他只是想让她知道张遮来退亲的事，直接重新写信告知就是了，何必连人的信都一起给？"

方妙眨了眨眼，愕然，忍不住伸手挠头："姜二姑娘的意思是？"

姜雪宁垂眸，唇边的笑容渐渐淡没，平淡地道："这封信应该才送到姚太傅手中不久，姚太傅还未来得及回复。张遮出身寒门，却能得姚太傅许了这门亲事，想也知道姚太傅该很看得起张遮的人品。姚惜想退亲，姚太傅显然未必。我等旁观之人都能从这封信里看出张遮人品贵重，姚惜也不傻，怎能看不出来？姚太傅还未回信，便将信转给自己的女儿看，想来是想让她再考虑考虑。"

方妙听得目瞪口呆，好半晌才缓过神来："二姑娘不会是想说，姚惜哭是因为她、她看了这封信后改了想法，现在又想嫁给张遮了吧？！"

姜雪宁已到了自己的房门口。她停了停脚步，垂眸看着两扇门间缝隙的阴影，道："谁知道呢？"说完，她便推开门走了进去，也没管外面的方妙是什么神情，随手将门带上了。

方妙立在她的门外，倒也不介意，回想一下方才姜雪宁的言语，对此刻姚惜与萧姝、陈淑仪会聊什么，产生了巨大的好奇心。

然后她转身便想回自己的房间。只是才走出去没两步，她就忽然"哎"了一声，回头看向姜雪宁那两扇已经闭上的房门，不由得嘀咕："刚才她们说过那封信是张遮写来的吗？"

她怎么一点也不记得了？

她们也就看见了上面的字迹而已，难道是自己记性不好，刚刚算着算着风水，算走神没听到关键处？

方妙又挠了挠头，没琢磨出个所以然来，干脆将这疑惑抛之脑后，又朝自己屋里溜达去了。

这一天，最后来到仰止斋的人是尤月。

据说是府里有事耽搁了，她险险赶在宫门下钥之前进了宫。

这时姚惜已与萧姝、陈淑仪说完了话出来，情绪也平静了下来，除了眼圈红一些以外，已看不出什么异常之处。

尤月先前曾因退亲的事情向姚惜献计，虽然因此被姜雪宁摁进鱼缸里，可与姚惜的关系却自然地拉近了。晚上她一来，便像先前一般想坐在姚惜身边说话。

可没想到姚惜竟跟变了个人似的，虽还同她说话，可态度比起上一回入宫冷淡了不知多少，让尤月有种毫无防备一头撞在了铜墙铁壁上的感觉，一时站也不是坐也不是，笑也不是，甩脸子更不是，只得夹紧尾巴，尴尬地坐在旁边。

当晚乐阳长公主沈芷衣派人赏了许多东西下来，还有尚仪局的苏尚仪亲自来跟她们说明天开始伴读的事。

宫里的规矩，皇子读书都是要天不亮就起，但圣上念及长公主是姑娘家，且连伴读都是各家府中娇养的小姐，所以放宽了许多，只叫她们每日卯正到奉宸殿上学，听先生们讲课。

皇上共请了五位先生，一天两堂课，大多在上午，下午则留给长公主和伴读们自己学习或者玩耍。唯有谢危例外，其他先生只负责教授一门课，他要同时教授两门，且因为时不时要去文渊阁做经筵日讲，所以其中一门必得放到下午。若将来时间上调不开，则由他自己调整。

苏尚仪走时道：“君子六艺，礼、乐、射、御、书、数，唯有‘射、御’两样诸位小姐不用学，其他先生都会教，另还要学文、学画。谢大人教的是‘琴’和‘文’，需要格外注意。要用的笔墨与书籍宫里都已经准备好了，放在了奉宸殿的书案上，但琴要各位伴读自己带去。明日先生们会一一到殿，先为你们讲要学什么、怎么学。长公主也会来。还望诸位伴读在接下来的日子里，同长公主一起一心向学，尊师重道，不要辜负圣上的恩典。”

众人都一一记在了心中。

待苏尚仪走后，众人便难免有些兴奋地猜测明日到底会学什么，先生们又都是什么样，一副十分期待的模样。

然而姜雪宁却高兴不起来。只要一想到上学，想到谢危，想到学琴，她便觉得自己十根手指头隐隐作痛，恨不能现在就出宫去。

可第二天一早，她依旧不得不准时起床。洗漱完毕后，她抱了琴从屋里出来，与众人会合，一道去奉宸殿。

谁都知道琴是谢危教，出宫回家那段时间，众人都在选琴上花了不少工夫，带的琴要么出自小有名气的斫琴师之手，要么是有些年头的古琴，且都小心地套上了琴囊。

姜雪宁的也一样。

可没想到，在从仰止斋出去的时候，萧姝的目光便落在了她的琴上，竟道："姜二姑娘这琴囊看着有些眼熟。"

姜雪宁怔了怔，垂眸看了那暗蓝色的琴囊一眼：这便是燕临当初带着她去幽篁馆买的那张蕉庵，琴囊也没换，还是吕显将琴交付给他们时套着的琴囊。她不知道萧姝怎会觉得眼熟，当下只道："寻常的琴囊罢了，到处都能见着。"

"这真不是什么地方都能见到的。听说前段时间幽篁馆来了一张名曰蕉庵的古琴，我便差了人去买。可琴馆主人竟说，琴是为了燕世子找的，不卖给别人。我还可惜了好久，没想到今日居然在姜二姑娘这里见着了。"萧姝今日穿了一身深紫的宫装，显得端庄而贵气，直将其他人都压了下去，她看着姜雪宁笑了起来，"看来，那琴不是燕世子自己要用，而是特为姜二姑娘寻的了。"

众人的目光顿时跟着落到了姜雪宁抱着的琴上。陈淑仪、方妙、周宝樱等人只是有些好奇。尤月却轻易地想起了当日重阳宴上着实称得上是被打脸的一幕，面色不大好，看姜雪宁的目光又隐隐藏了几分轻蔑之意。姚蓉蓉则是站在众人后面不出声地打量。

自清远伯府重阳宴后，勇毅侯世子燕临与姜家二姑娘关系匪浅的消息便在京中传开了，消息稍微灵通些的人都知道。且燕临下个月就要行冠礼，也没剩下几天了，于是众人都猜燕、姜两家该是暗中定好了亲事，所以并不去诟病一对小儿女的关系。

外头也没几个人乱嚼舌根，一则是两家都没说什么，轮不到外人说；二则是勇毅侯府势大，旁人也不大敢多言。

可现在萧姝竟然这样毫不避讳地说了出来。

姜雪宁自忖过去与萧姝有矛盾乃因为皇后之位，谁也不肯相让，所以斗了个你死我活，最终谁也没落着好下场；而如今她不想当皇后，更不想嫁沈玠，两人之间没有了利益冲突，而以萧姝身为世家大族的骄傲与不输男儿的智计，该不至于主动挑起什么争端才对。

也就是说，按道理萧姝不会针对她。所以在眼下并不知道她是有心还是无意的情况下，姜雪宁只能当她是无心，于是并不发作，只视若寻常地笑了笑：“蕉庵虽好，可在天下名琴之中只怕不过跻身末流。萧大姑娘虽然错过了这一张，但想必轻易便能寻着更好的琴吧？”

萧姝便笑起来，却也不接话，更不解释什么，只叫了一旁抱琴的宫女跟上自己的脚步，继续往奉宸殿的方向去了。

众人的目光不由得都落在她的琴上。可谁也认不出那张琴的来历，只能通过琴囊上挂的和田玉坠子猜测那琴绝不普通。

一行人都顺着宫墙走上了宫道。

此刻天色还未完全放亮，两侧点着的宫灯在沉沉的暗蓝天幕与暗红宫墙相接之处散发着光亮，这样的路，曾经姜雪宁走了不知多少回，熟悉得闭上眼睛都不会走错，所以心不在焉地落在最后。

姚惜本是走在最前面的，可不知怎么的，一面走，还一面回头看。她见姜雪宁落在最后，脚步便跟着放慢，不一会儿，便自然地到了姜雪宁身边。

姜雪宁这时才注意到她，在昏暗的光线中便悄然皱了皱眉，只想着无事不登三宝殿，所以问：“姚小姐有什么事吗？”

姚惜注视着她，很认真地注视着她，过了片刻，才用压低了的声音笑道：“只是忽然之间对姜二姑娘很好奇。若无前几日姜二姑娘好言相劝，只怕我已铸成大错，污人清誉不说，还要错过一桩好姻缘。现在想起来，实觉该感谢一番，不过我心中也有些疑惑难解。姜二姑娘说过，叫我什么也不做地等着。当时我不明白，直到昨日见着父亲转的那一封退亲信，才知道姜二姑娘是什么意思。若非知道二姑娘与燕世子是一对，只怕我真要觉着你与张遮关系匪浅了。不过二姑娘似乎的确很了解张大人？”

姜雪宁垂眸看路，没有接话。姚惜心底便生出几分芥蒂来，只是想起昨日那封信，还有萧姝等人对她说的话，又难得觉出了几分甜蜜的羞涩之意。

她脸颊上悄悄浮上了一点红晕，声音也有了些少见的犹豫和忐忑，对姜雪宁道：“现在我才知道父亲为何赏识他。他修书给父亲虽是为了退亲，可竟是怕自己将来仕途不顺，恐我嫁给他后跟着受苦。女儿家最要紧的不就是找个良人吗？我见了那封信后，便想，若真能与他成就姻缘，往后必不会受气。且父亲还会帮衬他，他未必就会差到哪里去。我想写信告诉父亲，我改主意了，姜二姑娘觉得如何？”

东边已现出鱼肚白，紫禁城里飘荡着浓重的雾气，前方的奉宸殿只在雾气中伸出一角高啄的檐牙，却叫姜雪宁看出了奇怪的惘然。

有那么一刻，恶意如潮涌，某一道声音在她的脑海里疯狂地喊叫：当个坏人吧！宁宁，当个坏人吧！别管旁人怎么看，去抢，去把张遮抢过来！那本是上天赐予你的！

可她不能这样做。冥冥中仿佛有双眼透过迷雾看着她，提醒着她，她曾答应了，往后要做个好人。最终这些声音都消了下去。

姜雪宁眨了眨眼，只觉自己已坠入这片迷雾之中。她看向姚惜，然后听到自己没有半分破绽的镇定嗓音："姚小姐本未铸成大错，迷途知返实为难得，若能与张大人成就姻缘，令尊想必会很欣慰。"

★

"太好了，我也这样想！"姚惜听了姜雪宁这话，跟吃了定心丸似的，唇边的笑意也压不住了，融冰一般溢出来，又道，"我回头便给父亲写信。想来张遮虽然主动退亲，可并非不愿娶我，只不过怕我嫁过去后带累我。可若我愿意，那他必定再没有任何顾虑。如此、如此……"

如此两人的亲事便可成了。

姚府如此高的门楣，她自问颜色、修养在京中都算一流，想那张遮怎会有再拒绝的理由呢？

不过，这话由女儿家来说，终究有些难以启齿，所以她嗫嚅了半天也没说出口。

但姜雪宁听明白了。在接下来的一段路上，姚惜都走在她旁边，似乎一改对她的敌视，想要和她做朋友。毕竟若没有姜雪宁之前劝那一出，她也许还不知道张遮竟是人品如此贵重的人。

姜雪宁却不想与她深交。扪心自问，她真的喜欢姚惜，认同姚惜这个人吗？答案是否定的。对姚惜与张遮的议亲，她也并不乐见其成。

但此时此刻的张遮对姚惜没有任何了解。因为有了自己的阻拦与劝告，姚惜并没有利用下作的手段诬蔑张遮，给他盖上克妻的名声，在张遮那边便是清清白白的。假如她在收到退亲信后不仅不嫌弃反而想要嫁给张遮，那从张遮的角度来看，姚惜该是个怎样的人呢？

不用想姜雪宁都知道。出身高门却肯委身寒门，雪中送炭却不落井下石，既不势利，还重承诺，怎么看姚惜都是个极好的姑娘。

张遮该会答应亲事吧？

姜雪宁知道姚惜是个什么样的人，也不觉得张遮该娶她。可她没有资格再做什么了。

先前她训斥尤月、警告姚惜，是因为无法坐视张遮被人污了清誉；现在姚惜愿意嫁了，天底下任何人都能非议、反对这件事，唯有她不能，也没有立场。因为她对张遮怀有私心。如果去破坏这桩亲事，她绝不敢问心无愧地说，仅仅是出于看不惯姚惜的人品。

清晨的奉宸殿里，负责伺候的宫人们早将每一张书案都收拾得整整齐齐，从前到后一共三排三列，九张书案。第一排最中间的那张是紫檀雕漆面，身后的座椅上铺了金红的锦缎坐席，一看就和别的桌案不同，连摆在上面的文房四宝都更为贵重。

这显然是乐阳长公主沈芷衣的座位。

众人从外面进来，一眼就看出了这位置的特殊，都自觉地落座在其他位置上，大部分坐的与自己第一次到奉宸殿时的位置差不多。

姜雪宁几乎是毫不犹豫地挑了那个角落里靠窗的位置，也就是她最初坐的那个位置。即便外头开着窗，天光都照进来，可相比起前面两排，这里依旧是最难被先生们注意到的位置——接下来她要在这里待整整半年，她可不想选个前面的座位在谢危眼皮子底下坐着。

萧姝和陈淑仪显然都对自己的学识和出身有自信，分别选了长公主的位置的左边和右边；姚惜则选在了第二排的中间，正好在沈芷衣后面；左右两边则分别是方妙和周宝樱；最后一排从左到右只剩下了尤月、姚蓉蓉和姜雪宁。

今天算是沈芷衣第一次真正到奉宸殿来。母后和苏尚仪这几日已经交代过，为她开课上学这件事是皇兄好不容易才同意的，朝堂上对此也颇有非议，多认为此事于礼不合，所以她一定要珍惜机会，不敷衍对待。于是她特意穿上了一身鹅黄织金绣纹的得体宫装。

姜雪宁等八位伴读刚到不久，距离卯正还有一刻，她就带着两名贴身伺候的宫人从外面走了进来。

众人纷纷躬身行礼："见过长公主，给长公主请安。"

沈芷衣许久没有这样高兴了，一张明艳的脸上挂满了笑容，两只手背在身后，轻快地跳了一下站在门槛上，向众人道："以后你们都是我的伴读了，见面的时候还多，就不要回回都行大礼了，你们累我也累，都快起来吧。"

她说着，目光扫了一圈，紧接着就"咦"了一声，竟直接走到了姜雪宁的面前：

“宁宁，你怎么坐在最后面？”

沈芷衣额头上缀着一片樱瓣，自打上回重阳宴后，她脸上便少了往日的阴郁，放下了以前故意端起来的长公主架子，反而变得平易近人，还有几分小女孩儿的俏皮。

姜雪宁触着她关切的眼神时，不由得一震。她记得自己也见过沈芷衣这般娇憨开心的时候，可知道她是女儿家后，这种神情便都从沈芷衣脸上消失了，沈芷衣又变回了原来那个眼底总是纠缠着一丝郁气且脾气越来越坏的乐阳长公主。

姜雪宁可见识过了她先前对自己的“好”，生怕她一开口便叫自己去前面坐，连忙向她眨了眨眼，解释道：“臣女性情愚顽，学业不精，坐在这里免得先生见了心烦，回头一个不小心叫我滚蛋，岂不坏了？”

她这是委婉地说自己不想被先生看见。

沈芷衣听懂了，没忍住一乐，道：“有本公主罩着，谁敢叫你滚蛋？”

殿中其他人的目光顿时落在了姜雪宁的身上，嫉妒有之，复杂有之，忌惮有之，深思有之。

姜雪宁能感觉到殿中气氛变得微妙。但她也不敢看，怕一抬头眼刀就扎过来把自己给戳死！

沈芷衣本在宫中受着万千宠爱长大，除了对皇兄和母后以外，并不知道什么叫作“行事收敛”，喜欢一个人时便会毫无顾忌地对一个人好。

她其实有心想让姜雪宁坐在自己旁边，坐得近一些，一转头就能看见，岂不舒坦？可她再往前一看，最前面一排她左右两边已经坐着萧姝和陈淑仪了，两个人都是她以前就认识的，叫谁起来和姜雪宁换位置只怕都不好，平白惹人尴尬。所以沈芷衣只好罢了。

她咕哝了一句：“你既想坐在这里便先坐着吧，哪天腻了再换也没关系。”

姜雪宁松了口气：“谢长公主殿下照拂。”

沈芷衣这才从她身边经过，到了第一排中间自己那张书案前坐下。

萧姝便在这时站起来，自然地将一个锦盒放到了沈芷衣的书案上，冲她眨眼笑了笑。

沈芷衣顿时惊喜地叫起来：“阿姝还给我带了礼物？”

她捧起那锦盒来打开，里面竟是一张精致的皮影，顿时有些爱不释手。

陈淑仪也在此刻站了起来，双手将自己准备好的礼物奉上：“听闻长公主殿下喜欢顾岐先生的画，家中正好有珍藏，这一次便正好带给您。”

沈芷衣再一次惊喜起来：“淑仪对我真好！”

此次入宫，大家都是要给沈芷衣做伴读，家里有人谋划的或者心思细巧的，其实都为沈芷衣准备了礼物，有的比较贵重，有的则只是一份心意。原本谁也不敢先送，但有萧姝和陈淑仪带头，且沈芷衣还这般欣喜，众人便都有了胆子，趁此机会跟着将自己准备好的礼物奉上。

不一会儿，沈芷衣的书案上便摆了许多东西。

姜雪宁看得目瞪口呆。她想起自己这一次回家光处理尤芳吟和燕临的事情去了，根本就没有想过沈芷衣。现在所有人都将礼物拿了出来，她却没有半点准备，眼皮一时狂跳起来。她心里默念着反正送礼的人这般多，且自己还在角落里没什么存在感，最好不要有人注意到自己。

可天不从人愿，就是有人嘴比较贱。

早在刚才沈芷衣进来说话的时候，尤月就已经在看姜雪宁了，此刻更注意到大家都带了礼物，唯有姜雪宁坐在自己的位置上一动不动，还低垂着头。

这可不就叫她逮住把柄了吗？

有了上一回的教训，她已经学会了不同姜雪宁正面对抗，只一副好奇模样，掐了嗓子笑道："没想到大家心有灵犀，都为长公主带了礼物来，虽然东西不同，可各有各的新意。不过我看姜二姑娘坐在旁边也不说话，难道是准备了什么特别的礼物？"

尤月此言一出，众人先前才移开的所有注意力都重新回到了姜雪宁的身上。就连沈芷衣都一下转过头来，两眼亮晶晶地看着姜雪宁，显然是在期待姜雪宁给她带来惊喜。

姜雪宁这一刻实在想冲过去撕烂尤月那一张惹事的臭嘴，可转过头来对上沈芷衣那一双期待的眼，心底又生出几分无奈之意。她是真的没有任何准备。难道叫她随便取下随身戴的玉佩敷衍？姜雪宁实在做不到。

她微垂了眼眸，不去直视沈芷衣，叹了一口气道："我没有准备礼物。"

前排坐着的萧姝听见这话顿时一挑眉梢，无声地哂笑了一声。

尤月更是露出了个得逞的笑容，立刻掩住了唇，惊讶极了："不会吧？长公主殿下对姜二姑娘这般优待，你竟然……竟然连礼物都没……"剩下的话她故意没说出口，可恶毒之意已不必言说。

其他人看姜雪宁的神情多少也有些微妙：她们本该同情她，可一个本来就被长公主殿下如此优待的人，哪儿轮得到她们同情？此刻众人都不作声地看着，心里只想：就算长公主再喜欢姜雪宁，在这种强烈的对比下，也该知道她对自己没有那么上心，无论如何也不会高兴吧？

她们料得不错，沈芷衣在听见姜雪宁说没有准备礼物的那一刻，的确有一种说不出的失落感，甚至有些伤心，想自己对她这么好，别人都能想到给自己准备礼物，她怎么就想不到呢？

可下一刻，她就看见了姜雪宁那垂首低眸的姿态。姜雪宁既没有辩驳，也没有解释。她本是极为艳丽的长相，眼角眉梢一动，都仿佛枝头带露的花瓣轻颤。此刻修长的脖颈低垂，竟叫人心头为之一软，甚至忍不住心疼。

沈芷衣一下想起燕临对自己说过的话，想起了姜雪宁的身世，想起了她在府中的处境……

姜雪宁正低头琢磨自己该找个什么样的理由，刚有点眉目，抬起头来就想为自己解释："其实，我……"

可她万万没想到，话还没出口，沈芷衣已红了眼眶，竟对她道："我知道，我都知道。"

你、你知道什么了？姜雪宁蒙了一下，差点被对方这要哭不哭的模样给吓住。她直觉哪里不对："殿下……"

沈芷衣却已起身，到她面前来，拉了她的手，一副坚定的模样，道："宁宁，你放心，有我在，绝不叫谁欺负你去！没准备礼物有什么关系？你能来做伴读，便已是我收到的最好的礼物了。"

姜雪宁心道：可对我来说这是晴天霹雳好吗！而且你到底又脑补了什么东西啊？！

周围所有人都以为沈芷衣即便不怪罪，心里也会生出芥蒂，哪里能想到事情会忽然有这样的发展？

萧姝已然愣住。

尤月更是下巴都差点掉到地上！

沈芷衣却已在心里认定姜雪宁是个爹不疼娘不爱的小可怜，在家里都是这样的处境了，又怎能为自己准备礼物？她却还险些怪罪对方，实在不该。所以心疼之余，她忍不住想要对姜雪宁好，便一指自己那张书案，道："你看，都是她们送我的，你看看有没有哪个喜欢的，都送给你！"

唰唰唰——周遭眼刀横飞！

所有人都不敢相信自己听到了什么。她们精心为长公主准备的礼物，竟要被长公主转头送给一个根本没有给她准备礼物的人？！合着只有姜雪宁是个宝，我们都是根草！

别说是她们，就是姜雪宁都忍不住替她们心梗了一下，紧接着又替自己心梗起来。这简直是一瞬间替自己拉满了所有人的仇恨啊！可望着眼前这张真诚而明艳的脸，沈芷衣是真的对她好，她实在无法去怪罪对方。

于是，姜雪宁忽然有了新的了悟——从今以后，她一心一意地抱紧沈芷衣这条粗大腿就是了。至于别人，怎么看也不像是能再交好的样子，干脆爱谁谁吧！

奉宸殿内，气氛一时凝滞，众人各怀心思。还好此刻殿外一道清朗的嗓音传来，打破了这令人窒息的寂静，是谢危款步上台阶时问了一句："长公主殿下和伴读可都到了？"

★

谢危从外面走进来时，看见的就是这样的场面：整个奉宸殿里不知为何一片安静，所有人的目光都朝着一个方向，看向第三排最右边的角落。乐阳长公主没有坐在自己的位置上，反而站在这个角落前，眼眶红红的，泫然欲泣的样子，也不知是受了感动还是受了委屈，正紧紧地拉着角落里那少女纤细的手。

而那少女……是姜雪宁。

姜雪宁这时候满脑袋里正转悠着被沈芷衣这么优待的得与失，完全没想到谢危的声音会在外面响起，直到看见他的身影出现在殿门口，她才后知后觉地反应过来。

谢危看着她被沈芷衣握着的手，那平静的目光里隐约浮上了一点若有所思。

姜雪宁也不知怎的后脑勺忽然一凉，被他用目光注视着的手掌更有一种被利箭刺穿了的感觉，一时背后汗毛都竖了起来，完全是下意识地悄悄抽回了自己的手掌。

天知道谢危见了她们关系好会怎么想！万一他又怀疑她想搞事呢？

还好，沈芷衣此刻的注意力也被谢危吸引走了，并没有注意到这个细节，只在一怔之后扬起笑容来，主动躬身向谢危一拜："见过先生，给先生们请安。"

这时其他人才后知后觉地跟着行礼。

姜雪宁也立刻从座中起身，向着谢危拜下："见过谢先生。"

谢危这才收回了目光，只是又看了把头埋得低低的姜雪宁一眼，才从殿外走进来，又从她身边经过，站到了大殿前方正中，淡淡地道："没人迟到，很好。不必多礼，都坐吧。"

众人都依言起身，这时才敢向他看去。他还是一身苍青道袍，青簪束发，宽袍大袖，衣袂上犹沾着外头深秋初冬时节那微微凛冽的雾气，显得超然绝尘，若山中隐士。

但他不是一个人来的。此时此刻随同他一道走入殿中的还有翰林院选出来的四位先生。

其中三位是先前奉宸殿考校学问时同谢危一起监考的老先生，另一位姑娘们则是第一次见，四十多岁的年纪，面容严肃，不苟言笑，想来是后来又选进来传授课业的。

姜雪宁一眼就认出了前面那三个，毕竟时间才过去没几天。当日考校学问时这三位先生敷衍的态度和说的那些话，她都还记忆犹新，这时眉头便轻蹙起来。姜雪宁想起，自己曾说要打这几位先生的小报告来着，不过还没来得及。

谢危道："今日是第一日，料想殿下与诸位伴读对先生们还不熟悉，且也不曾提前温书，所以经由我与几位先生商议，今日先不上课，只让大家认识认识先生，再由先生们各自讲讲今后半年要学什么，各自又有何要求。"

说完他便看向了其余四人。

这四位先生便都出来各自陈明了身份和今后所要教授的课目。

此次入宫伴读所要用到的书都已经放在了她们的桌案上：一本《礼记》由国史馆总纂张重张先生讲；一本《诗经》由翰林院侍讲赵彦昌赵先生教；一本《十八帖》乃书法，由翰林院侍读学士王久王先生传授，且据说还要教画；一本《算术十经》则是算学，由今日才来的那位国子监算学博士孙述孙先生来讲。

四位先生，四本书，似乎没什么差错。

可当那位讲算学的孙先生说完后，众人都发现不大对：每个人的书案上的确都提前放了要用的书，但一共也就四本，都由四位先生教了。

那……谢危呢？

姜雪宁还在琢磨谢危葫芦里卖的是什么药，坐在前方的沈芷衣便好奇地开了口："可是谢先生，这才四本书四门课呀，不是说您除了教琴之外也要教我们一门吗？"

谢危道："我教'文'。"

沈芷衣纳闷："没有书吗？"

谢危便抬眸向殿外看了一眼，道："已着人去取了，一会儿便该拿来了。"

拿来？

宫里面什么书没有，要准备不该早就准备好了吗，怎么现在才叫人拿来？

众人都有些奇怪。

可谢危也不多解释，说完便坐到了一旁，只听那位讲《礼记》的国史馆总纂张重站到殿上引经据典、以史为鉴，同众人讲治学的重要性。

张重已是耳顺之年，鬓发斑白，正是早些天坐在殿中说女儿家只适合读点《女诫》不需知道太多东西的那位，他虽然通晓千年，可站在殿上讲起话来一点也不有趣，死板且枯燥。

众人都听得头昏脑涨。

姜雪宁心里虽警告自己，谢危还在旁边，可她实在控制不住，开始神游天外，两只眼睛上下眼皮不住地打架。好险没一头磕在书案上，才惊得清醒了些，结果一抬眼就看见谢危坐那边，手里端了盏茶，正定定地盯着她。

这一瞬间，她差点没吓得摔倒在地上，所有的瞌睡都飞去了爪哇国！

姜雪宁彻底清醒了，脑海里陡然浮现出当时谢危那一句“不要再惹我生气”，于是悄悄按住了自己狂跳的眼皮，强打起精神来认真听上头张重老和尚念经似的讲学。

足足熬了有半个时辰，张重才道：“因老夫学史，所以今日为长公主殿下和诸位伴读的讲学第一课，才由老夫来讲，为的便是开宗明义，让你们知道这一个‘学’字有多重要。正所谓‘书中自有黄金屋’，又道是‘一寸光阴一寸金’，听天下鸿儒聚集讲学的机会可不多，你们该当珍惜才是。还望以后戒骄戒躁，丑话先说在前头，你们若是将自己在府里做姑娘时的骄纵脾性带来，老夫是绝不会容忍的。”

姜雪宁在心里长叹一声：总算是讲完了！

曾经的她不爱坐在这里听讲，真不能只怪她不上进、不好学，实在是这些个老学究端着十足的架子，讲起学来不说人话，也不管她们是不是听得懂，是不是愿意听，让人很没耐心。

今日若不是谢危坐在这里，她恐怕早掀桌走人了。而更可怕的是……眼下只是半个时辰罢了，可接下来这样炼狱一般的日子还要持续半年！

姜雪宁实在有些绝望。

坐在前面的萧姝和陈淑仪也都微微蹙起了眉。中间的沈芷衣更是在张重讲完之后悄悄以手掩唇，打了个大大的哈欠。

倒是几位先生面不改色，或静坐思索，或闭目养神，半点都没觉得张重这么讲有什么问题。

唯有谢危看了看殿中这九位昏昏欲睡的女学生。但还没等他开口说些什么，殿外已传来了急促的脚步声。

一名小太监急匆匆地从外面跑进来，这凛冽的寒天里竟然出了一额头的薄汗。他怀里抱了一摞书，向谢危道：“谢大人，您要的书都已经付梓，按您先前说的装订好了，十册都在这里了。”

其余几位先生都看向他。殿中坐着的沈芷衣和众多伴读也都看向他。

谢危便从那一摞书中拿起一本来翻了几页，似乎是在确认印刷装订无误，然后才一摆手，让宫人将这些书发下去，分给众人。

一人手里拿到一本书。

书是最常见的蓝色书封，上头没有一个字，比起别的书来还有些显厚。

姜雪宁隐约记得曾经谢危好像也是发了这样一本书，但她那时早在张重讲得人昏昏欲睡时就溜了出去，后来也没认真地听过，甚至连这本书都没怎么翻开。

所以此刻她竟生出了几分好奇——谢危为了讲学而准备的一本书，里面究竟都是什么?

书刚拿到手中，她便翻开了，然而仔细一看书中内容，顿时惊讶地睁大了眼睛——

《无逸》《郑伯克段于鄢》《勾践灭吴》《苏秦以连横说秦》《留侯论》《六国论》《公输》《鱼我所欲也》《逍遥游》《谋攻》《扁鹊见蔡桓公》《过秦论》《剑阁铭》《十渐不克终疏》《长安雪下望月记》……

竟然什么都有。

有的来自《尚书》《左传》，有的来自《国语》《战国策》，有的来自《墨子》《孟子》，从先秦到两汉到魏晋，从政论到游记，无一不是攫取菁华，选其名篇，全编入一书之中!

谢危要教的竟是这些吗?

姜雪宁忽然觉出了几分苦涩意味。难怪她老斗不过萧姝。想谢危运筹帷幄，智计卓绝，看这本书便知道他讲学并非糊弄，若能沉下心来学得几分，即便是皮毛，只怕也受益匪浅。

过去，萧姝都认真听过，而自己……

对过去里后来看过不少书的姜雪宁来说，这册书的内容都算得上是震撼，对其他初出闺阁的小姐来说，自然更是惊世骇俗。

连沈芷衣见了都瞪圆了眼睛，半天反应不过来。

陈淑仪家教甚严，虽也读书写字，却知道有些书有些文章是女儿家不该看的，家里也从不让她看。此刻一翻书中内容，她不由得眉心微蹙，实在没忍住开口问道：“谢先生难道是要教这些吗？”

谢危没抬头，回道：“不错。”

陈淑仪翻着书页的手指便渐渐掐得紧了，她竟起身，向着谢危长身一拜，一字一顿地道："天下自来乾坤分明，阴阳有序。男子立于外，女子主于内，泾渭分明，不应有改。家父曾言，政论乃男子才该学的，女儿家若通经世之学，致用之道，乃阴阳乱序，乾坤颠倒，有违天理。淑仪本敬先生学冠天下，如今却编撰了这样一本书，来教我等女儿家，请恕淑仪冒昧——先生这样，是否于礼不合？"

谢危本还在翻阅手中这一册印得如何，闻言手指便搭在《过秦论》末尾那一句"仁义不施而攻守之势异也"之上，静止不动了。

这时，他才抬头看了陈淑仪一眼，只微微一笑："不愿学，可以走。"

众人差点没吓死，这一句跟"爱学学，不学滚"有什么区别？！

然而姜雪宁听见，先是一愣，接着却跟在黑暗里见了光似的，脑袋里不断回荡着谢危方才那一句：不愿学，可以走。

可以走？

她一时激动，手一抖，把书给掉到了地上。

"啪嗒。"

这时整个奉宸殿内一片安静，以至于这不大的一声显得格外刺耳。

谢危的目光一下转了过来，见是姜雪宁，目光便深了些许，他问："姜二姑娘有意见？"

姜雪宁吓了个魂不附体。刚才冒出来的"不学我走"的念头立刻缩了回去，她毫不犹豫地摇头表忠心："谢先生选精攫粹，编这一册书，是用心良苦。我等陪长公主殿下读书，殿下龙生凤女，自非寻常闺阁女子能比。说什么'于礼不合'，实在是以己度人，荒谬至极！"

谢危眉梢微微一动，唇边竟含了点笑意看她。

前面陈淑仪沉冷的目光几乎立刻转了过来，落在姜雪宁身上！

姜雪宁后背都凉了，这时才反应过来——完蛋！怪谢危太吓人，她一没留神，狗腿之余，竟还说出了心里话！

后来发生了什么，她完全没印象了，人虽看似镇定地坐在那边，心里却把自己骂了个狗血淋头，只大概地知道陈淑仪最终坐下了，没有再说什么。

毕竟伴读的机会得来不易。谢危的态度，出人意料地不那么和善，就算她不满，也得掂量掂量。

但到辰正三刻先生们交代过温书和明日学琴后，放她们下学走时，陈淑仪第一个出了奉宸殿。萧姝等人难免担心她，都跟了出去。

姜雪宁却多少有些尴尬，不得已落在后面，然而一抬头，就看见谢危从殿上走了下来，经过她身边时，略略一停。

她头皮都麻了，不得不讪讪地道："谢先生。"

谢危站着时，高出她不知多少。此刻他垂眸凝视着她，薄薄的唇边扯开了一抹莫名的笑，一手捏着那卷书，一手负在身后，竟闲闲地对她道："今日还算乖觉。"

★

乖觉……姜雪宁听见这两个字时，眼角都抽了抽。

谢危怎么说得她很没骨气似的？

她有心想要站起来反驳一句，可待要张口时，仔细想一想自己今日的言行，又实在没有那个厚脸皮敢说自己有骨气。

毕竟若能相安无事，谁愿意去招惹谢危？

姜雪宁心里登时憋了一口气。好在对方似乎也没有要与她多说什么的意思，话音落时，人已经从她身旁经过，径自向殿外去了。

姜雪宁在殿内望着他的背影。此刻雾气都已经散得差不多了，明朗的天光从高处洒落，越发衬得谢危神姿高彻，仿若仙人临世，哪里有她过去所见的那些血腥与阴鸷气息？

而且……为什么她竟觉得谢危刚才对她说那句话时，心情似乎不错？可明明他对陈淑仪说那一句"不愿学，可以走"时，心情还很差的样子，也不知是遇到了什么事，不然，处事妥帖滴水不漏的谢居安，不至于说出这种话来。

想到这里时，姜雪宁整个人都不好了：千万不要告诉她，是她狗腿的两句话讨好了谢危！若这般容易的话，曾经使尽种种手段都没能成功的她，到底是有多失败……

"宁宁，还不走吗？"殿外忽然传来了一声唤。

姜雪宁回过神来转头一看，就瞧见了去而复返站在殿门外正探头进来看她的沈芷衣，想来是她们先出去安慰陈淑仪了，结果见自己没跟上，沈芷衣又转回头来找自己。

姜雪宁心下竟有些感动，回道："这就来。"

沈芷衣等她出来，便压低了声音对她道："淑仪家里管得严，陈大人也是说一不二，所以才这样。你也是，傻不傻，就算心里真这么想，也不能当着大家的面说出来呀。"

姜雪宁自己都没想到自己会说出来。她不好解释，只能认栽："是我太莽撞，下次一定注意。"

沈芷衣听她声音有些沉闷，心里面“咯噔”一下，连忙宽慰起来：“哎，你也别想太多，淑仪人其实很不错，从不轻易生气，便是看在我的面子上她也不会同你计较。”

姜雪宁心说那可未必，但这话也不好对沈芷衣讲，只笑着收下了她的好意，道：“有殿下关切就够了，旁的我也不在乎。”

沈芷衣听见她这话，抬眸就对上了她温然的目光，那花瓣似的唇边还带着一抹浅浅的笑，也不知为什么，觉得脸热心跳，一时竟不敢直视这娇艳的面容。

她忸怩极了：“宁宁你、你说什么呀！”

说完莫名地难为情，她一跺脚，竟丢下一句“我先回宫了”，便提着裙角，落荒而逃。

姜雪宁不明所以，不是，她就想抱个大腿而已，沈芷衣到底又误会了什么？

别、别、别慌……

闺密，闺密情罢了！

陈淑仪虽不是什么性情骄纵的人，可长这么大还真没受过今日这样大的气。谢危这位讲学的先生要教她们女儿家绝不该学的东西倒罢了，毕竟他是先生，上有三纲下有五常，身为学生就该尊师重道，她也不该再多说什么。可一个姜雪宁算什么东西，竟敢说她“以己度人，荒谬至极”？

一路从奉宸殿出来，陈淑仪简直一刻也不想多看见姜雪宁，只恐污了自己的眼。倒是其他人都跟上来安慰她。

一行人回到仰止斋都劝她，道：“满京城谁不知道姜二是天生娇纵的脾气，上不得台面，说出这种话来一点也不稀奇。陈姐姐从里到外都与她不同，何必同她计较，平白气坏了身子？”

当然，有些人是真劝，有些人是假劝。

尤月就是唯恐天下不乱的那种，她还记恨着前面在殿中被打脸的事，酸溜溜地道：“是啊，明眼人都能看出来，长公主殿下一颗心歪着长，全偏到了姜雪宁的身上，我等巴巴地送了一番心意，殿下一转头却都捧到姜雪宁面前让她挑选。想来便是她做出再出格的事情，殿下也会护着她。陈姐姐家世显赫，虽然不知高出她多少，可这是在宫中，还是不要与她作对吧。”

萧姝转眸看了她一眼。

姚蓉蓉却艳羡地一叹：“姜二姑娘能得这么多人喜欢，很有本事呢。”

陈淑仪的一张脸越发阴沉下来。

尤月却讽笑一声，反驳道：“那也叫有本事吗？听人说她学文不行，品行也不端。便是这次入宫选伴读的时候，大家都是亲眼看见的，若非长公主殿下关照，她凭什么能与我们一起坐在奉宸殿中？”

姚惜听着没说话。陈淑仪却忽然看着她道：“阿惜今早去的时候，似乎同她走在一起？”

因为有张遮的事情在前，姚惜其实觉得姜雪宁也没旁人说的那么不堪，且被她一番折腾的是尤月又不是自己，除了当时被吓到之外，也没有太多的感觉了。

她的确有过与姜雪宁走近些的打算，毕竟好奇她与张遮的关系。可一看众人的态度，知道大家都不喜欢姜雪宁，她便打消了这念头，道：“我只是有些话要问她罢了。”

陈淑仪道：“我还以为你要同她交好呢。”

姚惜笑了笑：“她也配？”

尤月立刻跟着附和起来：“对，她哪里配与大姚姐姐当朋友？首先门第就差了十万八千里，搭理她都是给她脸了。”

方妙坐在一旁听了半天，心下不以为然，到这里时眼珠子一转，道：“可不是嘛，也就是燕世子把她捧在手心里疼得跟心尖尖似的，搞得大家都要忌惮她三分。”

其他人还没听出不对来，尤月还当方妙跟自己一般想法呢，起了劲儿：“也不知燕世子是怎么了，都知道姜雪宁是送去外面穷养了才接回来的，一身穷酸气，长得更是媚俗，半点大家闺秀的端庄气质都没有，一看就不正经，哪里算什么‘美人’？”

方妙一脸深以为然，又点头道：“可不是嘛，也就眉毛细了点，眼睛大了点，鼻子小了点，唇形好看了点，皮肤比旁人白上一点罢了。不好看，真不好看！”

尤月道：“对啊，也就是眉毛细点，眼睛大点……”

说了两句，终于觉出了不对，尤月一下转过头来看着方妙，质疑道：“你这是骂她还是夸她呢？什么意思？”

所有人的目光都落到了方妙身上。方妙吓了一跳：“当然是骂她啊，这不跟着你一起骂呢吗？”

尤月胸口一堵，差点没喘上气。

陈淑仪却微微皱眉，问得颇不客气：“方妙姑娘到底算哪边的？”

方妙一脸无辜，立刻大呼起来：“我、我难道还不明显吗？当然是你们这边的啊！我都说了，我这人是看‘势’的！”

她的神情实在不像作伪。任是陈淑仪也没看出什么破绽，且转念一想方妙说的也是实话，就不由得更气闷了。

偏偏这时旁边的周宝樱刚啃完了一块桂花糖糕，也不知有没有听她们前面的话，可能就听了半截儿，竟抬头道：“姜二姐姐吗？真的挺好看的啊！我以前都没有见过这样漂亮的姐姐。”

全场沉默，整个仰止斋一下没了声音。

周宝樱还奇怪地问：“怎么了，你们不觉得吗？”

方妙憋笑差点没憋死。

从陈淑仪到姚惜再到尤月，全都跟吃了个活苍蝇似的，神情一言难尽至极。

姜雪宁不紧不慢地从外面踱步回来时看见的就是这样安静的场面，所有人都不说话，听见脚步声才转过头来，都看着她。方妙坐在角落里悄悄给她比了个大拇指。

姜雪宁简直一头雾水。不过她猜也知道自己这一天得罪了不少人，或者说即便没得罪，旁人也会因为长公主对她的在意而心生忌惮甚至嫉妒之心。

所以她反而坦然了，经过门口时还笑了笑：“诸位慢慢聊，我先回房了。”

陈淑仪冷笑了一声：“我若是姜二姑娘，当着众人的面说出那般没有骨气的话，只怕早羞愧得不能见人了，倒不知姜二姑娘脸皮这般厚，还如此坦然地回来。”

没骨气的话？

姜雪宁心道你陈淑仪和谢危比算个什么东西，在开罪你和开罪谢危之间我自然选前者了，又不是傻子！

且她也是真不喜欢陈淑仪那番话。

过去，尤芳吟一介女子都能活得恣意洒脱，究其所以不过是生活的环境与大乾朝不同，凭什么女儿家就不能学东西了？凭什么男儿用权谋就是智计卓绝，运筹帷幄，女儿家用权谋就成了阴阳颠倒、于礼不合？

通通是狗屁。

她微微抬眸，削尖的下颌在天光的映衬下有着姣好的线条，姿态里却平白多了一种不将人放在眼底的轻蔑，嗤笑一声道：“你有骨气就别上谢先生的课嘛，又没捆住你的脚，装什么清高！”

陈淑仪霍然起身：“你——”

姜雪宁怼完她，抬步就走，都懒得多看她一眼，似有似无的一句嘀咕在她走后传入众人耳中：“长公主都没说话呢，你算哪根葱……”

所有人都悄悄地看陈淑仪。

一场背地里非议姜雪宁的“茶话会”，不知不觉间就这样偃旗息鼓了，也不知是谁说了一句“下午还要同长公主殿下一道去拜见皇后和太后，先回房休息了”，人就渐渐散了。

只留下陈淑仪一张脸青红交错，活像是被人扇了一巴掌，站在那里浑身颤抖。

第十五章 祸端

从被选入宫开始，路便没走对：她连名字都没呈上，却被选入宫，无疑让人怀疑她后面有人，出一回风头不说，还拉了仇恨；等入了宫，她以为能在遴选中藏拙放水落选，却架不住想让她进宫的人太多，反而因此让人觉得自己德不配位，成了人的眼中钉；到如今真正入宫，旁人已经对她有了成见，也就绝了她和旁人打成一片的可能。

她和陈淑仪撕破脸，其实真算不上什么，不过是把台面下的暗涌拉到了台面上罢了。

回到自己的屋里思考过一番后，姜雪宁清楚地意识到了自己眼下所面临的困境：还要在宫里待上半年，乐阳长公主固然喜欢她，可宫廷这般大，谁知道将来会发生什么？

要知道，在这重重宫墙下，想害一个人是最简单不过的事。

矛盾已经发生，她固然没有害人之心，可焉知旁人是不是有害她之心？她虽然原本不打算掺和进宫廷的争斗中，只等着半年一过就收拾行囊远走高飞。可远走高飞也有前提，那就是到时候起码得活着啊……

关上房门，将自己扔到榻上平躺下来 ，一双眼平静地注视着从窗户投射到绣帐顶上的光影，姜雪宁觉得，自己必须做点什么了。

首先，和这些不大待见她的人相比，她有什么优势吗？

家世？

她只能算中等，不上不下。

贵人的喜欢？

她固然有沈芷衣，可宫中说得上话的并不只有沈芷衣一个。

聪明才智？

她懂得察言观色，行事也比原来妥帖很多，可与有大智慧的人相比，只能算是急智和小聪明，超不出旁人太多。

所以，她真正的最大优势其实只有一个：先知。

她知道很多别人不知道的事情，也知道很多现在还没发生的事情，甚至知道很多现在的她还没有见过的人。

这也就意味着她比别人拥有更多的机会去趋利避害，去识人辨人，去抢夺先机！那么，就她所知来看，如今的宫中有什么事，有什么人，是能为自己所用的吗？

姜雪宁掰着手指算了起来："将来的探花郎卫梁，现在该还在扬州读书；萧定非，登徒子假少爷，如今还不知道在哪个犄角旮旯谋划着出现的时机；孙尚宫倒是个可信的好人，但从前的此时她在哪儿来着？"

掖庭？或者哪个不受宠的妃子宫中？

算来算去，她竟有点茫然了，一时半会儿愣是想不起来究竟有谁能在这个时期为自己所用。人的记忆本就混乱无序，重来一次也未必记得以前的所有细节，她总觉得自己漏掉了什么要紧的事，最终也没什么头绪，还有点头昏脑涨。

本就是午后，姜雪宁干脆闭上眼睡了一觉。

到得未时初刻，外头便有伺候的宫人轻轻叩了门叫她："姜二姑娘，该去太后娘娘和皇后娘娘宫中请安了。"

她登时从睡梦中惊醒，坐了起来。

前朝是皇帝做主，后宫自然是皇后做主。

按规矩，伴读们进宫第一天便该去给太后、皇后请安，只是上一次入宫时事情排得太紧，没人强求；这一次入宫又是昨天下午，第二天一早起来还要去奉宸殿，所以请安这件事才推迟到了今天下午。

姜雪宁在自己房里梳洗一番后，到得厅中，其他人也差不多陆续出来了，只是因为先前她与陈淑仪那不客气的两句话，众人看她的眼神多少都有些奇怪，也没有人走上来主动与她攀谈。

唯有方妙趁着没人看见时冲她挤眉弄眼。

尤月拉着姚惜同其他人讲话，并不给别人同姜雪宁说话的机会，明摆着是要刻意排挤她。陈淑仪梳妆过后出来，更是对她横眉冷对，虽然没有开口说话，可剑拔弩张的架势已十分明显。

连前来引她们去请安的宫人都感觉到了气氛不对，不大敢抬头看她们，说话轻声细语的："太后娘娘这两日染了风寒，此刻皇后娘娘正在慈宁宫侍疾，所以直接去慈宁宫请安便好，也正好省了诸位伴读走上两趟，请随奴婢来。"

仰止斋所在的位置更靠近外朝，慈宁宫却在内宫深处，走过去几乎是要穿过大半个后宫，一路高高的宫墙后面就是东西六宫。

坤宁宫在乾清宫后面，也在整座皇宫的中轴线上。

八位伴读里面，方妙、尤月、姚蓉蓉都是以前基本没有入过宫的，上一次来也不敢到处走，所以对宫廷依旧不熟悉；姜雪宁表面上没有进过宫，可架不住她是重走"平行世界"，这偌大的皇宫虽然复杂，可对她来说却是闭着眼睛都不会走错路，因此并不好奇。

尤月却压低了声音，好奇地问了正好走在她身边的姚惜一句："姚惜姐姐，前面那座便是坤宁宫吗？"

姚惜顺着她所指的方向看了一眼后，道："正是，本朝历代的皇后娘娘都住在坤宁宫。如今的皇后娘娘来自河南郑氏，乃圣上在潜邸时的原配。不过平日里都深居简出，以前我们入宫请安她都免了，只叫我们多去太后娘娘那边，说太后娘娘更爱热闹些。"

尤月点了点头："原来如此。"

姜雪宁走在最后面，脚步不快不慢，听见姚惜的这番话却一挑眉，心里面冷笑了一声。

爱热闹？

那老妖婆巴不得整座皇宫都围着她打转呢！

先皇死得太早，她还没过够当皇后的瘾，就要搬出坤宁宫，到那清静偏僻的慈宁宫去，哪里能甘心？

老妖婆出身萧氏，原是定国公萧远的妹妹，也就是萧姝的姑母，母家强大，在后宫中也一向说得上话，即便是先皇驾崩，她成了太后，也从未放松过对后宫的把控。

在姜雪宁的记忆中，沈琅驾崩后，由皇弟沈玠即位。

姜雪宁作为临淄王妃，自该被封后，可老妖婆竟一番搅和，说："姜氏德不配位，举止不端，没有母仪天下的风范，皇帝该空置后位，封她到四妃去。"

当时她听说这消息差点气死。还好前朝老臣们懂事。天底下哪有储君登上皇位后却不封自己的原配妻子做皇后的道理呢？如果皇上这般做了，岂不让后世耻笑？

于礼法规矩也不符合。所以众臣都上书进谏。

且她过去就是“白莲”做派，既没犯过什么错，又楚楚可怜，越被人欺负越能激起人的保护欲，沈玠好歹是个男儿，怎能让她受此欺负？

所以最终她还是登上了后位。

不过封后闹了这么一出，她和萧太后便算是结了仇。

皇族也有家长里短，萧太后这个做婆婆的对她横挑鼻子竖挑眼，动辄用孝道来压她，让她过得很不痛快。直到后来萧姝入宫，被封了贵妃，成礼的排场比她还大，姜雪宁才回过味儿来：敢情老妖婆是要扶持母家后辈，让自己的侄女儿萧姝当皇后啊。

于是后宫变成了修罗场。

姜雪宁根基本来就薄，为了不被这姑侄俩搞下去，只能来者不拒，但凡谁愿意效忠，她都许以好处，又凭借着自己察言观色会讨好人的本事，聚拢了一批势力，这才勉强稳住。

但她如此不辨忠奸地用人，自然导致泥沙俱下。

在外人与清流朝臣的眼中，她无疑是结党营私，如同朝中毒瘤，甚至被人指责过后宫干政。到后来她被谢危、燕临等逆党软禁在宫中时，前朝大臣逼她为沈玠殉葬的奏折早已飞似雪片，所以最终下场凄惨，多少也有点自食恶果。

因而可以说，那时的姜雪宁对萧太后的仇恨，要远远大过对萧姝的仇恨。

如今重来一次，她还要给这老妖婆请安……

姜雪宁想起来都觉得自己后槽牙在发痒，得咬紧了才能克制住骂出声的冲动。

走在前面的姚惜还不知道后面有人藏着深仇大恨，只把话头往萧姝的身上引，笑着道：“我也是前两年上元节的时候有幸随家父、家母入宫拜见过，给太后娘娘她老人家请过安，这一次又要去见还有些紧张。阿姝姐姐到时可得帮帮我，你可是太后娘娘最疼爱的侄女儿，若一会儿我们礼仪有什么不周到的地方，惹了她老人家不高兴，就要靠你给咱们说话了。”

萧姝唇边的笑容浅了些，她看了姚惜一眼，道：“如今我们都不过是长公主殿下的伴读罢了，太后娘娘往日也很喜欢阿惜妹妹，没什么可担心的。”

姜雪宁一听就知道，萧姝是极懂得树大招风的道理的。她固然是太后的亲侄女儿，算起来与沈芷衣还是表亲，可并不高调，入宫这么久也从未提起过自己与太后的关系，想必是不想让旁人太过注意她。

不过嘛……这种事怎么低调得起来呢？

果不其然，姚惜的话一出，萧姝的话一接，众人面上的神情都有些变化。

说话间，不多时已经离坤宁宫越来越近，只是与此同时，几道奇怪的声音也渐渐进入众人耳中，变得清晰。

“啪——啪——”一下一下，清亮干脆。

其他人都有些好奇地抬眸向声音的来处张望，而曾经在宫廷中待了好几年的姜雪宁却立刻就听了出来，这是巴掌扇人脸上的声音，而且落得极重、极实！

才转过一道宫墙，走在前面的陈淑仪就骤然停下脚步。

看见了前方一幕的姚蓉蓉更是低低地惊呼了一声：“啊。”等叫出声来了，她才意识到不妥，连忙掩住了唇。

坤宁宫的宫门旁边竟跪了一名太监，脑袋上戴着的帽子已经歪掉在地上，只插着根简单的木簪，此刻正抬了手，用力地一巴掌一巴掌往自己脸上扇，半点没留力气！

这人对着自己居然也下得了死手，原本一张还算白净的脸上早已经是指痕交错，连嘴角都破了，渗出几缕血来。

才入宫的伴读们哪里看见过这样的场面？

这一时众人都不敢继续往前走了，脚步全停了下来。

姜雪宁的目光越过前面诸人，落在那小太监身上，只能看见个侧影。可这一瞬间，她竟然觉得这人有些眼熟，脑海里顿时电光石火般闪过了什么，末了一张决然壮烈的脸伴着溅出的鲜血，占满了她的整个脑海。

郑保！

后来伺候在沈玠身边的司礼监秉笔太监郑保，过去对沈玠忠心耿耿，虽是无根之人，性情却极烈，在沈玠为燕临、谢危毒害驾崩时，当面指着二人的鼻子叱骂他们乱党谋逆，大笑三声后，竟不肯与他们为伍，直接拔剑自刎，为沈玠殉了葬！

当时有人讥讽，满朝文武无男儿，反倒一个无根的太监最有种。

姜雪宁终于想起，自己之前盘算谁能为自己所用时，到底漏掉了什么，她漏掉了郑保啊！

如果她没记错的话，郑保现在表面上是个在坤宁宫伺候的小太监，可其实已被现在的掌印太监王新义看中，想收为徒弟。郑保之所以会跟了沈玠，正是因为有一年跪在坤宁宫外受罚时，被经过的沈玠看见，为他求了情，让皇后饶过了他。从此他便只对沈玠一人忠心耿耿，直到山穷水尽也未背叛……

如果，不是沈玠，而是她救了郑保呢？

但问题也来了——沈玠是临淄王，说话有用；她眼下不过是一个伴读，怎么救？

★

去找燕临？

勇毅侯府出事在即，他又已经从周寅之那边知道了消息，暗中做准备还来不及，现在还不知在哪里，且不说他现在进宫合适不合适，等他来都要一段时间，天知道那会儿沈玠是不是已经入宫将郑保救下了。

那还有她什么事？

可眼下她没什么地位，连皇后的面都没见过，现在在宫中也不认识几个人，不说出面救人，连更迂回的手段都施展不出。

姜雪宁站在众人后面，已暗觉头大。

前面停住脚步的众人也是有些露怯。

引路的小宫女显然也没想到会遇到这种情况。眼前这条路是去慈宁宫最近的路。她们这些在宫里伺候久了的人都见过这种宫女太监被罚的情况，一般低着头不看也就走过去了，可带着这一大帮伴读，大家都有些害怕的模样。

还是萧姝皱了皱眉，也不想刚进宫就沾什么晦气，对那宫女道："大家都是刚入宫来，不大敢看这种场面，我们还是换条路走吧。"

宫女这才松了口气："萧大小姐说得是。"她退了回来，一摆手，重新给众人引了另一个方向的宫道，"请诸位伴读这边走。"

姜雪宁面上没有表情，心里却有些焦灼，可一时半会儿想不出办法来。是以虽然觉得机不可失失不再来，却不得不跟上其他人的脚步，从另一条宫道离开。

临转向时，她回头望了一眼。

郑保依旧跪在坤宁宫前面，脊背挺得笔直，一点也不像是宫中习惯了躬身垂首的太监们那般折下身体，低垂的清秀眉眼间却偏有几分坚毅之色，分明听到有人来，手上的动作也没停下半分，仍旧咬着牙关，一巴掌一巴掌地往自己脸上甩。

因为中途绕了远道，所以众人到慈宁宫门前的时间比原本想的晚了些，宫门口一名看着有些资历的嬷嬷在外头等着，瞧见她们便问："怎么这时候才到？长公主殿下都已经先到了，在里面陪太后娘娘说话了。"

小宫女吓得一抖。

姜雪宁却忽然心念一动。

萧姝看了那小宫女一眼，主动开口道："经过坤宁宫时绕了道，这才来晚，徐嬷嬷勿怪。"

徐嬷嬷才没责怪小宫女。宫里做事的人话听一半就能猜着点东西，绕路必定有绕路的原因，且发话的是萧姝，她当然不会再多问，一张原本严肃凝重的脸上甚至露出了笑容来，道：“原来如此，那便请诸位伴读都进来吧。大小姐也是，可有一阵没有入宫看过了，太后娘娘听说您被选上伴读，都念叨几回了。”

这毕竟是老妖婆身边伺候的嬷嬷，说不准还是看着萧姝长大的，自然熟稔且态度和善。

姜雪宁见了，心底轻嗤了一声。她人虽然到了这里，可心里其实还记挂着郑保，只想着机会就在眼前，自己却可能因为要来给老妖婆请安错过，新仇旧恨一起，索性在那本账上又给这姑侄俩记了一笔。

慈宁宫虽是历代太后的寝宫，一向不过于奢靡，可到本朝太后这里就变了个样。番邦和各州府的进贡，有许多好的东西送到了慈宁宫中，说是沈琅孝顺，都给萧太后赏玩。

是以如今的慈宁宫看着十分华丽。

跟着徐嬷嬷走进宫门，姜雪宁就看见了雕花缸里养着的睡莲和锦鲤，上台阶，进正殿，上下雕梁金砖，左右金玉满堂，连地上铺的都是海上波斯国进贡来的上好绒毯。

沈芷衣回宫后又换了一身浅粉色的宫装，此刻来到慈宁宫，正依偎在萧太后身边陪她说话：“您是没看到，谢先生可厉害、可厉害了……”

郑皇后有些尴尬地坐在旁边。

徐嬷嬷走上前：“太后娘娘、皇后娘娘，人来了。”

说得眉飞色舞的沈芷衣一听，立刻就停下了话，转头看去。

以萧姝为首，包括姜雪宁在内，八位被选入宫的伴读，进了殿后都不敢轻易抬起头来看一眼，在徐嬷嬷话音落地后便齐齐躬身下拜：“臣女等拜见太后娘娘、皇后娘娘。”

众人的礼仪都被苏尚仪严格教过，且她们初次拜见后宫最重要的两个女人，也不敢马虎，所以几乎挑不出错来。

一般来讲，众人行礼完太后便会叫起身。

可没想到，上首传来的那道含着笑意的声音竟完全没搭理其他人，而是直接对着下方的萧姝道：“姝儿来了，快起来让姑母看看。”

所有人都怔住了。

萧姝在心下叹了口气，却不好说什么，起身挂起笑容，唤了一声：“姑母。”

她走上前去。

萧太后今年四十五六年纪，为先皇育有两子一女，长子是如今的皇帝沈琅，次子是如今的临淄王沈玠，幺女便是乐阳长公主沈芷衣了。

宫里过得如意的女人保养都很得当，所以她看上去并不如何显老，眼角虽有细纹，可也有着有阅历的女人才有的韵致，嘴角含笑时仿佛还能看见年轻时的模样。她拉了萧姝的手，道："小没良心的，上回入宫也不知道来拜见姑母。"

萧姝道："上回入宫乃为芷衣遴选伴读，若那时来拜见姑母，只怕要被人诟病说阿姝是凭姑母才能留在宫中。阿姝被人诬蔑不打紧，若连累旁人觉得姑母徇私，便是阿姝的过错了。如今既已留在宫中做伴读，往后来看姑母自然方便，定好生赔罪。"

萧太后便叫她也坐在自己的身边，仔细将她打量一番，越发满意，道："我跟你父亲说，想把你留在宫中长住，他却偏说这般不成规矩，闹得芷衣这丫头连个同龄的玩伴都没有，还要往宫外头找伴读进来，麻烦！折腾来折腾去，你不还是住在了宫中？且那仰止斋住着，也没哀家这慈宁宫舒坦，真是……"

殿上还跪着的其余诸位伴读听了这话，都低着头不敢抬起。

姜雪宁对老妖婆很了解，哪里不知道她是在说她们这帮伴读除了萧姝之外其实都没必要进来，也没办法与萧姝相比？

只是如今她不是皇后，也怼不了老妖婆。

姑侄俩在上面旁若无人地拉起了家常。

沈芷衣看了看自己的母后，又忍不住看了看下面还跪着的姜雪宁，有心想要说话，却又熟知自己母后的脾性，知道她是想给这帮伴读一个下马威，是以不好开口。

端正跪着的姿势很耗力气，姜雪宁才保持着那姿势一会儿，便觉得膝盖疼，心里又把老妖婆骂了一千遍。

还好郑皇后是仁善心肠，见下面的姑娘年纪都不大，身形已开始摇晃起来，犹豫了一下，还是笑了笑，假作不经意地开口道："萧大姑娘来，总算见着母后开心些了。不过您聊着高兴，这帮小姑娘都还在下面跪着呢，看着看着就要倒了。"

正同萧姝说话的萧太后停了下来。她眉眼底下凝着多年执掌后宫的威仪，闻言扫了下面一眼，目光又落回郑皇后身上，似笑非笑地道："你倒会做好人。"

郑皇后顿时脸色一变，起身便要告罪。萧太后却向她一摆手，笑了一声，又朝下面道："皇后心最仁善，见不得谁受苦，她都发话了，你们还跪着，倒显得哀家不厚道了。起来吧。"

"谢太后、皇后娘娘。"

众人听着这意思都有点心惊，战战兢兢地谢礼后才重新起身，规规矩矩地肃立在下方。

姜雪宁趁机看了郑皇后一眼。这也是个可怜人，嫁给沈琅后，没当两年皇后不说，当皇后的时候被萧太后压着，也没有半点威严。沈琅驾崩后沈玠即位，郑皇后这个皇嫂就被封了太上皇后，迁居长宁宫，膝下无子无女，孤苦地过了。

沈芷衣见姜雪宁站起来了，略略安心，嘟嘴撒娇道："母后您总是这样吓人，她们可都是回头要陪我一起玩、一起读书的，个个胆子都不大，您把她们吓出病来，谁陪我玩？"

萧太后无奈："一时忘了叫她们起身罢了，怎就成了吓人？"

沈芷衣轻哼："我还不知道母后吗？"

萧太后便笑了起来，忽然想起什么似的，又将目光投了下去，竟开口道："记得苏尚仪说，新来的伴读中有个很讨你的喜欢，是叫姜雪宁吧？站出来让哀家看看。"

姜雪宁听到前半句话时心里面便"咯噔"一下，果然后面真的叫到了她的名字，虽然一万个不想暴露在老妖婆面前，可依旧不得不站出来，一副乖顺模样，再次行礼："臣女姜雪宁，见过太后。"

萧太后打量着她，只是看着看着眉头就皱了起来，道："艳冶太过，失之轻浮，不够端庄。"

姜雪宁现在心里就一个想法：谢危赶紧谋反，把这老妖婆剁吧剁吧扔去喂狗！

本宫生来就长得这般好看，吃你家大米了不成？

只是她心里这么想，话却不敢这么说，小命要紧。

她也算知道萧太后的脾性，万万不能跟对方抬杠，不然往后有好果子吃，是以忍了一时之气，低眉敛目道："臣女幼时命格有劫，父母因而将臣女送入田庄穷养长大，四年前才被接回京城，是以文墨粗浅，礼仪不通，举止轻浮。今日得见太后娘娘，心甚惶恐，手足无措，往后定严加约束自己，为长公主殿下伴读，必不敢有丝毫懈怠。"

萧太后顿时一怔，倒没料着她竟说出这番话来，对其有些刮目相看："长相轻浮，说话却很稳重。"只是看着这般艳丽的长相，始终觉着不舒服，她随意地一摆手，玩笑似的道，"罢了，站回去吧。听说你还是勇毅侯府那位小世子心尖上的人儿，那一家子老小可看哀家不顺眼，若哀家再为难你，少不得怎么议论呢。"

勇毅侯府燕氏与定国公府萧氏二十多年前还联过姻，如今却似乎老死不相往来，甚至有些相互仇视。

众人都听闻过风声，却不知缘由，可没想今日竟在萧太后这里明明白白地听说，一时都有些心惊。

姜雪宁身处旋涡之中，却隐隐嗅出了几分不祥的味道。先是萧姝当众说燕临送她琴的事，如今又是萧太后玩笑般说起萧氏与燕氏的关系，倒像是已经不将勇毅侯府放在眼底的模样。她默不作声地退了回去站定。

这时外头有宫人通传，说内务府的刘公公来了。

萧太后一抬手便叫人进来，问："又是什么事？"

那刘公公生得肥头大耳，很是阿谀谄媚的模样，进来行礼时腰差点弯到地上，将手中的锦盒高举过头顶，用那尖细的嗓音道："太后娘娘前儿说打碎了柄玉如意，圣上今日听说，这不记挂您吗？特意吩咐了奴把去年青海进贡的玉如意找了给您送来。"

青海进贡的玉如意？

等等……姜雪宁眼皮忽然一跳，心里已叫了一声：这件事都能让她遇上？！

"皇帝还是这么有孝心，东西呈上来我瞧瞧。"萧太后的眉眼已舒展开几分，向前抬手。

刘公公立刻躬身向前，巴巴地将玉如意送到了萧太后的手上。

玉如意由红玉制成，通体赤红，唯独如意头上是一片雪白，正好雕刻成一片祥瑞云纹，算得上是独具匠心，难得一见的珍品。

萧太后将玉如意拿到手里，便十分喜欢。

只是她刚道了一声"不错"，将这柄玉如意翻过来看时，神情忽然一怔，原本的笑容瞬间凝固在脸上，两只眼睛死死地盯着玉如意柄的背面，面色骤然变得铁青！

因为那背后赫然刻着两行篆字——

三百义童，惨死何辜？

庸帝无德，敢称天子！

"大胆！"萧太后勃然大怒。

旁人都还不知发生了什么，她已劈手将这玉如意摔下去，砸了个粉碎！

那碎掉的红玉就落在姜雪宁脚边，她动都不敢乱动一下，头皮发麻，因为就是这件事，开启了勇毅侯府遭难的祸端……

★

先前萧太后对众人虽然是一副爱答不理的态度，众人对她也是心生惶恐，可与此刻满面寒霜的盛怒相比，却是小巫见大巫了。

谁也没想到一柄玉如意献上来，太后好端端地竟然发了火。

下面的诸位伴读不知发生了什么事，惶然不安不敢作声。

那端着玉如意来进献的刘公公只觉得背脊骨一凉，想也不想就立刻跪了下去，大喊一声："太后娘娘息怒，太后娘娘息怒啊！"

他人就在台阶前。萧太后一脚踹了过去，抬手便唤来左右，大喝一声道："来人，将此逆党拿下！给哀家发落去慎刑司好生拷问！"

刘公公顿时面色大变。

他虽然过来献上玉如意，却完全不知那玉如意背后有怎样的玄机，听得萧太后这一声冷喝，已吓得三魂出窍，七魄离体，一颗脑袋连忙往地上撞个不停，哭叫起来："冤枉，奴冤枉啊！奴只是奉命来献玉如意而已，却不知何处惹怒了太后娘娘，还请太后娘娘饶恕，奴冤枉啊——"

沈芷衣与萧姝二人就坐在萧太后旁边，方才只隐约瞥见那玉如意背后有字迹，却没有看清楚到底是什么，乍然遇到此番变故，更不敢开口询问。

郑皇后也是吓了一跳。她知道萧太后脾气虽然向来算不上好，有其刻薄之处，可若这般反应必然是出了大事，且口称刘公公为"逆党"，便猜事情小不了。

玉如意虽然被摔碎了，却有几块碎玉较大。郑皇后暂未插口说话，只从殿上走了下去，捡起其中一块碎玉来看，才看到上面的"义童"二字便面色大变，竟不比萧太后好到哪里去。

左右已经有人上来将那刘公公制住。

郑皇后看了一眼下面还战战兢兢地站着的那些伴读的女孩儿，只强行压下了心中的震骇，对她们道："你们先退下吧。"

萧太后铁青着脸色，这一回倒是没有多说什么了。

众人想也知道兹事体大，绝不是她们这些新入宫的伴读应当知道的，一听郑皇后发话，连忙躬身告退。

萧姝也从座中起身，对萧太后行礼拜别。沈芷衣还怔怔地坐在那边。萧姝走时连忙拉了她一把，将她一起带出了慈宁宫。

姜雪宁从慈宁宫宫门中走出来时，被外头夹着点初冬寒意的风一吹，才觉察出自己竟然出了一身冷汗！

这就是曾经牵连甚广的"如意案"了。

内务府选送进献给萧太后的玉如意背后竟然刻有大逆不道之言，且直指本朝天子。事情一出，立时引出一番腥风血雨。宫里面伺候的许多人被株连九族，前朝的世家大族也有被卷入其中的，抄家灭族不在话下。勇毅侯府出事明面上虽然与此案无关，可两件事实在是相距甚近，让人不得不怀疑。

想到勇毅侯府，想到燕临，又想起曾经的种种前因后果，她忽然之间心乱如麻，使劲握了握自己掩在袖中的手掌，才勉强冷静下来。

该来的总是要来。越是这种时候她越不能自乱阵脚，越要在乱局之中做好自己应该做的事情，焉知杯水不能救水火、济危难？

沈芷衣被萧姝拉着出来还一头雾水，愣愣地问了一句：“这是出什么事了？”

萧姝低垂着目光没有说话。

沈芷衣抬眸一扫就看见了在众人边缘站着的姜雪宁，走过去关切地道：“宁宁，你没事吧，脸色这样苍白？”

姜雪宁想起了先前还跪在坤宁宫门口的郑保，动念间目光微微闪烁了一下，心道“除此之外也别无他法了”，于是勉强挤出一丝笑容来，神情间却有些害怕恓惶的模样，低声道：“有些吓着我了。”

沈芷衣其实也被吓住了。可她心想自己是长公主，是承诺过要护着姜雪宁的人，所以立时摆出一副在宫里这都是寻常小场面的模样来，拉了她的手道：“没事、没事，这不还有本公主在吗？”

她的手掌捧着姜雪宁那纤细的手指，便觉出她指尖竟冰凉一片。

姜雪宁只望着她不说话。但那浓长的眼睫在一双好看的眸子上轻轻颤动，像是雪原上被利箭射中倒下去的小鹿一般煽情脆弱，手指也攥住了沈芷衣的手。

在这样一瞬间，沈芷衣能强烈地感觉到，眼前这个曾挂着一脸灿烂笑容地在她的眼角画上樱花粉瓣的朋友，是如此迫切地需要她、依赖她。

本来从慈宁宫出来便该各回宫中，沈芷衣所住的鸣凤宫与仰止斋本在不同的两个方向，所以当在慈宁宫门口分别，各走各的。可现在她觉得自己不能就这么走了。

沈芷衣反握住了姜雪宁的手，弯起嘴角，竟跟没事人似的扬起了明媚的笑容，拉着她便往仰止斋的方向走去，道：“看你胆子小的，本公主陪你一道回去。”说完她还对其他人道：“走吧。”于是众人都跟上了她们的脚步。

一路上沈芷衣都在跟姜雪宁讲宫中的一些趣闻乐事，自己讲着讲着有时候卡壳了还要叫上萧姝与陈淑仪来接。

萧姝还好，一直不动声色。陈淑仪却已与姜雪宁结仇，可有乐阳长公主发话，她又不好拒绝，不得已之下只能僵着一张脸给姜雪宁讲笑话。

姜雪宁只觉得若非今日事情重大，她都要笑出声来，然而此时却连自己都要唾弃自己。原来哄臭男人就罢了，好歹没向香香软软的女儿家下手，没料着重来一次，自己是越来越没底线，越来越下作了！

沈芷衣对此还浑然不觉。

一行人往仰止斋的方向走去。

来时她们是绕开坤宁宫的方向走的，可回去的时候一是众人都没留意，二是沈芷衣与姜雪宁走在前面，所以很自然地走了最近的那条会从坤宁宫旁边经过的路。

早在远远能看见坤宁宫的宫墙的时候，姜雪宁的一颗心就已经提了起来，她暗自祈祷着千万要赶上。

她转过宫墙拐角时，心几乎跳到了嗓子眼——前方的宫道上一片寂静，先前曾听到的巴掌声已经没有了。

这一刻，姜雪宁几乎以为自己错失机会了。还好，下一刻当她转上宫道时，便看见了那跪在宫门口的身影。

郑保还在！

只是还不等她为此松一口气，露出些许笑容，一抬起眼来，就看见了前方不远处同样在宫门前停步的另一道身影。

那人蟒袍华服，腰系玉带，身形颀长而面容儒雅，不是临淄王沈玠又是何人？此刻他正望着长跪不起的郑保，抬首就要对宫门口侍立的宫人说些什么。

姜雪宁眼皮一跳，可不敢让沈玠就这样开口将郑保救下，急中生智，故意左脚绊了右脚踩了自己的裙角一下，行走之中的身体顿时失去平衡，“呀”地低低惊叫了一声，已摔得跪坐在地。

她的反应不大，走在她旁边还在给她讲笑话的沈芷衣却慌了神，叫嚷起来：“宁宁！”

前方宫门处正打算问问这小太监为何受罚的沈玠听见声音立时循声转头望去，一眼就看见了那边的伴读，更是迅速认出了摔倒的姜雪宁。

被这样一打岔，正常人都会忘记自己原本要做什么，沈玠也一样。他连忙朝着她们走了过去，但又因还有别的伴读在场，不好走太近，只温言道：“这宫中的长道虽然年深日久，可年前才修整过。姜二姑娘怎的这般不小心？”

众位伴读上一次入宫时也曾偶遇沈玠，知道他的身份，见他走近纷纷躬身行礼：“见过临淄王殿下。”

姜雪宁见他走过来心便定下了大半。想他们曾做过至亲至疏夫妻，她还为沈玠殉了葬，如今抢他一个机缘又怎么了？就当这是沈玠给自己的陪睡钱和赔命钱吧。反正他是临淄王，将来当皇帝也不缺一个郑保。可她很缺啊！

这么想着，姜雪宁多少将那抢人机缘的愧疚感消除了几分，迅速措辞道：“回殿下，才去拜见过太后娘娘，凤威深重，心神恍惚之下这才绊着自己，让您见笑了。”

萧姝静静地看着她。

沈芷衣则亲自扶了她起来，听见她这话也向沈玠嘟嘴道：“王兄你刚才是不在，母后可吓人了。”

沈玠虽然性情谦逊温和，可生在宫廷之中，耳濡目染，只听她们这话便知道慈宁宫那边该是出了事，于是眉头轻轻一蹙，问道：“怎么了？”

沈芷衣便道：“就一玉如意，唉，也不知道怎么说……”她有心想理顺一下讲，却有些不知从何讲起，说得一片混乱。

沈玠听了个一头雾水。

末了还是萧姝言简意赅地道：“内务府刘公公奉圣上的命送了一柄青海进贡的玉如意，但那如意背后好像刻有什么大逆不道之言，惹怒了姑母，眼下皇后娘娘也在慈宁宫中，正处置此事。”

沈玠不由得抬眸看了她一眼。

沈芷衣听萧姝说得这般简洁，便连忙点头，道：“对，就是这样，王兄去看看吧。”

沈玠原本也是要去给萧太后请安的，略一沉吟，便道：“我去看看。”

他说这话时那小太监的事早被抛到了脑后。

他抬步要往慈宁宫的方向去，只是从众位伴读旁边经过时，瞥见刚摔了一跤站起来的姜雪宁正低头抚着自己的膝盖，便没忍住笑了一声，打趣道：“平地走路也能摔，姜二姑娘可要好生看路才是，不然欠本王那一顿赔罪酒还没请便破了相，可不知回头有谁心疼呢！”

姜雪宁一怔，一时没反应过来“赔罪酒”是什么，直到沈玠转身离开了，她才想起是自己刚来到这个世界时生了误会，给了沈玠一耳光后，曾说改日请酒赔罪。

话自然是客套话，但她没料到沈玠还记着。

众位伴读见沈玠过来只搭理姜雪宁，眼神已有些异样，待听得这“赔罪酒”三字，更不住拿眼打量她。

萧姝就站在沈芷衣旁边，一张平静的脸上也露出些许的愕怔神色，回眸再看姜雪宁时，眼神已深了几分。

姜雪宁扫一眼便已将众人的反应收入眼底，心中暗暗叫苦。她有心想解释自己与沈玠其实没什么暧昧，可这位临淄王殿下说完话就已经走远了，哪里有她解释的时间？且难道要她说自己曾给了沈玠一巴掌，这赔罪酒赔的就是一巴掌？

这传出去她不是找死吗？

沈芷衣好奇地问道："赔罪酒？"

姜雪宁苦笑道："往日不懂事在坊市间胡混时，与临淄王殿下有些误会。"

沈芷衣还想追问是什么误会，但这时姜雪宁的目光已经投向了前方，落到了那宫门口跪着的太监郑保身上，神情几番变幻，仿佛忍不住般流露出几分恻然来。

沈芷衣便自然地顺着她的目光望去，见不过是个跪在宫门前的小太监，也没在意，倒是奇怪她为何这般反应，于是道："宫中有人受罚是寻常事，想必是犯了什么错被罚跪罢了。"

姜雪宁低低地道："来时便见他跪在这里……"

她的声音本就细弱，又是故意做出愁苦惶然姿态，便是原本只有三分假假的同情与害怕，也演出了真真切切十分感同身受的恐惧。

毕竟先前慈宁宫中的一幕才发生不久。萧太后一见她们便让她们跪着，也不叫起，给了她们一个大大的下马威，胆子不大的人的确会被吓住。

沈芷衣都还没忘记呢。

此刻一见姜雪宁的神情，又见那小太监跪在旁边，自然而然地便猜她是看见这小太监受罚想起了方才在慈宁宫中的经历，勾起了对这座深宫的恐惧，觉着自己与这小太监一般，深陷于动辄得咎的危险之中……

她心里忍不住埋怨母后太过严厉，又忍不住埋怨皇嫂早不罚人晚不罚人偏偏挑在这时候，若吓着宁宁可怎么办？

当下沈芷衣便抬了眉，天之娇女的威仪回到身上。她直接对那侍立在坤宁宫前的一名女官道："这太监犯了什么错？"

女官忙躬身行礼，便回答："他名叫郑保，今日伺候时心神不定也不知……"

"不想听！"话虽是沈芷衣问的，可打断回话的也是她，一副不大耐烦的姿态，一摆手便直接下了令，"人都已经罚了，也跪了这么久，差不多得了，饶了他吧。回头皇嫂问起便说是本公主的意思。"

乐阳长公主在宫中本来就受宠，圣上为着她翰林院的先生都请来给她上学，还筛选了伴读，女官在皇后身边伺候，对此自然一清二楚，听她发话哪儿敢有半分反驳的意思，当即便道："是。"

然后女官吩咐左右："快，把人扶起来，别在这里碍着殿下的眼，吓着人。"

两旁的小太监立刻上前把人给扶了起来。

郑保在这宫道上跪得有些时候了，双膝早已酸麻，刚起身时差点重新跪下去，一张原本清秀的脸上更是指痕交错，唯有那一双眼眸点漆似的明亮。

他抬首看了姜雪宁一眼，然而出乎意料的是，映入他眼底的似乎并不是什么娇揉造作的一张脸，而是一双在柔弱下藏着冷静的眼，此刻也正静静地望着他。

分明是花一般娇艳的外表，却使他觉得里面长满了荆棘。

姜雪宁眼睫一颤，轻轻垂下了目光，重新抬起时已向着沈芷衣笑了笑：“殿下真好。”

沈芷衣一张脸再次通红。她咳嗽了一声，偏做出一副镇定自若的模样，轻哼道：“那可不！”

第十六章 学琴

气氛有一种奇异的微妙感。

众人也不知是不是感觉出什么来，目光在沈芷衣与姜雪宁之间徘徊，可能是觉得乐阳长公主对姜雪宁也太好了。

那名叫郑保的太监已谢恩退下。

姜雪宁心里面的一桩大事卸下，虽然还不知道后续如何，可原本紧绷着的身体总算是放松下去几分。

若用曾经那个尤芳吟的话来讲，她这叫什么呢？

似乎该叫“戏精”吧。

旁的不行，她演戏装可怜的本事是一流的。

可想想其实也没那么差，她固然利用了沈芷衣，才达成目的，可从另一种意义上讲，也算是为沈芷衣结下了一桩善缘吧？

她算不得作恶，算不得作恶。

姜雪宁在心里告诫了自己几句，便道了一声：“我们走吧。”

沈芷衣自无二话。她回鸣凤宫虽然不与这帮伴读一个方向，可竟拉着姜雪宁的手，一路陪她走回了仰止斋，还进去厅中坐着与她们说了好一会儿话才离开。

萧姝在整个过程中都显得有些沉默。沈芷衣走时，她看了好几眼，似乎有话想说，但看了看厅中坐着的其他人，又没有说出口。直到见沈芷衣起身离开，她才默不作声地跟了上去。

姜雪宁转头看见，便猜她是有话要单独对沈芷衣说，或许与今日、与慈宁宫和萧太后有些关系。

但谁也不好追上去听。

萧姝刚一离开，厅内便奇异地安静了下来，众人你看看我，我看看你，谁也没有开口说话。

过去好一会儿，方妙才心有余悸地拍了拍自己的胸口，吐出一路回来便提着的那口气来，悠悠地叹道："刚进宫来就撞见这种事，可差点没把我给吓死。"

其余人也深以为然地点了点头，都道："也不知那玉如意有什么不对……"

姜雪宁自然知道玉如意有什么猫腻，此刻只闭口不言。毕竟她当时站在下面，不该知道。

姚蓉蓉则是一脸害怕的神色，只是她与旁人不同，在害怕之余还有几分掩不住的好奇，犹豫再三，竟压低了声音，怯生生地开口道："方才皇后娘娘捡起那块碎玉时正好在我旁边，我、我瞥见两个字。只是、只是，'义童'是什么意思呀？"

"义童？！"

正皱着眉头掐着手指给自己算吉凶的方妙听见这两个字手都抖了一下，竟不由自主地惊呼了一声，用一种近乎惊恐的眼神望着姚蓉蓉，连声音都有些扭曲了。

"你竟然看见了这两个字？"

姚蓉蓉彻底被方妙这反应吓住了："看、看见了……"

年纪最小也不谙世事的周宝樱最是一头雾水："这两个字怎么了？"

初冬的午后，天上的日头被阴霾的云层遮蔽，白塔寺的碑林边缘已是落叶满地，枯瘦的树枝在冷风里轻颤。

潮音亭内高悬着一口黄铜大钟，旁边是一座矮矮的石台，台上置一琴桌、一茶案，另有一只莲花香炉搁在角落，里面端正摆着的一枚香篆才燃了小半。然而下一刻便被人含怒扫落，倒塌下去！

"哐当当！"

莲花香炉摔在下方的台阶上，顺着一级一级的台阶往下跳跃，炉中惨白的香灰大半倾撒出来，偶尔缀在几片躺在地上的枯叶之上，竟触目惊心。

剑书眼皮止不住地跳，将脑袋压下来，竟有些不敢抬头看，只听得往日那道温然宽厚的声音已如冷凝的冰。

谢危盛怒之下反倒变得无比平静，问："谁让做的？"

剑书道："属下得知消息的时候令已经下了，问他们时，只说是金陵那边来的消息，且言语之间对属下颇为不耐，倒像是有些防备。属下佯装离开后在那边蹲了半个时辰，看见一顶轿子从乐安坊的方向过来，那人五十多岁年纪，形容枯瘦，留一撮山羊胡，穿一身灰衣，如果属下没有看错的话，很像是教首身边的公仪先生。”

不在宫中，不谋公干时，谢危习惯穿白衣——毫无矫饰的白衣。

这让他看起来更与世间纷扰无关，不沾红尘俗世半点因果。同样一身白衣，穿在旁人身上或许就是贩夫走卒，穿在他身上却始终有一种难掩的仙姿。

只是此刻这姿态中不免生出几分酷烈之意。

他又问：“定非那边呢？”

剑书垂下眼帘，声音低了些：“得知此事后，刀琴特命人去仔细检阅了定非公子最近一个月来送到京城的密信，并无一句提到今日之事。”

谢危便笑了一声：“我心不改，焉知人心亦如是？”

剑书一时没听明白这话，想说在金陵时定非公子对先生言听计从，便是先生上京之后，亦时不时地密信通报教中的消息，在教中明显是站在先生这边的。

可他刚要开口，自己方才说的话便在脑海里过了一遍。公仪丞向来在教首身边，甚少离开金陵。如何他人都已经到了京城，同在金陵的定非公子还浑然不觉，未给他们半点消息？

想到这里，剑书心中凛然：“先生的意思是……”

谢危那雪白的袖袍上沾了几点香灰，他抬了手指轻轻一抚，非但没有擦去，反而使这点点香灰化开，染污得更多。

平日清远的眉眼，暗藏凛冽之气。

他唇线拉直，神情间竟隐隐显出慑人的危险气息，叫人看了胆寒：“公仪丞既然来了，便是奉了教首之命。他们这是嫌我久无动静，防着我呢。”

剑书想起教中那复杂的情况，也不由得皱了眉：“先生在宫中一番经营，都尚未动手。如今公仪先生一来却发号施令，浑然枉顾您先前的安排，还胆大包天，贸然以如意刻字兴风作浪。他们失败了倒不要紧，若因此牵连到先生身上……”

毕竟涉事之人全是先生在宫中的耳目，这完全是将先生置于险境！

谢危沉默，抬眼看向前方那一片碑林。

落叶铺了满地，碑林中每一块碑都是六尺高、一尺宽，与寻常的石碑十分迥异，上面刻着的也不是什么佛家偈语，而是一个又一个平平无奇的名字，更往后索性连名字都没有刻，只有一块块空白的石碑立在漫山的萧瑟之中。

“如今的朝局如弦上之箭，一触即发。牵连了我倒不要紧，只恐此事为有心人利用，害到无辜之人身上。”他缓缓地闭了闭眼，想起教中人事，再睁开时，沉黑若寒潭的眸底已是一片肃杀之气，甚至透出一分阴鸷，“毁我谋划。成事不足，败事有余！”

剑书早看教中那帮人不顺眼了，这时开口便想说什么，只是眼角余光一晃，已瞥见后山上来了人。来人是名身披袈裟、慈眉善目的老和尚。于是剑书才要出口的话便吞了回去。

那老和尚便是白塔寺的住持方丈，法号忘尘，向佛之人都尊称他一声“忘尘大师”，今日谢危约了他讲经论道。

他自远处走来，到得潮音亭前时，已看见了阶前狼藉的香灰，脚步便一停。

谢危人立亭上，先前分明气势肃杀与冷沉，转过身来时却已不见，嘴角略略一弯已和煦似春风拂面，道：“适才剑书莽撞，打翻了香炉，还望大师勿怪。”

剑书：“……”

忘尘大师合十为礼，宽厚地道：“阿弥陀佛，无妨的。”

仰止斋中，稍微有些心思的人一听就知道，方妙既然对姚蓉蓉说出的这两个字有如此大的反应，必然是知道点什么的，于是都追问起来。

方妙便道：“听见‘义童’二字，你们什么都想不起来吗？”

众人有些迷惑。

姜雪宁则没作声。

还是陈淑仪反应快，眼皮一跳，忽然道：“你指的，莫非是……义童冢？！”

此言一出，顿时有人“啊”了一声，显然也是想起来了一点。

只是这都是二十年前的旧事了，她们中大多数人对此也不过是有所耳闻，知道有这么个地方、发生过点什么事罢了，却不清楚当年具体是什么情况。

周宝樱就更为懵懂了，连问：“什么、什么事呀？”

方妙看了陈淑仪一眼，才道：“是二十年前平南王逆党联合天教乱党犯上谋反的时候……”

平南王本是先皇的兄弟，十分骁勇善战，在朝中颇受拥戴。可架不住先皇娶了萧太后。萧太后的兄长便是定国公萧远，背后是整个萧氏一族，且彼时萧远还娶了隔壁勇毅侯的姐姐，也就是燕临的姑母为妻，大乾朝最显赫的两大家族便由姻亲与先皇连为一体，共同支持先皇，先皇岂有失败之理？

所以最终皇位更迭，是先皇取胜。

他登基后便将平南王远派去了封地。孰料平南王并不甘心，暗中养兵，竟与在百姓间流传甚广、吸引了许多信众的天教勾结，势力越发壮大。

二十年前平南王便与那天教教首一道，挥兵北上，直取京城，重兵围了整座皇宫。先皇彼时正在上林苑行猎，倒因此避过一劫，被上林苑精兵护着一路向北远逃。

然而当时还是皇后的萧太后与当时还是太子的沈琅却还留在宫中。

“说来这事也奇，平南王的精兵与天教的乱党杀进宫来，却没见着太后娘娘与圣上的踪迹，所以怀疑宫中有密道，让他们逃窜出宫了。”方妙说到这里时，声音顿了顿，神情间已浮现出一丝恐惧之色，“但叛军已然围城，太后娘娘与圣上若此时从宫中逃出，必要经过各处城门才能出城，是以立刻派重兵把守城门，一个人也不放出。平南王对先皇恨之入骨，不找到太子殿下不肯罢休，便派人在京中挨家挨户地搜，凡家中有四岁以上、十二岁以下或高过三尺的男童，全都被抓了起来……”

众人听到这里简直不寒而栗。姜雪宁已觉得有些反胃。

方妙的声音有些艰涩，然而冥冥中却有一股力量推着她往下讲，仿佛这件事该让许多人知道一般：“当时京中已经有许多百姓风闻战祸提前逃出，可依然有不少户人家，所以被抓起来的男童足足有三百多人。太子殿下当年大约八岁，平南王抓了宫中曾伺候过殿下的宫人来辨认，三百余男童中却无一个是太子。平南王大怒，京中已被围成铁桶，他不信人还能插翅飞了，便传令全城，若有人藏匿了太子，最好早早交出，否则便将那抓起来的三百余男童尽数屠戮。”

周宝樱以前该是从未听说过此事，一双眼睛已经瞪圆了，轻声追问道：“后、后来呢？”

方妙脸色有些发白，道：“后来定国公与勇毅侯援兵击退叛军，重新打开紧闭的城门入京时，只看见一片尸首堆积成山，全叠在宫门口。下了三天的大雪把人都冻到了一起，血凝成了坚冰，等雪化成了水，尸首都烂了……”

“呕！”

先前一直在旁听着没说话的姚惜终于忍不住，捂着自己的嘴从屋内奔了出去。

其他人的面色也都十分难看。

方妙自己胃里其实也一片翻涌，想起今日慈宁宫里的场面，越发战战兢兢：“再后来，这三百余孩童都被先皇下旨厚葬，立碑于白塔寺，乃为救太子而死的‘义童’，于是白塔寺碑林又称作‘义童冢’。听说当时定国公府年仅七岁的小世子也在其中……”

算起来，那该是萧姝的兄长，只是论出身比如今的萧姝不知高出多少：毕竟定非世子除了是萧氏之子外，其生母还是勇毅侯燕牧的姐姐，乃前所未有的由两大世族共同孕育的血脉。

清远伯府虽然没落，可这一桩事尤月也是有所听闻的，难免出来显摆：“说起来，当年的燕夫人丧子后伤心欲绝，便与定国公和离，回了勇毅侯府，不久病逝。燕氏与萧氏似乎也是在这件事后，才没有往来的。”

姚蓉蓉顿时"啊"了一声，一副十分惊讶的模样："那这么说，萧大姑娘竟是继室所出？"

"砰！"

她话音刚落，厅前那扇半掩着的门就被人一把推开，撞到墙上，震得发出一声巨响，吓得所有人回头看去。

竟是萧姝立在门口，面上是前所未有的疾言厉色，她道："你们在胡言什么！"

★

大家关起门来说话，连宫女都被遣走了，姚蓉蓉哪里能料到不过是想到这里便提了一嘴，就正好被去而复返的萧姝听见，一时又慌又乱，面红耳赤。

甭管萧姝是不是继室所出，都是她招惹不起的，她立刻就从座中站起身来，畏畏缩缩地低下头来道歉："我等并非有意的……"

萧姝冷笑道："我母亲虽是继室，却也由父亲明媒正娶进门，没什么不能说的。只是这皇宫禁内，你们倒是吃了熊心豹子胆，知道点不清不楚的事便什么都敢议论，怕是嫌一颗脑袋在脖子上好端端地长了太久，活腻味了吧？"

众人顿时面色微变。

姜雪宁冷眼旁观。

萧姝继续道："须知你们今日所言，若被我揭发，一个也落不着好果子吃。明日要学《诗经》还要跟着谢先生学琴，有这作死的工夫，何不去温温书、练练琴？也省得明日奉宸殿里先生问起来丢脸！"

众人想起今日慈宁宫里那一番情状，心有余悸。先前聊起来那是讲的人入迷，听的人也入迷，没反应过来。这会儿被萧姝拿话一点，众人都被吓出一身冷汗，更不用说见她眉目冷凝没有半点笑意，也恐得罪了她，真被告到太后那里或者宫里去，所以都唯唯诺诺地应是。

姜雪宁自然没什么话说。

众人作鸟兽散，她便也跟着离开。

内务府进献玉如意的事情到底是什么发展，仰止斋这里是半点也不知，只是隐约听见外面有些打杀的动静。

到得晚间大家坐在一起用饭，也是谁都不敢多言一句，气氛尴尬而微妙。唯有萧姝气定神闲跟个没事人似的，用过饭后还去沏了茶问旁人要不要一起喝。

只是这当口谁敢？

也就素日与她交好的陈淑仪、姚惜二人，并着一个只爱吃少根筋的周宝樱，留下来与她一道用茶。

姜雪宁自然是离开的那个。

回了房中后，她便在书案前点上了一盏灯，取出一卷《诗经》来，想为明日上学提前做些准备。毕竟她学业方面惨不忍睹，却要老老实实地在谢危的眼皮子底下待半年，想糊弄过去只怕没那么容易。

可想是一回事，做是另一回事，书就放在眼前，被旁边的灯盏明晃晃地照着，然而每个字落在书上都跟满地爬的蚂蚁似的，搅得她心烦意乱，她竟一个字也看不进去。

她一时想到勇毅侯府遭难的事，一时又想到玉如意背后那大逆不道的谶语，末了又是方妙说的那三百义童冢的种种……

这些画面全在她的脑海里面交错闪动，姜雪宁只觉得头痛欲裂，把书扔了躺到床榻上想睡，可又睡不着，睁着眼睛愣是熬到了半夜，也不知什么时辰才睡过去。

可日有所思，夜有所梦，梦里面竟是一片血，一片雪，刀剑落下，三百个孩童惊恐绝望的哭声与惨号，响在纷飞飘扬的大雪里，掺进凄冷呜咽的北风中，传得很远很远……她一晃神再看，谢危正立于那片尸山上注视着她。

次日起来，姜雪宁眼下青黑一片。端水进来伺候她梳洗的宫女都吓了一跳。

她却默不作声，蘸了脂粉，对着妆镜一点一点仔细地把眼周的憔悴都遮了，待从屋内走出去时，又是容光焕发，叫人看不出破绽。

今日是众人正式上学，上午是两堂课。

卯正到辰正是第一堂，一共一个时辰，跟着翰林院侍讲赵彦宏学《诗经》；辰正二刻到巳正二刻是第二堂，也是一个时辰，跟着太子少师谢危学琴。

所以早上先来的是赵彦宏。

这位先生也是五十来岁的高龄了，在翰林院中算是治学那一派，于朝堂政局并不如何深入，却学了一身趋炎附势的好本事。

姜雪宁早知他与其他两位先生一般看不起女子，可今日真正跟着他读了一回书才知道：原来就算连看不起女子，也是要分等级的。

《诗经》分为《风》《雅》《颂》三部，第一课学的便是《国风·周南》里的名篇《关雎》，要求熟读成诵，可赵彦宏光是教她们读，说这首诗大体是围绕什么而写，却偏不给众人解释每一句诗具体是什么意思——死记硬背。

众人虽然都是遴选上来的伴读，可也不是每个人这方面的学识都十分优秀，也有参差不齐的地方。所以姜雪宁斗胆问了“参差荇菜，左右芼之”里那个“芼”字是什么意思。

岂料赵彦宏脸色一变，竟斥责她：“昨日开学讲演时便交代过了要回去温书，如今学堂上岂是你能随便问的？这都不知道读什么书？”

姜雪宁一口气噎住上不去下不来，心里直骂：师者传道授业解惑，本宫若什么都知道便先砍了你的狗头，还要你作甚！

只是尊师重道毕竟是压在头上的一道梁，她最终什么都没说，坐了下来。

若仅仅是这般倒也罢了，毕竟或许这狗屁的赵彦宏就是这德行，对谁都这样。

可谁能想到在抽人背诵诗文的时候，他叫了萧姝起来，听她背诵完之后，大加赞叹，竟殷勤地主动问道：“这最后一小节里‘左右芼之’一句里的‘芼’字向来比较生僻，但若想理解它的意思，只需与前面的连起来想……”

萧姝冷淡地道：“先生，我知道。”

赵彦宏愣了愣，有些尴尬，下一刻便遮掩了过去，道：“哦、哦，知道便好、知道便好。不愧是萧氏贵女，学识实在过人，有你为长公主殿下伴读，老朽便可放心了。”

众人都觉一言难尽。

坐在前排正中的沈芷衣更是皱起了眉头。

姜雪宁朝前面看了一眼便知道这赵彦宏乃迂腐酸儒一个，只怕用不着她去打小报告，也在沈芷衣那边挂上名了，只是不知沈芷衣是不是能忍他。

课还没讲到辰正，赵彦宏便停了下来，坐在一旁喝茶去了，只叫她们自己看书。等旁边的铜漏报过时，他便摆好架势受了大家行的礼，把案上的书一卷，大摇大摆地出去了。

谢危来时跟他撞了个正着。

赵彦宏吃了一惊：“谢大人辰正二刻的课，怎这般早就来了？”

谢危今日心情颇坏，外头风大，所以披了件天青的鹤氅，斜抱着一张装在玄黑琴囊里的琴，在奉宸殿的台阶下站定，听赵彦宏这般说，眉头便暗自一皱。只是这般细微的神情不易被人察觉。他淡声笑道：“初次讲学教琴，不敢懈怠，为防万一，多做准备，所以来得早些。”

“原来如此。”赵彦宏实觉他小题大做，连特意编的那本书都没什么必要，可谢危毕竟是官高一级压死人，远不是他们这样的闲职能比，所以道，“谢先生果然一丝不苟，老朽惭愧。如此便不误您时辰了。”

他拱手拜别。

谢危抱着琴不好还礼，只向着他略一欠身。

这时两人一个从台阶上下来，一个人从台阶下上去。

姜雪宁坐的位置本就靠近殿门，几乎将这一番对话听了个正着，原本因为上一堂课结束才放松下来的身体顿时又僵硬起来。

随即一道阴影落在了她的书案上，是谢危款步从殿外走进来，从她的书案旁边经过。

她不敢转头。直到瞥见一角深青的衣袂从身边扫过了，她才悄悄地抬起头来，朝上方看去。

谢危走到殿上站定，也不说话，只低眉垂眼将那先前抱着的琴搁在琴桌上，去了琴囊后，信手抚动琴弦，试过了音，才缓缓地放下手掌，略略压住琴弦，抹去了那弦颤的尾音。

那试音的两声如山泉击石，又仿佛涧底风涌，听了竟叫人心神为之一轻。

抚琴的人如何先不说，琴定是极好的。

姜雪宁定睛打量那琴，只见琴身暗红近黑，漆色极重，隐有流水祥云般的纹路，看着不旧，即便看不到琴腹上阴刻的琴名，她也一眼辨认出了这是谢危自己斫的琴里最常用的一张，唤作“峨眉”。

于是她的心不自觉地一紧。

她于琴之一道实在是没有半点天赋，既不懂得弹，也不懂得听，平日的机灵劲儿一到了学琴的时候便散了个干净，活像块榆木疙瘩。

过去她学琴时差点没被虐哭，还好后来逃学成瘾，也没人来追究她。

姜雪宁认得的琴不多，谢危这张算其中之一。

那是一日雪后，整个皇宫的红墙绿瓦都被银雪盖住，她同张遮从坤宁宫外的长道上走过，远远就听见前面奉宸殿的偏殿里传来隐约的琴声，于是驻足。

但那琴声没多久便停歇了。不一会儿谢危竟抱琴自偏殿中出来，从他们前方那条道上经过，一转头瞧见她同张遮站在一起，看了她一眼，又看了张遮一眼，没说什么，径自往乾清宫去了。

张遮说，那张琴名作峨眉。

姜雪宁好奇地问他，典出何处？

张遮摇了摇首，说不知。

姜雪宁想想说，峨眉山北雪极目，方丈海中冰作壶？

张遮还是摇首。

直到后来谢危焚琴谋反，姜雪宁才想起还有一句诗，曰：“一振高名满帝都，归时还弄峨眉月。”

★

谢危过去最终是当皇帝了，还是去弄那峨眉月了？

她想想有些困惑，但仔细琢磨，冒天下之大不韪的事情做了这么多，又造下那许多杀孽，他若是最终不当皇帝，下场恐怕不会好到哪里去吧？

因还没到上课的时辰，谢危试过琴音后便坐到了一旁去，也不对她们说一个字。

按理说此刻本是两门功课之间的休息时间，众人可随意走动休息。

但谢危坐在那边便自有一种奇异的威慑力，让人不敢高声喧哗，甚至不敢随意走动，个个都十分乖觉地待在自己的位置上，唯恐给他留下不好的印象。

如此一来，满殿清净，倒有一股难得的静气。

直到那两刻休息的时间过去，谢危才重新起身，站到了殿上。

这一刻，下面包括乐阳长公主在内的九位学生全都站了起来，向他躬身一拜："学生等拜见谢先生。"

谢危摆手道："不必多礼。"

高处的书案上搁着一把戒尺。他垂眸看了一眼，随意地拿起来把玩，叫众人都坐下后，便道："今日要学的是琴。谢某知道，诸位小姐，包括长公主殿下在内，大多对此已有了解。不过眼下既然都跟了谢某学琴，便请大家将往日所学忘个干净，权当自己并没有学过，从头来过，重新开始。"

姜雪宁看见他拿戒尺便觉得手指头疼，再一听谢危这话，只觉与曾经没什么差别。过去，她刚听见这番话时心里是欢喜的，想从头学起的话自己未必就比那些个大家闺秀差。

然而事实是残酷的，有时候她不得不承认，老天爷很公平：给了她过人的好相貌，便不会再给她优渥舒心的家境和琴棋书画样样都行的好天赋。

"古人云，天有五星，地有五行，世有五音。所以传说，最早时，神农氏削桐为琴，绳丝为弦，只有宫、商、角、徵、羽五音，上合五星，下应五行，奏为圣音。后来周文王囚于羑里，思念其子伯邑考，加了一根线，称作文弦；武王伐纣，又加一弦，是为武弦。从此合称为'文武七弦琴'。"

谢危持戒尺，手却负在身后，人信步从殿上走下来，目光则从下方众人的面上掠过。

"学琴不易，逆水行舟，有时其难更甚于读书。说学琴三年小成、五年中成、七年大成者，乃以'术'论，然学琴是'道'，有了'道'方称得上有成。不过你等年岁不大，区区半年时间，实也学不着什么，若能得皮毛，略通其术，也算不差，是以今日谢某便从‘坐’与‘指’讲起。”

他是在文渊阁为皇帝及满朝文武讲惯了书的，教这一帮小姑娘实在有些杀鸡用牛刀的意思，似先前那位翰林院的赵先生便不大耐烦，他却步态从容，言语平和，既不高高在上，也没看不起她们。他站在奉宸殿里为眼前这些小姑娘讲课，倒和站在文渊阁里为九五之尊讲学时没有区别。

众人先前都见过了赵彦宏为她们讲课时那不耐烦的姿态，一想谢危乃在前朝为皇帝、文武百官做经筵日讲的帝师，便是都听闻谢先生素有圣人遗风，可心里面也难免担忧他与那赵先生一般疾言厉色。此刻听他这般宽厚，众人都不由得放下心来。

胆子略大些的、与谢危熟悉些的，如沈芷衣，更是试探着举起了自己的小手：“那谢先生学了多少年的琴，现在算什么境界呀？”

谢危回眸看了她一眼，笑道：“我自四岁起学琴，如今勉强算摸着门槛吧。”

众人不由得咋舌。

沈芷衣更是掰着手指头帮他算了算，嘴巴都不由得张大了：“那得学了有二十多年，这才小成……”

谢危道：“我算愚钝的，长公主殿下若天资聪慧有灵性，便未必需要这么久了。”

他停步时正好在姜雪宁面前。姜雪宁听见他说“愚钝”两个字，便没忍住抬头看了他一眼：姓谢的若都叫“愚钝”，那这天底下还有聪明人吗？

然而谢危面上却没有任何旁人故意自谦时的那种怡然得色，相反，是认真且严肃的。于是她意识到——谢居安竟然是真的觉得自己愚钝，于琴之一道，二十多年只能算小成。

因着今日都要学琴，众人的琴都端正地摆在了桌上。

姜雪宁的琴也不例外，那一张蕉庵就摆在她面前。

谢危一垂眸，目光从她身上掠过，便自然地落在了这张琴上，也不知是不是认了出来，多看了片刻，才重新抬眸用审视的眼神注视着姜雪宁。

姜雪宁背后汗毛登时倒竖。

好在谢危似乎只是因为这张琴多看她一眼，并未有多说什么的意思，很快便从她面前踱步转身，回到了殿上，这才正式开始教琴。

先学的是坐，这对众人来说都算不上是难事。

毕竟众人前几日入宫遴选时都已经跟着苏尚仪学过了“行走坐卧”，弹琴时的坐姿虽与苏尚仪教的坐姿略有不同，可万变不离其宗，总归是身不能摇，头不能动，目不别视，耳不别闻，坐有规法。

姜雪宁过去好歹是经历过宫廷洗礼的人，之前在苏尚仪那边就已经大展过风头，此刻是在谢危面前，自然更不敢有半分马虎。

谢危一个个看下来，都点了头，末了又停步在她面前，倒难得有些刮目相看之感，道："不错。"

姜雪宁听见这两个字，表面镇定，心里已恨不得以头抢地了。

谢危原是觉得她好才夸了一句，怎料夸完之后再看，她一张脸上竟莫名有些心虚，神情勉强，坐在那张蕉庵古琴前，跟坐在针毡上似的。

她怕成这样？

他虽不知自己怎么就成了洪水猛兽，可也只当是自己吓着她了，并未多想。

直到接下来学指法他才明白了。

谢危从右手八法教起，准备循序渐进，由易而难，所以先讲的是抹、挑、勾、剔，由他先给众人示范了一遍，再叫她们有样学样地跟着来。

当中有一些世家小姐早就学过，自然一遍就会。

于是奉宸殿内响起了简单断续的琴音。

然而总是有那么一道，或是急了，或是慢了，有时短促，有时长颤，中间或许还夹杂着手指不小心碰到另一根琴弦时的杂音。

谢危的眉头顿时就皱了起来。

原本一道琴音混在这众多并不整齐的断续声音中并不明显，可他学琴多年，造诣颇深，早练出了一副好耳朵，听这一道琴音只觉如钝剑斩美玉、锈刀割锦缎，突兀难听，刺耳至极！

他听了有四五声之后，终是有些不能忍，向着那琴音的来处看去。

不是姜雪宁又是何人？

人坐在那张琴后，看姿态倒是副抚琴的姿态，尤其她有一张远胜旁人的脸，娇艳明媚，加之十指纤纤，往琴弦上一搭便赏心悦目。

然而那手指落到琴上却毫无章法，怎么看怎么像是鸡爪子！落指更不知轻重，轻的时候像是吹棉花，重的时候活像是能把琴弦抠断！

谢危端看那几根琴弦在她手指底下颤动、呻吟，只觉一口气在心口堵住，眼皮都跟着跳了起来。

她坐得那般架势，却弹成这鬼样子！

难怪方才他夸她一句她要心虚了。

姜雪宁还不知自己已被谢危盯上，只是觉得一双手不听使唤，上胭脂水粉的时候，稳稳当当，一落到琴弦上就失了准头，摸不着轻重。

想来其实不奇怪。别的女儿家年纪小时都学了女红，唯独她在那年纪还在乡野之间撒开脚丫子跑，河里摸鱼有她，上树捉蝉有她，拴着别人家的鸡鸭出去遛弯儿也有她……

她从来没学过什么精细雅致东西，对琴更没什么兴趣。好听归好听，但也就是如此了，她哪里听得出什么子丑寅卯来？这一双手，这一颗心，要她学琴，可不要了她的小命？

姜雪宁是越弹越觉得自己的音和旁人不一样，心也就越虚，偶然间一抬头，谢危已经站在她面前了。她手一抖，差点没把琴弦挑断。

谢危居高临下地看着她，问："没学过？"

姜雪宁觉着自己浑身都僵硬了，战战兢兢地回："先生不是说权当自己没学过，从头开始，重新来过吗？"

谢危的眼皮又跳了跳。

于是姜雪宁觉得脖子后面冒寒气。

谢危忍了没发作，再看一眼她手底下压着的琴，道："你且坐着，别糟蹋这琴了。"

果然他是看出琴的来历了！

姜雪宁心底顿时哀哀叫了一声，暗道自己早该想到的：姓谢的好琴成癖，燕临说寻张好琴去上学必能讨得他的喜欢，却不知好琴并非人人能弹，若是人配不上琴，只怕非但不能讨好谢危，反惹他嫌恶。

如今便是她配不上琴啊。

谢危同她说这两句话虽是压低了声音，可奉宸殿就这么大点地方，旁人焉能听不见？

一时周遭练琴的声音都小了些。众人微妙而异样的眼光都落到了她的身上。

姜雪宁听谢危叫她"且坐"，便不敢再伸手碰那琴了，又琢磨既是自己配不上琴，那换一张自己配得上的，也就不算糟蹋了吧？

于是她期期艾艾地道："谢、谢先生……"

谢危见她乖乖不碰那琴了，脑袋里刚才绷起来的那根弦总算松下去两分，刚要转身走开，听见她的声音，不由得停下。

姜雪宁的心提到了嗓子眼儿，她鼓起勇气道："要不我换一张劣琴？"

谢危那沉沉的戒尺压在掌心里，修长的手指握得不由得紧了那么两分，重看向她时，眼角都微微抽了抽，目光也沉了下来。他还当她是乖觉了，没料着，她半点不去想自己如何才能配上琴，反要换一张劣琴来配自己！

他冷了脸，只执了那戒尺，往殿门外一指，道：“你先出去。”

姜雪宁愣住了。

她顺着谢危所指的方向看去，脑袋里轰的一声，完全一片空白。人跟失了魂魄似的，纵然是腹内有一万句困惑、一万句不甘，可对着谢危她竟一句也说不出来，一时眼眶都红了。直到起了身从殿内走出去站在外头廊柱边上，她也没想明白自己到底是什么地方又开罪了他，竟要被他罚出来站着，丢尽颜面。

便是过去她也没受过这样的委屈。

姜雪宁昨夜就没有睡好，忧心着勇毅侯府的事，今早跟着谢危学琴更是绷紧了神经，唯恐惹他生气，此刻站在廊下，真是越想越生气。

没了曾经的尤芳吟就罢了，为了勇毅侯府的事情用周寅之也罢了，重来一次还要被谢危提溜在眼皮底下，可如今她又没做什么真正的坏事。

他凭什么待她如此严苛？

原本是三分的委屈，她想着想着就成了十分。

姜雪宁也不知是哪个地方被戳着了，所有的愁苦一股脑儿地冒了出来，眼底一热，那眼泪珠子便“啪嗒啪嗒”地往下掉。她举袖擦了想忍，可眼泪越擦越多，根本不听她的使唤。

谢危说的原是“你先出去”，只打算先同其他人讲上几句交代她们练习，便出来单拎她说话。可谁料交代的话说了没一半，他就听见外头传来隐约的哽咽之声。

他转身向殿外一看，顿时僵住。

那颜色明媚的少女今日穿了一袭雪青的弹墨裙，身形纤细，立在廊下柱旁，跟受了天大的委屈似的，一面哭还一面擦眼泪，真叫人看得又好气又好笑。只是当年回京路上遇袭，摔得满身是泥，他似乎也没见她哭过……

谢危瞧着她，觉着有些遭罪，抬手轻轻一压自己的眉心，不由得把声音放软了几分，道：“别哭了，进来吧。”

姜雪宁的哽咽声顿时一停。她觉着自己哭其实本跟谢危没什么关系，只是由着这么一桩小委屈勾出了更大的委屈罢了，心里只想着姓谢的铁石心肠，怕是要让自己在外头站上一个时辰。

谁料他忽然叫自己进去？惊讶之余，也生出几分猝不及防的错愕，姜雪宁的神情变得古怪了几分。她心念急转间，脑海里面已迅速掠过了一个念头：不是吧，谢危竟然吃这套？！

她有些不敢相信。然而仔细回想回想，曾经她在谢危面前哭过吗？

没有的，一次也没有。

姜雪宁心念一动，眼泪止住片刻后，竟重又哽咽起来。她当真是想哭就哭，说来就来，只是这回是看着真，实则假了。

果不其然，谢危又露出些许头疼的神情来，对她道：“原也不是想罚你，回来坐下吧。”

奏效了！

姜雪宁心底差点笑出声来。谁能想到谢危的死穴竟然在这里？

她只道知道了对付谢危的法子，想这人两世威风也终究要犯到自己手里，不由得快意至极，但面上依旧一副委屈模样，低低地“哦”了一声，从殿外走进来，回到自己的位置上坐下。

然后谢危看了她一眼，淡淡地道：“待会儿下学你单独留下。”

姜雪宁：是我太年轻，高兴得太早。

★

曾经，姜雪宁想过孔圣人的十八般做法；如今，她忍不住开始琢磨自己的十八般做法。

众人先前看她的异样眼神里忽然多了几分同情。毕竟嫉妒归嫉妒，瞧不起归瞧不起，谁也没想到不过弹琴差了些居然会被先生留堂。甭管谢先生看上去有多温和，对当学生的人来说，这种事都称得上是“噩耗”，委实可怕。

所以，在接下来的时间里每个人都以姜雪宁为前车之鉴，就算是先前神态轻松的沈芷衣也打起了十分的精神认真练琴，唯恐下一个被先生留下的就是自己。

姜雪宁寂然无言。一整个时辰，她就坐在自己的位置上，也不敢碰那琴。

下学时，众人都起身向谢危行礼道别。

姜雪宁不由得将目光投向了其他人。似萧姝这种不显山不露水的，只是看了她一眼。似尤月这种明摆着与她有过节的，则是从鼻子里轻哼出一声来，颇为幸灾乐祸。方妙则万般怜惜地看着她，递给她一个爱莫能助的眼神。

姜雪宁知道其他人都靠不住，但依旧试图抓住最后一根救命稻草，忍不住在沈芷衣经过的时候喊了一声：“长公主殿下……”

沈芷衣走过来握了握她的手，语重心长地道：“谢先生人很好，你要努力。”沈芷衣还鼓励地朝她点了点头，握了握拳，然后才从殿中走了出去。

姜雪宁有点绝望了。

人都走干净了，伺候的宫人们也散了大半。外面的天光照着窗纸，亮得发白。

谢危将他那张峨眉装入琴囊之中，斜抱在怀，从殿上走了下来，看她一眼道："跟着。"

姜雪宁心里拔凉拔凉的，抬步就要跟上。但没想到她才迈出一步，谢危的脚步就停下了。他眼帘低垂，殿门口的光有一半落在他的眼睫毛与瞳孔中，越发显得暗沉，他提醒了她一句："琴。"

姜雪宁这才反应过来，返身小心地把今日基本没怎么碰过的那张蕉庵抱上。

谢危出了殿，径直往偏殿走去。毕竟他与其他先生还是有些区别的，且这些年总在宫中主持经筵日讲，这一回宫里便将奉宸殿的偏殿专门为他辟了出来，做休憩之用。

姜雪宁离那偏殿越近，眼皮跳得越急。

两人到得偏殿门口，还有个小太监倚在门廊下伺候，一见谢危过来便连忙站直了身体，满脸挂笑地凑上来："少师大人辛苦了，这是下学了吧？内务府有前阵子福建送来的秋茶，奴给您沏上？"

谢危淡淡地"嗯"了一声。

那太监便要下去隔壁茶房沏茶，只是退走时也不由得好奇地看了姜雪宁一眼，似乎是在奇怪谢少师为什么会带个姑娘到这里来。

谢危进了偏殿。姜雪宁的脚步却在殿门口停住，好像里头是什么龙潭虎穴似的，她不敢迈进去。

谢危头也不回地道："进来。"

姜雪宁心一横，想如今好歹是在皇宫大内，谢危就算是暗地里再有本事，也不至于在光天化日之下杀人灭口，于是一脚踏了进去。

一股暖融融的气息顿时扑面而来，她不由得怔了怔。

偏殿比起正殿小了不少，格局也没那么开阔，但除了开着的那扇门和向东的一扇窗之外，别处门窗紧闭，还置了烧银炭的暖炉。原本冰冷的地砖上铺着厚厚的绒毯，踩上去时安静无声。高高的书架充当了隔断，上头堆满了各种古籍。

两人从书架旁边绕过去便见得一张书案、一张琴桌，东北角上更有一张长长的木台，上头竟然摆着好几块长形的木料，另有绳墨、刨子、刻刀之类的工具搁在旁边。

谢危将自己的琴挂了起来，然后转身对姜雪宁一指那张空置的琴桌，自己却在靠窗的暖炕的一侧坐了下来，垂下眼帘道："听说宁二姑娘昨日在坤宁宫门口救了个叫郑保的小太监？"

姜雪宁刚将琴放下，听见这话差点吓跪。她本以为谢危单独留自己下来是真的要指点她弹琴，哪里料得到刚进这偏殿他开口就是这样一句话，顿时浑身汗毛都竖了起来！

那日她救郑保本就在众目睽睽之下，便是想要否认都无法抵赖，更何况现在是被谢危当面问起。这可是将来要谋反的人，必然在宫中有自己的耳目。若她在谢危面前装疯卖傻，那是找死。

姜雪宁强迫自己镇定下来，讷讷地回道："是。"

谢危眸底的思量便浮了上来，他竟对她道："司礼监的掌印太监王新义乃圣上身边的红人，郑保虽在后宫中做事，是坤宁宫里面一个不起眼的管事太监，可王新义暗地里一直对他青眼有加，算郑保的半个师父，又因郑保忠诚且十分有孝心，近来王新义颇想找机会提拔他。宁二姑娘这善心一发，倒是巧得很。"

姜雪宁万万没想到他竟知道。自己心底最隐秘的筹谋根本还没放上一日，转天便被人挑破，实在让她心惊胆战。

她下意识地就要撒谎否认，可抬起头来对上谢危那清明了然的目光，仿佛全将她看透了似的，方才涌出的胆气便全被灭了个干净。她只觉喉咙干涩，说不出话来。

谢危平静地瞧着她："你是知道这一点，有意要救他吗？"

姜雪宁不敢承认。毕竟上一回她入宫的时候谢危就已经警告过她了，要她乖乖地待在他的眼皮底下别搞事，也别惹他生气。可当着谢危的面她又不敢撒谎。因为撒谎的下场更惨。

顷刻间心思百转千回，关键时刻，姜雪宁一下就想起了先前在奉宸殿正殿中那对付谢危的绝招，于是拉平了嘴角，耷拉下了眉眼，竟然嘴一撇把头埋下了。伤心事太多，她只消一想就能哭出来。

她重新抬眸时眼眶发红，眼底蓄了泪，像平湖涨潮似的就要满溢出来，委屈巴巴地开了口："宫里的事情那么多，什么王新义王旧义，我不过一个才入宫没几天的人，怎么可能知道那么多？"

谢危看着她没说话。

姜雪宁觉得他这反应有些不对，跟自己先前所想的不大一样，心头不由得有些打鼓。但戏都已经演出来了，难不成她还能收回？

姜雪宁硬着头皮继续假哭："更何况一开始也不是我想要救那个叫什么郑保的小太监，是我们回去路过时看见临淄王殿下站他面前似乎要救，只是后来一打岔殿下将此事忘了。我看那小太监可怜，才向长公主殿下说了一句。真正发话救人的是长公主殿下才对。谢先生上回口口声声说想要信我，可如今桩桩件件哪里像是想要信我的样子？骗人！”

少女正当韶华，容貌昳丽，五官精致明媚之余，甚至有点冷冷的、艳丽的张扬，然而哭时把眉眼都垂下，一副做小伏低的姿态，倒装得可怜，有那么点刻在骨子里的狡猾与小坏。她一面哭还一面假作不经意地看他的神情，黑白分明的眼珠子像润泽的琉璃，流转间有点勾人。

于是谢危忍不住想：他看上去像是特别吃这一套的人吗？

姜雪宁一开始哭是觉得谢危吃这套，想着也许能靠这个蒙混过关，孰料谢危就用这种若有所思的目光望着她，仿佛不为所动。越哭，她心里越没底。

正好此时门外传来一声轻叩，是那小太监端茶进来道：“少师大人，茶。”

她的哽咽声于是一停。

那小太监端了两盏茶来，一盏搁在谢危手边的炕桌上，一盏搁在了姜雪宁面前的琴桌旁，也不知有没有听见这偏殿里之前发生了什么，更不抬头多看一眼，放好茶盏后便躬身退了出去。

谢危端起茶盏来，揭开茶盖，听着哭声停了，一挑眉道：“不哭了？”

这时候姜雪宁要再看不出谢危其实不吃这一套，那可真是弱智了。

她老实了：“忽然觉得好像也没那么伤心。”

谢危“哦”了一声，姿态怡然地饮了口茶，似笑非笑地看着她道：“看不出来，学琴不怎样，装哭倒很强。”

姜雪宁气闷：“这不是怕您责罚吗？”

谢危道：“不做亏心事，也怕鬼敲门？”

姜雪宁低声嘟囔：“不许人家鬼走错门吗？”

谢危不说话了，只看着她。

姜雪宁立刻把头埋下去，不敢再抬杠：“谢先生说得都对，鬼多厉害，怎么可能不认识门呢？”

谢危放下茶盏，重新问她：“你救郑保是为什么？”

姜雪宁面上乖觉，脑筋却已经飞速转了起来。说真话她肯定死翘翘，可要全说假话只怕谢危不肯信。

于是，她立刻有了个折中的主意，也强行将心里的抵触与防御卸了下去，让此刻的自己看上去更弱势，也更诚恳，道：“雪宁初到宫中，无依无靠，先生、燕临与长公主殿下一意要我入宫，出尽风头，其他伴读自然视我如仇如敌。若我还没个人照应，遇着慈宁宫里那事，步步凶险，他日怎么死的都不知道。我怕，所以回来时从坤宁宫路过，才想到若能救下个小太监，也许将来有用。”

谢危闻言沉默。

姜雪宁的声音小了下去，为自己辩解："我心思是不纯，可旁人也没给我做个好人的机会。先生见着我做了什么，只知责怪我，却从不设身处地地为我想。"

慈宁宫中出了什么事，事后的牵连又有多大，没有人比谢危更清楚了。此刻他听得姜雪宁提起，目光变幻，末了问她："你心里委屈？"

姜雪宁点头："委屈。"

谢危便又不言语了。

姜雪宁一颗心在狂跳，抬眸时微有畏惧，却还藏了几分希冀，竟试探着问道："那、那郑保真的那么厉害，以后会被那什么王新义提拔吗？"

她这模样倒像是原来不知道郑保有这么厉害，而是刚才才从他口中得知一般。

谢危忍不住想去分辨真假，只是抬了眼帘，见她两手搭在膝上循规蹈矩地坐在那琴桌后，浓长深黑的眼睫润湿，雪白的面颊上还挂着先前没擦干的泪痕，终究转过心念，道了一声："罢了。"

他对她道："王新义有此打算罢了，不过宫里的事情也是瞬息万变，今日看好一人明日也许就一败涂地。在宫中有些经营不是坏事，可若一不小心被牵扯进争斗中，也未免不会祸及自身。我既受燕临之托，又得令尊之请，所以提点你几分，你自己小心行事，万莫行差踏错。"

"行差踏错"四个字，意味深长。

姜雪宁心知他指的绝不是施恩于郑保以求宫内有人照应这么简单，只怕也是在警告自己不要想通过郑保去告发他有反心的打算，哪里还敢不乖觉？

她敛眸道："是，谢先生提点。"

谢危便道："琴，你再试一遍，我看看。"

姜雪宁满腹心思都还在与谢危的这一番"智斗"上，哪里料到他连话锋都不转一下，直接就说琴的事，因而怔了半晌才反应过来——闹半天他还是要给她开小灶。

她还以为说过郑保的事情他就会放她走了！

蕉庵就摆在琴桌上，姜雪宁想死。

谢危见她不动，已轻轻蹙了眉，道："我下午也没事，你若不弹，便在这里耗着。"

谁愿意跟你在这里耗着啊！这简直比跟阎王爷待着还可怕！

姜雪宁两相权衡之下，终究是求生欲盖过了一身不多的骨气，深吸一口气，坐直了身子，落指弦上，磕磕绊绊地弹了一小段谢危教的《仙翁操》。此曲又名《调弦入弄》，乃初学琴的人大多知道的开指小曲，主要用于练习指法。

姜雪宁在殿中虽没碰琴，却着意把这一小节开指小曲记了记。此刻她弹出来，调和指法虽都不准，可竟没什么大错。

谢危看她的手指，道："继续弹。"

姜雪宁也不敢多说什么，一口气提在心口，两手十指重新抬起来时，绷得越发紧了。

这一次她才下指，头一个调便重了。于是谢危起身，走到她的琴桌前来近看。只是他越看，姜雪宁错得越多，弹得连第一遍也不如了。

谢危知道她怕自己，可这也是无解之事，且于琴之一事上他总心无旁骛，便道："此曲通篇相应，每一句的句末都是一散一按，你弦按太紧，弹时要放得再松些。"

姜雪宁尝试放松，又弹了一遍。

谢危道一声"朽木难雕"，见她右手虽然看似松了，可左手五指还蜷着，且指法也不对，便皱了眉，略略向前倾身，伸出手去。

姜雪宁手指细得削葱根似的，透明的指甲下是淡淡的粉色，便是指法不准，压在琴弦上也煞是好看。她学琴时将玉镯与手链都摘了下来。

谢危本是要教她正确的指法，可一靠近一垂眸，却看见那细细一截皓腕露出，当年用力划出的那一道取血用的伤痕如同一条陈旧的荆棘，爬在那雪白的肌肤上。尽管疤痕淡了，却依旧有些狰狞刺目。

他刚探出的手指一时顿住。

姜雪宁刚才弹完一遍自觉比第一遍好上不少，心里正想自己有了进步，该得个夸奖，可没想到谢危一句"朽木难雕"就把她打了回来，更没想到他忽然朝着自己伸出手来。

这一瞬，她整个人头皮都麻了。

她再一看谢危那目光，不偏不倚正落在她腕间那的道疤上，也不知为什么忽然怕得厉害，唯恐被他碰到，仓促之间连忙站起身来！

"哐当！"

她本来坐在琴桌前，骤然起身又急，一下撞着前面桌沿，绊着身后锦凳，顿时桌倾几倒，连带着她整个人都惊叫一声朝后面仰去。

谢危一看立刻伸出手来，他天青的鹤氅，袖袍宽大，兜了风似的，从姜雪宁的眼前划过。然后……谢危稳稳地抱住了那张蕉庵古琴。

"咚"的一声响，琴桌摔下去，锦凳也倒了下去，姜雪宁一屁股摔在那一片厚厚的绒毯上，有点疼，目光也有些呆滞了。

那张蕉庵安然地落在谢危的手掌之中。他抱琴而立，也看着她。

安静。

除了安静，还是安静。

谢危：“……”

似乎有什么地方不对?

姜雪宁：“……”

不，好像没有什么毛病。

第十七章

草书

那琴桌颇重，谢危却脚尖一钩便将其带了起来，而后将手中的蕉庵端端正正地放了回去。这时才看向姜雪宁，似乎在想要不要去扶一把。

姜雪宁哪儿敢让他扶?

她摔得既不算很重也不算很痛，在看见谢危将琴放下时，便连忙一骨碌撑着那厚厚的绒毯起身，道:“是雪宁莽撞，还好琴没事。”

谢危看她一眼，点了点头:“是。”

他居然还回答“是”！

她摔了一跤虽然是自己的错，照理怪不到谢危身上，可丢了这么大个人，难免心中有气，这时便暗想:曾经的张遮没成亲，一是因着被姚惜毁了名誉，二是因为运气不好遇到了她;谢危这样的人那时也没成家，除了醉心佛道之学外，只怕也是因为这让人着恼的德行吧!

谢危也不知有没有看出她心中的不满来，只一指那琴道:“弹琴须静心，心无杂念。你遇事本不莽撞，却有莽撞之举，越想弹好越弹不好，正所谓‘欲速则不达’。所以今日也不教你学琴了，学也无用，你先在这琴前坐下来吧。”

姜雪宁依言坐下，问:“那学什么？”

谢危已返身走到那长桌前，手里拿起一块已经锯好的木料，回道:“不学。”

姜雪宁愣住。

谢危淡淡地道:“你静坐琴前，什么时候心静下来了，什么时候学琴。”

心静?

学琴不就是“技”上的事吗，与心静不静有什么关系?

姜雪宁只觉是谢危故意找法子来折腾自己，人坐在那儿，心非但没静，反而更躁了。

但谢危也不搭理她。

上一回斫了快三年的琴因在层霄楼遇袭毁于一旦，叫他闷了好一阵，如今重新开始选木斫琴，却打算同时斫两张琴，如此总不至于太倒霉，两张琴都遇到意外。所以此刻他便反复比较着眼前这几块木料，想挑出两块最好的来用。

姜雪宁坐在那琴后，一开始还满脑子的念头乱转，可想多了又觉得光是想本身就很无聊。

她坐在这里，无所事事，实在煎熬。

她的眼皮渐渐有些打架，不得已把目光放到了谢危身上，看他挑选木料，拿着绳墨尺量，在那边比画，透着种严谨到苛刻的感觉，不像是一朝帝王师，反倒像是屠酤市井里吹毛求疵的匠人。

而且……这人盯着那几块木料，拿起这块放下，拿起那块也放下，半天都没选出来，好像很难做决定似的。

姜雪宁看着看着嘴角便不由得一抽：没看出来，人不咋样，毛病还不少。

下学时辰本就接近中午，偏殿的窗也是开着的，谢危思量半天，选好木料后，抬头看一眼，略估时辰，竟要过午了，想想也不好叫姜雪宁饿着肚子在这里学琴，所以便想开口放她走。

但没料，他一转头眼角余光忽然瞥见一道白影，竟是只雪团似的小猫。也不知它从哪里来的，更不知何时来的，巴掌大小，眼珠子墨蓝，浑身奶气，正蹲在窗沿上朝殿内张望，一副跃跃欲试地要跳进来看个究竟的模样，还“喵呜”地低低叫唤了一声。

谢危眼皮登时跳了一下，身形微僵，不动声色地往后退了一步。

原本昏昏欲睡的姜雪宁听见这声音却清醒了几分，抬起头来循声望去，眼底不由得绽出璀璨的惊喜：“呀，哪里来的小猫，好乖！”她起身想去抱那猫，可站起来才想起自己正在端坐静心，不由得停下来向谢危看去。

谢危却皱了眉，根本没有搭理她的眼神的意思，扬声便唤：“来人。”

殿外伺候的小太监立刻应声进来：“少师大人有何吩咐？”

谢危眼底凝了霜色，手指一动，便要去指窗沿上那雪团似的小猫，可要指着时又收回了手，道：“不知是哪一宫的猫溜出来到了这里，抱走着人去问问。奉宸殿乃读书清净地，往后别叫这些小东西进来搅扰。”

小太监顿时有些战战兢兢，连忙道了一声：“是。”然后快步上前将那小猫抱了下来，道，“奴这就着人去问问，往后定严加查看，不叫这些小东西进到殿里。”

姜雪宁微微张大了嘴，眼看着那小太监把猫抱走，心里原本对谢危的不满，此刻更添了三分，转头便想暗暗用目光宣泄自己的愤怒。

只是她一转头却觉得有些奇怪——谢危一开始离窗沿有那么远吗？

小太监将那猫从窗沿上抱下来退到殿外时，谢危也不经意般放下了手中的墨线，转身走到另一侧的书案前拿起了一份邸报来看，全程与那只猫的距离都超过一丈。

姜雪宁忽然便觉得说不出的古怪，一个前所未有的大胆念头从她的脑海里冒了出来。

彼时，她也养猫。

有一回她抱了只胖胖的花猫去逛御花园，撞见沈玠带着一干大臣从御花园里走过，正在谈论朝野中的事，自然停下来见礼。

但没想到，她弯身时，花猫竟然跳了出去，一跳就跳到了谢危的脚边上，还伸出肉乎乎的爪子去抓谢危那垂下来的缁衣的衣袂，像是平时跳起来抓蝴蝶一样，憨态可掬。

她顿时被逗笑了，结果一抬起头来看到谢危黑了脸，目光从她的猫身上移到了她的身上，往后退开了一步。

姜雪宁那时是皇后，可不怕他，只当他是同别的朝臣一般厌恶她结党营私，所以连带着她的猫也嫌弃，便也没给好脸色，弯腰把猫抱了起来，圈在怀里，对着那猫凉凉地道：“瞧你，贪玩也不看看扑的是谁，还好咱们太师大人宽宏大量，不然回头扒了你的皮！”

说完她转身就走了，连谢危的表情都没多看一眼。

虽然她觉得这个猜测放在谢危身上实在有点天方夜谭般的不可思议，可假如，谢危那时的确不是厌恶她呢？

小太监已将猫抱了出去，姜雪宁却注视着谢危，眼底闪过了几分慧黠的色彩。但在谢危的目光转回她身上之前，这种思考便立刻消失了个干净，好像她刚才什么也没考虑过一样。

“谢先生？”

谢危依旧站得离那窗沿远远的，这时才道：“时辰不早了，你还是不静，学琴是水磨工夫，今日便先回去吧。”

姜雪宁心道总算完了，立刻行礼道别。可没想到，她刚打算退出去，才走到门口，就听谢危在门里淡淡地补了一句：“明日下午你再来。”

“哐”的一下，她脚底一滑，绊在门槛上，差点没摔下去！

她好不容易站稳，却气得七窍生烟，末了只能暗暗磨牙，一字一顿地道：“谢先生抬举厚爱，学生明日再来！”

从奉宸殿里出来，她才意识到自己气昏了头连琴都没有抱回来，本想要回转去拿，但一想到谢危兴许还在殿里没离开，便立刻打消了这念头。反正她回去也不练琴，琴放在谢危那儿还省了来回搬动的功夫，于是两手空空地往回走去。

奉宸殿到仰止斋也就那么几步路，道中倒没多少宫人经过。只是姜雪宁走着走着，竟听见一番笑闹声，其中有几道有些耳熟。姜雪宁顿时停下脚步，往前一看，不由得微微一愣。

仰止斋外头的朱红宫墙下立着一名身穿天水蓝长袍的少年，身形颀长而挺拔，纵然此刻没有纵马驰骋，剑眉星目间也自带几分飞扬炽烈。

只是他一错眼看到她时，眸底竟黯了黯。

燕临忘了自己正在说什么，也忘了接下来想说什么，连站在他身边和面前的许多人都像是消失了似的，满心满眼只有前方那道倩影。

沈芷衣、萧姝等人是今日去坤宁宫那边请安的时候遇到燕临他们的，因为她们要回仰止斋，而他们一帮世家贵子要去奉宸殿找谢先生，所以同路，走到这里才要告别。

沈芷衣同燕临从小认识，算玩伴。她正想说宁宁今日被谢先生留了堂，说不准他去偏殿能遇上，结果话说到一半，就见燕临的目光越过众人，朝她们后面望了过去。于是她跟着转头一看，瞧见姜雪宁时，惊喜极了，忙招手喊她：“宁宁，你可算是出来了，我们担心死你了！”

若是平时，姜雪宁本该被沈芷衣逗笑的，说不准想着沈芷衣先前握着她的手叫她好好跟谢危学的事，还要腹诽她的担心不值钱。可现在她一点也笑不出来，默不作声地走了过去。

萧姝、姚惜等人都在，目光俱在她与燕临之间徘徊。

同燕临走在一起的还有几位面生的少年，华服在身，料想都是能被皇帝点进宫来听经筵日讲的尊贵身份。

其中有个人看着特别小，才十四五岁的模样，站得离燕临最近。先是看见燕临向姜雪宁那边看，又听着沈芷衣唤了一声“宁宁”，他便一拍手，恍然大悟似的，朝燕临笑道：“这就是姜家那位二姑娘吗？燕临哥哥往日总藏着不让我们见，今日可算是见到了！”

话里话外显示着他竟也是知道燕临与姜雪宁的关系的。

众人都了然而揶揄地笑起来。

唯独燕临没有笑。

见着她，他分明是这样欢喜，可延平王的一句话便将他拉入了无底的深渊，让他觉得眼前的少女分明站在面前，却好像天边的云一样遥远。

一袭蓝袍的少年肃了一张尚显青涩的脸，道："延平王殿下勿要玩笑，我与姜二姑娘不过是玩伴，私底下也就罢了，若胡言乱语传到家父耳中，累我一顿打骂是轻，坏了二姑娘的清名是重，还请殿下慎言。"

年纪不大的延平王顿时愣住。沈芷衣都没反应过来。旁边的萧姝更是眉梢一动，抬眼看着燕临，有些诧异。

尤月等人却是惊讶过后，顿时变作幸灾乐祸：闹半天，人家燕世子不当她是回事啊！

燕临却望着姜雪宁，那目光极其认真，仿佛看一眼便少一眼似的，要将她往心上刻。分明有个地方破开了，在淌血，他却弯起唇来，向她笑道："延平王殿下年少，言语无忌，还望姜二姑娘勿怪。"

这一瞬，姜雪宁眼底发潮。她要慌忙埋下头，才能掩盖自己的狼狈神色。

旁人看不懂，可她哪里能不知道？

勇毅侯府危在旦夕，燕临既已知晓，又真心爱重她，便不会再由着自己往日的少年心性，也不会再巴不得叫全天下人都知道他喜欢她。相反，他要撇清与她的一切关系。他不愿让她受牵连，也不愿坏了她的名声，便如张遮主动向姚府退亲一般。

她垂在身侧的手指悄然握紧，强将泪意逼了回去，也回望着少年，想要回答什么，却一句话也说不出来。

⋆

沈芷衣是知道燕临与姜雪宁的关系的，毕竟当初遴选伴读的时候燕临专程找她说过，还被她逮住机会调侃了好一阵。

如今他竟然直接撇清与宁宁的关系？

她看着这二人的神情，困惑之余更生出几分无来由的愤怒来，很为姜雪宁抱不平，上前一步便要发作："燕临，你什么……"

"长公主殿下。"

燕临已经够难受了，姜雪宁生怕沈芷衣再说出什么让他难堪的话来，忙伸手轻轻地拉住了她，嘴角一弯，宽慰似的笑了起来。

“延平王殿下年少，随便开个玩笑，不打紧的。”

“可我要说的不是……”

她要说的不是延平王啊。

沈芷衣被她一拉就停了下来，刚想要分辩，回转过头来却在姜雪宁那一双看似平静的眼眸里看出了几分恳切的请求，虽然她无论如何都想不明白为什么，可满腹的质问也无法再说出口了。

毕竟人家之间发生了什么她也不知道，当下便把脸一板，顺着姜雪宁方才的话，朝延平王训道：“以后再胡说八道，看我怎么去皇兄那边告你！”

延平王简直目瞪口呆。

直到沈芷衣拉着姜雪宁带众人一道离开，他也没明白自己不过说了一句话，也并不是玩笑，怎么就忽然被骂了个狗血淋头。可乐阳长公主向来霸道，他还不敢还口。

眼见着人走了他才嘟囔了一句：“真是，搞什么啊，跟我有什么关系？”

燕临并未说话，垂了眸便往前走。

与他同行的几人倒没怎么察觉出他的异样来，他们虽然都觉得燕临最近沉默的时候似乎有些多，但看起来比以往更为稳重，隐隐退去了少年的青涩，有一种渐知世事的成熟，所以都只当他是冠礼将行有所改变，并未多想。

延平王虽然困惑于他同姜雪宁的关系，可当着其他人的面也不好多问，只好垂着头闷着脸，与他们一道去奉宸殿。

谢危这会儿还在偏殿里盯着窗沿上那小白猫踩过的地方，两道长眉微微拧着，仿佛在想什么棘手的事情。

不过众人通传后进来时，他已面色如常，手指间轻绷着一根墨线，转头一眼就看见了站在延平王旁边的燕临，问道：“怎么都来了？”

众人都不说话。

有谁站在后面踹了延平王一脚。

延平王立时没站稳，往前踉跄了几步，一下露在谢危的视线之中，闹了个大红脸，有些腼腆地开口道：“是、是学生前几日听先生讲了策论，回去之后家父要学生以‘进学’为题作论，学生这两日秉烛悬梁，勉强凑了一篇出来，却不知好坏，想、想请先生掌掌眼，再、再拿回家给父亲看。”

后头众人都窃窃地笑起来。

延平王恼怒：“笑什么？今天笑明天就轮到你们！”

燕临也略略地弯唇，只是笑完了，那种黯然非但没散去，反而浸得更深。他本也该同延平王这般带着点年少不知事的莽撞，然而如今不能了。

谢危一听就知道延平王这是怕写得不好回家挨骂呢，是以也笑了一声，倒是一副宽厚模样，道："延平王殿下这几个月来的功课都很不错，在同龄人中学业也是首屈一指的，便是写得尚有不足之处，想必令尊也不会计较。不过殿下既然已经亲自来请，谢某也好奇殿下近来的长进。只是这奉宸殿乃长公主殿下进学之所，你们许多人在这儿却不便，还是转去文渊阁再看吧。"

众人都道"是"。

延平王也立刻面露喜色，连连道："有劳先生。"

谢危随手放下了指间绷着的墨线，只道自己还要在偏殿中略收拾再走，让众人先去文渊阁，他随后过去。

众人便嬉闹着先走了。

只是他们走到门口时，谢危却唤了一声："我选斫琴的木材，有几块已经不用了，可否请燕世子留步，帮忙搬一下？"

燕临怔了怔，顿时停下脚步，下意识地回了一句："愿为先生效劳。"

众人回头看了一眼，也没多想，跟燕临打了声招呼便走了。

可留下来的燕临重新走入殿中时却忽然想：小太监就在殿门外立着，听说这一次谢先生斫琴的木材乃内务府专门帮忙挑的，剩下不用的返还内务府让小太监去是最合适的，怎么偏要他帮忙搬？

谢危却不动声色，一指那长桌角落里的两块榉木道："这两块是不用的，有劳燕世子了。"

燕临便走上前去。不过从那张琴桌旁边经过时，他一眼就认出了摆在上面的那张蕉庵，正是他送给姜雪宁的。他心头蓦地一疼，连脚步都滞了滞。

谢危的目光也落在琴桌上，道："宁……姜二姑娘虽有些顽劣调皮，学业也不如何出众，不过在我面前还算乖觉，也算肯忍性读书，方才学了琴才从此地离开。燕世子对此，可稍稍放宽心了。"

那时他还不知勇毅侯府将要出事，所以想到宁宁要入宫伴读，心里欢喜，又怕她过不了遴选，特意在一日文渊阁日讲结束后悄悄求了谢先生，请谢先生多加照拂。

可如今……

是他一力将宁宁送入了这修罗场，接下来的日子却未必有能力再庇佑她。燕临看到这张琴只觉得心底难受，可听了谢危的话又有些高兴，一时也难分辨舌尖蔓延开的是甜还是苦，于是低笑道："若能这么轻易得放宽心，便简单了。"

他上前要去搬那两块榉木。

谢危看着少年有些沉默的背影，垂下眼帘，眸底竟有些恍惚的幽暗之色，良久后，开口时却是寻常模样："今日早朝没见令尊，听人说是病了，不要紧吧？"

燕临再一次觉出了那种古怪感，但依旧回道："前些天下了雨，父亲又贪杯喝了不少，往年在战场上留下的旧伤复发，伤口有些疼，所以没上朝罢了，倒是没有大碍。"

谢危便点了点头，道："世子心里有事。"

燕临心头微凛，却一时摸不准他是什么意思。

谢危拾起一旁的琴囊，将姜雪宁丢在这里的那张蕉庵套上，与他那张峨眉一道挂在了偏殿的东墙上。

他背对着自己，燕临看不见他的神情，只能听见他平静之下微微带着波澜的声音："师者，传道授业解惑。谢某少时学琴笨拙，幸赖名师悉心教诲，至今不敢忘先生所诲，'水滴石穿，聚沙成塔'，二十三载方有小成。燕世子性极聪颖，固然一点即透，不过圣人都不免有惑，世子有惑也在所难免。若信得过，往后燕世子也如延平王殿下一般来找我便是。"

燕临瞳孔微缩，凝眸望着他。

谢危转过身来，却只淡淡地朝他一笑，道："走吧，他们该等久了。"

别过燕临等人，姜雪宁她们就回了仰止斋。

沈芷衣少不得拉了她去屋里坐下来，单独问她同燕临是怎么回事。

姜雪宁自是一句也说不出。

沈芷衣看她这模样真是干着急，有几分恨铁不成钢，可终究半天也撬不出一句话来，便只能道："你现在不想说没关系，等你想说了一定告诉我。若燕临欺负了你，本公主必定叫他好看！"

姜雪宁无奈，只能谢过她的好意，好说歹说，费了一番口舌才把沈芷衣给送走。

偏沈芷衣走时还闹脾气，在姜雪宁屋里坐了一会儿，见她这里摆设简单，出了门便教训那些伺候的宫女，道："你们是怎么伺候的？这屋里暖炕不烧，花瓶不插，锦凳太硬，连点入眼的摆设都没有，哪里像是女儿家的闺阁？都给本公主报上去，通通换上新的！告诉那帮看人下菜的人，下回本公主来见着若还这么寒酸，叫他们吃不了兜着走！"

宫女们都吓得战战兢兢的。

这话传到管事女官、太监和顶上内务府那边，众人更是焦头烂额，大呼冤枉。

谁不知道这姜二姑娘是长公主殿下钦点入宫伴读的红人？亏待谁他们也不敢亏待了她啊！只是她们是来入宫伴读又不是入宫享福的，待遇太好也真的说不过去，历朝历代也没有把伴读供起来的先例啊。

长公主一发话，差点没把他们给愁死。

但到得申时初刻，源源不断的新东西便都流水似的从内务府送过来了，管事太监一张脸笑得跟花似的，对姜雪宁道："长公主殿下发话给姜二姑娘屋里置办置办，奴等也不敢马虎，一应摆设连着被褥都换上了顶好的，您瞧瞧？"

仰止斋里众人正议论今日遇着燕临的事。

若两人关系近，且燕临又要行冠礼，那不久后便可谈婚论嫁，关系上也没必要太过遮掩，调侃一两句更算不上什么。所有人都忌惮姜雪宁三分，便是因为猜姜府与勇毅侯府的姻亲该是暗中定下来了。

可没想到燕临竟然亲口否认了。

这可跟大家一开始知道的消息不一样。大多数人从来都是见不得别人好的，更愿意落井下石而非雪中送炭，更何况是对姜雪宁这样扎眼又扎心的？众人私底下喝茶说话都难免有些风凉话，甚至有些人明摆着露出了幸灾乐祸的讥诮表情。

可她们还没高兴上两个时辰呢，内务府这头专给姜雪宁一人置办的种种物件，加上管事太监那巴结讨好的态度，便又给她们一人脸上甩了个大嘴巴子。奚落的话她们都还没说完，就全被打得闭了嘴。一个个心里泛着酸，眼底藏着妒，眼睁睁地看着那一干人等在姜雪宁房中忙碌起来。

姜雪宁猜也能猜到这帮人聚起来不会说自己什么好话，可燕临撇清与自己的关系，勇毅侯府出事在即，都是她意料中的事情，过去也不是没有经历过比这更糟糕的困局，是以比起过去初陷入这般局面时的惶恐无措，倒多了几分处变不惊的镇定淡然。

曾经没了燕临，她搭上了沈玠；如今没了燕临，她却还有沈芷衣。她也不知自己怎么就与皇族交上了这么深的缘分，可眼下要甩开也难，便索性坦然地受了这份喜欢，记在心里。

宫人们在她房里布置，她坐在一旁看着无聊，那帮宫人也不自在，她索性从自己屋里出来，顺着仰止斋外面的宫道溜达。

走着走着她就瞧见了坤宁宫上璀璨的琉璃瓦。于是她想起了郑保，有沈芷衣是不够的，上层的人看不见底层的龌龊腌臜，所以下面若有个人是再好不过的。只是不知，曾经救他的是沈玠，而如今救他的是自己，郑保是否还会做出与曾经一样的选择?

姜雪宁心念转动间，脚步已然停下。她不好再往前走了。毕竟一个新入宫的伴读，如今又出了慈宁宫那件事，宫中所有人走路都低着头，她若到处乱走惹了事，谁也救不了她。

所以姜雪宁转身便欲返回。

可没想到刚转身就看见前面坤宁宫的方向上，一名穿着藏蓝太监服饰的人走了过来，站起来时身形竟也颇高，面皮白净，眉眼秀气，脸上虽还有些伤痕未消，可比起昨日跪在那边受罚时已好了不少。

姜雪宁一眼就认出对方来了。

但她还未来得及开口，郑保已先一步开口道:“郑保见过姜二姑娘，昨日多谢姑娘出言相救。”

他该是年纪不大时就入了宫，所以声音略带一点细细的柔和，见着姜雪宁时目光微动，一双眼像是被春阳照着融了雪的湖泊，暖意融融。

姜雪宁知道，这个人是细致的。

过去，他也算是沈玠的左膀右臂，沈玠能想到的细节他能想到，沈玠若有遗漏，问他也必然知晓，他却从来不在人前显露自己的本事，只是默默做事。如此，其实少有人会注意到他。

她也是身为皇后，才知道沈玠最信任谁；也是见证过郑保的选择，才知道这人柔和的外表下有怎样一腔烈性热血。

沈玠救他，是纯粹的善意；可她救他，并非如此。

姜雪宁不知他是专程来找自己还是偶然经过遇到了自己，但也不重要，凝望他半晌，道:“可我出言救你，目的并不单纯。”

郑保怔住了。

他本是记挂着受人恩惠，该来谢恩，宫中雪中送炭之人实在太少，以至于昨夜躺在那窄窄硬硬的床上，他竟辗转反侧，难以入眠。

可他万万没想到眼前的姑娘竟这般回答。

★

他家境不好，父母为补贴家用，在他年少时便将他送入宫中做了太监。

宫里像他一样的人还不少。

有时候，他也会想为什么偏偏是自己，而不是兄长，或者别的什么人?可他每每这般想时，另一道声音总会在他心间响起：若非生计所迫，怜爱骨肉的父母怎会将自己的亲儿子送进宫中做个阉人？不入宫，他或许早已饿死或病死了。于是那蔓延的诸多怨气便会渐渐消减下去。

郑保由此成为一个在宫里难得平和的人。

这里有太多人心倾轧、钩心斗角，大多源自一颗不平、不甘之心，想要出人头地，想要做那人上人。

可他不想。

他在宫里面不争不抢，安心做好自己的事，也从不掺和什么尔虞我诈，只待年岁到了被放出宫去，回家见着家人笑靥相对，为他温粥沏茶。

然而昨日……

皇后娘娘钟爱的那只建盏并不是他打碎的，而是他听从女官吩咐，从高阁上拿出匣子来打开时，就已经碎在里面了。

此物乃皇后娘娘自母家带来的，常做睹物思人之用，本在他管辖的范围内，一朝拿出来要看，竟然碎裂。皇后娘娘大怒之下处罚他，实在是再正常不过的事情。

郑保甘心受罚。

只是跪在坤宁宫的宫门前，被所有往来的宫人太监用异样的眼神看着时，他也会忍不住想：那建盏好端端地放在匣子里，轻易怎会打碎？

而往日与他交好的太监，也无一人站出来为他说话。纵然是已经见惯了宫中人明哲保身的寒凉，他亦不免有几分齿冷。

姜雪宁便是这时候出现的。一道娇柔的嗓音，听着有那么一点故意，像极了后宫中那些假作柔弱的妃嫔，有些胆小，有些畏缩。

郑保当时想，大约是哪家的娇小姐。可没料到，就是这位“娇小姐”简简单单的一句话，使得他免受坤宁宫严苛的惩罚。

明面上救他的自然是乐阳长公主，可但凡在宫中待过两年的人都能看出来，真正救了他的是姜雪宁。

乐阳长公主的恩情固然要记在心中，可他更该谢的是这位姜二姑娘。

两人分明是素不相识，她不过从旁路过，连他昔日所识的朋友都不敢在这种时候为他求情，却有这样萍水相逢的陌生人开口相救。

郑保觉得那是黑暗罅隙里透进来的一线天光。尽管暖意仅有一丝，可流徙于寒冬中的旅人却仍愿凭借着这一丝暖意，相信世间的善和好，相信艳阳的春日不久便会到来。

他实是怀着一种无来由的欢喜来的。

可这位当日救了他的姜二姑娘竟然告诉他——我救你，目的不纯。

郑保一瞬间有些茫然，差点没反应过来，待真正意识到姜雪宁说了什么时，心底便像是有什么轻飘飘地坠落了下去。

他怔怔地望着姜雪宁说不出话来。

姜雪宁却问他："失望吗？"

失望？

或许算不上吧，但总归有那么一点无法否认的落寞，毕竟他以为这位姑娘同宫里其他人都不一样。

郑保慢慢地道："您使我有些困惑。"

姜雪宁也说不清那一瞬间自己为何会将那句话脱口而出，大约还是觉得自己不配吧？

她莞尔道："那你是来报恩的吗？"

郑保道："原本如此打算。"

姜雪宁微微一挑眉梢："现在呢？"

大约是因她的神情太过轻松，让人不自觉地跟着放松下来，郑保觉着自己沉沉的心绪也莫名轻快了许多，凝望着姜雪宁时，才发现她在用一种很认真的眼神看着他。

那是他见过的眼神。与她救他那一日如出一辙，在娇艳的表象下暗藏荆棘。

于是他刹那间有些恍惚：哪里一样呢？宫里人人都恨不得把厚厚的面具在脸上糊一层又一层，叫人看不清自己才好。眼前这位姑娘却如此坦然地说，救他是另有目的。

若宫内人人都如此坦荡，哪里来那些腌臜污秽事？

他忽然忍不住笑起来，眼眸弯弯像是两弯新月，道："您救了我后，若是不说，的确目的不纯；可既宣之于口，目的便很纯粹。"

姜雪宁点了点头："这倒也是，想施恩于你，让你为我所用嘛。"

郑保怔了怔，道："您很坦荡。"

姜雪宁咕哝道："那是你没见过我虚伪的时候。"

她又继续道："毕竟听说郑管事是个老实的好人，若有一腔忠心，也该交付给值得的人才是。我嘛，便是救了你骗你说是好心救你，往后你发现我不是这么个好人，那我岂不是搬起石头来砸自己的脚？你放心，我只在宫中待半年，老老实实也不做什么坏事害人，只是怕有一日处境不好孤立无援，所以想提前找个人照应，万一遇着什么事也不至于措手不及。不知道郑管事愿不愿相帮？"

郑保习惯了宫里人说话说一半藏一半，动辄“只可意会不可言传”的架势，已经许久没有听过这样直白的言语了，以至于听完这话后竟忍不住左右看了看附近有没有旁人。

只是看完了他却觉出一种怪异的悲哀。入宫这许多年，他到底也是被这座皇宫给驯化了，以至于尽管没有害人之心，也恐隔墙有耳。

眼前这位姜二姑娘固然是在乐阳长公主面前说得上话，甚得殿下青睐，可宫中一朝尊荣一朝受辱的事情实不鲜见。

她未雨绸缪又有什么错呢？

况且无论是出于何种目的，对方都是救了他，郑保发现自己竟难以说出拒绝的话来，又或是他的心告诉他，他不想拒绝。

西斜的余晖从云层间泻出来，照在朱红的宫墙上，又折出一抹红意，晕染在他清秀且犹带着伤痕的脸颊上，连眉眼都沾着暖意被融化了似的。

姜雪宁忽然发现这年轻的太监长得也是极好的。

郑保思虑片刻后回道：“您是我的恩人，若确非想要害人，郑保又有何事不能相帮呢？”

“你竟然答应了。”虽然是意料之中的事情，可没想到会如此容易，她眼角眉梢染上了几分喜色，末了又反应过来，“我救你时目的不纯，可不是什么好人，也能算是你的恩人吗？”

郑保却注视着她笑道：“有些事该是论迹不论心。若是论心，世上焉有好人？”

若是论心，世上焉有好人？

姜雪宁闻言，竟慢慢怔住了。

这一刻，郑保觉得她面上的神情有些落寞，仿佛陷入了什么不可逃离的回忆之中，末了唇边竟扬起一抹笑来，于是那落寞的尽处便生出了几许明媚，甚至有一点与有荣焉似的骄傲。

她笃定地向他道：“有的。”

郑保愣住：“谁？”

姜雪宁莫名地高兴起来，背着手往前走了两步，才又停步，转身时面上是灿灿的笑容，道：“往后有机会带你见见。”

天光已暗下来，压着厚重的紫禁城，可少女行走在宫道上的步伐却显得很轻快。

郑保望着她渐渐远去的背影，也不知为何跟着笑了起来，忽然便想：这般小女儿的情态，该是她的心上人吧？

意外轻松地搞定了郑保，姜雪宁回到仰止斋时心情很不错。

房间也完全重新布置过了。她走进去一看，只觉满眼香软锦绣，花瓶换上了汝窑白瓷，圆桌换成了紫檀雕漆，书案上普通的宣纸也换了一刀上好的白鹿纸，真称得上无一处不精致，简直比她在府里的闺房还好。

“长公主殿下若是个男人就好了。”姜雪宁把自己往那软软的床榻上一扔，枕着那蚕丝绣面的软枕，舒服地喟叹了一声，“辅佐她当皇帝，我当皇后，也是极好的……”

当然，她也就是这么一想罢了。

有张遮在，她谁也不喜欢。

晚间仰止斋众人用过饭后，都聚在流水阁里，一道温习今日学过的功课，也顺道看看明日先生要教的书。

姜雪宁虽与大部分人不对盘，这种场合却是要在的。因为像萧姝、陈淑仪等人的学识都是上佳，偶尔也会为旁人答疑解惑，虽然她与她们都有点过节，可学问无关恩仇，能多听一点便赚一点，何乐而不为？所以一到时辰她也早早地拿着书到了。

不过这时还有几个人没到，众人并没有聊读书和学问的事，而是在相互笑闹。

姚惜再一次成了众人的焦点。

周宝樱是所有人当中最活泼、最敢闹的，上前去就抓住了姚惜的手，使劲儿地摇晃：“姚惜姐姐你就说嘛，我们今早可都看到了，你把一封信交给了宫人，本来好好的，可发现被我们瞧见都红了脸。快说、快说，是不是如意郎君的事有了眉目？”

姜雪宁刚翻开书的手指忽然顿住。

姚惜被她们闹得忸怩起来，跺脚道：“烦人，你们净来闹我！”

尤月却掩唇笑着打趣道：“那张遮都已经识时务地主动来退亲了，姚惜姐姐的亲事哪里还有不成的道理？”

众人都跟着点头。

但没想到姚惜看了尤月一眼，摇了摇头：“不是。”

尤月没反应过来：“不是？”

众人一时安静，都有些诧异地看着姚惜。

姚惜那白嫩的脸颊上的一抹薄红便渐渐变作了绯红，她微微咬了咬唇，垂眸时带着万般羞怯地道：“他说想退就退了，哪儿有那么容易的事？定了亲再退，人家还不知怎么非议我呢。他出身不好无妨，家有寡母也无妨，反正我什么都有，也不需他多费心。”

★

众人可都没想到姚惜竟然会说出这番话来。唯有萧姝、陈淑仪这两个与她交好的人似乎是早就知道一般，面上没有什么惊讶之色。

尤月却瞪圆了眼睛，不敢相信自己的耳朵，甚至没忍住惊呼出声："不会吧，姚惜姐姐怎么忽然看得上张遮了？！"

上一回入宫来时，姚惜对她和张遮这门亲事是什么样的态度，众人可都还记得清清楚楚。怎么人家一退婚，姚惜的态度反而变了？众人都觉得有些纳罕。

自早上着人送出那封信后，姚惜就从未有过如此忐忑的时候，既有些担心张遮那边的反应，同时又有一种无法忽视的期待——她期待张遮会为她的选择惊喜。

毕竟明知他近来前程困顿、寸步难行还愿意嫁给他的姑娘，这世上绝对不多，但凡是个正常的男子，收到她的回信之后，都会为之感动吧？

若是前几天听见尤月说出这样一句话，她必定是万分同意的，可如今听来却觉得十分刺耳。她将来就是要嫁给张遮的。尤月讽刺张遮算怎么回事？

姚惜的两道秀眉轻轻蹙了起来，她看了尤月一眼，声音冷淡下来，道："张遮没什么不好的。"

尤月顿时语塞。

再笨的人看了姚惜这态度都知道自己刚才恐怕是说错话了，尤月只好讪讪地赔了笑，道："是、是。"

然而闭上嘴时，她看姚惜的神情却不免有些一言难尽。

在姚惜转过目光没看见时，她甚至没忍住轻撇了下嘴角：见过出尔反尔的，也见过自己说了话转脸就不认的，可出尔反尔、转脸不认得这么彻底的，却还是头回见。这人不嫌自己脸疼吗？早先也不知是谁把张遮贬损一通，说得一文不值，倒有脸斥责她来了！

尤月眼底闪过一丝不屑之色。

姜雪宁冷眼旁观，将这一丝不屑之色收入眼底，只平静地想道，原来这帮抱团的人之间也不是那么紧密，内里也有龃龉。

她本该为这一点发现笑出声来的。可看着姚惜那含羞带怯地与众人说话的神态，姜雪宁只觉唇边跟挂了铅块似的，沉得弯不出半分弧度，忽然竟有点恨起张遮，也恨起自己来。

曾经她怎么就鬼迷心窍，偏要骗张遮自己要当个好人？

这一天晚上，姜雪宁在流水阁坐了许久，可旁人读了什么、问了什么，又答了什么，她却一个字也没听进去。

次日早起，心情阴郁，但她还要去奉宸殿上课。

一共五门功课，四位先生，昨日学过了《诗经》和琴，今日上午要学的是“书”一门的《十八帖》和“礼”一门的《礼记》，谢危要教的“文”则与算学一起放到明日上午。

姜雪宁一干人等照旧提前一刻到。

按理说乐阳长公主沈芷衣会稍微迟些，但也会赶在上课之前到。可没想到，直到教书法的翰林院侍读学士王久从殿门外走进来了，沈芷衣也不见人影。

“长公主殿下怎么还没来？”

“书法可也是第一堂课吧，今天不来不大好吧……”

“没宫人去通传吗？”

众人都低声议论起来。

侍读学士王久也是四十多岁的年纪，留了一把硬硬的黑须，峨冠博带，倒是有几分飘逸的斯文儒雅气质，眼看着快到上课的时辰，往下一扫见第一排中间的位置没人，便问了一句：“长公主殿下没来吗，怎么回事？”

众人皆摇头。

王久便皱起眉头来，轻轻地哼了一声，道：“长公主殿下素受圣上与太后宠爱，这么早的时辰起不来也是正常，不想来也正常。不来便不来吧。”

众人噤声，听出这位王先生是不大高兴了，一时都不敢说话。

姜雪宁坐在角落里，闻言却站了起来，向王久躬身一拜，不卑不亢地道：“此次进学乃长公主殿下一意向圣上求来的，能得诸位先生亲临教诲，殿下也很高兴，昨日便与我等一般早早来到殿中，恪守先生们所定下的规矩，并不是什么不能吃苦的人。今日早课长公主殿下迟到，想必是事出有因，还望先生大量，暂勿怪罪。”

乐阳长公主沈芷衣的受宠和骄纵，在宫中都不是新鲜事。

别说是王久了，就是在场的诸位伴读都下意识地以为沈芷衣对待这一次上学该很随意。且她贵为长公主，自是想来就来，想走就走，也没人敢说。

因此听了王久的话后，众人都没觉得有什么不对。

可姜雪宁出来说这话……

她的措辞虽委婉，态度也甚谦卑，看似只是在为沈芷衣解释，可一旦这话对着王久说，意思就有点微妙了。

玩弄文字的人向来是一句话能猜出十种意思。纵然她似乎并无顶撞之意，可听的人心中总是不快。

王久的目光顿时落到了姜雪宁的身上，一下想起昨日在翰林院中听教她们诗文的同僚赵彦宏说过的话，这些个伴读的小女子中，有一个坐在角落里的格外不听话，是户部侍郎姜伯游家的二姑娘姜雪宁，像个刺儿头。

他原没放在心上，没想到还没上课才说了一句话，她就来找碴了。

王久道：“我不过随口说一句，你的意思是我冤枉了长公主？”

姜雪宁过去虽不怎么去上课，却清楚地知道往日被宫中娇惯长大的乐阳长公主竟从来没有逃过一堂课，乃认认真真向学的人。这王久分明是对沈芷衣有偏见，先入为主。所以她才想站起来分辩一二，并自认为已经十分委婉，注意语气，却没料想先生的反应如此之大，便微微蹙眉，解释道：“学生并无此意。”

王久冷了脸道：“并无此意？”

他忍不住要教训这小女子一番，也正好拿她立威，树一树自己先生的威严。

没料想，他的话音刚落，外头便有名小太监急匆匆地跑来。

“慈宁宫太后娘娘有话，特吩咐奴来告先生。”小太监在殿门外躬身行了一礼，看额头上还有些细汗，“前些天宫里出了点事，太后娘娘与皇后娘娘正在清查内务府，东西六宫各宫主位都被叫了去，长公主殿下此刻也在那边，正陪着圣上说话，今日本该来上课，可急事在身实在走不了，特命奴来向先生告罪，还望先生海涵。”

“啊……”王久一听太后、皇后甚至是圣上的名头，脸色便变了几变，一时哪里还有先前对着姜雪宁时的倨傲神色？

他两手一抱，向虚空遥遥一拱，道：“圣上、太后与皇后娘娘在上，长公主殿下既有事在身一时走不了，缺一堂课也无妨，下官改日择空为长公主殿下补上便是，还请公公转告圣上，请圣上放心。”

那小太监应了声是，又行过礼，便又匆匆地退走了，仿佛有些心惊胆战似的。

姜雪宁一听见刚才来人说的“清查内务府”几个字，心头便猛地一跳，想起玉如意一案，再一联想那小太监的神情，便知宫里这几日怕是少不了腥风血雨。

那勇毅侯府……

王久却没注意到这么多，他刚想训斥姜雪宁就被慈宁宫那边来告，多少有些下不来台，只是越如此就越有些恼羞。

那太监走后，王久看见姜雪宁还站在角落里，也没给她什么好脸色，道：“天底下谁家学堂这般没规矩，先生说话学生都能驳斥了？便是历朝历代教皇子，皇子也得对先生执师礼。姜大人虽与王某是同僚，可丑话说在前头，堂上你若再敢出言顶撞，我可不会顾着与令尊同僚之间的面子，你坐下吧。”

姜雪宁敛了眸，掩住了差点射出去的眼刀，当下并未发作，只道：“多谢先生。”

说完她便规规矩矩地坐下了。

有了她做前车之鉴，众人都看出王久面相虽然儒雅，但内里是个不好相与的人，上课时都格外恭敬，格外老实。

他教的是书法，所以开学头一课是先看众人的书法基础，看旁人时都还觉得不错，只是走到姜雪宁面前一看便皱起了眉，道："小女儿家写字该求秀美飘逸，或端庄婉静，往后改学簪花小楷是上佳，再不济赵孟頫、王羲之，学柳颜也不差。草书狂放阳刚，恣意如江海横流，于男子而言更合适，女儿家学草书难免显得放肆不羁，属为不服管教。往后这草书你不要学了，一笔一画从楷书写起。"

姜雪宁学的是行草。

过去，行草乃沈玠教的。

当时二人新婚宴尔，男人嘛，谁能不爱颜色好？她又擅长投人所好，所以刚当上临淄王妃那一阵，便假模假样地爱好起书法来，逼着自己练了好久的楷书，但种种字体、书体学来学去，都觉着自己被框在牢笼里，怎么写怎么不得劲儿。

直到某一日，沈玠突发奇想地同她说，何不试试草书？

从此她便一发不可收拾，或行云流水，或狂放恣意，笔走处思绪如飞，长日下来，虽然依旧不入得大家的眼，可偶尔有那么几个字写来却见灵性。

沈玠一开始还很高兴，可有一日见了她写的一行"飘飘何所似，天地一沙鸥"后，沉默了好久，也莫名地看了她一会儿。那目光叫她有些心慌，也不知自己是哪里写差了，便问他："是又写得不好吗？"

沈玠眨了眨眼说："没有，很好。"

姜雪宁当时懵懵懂懂的，虽然听他说很好，可见着他并不像很高兴的模样，便再也不学这个了。

时间一久，这事她便渐渐淡忘了。可有时候看见下面进贡来的字画上那些恣意的草书，她偶尔也会想起那时候。只是沈玠都当了皇帝，她更不敢去问。

唯有十分偶然的一日，她同萧定非提起，那什么话都敢说、什么事都敢做的假少爷竟乐得拊掌大笑，戏谑地看着她，说："我的娘娘啊，有一句话叫'见字如见人'。纵然写得不好，或者你自己不觉，也是能看出几分心性来的……"

KUWEI
酷威文化
图书 影视

时镜
著

坤宁

下册

江苏凤凰文艺出版社
JIANGSU PHOENIX LITERATURE AND ART PUBLISHING

第十八章 讲和

萧定非口无遮拦，自打回京后便是京中首屈一指的纨绔公子哥儿，斗鸡走狗，纵马赌钱，无一不会，也无一不精，直把定国公萧远气得晕头转向。他每每见了在宫中当皇贵妃的萧姝，还故意要拿“哥哥”的尊卑压她一压，还成日里往萧氏的死对头姜雪宁的跟前凑，一族老小直斥他忤逆，却偏偏拿他无法。

朝野上下都只当他大难不死，能活就是老天开眼。长在屠酤市井，难道还指望他成大器？是以文武百官对他都有一种难得的宽容，皇族于心有愧，更不敢为难他，倒使得此人越发恣意猖狂。

只是姜雪宁有时候竟觉得与此人脾性相投，纵然他轻浮放荡，可怎么看也比朝堂上那一帮口蜜腹剑的人顺眼，莫名能同他玩到一块儿去。

旁人也曾开玩笑说，皇后娘娘宠信萧定非，大约是与这纨绔同病相怜。毕竟他们虽是家中嫡出，却都因变故流落在外，怎能不惺惺相惜？

连姜雪宁自己也无法否认，在一开始不知道真相时，她的确难免有这样的想法，至于后来，便纯粹是觉得和不遮掩的人相处起来舒坦。

见字如见人，便是写得再不好，也能看出几分真性。她的真性是什么呢？难道那时候的沈玠就已经看出来了吗？可那时候她都还没看清自己……

那一幅刚写就的行草就铺在面前，姜雪宁抬头看了看站在她书案前面容严肃的王久，有心要辩驳自己就喜欢草书，且喜欢什么样的字体、书体难道不该全看人的喜好吗？

可她转念一想，自己不过在这宫中待半年，学个楷书就当怡情养性了，何苦又跟先生闹得不快，回头还不是给自己找麻烦？等出了宫她想写什么就写什么，谁还管得着不成?

是以她迅速淡定了下来，向王久垂首道：“先生教训得是，学生谨记。”

王久这才满意地点了点头，道：“总算有了点做学生的样子。”

然后他转身走回殿上，叫众人翻开《十八帖》里的第一帖，先讲解，再让众人尝试临摹。若忽略他规矩极严，容不得学生在堂上提问半句、质询半句的话，倒也不失为一位循规蹈矩的好先生。

到得辰正，王久便收拾东西下了学。

他一走，所有人立马松了口气。

方妙都没忍住向姜雪宁看了一眼，心有余悸地道：“可真是吓死我了，我还以为姜二姑娘要像前日对赵先生一样，这王先生也是个疾言厉色不好惹的，还好没有，还好没有！”

姜雪宁心道自己昨日也不过就是问了赵彦宏一个“芼”字作何解罢了，无论如何都跟“顶撞”二字沾不上边，不过是那姓赵的看人下菜碟，自以为是地端着那一副为人师的尊贵罢了。抛开立场筹谋，谢危的学识、远见不知高出姓赵的几山去，却虚怀若谷，从未因旁人质询两句便翻脸，涵养高下可见一斑。

她心里不是很痛快，因而只友善地回了方妙一笑，并未接话。

只是陈淑仪自开学那一日起便与姜雪宁起了龃龉，至今还记得两人于谢危教的那一门“文”上的争执，结果上学这两日来却眼见得姜雪宁处处受气，心里不免快意。毕竟像谢危这样的人是少数，教其他功课的先生们还不是循规蹈矩，恪守礼法?

她便接过了方妙的话头，笑道：“翰林院这位侍读学士王先生可不是寻常的士林清贵，他祖上乃扬州出了名的大盐商，后来赚够了钱，一家子都弃商从官，到得王先生这一辈家中已有三位进士。如今的两淮盐运使王献乃他的堂兄，在朝中可不是什么孤立无援的穷翰林，他自然不至于见了谁都阿谀奉承。像什么户部侍郎，人家也未必就怕了！”

在座诸人中，父亲是户部侍郎的唯姜雪宁一个。谁听不出这是拿话在刺她？一时众人都转眸去看姜雪宁。

倒是尤月，听见那“两淮盐运使”里一个“盐”字微微一怔，想起自己此次入宫前吩咐下面的人去查证的事，起了几分心思，反而忘了在这时候落井下石地奚落姜雪宁。

姜雪宁也没关注其他人，只轻嗤了一声，道：“你看我不惯直说就是，这么转弯抹角的反而叫人看不起，知道的说你陈淑仪姑娘是陈大学士的掌上明珠，不知道的怕要以为那两淮盐运使王献是你爹呢！”

陈淑仪面色一变：“你——”

姜雪宁在乡野间长大，自小一副伶牙俐齿，论吵架还真没输给谁过，不同人吵那是她大度。只是有时候她不吵吧，旁人还真以为她好相与。

她笑起来：“陈姑娘若真有那闲心，还不如去翻翻历代两淮盐运使的名册，看看哪个是在任上得了善终的？毕竟那是人人都想要染指的肥缺，又事涉官私盐道，下场不是抄家就是杀头，轻的也是丢官流徙。帮人家吹都不知道挑个好的，还当你有多大见识！”

陈淑仪毕竟在闺阁之中长大，家教甚严，从未在市井乡野里厮混，似这般辛辣嘲讽之言更是从未听闻过，如今乍然被姜雪宁一股脑甩到脸上，整个人都险些炸了！

她想要回嘴，一时又想不到好的措辞，面上红一阵白一阵，只觉万般难堪，忍无可忍之时终于霍然起身，一双眼睛瞪视着姜雪宁，秀气的手掌高高扬起，五指紧绷，竟是要向着姜雪宁打去！

周宝樱正在旁边悄悄偷吃带到殿中的零嘴，看她们争执起来也没听明白说的到底是什么，一抬眸见涵养甚好的陈淑仪竟要动手，吓得蜜饯噎在了喉咙里。胆子小些的如姚蓉蓉更是惊呼一声。

姜雪宁见着她这阵仗却岿然不动，戏谑地挑眉。只是她没料想，正当陈淑仪这一巴掌将落而未落之际，外头远远传来整齐的见礼声：“拜见长公主殿下，给殿下请安。”

沈芷衣来了！

陈淑仪那一巴掌举在半空中，是无论如何也落不下去了，可也来不及收起，就已经看见沈芷衣那少见的有些凝重的身影出现在殿门外，整个人脑海里顿时“轰”的一声，一片空白。

沈芷衣才从慈宁宫来，毕竟也是在宫里长大的，已经能隐隐嗅出那腥风血雨的前奏，所以心情并不算好。

她走进来就看见了陈淑仪那向姜雪宁高举的巴掌，一时都没反应过来，怔怔地问了一句：“这是在干什么？”

陈淑仪立时收了手想要解释：“殿下，我刚才只是……”

姜雪宁心底却长叹了一声。沈芷衣来得太早了，这一耳光都还没打下来呢，效果上不免差了许多，让她卖惨都没太大的说服力，否则必要陈淑仪站着来跪着走。

沈芷衣学谁不好学及时雨宋江？

她腹诽了一句，可架势一点也不含糊，嘴角往下一拉，眼帘一垂，便“啪嗒啪嗒”地掉眼泪，委委屈屈地向沈芷衣哭道：“长公主殿下，陈淑仪说我就罢了，还想要打我！”

沈芷衣瞬间冷了脸，皱眉看向陈淑仪：“你什么意思？！”

所有人都沉默着想：到底是谁说得人家无法还口啊？！这样当面掉泪打小报告是什么操作？！

★

陈淑仪也是从小到大就没受过这么大的刺激，又因与姜雪宁有龃龉在先，这口气是无论如何也忍不下去，一时被气昏了头，怒极之下才扬了手。

就算是沈芷衣不出现，这一巴掌也未必就会真的落下去。毕竟大家同为长公主伴读，吵两句还能说是发生口角，谁先动上手那就是谁理亏，她没必要与姜雪宁这么折腾一番。

可乐阳长公主不早不晚，偏偏在这个当口出现。这太尴尬了，简直让人百口莫辩！

陈淑仪像是被人一盆凉水从头泼到脚似的，浑身都寒透了，忙躬身向沈芷衣行礼：“长公主殿下容禀，是臣女与姜二姑娘一言不合争执起来，姜二姑娘口齿伶俐，臣女说不过她，一时被气昏了头，是臣女的过错，还望长公主殿下宽宏大量，饶恕臣女此次无礼。”

声音有些轻颤，她显然也是畏惧的。没了刚才的火气，她轻而易举地就冷静了下来，知道现在发生的这件事有多严重，更知道沈芷衣原本就是偏心姜雪宁一些的，此刻无论如何都不能狡辩，最好是在澄清的同时低头认错，忍过此时，将来再找机会慢慢计较。

姜雪宁心底嗤了一声，暗道她趋炎附势㞞得倒是很快，先前那谁也不看在眼里的嚣张到了身份比她更尊贵的人面前，又剩下多少？

本来相安无事，是陈淑仪“先撩者贱”！

反正梁子都结下了，姜雪宁不想对方就这么简单地敷衍过去，非要气死她让她心里更硌硬不可！

于是，姜雪宁一副凄凄惨惨的模样，抬起了蒙眬的泪眼，望着陈淑仪，身子还轻微颤抖了起来，仿佛不敢相信她竟说出这般颠倒黑白的话来：“陈姐姐的意思，竟、竟是我欺负了你不成？我、我……”

话到一半便说不下去了，她咬了唇瓣，睁大眼睛，好像第一次认识了陈淑仪一般，还流露出几分逼真的不忿与痛心。

整个奉宸殿内安静得什么声音也听不见。周宝樱目瞪口呆，装着蜜饯的纸袋从她手里滑落下来，掉到了地上。尤月更是后脑勺发凉，庆幸自己刚才走了一下神，没跟着陈淑仪一起讥讽姜雪宁，不然现在……方妙也一脸呆滞，她想过这位姜二姑娘是厉害的，可没想到“厉害”到这个程度。

连萧姝都未免用一种震惊的眼神看着姜雪宁，仿佛从来没有真正认识过她一般，再一回想起她当日不由分说地将尤月按进鱼缸里的情形，只觉遥远得像做梦。那凛冽冷酷的架势……和现在这个柔弱可怜楚楚动人的人，是一个人？

沈芷衣却抬步走到了姜雪宁的身边，犹豫了一下，还是轻轻伸出手去搭住了姜雪宁的肩。

姜雪宁感觉到，便要转过头来，继续卖惨。然而当她转过头的瞬间，却对上了一双不同寻常的眼。沈芷衣看她的眼神不再是以前那般总充满一种憧憬似的甜美，里面竟有些黯然，有些悔愧，欲言又止，欲说还休，末了还偏朝她绽开了个安抚的笑容。

这一刹那，姜雪宁想到的竟是昨日燕临看她的眼神，熬煎里藏着隐忍，于是心底便狠狠一抽——沈芷衣是从慈宁宫回来的，而慈宁宫正在清查内务府的事，是玉如意一案终究要牵扯到勇毅侯府身上了吗？若非如此，沈芷衣不会这样看她。这念头一冒出来，与陈淑仪这一点意气之争忽然变得不重要起来。

沈芷衣却没准备就这样罢休。她终究是记得姜雪宁一开始是不打算入宫的，是燕临来找她，她也想让姜雪宁入宫，是以才前后一番折腾，将姜雪宁强留了下来。

彼时她想，这宫中有什么好让姜雪宁为难的呢？

一则有燕临护着，二则有她撑腰，便是有些腌臜污秽事，也不至于就害到姜雪宁的头上。

可今日在慈宁宫中隐隐嗅出的腥风血雨让她知道，是自己错了，也让她忽然有些明白昨日燕临为什么要当众撇清与宁宁之间的关系。换了是她，也要如此做的。

可不知道时，她是为宁宁抱不平甚至愤怒，知道之后却埋怨自己也心疼宁宁。也许往后，再没有燕临能护着宁宁，那便只剩下自己了。

再如何天真娇纵，沈芷衣也是宫里长大的孩子。她不至于看不出姜雪宁神情间带了几分戏谑的做作，知她该是故意演戏气陈淑仪呢，可方才所见陈淑仪的放肆却不作伪，更不用说她知道姜雪宁绝不是一个会主动陷害旁人的人——能提笔为她点眼角的旧痕，覆上粉瓣，说出那番话的姜雪宁，绝不是个坏人。

沈芷衣轻轻抬起眼睫，注视着陈淑仪，并无动怒模样，可平静却比动怒更叫人心底发寒。沈芷衣一字一顿清晰地道：“你的解释，我都不想听。你身为臣女，被遴选入宫做我的伴读，且你我也算有相识的旧谊，我不好拂了陈大学士的面子，让你入宫来又被撵出去。只是你，还有你们，都要知道，姜家二姑娘姜雪宁乃本公主亲自点了要进宫来的，往后对她无礼，便等同于对本公主无礼。以前是你们不知道，可本公主今日说过了，谁要再犯，休怪本公主不顾及情面。”

众人全没想到沈芷衣竟会说出这样重的一番话来，一时全部噤若寒蝉。姜雪宁却跟从沈芷衣的这番话中确认了什么似的，有些恍惚起来。

陈淑仪也完全不明白沈芷衣的态度怎会忽然这般严肃，话虽说得极难听，是一个巴掌一个巴掌地往她脸上扇，可她实在不敢驳斥什么，也唯恐祸到己身，只能埋了头，战战兢兢地应：“是。”

沈芷衣又道：“你既已知道自己无礼，又这般容易气昏头，便把《礼记》与《般若心经》各抄十遍，一则长长记性，二则静静心思，别到了奉宸殿这种读书的地方还总想着别的乱七八糟的事。”

陈淑仪心中有怨，面色都青了。她强憋了一口气，再次躬身道：“谢长公主殿下宽宏大量，淑仪从今往后定谨言慎行，不敢再犯。”

沈芷衣这才转过目光来，不再搭理她，反而到了姜雪宁的书案前，半蹲下身，两只手掌交叠在书案上，尖尖的下颌则搁在自己的手掌上，露出个戴着珠翠步摇的好看脑袋，眨眨眼望着姜雪宁：“宁宁现在不生气了吧？”

姜雪宁原本就是装的更多，过去，更多的气她都受过，哪儿能忍不了这个？只是看了沈芷衣这般小心翼翼待她的模样，心里一时欢喜一时悲愁，只勉强地挤出了个难看的笑容，上前把她拉了起来：“堂堂公主殿下，这像什么样？”

沈芷衣不敢告诉她慈宁宫里面的事，只盼哄着她开心：“这不逗你吗？怕你不高兴。”

姜雪宁隐约能猜着她的目的，是以破涕为笑，咕哝道：“被殿下这般在意着、宠信着，便是有一千一万的苦都化了，哪里能不高兴？”

沈芷衣这才跟着她笑起来。

殿中场面一时有种暖意融融的和乐气氛。

可这和乐都是她们的，其他人在旁边看着，根本插不进去。

陈淑仪一张脸上神情变幻。

萧姝的目光却从殿中所有人的面上扫过，心里只莫名地想道：陈淑仪平日里也算是少言少出错的谨慎人，心气虽不免高了些，却也算是个拎得清的，可一朝到了宫中这般颇受拘束的地方遇着冲突，也不免失了常性，发作出来；这位姜二姑娘入宫之后，看似跋扈糊涂，可竟没出过什么真正的昏着，对宫中的生活并未表现出任何不适和惶恐，入宫时是什么样，现在似乎还是那样，竟令人有些不敢小觑。

还好这场面没持续多久。

辰正二刻，教《礼记》的国史馆总纂张重冷着一张脸，胳膊下夹着数本薄薄的书，便从外面走了进来。

众人包括沈芷衣在内都回到了自己的位置上。

“学生们见过张先生。”

张重国字脸，两道眉毛粗浓，可一双眼睛偏细，皱起眉头来时便会自然而然地给人一种刻薄不好相处之感。

此刻他扫一眼众人，竟没好脸色，手一抬，将带来的那几本书交给了旁边的小太监，道：“我来本是教礼，并非什么紧要的课目。可我读史多年，只知这世上是没有规矩不成方圆，周朝礼乐崩坏乃有春秋之乱。初时我等几位先生说，教的是公主与达官贵人家的小姐，本是将这一门定为学《女诫》，只是谢少师说诸位伴读都是知书达理的人，该学的早学过了，不必多此一举，不妨教些家国大义，是以才将书改了《礼记》。然则以老朽近日来在翰林院中的听闻，这奉宸殿虽是进学之所，却有人不知尊卑上下，连女子温柔端方的贤淑都不能示于人前，实在深觉荒谬又身负重任，是以今日擅改课目，先为诸位伴读好生讲一讲《女诫》，待学完《女诫》，再给大家细讲《礼记》。”

小太监将书一一呈到众人的桌上。

姜雪宁低头一看，那封皮上赫然写着醒目的两个大字——女诫。一时她也说不上是为什么，硌硬到了极点，便是方才与陈淑仪闹了一通，也没这么恶心。

就连一旁的萧姝见了此书，都不由得微微变色。其他人则面面相觑。唯有陈淑仪终于露出个舒展了眉头的神情，甚至慢慢点了点头，似对张重的这一番话十分赞同。

张重是个规矩极严的人，既做了决定，便根本不管下面的人包括长公主在内是什么表情，毕竟长公主将来也要嫁人，听一听总是没错的。

他自顾自地翻开了书页，叫众人先看第一篇《卑弱》，道：“古时候，女婴出生数月后，都不能睡床榻，而是使其躺在床下，以纺锤玩乐，给以砖瓦，斋告先祖。这是为了表明其出身之卑弱、地位之低下。纺锤砖瓦则意在使其明白，她们当尽心劳作，从事耕织，且帮夫君准备酒食祭祀。所以，为女子，当勤劳恭敬，忍让忍辱，常怀畏惧……”

整个殿内一片安静。

沈芷衣的面色也有些阴晴不定。

姜雪宁坐在后面的角落里，听见这番话却不由自主地想起了曾经的自己与萧氏一族斗狠时，前朝那些雪片似的飞来力劝皇帝废后的奏折。她曾在沈玠病中偷偷翻出来看过，上头字字句句皆是妇德女祸，与张重此刻之言的意思重合了个八九。

女婴生下来连睡床都不配！哪里来的狗屁道理！

张重还板着一张脸在上头讲。

姜雪宁却霍然起身，直接把自己面前的书案一推！

“吱嘎，哐啷！”

书案的四脚一下从大殿光滑的地面上重重地磨过，发出刺耳难听的声响，书案上摞着的书本与笔墨全都倒塌滚落下来，一片乱响，惊得所有人都回头向她望来。

张重立刻皱起眉头看她：“怎么回事？”

姜雪宁道：“先生，我恶心。”

张重也知道这是个刺儿头了，但听见这话脸色还是变了：“你骂谁？”

姜雪宁一脸茫然：“真是奇怪，我说我犯恶心，先生怎能说我骂人呢？许是我昨日没注意吃坏了肚子，也可能是今日闻了什么不干不净臭气熏天的东西，若在这殿中呕出来，只怕搅扰了先生讲学，所以今日请恕雪宁失礼，先退了。”

她话说得客气，然而唇边的笑容是怎么看怎么嘲讽，半点没有客气的样子，转身从这殿中离开时，连礼都没行一个。

所有人都惊呆了。见过逃学的，可逃得这么理直气壮、胆大妄为的，她们可真就见过这一个！

张重更是没想到这姜雪宁非但不服管教，竟还张嘴撒谎并当着他的面从他的课上离开，一张原本就黑的脸顿时气成了猪肝色，抬起手来指着她的背影不住地颤抖，厉声道：“好、好，好一个不服管教的丫头片子！这般顽劣任性之徒，若也配留在奉宸殿中，我张重索性连这学也不必教了，届时且叫人来看看，是你厉害还是我厉害！”

姜雪宁早就走远了，听他在背后叫嚣，连头都懒得转一下。

过去，这老头儿的课她都没去上过，倒不知他脾气这样暴，可料想也是个翻不出什么浪来的人：毕竟她那时从一开始就没上过课，也没见这老头儿有本事治她啊。

想着她便冷笑了一声。

只是此刻还没过辰时，她想在这宫中走走吧，宫内上下只怕正为着那玉如意一案暗地里潮涌；想要回房去睡觉吧，又觉着一个人待着无聊。

姜雪宁一琢磨，干脆转过方向去了偏殿。

谢危昨日叫她下学后下午去学琴，反正如今她也有空，不如去看看谢危在不在，若在便早早将今日的份儿学了，也省得下午还要去受磋磨。

奉宸殿的偏殿就在正殿旁边，转过拐角就到。

她一看，外头竟然没人。上一次她来守在外面的小太监并不在，那两扇门也紧紧地闭合着，里面也没半点声音传出来。想来谢危这时辰没在，小太监似乎是专伺候他的，自然也不在。

姜雪宁撇了撇嘴，叹了口气便准备离开。只是她刚要抬了脚步迈下台阶时，廊下的花盆旁边忽然传来“喵呜”一声叫唤。

她顿时停下了脚步。

这叫声她听着耳熟。

姜雪宁循声到那花盆边上一看，里头那窄窄的缝隙间竟然团着只巴掌大的小白猫，两只软软的肉爪子正按着一块不知哪儿来的鱼肉，伸着粉嫩嫩的小舌头去舔了吃，再吞进嘴里。

“是你呀！”她一下认出这正是那回蹲在谢危的窗沿上被那小太监抱走的小猫，惊喜不已。太久没抱过猫，她有点手痒。

姜雪宁蹲下来看了它一会儿，越看越觉得可爱，终于没有忍住，轻轻伸出手去，将这小团子抱了，搁在自己的膝盖上，就在这偏殿的台阶上坐了下来。

那小猫竟也不怕生。鱼肉已经吃进肚里，它略略舔了舔爪子上柔顺的白毛，姜雪宁纤细的手指则轻轻抚着它那颗小小的脑袋，于是它便十分受用地眯起了眼睛，以一副慵懒的姿态窝在了她的袖间。

姜雪宁这一时只觉得什么烦恼都没了。

偏殿静寂无人，天光洒落台阶，穿着一身雪青衣裙的少女懒懒地坐在台阶上，轻抚着一只同样懒洋洋的小白猫。

隐隐还能听见正殿那边传来张重讲学的声音，姜雪宁都当没听见。

只是坐在这台阶上撸了一会儿猫之后，她忽然就听见宫墙另一边传来急促的脚步声，还有一名太监压低了的嗓音：“那奴晚些时候再来请少师大人……”

谢危！

姜雪宁一怔，那脚步声已到了宫门口。她下意识地便飞速地将原本搁在膝上的小猫两手抱了藏进宽大的袖中，略为整理遮了个严实，然后抬头盯着宫门。

谢危果然出现在了那里。他显然没料着偏殿前面会有人，一抬眼看见姜雪宁，面上那如霜的冷寒之色尚未来得及收起，尚显森然的目光便落到了她的身上。

姜雪宁一怔，背后汗毛都差点竖起来。

只是下一刻他便收敛了，让这一阵令人胆寒的森然快速消失，仿佛刹那的错觉似的，眨眼就没了影踪。重新出现在姜雪宁面前的，又是那个毫无破绽的谢危。

他看了还坐在台阶上的姜雪宁一眼，又向着正殿的方向看了一眼，两道长眉便不由得蹙了起来，走上前来站住脚，问："我是叫你下午来，这时辰张先生还在讲学，你不听课坐在这里成何体统？"

姜雪宁袖里抱着猫，不敢乱动。只是见了谢危若不起身行礼难免惹他怀疑，因而她把动作放得十分小心，慢慢地站起来，依旧让宽大的两袖遮着自己的手，欠身道："见过谢先生，张先生的课我不想听，心里便想若能来这里先上谢先生的课，谢先生又正好在的话，正好将下午的琴学了，也省得再来一趟。"

她心里骂自己鬼迷心窍，刚才最好的选择分明是一把把猫扔出去，权当与自己没关系，可现在后悔已经晚了。是以她一面说话，一面还在心里祈祷：小猫小猫乖乖听话，大魔王就在眼前，你可千万不要在这时候叫唤，不然他立刻变脸把你煮了吃了！

谢危听她这般说辞，眉头不仅没松开，反而皱得更深，道："张先生尚未下学，你出现在这里必是早退或逃学。你不上张先生的课，却来上我的课，若让张先生听了又该作何猜想？枉我昨日见了燕临还同他说你懂事听话不用担心，未料你顽劣成性不知悔改！"

姜雪宁听得噎住。

尽管过去与谢危也很不愉快，她对此人又恨又怕，却下意识很自然地认为他同别的先生是不一样的，且对她们这些女学生也并不像别的先生一般轻视，然而眼下他竟疾言厉色不分青红皂白便出言斥责自己，还将燕临抬了出来。

这本就是她一块柔软的痛处。更不用说今日还从沈芷衣那番不一般的态度里察觉到了些许不祥的蛛丝马迹，她一下就直直地看向他，眼眶发红，然而并不是掉眼泪，而是怀了一种前所未有的不平与愤怒，胸口起伏间，只觉一股意气激荡，无论如何都压不下去。

以至于在谢危冷脸抬步从旁边走过的这一刻，她恶向胆边生！原本藏在袖中的那猫直接被她抱了出来，她冷着一张脸，径自将猫往谢危的面前递去！

"喵呜！"

那小猫原在她的袖中慵慵懒懒地昏昏欲睡，乍然被她举起来，吓得背脊骨上那条毛都竖立起来，十分适时地发出了一声慌叫！

谢危是才得了慈宁宫那边来的密报，刚回来又见姜雪宁逃学，自然不大能装出一副好脸色，甩了袖便要上台阶进偏殿，哪里能料到姜雪宁袖里藏着乾坤！

在那一团小猫凑到他面前时，他瞳孔剧烈地收缩，面色铁青，整个人手背上起了一串鸡皮疙瘩，立时后退了一步，举袖便将姜雪宁的手拂开！

姜雪宁怕伤了那小猫，抱得本来就轻，被拂开之后，小猫受了惊，一下便从她的手中挣脱开去，跳到地上，跟见着阎王爷似的，一溜烟顺着宫墙跑远了。

原地只留下姜雪宁与谢危面对面站着。

姜雪宁脸上没表情，谢危脸上也没表情。

★

两人四目相对。

姜雪宁平静得出奇。她本就不是什么好脾气的人，忍耐与怨怒一旦达到某个临界点，方才又为谢危言语中某一句刺耳的话所激，便如被落下的一点火星点燃，重重地炸开，做出以前想做而不敢做的非常之事。

这是一种报复，也仅仅是一种报复。

谢危看起来同样平静。然而这样的平静对他来说只是一种表象。姜雪宁那一张面无表情的脸孔映进他的眸底，顷刻间揉碎成晦暗的风云，起伏在一片危险的浪潮中，滚出一片山雨欲来似的沉怒。

他明明没有碰着那只猫，可此时此刻，却有一种恶寒的感觉顺着他方才碰着那只猫的宽大袖袍爬上来，爬到他的手臂上，攀到他的指尖，留下一股令人悚然的战栗。

过度的紧绷让僵直的五指都发麻了，谢危竭力想要将这感觉驱散，也竭力想要将此刻翻涌在胸臆中的沉怒压下去，因为他的理智一直告诉他，愤怒于人而言是最无用的一种情绪。

可他越想压抑，那浪潮越在心间翻涌。

他终究少见地没有忍耐住，目视着她，一字一顿，慢慢地道："宁二，你是觉得我心太软，太好说话吗？"

不是他会在人前称的"姜二姑娘"，也不是他独在人后用的"宁二姑娘"，而是这样直接、生硬到甚至带了几分冷意的"宁二"！

姜雪宁嗅到了那浓得遮不住的危险味道。她同样紧绷着身体，在他话音出口的刹那，脚底下寒气便直往背脊骨上蹿，几乎是下意识地便往后退了一步。

可她忘了，此时此刻她正站在这偏殿的台阶上。那脚步往后一挪，她便踩空了。

姜雪宁身形不稳，几乎立刻便要往后倒去，然而一只手恰在此刻伸了出来，用力地抓住了她的胳膊，平日只执文墨的五指修长极了，却藏着三分酷烈之感，将她往他面前拽了过去！

两人的距离迅速拉近，她险些一个趔趄，迫不得已地向他倾身。

那抓住了她的胳膊的手掌有如铁钳一般用力，甚至让她感觉到了隐隐的痛楚，而心有余悸地抬起头来时，她只看见谢危那青筋隐伏的脖颈、线条紧绷的喉结，还有那拉平了的薄唇，以及……一双冷漠阴鸷的眼！

这与谢危平日显于人前的姿态俨然判若两人！

姜雪宁头皮发了麻。她便是过去见着他持长弓带着人封锁宫门，冷眼注视着乱党屠戮皇族时，也未有过这般可怕的神态！

她想要退避，然而已被对方紧紧钳制；她应该叫喊，然而喉咙里发不出半点声音。

他近乎居高临下地俯视着她，伫立的身形仿若巍峨的山岳，有一种沉稳的厚重，道："你很聪明，也很娇纵，自你上次进宫，我便警告过你，不要惹我生气。"

姜雪宁冷笑一声："我是娇纵，毕竟如谢少师所言，顽劣不知悔改。竟不知少师大人对我也是一再容忍呢。"

谢危道："我训你不该？"

姜雪宁抬眸同他对视："尊师重道，自然是先生教什么，学生学什么，先生说什么，学生是什么。谢先生压我、斥我、误会我，都是应该。"

谢危望着她不说话。

姜雪宁却觉得那一股戾气非但没消下去，反而在她心底疯狂滋长，让她的言语越发尖锐："只是没想到，堂堂一朝少师，竟然怕猫，当真稀罕。"

谢危的脸沉了下来。

她却一动不动地继续道："昨日见少师大人对那小猫退避三舍，心里不过有此猜测，可胸有韬略的谢少师怎会怕区区一只小猫呢？这猜测无论如何也太过荒谬，以至于连我自己都不敢相信。未料想今日随意一试，竟证明这荒谬猜测属实。原来完人也有所畏，原来圣人也有所惧。"

在今日之前，谢危是所有人眼中的完人，甚至是半个圣人，天下少有能令他色变之事，姜雪宁更因深知他的底细而诚惶诚恐。然而今日之后，她才知道满朝文武都畏之怯之的谢危，竟怕这世间小小一只柔软堪怜的猫，于是始知——世上终无完人。

圣人也不过肉体凡胎！

这让她一时脱去了旧日的恐惧与忌惮，以一种前所未有的针锋相对的姿态与他对峙。

谢危眼底神光变幻。若是他想，值此宫中风云暗涌之际，顺势借机除去一个入宫做伴读的小姑娘，实在再容易不过。然而他终究不是随意迁怒他人之人，还是慢慢地放开了自己的手，也松开了那紧紧钳制着她的胳膊的五指。

“完人确有所畏，圣人确有所惧。然而谢某既不是完人，更不是圣人。”他宽大的袖袍垂了下去，指尖依旧痉挛似的发麻，没有起伏的声音，沉而缓，落在她身上的目光却仿佛有重量，“姜雪宁，你该记着，有的人不愿碰某些东西，未必全出于畏惧，也可能是他对此痛恨、憎恶至极。”

痛恨、憎恶至极。

那重量山岳沧海似的压下来，姜雪宁竟一下觉得有些喘不过气，抬眸望着他。

谢危在世人眼中毫无瑕疵的一张脸上覆了一层阴影，低垂的眼帘遮住那一片晦暗难明的色彩，仿佛庙堂上那高高立着的神像般，有一种近乎麻木的完美。

她忽然觉得自己犯了错。

谢危却已敛眸转身，只淡淡地道：“今后你不用来了。”

★

谢危进了偏殿。

姜雪宁那张蕉庵还同他的峨眉一道挂在墙上。他看见便想起来，欲让姜雪宁将这琴一并带走，不承想转过头来，竟见姜雪宁两眼微红地看着他，一跺脚，赌气似的下了台阶，留给他一道背影，径自往奉宸殿外去了。

话他便没能说出口。

偏殿里静悄悄的，昨日焚过的香已经冷了，徒留一炉没有余温的残灰。

谢危坐了下来。

过了一会儿，那股气渐渐消下去，他才想自己不该生气。她年岁不大，虽有些精怪顽劣处，可还有些小女孩儿心性，那模样不过是一时同他使性子罢了。而自己竟也失了常性。

是近日来出的事太多太乱，搅得他心神不宁？他慢慢地蹙起眉，抬起手指来，用力压了压眉心。

姜雪宁一路回去，却觉得心底一股意气难平。

谢危同她说那句话时，她觉着自己或许是没留神伤了人，触着人的逆鳞，一瞬间有些内疚。可谢危的下一句话竟是让她走，让她不用学琴！所有的委屈一股脑涌上来，她便将那一股内疚全抛了，固执地觉着自己没错。

“不学便不学，以为我稀罕不成！”用力地踩着宫道上那紧紧铺实的石板，姜雪宁向着仰止斋走去，忍不住咬牙道。

可话虽这么说，实则她深感憋屈。

她固然是想离谢危远点，也怵着琴这一道，可自己不想学和谢危不让她学是完全不同的两件事，无论如何心里是一股气蹿上来了，越往下压气得越深。

回了自己的房里，左看那花瓶里刚插上的树枝是歪的，右看那书案后才挂起的名画是丑的，有心想要打砸点东西撒气，可这屋内种种摆设尽是沈芷衣着人为她布置的，姜雪宁无论如何也没舍得下手。

末了她只能抓了那棋盘上一盒棋子，黑白子俱是石子磨成。姜雪宁捡起来就一颗颗朝墙上扔，一颗比一颗用力，直打得那墙咚咚作响。

“还当你姓谢的是什么好东西，原与那些酸儒是一丘之貉！”

她不去上学自有不愿上学的理由，平心而论，她觉着自己还是很能忍的。便是那教《诗经》的赵彦宏偏心，教书法的王久看不起她想写草书，她也没翻脸不学，而是把这些细枝末节忘掉听他们讲学。

可张重不一样。她听不得这人站在殿上胡说八道，讲些令人作呕的言辞。

姜雪宁本以为谢危不同凡俗。

尽管过去此人确有谋逆屠戮等惊人血腥之所为，可也证明他并非一个循规蹈矩之人，该能体她不愿上那张重之学的因由。

可她才说了自己不愿上学，谢危就连缘由都不问便说她顽劣不知悔改。他如此独断刚愎，同那几位惹人厌恶的先生有什么区别？

纵是彼时自己之死与此人谋反之事有脱不开的关系，可她也从未因此觉得谢危是个小人，是个庸人，相反，从另一种角度讲，她极其认同此人的本事与才华。

然而今日这一切印象都被打碎了，只因为他在听闻她不愿上学后的臆测与独断，此人在她心目中便忽然一落千丈，掉进那屠酤市井的庸俗泥堆里，与那些老不死的酸腐儒生一般无二了，再称不得什么“半圣”了。

“咚！”

又一枚棋子被她用力地扔出去打到墙上，弹落下来，滚在地上。

姜雪宁冷着脸都不看上一眼，目光钉在那墙上，像是钉在谁身上，也要把谁给射穿似的，透出些许凛冽之意。

其他人下学回来的时候，那两盒棋子都被她扔完了，点点黑白棋子散落满地。

外头有人轻轻叩了她的门。

她拿了本话本子坐在躺椅上看，听见声音便问：“谁呀？”

外头竟然响起了沈芷衣的声音：“宁宁，是我。”

姜雪宁一怔，忙把话本子放下，起身走过去把闩上的门拉开，一抬头就看见沈芷衣站在门口，身后也没跟着人，有些担心地望着她：“你没事吧？”

姜雪宁道：“不过是找借口逃了课，没事。”

沈芷衣松了口气道：“我猜也是。那张夫子，说的话我听了都忍不了！”

姜雪宁也觉这人实乃毒瘤，便想起自己以前想打小报告的事情，拉着沈芷衣的手，让她进了自己屋里坐，道：“殿下也觉此人不可？”

沈芷衣犯恶心：“从来只闻外头闺阁女儿要学《女诫》，我也不曾放在心上，今日一听大倒胃口，哪里将女儿家当作人看？可憎的是此般上不得台面的东西，还要拿进宫里，拿到学堂上来讲！”

姜雪宁旁敲侧击地问：“那殿下打算如何处置？”

沈芷衣原本只是抱怨，并没想到要处置，姜雪宁这话一说，她还真跟着想了一下，两眼顿时一亮，拍手道：“对呀，本公主何曾受过这样的气？这《女诫》寻常人家胡来也就罢了，难不成本公主堂堂一个公主也要如此？我自告到皇兄与母后那边去，也好敲打敲打这愚顽夫子，让他取消了这一门课。”

姜雪宁欢喜了几分：“如此甚好。”

沈芷衣也跟着高兴，然而那眉眼才舒展开不久，便又忽然垮了下去，声音低沉：“不过这两日宫中事多，皇兄与母后都不大高兴，换了往日必定对我百依百顺，如今却未必有闲心搭理我了。”

姜雪宁一时无言。

沈芷衣便叹了一声，道：“不过也没事，至多等这阵过去便好，晚些时候请安还是要向母后说上一声。不想这些了，今日的先生糟心也没关系，明天就是谢先生来上课了，要教我们那本他新选编的文集呢！”

若不是她提，姜雪宁险些都要忘了还有这件事。

是啊，谢危一人教两门课，往后她虽不去学琴了，可三日里有谢危两日的课，糟心的日子怕还多呢。

只是她与谢危之间的龃龉也不必道与沈芷衣听。

姜雪宁淡淡地笑了笑，道：“是啊，谢先生同旁人不一样，明日便高兴了。”

不管心里对谢危此人已存了多深的偏见，次日起来姜雪宁还是要洗漱，收拾心情去上课。

她昨晚上睡时已经想清楚了。

谢危若因这一桩事恼了她撵她出宫从此不用上学，那自然是天大的好消息，她一回府就求自己那和稀泥的爹让自己浪迹天涯去；可若谢危只是不让她私底下去学琴，那学还是要继续上的，见了谢危也恭恭敬敬，权当不熟，也当先前那些事都没发生过。

至于谢危因此迁怒要害她死……姜雪宁觉着他要除她趁早就除了，且上次入宫时有言在先，不至于因这些许小事暗计害人，失了他的气度。

谢危不分青红皂白地说她，她也抱了猫吓他，堪堪算扯平。所以姜雪宁把昨日的义愤抛下，心平气和地去了奉宸殿。

因为今日第一堂便是谢危的课，所以众人都去得甚早。

怕课间无聊，方妙带了副象棋。趁着还未到卯正，她便把棋摆上，周宝樱难得眼前一亮，不由分说地就拉过了椅子坐在她对面，放下狂言："好嘛，原来你还带了一副棋，也不早拿出来。你们都道我只会吃，我可告诉你们，才不是这样！今天便叫我露一手给你们瞧瞧。"

众人都知道她是个活宝，完全没把她的话当真，但热闹谁不想看呢？于是众人全都凑过来看她们下棋。

姜雪宁却坐在自己的位置上，垂下的目光落在桌角那端正摆着的小册书上：昨日她从奉宸殿离开时，推了一把书案，案上的东西都掉了下来，没想到今日来都已经被伺候的宫人收拾妥当，连之前那本掉下去的《女诫》都合上了端正地放在桌角。

沈芷衣来得晚些，撇着嘴，眉眼也耷拉下来，见了姜雪宁便丧丧地喊了一声："宁宁。"

姜雪宁一看便知是事情没成。她笑着宽慰沈芷衣："殿下先前就说了，太后娘娘与圣上事忙，有这结果也是意料之中的事。你过些时候再说此事，他们说不准就允了，何必这样丧气？"

沈芷衣道："也是。"

昨日她去告那张重的状不成，原是意料中事，改天再说就是了，也没什么大不了，于是重又开颜，拉姜雪宁去看周宝樱同方妙下棋。

方妙带棋来不过是想随便下下，解解乏闷，又想周宝樱平日懵懂不知事，便道她多半是故意说大话逗大家乐，是以初时也不曾将这盘棋放在心上。

可出人意料的是，一坐在棋盘前，周宝樱就跟变了个人似的，那平日总像松鼠般鼓动个不停的腮帮子紧紧绷着，稚嫩的脸上一片肃然之色，清秀的眉宇间竟有几分凝重，下起棋来一板一眼，没一会儿便杀得方妙傻了眼！

她简直有些不敢相信，一晃神间已被吃了个“士”，于是连连摆手，竟上前把自己方才落下去的那步棋撤了回来：“不算不算，刚才不算！我都还没想好呢，我不下这里了，我改下这里！”

“落子无悔！”周宝樱惊呆了，“怎么可以这样？”她说出这句话时眼睛睁得老大，活像是被方妙抢了块酥饼去一样愤愤。

这场景本该是严肃的，然而她脸上是下不去的婴儿肥，非但不吓人，反倒十分可爱，引得众人止不住地发笑，调侃道：“这是好棋手遇到臭棋篓子，扯不清了！”

方妙兀自为自己辩解，说周宝樱下棋如此吓人，摆明了是欺负她，悔棋也不算什么。

众人都笑得东倒西歪。

连站在最边上观战的姜雪宁都没忍住露出几分笑容来。不过她一转头就瞥见殿门外一道身影走了进来，脸上那原本明媚的笑容隐没了，先垂眸躬身道了声礼：“谢先生好。”

众人这才发现谢危来了。下棋的人站了起来，观棋的人也敛笑转身，跟着姜雪宁一道行礼。

谢危的脚步便在殿门外一停。他昨夜没睡，一半是事多，一半是心堵，一番错综复杂的局面没理顺，半夜又头疼，犯了寒症，今早从府里出来时面色便有些发白。

原本轻便些的道袍他也不穿了，剑书怕入了冬风冷吹得寒症加重，给他披了嵌了层绒的深青氅衣，立住时便有几分青山连绵似的厚重感。

姜雪宁看见他时敛了笑意，一副挑不出错来的恭敬姿态，谢危自然清楚地收入眼底，也不知为什么又气闷了几分。

他淡淡地道：“不必多礼。”也收回了方才落在姜雪宁身上的目光，携了一卷书从殿外走进来。

众人都知是要上课了，连忙帮着方妙收起棋盘，各自回了自己的位置。

姜雪宁也向自己的书案走去。

谢危自来从右边过道走，正好从她的书案旁经过，然而目光不经意地垂落，忽然便凝住不动，连着脚步都再次停了下来。

姜雪宁顺着他的目光看去，发现他看的竟是摆在案角的那册《女诫》，唇边不由得勾出了一抹讽笑。

谢危却蹙紧了两道长眉，他抬眼看了看，众人案头上都有这本书。

他伸手拿起姜雪宁案角的这本，翻了两页，搭在那纸页边角上的长指便停住，问："奉宸殿进学并无此书，谁让放的？"

姜雪宁心底一嗤，并未回答。

众人也都面面相觑。

沈芷衣犹豫了一下，道："回先生，昨日本教《礼记》的张先生说学生等不知尊卑上下，是以压了《礼记》，先教《女诫》，命人发下此书。"

张重？

这位国史馆总纂并不与翰林院其他先生一般，谢危接触得不多，实没料着沈芷衣会给自己这样一个回答，更没料着张重有胆量阳奉阴违，改了他拟定的书目。

目光重落到书页上，条条皆是陈规陋款，他脑海里竟不由自主地回溯起昨日与姜雪宁一番带了火气的争执——

"这时辰张先生还在讲学，你不听课坐这里成何体统？"

"张先生的课我不想听……"

"我训你不该？"

"尊师重道，自然是先生教什么，学生学什么，先生说什么，学生是什么。谢先生压我、斥我、误会我，都是应该。"

……

谢危洞悉人心，听了沈芷衣的话，一想便知昨日是自己先入为主，不分青红皂白地斥责了姜雪宁，才使她怒极反击，一时便生出几分不知来由的烦郁情绪。再见这书，他便更觉不惯了几分。

他虽一向与人为善，内里却不是什么好相与的人，当下也不置一言，眼帘一垂，劈手便将这本《女诫》朝殿外扔去。

那书册"哗啦"一声，翻起白花花的纸页来，摔落在外头的台阶上。

所有人都吓了一跳。

姜雪宁也不由得抬眸望着谢危。

谢危有些苍白的脸容上不起波澜，只看众人一眼，持着自己编的那卷书走上殿，站定后，一指殿门外："都扔掉。"

沈芷衣惊喜极了，把自己桌上那本《女诫》扔了出去。

其他人却面面相觑，一副畏缩不敢的模样。陈淑仪已在谢危那边吃过一回亏，此刻虽心有不满，却也不敢开口。姚蓉蓉的声音显得十分气弱："那、那张先生那边……"

谢危垂眸根本不搭理。任谁都看得出来，比起前日教琴的时候，他的心情是坏了不少的。见没几个人扔，他也懒得再说，只把自己那卷书平放下来，淡淡地道：

“上课。”

谢危今日原打算讲《师说》，非为强调尊师重道，而是为向众人言明“学”之一字的紧要和“师道不师人”之道理，可进殿时见着那本《女诫》，又了然昨日因由，怕宁二听了此篇后误解他以师道压人，遂将此篇翻过，思量了一会儿，把《史记》里《廉颇蔺相如列传》一篇挑出来讲。

他从“完璧归赵”讲到“负荆请罪”，因事有传奇，众人都跟听故事似的，很快便全神贯注。

他讲到廉颇误会蔺相如时，便不由得向姜雪宁看去，却见她浑然无觉似的坐在角落里，虽也没开小差，可看着并不如何认真的模样，眉头便再皱起。可此时若再斥责她，无异于火上浇油，他便将心思压下，不再看她。

待得一个时辰后下学，谢危朝她走了过去。可还不待他开口，姜雪宁已看见了，竟冷冷淡淡地躬身向他行了一礼，道：“恭送谢先生。”

谢危还未出口的话全被她噎了回去，他终是看出她心怀芥蒂，不愿搭理人，又想辰正二刻国子监的孙述便要来教算学，实非说话的良机，立着看她半晌，只好走了。只是他一路出宫回府，心内终究有一口郁结之气难吐。

吕显掐算着时辰登门拜访，一进了壁读堂便看见他面向那一片未悬一物、未书一字的空墙而立，手里一盏茶也不知端了多久，大冷天里连点热气儿都不往外头冒了，不由得一阵纳罕。

这壁读堂乃谢居安的书房。他向来是遇到难解之事才面壁而立，空墙上不置一物为的是沉心静思，今日是为什么？为宫里那桩眼见着就要闹大的如意案？

吕显一整那文人长衫，在谢危身后坐了下来，道：“无缘无故跑去宫里教那些女孩儿干什么，平常经筵日讲都挪不开空，如今又收一帮学生，是更难见着你了，一天倒有五六个时辰在宫里。今日来本是想同你说那尤芳吟，但看你这架势，又出什么事了？”

谢危觉得他聒噪，直到这时手才动了动，回过神来去喝端着的那盏茶，发现已经凉了，只好将其置在一旁的案角上，道：“些许小事。”

“小事？”吕显不由得上下打量他，目光古怪，“你谢居安从来只在大业上烦忧，我倒不知你什么时候也会为小事烦心了。”

谢危一想，可不是这道理？一时也觉好笑。他也不好对吕显说自己同个小丫头置气，且还理亏于人，只能摇头，无奈地叹了声：“道高一尺，魔高一丈，我谢危也有被人治的时候。”

当天回去，吕显铁公鸡拔毛，高兴得自掏腰包买了一坛子金陵春回幽篁馆。

伺候的小童惊呆了：“您发烧了？”

吕显倒了一盏酒，美滋滋地喝了一口，道：“恶人终有恶人磨，不是不报，时候未到啊！哈哈哈……”

若是能打起来就更好了，他悠悠地想着。

本还担心他是不是病了的小童现下确定他只是日常发癫，不由得嘴角微抽，默默地把门带上了，干脆留他一人在屋里傻乐。

次日一早有大朝，下朝后时辰还早，谢危被吏部几位官员拉着说了一会儿话后才得脱身，略一思量，便准备去趟国史馆。

没承想他一抬头便看见皇极殿台阶下的两道身影。

左边那人面容端方，同右边的人说话时面上挂着点不经心的笑，正是如今的刑部右侍郎陈瀛；右边那人却有些面生，穿着玄色官袍，五官端正，满面冷色，垂眸敛目，竟给人一种寡淡冷酷之感。

谢危顺着台阶走下去，陈瀛便也看见他了，于是一笑，同右边那人道：“此事一会儿我回了刑部衙门再议吧。”

说完他向谢危走来。

谢危则朝他身后看了一眼，意外地瞧见那人也转过脸来看了自己一眼，向自己微微颔首。谢危顿时微怔，虽不知此人的身份，却也跟着颔首还了一礼。

陈瀛在谢危面前站定，躬身拱手行了一礼：“听闻这几日谢先生事忙，还要在宫中教长公主殿下，陈某都不敢贸然登门拜访，也不知您何时能留出空来？”

谢危却道：“刚才那人是谁？”

“刚才？”

陈瀛下意识地回头望去，方才与自己说话那人已转身向着宫门外走去，他两手交叠在一起都笼在袖中，一身清正，真是半点也看不出是个如今处处被锦衣卫那边针对着的人。他提起这人，声音里添了几分玩味：“前不久才调来的江西清吏司主事，姓张。”

谢危如今虽是虚职，可毕竟在皇帝内阁中，朝野上下大部分的事情会从他手中过一遍，虽不说什么翻手为云覆手为雨，可桩桩件件基本有个印象。陈瀛一说他就想起来了，只因那调任的票还是他拟的，于是道：“那个弹劾了周千户的张遮？”

陈瀛打量着谢危的神情，笑道："正是此人。谢先生是不知道，这人颇有一番硬本事，对刑狱之事极通，律法条条皆在心中，只是脾性又臭又硬，也不大合群。他才调到清吏司没几天，锦衣卫北镇抚司那边就已摆了好几回的宴请我去了。陈某如今正拿不下主意呢，谢先生您看？"

这张遮本是刑科给事中，一朝弹劾了周千户，开罪了锦衣卫，沈琅曾在内阁里对着其他几位大学士骂此人不懂变通，净给他找麻烦。

毕竟锦衣卫只为皇帝办事。

但即便如此上火，沈琅也大笔一挥调他去了刑部清吏司，从七品到六品，虽是明升暗降，可也没就此罢了此人的官，可见还是有些圣眷的。

另一则……谢危目光微微一闪，看着陈瀛道："刑部郑尚书年事已高，去年便向圣上递过了乞休的折子，只是被圣上压了下来，说郑尚书若是致仕，一时也找不到合适的人掌管刑部。但今年河南道监察御史顾春芳任期将满，正是此人一力保举，张遮一介幕僚刀笔吏出身，方得入仕。酒是吃得的，宴也是去得的，事要怎么办，却得你自个儿掂量。"

陈瀛心头顿时一凛。他听出了谢危的言外之意，顾春芳过不久就要成为自己的顶头上司，张遮怕不能动，再想自己先前盘算的计划，不由得倒吸一口凉气，又向谢危一拜："多谢先生指点。"

谢危却淡淡地道："近日事忙，过几日你再来访我吧。"

陈瀛道："是。"

谢危便不再多言，别过陈瀛，背过手转过身，径自往武英殿的方向走去。

国史馆隶属翰林院，设在武英殿东西廊房，主要负责纂修国史，为功臣列传。

早朝刚下，众纂修官都在厅里喝茶。一般而言，此刻众人都会议论些朝上发生的事情，或者各地来的趣闻，若雅兴来了还吟吟诗、谈谈文。

只是今日不同以往，气氛有些难掩的压抑。

国史馆总纂张重看着置于案上的那八本《女诫》，一张脸紧绷起来涨成了紫红色，待伸手翻得最面上那本竟还沾了泥污像是被人扔到地上去过时，眼底更是冒出火来。

送书来的小太监都不免缩了缩脖子。下一刻他便听见重重一声响，竟是张重用力地一拍桌案站了起来，大声质问："反了，反了！谁人吃了豹子胆，连本官下发的书都敢扔，还敢送回本官面前来？！"

他话音方落，国史馆外头传来一声笑："张总纂息怒。"

国史馆中顿时一静。

张重听见声音转头向门外望去，看见谢危走了进来，不由得将方才的狂怒敛了几分，却依旧没什么好气："少师大人来得正好，看看奉宸殿那帮女学生，不尊师不学书，无法无天，也不知谁给的胆子！"

谢危朝他面前那八册《女诫》看了一眼，眉梢微微一挑，便在那一溜圈椅的上首坐了下来，平静地看着张重道："真是歉疚，这胆是谢某给的，书也是谢某扔的，没想张总纂这般生气，倒令谢某有些惶恐了。"

什、什么？

张重只觉得脑袋里"嗡"的一声，几乎不敢相信自己听到了什么，待这话在脑海里转过三遍明了意思后，再看眼前谢危这张平静含笑的脸，只觉一阵心慌意乱，背后汗毛都隐隐竖了起来，腿脚发软，身形一晃，差点没能站稳。

正在殿上讲《诗经》的是赵彦宏，姜雪宁在下面听着，却有些心不在焉。

昨日谢危走后，整个奉宸殿里的气氛都有些古怪。

下一堂是国子监算学博士孙述教她们算学，此人年纪偏轻，资历相较于其余几位先生也是最浅的，但许是正因如此，他的态度最为谦和，讲学也力求能让众人听懂，算得上有问必答，总算让被其他先生硌硬了几日的姜雪宁对宫中伴读这段日子找回了一点希望。

只是下学后众人便吵了起来，一切都因为昨日谢危讲学前竟把张重先生发的《女诫》给扔了，且还叫她们都扔掉。

姜雪宁那本是谢危扔的，不算数，长公主那本却实打实是自己扔的。

余下的伴读当时都未有举动。

她们中胆小如姚蓉蓉者，为此提心吊胆，说："谢先生都叫扔了，长公主殿下也扔了，我们却一动不动，这、这会不会有些不好？"

陈淑仪当即讥讽她道："当时你怎不扔？"

姚蓉蓉便憋红了脸不敢再说。

周宝樱却眨巴眨巴眼，说："我也想扔来着，可看你们都没扔，举起来又放回去了。"

陈淑仪冷笑道："宝樱妹妹也想忤逆礼法了？"

众人都听出她言语不善。

萧姝在旁边有半天没说话，听着陈淑仪口气这么冲，却少见地皱起了眉，竟转头问姜雪宁："姜二姑娘怎么看？"

姜雪宁可没想到萧姝竟会来问自己，也不知她是什么目的，但反正自己的书都被谢危扔了，有锅也是谢危背，所以如实道：“想扔就扔，不想扔便留着呗。”

谢危不也懒得管嘛。

她这般回答相当于没回答。

萧姝便深深地看了她一眼，回头对众人道：“奉宸殿讲学乃以谢先生马首是瞻，其余几位先生学识虽厚、资历虽老，在圣上那边却是连名姓都留不下。谢先生最初拟定的书目中亦无《女诫》一书，论理乃张先生擅作主张。我等原本不知也就罢了，如今知晓便当有所改过。且我等本为长公主殿下伴读，连殿下都扔了，我等伴读却隔岸观火，知道的说是我等为殿下伴读，不知道的怕以为是殿下为我等伴读。”

陈淑仪万万没料到萧姝竟会说出这话，霍然起身：“阿姝竟也赞成扔书吗？可我当时见着你端坐一旁，倒未有半分举动，如今却来分析利弊，实在叫人惊讶。”

萧姝却不动怒，只道：“我不过是觉得扔书一举略显失礼。”

姚惜试探着问道：“那以萧姐姐的意思是？”

萧姝道：“我们都不过是入宫来伴读的，朝中关系牵一发动全身，太过开罪先生也不好，更不用说是扔书之举。我看不如将书集了，着人送还给张先生。张先生不问无妨，若是问起，也是谢先生授意，算不得我等不尊师重道。只是不知你们意下如何？”

她这是挑了个折中的办法。

萧姝先前一番话便已讲过了个中利弊，原本犹豫的众人基本被她说服，都点头同意。唯独陈淑仪嘴角噙着冷笑，看着萧姝不说话。

到最后众人返回奉宸殿中将外头扔掉的书和案头上摆的书都收了，陈淑仪也未加入，是以最终派人送还国史馆张重的《女诫》仅有八本。

陈淑仪那本依旧摆在案角。

也不知那张重收到书之后是什么脸色？姜雪宁走神想到这里时，朝着前方陈淑仪的位置看了一眼，又移开，目光往回垂落到翻开的《诗经》上。

今日她们学的是《伐檀》。

她盯了半晌，却想起自己昨日说出“恭送”那一句时谢危变幻的神情，只觉有些迷惘的茫然，眨了眨眼，抓起旁边搁着的羊毫，笔尖蘸上一点墨，趴下来，顺着诗句，一格一格地把所有字里带有的方框都涂黑。

等她从《伐檀》涂到《山有扶苏》，赵彦宏终于讲完了，虽还未到下学的时辰，却摆摆手叫她们休息，自己收拾了东西便走。

他一走，周宝樱便跳起来去喊方妙：“快、快，下棋、下棋！”

方妙无语凝噎，叹了口气摆上棋，却无论如何也不想再下了，只拉其他人："你们来、你们来，你们陪她下！"

周宝樱急得跺脚："下一堂又学琴，谢先生一向来得早，你们抓紧嘛！"

众人看得发笑。

终究是萧姝发了善心，坐下来陪她下。

沈芷衣这两日观她们下棋也看出点意思来了，看两人摆开了架势，便要招手叫姜雪宁一起来看，只是转头看她时却觉得有些不对。

旁人桌上都摆着琴，她桌上竟空荡荡的。她走过去，纳闷地说："宁宁，你莫不是记错了，今日谢先生是要教琴的，你那张琴呢？"

姜雪宁还翻着《诗经》在那儿涂格子，听见沈芷衣此问也是有些口里发苦，一时竟不知该怎么回答：说自己初时偷懒不想搬来搬去索性把琴留在了谢危那儿，后来又怒极上头干脆连琴都忘了？

她捏着细笔的手指顿住。一点墨迹在指尖染开，她却还怔怔地捏着，没放开。

谢危从国史馆来，一路上脚步却有些慢，顺着台阶走到殿门外，朝里一看，就发现那少女捏着笔坐在那儿，一本翻开的《诗经》上所有带着方框的字都被涂了一遍，目光便不由得在那书页上多停了片刻。

淘气她到底还是有的……

他摆手阻止了沈芷衣向自己行礼，走到姜雪宁书案边去，话在喉间滞了一滞，终还是出了口："今日学琴，姜二姑娘的琴却还在偏殿，若此刻无事，不如同谢某过去取回。"

他将嗓音放得有些软。

姜雪宁转头才看见谢危。他该是刚下朝，朝服还未换下，一身玄色做底、云雷纹绲了衣袂角边的深衣，束了腰封，挂了玄色印绶，罩玄色外袍，有一种说不出的风仪威重，竟一下让她觉着是看见了曾经的谢危。

但他的目光落在她身上，却甚为平和。

姜雪宁慢慢把笔放下，站了起来，有心想要拒绝。

可谢危没给她拒绝的余地，只道："随我来。"

那终究是燕临送给她的琴，姜雪宁立在原地犹豫了片刻，还是跟上了谢危的脚步，默不作声地走在他后面，经过几道廊柱，去往偏殿。

此刻没太监伺候。

谢危上前推开了门，回头却见她立在门口，便想起她第一次到偏殿来时也是如此，有心要说话，可话到嘴边又咽了回去。他走进去，把挂在墙上的两张琴都取了下来。

这时姜雪宁才挪着步，走入偏殿。她认得蕉庵的琴囊，见谢危将琴取下置在书案上，只低低地道一声“有劳谢先生”，便想上前抱了琴走。

没料想谢危看她一眼道：“你道我真是带你来取琴？”

姜雪宁便停下了动作。

谢危瞥见她指尖那一点墨迹，眉头轻轻一蹙，便指了旁边盛着水用以净手的铜盆：“那边。”

姜雪宁顺着他的目光才瞧见自己手上不知何时沾了墨，再一看那琴囊，便知谢危是叫她去洗手，心底闷了一口气，但也不愿同他多言，便走过去将一双手按进水里。那墨迹黏稠，沾上难洗，姜雪宁面无表情地洗了一会儿才把手从水里提出来，抬头却发现架上没挂巾帕。

谢危身量甚高，全程斜靠在那书案边上看着她，此刻便拿起案上一方雪白的锦帕递给她，一如那日在层霄楼下遇袭的时候。

姜雪宁闷不作声地接过锦帕来擦手。

谢危直到看她擦完了才向她伸手，把那方锦帕接回去，顺手叠成整齐的一方，搁回案上，轻轻地用手指尖压了，注视着她，叹了口气道：“还生我的气呀？”

★

谢危也是拿她没什么办法，声音里添了几许无奈之意。之前他是在气头上，可待这两日冷静了冷静，姜伯游与燕临当初的恳求与托付便又浮上心头，且他还是应承过的，只因猫这般些许小事，便对她一个未满双十的小姑娘疾言厉色，伤她颜面，终究是过分了些。

更不用说还是他武断在先。

有些小性子的姑娘都得哄着，她也约莫是吃软不吃硬的吧？

谢危打量着她的神情，却见她有些惊讶地抬眸看了他一眼，仿佛不大敢相信这样的话竟会从他的口中说出，但也只这一瞬的情绪泄露，下一刻她便全敛了去，垂首道：“先生言重了，学生不敢生先生的气。”

姜雪宁原本就不想与谢危打交道，曾经此人给她留下的印象实在太坏，如今意外有了更多的接触，也本非她能控制。

理智告诉她，离他越远越好。

昨夜她回去想过，尽管谢危扔了《女诫》，与其他先生确非一丘之貉，她也有心要为自己辩解并非无故不听张重讲学，可冷静下来想，误会未尝不好，省得谢危老拎她在身边看着。她受点气就受点气吧。

所以她照旧摆出了一副拒人于千里之外的态度，转身便从谢危近旁的案上斜抱了琴，要告辞离去。

少女的身量已如抽枝的嫩柳，纤细柔软，着一袭浅紫色留仙裙，垂落的裙裾随脚步轻轻晃动，姿态里竟有了几分自然的娴雅，与当年上京时天差地别。

按理说，谢危不该想起那些的，可这一时她抱琴而起的姿态却奇异地同他记忆里那无法磨灭的一幕重叠。

深山月明，荒草丛生，那幽深的树影里隐隐传来山魈的夜号，树叶经年堆积在泥土上的腐烂气息与周遭草木的气味混在一起。

他烧得厉害，病得昏沉，靠在那几块山石下，几乎就要睡过去。可这时候有深一脚浅一脚的脚步声慢慢传了过来，伴随而来的还有嘶哑里藏着难掩振奋与激动的声音："村子！转过前面两座山就有村子！我跑到前面去看到炊烟了！"

谢危不大想睁眼。那脚步却来到他身边，声音也来到他身边，有人用力地摇晃着他："我们很快就能走出去了，醒醒，你醒醒，不要睡过去！"

谢危又觉得她聒噪。然而那小丫头见他不醒，却惶然恐惧起来，胆小地哽咽，声音里都带了哭腔："你不要睡，婉娘说这样会醒不过来的。你死了我怎么办？我好怕死人……"

谢危还当她或许是担心自己，没料想她是怕他死了吓着她。

那时候他便想，遇到山匪夺路而逃她不怕，奔走荒野山魈夜号她不怕，身陷险境难以脱困她不怕，区区一个死人有什么好怕的？死人可是世上最好的人了，既不会笑里藏刀，也不会阴谋诡计。

但听她哭得真切，哭得越来越惨，他终究还是慢慢地将眼帘抬起，可烧痛的喉咙里先前吞咽下去的血腥气直往上蹿，一句话也难说出。

那小丫头眼睛睁得大大的，脸上还挂着泪痕。见他没死，一怔之后她才高兴起来："没死就好，没死就不吓人了。"

那时他虽不显赫，可明里是年少成名的探花及第，为朝廷办事；暗里在金陵多有布局筹谋，背后有天教支撑。不管在哪一边他都不算是小角色。

可到这小姑娘嘴里，他没死便是最大的作用……

谢危忍不住咳嗽起来。

姜雪宁却朝那山野之中看了一眼，道："我找不到吃的了，你的伤和病我也看不了了，山上有猎人布下的陷阱，村子里一定有猎户，有猎户就有人能看病看伤。

我们现在就走，天亮的时候就能到村子里了。”

她上前来扶他。年方十四的少女的肩膀，单薄瘦弱，谢危觉着自己一个不小心的倾身，都能将她压垮。

琴就放在山石的另一端。

他摇摇晃晃地起身，转头看了一眼，尽管喉间剧痛，却伸手一指，艰涩地开口道：“琴……”

那少女却有些生气地看着他：“我救你一个已经很难了，带不了琴！”

谢危不听，俯身要去拾琴。

那少女似乎终于怒了，竟抢上前一步将琴抱了起来，接着退后几步，紧抿着嘴唇，转过身毫不犹豫地就将那张琴往山石上砸去！

“铮——”弦断之声伴着琴身的碎响登时传来！

山石上摔烂了一张好琴。

他几乎不敢相信她做了什么。

少女却凛然地回视着他道：“人都要死了还惦记无用之物，你这样的人就不配活着！”

那一夜明月皎洁，照在她身上如落了层雪。

谢危是从尸山血海里爬出来的，二十余载都要费尽心机才能夹缝得生，却第一次被人砸了琴，还被骂“不配活着”。

这真是前所未有之事。

后来他们真的到了那村落，侥幸又遇着姜伯游那边派来找寻的差人，这才得以真正脱险。

只是京中夺位之争正暗潮汹涌，朝野上下剑拔弩张，他暗中行事连休息的时间都少，往这利禄场上一扎就是大半年。

待沈琅名正言顺地登基，大局落定，他才终于有了闲暇。

一日，他登门造访姜府，可在经过回廊时，竟见着那已换上一身锦衣的小姑娘把个不比她大多少的小丫头踹倒在花架下，神情刁钻刻薄，甚至透出点偏执的恶意……真是陌生极了。

谢危忍不住去回想当日秘密上京途中的种种情形，却越想越觉遥远，恍惚只如一梦，让人怀疑那些事是否真的发生过。

他曾对姜伯游提过几句，可姜伯游因对这流落在外吃尽了苦头的嫡女有愧，不好对她严加约束。

更不用说她后来搭上了燕临。少年人年轻气盛不懂收敛，更不知过犹不及的道理，一意纵着她胡闹跋扈，京中繁华，终究害人，慢慢便把她那一点旧日的影子和心性都磨去了。

谢危便很少再想起那些事了，只有极其偶尔的时候，那些事会不经意间冒出来。可他也不会有太深的感触了。彼时的少女与后来的少女，俨然是两个不同的人。

他想，不管是姜伯游的托付，还是燕临的请求，他都是能够拒绝的。可为什么他会答应呢？也许他是想教她吧？有时人难免误入歧途，但若有人能告诉她什么是好、如何能好，她未必不能重归正路，重拾本心。

只是这一段时间接触下来，亲眼所见，亲耳所闻，他又觉得这小姑娘善心还在，性子虽依旧坏些、躁些，比之前些年却好上很多。

这倒有些令人迷惑。

谢危不知是否如姜伯游所言，都是燕临教她的，也不知是否是她自己长大了，晓事了，但总归没他想的那样坏。

指尖压着的那方浸了水的锦帕微凉，谢危撤回手来，看她转身要走，便心软下来，道："也罢，是我不问缘由便误会你在先，你生我的气是应该。"

他这是在认错？

姜雪宁简直惊呆了，微微睁大了眼回头看着他。

谢危朝她一笑："何况，该是我欠你的。"

该是我欠你的。

这句话说来很轻，落下时却有沉甸甸的重量。

姜雪宁被他这句话压得心底闷闷的，想起曾经的一桩桩、一件件，竟觉得荒谬又怅然：何止欠我，你谢危欠我的可太多了。

她想直接告辞离去。可这一刻脚步跟定在地上了似的，她很难迈动一下：眼前这个谢危实在有些颠覆她对此人的认知……

他是披着圣人皮的魔鬼，是阎罗殿里来讨债的罗刹，纵然人人说他平和温良，君子器宇，她也不相信半个字。

可此刻他温和地望着她，还向她认错。

是她疯了，还是这世界疯了？又或者是她从来不曾认识真正的谢危？

谢危却以为她是被自己说动，便起身走过去，把自己那张琴也从墙上取了下来，同她解释："那国史馆总纂张重之所为，我起先不知，所以先入为主，以为你顽劣不懂事，不思上进，昨日见着那书才知道他擅作主张。我知你不喜，也知此人阳奉阴违，所以往后他不进奉宸殿，不讲学了。"

姜雪宁下意识地道："他不教了？"

谢危垂了眼帘，只淡淡地道：“张重年岁已长，修史已力不从心，再让他为长公主殿下讲学，实在是有些为难了。”

这话他说得实在是太隐晦、太委婉，若姜雪宁还是个愚顽不知事的少女，恐都要以为是张重自己厌烦了她们，不愿教她们读书，可前日张重才对她发火放狠话呢。谢危昨日扔了他的书，如今又轻描淡写地说这人不会来了，想也知道是张重开罪了谢危，没落着好！

但……她竟然有点高兴？那老头儿若不教她们，可真是太好了！

姜雪宁咬了咬唇，觉着自己已经想好了要与谢危划清界限，可这时唇边依旧有点压不住的弧度弯起来。

谢危颇有耐心地看着她：“这下错我认了，张重也不来了，且我错怪了你，你也抱了猫来吓我，总该算是扯平，你总该消气了吧？”

听上去是这样……但姜雪宁只觉这人说话跟哄小孩似的，眉头一皱，便有点要面子：“我才没有。”

谢危看出她是死鸭子嘴硬，但又知小姑娘总是要脸面，长眉一扬，便不去戳穿，想着总算将干戈化作玉帛，于是稍稍放松了一些，只道：“只是当时同你说的话也并非玩笑，有些事莫在我面前胡闹……”

他说着转身拎了桌上的壶要给自己倒上半盏茶，说的大约是他并非怕猫，而是厌恶乃至憎恶那件事。

只是姜雪宁始终觉得很奇怪，目光微微一闪。

谢危这时端起茶来喝了一口，刚准备说带上琴回到奉宸殿正殿去，没料想背后忽然传来一声——

“喵。”

战栗与恶寒的感觉瞬间爬上脊背！

手一抖，茶盏险些从他指间掉下去，但茶水已倾了出来，落到书案之上。谢危当真头皮都麻了一下，他霍然回首看去。

可偏殿内干干净净，哪里有半只猫的影子？

独姜雪宁一人站在他身后，若有所思地望着他，然后慢慢勾起嘴角，仿佛发现了什么有趣的事一般，轻轻抬起一只手，虚攥起来跟小猫爪子似的往前点了点，一歪脑袋，饶有兴味地道：“是，谢先生不怕猫。可有时候吧，憎恨和害怕，好像不大容易区分呢？”

谢危冷了脸。

但姜雪宁下一刻就放下了手，赶在他发作之前轻快地道：“现在消气了！”

谢危攥着那青瓷茶盏，用力之下差点没将其捏碎。忍了忍，他才道："我的脾气并不是宁二姑娘以为的那般好。"

姜雪宁一怔，低垂下眼帘，实难形容心底的感受，再抬头望向谢危时，却笑起来，眼底多了几分认真神色："谢先生的脾气是极好的。"

谢危气笑，他把那茶盏扔下，拿了锦帕擦手，道："你这般爱作弄人的顽劣性，往后谁兜得住？"

姜雪宁挑眉，却哼了一声："这就不用先生你来担心了。"

谢危一想也是，他停下来垂眸看那锦帕上的水迹，笑了起来，到底饶过了她，抱起那张峨眉，道："下不为例。"

第十九章 深宫

姜雪宁又不傻，作弄人得有个度，何况还是对着谢危呢？她虽觉得此人对自己的态度和想象中不大一样，却不敢因此太过得寸进尺，毕竟她不知道谢危的底线在哪儿。是以她乖觉地应了下来，说什么再也不敢。

谢危也真没同她计较，不紧不慢地走在她前面，回了奉宸殿。

众人三天前都是看着姜雪宁学琴愚顽触怒了谢危被留堂，如今看她一副低眉顺眼的模样跟在谢危后面回来，真跟三伏天里吃了冰一样，莫名地浑身舒畅。

想她嚣张跋扈时有多得意？

她有燕临护着，还有长公主保着，可架不住这位谢先生是当朝帝师，连长公主也不敢开罪的人物，任姜雪宁再厉害，弹不好琴还不是被谢少师治得服服帖帖的？

就连乐阳长公主见了都忍不住生出了几分心虚的同情：她知道谢先生于治学上是个严谨的人，万不可能对谁网开一面，宁宁被他拎着单独学琴，还不知谢先生要如何严厉对待，宁宁又会过得多凄惨。可她对此也无能为力，此刻便在心里想：没关系，没关系，以后再对宁宁好一点，补偿起来就好！

姜雪宁抱着琴从外面走进来，初时还不知这帮人心里都是什么想法。

但等到谢危听得她弹了一声琴立刻叫她停下，坐一旁静心不要再弹时，她一扫周遭人的神情，才恍然明白了几分。这帮人都以为她在谢危那边混得很惨？

直到下学，她都没敢再摸琴一下。

结束时，谢危从她身边走过，照旧居高临下地看了她一眼，全无方才在偏殿中的平和与耐心，分外冷淡地道："学琴，一要戒躁，二要静心，三要勤练。这三样你一样没有，自明日起自己每日到偏殿练琴，学不好便不要留下了。"

姜雪宁目瞪口呆。谢危这人怎么变脸比翻书还快？她莫名有一种拍案而起的冲动，然而抬起头来却对上谢危一双含笑的眼，一时怔住，没反应过来。但谢危留下这话也不再说什么了，径直抱着琴走出殿去。

见着人走了，殿里其他人才议论纷纷。

乐阳长公主义愤填膺地走到姜雪宁身边道："谢先生要求也太严厉了！他怎么能这样说你呢？"

周宝樱也鼓着腮帮子点了点头："是啊，宁姐姐真的好可怜，我们初学琴的时候都是从不会到会的呀，谢先生好过分的……"

连姚蓉蓉看着姜雪宁的神情都带了些同情。

至于尤月、陈淑仪等人，虽依旧恶意未除，总有些冷嘲热讽，可看着姜雪宁时也不再是那种眼中钉肉中刺，嫉妒得入骨的感觉了。

她们仿佛从这件事上找到了点优越感，于是看她的目光里偶尔便带着一种高高在上的轻视，甚至常有点玩笑似的虚伪同情，有许多话也不避着她讲了，而是当着她的面转弯抹角地讲出来，算是把往日暗地里的东西放到了明面上。

这种情况就这般持续了几日。

姜雪宁发现自己虽然时不时要被其他人刺上那么几句，且跟其中几个人依旧有解不开的过节，但被其他几个人同情着、可怜着，竟也能够以一种怪异的处境融入众人之中了。

于是她忽然学到了——姜是老的辣，狐狸还是姓谢的狡诈。

退一步，让人以为她处境凄惨，虽然仇恨无法消除，却可使原本处处针对敌视她的人放松警惕，甚至能让那些原本偏向中立的人因为同情她而走近她。

谢危不愧是将来能谋反的料啊……将人心玩弄于股掌之中，还不露半点痕迹。

所以这一日，坐在茶桌对面，喝着谢危亲手沏的茶，姜雪宁觉得，她其实在谢危这里混得有点如鱼得水的事情，还是不要告诉她们了。

燕临纵容她，沈芷衣偏宠她，这两人固然都是对她好，可也轻易地将她推上了风口浪尖；谢危明面上打压她、苛责她，对她不好，反倒化解了旁人对她的敌意。

那一天后，国史馆总纂张重便再也没有在奉宸殿出现过。听小太监们议论，说是他告老还乡了。

教《礼记》的人新换了一位姓陈的夫子，唤作陈筹，规规矩矩地给她们讲书，既不媚上也不欺下，且大约是有张重作为前车之鉴，对着她们是格外有耐心，有问必答，有惑必解。

至于教《诗经》的那位总捧着萧姝夸的赵彦宏赵先生，没过两日也倒了霉。

起因是他留了作业，叫她们写首五言诗来看看。

下学后姜雪宁便去谢危那边学琴，照旧心不静，被谢危叫了坐在琴边，发呆时却忍不住为那五言诗发愁。

谢危便问她为何愁眉苦脸的。

她说了学诗的事，道："赵先生学识固然好，可旁人的学业再好他也不夸一句，我虽不喜欢陈淑仪，可她诗词笔墨还真未必差了萧姝去，可赵先生眼里好像就萧姝上佳，长公主殿下排第二，旁人就是那野花野草不作数。我顶多读些文章，不爱弹琴也作不来诗，赵先生本就看不起我，到时勉强写出来怕是又要贻笑大方……"

谢危看了她一眼，没说话。

姜雪宁便醒悟过来："我不是打小报告，也不是要给赵先生上眼药，这不先生您自己问的吗？"

谢危莫名地笑了起来。他正拿了刨子刨那块挑出来做琴的梓木，笑过后却将木与刨子都放下了，略一思量，走过去拿起书案上的镇纸，在原本被镇纸压住的几页澄心堂纸里翻了翻，抽出一张来看了片刻，便递给姜雪宁，道："这几句你拿去，誊抄后只说是你自己写的，届时看赵先生怎么说。"

姜雪宁接过那一页澄心堂纸，看见上面那四行诗的瞬间，脑海里冒出了过去的尤芳吟同她玩笑时提起的四个字"钓鱼执法"。

当然这话她不敢对谢危说出口。何况她说了谢危也未必知道。是以她规规矩矩地接了这首诗，过没两日上课便拿去坑赵彦宏。

也是那赵彦宏不知国史馆总纂张重倒霉的内情，见了姜雪宁誊抄的这诗，只瞥了两眼便道："光押韵有什么用？简直狗屁不通。尤其'空山不辨花'一句不知所云，前面还在空山，一眨眼就'一庭暗'，的确是切题了，有月有山有花有云有风，可也太不入流！"

那一刻，姜雪宁是同情他的。

因为谢危教琴，就在他后面，那一日谢危又来得蛮早，坐在正殿角落里喝茶，正好将这话听了，一副颇为惊讶的神情，忽然道："赵先生，这诗谢某可否一观？"

那诗写的是：

夜月明如玉，空山不辨花。
云来一庭暗，风去百枝斜。

谢危看了没说话。

赵彦宏还不知自己摊上事了，问："谢先生以为如何？"

谢危将诗稿递还，神情古怪地道："我倒不知这诗原来不入流，有这么差。"

赵彦宏终于听出话锋有点不对来，语气添了几分忐忑："您的意思是？"

"哦。"谢危一副不大好意思的模样，勾着修长的食指，在自己挺直的鼻梁上轻轻一搭，歉然一笑道，"赵先生见笑，此诗实是区区不才在下旧日之戏作，胡乱诌成，上不得台面，岂敢班门弄斧，肆意评判？"

赵彦宏当时就傻了。

谢危却演得很真，面容一拉便看了姜雪宁一眼，道："想来是宁二姑娘在偏殿里同我学琴的时候见着，顺手'借'走了吧？"

事后姜雪宁倒没听说谢危如何，只听人说那赵彦宏回去之后饭也吃不下，觉也睡不好，夜里对着灯盏叹气，白天见了人恍惚，第二天便向上头请辞不敢再教长公主，又自请调了外职，没逢上合适的缺，从五品的翰林院侍讲竟只捞着个六品的闲散朝奉郎，自个儿还格外庆幸。

姜雪宁以为事情就这么过去了，没想到今日一早就听姚惜、陈淑仪等人议论，说圣上追究此事，发了火，由一个张重一个赵彦宏，牵扯出一干党附之事，撤了许多人的职，包括原掌院学士在内，却另任谢危为新的翰林院掌院学士，肃清不正之风。

人人都道谢先生是越发显赫了。

姜雪宁却觉得此事从头到尾都在谢危的谋算之中，连奉宸殿讲学先生们的这点小事都能拿来做文章，又在朝中上一级台阶，到底不可小觑。

谢危坐在茶桌这一头，待那滚水在壶中浸得片刻，便将壶中水倾入茶海中，而后揭了茶盖，嗅闻盖上留香，抬眸见她神游天外，淡淡地道："这几日来叫你静心，你半分窍门没学着，随时发呆走神的功夫倒越见深厚。到如今我都有些怀疑，宁二姑娘这团败絮里说不准没藏什么金玉。又瞎想什么？"

姜雪宁这才回神。她倒觉着这些天每日在正殿里静坐一时辰，偏殿里静坐一时辰，原本坐下就憋不住躁得厉害的她，现在能坐下来就开始神游天外，已经是一种长足的进步了。

可她也不敢同谢危顶嘴，咕哝道："谢先生高升，成了掌院学士，比我爹都厉害了，学生替您高兴。"

这段日子她的嘴还怪甜的。

只是此事于谢危而言没面上那么简单。

借奉宸殿中为乐阳长公主讲学的这几位先生清洗翰林院，实在是情势所迫，他便是做得再无痕迹，被有心人注意也难免觉得他工于心计，急功近利。

他实是不得已而为之。若有时间，他可以做得更不着痕迹，可玉如意一案越查越紧，腥风血雨不日便将到来，他再不握着点实在的权柄，焉知不会失去对全局的掌控？

谢危并不解释，只垂了眼帘道：“宫中用纸皆有定例，颇有忌讳处。你那边内务府送的都是冰翼纸和白鹿纸，前些日子我给你的那页却是宫里澄心堂储的纸，明日你来记得带了放回我处，免得叫人见了生事。”

这样小的细节他都要注意，也不怕操心太多将来头秃？不过姜雪宁也知宫中一言一行都要慎重，腹诽归腹诽，却将这件事记在了心里。

两人喝过茶，外面有个面生的小太监来给谢危送邸报。

她见那太监似乎有话要讲，便躬身辞了谢危从偏殿里出来。

回仰止斋的时候，她见着慎刑司的人从内宫的方向拖了好几名被塞了嘴的太监经过，个个身上带伤，奄奄一息，一看便知是受了酷刑，不知要怎么发落。

姜雪宁便不敢再看，埋头顺着宫墙脚下走过。山雨欲来的气息忽然就笼罩了整座宫闱，但她想仰止斋中都是伴读，该与如意案扯不上关系。

谁知道就是这一晚，众人都坐在流水阁里温书的时候，一名持着拂尘的太监冷着一张脸，竟带着浩浩荡荡的一帮人闯进了仰止斋，手一挥便道：“都给咱家仔细搜！”

一帮伴读大多没有见过这样吓人的场面，一时惊慌失措。

姜雪宁也意外极了，她可不记得过去如意案发生之后有人来搜查过仰止斋。

还是萧姝尚显镇定，也或许因为姑母便是太后，所以格外有底气，向那太监问道：“敢问公公，这是出了什么事，又是要搜什么？”

那太监是新任的内宫总管太监汪荃。

他对萧姝倒是恭敬，还了一礼，笑起来道：“想来诸位伴读都听过了风声，前几日内务府里竟有人敢在献给太后娘娘的玉如意上刻谋逆之言，惹得圣上盛怒，这几日连番追查，清理了不少人。但也不知宫中藏污纳垢几何，这仰止斋也是宫中一处居所，咱家依圣上口谕与太后娘娘懿旨，例行来搜上一搜罢了，还请诸位不必惊慌。”

话虽如此说，可他带来的那帮人搜查时却不见半分客气，将瓶瓶罐罐都掀了个底儿朝天，凡有书籍文字的也要一一看过。

姜雪宁瞧着这架势便眼皮一跳，忽然想起那页澄心堂纸还被她压在匣中，不由得有些担心起来。

没一会儿，众人的房间都被搜过了，大多报没问题。

众人皆松了口气，只道是此案例行搜查罢了。可就在她们刚将心放下来的时候，一名搜查的太监匆匆地从廊下走来，手中捧了一页纸，递到那汪荃的手中，然后附耳上去低声说了什么。

汪荃一见那页纸上所写内容，便道了一声："好哇！"

他抬起头来扫视众人，问："哪一位是姜侍郎府上千金？"

所有人的目光瞬间落在了姜雪宁身上。

隔了一段距离，姜雪宁看不清那太监拿的是什么，只以为是谢危先前给她的那页澄心堂纸，便想该来的躲不了，怕要费一番心思解释。于是她站了出来，回道："我是。"

那汪荃上下打量她两眼，冷笑了一声："好胆子，敢做敢当！来人，把这乱党给咱家抓起来！"

乱党？！

姜雪宁瞳孔剧缩，一时没反应过来，已被两旁的小太监按上来扭住了手。她不敢相信："公公血口喷人，臣女如何成了乱党！"

汪荃将那页纸向她一翻。

那哪里是谢危那页澄心堂纸？

汪荃手里的是一页在宫里再常见不过的白鹿纸，上头写着两行字：三百义童，惨死何辜？庸帝无德，敢称天子！

这一刻，姜雪宁遍体生寒。

仰止斋里人影幢幢，灯火煌煌。

她转过脸来，看着昔日与自己同为伴读，此刻也同立在此处的其他人，竟觉得来搜查的那些太监提着的灯笼太晃眼，照在她们的脸上都一片模糊，叫她看不分明了。

★

姜雪宁是真没想到，会有人将这种后宫争斗中最阴私、最下作的手段用到她的身上。

过去，姜雪宁出嫁便是临淄王妃，沈玠后宅中也干净；入宫初期，她地位稳固，执掌后宫，谁敢害到她面前来？直到后来萧姝入宫，她才真正开始面临强有力的对手。

可后位之争从来都不是后宫之争。

她与萧姝都知道后宫这点手段影响不了大局，很不入流，所以争斗角力的重点都放在前朝，没有那些小手段阴损毒辣，却更为腥风血雨，更为残酷。

没想到，曾经她没有经历过的，如今都给她补上了。

姜雪宁忽然觉得嘲讽至极。但她转念一想，旁人想要害她，自有千万般的手段，想没想到，这一遭劫难都是会来的。

身陷突如其来的危局中，她反而冷静下来。姜雪宁收回了那扫视众人的目光，望向了拿着那页纸的汪荃，道："这不是我的东西。"

汪荃冷笑了一声："从你屋里搜出来的还不是你的？"

姜雪宁淡淡地道："若以汪公公此言，我的屋子在宫内，这一页纸是从我屋里搜出来的，便是从宫里搜出来的。该算在谁头上？"

"强词夺理！"汪荃没想到她死到临头了竟还变得伶牙俐齿起来，当即大怒，"我看你是不见棺材不掉泪！今日非要叫你知道知道宫里不是你能肆意胡为的地方！把她押走！"

姜雪宁却忽然冷声质问："你有什么资格押走我？！"

周围所有人初时都是有些受惊吓，听见姜雪宁这一句话竟是公然与汪荃叫板，都不由得露出惊恐的神情来，以为她是疯了，这汪公公可是内宫总管啊！

汪荃也没想到她竟说自己没资格，不由得轻蔑地笑了一声："此次搜查乃太后娘娘下的旨，早说过了宫中可疑人等一律抓起来！别废话，先押她回慎刑司，等太后娘娘明日处置！"

姜雪宁却道："我不是宫里人。"

她的声音太过冷静、太过平淡，以至于带了几分慑人的森然，本要将她押走的小太监们都愣住了。

汪荃也蒙了。

姜雪宁定定地看着他道："我入宫是为长公主殿下伴读，是朝廷三品大员姜伯游家的嫡次女，既不是妃嫔，更不是宫娥，慎刑司要押我，我一介弱女子自难反抗。但也请汪公公掂量清楚，若事后证明我清白无辜，却偏在慎刑司中有什么三长两短……"

她怎能不知道慎刑司呢？活人进去交掉半条命。如今自己的屋里被搜出"反贼"的东西来，等她进了慎刑司，天知道会是什么光景！若受点伤，破点相，她便是安然出来又去找谁说理？所以此地她是万万不能去的。

汪荃在这宫中也算是浸淫多年了，帮宫内不少说得上话的主儿办过事，有些手段他心知肚明。只是新官上任三把火。好不容易等到内务府那帮人倒霉了，轮到他上位，他便想借此机会在太后娘娘面前好生表现一番，是以才搞出这么大的阵仗。

但姜雪宁说得对。这可不是一点背景都没有的宫娥太监，而是户部侍郎的千金。她要真是逆党那没什么好说的，扔进慎刑司也就扔进去了；可若这背后是神仙打架，他却二话不说地把姜雪宁关进去了，出个万一，神仙们高高在上不会出事，要背锅的可是他自个儿！

汪荃也不傻，脑筋一动便也转过弯来了，只眯起眼睛看着姜雪宁，眼神像条蛇似的，说道："好！咱家为太后娘娘办了这么多年的事，还是头一回见着姜二姑娘这样的硬骨头！这可是你自己说不愿去慎刑司的，又觉着咱家没有处置你的权力，那咱家便对不起了。"

他一摆手，竟叫人将姜雪宁松开了。

姜雪宁站着没动。

汪荃又一招手，点了旁边一名小太监来，道："去，给慈宁宫那边通传一声，就说搜着逆党证物，人是给长公主殿下伴读的，却负隅顽抗，不肯暂被慎刑司羁押，请太后娘娘裁夺。"

小太监领命急匆匆地奔了出去。

汪荃便意味深长地一笑，走进来在左排一把圈椅上坐下了，扫视周遭花容失色的众伴读一眼，道："诸位也别害怕，都坐下呀。"

众人哪个敢坐，听了汪荃这话非但没坐下，反而在这堂中立得更规矩，头也埋得更低了。

唯独姜雪宁垂下眼帘，面无表情，轻轻一拂方才被人抓皱的袖子，竟直接在汪荃对面坐了下来。众伴读简直目瞪口呆。方妙眼皮跳个不停，几乎以为姜雪宁是疯了！姜雪宁却没看她们一眼，甚至端起先前没喝完的一盏茶来，从容地饮了小半盏。

过了不到两刻，先前去的那小太监便奔命似的跑了回来，气喘吁吁地道："汪公公，太后娘娘有话，着您立刻押人去往慈宁宫，娘娘要亲自询问。另外仰止斋中伴读都要跟随前去，以备太后娘娘讯问。"

汪荃便道一声："好。"

姜雪宁这时才抬起头来看了一眼其余众人，她们一听说自己也要去慈宁宫受询，大多惊慌起来，胆小者如姚蓉蓉、尤月瑟瑟发抖，几乎站立不稳；姚惜、方妙等人也是面露忐忑之色，强作镇定；唯有萧姝，照旧是所有人中最镇定的一个，闻言只是轻轻皱了皱眉。

汪荃这时候倒对姜雪宁礼遇半分了，还朝她摆手，却皮笑肉不笑地道："姜二姑娘，请吧？"

姜雪宁心想，两刻也差不多了。她放下茶盏起身，也不用两旁来人押着，自己便迈步出门。

天色已暗，宫中各处上了灯，然而一点人声都没有。

一行人走在路上显得压抑而死寂。

此刻的慈宁宫中却已灯火辉煌，正殿高处坐了面容发冷的萧太后，闻讯而来的郑皇后低头坐在她下面，时不时抬起头来向宫门外望去。郑保则垂手立在她身后。

终于，人来了。

若忽略略显肃杀恐怖的气氛，此刻的场面与姜雪宁等人刚入宫时来请安那会儿实在看不出什么差别。

众人齐声请安下拜。

萧太后却满面阴沉，连萧姝她都没叫起，向下面的汪荃伸手。

汪荃便立刻躬身上来，将那一页从姜雪宁的房中查出来的"逆党之言"递至她手中，禀道："奴按太后娘娘懿旨，在宫中清理搜查，尤其是近来入宫之人。今日查到仰止斋时，便从姜二姑娘的房中搜出了此物，压在书案上的一本书里，若非仔细翻找，只怕放得隐蔽也未必能被发现。"

这几日来，萧太后对这纸上所言已经不陌生了。她没有像上次乍见玉如意一般盛怒，但这种平静往往意味着更多的危险。她甚至笑了一声，道："妖言惑众都惑到宫里来了，了不起。姜雪宁，哀家问你，还有什么话想说？"

老妖婆还跟以前一样，不问青红皂白就给人定罪。

姜雪宁熟知她的德行，实在不觉得意外，只不卑不亢地再行一礼，道："臣女不过闺阁一小小女子，怎会与乱党有所勾结？且这纸上字迹分明不出自我手，近日来臣女在奉宸殿中所写之字，可用以对照。请太后娘娘明察，臣女虽不知这一页纸是如何到臣女房中的，可绝非臣女所为。"

萧太后道："你倒推得干净。"

姜雪宁道："清者自清，臣女无愧于心。"

萧太后忽然发现，这姑娘此刻的姿态与其第一次入宫来请安时可十分不一样。她掐着那一页纸，目光沉了下来，停顿了一会儿，才道："你父亲是姜伯游？"

姜雪宁看着萧太后这架势便知不对，心头一凛，答道："是。"

萧太后便道："那你们姜府与勇毅侯府该走得很近，交得不错吧？毕竟空穴不来风，你同燕临就差谈婚论嫁了。”

姜雪宁悚然一惊！她霍然抬首直视着萧太后，却清楚地看见了对方眼底骤然闪过的狠辣之色！

萧太后把案前的玉盏都拂了下去，厉声道：“来人，把她拖下去杖责，打到她招认为止，看她嘴硬还是杖硬！”

到这一刻，姜雪宁终于确认——勇毅侯府出事了！

谁人陷害她尚且不好说，可萧太后这般作为是要将一切与勇毅侯府有关之人置于死地啊！

老妖婆就是老妖婆！

姜雪宁是面对过死亡的人，被这连番的事情逼到绝境，反倒豁出去了，再没有半分畏首畏尾之心，竟直接把头上的金簪拔下来攥在掌中，冷声厉喝：“谁敢动我？！”

左右来抓她的小太监都被她这声震得一惊，再见她将那金簪握在手中，前一刻对着他们，下一刻却比在了自己的脖颈上，差点没吓出一身冷汗！

姚蓉蓉等人更是惊声尖叫！

诸位原本同她一道来的伴读几乎全都慌忙地朝后退去！

便连萧太后都未见过这种悍然场面，受了惊吓：“大胆，你干什么？”

姜雪宁却知今日情形已凶险到极点。这般境地将她心性中那股久埋的戾气激了出来，更不用说她过去便看不惯这老妖婆！

控制着自己仅存的理智，姜雪宁盯着萧太后道：“本朝律令，后宫不得干政！太后娘娘与皇后娘娘固然是六宫之主，母仪天下，可雪宁非宫中之人，若依律令，被牵扯逆党一案，当由前朝来查！且雪宁乃大臣之女，一应权贵官司要么报由锦衣卫收入诏狱，要么告至刑部清查会审。太后娘娘仅凭这一张纸便要对臣女用刑，臣女倒不怕受刑受苦，只担心太后娘娘落得屈打成招的骂名，使前朝文武大臣不安！”

她说这番话时，手极稳，那根金簪最尖锐的一端一直对准自己的脖颈，若有人胆敢此刻靠近她，她立时便要血溅当场！

萧太后经历过两朝沉浮，也知道一位大臣之女若这般不明不白地死在宫中将是一件棘手之事，便是能敷衍过去，只怕前朝也未必有人肯罢休。姜伯游痛失一女，焉知他不会做出什么疯狂事来？她原是想严刑拷打姜雪宁，使她招认出东西，倒不想她如此烈性，以死相胁，更抬出朝廷律令来压她！

近日来宫中皆传皇帝要立弟弟临淄王为皇太弟的事，但也并未排除其余藩王被立为储君的可能，皇帝的心思似乎还没完全定下。

若藩王成储君，萧太后将来便名存实亡；但若是沈玠被立为皇太弟，这依旧是她亲生的骨肉，她自然还是最显赫的皇太后。

她自然想要沈玠被立为储君，可她那当皇帝的儿子未必这样想。

萧太后虽觉沈琅平日也对自己孝顺，可天家无血亲，但凡与龙椅有关的事都甚是微妙。

她听完姜雪宁的那番话后，却想得比这番话本身还多。

过了好一会儿，她才陡地笑了一声，竟忽然放松了身子，又坐回那高处的宝座上，道："好一张巧舌如簧的嘴，不过你说得也对。既然你是大臣之女，宫中之刑自不能加之你身。哀家便如你所愿！"

她眼底藏着一分阴冷的残忍之色，面向汪荃道："着人去刑部衙门，这几日他们该通宵忙着，还没回府，人在便把陈瀛给哀家叫来！"

勇毅侯府一案便是陈瀛出了大力气——这人识相得很。

无非多做一场戏的功夫，萧太后也不在乎这一点时间，只是说完了却看向姜雪宁道："陈瀛担任刑部侍郎不到半年，已审结了众多大案，他来定不冤枉了你！"

姜雪宁却并不敢放松半分，目光不动声色地向郑皇后所在的位置转了一圈，看了郑皇后身后侍立的郑保一眼。

这时汪荃的目光也落在了郑保身上，他十分自然地向郑保摆了个"去"的手势。

姜雪宁便慢慢垂下了眼帘——宫中便是如此。内宫之中竟然有案子要劳动刑部，且又与逆党有关，兹事体大，绝不会派一般小太监前去，所以殿中再不会有比郑保合适的人。但愿他敏锐些，领会自己的意图吧。

郑保被派出后，整个慈宁宫中便静了下来。

萧太后这时才看了萧姝一眼，叫她起身来自己身边，也叫其他人起身，只留下姜雪宁一人放下了金簪，伏地跪着。

快马出宫到刑部衙门不需花上多久，得了太后懿旨急诏更是马不停蹄，小半个时辰后，郑保便带了人回来。

姜雪宁已跪得双腿没了知觉，情知最难过的一关要到了，也知陈瀛是名酷吏，老妖婆敢让他来必定是有所倚仗，是以自己若真落到他手上，下场必定更为凄惨。她微微闭上了眼，听见几道脚步声从她身旁经过，然后是给萧太后请安的声音。

"臣刑部侍郎陈瀛，拜见太后娘娘，给太后娘娘请安！"

"平身。"

姜雪宁的心冷了几分，她强迫着自己不要颤抖，接着便听到萧太后的声音响起，竟带了些许疑惑之意："同你一道来的是谁？"

那人立在陈瀛的斜后方，一身玄色官袍，纵有赤红云雷纹压在边角，亦难减一身冷意。他敛目平静地道："微臣刑部江西清吏司主事，张遮，拜见太后娘娘。"

这一刹那，姜雪宁脑海里轰然一声响，如洪水决了堤，将周遭一切存在都泯灭。她抬起头来，便看见了那道正立在斜前方的身影，清瘦挺拔，恍如隔世。

★

不，他们是真正"隔世"了。

过去，自张遮入狱后，她便再也没能见到他；如今也只上回在层霄楼的雨夜里短短一窥，未能细看。

如今此人竟近在咫尺。

她从低处看他的背影，越发显得挺拔沉默，便是向着高坐殿上的萧太后俯首行礼时，脊背也挺得笔直，自有一派铮铮的风骨。

有那么一刻，她险些落泪。

尽管不知道张遮为何会出现在此处，她心里也清楚他此刻必定不认识自己，可只需他站在这里，立在她的前方，这世间所有的纷扰与危险好像就忽然散去了，只余下一派令人平和的安然。像一个慵懒的雨天，看雨的人则在被喧嚣包围的一隅里，享受短暂的安静。

曾经她总抱怨老天待自己太薄，给了自己太多，也拿走了许多；但此时此刻，她却对天上的神明怀有万般的感激之情，感念他们又使她与张遮相遇。姜雪宁微微闭上眼，嘴角弯起了一点清浅的笑容，便是此刻身在万般的危险之中，也浑不在意了。

内宫与外朝从来分开，若无特令，外臣不许到后宫来。

如今虽然是要查的事情关系重大，且还是太后娘娘亲自发话，可此刻伺候在宫内的许多宫娥女官，见了陈瀛、张遮二人都藏了点惊慌地低下头去。

其他伴读就立在离姜雪宁不远处。众人中家教最严如陈淑仪者，已在此刻退到了距离他们最远的地方；周宝樱却在听见"张遮"这两个字后瞪圆了眼睛，有些按捺不住兴奋地伸出胳膊肘去捅了捅身边的姚惜。

可姚惜居然没反应。

周宝樱纳闷之下回头，只见姚惜正怔怔地望着殿中那道挺拔的身影，像是看呆了。这便是张遮吗？除了容色冷漠、神情寡淡些，他哪里有旁人传言的那般可怕？

甚至他这一身凛冽之气，一看也绝非什么攀附权贵的投机小人。

他立在那儿，就像是一竿青竹。

而这个人，就是自己未来的夫君。姚惜的眼底忽然就迸射出了更强烈的神采。

直到周宝樱又碰了她一下，她才回过神来，意识到自己方才盯着张遮看了多久后，顿时面上飞红，有些赧颜地低下头去。

殿上高坐的萧太后却皱起了眉，觉得张遮的名字有些耳熟，一时却未记起在哪里听过，只将疑惑的目光转向了陈瀛，道："哀家不是只宣了你一人来吗？"

陈瀛是酷吏，偏一身不经心的闲散气。

目光微微一闪，他恭敬地道："回太后娘娘，张遮张大人乃近来调任到刑部的，才没半个月就已处理了江西清吏司积压了大半年的刑名之事，乃个中一把好手。今日宫中着人来传您懿旨时，张大人正好未曾离开，下官也不知宫中之事是否棘手，所以才请张大人同来，有他与下官一同查明，也可更好地为太后娘娘解忧。"

他这样一说，萧太后便明白了："总归是个查案的本事人，如此便依你所言。自前些日那玉如意上出现忤逆之言，哀家与皇帝下令在内宫中清查一番，才知道这宫中藏污纳垢，早已不知渗进了多少奸邪之辈的耳目。你二人现在便好好地查上一查，看看背后是什么小人在作怪！"

说罢她的目光从姜雪宁身上扫过。

陈瀛便顺着她的目光看了姜雪宁一眼，想起入宫途中谢危派人递来的话，又琢磨了一下萧太后此刻对此事的态度，深觉棘手。还好他机警，早料到这趟差事不好搞，干脆带了张遮来。

此人性硬情直，眼底除了查案治律就没别的事，自己把他推在前面，便是往后各方角力再出点什么事，也有他挡上一挡，不至于就祸及自己身上。

陈瀛想着，应了声"是"，随后便看向萧太后左右："敢问今日一案的物证现在何处？"

萧太后一摆手，那内宫总管汪荃立刻将先前放到漆盘里的那页纸呈给了陈瀛。

陈瀛拿起那页纸看了一眼，皱了皱眉。

但他不过是做个样子罢了，片刻后便将这页纸递给了旁边的张遮，道："张大人也看看。"

白鹿纸，普通信笺尺寸，字是端正的楷体。

张遮垂着眼帘，接过来一看，那隐约的冷漠之感凝在眉睫上，随他轻一敛眸的动作散开，他便道："字迹大小、体例都与前些日青海玉如意上所刻一般。"

没有起伏的声音，显得格外冷冽。

他需要竭力控制自己，才能不往身后看去，才能不去回应那一道暌违已久的视线，只是心中终不免打了道结：如今她连皇后都不是，怎也同这件事扯上了关系？

陈瀛道："那这东西在谁那里，谁便与乱党有关了？"

张遮看了陈瀛一眼，情知此人是酷吏，且向以自己的利益为上，这会儿该是不想参与这摊子事，但也并不出言拆穿，只是道："未必。"

萧太后挑了挑眉头："未必？"

陈瀛不作声了。

张遮不卑不亢地平静回道："与乱党有关之事本就错综复杂，律令有言，无证不罪。单有一页纸尚不能定罪，还需查清原委，方能断言。"

萧太后忽然就感觉到此人似乎与朝廷中其他官员很不一样，说话的架势像极了朝中那些不给任何人面子的言官、直臣。

这种人向来是最难相与的。

她眉间不由得阴沉了几分，但又想是陈瀛带了此人来，所以没有发作，冷冷地道："那你要怎么查？"

张遮垂眸凝视着这页纸上所书四句逆言，问："此物是从谁处抄来？"

他这是明知故问。但众人也都清楚这是衙门里查案时例行要询问的事。

汪荃便站出来道："是咱家带人亲自去查的，在仰止斋，从为长公主殿下伴读的户部姜侍郎家的二姑娘房中查出，放在案上一本书中。"

张遮道："什么书？"

汪荃一愣，下意识地向角落里的一名小太监看了一眼。

那小太监会意上前，回答时却有些尴尬："回大人话，小的不大识字，就知道那书皮上是四个字，只认得一个'话'字。"

张遮顿时皱起了眉："没把书一起拿来吗？"

陈瀛也不由得撇嘴。

但没想到此刻却有一道格外冷静的声音在他们背后响起："是《围炉诗话》，臣女的书案上只放着那一本书，且在汪公公带人来搜查前不久刚刚读过。案上其余都是笔墨纸砚，是以臣女记得清楚。"

众人怔了怔，闻声后都不由得转过头去。

姜雪宁却只看向了张遮。

张遮沉默。

她跪久了，也累了，素知张遮是如此脾性，也未多想，转头便向萧太后道："太后娘娘，既然刑部来的大人都说了'无证不罪'，可否请您恩旨赐臣女起身？臣女自小体弱，久跪气血不畅，若一时晕厥过去恐难受询，只怕耽搁案情。”

萧太后当了那么多年的皇后，又当了这几年太后，连当年平南王谋反打上京城她都熬过来了，见过这世间千般百般的人，可还从无一人敢像姜雪宁一般放肆！看这架势，她一旦不答应，姜雪宁立刻就能倒下。

这人当真刁钻！

只是萧太后也深知忍她一时看她还能蹦跶多久的道理，便不太同她计较，竟装出一副好说话的模样道：“瞧哀家，都忘了，你先起来吧。”

姜雪宁当然知道这老妖婆是装出的一副好人样，但这恰恰是虚伪的人的弱点，毕竟在人前要装装样子，哪儿能说“不”呢？那可没有什么母仪天下的风仪。

心里这般讽刺地想着，她便用手撑了一下地面，想要起身。不远处就有宫人，可谁也不敢上前来扶她。姜雪宁跪久了，双腿早已僵麻，凭着自己艰难地站起身时，双腿几乎都没了知觉，只是很快血脉一畅又跟针扎似的，她差一点没站稳摔下去。

那一瞬间，张遮的手指都颤了颤。他用力攥紧手指，克制住了那一刹那去扶她的冲动。

他看着她在自己面前身形摇晃不稳，在偌大的慈宁宫里显得孤立无援，硬是凭着自己的力量站稳，然后俯身去轻轻用手捶着小腿和膝盖，缓解久跪的僵麻感。

低下头的瞬间，姜雪宁是感觉到了一点莫名的委屈的，甚至有些荒凉。可一转念，她便将这种情绪从心中抹去了：世上谁人不是踽踽独行呢？何况张遮现在可不认识她。

她感觉到自己的双腿的知觉渐渐恢复，才重新起身，向张遮躬身行了一礼，道：“请张大人明察，这一页纸与臣女绝无关系，纸上也非臣女字迹。”

张遮当然知道纸不是她的，可眼下难的是如何证明不是。

他停顿了片刻，才能以寻常的口吻回问：“不是你的字迹？”

姜雪宁想说仰止斋和奉宸殿中都有自己写过的字，可取来对照。

但没想到侍立于萧太后身旁的萧姝在此刻开了口。她竟道：“姜二姑娘初写行草，后虽随先生习楷书，可尚如孩童蹒跚学步，断写不成此页字迹。不必取她的字迹对照，臣女肯为姜二姑娘做证，此四行字确非她所写。”

殿下所立的其余伴读都有些惊讶。谁也没想到萧姝竟肯在这时候站出来为姜雪宁说话。

就连萧太后都看了这侄女儿一眼，道：“那不过是写于人前的字迹罢了，焉知她没有仿写之能？”

姜雪宁听后却没什么其他的反应，只道：“多谢萧大姑娘。”

张遮略一思量，便回头继续问汪荃："汪公公是何时去仰止斋搜查，消息又都有谁知道？"

汪荃怔了怔，回道："咱家未时得太后娘娘之命，从西宫开始查起，夜查仰止斋是酉时正。因兹事体大，咱家也怕完不成太后娘娘交付的重任，不敢提前声张此事，怕奸邪之人得知后有所藏匿，拢共就咱家与手底下一班忠心的太监知晓，一路从西宫查起。中间有两个时辰，也许会走漏风声。"

结合前后，姜雪宁便已知晓——若那小太监所言是真，陷害她的人必定是在她放下书离开房间去流水阁后至汪荃带人来搜查之前，将这一页纸放入她书中的。

而当时流水阁中，所有伴读都在。

且不说幕后究竟是谁，动手的必定是在宫中四处走动也不打眼的宫人。

果然，张遮听后问道："敢问公公，仰止斋中宫人现在何处？"

汪荃道："出了这样大的事，已按宫规暂作拘禁。"

张遮点了点头，又道："还不够，所有今日进出过仰止斋、从申正到酉正还在的宫人，都当拘禁起来，以备讯问。"

萧太后在上面听着已颇为不耐烦，竟觉这张遮是要为姜雪宁脱罪，一时皱眉道："张大人这些言语听着怎像要证明此事是旁人陷害，也不说先讯问最有嫌疑之人？"

张遮脸上神情都没动一下。他向来是谁来也一副拒人于千里之外的模样，道："太后娘娘少安毋躁，若要证明此物与……姜二姑娘有关，并不困难。"

陈瀛在一旁看着，虽官阶更高，可隔岸观火，愣是半天没说一句话，直到此刻才道："张大人有办法？"

张遮再次垂眸看了这页纸一眼，指腹轻轻压在其边角，平淡地道："诸位伴读入宫之初，在宫门前一要验明正身，二要查过所携之物，所以若非姜二姑娘买通了当时检查的太监宫人，此页作乱妖言便该出自宫中。宫中一应纸品皆有定例，不许私以火焚，便用过也该收在一处，管之甚严。仰止斋乃伴读所居之所，这一页纸乃宫中所用之白鹿纸，送到多少，内务府处该有记录。太后娘娘怀疑此言乃姜二姑娘写成，与玉如意一案有牵扯，不如下令调内务府用度账册，再查仰止斋中纸数。若姜二姑娘之纸数对不上所发，少了些许，此罪之嫌疑便要添上五分。"

宫中用纸甚严，防的是内宫中有人私自传话。用过的每一页纸将来都要往上呈交，若审出上头写了什么"不合适"的话，自有人来"收拾"。

这是前几朝定下的规矩了。

姜雪宁刚听张遮此言实在惊讶，没想到竟然可另辟蹊径从纸本身查起，初听不觉，可转念细究，又觉这话略显草率，万不是张遮这样严谨的人应该说出的。她将目光落到张遮手中那页纸上，忽然皱了皱眉：内务府发下来的纸可不是这般大小。

旁人乍一听都觉得若要依着太后的意思，去证明是姜雪宁写了这一页纸，这的确是最直接有效的方法，是以都觉得大有道理。

唯独萧姝忽然蹙眉，也不知她是不是同姜雪宁一般，觉得他此言太过笃定草率。

但这时汪荃已经眼睛一亮，夸赞起来："这是个好法子。"

太后也没觉出异常，道："无论是不是她，这纸都是要查上一查的。即便不是她，这仰止斋中其余伴读也未必就脱得了干系。"

汪荃便主动请命："奴这就带人去查。"

张遮却眼帘一垂，道："仰止斋毕竟是闺秀居所，查纸是细事，既有先前拘禁之宫娥，不如命她们从旁协助，毕竟都伺候过伴读，也知道得细些。夜色将深，下官与陈大人乃外臣，入内宫查案多显不便，也恐拖得太久。"

汪荃向萧太后看了一眼。

萧太后听见张遮的这番话，尤其是在听着那"闺秀居所"时忽然想到什么，向那边的众多伴读里立着的姚惜看了一眼，表情变得似笑非笑，说道："按张大人说的办吧。"

女儿家的住处精致却多有私隐之处，由得一帮太监胡乱翻那哪儿行？

许多伴读一听由宫娥从旁协助，面色才好了些。周宝樱更是向姚惜挤眉弄眼。姚惜那一张脸顿时全红了，她倒有些没料到张遮面上看着如此冷硬的人，竟有一颗如此妥帖细致的心。若只是为了查案，叫太监去查也一样，他何必提议让宫娥去？

她一时感觉整个人都浸到了蜜里，没忍住推了周宝樱一下让对方不要放肆，唇边羞涩的笑却压都压不住。

姜雪宁漠然地垂首立在殿中，倒没什么反应。

去仰止斋查纸和去内务府查数的人分作两批，该要好一会儿才回。

殿中一时十分安静。

不过众人没等上多久，外头忽然传来高声唱喏，在外头禁宫重重的夜色中传开："皇上驾到——"

众人悚然一惊，顿时齐齐朝着宫门的方向拜下。

唯有萧太后坐在殿上没动。

很快，一道身着玄色绣金云龙纹便服的身影就从外面走了进来，已登基近四年的皇帝沈琅比胞弟沈玠显得瘦一些，脸色有些苍白，眼下也有些乌青，五官倒是很像，只是隐隐透着点病气。

他进来看见慈宁宫中的情况，薄薄的眼皮便动了动。

也不叫众人起身，他先在唇边挂了一抹笑容，上前同萧太后请过了安，才一回首叫众人起身，问道：“先前得闻慈宁宫奏报，大体知道出了什么事。陈瀛，查得怎么样了？”

姜雪宁过去随沈玠见过这位“皇兄”许多次。

她与沈玠大婚那一日，沈琅还亲临王府吃了酒，深夜才回宫。只是沈琅这皇帝的身体似乎不好，后宫众多，膝下却一直无子，原还叫太医看看，后来连太医都不看了，约莫是药石无用。后来他更是不明不白地就死了。

姜雪宁听着这短命鬼的声音便眼皮一跳，知道既是这人搞出了勇毅侯府一桩惊世奇冤，也是这人枉顾兄妹情谊，送了沈芷衣去鞑靼和亲。

陈瀛上前道：“正查到关键处，已令人去仰止斋与内务府核对纸数。”

沈琅抬手：“那页纸给朕看看。”

张遮目光一闪，便将原本放在自己手中的那页纸转交给沈琅身旁伺候的司礼监掌印太监王新义。此人天庭饱满，地阔方圆，却生得一双鹰隼似的眼，模样甚是精明，对着沈琅却是毕恭毕敬的。

沈琅将那页纸拿过来一看，一张脸立刻阴沉下来。

王新义立刻道：“圣上息怒，乱臣贼子妖言惑众罢了，不日便能将其连根拔起，为此气着龙体不值当。”

沈琅也不说话，目光落到了下方。

姜雪宁偶一抬头，就触到了那目光，竟阴冷压抑，更透出一种深沉的审视——这是位多疑的帝王，也是位狠心的帝王。

自沈琅进殿后，整座慈宁宫里再无一人乱动半分，个个规矩地立着。

殿上只余下萧太后与沈琅说话的声音，偶尔沈琅还会问一问近日来京城之中是否有天教或平南王一党余孽流窜。

光听就知道，近来京城不太平，只是姜雪宁人在禁宫之中感受不到罢了。

她不禁心中凛然。

又过了一刻多，先前带太监与宫娥们前去查仰止斋纸数的汪荃才回来，满面惊惶，朝殿上一跪，便惊声禀道：“启奏圣上，回禀太后，奴奉命查仰止斋纸数，核得内务府共拨白鹿纸十六刀，又有长公主殿下授意为伴读姜雪宁添白鹿纸一刀、冰翼纸一刀，可在其房中奴等将已用和未用之纸细数，冰翼纸无差错，白鹿纸却只七十四张！”

宫中定例，白鹿纸一刀二十五张。

内务府一人拨了两刀，长公主又添了一刀，该有三刀共七十五张才对，姜雪宁房中少一张，而那写有逆党之言的纸正是白鹿纸，这说明什么？！

沈琅面上一动，勃然大怒。

萧太后更是霍然起身："好啊，现在证据确凿！你姜雪宁巧舌如簧，倒是说说少的那页纸去了何处？！"

姜雪宁心底一嗤，岿然不动。

张遮便在此时躬身一拜，连眼皮都没抬一下，道："还请圣上与太后娘娘少安毋躁。"

沈琅前阵子看见他就头疼，如今又见他出来说话，声音便颇不耐烦："张遮，你又有什么事？"

张遮道："还请圣上传方才协助核纸的宫人进殿。"

沈琅皱眉："又弄什么玄机？"

张遮平淡地道："核纸数对不上，一有可能确是姜二姑娘事涉其中；二有可能是核对的人有问题。还请圣上宣他们进殿，一一搜身，排除众人之嫌疑，方可言姜二姑娘问题最大。"

陈瀛是机敏之人，听到这句话，陡地明白了张遮先前看似草率之言都是何用意，心底忽然生出了几分隐隐的忌惮之情。

他乃刑部侍郎，自不愿让张遮抢了风头，当下便跟着道："虽有玉如意一案在前，但已查明乃内务府里混有逆党，或被人收买。姜二姑娘算起来不过一伴读，弱质女流，却因勇毅侯府确无法排除涉事嫌疑，可谁人行事能够疏忽至此，在明知宫内严查且有玉如意一案后还将这写有逆党妖言的一张纸放在身边？这实在不合常理，只怕是有人要借事陷害。下官等已在先前设局，引蛇出洞。还请圣上依张大人之言，宣太监与宫人进殿。"

沈琅的目光又在姜雪宁身上打转，末了他终于道："宣在殿门外，一一搜身！"

那些个宫娥太监原都在宫外，此刻听得要搜身，泰半有些慌张，但唯有一名身着杏黄衣衫的宫娥吓得面无人色，身体抖如筛糠，几乎站都站不住了。

负责搜查的人看她可疑，立刻将她抓了出来。

那宫娥哭喊起来："不是奴婢，不是奴婢……"

然而下一刻，搜查的人便从她的衣内搜出了一页叠起来的纸，上头还留了些笔墨痕迹，仔细一分辨，正是白鹿纸！

外头搜查的太监得了此物，立时送入殿内。

汪荃大怒，完全没想到竟有人胆敢在自己眼皮子底下做手脚，骂道："真是吃了豹子胆！小贱蹄子不知深浅！说，这纸你从何处拿来？！"

宫娥已软跪作一团，慌张的眼神在殿上四处乱转。

她方才听人说要核对纸数，便想起姑娘只叫她往姜雪宁的屋里放纸，却没有拿出一张纸，唯恐落下破绽，不能陷害成功，怕被姑娘斥责，所以回仰止斋时，才会冒险偷藏起一页纸。又因没用过的纸都是整齐地放在一起，直接由太监们数了，轮不到她来，是以她才从角落里悄悄收了这张沾过墨的。

然而上面有笔墨痕迹，该是姜雪宁所写。如此反倒证明了这纸是她从姜雪宁处偷来，她根本无法辩解！

她只晓得往地上磕头，人走到绝境便豁出去了，干脆哭起来，道："奴婢有罪，奴婢有罪！是奴婢前几日洒扫房间时看这页纸才写了一两笔，因知纸贵，又知姜二姑娘奢靡不会再用，所以一时鬼迷心窍收了起来，想留着自己练一练字，写满了再放回去，也无人知晓。但没想到今日会牵扯这般大事，奴婢怕得很，刚才也不敢说……"

她的额头都磕红了，可所有人都冷冷地看着她。

张遮踱至她面前，眼帘略略一低，竟从自己袖中取出几页纸来，搁在这宫女面前，道："也想自己练练字，想必你是识得字了。那你不妨念念，这写的都是什么？"

那宫女就跪在姜雪宁身边。

姜雪宁一转头也能看见那几页纸，只是瞥一眼就认出那竟是最近的公文——张遮这随身带着公文的毛病，原来是这么早就有了吗？

会入宫的人大多是家中贫苦，走投无路才被送入宫来做宫娥、太监，所以基本是不识字的。

唯有久了，做到女官、管事太监的人，才能略识数言——连长公主读书都要被一帮糟老头子诟病，出身寻常的女子哪儿能识几个大字？

这宫女惊慌之下，是没找到没破绽的理由。

姜雪宁唇边挂上淡淡的笑，望着那宫女道："上头写的是《诗经》里的《蒹葭》，我可不骗你，会吗？"

那宫女盯着她，恨得浑身颤抖。

姜雪宁回视着她，依旧在笑："如果不是此刻有人看着，我早两巴掌扇你脸上，好问问是哪个蠢主子养了你这样的废物。"

她是笑着说的这话，目光却一片森冷。说完话她便转过脸来向仰止斋中其余伴读看去，也看了站在高处的萧姝一眼，然后转身向殿上道："真相虽未水落石出，可这宫女若无害人之心，也不会中了张大人所设之局，故意藏匿起一页纸欲以此陷害臣女。小小一介宫女，与臣女无冤无仇，背后必定有人主使，望圣上明察秋毫，为臣女主持公道！”

直到这时，众人才全明白过来：原来张遮几句话已设好一个局。他之所以故意让宫女前去协助，便是要所有有嫌疑之人进到仰止斋，去填补那陷害的“破绽”，是故意给陷害者机会！只要陷害者动手，仓促回来时不及处理，更不会想到这里还有人等着查个“人赃俱获”！

姜雪宁之话也有理。

宫里若无人指使，谁敢冒奇险陷害旁人？只是不知背后这主使之人是否在这殿中？若在，眼睁睁地见这宫女跳入张遮所设之局，此人又该是何感想？

沈琅显然也没料着忽然之间便峰回路转，看着那伏地的宫女，一时没有说话。

萧太后却远远认出了那宫女的身份，眼皮一跳。

殿下所立众伴读更是惊诧极了，没想到竟然是这小小一介宫女陷害了姜雪宁。

周宝樱却想起了什么，有些小心翼翼地看向姚惜。

姚惜则一脸错愕。她望着立在殿中的那道身影，忽然感觉到一种压抑不住的失落情绪，想起方才的羞涩，甚至觉得十分难堪——原来他提议由宫女们去核查纸数，只是为了引陷害之人出手，并不是为了自己这位“未婚妻”……

沈琅终于开口，问那宫女：“你既不识字，便该不知纸上之言，背后究竟受何人指使？”

第二十章
喜欢

这一刻，满殿上下，所有的目光都落在了那宫女身上。

天子威严，从上压下，对这些自打进宫来便知道皇帝手握生死大权的人而言，实是一种强大的威慑和恐怖力量。众人能看到她面上迅速失去了血色，紧紧压在地面上的手掌却用力地攥紧了，仿佛陷入了巨大的挣扎之中。

她恓惶地朝着地上磕头："回禀圣上，奴婢背后无人指使，不过是见姜二姑娘区区一伴读，入宫之后却谗言唆使长公主，哄骗殿下，处处皆要与其他伴读不同。奴婢等本是尽心伺候，长公主殿下从她房中出来却说奴婢等伺候不好，又说内务府苛待。奴婢一时不忿，又听别宫传出汪公公率人查宫一事，鬼迷心窍之下便想出这陷害之计来。还求圣上、太后娘娘饶恕……"

"哐当！"

紫檀雕漆长案上的一应摆设都被扫落在地！

沈琅也是历经过宫廷之争的人，岂能看不出这宫女是在撒谎，顿时盛怒，道："胡说八道，到这时候还贼心不死！王新义，叫人将她拖到宫门外杖责，打到她说实话为止！"

王新义便要领命。

萧太后却在这时皱了皱眉，瞟了下面那宫女一眼，轻轻抬起手来，按了按自己的太阳穴，幽幽地叹了一声气。

王新义立刻停住脚步。

沈琅也看向了她："母后，可有不妥？"

萧太后道："大晚上公然在宫门外打打杀杀，六宫上下都来听她叫唤不成？妃嫔、宫人、太监还睡不睡觉了？想想都让人头疼。原本没查明究竟是谁搞鬼，如今既已揪出这么个线头来，顺藤摸瓜是早晚的事。便是要审问她也别在宫门口，不如着人将其押去慎刑司。”

姜雪宁听到她这句，只觉讽刺。老妖婆这就忽然见不得打打杀杀的了？不久之前老妖婆还手一挥喝人来，要将她押下去杖责审问，说出来的话同沈琅一般无二。这才过去多久，老妖婆就忘干净了？

张遮忽地微蹙眉头，看了太后一眼。

沈琅却醒悟过来，道：“是儿臣疏忽，忘记母后病恙方好，宜当静养。王新义，改将这宫女扔去慎刑司，让他们今晚都别睡了，把人给朕问清楚。”

“是。”

王新义算郑保的半个师父，能混到司礼监掌印太监的位置，早练成只老狐狸了，长了几条褶皱的眼皮一抬，颇为怜悯地看了这小宫女一眼，便挥了挥手。

左右的人立刻上来，宫女嘴里被塞上了一团布块，被拖出去时连点声音都没发出，只徒劳地瞪着一双惊恐的眼。

沈琅高高地俯视着姜雪宁，道：“姜侍郎在前朝也算是为社稷、为朝廷鞠躬尽瘁，今日虽事出有因，然也是让姜二姑娘受了一番委屈。王新义，明日你亲去内务府，着人拨下赏赐，以宽其心。待慎刑司那边拷问出结果，必定还你一个公道。”

姜雪宁便道：“臣女叩谢圣上恩典。”但她心里有隐隐的预感，此事到此为止，这个“公道”多半是讨不回了。

人被押去慎刑司审问，一时半会儿出不了结果。

慈宁宫乃萧太后寝宫，她要休息。

此刻一有一干太监宫女，二有被宣召入宫查案的外臣，三有仰止斋来的伴读，人员杂乱，沈琅便道：“今日事暂告段落，都退下吧。”

众人便齐声告退。

最外面的太监宫女先退，然后是仰止斋中的一干伴读，末了才是陈瀛与张遮。

刚出慈宁宫，众人便将姜雪宁围住了。

方妙一个劲儿地拍着自己的胸口：“吓死我了，吓死我了！”

周宝樱却目露崇拜之色：“宁姐姐在殿上太厉害了！”

连尤月都没忍住道：“真是不要命……”

陈淑仪则是凉飕飕地道：“旁人都好好的，独你一人平白遭难，可见是平时不大会做人，不然谁能恨到你头上这样作弄你？”

姚蓉蓉看看这个，看看那个，没敢开口。

姚惜却是一副恹恹的模样。

萧姝看她一眼，微微拧了眉，提醒众人道："有话还是回了仰止斋再说吧，出了这样大的事情还管不住嘴，焉知他日不会祸从口出？"

众人便噤了声。

姜雪宁从头到尾低垂着眼没言语，闻言只是抬起头多看了萧姝一眼。她心里压着事。

众人才往前走了没两步，竟然碰上这时候才从外面匆匆往慈宁宫方向走来的沈玠与沈芷衣。

沈芷衣面上有些慌乱，远远看见她们便加快了脚步，走到众人面前来，看向姜雪宁，问："宁宁没事吧？"

她这明显是听到消息了。

沈玠也跟在后面，有些担心地望向姜雪宁："姜二姑娘还好吧？"

兄妹二人几乎异口同声地问道。

姜雪宁原本是要说些宽慰的话的，可这下反倒不知说什么好，只能干干地回了一句："有惊无险，没有事，都还好。"

沈芷衣这才松了口气。

沈玠望着姜雪宁，眼底的忧色却还有些深，想起今夜发生在宫外的种种，又记起燕临的嘱托，有心想要单独同姜雪宁交代上一些话，又见此刻人多眼杂，只能作罢。

沈芷衣却转头问萧姝："皇兄在吗？"

萧姝打量他兄妹二人这匆忙的模样，倒像是偷溜去了宫外，现在才回，回道："圣上大半个时辰前就来了，这会儿还没走，该在慈宁宫中陪太后娘娘说话。"

沈芷衣一听，便提了裙角快步往慈宁宫走去。

沈玠重重地叹了一口气，终究还是没同姜雪宁说话，赶紧追上沈芷衣的脚步。

姜雪宁回头看去，只见这兄妹二人一高一矮，顺着长长的宫道走过去时，正好与后面出来的陈瀛、张遮二人打了个照面。

二人停下来见礼，沈芷衣与沈玠匆匆还过礼后便去了。

仰止斋靠南，所在的位置更邻近外朝，所以陈瀛、张遮出宫的方向与众伴读回仰止斋的方向本来相同，但为避嫌，二人在经过岔路时便转向了另一条远些的路。

姜雪宁望着那条路，站立不动。

方妙奇怪地道："姜二姑娘？"

姜雪宁却在倾听自己心底那道不断清晰、不断回荡的声音，当它将她的心湖搅乱，掀起波澜时，她便忽然下了决定，道："今日若无陈、张二位大人，我姜雪宁只怕已身首异处，大恩当言谢，我去谢过，你们先走吧。”

方妙瞪圆了眼睛，众人亦目露惊色。姚惜更是一怔，霍然抬首看向姜雪宁！

可姜雪宁谁的神情也没看，更没有要为自己解释什么的意思，说完话径自转身，直接向着陈瀛、张遮走的那条道去了，留下面面相觑的众人。

陈、张二人出来得原要晚些，本就在她们后面，走得也不快，她很快便追上了两人。

夜里提着灯笼为二人照路的小太监最先瞧见了她，接着便是陈瀛、张遮。

姜雪宁立在二人身后，躬身一拜，抬起头来却道：“谢过二位大人救命之恩，小女冒昧前来，是为向张大人亲致谢意。”

陈瀛一听，眉梢便是一挑：“向张大人道谢，那是没我什么事了。”

他这人惯来精明，先前已经收到了谢危的提醒，便知眼前这姜二姑娘有些特殊之处，且算起来他就是来划水的，是以对姜雪宁此言并未有半分不满，唇边挂着笑便向张遮道：“张大人留下先聊，陈某先去前边儿等。”

张遮无言。陈瀛却已经转身，带着那小太监走了。这一时，姜雪宁觉着像极了曾经，只不过那时候十分识趣地主动离开的那个人是谢危。

张遮一身官服，宽袍大袖，两手交叠在身前望着她。

周遭有些暗，他的身形也发暗。

姜雪宁见陈瀛走了，便往前向着他的方向迈了一步，没想到这条宫道平日向来少人行走，原本铺得平整的石砖有一角翘出地面，正好绊着她的脚尖。仓促之下她哪及反应，身子顿时失了平衡，往前倒去。

这一刻，张遮听到自己的心对自己说，不要去招惹她，他的手却如此自然地违背了他的意志，完全下意识一般伸出去扶了她一把。

骨节分明的五指，因常年执笔有些薄茧，握住她的胳膊时却是强而有力的。掌心那隐约的温度透过衣料，仿佛能被她的肌肤感知。

姜雪宁差点扑到他怀里去，额头也一没留神磕在了他瘦削而棱角分明的下颌上，感觉硬硬的，撞得有点疼。

张遮不用香，衣袖间只有极淡的皂角气息。可她愣愣地捂着自己的额头，抬起头来对上他的一双乌黑眼仁时，却觉有一股浓烈的气息将自己包围，熏染上来，让她一张脸发烫。片刻后她才反应过来，连忙退回去站定，拉开一个合乎于礼的距离。

曾经她行事放肆，刚认识张遮那阵总是逮着机会戏弄他，想看他难堪；后来却是又敬又爱，反倒不敢再对他动手动脚。如今她实不想给张遮留下太坏的印象，教他以为她是个放浪形骸、动辄投怀送抱的轻浮之人。

她庆幸小太监拎走了灯笼，光线不好，否则此刻面颊绯红的窘态只怕无法遮掩，暗暗定了定神，才道："是我今日心神不定，没注意脚下，多谢张大人了。"

一怀甜软馨香忽地远离，张遮五指间空了，有冰凉的冷风穿过他的指缝，他慢慢地握拳，重将手掌垂下，慢慢地道："皆是举手之劳，分内之事，姜二姑娘不必言谢。"

这话她听着也觉得很耳熟。他倒真跟过去一个模样。可这终究不是过去了。

她还没有伤过他，也没有害过他，更没有累他身陷囹圄，累他寡母遭难亡故，一切都可以是全新的开始，而且她没有嫁给沈玠，也不想再当皇后。

姜雪宁小心翼翼地将一切秘密藏到眼底深处，不让它们悄悄溜出，只望着他的身影道："宫中险恶，机关遍布，连陈侍郎今日入宫也不过敷衍推诿，张大人却肯查明真相，还雪宁清白，便高过这世间尸位素餐之辈良多了。"

张遮默然无言，过了许久，才道："下官不过是局外人罢了，姜二姑娘身处局中，往后万当小心。"

对着此刻的她他也称下官吗？姜雪宁觉着这人真是谦逊。

她道："那是自然，在这宫中还要待上一阵子，我怕死得要命，岂能让他们轻易害了我去？"

张遮垂落在身侧的手指悄然握得更紧了。

她怕死，也怕疼。彼时身陷宫廷重围时，他眼前立着的这位昔日皇后，该是付出了何等勇气，才敢舍了自己一命，去换他一命？

她对他毫不设防。

张遮忽然怕自己站在这里看她太久，动摇原本的决心，便垂下眼帘道："姜二姑娘有防备心便好，夜深天晚，下官于内宫中不好多留，先告辞了。"

姜雪宁心里便空落落的。但她转念一想，能见着他已经很好了，不该再奢求更多，是以弯起嘴角，目送他离去。

只是走出去两步之后，张遮脚步一顿，竟然停了下来。

姜雪宁眨了眨眼："张大人？"

张遮侧转过身来看着她，似乎有些犹豫该不该问，可最终还是开口道："姜二姑娘同姚小姐一起为长公主殿下伴读，听闻曾为在下之事起了争执。姚小姐因退亲一事想过诸般手段，不知真假？"

她与姚惜、尤月在仰止斋中的争执竟已经传出去，都为张遮所知了？

姜雪宁怔了怔，紧接着又想，天下的确没有不透风的墙，这件事被传出去也实在不是什么稀罕事。只是张遮此刻问起，她又该不该答呢？

姚惜曾想了种种手段甚至想泼人脏水，都是真的。可自己毕竟有私心，若对他说了，好像打了人的小报告一般。若是她隐瞒呢？眼前问她这话的人，不是别人，是张遮。

姜雪宁终究无法对着他撒谎，但“是真”两个字也不知为什么就是说不出口，也或许是那一刻她心里的某一种猜测与期许压着她，让她一颗心狂跳。

张遮看她的模样，便道：“我知道了。”

姜雪宁吓了一跳：“可姚小姐现在已经不这么想了，张大人若看了她回复之信函也该知道。为什么还要问？”

张遮垂目，淡淡地道：“退亲。”

★

他要退亲。

他不喜欢姚惜。

这样两句话忽然就从姜雪宁的脑海深处浮了出来，像是两块石头一般砸进了她的心底，打破了她强装的平静与镇定，带来无限的欢欣与雀跃。

她再不需要有什么顾忌。

因为张遮自己不喜欢姚惜，自己要退亲，而她在这件事上问心无愧，没有暗中使什么手段，仍旧遵守了过去对他的承诺，不算个坏人。

姜雪宁的心跳得快极了。

张遮说完这二字后，便又道了一声“多谢”，一声“告辞”，转身沿着那长长的宫道离去。

天上的明月发暗，星光却因此而璀璨。

明明这被夜色笼罩的深宫里处处都是不可测的危机，姜雪宁却觉得满天的光华都披在他身上，而她竟无比想要化作其中一道，为他照亮崎岖的归途。

前面有陈瀛等他，小太监拎着灯笼垂首而立。

张遮的身影渐渐远了。

姜雪宁终究觉得自己要站在原地看太久，落在有心人眼底，难免太露痕迹，便转身往回走去。

她背过身的刹那，笑容便在唇边溢出。

尽管今夜短短几个时辰之内她已遭逢一场几乎涉及生死的危难，可在这难得的安静里，她竟暂时不愿去多想，只想纯粹地浸在这种欢喜里，哪怕只有一点，也只有短短片刻。

她连着脚步都不由得变得轻快起来。

在转过前面岔路拐角的时候，她终于没忍住起了一分玩心，往前跳了一步。

“呀！”拐角那边忽然传来一声惊呼。

小太监拎在手里的灯笼都跟着晃了晃，他下意识道：“大胆，竟敢冲撞少师大人！”

姜雪宁抬起头来，就看见谢危立在她面前。他似乎也没想到会有个人从拐角里蹦出来，眼底刹那间有惊讶之色闪过，但待看清是她之后，眉头便重重皱了起来。

她忽然浑身僵硬。

谢危转头，目光越过她，向着她来的那条道看了一眼。那头陈瀛与张遮刚好走到尽头，片刻便没了身影。

可谢危略略一想便知，这时辰才从内宫中出去的外臣，除却刑部的陈、张二人外不作他想，再看姜雪宁这得意忘形的模样，哪里像是才遭人陷害、躲过一劫之人？

姜雪宁莫名有点发怵，慢慢站直了身子，好像刚才那个一步跳到人面前的人不是她一样，恭敬地欠身向谢危行礼：“谢先生好。”

谢危平静地看着她：“便这般高兴吗？”

姜雪宁只觉头皮发麻。

谢危从身旁那小太监手中接过灯笼，又向他一摆手，命他退走，才道：“我若是你，才遭人陷害，侥幸逃过一命，是万万笑不出来的。”

他又来教训她。

姜雪宁听出他语气不大好，想自己在这宫中能得的欢愉也不过片刻，还不准许人高兴高兴吗？她有心要回敬两句，又想着处境本已艰难，若再得罪他，可是真的寸步难行了。

是以她垂下了眼帘没说话。

谢危便提了那灯笼往前走去，道：“今日在慈宁宫中如何，可看出了是谁要害你？”

姜雪宁有点愣住。

谢危转头见她还傻站在原地，眉头便皱得深了些：“你不知道跟上？”

姜雪宁道：“可我不走这条路。”

谢危道：“仰止斋同出宫一个方向，你走不走？”

姜雪宁一缩脖子，终于反应过来：这可是谢危啊，人家打个灯笼走前面，叫她跟，她便跟上就好了，不听话不是找死吗？

她低头跟上了。

谢危这才觉得气顺了几分，一面走一面道：“有眉目吗？”

姜雪宁先前见着张遮的欢喜终是被这人践踏摧毁得差不多了，头脑冷下来，便渐渐觉着这冬夜的寒气已能侵袭入骨。

回想起在慈宁宫中的种种情形，她沉默了片刻，然后才慢慢地道："查了，是个小宫女搞的鬼，但太后娘娘说太晚了，在宫门外打打杀杀不好，圣上便令人将小宫女关到慎刑司审问，不知能不能出结果。"

谢危垂了眼，眸底是森森的冷意，又问："你不怀疑谁？"

姜雪宁道："还在想。"

谢危是没料着这多事之秋，自己不仅要料理宫外种种情况，宫里面的这个人也没半分自保之力，越想心里越压抑："仔细想。"

姜雪宁便道："有怀疑的对象，却无确凿的证据。"

谢危道："并非一切都需要证据。"

姜雪宁一想也是："过于关注细节是否合理，有时难免忽略大局的重要性。站在山脚下的人和站在峰顶的人，必是后者能窥全貌。"

谢危道："这话倒合我意。"

姜雪宁心道，那可不。须知这话便是她过去偶在行宫正殿外头听谢危对内阁其他辅臣讲的，印象极为深刻，记了许久。

他自己说的话，哪儿能不合他心意？

只是姜雪宁想起自己的猜测，面上却难免阴云密布，慢慢地道："我虽觉着她不该使这般简单下作的手段，可也许正是因我这般以为，她才越要这般筹谋。毕竟直到此刻，我也觉着她不该如此不高明。然则纵观全局，太后态度暧昧，此人有能力收买宫女，得知那四句逆言全貌，且能提前准备好，绝非汪荃去搜查宫禁后她得知就能办到。她必是提前很久便知晓一切，今日方可从容不迫。"

于是谢危道："那你将如何？"

他纵然可以如今日一样暗中保她，可他未必时时在，宁二若总无自保之力，便如那笼中丝雀，实在不好。

姜雪宁也不知为什么，觉着谢危今夜这接连几问隐隐有点要考校她的意思，但此刻不宜多想，只答道："我并未做什么愧对人的事，那不管是谁要害我，总归是见不得我好。那我偏要过得更好，叫她看了难受。且也不是没有治她的法子，若不还以颜色，兴许她觉得我好拿捏，好欺负。今日她既敢叫我不爽快，我便总要叫她坐卧不定，寝食难安才是。"

这话她说得沉稳，倒像是心里有了主意。

谢危不由得回眸看她。手中的灯笼映出的昏黄的光落在她脸上，衬得这娇艳的面孔煞是明媚，只是她低垂着眼帘，唇线平直，竟有一种难言的漠然气势。这时他才惊觉，她身上没了先前的欢喜，更没了那轻快甚至带了点羞赧的笑意。

于是他也意识到，是他的出现将先前的一切破坏了。

谢危又觉着是自己心躁了，再一次将先前生硬的口气放软了些，问她："刚才你怎会走这条道？"

姜雪宁"哦"了一声，又想起张遮来，眉眼才舒展开一些，道："陈大人与张大人走这边，学生蒙张大人查清内情方能脱险，是以追过来面谢。"虽然这有些于礼不合，可她那一刻真的什么也不怕，就有那么一个念头，无论如何也压不住。

谢危看见了她的神态，脚步忽然停下："张遮？"

姜雪宁抬眸看他，点了点头。

谢危原本便没笑，此刻再一次打量她的眼角眉梢，脸色又沉下来些许，问她："你喜欢的不是燕临？"

姜雪宁愣住，然而下一刻谢危的提问更叫她浑身汗毛都奓开来。

"你喜欢张遮？"

这便是谢居安最恐怖的地方。任谁站在他面前，稍稍露出些许破绽，便会被他看个透彻，纵使披上一身厚厚的皮，也难抵挡！

姜雪宁竟慌了那么片刻，随即却想，有什么可慌张的呢？她的的确确不爱燕临，有曾经的种种在，她也不可能抛开心结去爱燕临。如今她不是皇后，没有那诸多礼法束缚，可以坦坦荡荡地面对自己的内心，面对自己的情感。

那点点游光似的明媚终于再一次回到她的眼角眉梢，姜雪宁回视着谢危，大胆而坦诚地道："喜欢。"

谢危凝视着她没有说话。

她却又想起自己过去对张遮的愧疚，于是重低垂下眼眸，觉得舌尖、心上都泛着苦，有些涩然地低声道："很喜欢，很喜欢……"

★

谢危真的看了她很久。

姜雪宁觉着他的目光有些冷。

谢危竟然问："燕临知道吗？"

虽然从来没有明问，但姜雪宁大约能猜到谢危知道她同燕临的关系，或者说是燕临对她的心思。原本觉得这人有些管太宽，可一想起以前的尤芳吟对自己提起的猜测，姜雪宁又觉得这猜测若是真，谢危在意此事也无可厚非。

至于燕临……

她喜欢张遮，燕临该是不知道的，可在层霄楼那一日她想说什么，燕临该是猜透了的，只是不愿听她把话说出来，是以叫她仁慈，再也不提此事。

谢危扯了扯嘴角，笑意微凉："我若是燕临，便扒了你的皮，抽了你这一身的反骨。也不曾听闻你往日认识张遮，便是往日里暗生倾慕，今日一朝见了钟情也未必不是一厢情愿。你喜欢人，人却未必能高攀上你。"

姜雪宁听着前面半句话但觉悚然，听到后面这一句却差点跳起来，有些恼羞地道："你才高攀，胡说八道什么呀？"

她这模样倒像是被人踩了尾巴，有些张牙舞爪。

谢危看她不惯，目光又深沉了些，眼里竟静若寒潭："我才说得张遮一句，你便跳脚。这般沉不住气，三言两语便自爆弱点，是你宁二觉着我谢危是个善类，足可信任，还是你觉着世人皆善，对谁都不设防？"

姜雪宁忽然打了个寒噤。

谢危平静地道："我若是你，喜欢谁便永远藏在心底，既不宣之于口，更不教旁人知晓。今日你遇着的是我，我暂不会对你如何；他日遇着旁人，想对付你、拿捏你，便先去为难张遮。届时你且看看，'害人害己'四个字怎么写。你倒不愧能和燕临玩到一块儿，蠢是一样蠢。"

他说话从未这样不客气过。

姜雪宁甚至没想到他训斥自己便罢了，还连燕临都一起骂了，一时怔怔地望着他，又觉得他说的话真没有一句是错的：她是高兴糊涂了，竟在谢危面前袒露心怀？

她心内忽然一阵后怕。

谢危也不过是吓吓她，好让她认认真真地长一回记性，见她终于怕了，便知道自己说的话她听进去了，虽然也不知为何越发不快，可并无时间在这里浪费。他直接将那灯笼一递，交到她手上，道："太晚了，回去吧。"

姜雪宁将那盏宫灯接了过来，可只有这一盏灯，下意识地想问一句"那你呢"，谢危却已负手背过身去，顺着那高高的宫墙往出宫的方向走去。

周遭的黑暗都压在他身上。

这个人同张遮是不一样的。张遮便是行走在夜色中，也让人觉着身上有亮光；谢危离了这丈许灯光走入黑暗中后，却与黑暗融为一体，仿佛他本从中来。

才经历了搜查仰止斋一事，众人回去都是惊魂未定，还有些后怕，皆不敢就这样回房，而是聚在一起坐在了流水阁中，喝着热茶压惊。

因查出是宫女陷害，此刻谁也不敢叫宫女伺候。

阁内除去还没回来的姜雪宁一共七人。

陈淑仪事不关己地道："也算是她运气好，胆子大，竟然敢直接顶撞太后娘娘，还敢说自己乃臣女而不是宫娥，该由锦衣卫或者刑部来查，这才侥幸等来了陈大人和张大人，逃过一劫，不然咱们怕是见不着活的她了。"

姚蓉蓉却不知为什么想起了那个细节——当时出宫去刑部找人的正好是当日跪在坤宁宫外面的那个太监。她小声地自语道："当真是侥幸吗？"

萧姝看了她一眼，没插话。

周宝樱却眨巴眨巴眼，不住地朝着门外看去："宁姐姐不是去道谢吗，该一两句就结束了，怎么现在还不回来？"

姚惜的脸色阴沉了些。

尤月察言观色，几乎立刻就注意到了这小小的异常，心思一转，想起姚惜同张遮的关系，忽然就明白了姚惜在介意什么。她可从来不怕火上浇油，当即掩唇笑道："救命之恩，又是雪中送炭，当然是要多说上几句的。不过倒是没想到，这位传说中的张遮，瞧着虽冷了些，却是一表人才，正人君子，姚惜姐姐好福气了。"

即便知道尤月就是这么个煽风点火、四处挑事的人，也被萧姝与陈淑仪告诫过此人不可信，便是不远着些也不要听信此人的话，不要深交，可谁人听了这话心里能平静？张遮乃她未来的夫君。瓜田李下，姜雪宁无论如何该避嫌才是！到底是乡间养大的没规矩的野丫头！姚惜重重地放下了手中的茶盏。

陈淑仪当然也知道尤月是什么货色，但敌人的敌人便是朋友，她难得附和了一句："是呀，姚惜妹妹好福气。不过姜雪宁就倒霉了，此次虽然逃过一劫，却把太后娘娘得罪狠了。如今是众目睽睽之下，大家都看着，太后娘娘未必会把她怎样，可往后她还要待在宫中，即便有长公主殿下护着，日子只怕也难过，未必能像现在一样讨好了。"

宫里面有几个人不踩低捧高的？若知道太后不喜欢还上赶着去讨好的人，都是找死。

陈淑仪这话一说，有人幸灾乐祸，有人却多少有些忧心。

只是这样在背后编派人的话毕竟怕被人听到，而且也不是没被姜雪宁撞见过，眼下这时机又十分特殊，叫她听去误以为是她们陷害了她，那才真是冤枉，是以众人很快就换了个话题。

尤月想着入宫也有好几天了，再过两日便可放出宫去休沐，于是想到自己此次入宫之前交代府里的事情，忽然觉得这是个极好的机会。

自己不知道，可宫里这些人见多识广啊！她听她们正好讲到扬州风物，便插了一句道："听说扬州的盐商个个富可敌国，生活也甚为奢靡，只怕比咱们也不差呢。"

萧姝道："盐行天下，这生意但凡做大点的都有钱。且江淮盐场乃各州府首屈一指的大盐场，产盐丰富，自然盐商汇聚，相互攀比，食不厌精脍不厌细，别说是比咱们，便是比宫里也未必差的。"

众人都没去过扬州，听了不禁惊叹。

尤月却目光一闪，道："可听说蜀地自流井盐场也很出名，怎甚少听说那边的盐商有钱呢？"

这下都不用萧姝说话，陈淑仪已淡淡地扫了尤月一眼，道："蜀道天堑，向来难以通行，古来闭塞，消息不传，自流井的盐场也算不得什么第一流的大盐场，怎能同扬州相比？"

看来还没人知道任为志。

尤月暗自琢磨起那传说中的"卓筒井"来，若是真，自流井也可跃居一流盐场了，若自己能从中分一杯羹……正在她想细问这天下盐事的时候，姜雪宁回来了。

方妙先看见姜雪宁，喊了一声。

陈淑仪意有所指地笑着道："姜二姑娘怎么去了这样久呀？"

姜雪宁手中还拎着灯笼，停步站在檐下，只垂着眼帘将其吹灭，回眸看了她一眼，淡淡地道："道中遇着谢先生，被拦下问了几句。"

众人看她不大有精神的模样，再想起她在谢危那边总是受训，便以为她是再一次没讨着好，这下倒是莫名有些舒畅了。

周宝樱睁着一双大眼睛，有些软软糯糯地道："谢先生别是又骂你了吧？"

姜雪宁看众人又坐在屋里一起开茶话会的架势，不大想参与，便撒了个不大不小的谎，道："还好，叫我明日照旧去学琴罢了。"

有几个人才不相信真这么轻松呢，都在心里嗤笑。

姜雪宁却只道："今日着实受惊受累，也牵连诸位同我一道受了一场吓，真对不住。我有些困乏，便先回房睡了，诸位也早些休息吧。"

说完她随手将那灯笼挂在了廊下，又顺着廊庑回到自己的房间。

先前被人翻乱的房间已被整理妥当，只是姜雪宁重新坐到那看似齐整的床榻上时，依旧感觉不寒而栗，仿佛置身于冰冷的囚牢中。

接下来的两日，宫内出奇安静，姜雪宁再没听说什么流言蜚语。

也或许大家依旧在传，可没有一条再能传进仰止斋，整个世界仿佛没发生什么事一般。唯有在走过长长的宫道时抬眼看见偶有宫人向她递来的好奇的眼神，她才能窥见这平静之下藏着的暗流。

那一晚的偶然撞见，似乎并没有改变她与谢危的关系。她照旧是三天两堂课，练琴不落下，只是心里很难平静。

谢危连着叫她在那琴前坐了几日，也难磨平她的躁意，后来便干脆不管了，只叫她在旁边坐着，他则坐在书案那边埋首处理那成堆的公文，连话也少下来。

有时候姜雪宁会想，或许这才是谢危寻常的模样吧。

直到出宫休沐的前一日，她终于在御花园的角落遇到郑保。

郑保悄悄同她说，长公主殿下与临淄王殿下那一晚到慈宁宫中为勇毅侯府求情，触怒了圣上与太后娘娘，一个被罚禁足所以这几天不能来上学，一个被圣上臭骂了一顿，罚去太庙跪了三个时辰。

她不由得愣住。

郑保又抬眸望着她，眼底闪过一分不忍之色，告诉她，那名陷害她的宫女在被关进慎刑司的当天便不明不白地死了，什么也没问出来。

姜雪宁不知自己是怎么到的奉宸殿偏殿。

她今日已来得晚了，可谢危竟也还没来。

她等了许久也不见人，坐在那一张蕉庵古琴前，只觉屋里虽暖气烘然，可手脚皆一片凉意。

两扇雕花窗开了小半，有风呜咽着从外头吹进来。

谢危的桌案一向收拾得整整齐齐，毛笔都洗干净了悬在架上，用过或不用的纸都用尺或镇纸压了，风来也不过翻开几页。

然而偏有那么一页竟只轻轻地搁在案角，风一拂，它便掉在了地上。姜雪宁的目光不由得落下，过得片刻，还不见谢危来，她便起身走过去，将其拾起，垂眸看上面的字迹。

那竟不是什么信函，而是一份两天前的邸报——勇毅侯府，有勾结逆党之嫌，未查明前，重兵围府，无准不出！

这一瞬，她的心都沉进了冰窟！

“咚咚咚。”

正在这时，殿门被人敲响。

殿外伺候的小太监隔着门扇道：“少师大人那边来人传话，今日事忙不能前来，累姜二姑娘等一场，正好明日休沐出宫，也请姑娘好生休息几天。”

姜雪宁看向窗外，不知不觉，岁暮已深寒。

卷三

血冠礼，暗宫廷

第二十一章

往事

朝廷有大事，州府有政令，为使各部衙门知晓，皆印发邸报，每隔几日送到官员们的手中。

以前姜雪宁坐在这偏殿里静心，谢危便往往在那边处理公文。

但他向来是谨严的人，带多少东西来便会带多少东西走，绝不至疏忽至此，独独漏下这么一页邸报……

他是故意放在这里给自己看的吗？姜雪宁无法不往深处揣度。

在那小太监隔门通传过之后，她又将这页邸报仔仔细细地看了两遍，才走到书案旁，轻轻拿起上头的一方青玉镇纸，把这页邸报同其他用过的或不用的纸页压在了一起。

次日离宫。

虽然这些日子来宫中发生了许多事情，甚至连乐阳长公主都还被禁足未能得出，可众位伴读好容易熬到了休沐回家的日子，年纪又都不是很大，便是情绪再低落，也难免回升几分，难得露出些轻快的笑容。

尤月更是高兴极了。她这些日子来已从萧姝、陈淑仪处问得了不少官盐、私盐的事情，只觉从中有大利可图。在入宫以前，她意外地从尤芳吟那贱种手中得到了秘密消息，已经吩咐人下去在京中寻找任为志这个人，顺便查查事情的真假。

如今已经过去十天，尤月相信，等自己回府，多半有个惊人的好消息在等待自己！

“又要同各位姐姐道别了，没想到宫中十日说起来长，过起来短，一朝要跟大家暂别，我心里面还有些舍不得。”话虽这么说，可尤月眼角眉梢都是笑意，“只盼着休沐这两日赶紧过去，能快些回宫，为长公主殿下伴读，也与诸位姐姐重聚。”

众人几乎都没打点行李，一则不过是暂时休沐两天，二则在经历过姜雪宁险些因为一张纸倒霉的事情后，众人更不敢在出入宫廷时带什么东西，是以都轻车简从。

一大早，众人便往顺贞门去，神情各异，基本没接尤月的话。

姚蓉蓉却蹙起了眉头，忧心忡忡地叹了口气道：“不怕姐姐们笑话，我胆子小，宫里的事情着实令人胆战心惊。原以为贵人们的生活都称心如意，不想也是步步惊心。唉，连长公主殿下和临淄王殿下这样尊贵的身份也会受罚……”

她说着说着，声音就小了下去，像是怕被其他人听见。

姜雪宁就走在她旁边不远处，闻言不由得看了她一眼，竭力回想了一下，也不过是记起这胆小怕事还不会说话的姚蓉蓉过去似乎也入了宫，只是既不得宠，还受欺负。

若是她真心惧怕宫里那“步步惊心”的日子，还入宫干什么？

姜雪宁想到这里，目光便不由得向着萧姝转了过去——这未来差点成为宫斗大赢家的女子此刻照旧华服加身，气度雍容，显得平静而沉稳，有那种高门世家才能养出的气魄。

姜雪宁清楚地记得，曾经的自己执意当人上人，执意成为皇后，所以舍弃了燕临，抢了姜雪蕙的姻缘，费尽心机地嫁给了沈玠，整个过程虽显艰辛，却并无实际的危险和阻碍。

如今她与沈玠的交集已然变浅，可反而遭遇了彼时不曾遭遇的陷害与惊险，到底是因为如今她有了变化，让暗中陷害之人心生危机，所以出手陷害，还是彼时也本有这样一场陷害，但她并不知晓，或者阴差阳错之下对方没能陷害成呢？

萧姝淡淡地道：“长公主殿下与临淄王殿下乃天潢贵胄，不过是太后娘娘与圣上一时怒极才加以责罚罢了，岂能与其他人并论？”

姚蓉蓉顿时噤声。

姜雪宁却心念一转，故意露出笑容来，接上了一句：“萧大姑娘此言极是。且不说天潢贵胄身份尊贵，责罚只是让他们想想清楚，不会动真格的，便是真被禁足罚跪几日，长公主殿下或许憋闷，临淄王殿下却未必。眼瞧就是冬至时节，正是躲在府中画岁寒图的好时候呢，殿下说不准很高兴能得着几日闲暇呢。”

萧姝原本平静地在前面走着，听见“岁寒图”三个字时，脚步却陡地一顿，不由得回头看了姜雪宁一眼，笑道：“姜二姑娘知道得可真多。”

沈玠虽然贵为临淄王，后来更是被立为皇太弟，可他自来对政事不大热衷，性情又温和，一向更喜欢舞文弄墨。他有个极少为人知的爱好，便是冬月里画岁寒图。她也是过去嫁了沈玠后才知晓的，寻常人却很难知道得如此清楚。

没想到，萧姝也这么清楚。

要知道，这时候沈玠还没被立为皇太弟呢，且只听说萧姝与沈芷衣走得近，从未听说萧姝与沈玠也很熟识……想着想着，姜雪宁在心底冷笑了一声，面上却温温和和地弯起嘴角，一副没大听懂萧姝的意思的神情。

萧姝便不说什么了。

没一会儿，宫门已近在眼前，各府来接人的马车和轿子都等在外面。

棠儿、莲儿已经有整整十日没见过自家姑娘了。两人都在马车前等候。

姜雪宁从宫门里出来，瞧见二人却怔了怔：这两个丫头已穿上了暖和厚实的夹袄，头面都收拾得整整齐齐，看上去皮肤白皙，面色红润，脸上带着欢喜的笑容，一见到她便高兴得直挥手。

“二姑娘，宫里读书可没累着吧？”

“好久不见了，真是想您！”

天知道没有姜雪宁在府里的日子，她们这两个大丫鬟过得有多舒坦，月钱照领，也不用伺候人，更不担心姑娘动辄跟夫人和大姑娘掐起来。刚开始那阵两人还不大习惯这么轻松悠闲，可等三天一过习惯下来，真是身体倍儿棒，吃嘛嘛香，腰不酸了，腿不痛了，头发也不大把大把地往下掉了。

试问天底下有什么比伺候一个要入宫做伴读的姑娘更开心的事呢？

所以莲儿、棠儿现在见了姜雪宁才这般高兴，因为只需伺候她两日，很快又将迎来整整十日的“长假”，而且这种情况可以持续整整半年。

简直感天动地！

两人一个上来扶她上马车，一个殷勤仔细地伺候好了茶水。

姜雪宁原还一头雾水，可坐下来仔细一琢磨也就明白其中的关窍了。棠儿还好，多少矜持稳重些，不那么明显，莲儿两只眼睛都要眯成弯月了，就差把“高兴”两个字写在脸上了。

姜雪宁不由得跟着笑起来，故意逗弄她们道：“见了你们家姑娘回来这么高兴啊？那看来你们是想我想坏了，要不我去禀明公主殿下，干脆不伴读了，天天在家里，也省得你们念叨。”

莲儿：“啊？别呀，入宫伴读这样好的机会……”

她说完就对上了姜雪宁似笑非笑的目光，顿时一激灵，反应过来了，连忙把自己的嘴巴给捂上，一张脸上露出委屈巴巴的表情。

姜雪宁靠在车内垫着的引枕上，看她们喜怒哀乐都放在脸上，直到这时才感觉到了一点久违的放松。

微风吹起车帘，她顺着那一角望去，车夫摇着马鞭、甩着缰绳将马车转了个方向时，巍峨的紫禁城伫立在浓重的晨雾中，正好从她窗前这狭小的一角晃过，渐渐消失。

这短暂平静的伴读时光，终究结束了。

马车回姜府的途中，姜雪宁问了问近日府里发生的事情。

莲儿、棠儿这俩丫鬟享受归享受，清闲归清闲，可该知道的事情也是打听得清清楚楚，一件不少。

姜雪宁一问，她们就桩桩件件地跟她数起来。

她一入宫，府里大家都喜笑颜开，尤其是原本那些受过她的压迫、刁难的下人，个个高兴得跟过年似的。

孟氏也难得过了些舒心日子。

姜雪蕙则收到了一些王公贵族家小姐的邀约，照旧是听琴、赏花、作诗，除了被好些京中富贵人家打听过亲事外，倒与往日没什么区别。

姜雪宁听着，撩起车帘向外面看去，只见街上行人皆脚步匆匆，恨不能把头埋到地下，生怕招惹了什么似的。

要知道京城乃繁华地，怎会如此冷清？

勇毅侯府尊荣，建在朱雀门附近，楼阁亭台，高墙连绵，足足延伸占去半条街。姜府的马车回府也会从这条街的街尾经过。

然而这一刻，她目中所见竟是兵士列队，把守在街头街尾，个个身披重甲，手持刀戟，面容严肃，用一双又一双鹰隼似的眼眸扫视着往来的行人。

姜府的马车一过去，就有人紧紧地盯着。

直到看见马车上姜府的家徽，兵士才收回目光，没有将他们拦下。

姜雪宁默然无言。

棠儿看见她的神情，小心翼翼地放轻了声音道："前些日子忽然来了重兵将勇毅侯府围了，我们姜府收到消息都吓了一跳，老爷更是夜里就起身着人去打听情况。然而都说此次事情甚大，且京城里最近有许多游民宵小流窜，夜里悄悄在城门和各处商铺的门口张贴告示，上面都写着大逆不道之言。顺天府衙和锦衣卫都出动了，到处抓人，牢里面关满了人，据传都是什么'天教'的教众……"

天教!

据传这一教好几十年前便有了，初时只同佛、道两教一般，不想后来竟吸纳了许多流民、游侠，江湖绿林里许多无所事事的破落户都加入其中，以“天”为号，供奉教首，一应行动均听教首号令。二十年前平南王谋反，便是与天教联合。但后来平南王事败，这位神秘的教首便直接率人退走京城，天教势力亦在朝廷的围剿之中小了许多。

只是天教传布甚广，教首身边更有两人神机妙算，一者年长，众人都称其为“公仪先生”；一者却更少露面，只被唤作“度钧山人”。

虽少有人见过他们，可他们常能料敌于先。朝廷势力虽大，却往往棋差一着，是以对天教始终难以剿绝。近些年来，朝廷动作稍缓，天教便又开始在远离京城的江南地带活动，发展势力。

如今天教是要卷土重来吗?

姜雪宁只知道自己过去遇到过好几次天教教众袭击，而谢危后来几乎将整个天教连根拔起，可她对这神秘的教派知之甚少，更不清楚他们如今想做什么。她只知道，勇毅侯府出事在即，这天教势力忽然又在京城现身，绝不是一件好事，恐要被有心人拿去做文章!

她抬起手来压着自己的太阳穴，却觉得里面有根弦紧绷得生疼，她问：“父亲在府里吗？”

棠儿小心地道：“在的，知道今日姑娘要从宫里回来，专在府里等您回去说话呢。”

姜雪宁点了点头：“一会儿回府我先去给父亲请安，你们去帮我打听打听清远伯府的消息，尤其是尤芳吟那边的事。”

⋆

姜伯游在书房里等了有一会儿了。

前些日宫里面发生的事情早传到了他的耳朵里，只是最终有惊无险，圣上又给了姜雪宁一番赏赐，连家里都赏下来不少东西，叫他这个做父亲的只能满口谢过天家的恩德，反倒不敢多过问些什么了。

可他回头一想，勇毅侯府前脚遭到拘禁，宁丫头在宫中后脚就被人构陷，哪儿是那么简单的事呢?

姜伯游四十多岁的年纪，虽侥幸官至户部侍郎，可至今想来也不过是当年帮谢危上京，有助于当今圣上登基，勉强算是从龙有功，所以如今在朝堂上还算过得去。可他实在没有做大官的心，到这位置上已经凶险万分，再往上都是尔虞我诈，你死我活，牵扯甚大，功成身退的人少之又少，大多数人是荣华富贵，一朝祸患。便如今日的勇毅侯府……

“唉……”

姜伯游看着自己面前放着的那本始终翻不下去的《左传》，长长地叹了一口气。

老管家掀了帘子进来禀报：“老爷，二姑娘回来了。”说完往旁边让开一步。

姜雪宁下了马车便直接往姜伯游的书房来，此刻微微低着头从门外进来，向坐在书案后的姜伯游躬身行礼：“女儿拜见父亲，给父亲请安。”

宁丫头被养在府中时一向顽劣不堪，便是入宫前一阵似乎长大了、沉稳了些，可姜伯游一想到宫里面的事，总觉得忧心忡忡。如今见她安然地立在自己面前，他竟觉得心里有些难受。

他从座中起身，走过去用手一搭她的肩膀，上上下下地仔细看了她一会儿，才点头道：“好、好，坐下来说吧。”

临窗设了暖炕，放了锦垫引枕，姜伯游便坐在上首。

屋里有伺候的丫头搬来锦凳放在下首，姜雪宁坐下，打量了下姜伯游的神情，才道：“棠儿说父亲专程在家里等我，不知是有何事？”

她面容恬静，竟再没有往日总憋了一口气看人时的乖张戾气，进一趟宫显得比往日多了不知多少大家闺秀的修养气度，可无端透出一种压抑的感觉。

姜伯游往日总盼着她能如雪蕙一般懂事知礼，如今回想起那个嚣张跋扈的小丫头，竟觉得若能一直那样也不错。

他自嘲地笑了一声，想起自己将要说的话，一时竟觉有些难以启齿，过了一会儿才垂下头道：“你在宫里的事情，爹已经听说了。外头勇毅侯府的事情，你该也听说了吧？”

姜雪宁点了点头。

姜伯游便道：“前些天宫里面出了一件大事，内务府呈献给太后娘娘的玉如意上竟刻有逆党之言，这几句话本是天教‘替天行道’的口号，便是再怎么查，查到平南王一党余孽头上就罢了，可不知怎么，竟将勇毅侯府牵连了进去。朝廷怀疑勇毅侯府与平南王一党余孽，甚至与天教有勾结，还说掌握了勇毅侯府与他们往来的书信。如今事实虽未查明，可朝廷为防侯府之人逃窜或作乱，已先围了侯府，只等事情水落石出便要定罪。我看勇毅侯府是凶多吉少了！”

书信！

纵然早有准备，可当从姜伯游这里听到更确切的消息时，姜雪宁依旧感觉到了一种宿命般的重压。

过去便是如此。

勇毅侯府之所以会被定罪，便是因为朝廷的的确确查出了侯府与平南王逆党有联系，且掌握了书信。可这也是她过去最困惑的地方……

姜雪宁看向姜伯游道："据闻平南王一党气数已尽，更不用说连平南王本人都已身死，如今的逆党不过是一盘散沙，连天教都不如。勇毅侯府掌着天下三分的兵权，二十年前更与定国公府一道率军击退了平南王与天教的叛军，解了京城之围，按说和平南王是不共戴天的死仇，怎会在事后许多年还与逆党有联系？"

"果然，连你都觉着不合理吧？"姜伯游苦笑了一声，"可正因如此，才显得很真。到底是可怜天下父母心啊！"

姜雪宁怔住，不明白姜伯游何出此言。

姜伯游见她迷惑，便慢慢地道："此祸全源自二十年前那一桩'三百义童'的惨事。这么多年来，三家虽一直不曾对外张扬，好像此事从未发生过一般，可如今暗潮涌上，方知他们谁也没有忘记过。尤其是勇毅侯府，对此更是耿耿于怀……"

这是姜雪宁知道的那个故事，只是比起在仰止斋中方妙所言，姜伯游的讲述中竟还有方妙所不知晓的内情。

也或许，这些依旧是冰山一角。

"萧氏曾与燕氏联姻，彼时萧太后在宫中做皇后，萧远袭爵当了定国公，又得萧太后说媒，娶了勇毅侯的姐姐燕氏为妻，不久诞下一子，起名'定非'，早早便被封了世子。

"皇族、萧氏、燕氏，如此便连为一体。

"当年平南王与天教逆党率军攻入京城时，燕夫人正携着年幼的定非世子在宫中同皇后、太子，也就是如今的萧太后与圣上宴饮。"

姜雪宁立刻就察觉到了那点不一样的地方："可听传闻，当年圣上因在宫中躲藏逃过了一劫，而世子因年岁与当时还是太子的圣上相仿，被天教与平南王逆党抓去，成了那'三百义童'之一。"

如果当时小世子在宫中，怎会被抓？

如果小世子被抓，太子又凭什么能逃过一劫？

姜伯游当年也在京城，虽只不过是个小小的秀才，可也算是亲历过这件事，如今世上许多与"三百义童"有关的传闻，他听了大多不过付之一笑，可笑过后终究唏嘘。

他叹了一声道："逆党抓了三百孩童仍未找出太子，便布告整个京城，以这三百孩童的性命为威胁，逼皇族交出太子。天下虽从来是君为上，臣为下，万民供奉天子，可这些孩童的父母又如何能坐视自己的骨肉殒命？京城都被攻破，皇族将倒，城中到处都是流言蜚语，便是皇族也要想想民心。然而太子乃皇室血脉，天潢贵胄，未来的天子，怎能为了区区三百平民的孩童而落到逆党手中？"

姜雪宁心中忽然一沉。

姜伯游莫名地笑了一声，道："当时宫中仅有世子与太子殿下年纪相仿，又熟知宫廷中事，礼仪气度皆不出错。后来京城之围解除，宫中幸存者皆称定非世子年岁虽小，却心有家国君臣之大义，一为太子之安危，二为三百孩童之性命，挺身而出，自冒储君之名，献首叛党逆臣。只是没想到叛军贼子毫无人性，得了人后竟不如约放走那些孩童，反在援军到来之前尽数将人屠戮，一个活口也没留下！"

当年那惨烈的场面依稀还在眼前，姜伯游摇了摇头："当年的小世子多半也已殒身，可出事时在冬月，待能把人从冰里挖出来后，都已经难以辨认。是以燕夫人还存了一分希望，认为自己的孩子不在其中，死活要去寻找，甚至一朝与萧氏反目，和离回了勇毅侯府。她虽没两年就因病去世，可勇毅侯府这些年来承她遗志，一直在暗中找寻小世子的下落。"

姜雪宁听了只觉心底发寒，隐隐明白了，却道："您的意思是，勇毅侯府之所以会被人搜到与平南王逆党联系的书信，是因为他们还想找寻小世子的下落，而当年对这些事情知道得最清楚的人，除了天教，便是平南王一党……"

姜伯游点头："此事也是皇族与萧氏的心病！"

当年的小世子也不过六七岁，什么"年岁虽小却心怀家国君臣大义挺身而出"，说给平民百姓听便罢了，姜伯游好歹也是在官场上浸淫过许多年的人，才不信这些冠冕堂皇的好听话。

姜雪宁又想起曾经的种种蛛丝马迹来。

原来勇毅侯府与平南王逆党有书信往来，是为了寻找那个或许早已不在人世的"定非世子"……

她觉得茫然："所以勇毅侯府之难，竟是无解吗？"

姜伯游知道她同燕临也算得上是青梅竹马，此刻心里绝不好受，可他们一家比起跺跺脚整个朝堂都要抖上一抖的大家族，实在无足轻重。

他沉默了许久，才怀着愧疚道："是父亲无能。早些月侯爷问起，还提过你与燕临的亲事，说只等那小子冠礼一过，便准备起来。小侯爷平日里虽总翻咱们府里的墙，我也常骂他，可实则欣赏他少年心性，能文会武，与京中那些纨绔不同，为父对他很满意。可惜造化弄人，我姜府不被牵连其中已是万幸，舍不下那脸做落井下石之事，然而要雪中送炭，也恐引火烧身……”

他这意思，是说她与燕临的亲事不成了。姜伯游该是觉得她与燕临情谊深厚，若不提前告知她这消息，恐她骤然得知，做出什么不理智的惊人之事来。

姜雪宁听了却无比平静。这早是意料之中的事了。且她自重走“平行世界”的第一天开始，便在思考要如何面对这个局面。如今它终于到来，她反而有一种奇怪的麻木感，心里没了先前的焦躁，平静得像是一片湖。

书房里一片安静。

姜伯游用忧心忡忡的眼神看着她。

姜雪宁静坐良久，竟然缓缓起身，再一次朝着姜伯游拜下：“如今勇毅侯府遭难在即，女儿知晓父亲并无力挽狂澜之能，但侯府有恩于姜府，燕临有恩于女儿，是以今日雪宁有个不情之请。”

姜伯游从未见过她如此郑重的模样，不由得愣住。

姜雪宁却平静地说出了自己的打算：“往日燕世子曾赠予女儿许多贵重之物。侯府若遭难，必被抄家。朝野上下什么事情不用钱来打点？便是将来侯府获罪，家眷流徙，也无一处不缺银子。女儿有心想变卖旧物，又恐事急价贱，更恐多事之秋牵连姜府，所以想请父亲帮忙。”

是了，勇毅侯府遭难全无预兆，如今重兵围府，与软禁全无区别，便有偌大家财也无处去使，带得一锤定音落了罪，家财被抄没都是最轻的。

姜伯游素知燕临对宁丫头毫无保留，只道宁丫头没心没肺，却没想到她还记得旁人的好，且愿回报。他眼底泛起些泪，便要答应下来，只是转念一想又不由得有些发愁：“可如今情势危急，朝野上下谁也不敢为侯府说话。你便是备好了钱，也不知该去谁处打点，更不知谁敢为侯府打点……”

姜雪宁微微闭上眼，道：“父亲不必忧虑，剩下的女儿自有办法。”

有时她虽恐养虎为患，可不得已时也只有喂上一喂了。

往日门庭若市的勇毅侯府，如今被重兵所围，连只鸟雀都不敢在台阶上停留。

雕梁画栋，皆染冷清，多年繁华似乎便成一梦，人人惶急自危，不知何日屠刀便会落到脖颈上。

侯爷燕牧躺在床榻上，脸色有些苍白，还不住地咳嗽。

燕临端着药碗坐在他的床前，笑他：“早几日下雨天，叫您别喝酒，您不听，还非拉了我一道，如今风寒都犯上了，还连着头风。可知道自己错了吧？”

燕牧嫌弃得很："这药都是苦的。"

燕临身边伺候的青锋刚进来，抬眸打量，放低了声音问："侯爷、世子，灵运轩月前为世子冠礼所承制的请帖已经送来，管家正在府门前同那些兵士检查，特差属下回来问，这些请帖……还要不要，发不发？"

燕牧看了燕临一眼。

燕临正在药碗里搅动着的木匙一顿，他连眼皮都没抬一下，道："要，且还要发。为什么不发呢？"

燕牧叹了口气，道："侯府如今这光景，便是发了请帖，又有几个人敢来，何必呢？"

燕临不为所动，面上平静极了："不逢危难，不见人心。如今上天既赐予我们看清人心的机会，父亲与我又何必辜负？"

燕牧怔住。

燕临对青锋道："去回管家吧。"

青锋有些惊诧地望着自家世子，仿佛没想到他会说出这样一番话来，好半晌才反应过来，躬身应了退出去。

燕临继续服侍燕牧喝药。

燕牧沉默良久。

等喝完了药，燕牧才靠在燕临扶起来的枕上，眨了眨眼，有些艰涩地开了口："'水滴石穿，聚沙成塔'，学琴二十三年，那位谢先生当真是如此对你说的吗？"

燕临盯着那空了的药碗，道："是。"

燕牧便忽地笑了出来，长满皱纹的眼角淌下老泪。

★

临走时，姜雪宁想了想，道："父亲，还有一事。女儿接下来这半年大约都在宫中，算算差不多十日才回府一次，在府中待的时间着实不长。但我房里养了一干丫鬟婆子，日常虽需要人洒扫，却也用不到这么多，不如回头我省去几个。棠儿、莲儿两个丫头待我倒算忠心，不知能不能请府里的管事婆子带着，学着看看账本，或者乡下有什么田庄产业之类的，带她们长长见识，多去看看？"

姜伯游尚沉浸在自家二姑娘终于懂事了的欣慰与复杂情绪中，乍听到她这番话，却一头雾水："丫鬟婆子不用了裁一半本没什么，你那两个大丫鬟要学看账本、经营产业，这是为什么？"

姜雪宁觉着此刻时机再好不过，斟酌着开口道："宫中所发生的事情，父亲既然已经了解，便该知晓女儿当时置身何等险境之中，又是怎样的大幸才能避过此祸。女儿从小在乡下由姨娘养大，初入京城时也确觉京中万事繁华，不同于田野间的散漫。可如今经历过这些事，却觉得京城固然繁华，可未必真有乡野间自在。女儿的想法幼稚，还请父亲莫笑，女儿是想等伴读的事结束后，离开京城，回乡野庄子上住一段时间。"

姜伯游愣住了。他只觉宁丫头这话说得惊世骇俗，让他一万分意想不到，可仔细思量她所述之因由，又觉一个人若有了这样的经历，的确有可能生出与她一样的想法来，愧疚感便更压不住了。

他张了张口，过了一会儿才道："小女孩家家的，连人都还没嫁呢，说什么出门？你同燕临虽是有缘无分了，可将来未必不会遇着一个像燕临一般对你甚至对你更好的人。你便是想要离开京城，也最好是找个好人家托付。你放心，爹爹也知道你心里苦，只是你母亲她、她，唉……"

他有心想为孟氏辩解几句，可话到嘴边，对着姜雪宁那双黑白分明的漂亮眼睛，却没了声息，末了只能化作一声叹息。

姜伯游拍了拍她的肩膀，道："你也累了，在宫里只怕连觉都睡不好吧？回房去好好休息吧，至于棠儿、莲儿两个丫头，既然你想，回头我便给管家交代下去，都照着你说的办。"

姜雪宁眼下挑这个时机说出这件事不过是先做一番铺垫，免得半年之后自己骤然提出要离开京城，家里人都觉得不可接受，所以姜伯游并未直接应允，也在她的意料之中。

她既不争取，也不反驳，而是乖觉地点了点头，躬身行礼告退，从书房出去。

她陪姜伯游聊了好一会儿，棠儿、莲儿都已打探消息回来了，守在廊庑下，见她出来便跟在她的身后，压低了声音悄悄道："不得了！清远伯府的婆子说，芳吟姑娘自上回得罪了尤月小姐后，便被关起来了，足足六七天才被放出。可还没消停几日呢，尤月小姐又从宫里回来了，还不知要怎么折腾她！"

尤月现在才没工夫去折腾尤芳吟呢，她坐在自己屋里，听了小厮和婆子回上来的话之后，两只眼睛都亮了起来："你们说的可是真的？"

婆子还有些迷惑，不知她为何如此在意。

但小姐在意就证明这件事重要，于是婆子越发确定地说了起来："都是真的，那任为志就住在京城蜀香客栈，成天跟别人说他研究出了新的玩意儿，能打什么更深的井。可大家伙儿看他一个破落户，要的钱又多，谁也不敢入什么股。我们奉小姐的吩咐去打听消息的时候，那客栈的掌柜正催他给房钱，说再不给就要撵他出去了。这年头，怎么连这样的江湖骗子都有呢？”

看来这个任为志如今过得相当不容易啊。可若那卓筒井的事是真的……

尤月站起来来回走动，往外看了看，见天色还很早，便道：“我出宫也不过只能在家中待两天，错过这种机会，往后哪里去找？你们别废话了，立刻着人去给我备马车，我要出门。”

婆子吓了一跳：“您去哪儿？”

尤月嫌恶地看了她一眼，显然觉得她不够机灵且话多，没好气地道：“当然是去蜀香客栈！”

说完她又想到尤芳吟，问：“那小蹄子这阵子还老实吧？”

婆子道：“一天只给一顿吃，可老实了。”

尤月眼珠子一转，琢磨起来：“本小姐金枝玉叶，岂可像那些下贱种一般抛头露面？那小蹄子一看就跑去市井里偷混过才知道的这些消息。你去，把那小蹄子带来，给她换身干净点的衣裳，叫她跟我一起出门。”

婆子惊讶极了，实在想不明白自家姑娘要做什么，有心要多问几句，又怕被她责罚，只好满腹狐疑地去柴房里提人。

入冬后天气转寒，柴房阴冷漏风，只给了一床棉被，尤芳吟抱着自己的膝盖，缩坐在墙角，发髻凌乱，衣衫脏污，且因为又饿又冷，夜里总不大能睡着，两只眼睛里长满了血丝，眼睑下面更是一片乌青，整个人看着比十天前憔悴了不知多少。

婆子从外面进来时，尤芳吟抬起头来看人都是重影。直到听见声音她才反应过来，开口时喉咙干涩，声音嘶哑：“二姐姐要放我出去？”

婆子对着尤月不敢怎么样，对着尤芳吟却抬高了鼻子轻嗤了一声，连她的话都不回答，只叫旁边的粗使丫头把一桶冷水放在地上，然后扔下一身下人穿的布裙，道：“赶紧把自己收拾干净，一会儿跟二姑娘出门。”说完她哼一声便走了。

尤芳吟在墙角里愣了好一会儿才反应过来，一下站起身来，却觉得脑袋里气血一涨，一片天旋地转，险些倒下去。还好她连忙扶住了旁边的柴堆，才慢慢缓过劲儿。

二姐姐向来不待见自己，如今却要自己换一身干净衣服和她一起出门……是为自流井盐场的事情吗？

尤芳吟脑海里终于又渐渐浮现姜雪宁同自己讲这个故事时的神态，也想起她不愿提起自己在宫中被欺负时低垂的眉眼，只觉这十天的煎熬都忽然有了回报，压得她喘不过气来的黑沉天幕仿佛都亮了几分。

她咬紧了牙关，强忍着令她战栗的寒冷，在这柴房里脱去自己脏污的衣裳，用木桶里冰冷得没有温度的水擦拭自己满布新旧伤痕的身体，然后穿好那简单的布裙，重新绾了发后，素面朝天地从柴房里走了出来。

尤月早已经在侧门外的马车上等得不大耐烦了，眼瞧着尤芳吟像个痨鬼似的跟着婆子走过来，便奚落她："看看这可怜的小模样，倒跟你那命贱的娘一样。怎么，你现在没力气来顶嘴了吧？"

尤芳吟行礼："见过二姐姐。"

尤月翻了个白眼，径直放下车帘，道："你就坐在外面的车辕上，别进来脏了我的车。"

尤芳吟还有些不明白："二姐姐这是要去哪里，又带我干什么？"

尤月道："给你一个将功折罪的机会。现在本小姐要去蜀香客栈会会那任为志。你若能帮本小姐把这差事给办好，本小姐下次入宫的时候就不罚你被关柴房，还能放你出去给你那个死了的娘上几炷香！"

尤芳吟心头忽地一震。

尤月却已冷笑一声警告她："不过你可千万别耍什么花招，不然我有的是法子治你！"

尤芳吟已经意识到绝好的机会来了。她从小就在别人的鄙夷与打骂之中长大，对尤月的恶言恶语倒没什么感觉，忍耐力惊人。她讷讷地应了一声："是。"然后便老老实实地爬上车辕，有些害怕地紧紧将其抓住。

车夫同情地望了她一眼，甩开马鞭，马车便驶出清远伯府，往蜀香客栈驶去。

姜雪宁听见棠儿、莲儿两人的回禀，只觉得头大如斗。

尤芳吟固然听话，固然可怜，也固然肯努力，可这后宅之中要施展开拳脚何等困难？她连出府的自由都没有，成日里还被尤月给拘着，没有半点反抗的能力，实在叫人忧心忡忡。

她一面用午饭，一面在叹气。

棠儿不住地安慰她："尤姑娘能得您出手相救已经是少有的福分了，天下女子个个在家听从父母，她一时半会儿也摆不脱这局面啊。您吃饭就吃饭，可千万别叹气了，听得奴婢们都跟着发愁了。"

莲儿也苦着脸道："是啊，也想不出办法啊。"

姜雪宁把筷子一放，索性不吃了，道："谁说没办法？端看敢做不敢做。"

曾经的尤芳吟在赚到“第一桶金”之后不久，便寻了个府里上下谁都没注意到的机会，从尤府逃出去，找了她在三教九流里认识的人买了路引，又借着商路上的关系一路出京，干脆地背井离乡去江南开拓自己的版图。

至于清远伯府的反应……

不过就是走丢了一个无足轻重的庶女罢了，清远伯府报完官之后只当尤芳吟是被拍花子的人拍走了，便没再理会。直到几年后，尤芳吟富甲一方改头换面地重回京城，清远伯府的人才将她认出来，可这时伯府已然败落，更不用说尤芳吟钱能通神，根本不忌惮一个小小的伯府，所以什么麻烦都没有。

只是如今的尤芳吟多少有些懦弱，且过去的尤芳吟这种干脆地离开伯府一个人去闯荡天涯的魄力，连姜雪宁也未必有，她怎么敢奢望如今的尤芳吟也这样做呢?

所以姜雪宁是真的发愁。

她左思右想也没想到个能让尤芳吟脱困的好办法，干脆暂时将其放下，转而道:“尤芳吟那边的消息就继续听着，先备马车，我们去蜀香客栈。”

那传说中的任为志，姜雪宁还没见过。虽然现在她没准备出手，不过若能先见见人，心里多少也有底些。

只是她没想到，马车才出府没一刻，距离城西蜀香客栈还有足足两条街时，车里正悄悄往外看的莲儿便瞪圆了眼睛，一脸惊讶地扯了扯她，朝车外指道:“姑娘、姑娘！你看，是不是奴婢眼花了，那不是芳吟姑娘吗？”

姜雪宁不相信:“什么？”

她赶紧凑上前来，顺着莲儿手指的方向看去:斜前方不远处，一辆马车正掉转方向，车辕上除了坐着一名车夫之外，竟还坐着一名面容清秀的姑娘，瞧着虽然瘦了许多，也憔悴了许多，可那模样不是她刚才还想见的尤芳吟又是谁?

姜雪宁愣住:“那是尤府的马车？”

莲儿连连点头:“对啊，尤府的马车，这也太奇怪了！”

也不知她说的是尤芳吟能出来很奇怪，还是对方坐在车辕上很奇怪，又或者都有。

姜雪宁盯着那方向看了良久，却突地笑了一声，道:“叫车夫远远跟上，也不用太近。我看她们的方向倒和我们一样，不如慢些，看看她们要做什么。”

棠儿迟疑:“可您不是要去找那任为志入什么干股吗？”

若是被人抢先……

姜雪宁打量尤芳吟许久，确认她看上去虽然憔悴可身体并无大碍的模样，才慢慢放下了车帘，道:“这事不急。”

棠儿惊讶极了："怎会不急？"

姜雪宁也不好解释其中关窍，只是忽然想起曾经的尤芳吟说的某个令她印象深刻的词来，于是笑起来道："听说过'炒股'吗？"

不是谁先入场谁就赢的。

★

"虽然不知道你从哪里听来的消息，不过我已经派人打听清楚了，的确有任为志这么个人，他家也的确有一个上了些年头的盐场，不过现在基本已经不出盐了，连长工都找不出几个。"眼瞧着蜀香客栈已经在望，尤月同尤芳吟交代起来，"我的身份可同你不一样，也不知这什么蜀香客栈是什么腌臜污秽之地。到时马车就停在外面，我到对面的茶楼等你。你便进那客栈把事情问清楚，一会儿过来回我。别人若问起你的身份，你便说你只是来探听消息的，背后还有大主顾，可别在外人面前装什么大尾巴狼！"

她完全是把尤芳吟当丫鬟用，且用起来还比丫鬟省心。

这小蹄子既然能有一笔来路不明的钱，说不准便是自己赚来的，不管是真是假，派她去一则能掩人耳目，避免自己亲自出面；二则能试试这蹄子的深浅，看她是不是藏了什么猫腻；三则这事情若出了什么意外，也方便自己直接栽赃到尤芳吟的头上。若是用自己的丫鬟婆子可没这样的好效果，尤月对自己的一番谋划十分满意。

尤芳吟听了这些也不说话，一副逆来顺受的模样。

马车一到蜀香客栈对面就停了下来。

尤芳吟下了车。

尤月道："记得别跟人说你是清远伯府出来的，话都问仔细些，尤其是盐场的情况和他需要的银钱，都记在心里。"

尤芳吟点了点头，便朝蜀香客栈走去。

听名字便知道，蜀香客栈是蜀地来的商人在此地开设的。京城城西一向不是什么王公贵族建府之地，倒是有许多瓦肆勾栏，大街上走着的也大多是南来北往的三教九流之人，甚至有些乞丐坐在街边行乞。

还好尤芳吟也算是见过"大场面"的人了，毕竟上一回接触的是生丝生意，进出的是江浙会馆，走过了大小数十商会。眼下她虽然也有一些忐忑，可小小一家蜀香客栈，还不至于使她手足无措。

也是在这一刻，她清楚地意识到——自己已经和以前不一样了。

站在客栈门口，她用力地握了握手指，深吸一口气，走了进去。

这家客栈上下两层，占地不小，可内里的装潢极为普通，看着甚至有些陈旧破败，大堂内少数几张桌子上还留有刀痕，也不知以前到底发生过什么。

时间已经过午，下头并无多少客人，只有少数小商贩和路人在此歇脚，点壶酒并几盘菜坐在角落里吃。

掌柜的也无精打采地立在柜台后。尤芳吟走进去时，他看了她一眼，打了个哈欠，跟没看见似的。直到那眼皮搭下，要碰着下眼睑了，他才猛一激灵，反应过来有客人了。

只是睁开眼将尤芳吟上下一打量，他又有些纳闷。如今京城里风声鹤唳，一个姑娘独身出来可不多见。他笑了笑，好奇地问："姑娘打尖儿还是住店呀？"

尤芳吟看了旁边的楼梯一眼，道："找人。"

那掌柜的脸上的笑容退了下去，神情也变得古怪起来，他竟道："不是吧，也找人？姑娘，您不会也是来找楼上那个姓任的吧？"

尤芳吟有些惊喜："任公子在吗？"

掌柜的本已经翻开账本，拿出了算盘，就要接待客人，这会儿白眼一翻直接把账本合上了，连头也不抬一下便指向了左边楼梯，道："楼上左转最里面那间。不过半个时辰前才有人来找他，现在还没走呢。"早知道这么多人来找，他就该按着人头收钱，来一个找那人的，就收几文钱，也好补贴补贴这穷鬼欠的房钱！

尤芳吟却不知现在任为志是什么处境，听见掌柜的指了路，心里十分感激，向他一欠身道："多谢掌柜的，那我先在下面等会儿吧。"

也不知对方是不是在谈生意，若打搅了旁人便不好。她没带钱，不能点东西，是以说完这话便在旁边站着等待。

说来也巧，她没站上一会儿，楼上就有人下来了，脚步踩在那年久的木楼梯上，发出"咯吱咯吱"的响声。

尤芳吟抬起头来，就看见一名身着长衫的青年从楼上走了下来，面容寻常，身材瘦削，却一副怡然姿态，背着手，指间还把玩着一块和田黄玉的扇坠儿。

他走下来便停在了柜台前面，打袖里摸出张银票来，径直搁在掌柜的面前，道："楼上任公子的房钱，多出来的是以后的。若时间长了，都记在账上，每逢初一、十五到城东幽篁馆来结。"

掌柜的吓了一跳："哎哟，阔绰！"

他一把将那银票拿起来看，看着上头明晃晃的"通和票号一百两"七个字，登时喜笑颜开：“看来要恭喜这位贵人，也要恭喜任公子了，这是谈成好生意了啊！”

此人不是旁人，正是如今不务正业的幽篁馆馆主吕显。掌柜的这样市侩的嘴脸吕显也见多了，当下摆了摆手道：“不过是顺手周济一下，还没谈什么生意呢。”

掌柜的立刻道：“知道，知道。”

吕显心里骂“你知道个屁”，嗤了一声，也懒得多说什么，转身就走。

这时掌柜的心情好了不少，便向站在另一侧的尤芳吟道：“姑娘，现在任公子的客人走了，您可以上去看看了。”

尤芳吟这才知道青年文士便是任为志的客人，不由得多看了他一眼。

吕显在这种三教九流聚集之地见着个姑娘，虽然觉得有些奇怪，可初时也未多想，便走了过去。

可他听见掌柜的那一声时，脚步陡地一停。这姑娘竟也是来找任为志的？

吕显没有忍住，转过身回头望去，这一下好巧不巧地和尤芳吟对上了视线。还真是“荆钗布裙”，这一身素得有些寒酸了，看五官生得不错，算是清秀，可他瞧着对方有些病弱瘦削，衬得一双眼睛格外大，格外亮，一眼望去时竟有些惊人。

他顿时怔了怔。

那姑娘仿佛也没想到他会回头，吓了一跳，整个人跟只受惊的兔子似的，连忙收回目光，朝着他略带歉意地一欠身，然后便往楼上去了。

吕显的眉头不由得皱了起来：难道这是任为志的亲眷？可他也没听说任为志有什么姊妹，更没听说有家室啊。

他心里生出几分狐疑，脚步一转，从这简陋的客栈里走了出去，谁想刚一抬眼就瞧见了街对面停着的那辆马车，再一瞅上头的徽记，眼皮猛地一跳，脑海里电光石火地一闪：尤府的马车停在这里，对面的茶楼里该有尤府的主子；刚才他遇到的那姑娘瘦弱憔悴，虽穿着丫鬟的衣裳且连个丫鬟也不如，然而观其神态又不似丫鬟，难道是……

“清远伯府那个庶女？”吕显一脸见鬼地再一次回过头朝着蜀香客栈里面看了一眼，眸底闪过深深的思量之色，末了却笑了一声，“有意思！真是有意思……”

他轻一拊掌，心下已有了决断。原本他是打算直接回幽篁馆的，这时却改了主意，上了在路旁等候的软轿，道：“去谢府。”

尤芳吟上了楼，走到左转最里间。她在门外停步，伸出手来轻轻叩了叩门：“请问任公子在吗？”

任为志今年二十四岁，屡试不第，二十岁之前连个童生都没考过，便歇了这心思，在父亲去世后接手了家中盐场。只是家中盐场传了三代，经历过上百年的开采，早接近枯竭，他又一身书生气，不善经营，才两年下来，家中境况便大不如前，甚而每况愈下，到如今原本的长工都已经走了。

他四处借钱不成，不得已变卖了好些祖产才凑够上京的盘缠，在京中已熬了快一个月，有许多人听了他发明卓筒井的事情，都来客栈探听消息。可这些人大多并不是真的要借钱给他，或者出钱入股，只不过是想骗他手中的图纸一看。

一来二去骗不到，这些人自然慢慢地散了。

来这客栈之中找他的人也越来越少，甚至有不少人说他是个骗子，败尽了祖产，又经营不好盐场，才打着什么发明的旗号上京来招摇撞骗。

用那些人的话来说——数百年来那么多人都没想出往深处打井的法子，你一个埋首读书的呆子，连盐场都没去过几回，更没亲自汲过盐卤，竟说自己有办法。想也知道这是纸上谈兵，说得好听！

刚送走吕显，任为志有些心灰意懒。接触了那么多人，且他也是在科举场上待过的，他能看出这吕照隐绝不是个小人物。只是对方完全没有像其他人一样急切，虽也打听他家自流井盐场的情况，也问他卓筒井的情况，甚至愿意给他银子暂作周济，却偏偏绝口不提出钱入股的事，只说过几日再来找他。

任为志不知道自己还能撑多久。他穿着一身深蓝的锦缎长袍，袖口已经有些发皱，白皙的面容上一双好看的丹凤眼，嘴唇不薄也不厚，是一副自小没怎么受过苦的面相，眉目间多少有些放不下的自是。

眼下他愁得在屋内踱步，听见叩门声伴着那问询的声音时，先是一怔，接下来才连忙走上前去应门，道：“在的。”

“吱呀”一声将门拉开，任为志看见了立在外面的人，竟是个一身素净的姑娘。他朝她身后望了望，也的确没看见旁人，不由得有些困惑：“是……姑娘找我？”

尤芳吟没料到他开门这样快，叩门的手还举在半空中，这时便有些尴尬地放了下去，道：“如果您是任公子的话，那我找的便是您了。”

任为志不认识她，道：“姑娘为什么事？”

尤芳吟想起做上一笔生丝生意时许文益教给自己的话，该言简意赅时绝不卖关子，便十分简短地道：“自流井，盐场，卓筒井，出钱入股。”

任为志顿时微微张大了嘴，只觉不可思议：这姑娘看上去可不像是有钱的样子啊！可京城里什么人物没有呢？自己一无所有，总不能是谁搞了个美人计来骗他的图纸吧？

他想到这里，忽然自嘲地笑了一声，往后退开一步来，将尤芳吟往里面让，道：

"原来也是为盐事来的，请进。还未请教姑娘如何称呼？"

尤芳吟以前虽同许文益谈过生意，可许文益年纪不小，连孩子都有了，她只当许文益是长辈。这任为志却与她同龄。进得他这寒酸的客房后，她难免有些拘谨，道："我姓尤。"

任为志点了点头："那在下便称您'尤姑娘'吧，请坐。"

客房里只有一张光秃秃的方桌，上头搁着一盘已经冷掉的玉米烙饼，并几只茶盏、一壶茶水，边上摆了三把椅子。

他请尤芳吟坐到了自己的对面，然后端了茶壶为她倒上一盏茶，惭愧地笑道："前些天待客为人奉上这样粗淡的茶水时，在下尚有些磨不开颜面，可山穷水尽至此，便是想做面子也做不了了。境况所迫，还请尤姑娘不要嫌弃。"

尤芳吟倒有些受宠若惊，双手将茶盏接了过来，想起自己在伯府里是连口粗茶也喝不上的，一时竟觉有些荒凉，低低地道："不嫌弃的。"

任为志看着她。

她捧着茶盏喝了一口，目光一垂看见了那盘冷掉的玉米烙饼，便抬眸望了任为志一眼，慢慢地道："这我能吃吗？"

任为志怔了怔，看了看那盘烙饼，一张脸都快烧起来了，说话也变得磕磕磕巴巴的："这、这，中午的，吃是能吃，只是已经放冷了……"

尤芳吟弯唇笑道："没关系。"

她只是有些饿了。

得了主人家的应允，尤芳吟便暂将茶盏放下，从那盘中拿起一块玉米烙饼，小口小口地咬了吃。冷掉的食物滑入腹腔，被身体的热度温暖。她明明也没觉得自己很委屈，可才吃了几口，眼泪便不自觉地一串串滚落下来，险些哽咽。

任为志只以为是来了个不同寻常的主顾，哪料着她连半块烙饼都没吃完便哭起来，一时之间手忙脚乱，想找方锦帕来递过去，可半天也没找到，只能干干地道："你、你别哭，别人还以为我怎么你了呢！"

尤芳吟埋下头去，盯着那块玉米烙饼上被自己咬出的缺口，却喃喃说了句毫不相干的话："活着都这么难，面子又算得了什么……"

任为志忽然愣住。

姜雪宁在车上等了许久，往左边看，茶楼里的尤月不出来；往右边看，客栈里的尤芳吟也不出来。

她觉得很无聊。

无聊怎么办？尤月在自己府里作威作福，总欺负虐待尤芳吟，那她不下去找找尤月的晦气，实在有些说不过去啊！

这样想着，姜雪宁果断地道："下车。"

棠儿、莲儿扶了她下来，她便直接往旁边的茶楼去了。

这茶楼是回字形，下头搭了个台子，专留给人唱戏或者说书的，只是这时候既没有唱戏的也没有说书的，看着颇为冷清。

尤月在二楼。

姜雪宁进去便朝楼上看了一眼，正好能看见尤月的位置，便对着迎上来的堂倌一指那位置，把憋了好些日子的骄矜气都拿了出来，道："我要楼上那个位置。"

堂倌一看她的架势，再看这一身打扮，就知道是个有钱的主儿，当下笑脸都堆出来了，想把人往里头迎，不承想这娇小姐出口惊人。

堂倌的笑脸僵住了，眼皮跳着朝楼上看了看，他咽了咽口水，道："可、可那位置已经有人了……"

姜雪宁眼皮一掀，斜睨他一眼："叫她滚啊。"

堂倌看出来了，这姑娘跟上头那位有仇，这是找事来了啊！

他倌额头上冒冷汗，一时不知该怎么处理。

这茶楼也没多大，从楼上到楼下没两丈，下头的人说话上头的人听得清清楚楚。

尤月正在上面嘀咕尤芳吟怎么还不出来，结果就听见下面有人说话，还说什么"叫她滚"。要知道此刻楼上的客人可不多，而且这声音她听着忒耳熟了。

她眉头一皱便朝楼下看去。这一眼差点没叫她恨得咬碎银牙，她霍然便从座中起身："好啊，冤家路窄，我不去为难你，你姜雪宁倒来为难我！还敢叫我滚？！"

姜雪宁一抬头，好像这时候才看见她似的，惊讶地掩唇道："我还当是楼上哪个没眼色的人占了我中意的位置，没想到是尤二小姐啊！"

尤月气极："你……"

眼看着难听的话就要出口，可她眼珠子一转，愣是忍住了，一挪步，姿态袅娜地从楼上顺着楼梯慢慢走下来，掐着嗓子道："唉，原还想同你计较，可一想你现在简直是掉毛的凤凰不如鸡，倒觉得你可怜了。"

过去，这样的奚落姜雪宁听了不知多少，实在不大能被激起火气，她只笑看着尤月走近。

她的面色不变，尤月却变了面色。

见这话不奏效，心底新仇旧恨涌起，尤月便越发恶毒起来："你看看你，小门小户出身，庄子上长大的野人，半点规矩不懂也想飞上枝头做凤凰。在宫里面我是不敢说，到了外头却该劝你一句，做姑娘家的不知检点地同男人勾勾搭搭败坏女儿家的名声就罢了，你偏还瞎了眼地挑不着命长的。也不知往日谁仗着勇毅侯府势大欺人，到如今那一家都要被杀头了，先是燕临世子，也不知往后那张遮会如何呢？”

姜雪宁眸底的颜色终是深了些，她慢慢地勾起了嘴角，目光在这茶楼中扫了一圈，末了自语似的嘀咕道：“奇怪，这茶楼里怎连鱼缸也没一个呢……”

鱼缸！

尤月听得这两个字，背后的汗毛几乎是立刻竖了起来，瞬间想起当时眼前这疯子冷着一张戾气深重的脸压住自己的脑袋死命往鱼缸里摁的场景，一种危机感立刻爬上了身！她看到姜雪宁的目光转了回来，轻轻地落在她身上，甚至伸出手来搭在她的肩上，顿时吓得尖叫了一声，朝姜雪宁的手拂去！

姜雪宁在庄子山野上混时便是人见人怕的小魔头，更别说如今积攒得一身压抑不能释放的戾气，根本不惧一个小小的尤月。

她琢磨着想让尤月对自己印象更“深刻”些，可还没来得及动手，便听她身后的棠儿低低地对她道：“芳吟姑娘来了！”

姜雪宁眼皮一跳，登时想起自己以前在尤芳吟面前撒过的谎，自己可才是那个被尤月欺负得连话也不敢多说的人啊，可不能露馅儿！

她应变极快，根本都没等尤月反应过来，两腿一弯，便惊叫一声，柔柔弱弱地跌倒在地，一手轻轻按在自己的心口，一手半掩面啜泣起来：“尤小姐，你、你怎么可以这样……”

尤月觉得这场景有点熟悉，后脑勺条件反射般开始发麻。

她先朝着周围看了一眼，确认既没有长公主在，也没有燕临在，这才松了一口气，转头一看姜雪宁还在做戏，气不打一处来，万般恼怒地叱骂起来：“你这个疯子！成天装模作样给谁看？我推了你吗？我推了你吗？我就是真推了你，你又能把我怎样？以为现在有谁能看到吗？”

尤月的话音刚落，她一错眼，终于看到了站在茶楼门外的尤芳吟。这在她眼中向来温顺好欺负的人，此刻用一双眼睛死死地盯着她，眼眶发红，一字一顿地问：“你推了二姑娘吗？”

尤月这才想起姜雪宁是尤芳吟的救命恩人。可她不觉得自己需要惧怕尤芳吟，左不过一个小妾生的庶女罢了，当下冷笑一声，还想嘲讽，哪承想下一刻竟见尤芳吟连话都不多说一句，直接抄起茶楼大堂里的一条板凳，向她走了过来！

“啊，你干什么？”

“你疯了！”

“来人，救命，救命啊！”

尤芳吟才从对面的客栈过来，刚见着姜雪宁时只觉万分惊喜，可随即便见她的二姐姐竟将二姑娘推倒了，一时间只觉得心里冰冷一片。

可转瞬间这冰冷就化作无穷的怒焰！

她也不知自己到底是不是疯了，可这一刻就是再也不想退让，更不想妥协，只想让自己强一点，再强一点，也可以保护自己想保护的人。那条长凳拎在手中，她也看不见这茶楼中惊乱的其他人，眼底只有尤月一个，便一步一步地向着尤月逼近。

尤月哪里见过这样不要命的人？

她即便口出恶言，也不过是个闺阁小姐，更何况从未见过尤芳吟这般凶神恶煞如被邪魔附体的模样，吓得连连后退，眼泪都出来了：“你、你滚开，来人啊，救命啊！”

她扯开嗓子尖叫起来。

可连丫鬟都被吓住了，纷纷尖叫着后退。

尤月慌乱之间跌坐在地上，向周围投去求助的目光时，却正好瞥见了方才跌坐在地的姜雪宁。这贱人哪里还有先前柔弱可怜的模样，完全一副慵懒姿态，轻轻整理着自己垂落的发丝，眼神甚至带了几分怜悯地看着她，只轻轻一摆手吩咐身边的丫鬟：“劝着些，别闹出人命来。”

尤月差点气疯了！同样一招姜雪宁竟然对她一个人使了两遍，而她中过一次招之后，第二次竟依然中计！

啊啊啊——贱人！

★

茶楼中的场面一时热闹极了，一个人追，一个人跑。

追的那个人一双眼底藏着冰冷的怒焰，早已没了原本软弱好欺的样子；跑的那人更是狼狈，不小心还被桌角绊了一下，摔在地上。

茶楼的堂倌费了好大力气才把那条板凳抢下来。

尤芳吟没了称手的兵器也不肯善罢甘休，揪住近在眼前的尤月就厮打起来，拽得她精致的发髻乱了，娇俏的妆容花了，连着头上戴的珠钗也都掉落下来，又是哭又是闹，哪里还有半点先前伯府千金小姐的趾高气扬的气势？

棠儿、莲儿生怕闹出事来。姜雪宁发话后，两人便都跑了上去，一个在左，一个在右，花了好大力气才将尤芳吟给拉住，急急地劝她：“芳吟姑娘，犯不着为这点事生气，可别冲动呀！”

尤芳吟一双眼是通红的，即便被人劝住了，身体还在不住地发抖，仿佛根本没听见棠儿、莲儿的话一般，死死地盯着跌坐在地的尤月：“你再动二姑娘试试！”

尤月早吓破了胆，犹自惊魂未定。

姜雪宁望着这一幕，方才还轻轻松松地弯起的嘴角却慢慢垮了下来，心里忽有一种说不出道不明的酸楚情绪：这个傻姑娘啊，是肯为了自己豁出命去的。

直到这时候，原本伺候在尤月身边的丫鬟才反应过来，连忙上前将自家姑娘扶起，一个劲儿地带着哭腔问：“小姐，您没事吧？”

尤月哆哆嗦嗦地站了起来。可她怕尤芳吟还没疯完，都不敢离对方近了，退到了旁边的角落里去，颤着声音道：“反了、反了，我看你是连自己姓什么、叫什么都忘了！”

她这副模样分明是色厉内荏，外强中干。

姜雪宁看她面色煞白，两腿都在打战，便知道她是个绣花枕头，此刻不过是为了自己的面子放狠话罢了。然而真等她回到府里……

尤月是个见风使舵、欺软怕硬的人，这会儿固然被尤芳吟吓蒙了，可若回到府里，上下的人都听尤月的，等她缓过劲儿来，只怕不会轻易放过尤芳吟。所以，尤芳吟不能回去。

姜雪宁心念急转，一个大胆的主意忽然冒了出来，且渐渐成型。

尤月说着，盯着尤芳吟那恐怖的目光，只觉得一颗心都在发毛，生怕说多了又激起对方的凶性，连忙将矛头一转，对准了姜雪宁：“便是在宫中伴读同窗十余日，我也没看出来你竟是一个如此卑鄙无耻、下作恶心的小人！”

姜雪宁还捂着心口：“你怎能如此血口喷人……”

尤月看了她这做作的模样，顿觉一股火气冲上头来，指着她的鼻子便骂：“都是千年的狐狸你在我面前装什么装？用同样的伎俩坑我坑了两次，变都不带变一下，你不腻味吗？”

姜雪宁瞅着她，目光忽然变得古怪。她听着尤月这意思，怎么自己这手段还得翻翻新？这倒也不是不行……

尤月话刚出口时还没觉得有什么异样，不过是骂骂姜雪宁出一口恶气罢了，可当她一抬眼看见姜雪宁那若有所思地打量着自己的眼神时，只觉一股寒气从脚底下蹿了上来。待她反应过来，差点给自己两巴掌！自己傻不傻，跟她说这个，让她以后换新花样来坑自己吗？！

尤芳吟见尤月对姜雪宁如此跋扈，先前才忍下来的那股气隐隐又往上冒，身形一动便要上前做点什么。但她没想到姜雪宁竟轻轻地按住了她的手。她顿时怔住，不敢再动，恐自己鲁莽之下不小心伤着姜雪宁，同时也有些困惑地抬起头来看着对方。

姜雪宁却没回头，微微垂下眼帘，眼睫颤动，轻轻叹了口气，一副胆小怕事的模样，道："还请尤二小姐息怒，雪宁今日也是无意路过这茶楼进来歇歇脚，哪里能想到这样巧就遇到您？您误会我对您不敬，所以才对我动手，可我没有半点还手的意思。都怪这个尤芳吟！"

前面她还轻声细语的，说到末一句时声音却重了起来。

尤月一愣，没反应过来。

尤芳吟也诧异至极地看着姜雪宁，不明白她为什么要这样说，然而下一刻就感觉到姜雪宁握着自己的那只手微微用力，像是在暗示自己什么。

接着这只手便收了回去。

姜雪宁像是什么也没有做一般，义愤填膺地斥责起来："我虽然救了她的命，可与她本也没有什么联系。没想到她误会了我们之间的关系，竟然二话不说就抄起长凳这么吓人的东西来打人！光天化日，天子脚下，她简直目中无人，还有没有天理，还有没有王法了？！"

尤月觉得自己的脑子有点不够用。

姜雪宁却坚定地望着她道："尤二小姐，您受了这样大的委屈，差点连命都没了，怎能善罢甘休？我们报官吧！"

尤月傻了："啊？"

姜雪宁一副要与尤芳吟划清界限的样子："报官，把她抓起来！这样不知好歹、不守尊卑的人，进牢里关她几个月，保管老实！"

报官，把尤芳吟抓进去？姜雪宁会这么好心？！就是太阳打西边出来尤月也不会相信！

她在姜雪宁手底下吃过的亏实在是太多了，简直掰着手指头也数不过来！这会儿她只觉得脑袋里面一片糨糊，直觉有什么地方不对，虽身处茶楼之中，可看堂中摆的一张张桌子都觉得那是陷阱，严严实实地将自己包围了起来，就等着她一没留神往前踩呢！

不，她决不能报官！

就算她不知道姜雪宁要做什么，但只要同对方唱反调就绝对没错！

于是，接下来旁边才将长凳放回去的茶楼堂倌和少数茶客便看见了画风清奇、令人困惑的一幕。

尤月警惕地尖叫起来："不，不报官，这点小事用不着报官！"

姜雪宁热情极了："怎么能说这是小事呢？她都抄起长凳要打您了，简直是要害人性命，最差也是寻衅滋事，扰乱京城治安！这块如今归锦衣卫管，谁不知道锦衣卫的厉害手段？我们报官把她抓起来，她绝对没好果子吃！再说您不报官，人家茶楼无端遭祸，被摔了这许多东西，总要有个说法吧？"

茶楼堂倌：其实这些东西真不值几个钱，但咱也不敢说。

尤月已经有些崩溃地抱住了自己的脑袋："不许报官——"

姜雪宁却不管她了，径直转身对棠儿道："去报官，请锦衣卫的大人们来看看，今日咱们非要为尤二姑娘主持公道不可！"

全程目睹了姜雪宁的作为且也领会了她的言下之意的棠儿只觉得头上冷汗直冒，然而抬头一看自家姑娘真是面不改色心不跳，演起戏来那叫一个毫不心虚，跟真的似的！

她应了一声便走出了茶楼，自是按着自家小姐的吩咐报官去了。

尤月一看这架势不对，抬脚便想离开。

不料姜雪宁手疾眼快地一把将她抓住，一脸困惑模样，道："都已经去报官了，尤二姑娘您可是苦主，别走呀！"

尤月眼皮直跳："是你报的官不是我，你放开！"

姜雪宁却不肯松手，笑得良善："我这不是怕您生气吗？"

尤月气得七窍生烟，一种不祥的预感越来越强烈，只想不管三七二十一地一把将姜雪宁的手甩出去，可她刚抬起手来，就对上了姜雪宁那戏谑的目光。

对方俨然是在说：你动一个试试！

方才姜雪宁没被她碰着却立刻倒地"碰瓷儿"的场面还深深地刻在心里，尤月几乎立刻就不敢怎样了，只恐自己这一手甩出去，姜雪宁又倒地栽赃，周围再立刻冒出个什么沈芷衣、燕临之流来，她可就吃不了兜着走了！

一个有心拦人，肆无忌惮；一个没胆强逃，投鼠忌器。

场面便僵持了下来。

姜雪宁是优哉游哉，尤月却心急如焚。

好在锦衣卫衙门离此地算不上太远，当事者和周围看热闹的人都没等上多久，人便来了。

锦衣卫设置于二十年前，彼时平南王之乱刚定，先皇为了维护京中治安，便专编出锦衣卫来，协同顺天府与九城兵马司维护城中秩序。

只是后来锦衣卫渐渐发展，历任指挥使都是天子近臣，手便伸得长了些。探听情报、插手诏狱、查案拿人……举凡朝廷之事，样样都能看见锦衣卫横插一脚的影子。锦衣卫也因此惹得文武百官厌恶。

不过如今京城虽然已经很少有事端发生，可二十年前先皇定下的规矩还没坏，京里面出了什么事，照旧是要锦衣卫来管的。只是两人厮打这种小事，顺天府就能解决，这些人瞎了眼报到锦衣卫来干什么？而且居然连千户大人都一起来了……

来办差的锦衣卫生得平头正脸，一步从茶楼外面跨过门槛进来时，心里不由得嘀咕着，还往身旁看了一眼——新晋的锦衣卫千户周寅之就走在他左边。

玄色的飞鱼服上用细密的银线绣着精致的图案，腰间一柄绣春刀压在刀鞘里，周寅之的手掌便轻轻地搭在铸成老银色的刀柄上。

他身形甚高，走进来时带给人几分压迫感，鹰隼似的一双眼睛抬起来扫视，便看见了坐在茶楼大堂里气定神闲地喝着茶的姜雪宁。姜雪宁对面还坐了个面色铁青的贵家小姐，身旁也站了个垂首低眉显出几分沉默的姑娘。后面两个人他都不认得。

那办差的锦衣卫是他的下属。京中这些小事本是不需要他一个千户出面的，可衙门里来的是棠儿，点了名要向他报案，再一说，周寅之便知道是姜雪宁要办事。是以他叫上了几名下属，也跟着来了。

打头的那下属叫冯程，生得五大三粗，一双眼睛睁得铜铃般大，有些吓人，此刻却略带几分迟疑地看了他一眼。

周寅之便轻轻地点了点头。

冯程会意，站直了身子，走上前去朝着堂中喝问："谁报的官？"

姜雪宁看了周寅之一眼，才转眸看向冯程，起身来淡淡地道："我报的官。"

尤月也跟着站起，却恨不能立即消失。

冯程左右看看，既没死人，也好像没人受伤，不由得纳闷："你是苦主吗？为何事报官？不是说有人寻衅滋事，人在何处？"

姜雪宁伸手一指："都在此处啊。"她先指了尤月，又指了尤芳吟。

尤月气得直瞪眼。

尤芳吟却眨了眨眼，老实讲她不知道姜雪宁要做什么，但方才对方温暖而用力地一握，让她相信二姑娘绝对不会对她不利，是以并未说话，只是看着。

姜雪宁把情况说了一遍："大人您想想，天子脚下啊，连长凳都抄起来了，若不是我们拦得及时，只怕已经闹出人命了！这位是清远伯府的尤二姑娘，她便是苦主，不信您可以问问。”

冯程一听是伯府，上了点心，转头看向尤月：“她说的可是真的？”

尤月方才与姜雪宁僵持的时候已经喝了半盏茶，仔细想了想，锦衣卫名头上虽然还管着京中治安，可这件事实在小得不值一提，即便是来了，人家日理万机只怕也不想搭理她们。

无论怎样，她才是苦主。苦主不追究，姜雪宁就别想借机挑出什么风浪来算计她。

是以此刻尤月毫不犹豫地否认了：“没有的事！”

姜雪宁“补刀”：“可大家刚才都看见了呀。”

尤月的脸色瞬间难看下来，她强忍住了磨牙的冲动，一字一顿地道：“还请大人明察，动手的其实是我伯府的庶女，且也没有打着我，有事回去让父亲惩罚她就好，不必追究。”

冯程简直觉得莫名其妙：“你不追究？”

尤月斩钉截铁地道：“对。”

姜雪宁一把算盘早在心里面扒拉得啪啪作响，只觉再也没有比这更好的一箭双雕之计，眼瞧着尤月已经入套，哪里肯让煮熟的鸭子飞走？

她才不管尤月怎么想呢，当下便在旁边凉凉地道：“国有国法，家有家规。尤芳吟若在家里犯了事，由伯府来处理自然无可厚非，可在外面犯了事，却是要国法律例来管。说轻了这是打打架，说重了那是想杀你却没杀成啊！这还不严重吗？”

“不是，你这姑娘怎么回事？”冯程不知道姜雪宁的身份，在知道尤月是伯府的嫡二小姐之后，便下意识地以为周寅之乃为尤月来的，且锦衣卫也不想管这鸡零狗碎的事情，谁还不想少两件差事呢？

所以他看姜雪宁很不顺眼，当下便皱眉盯着她，声音不觉大了起来，道：“人家苦主都说了不追究这件事，你在旁边嚷嚷什么？”

尤月面上顿时一喜。

姜雪宁看了冯程一眼。

冯程还觉得也不知这姑娘哪儿来的这么多事，在锦衣卫里耀武扬威惯了，还想继续训她，没料这时斜后方忽然传来一道平静而冷硬的声音：“你嚷嚷什么？”

冯程只觉脖子一凉。他听出了这是周寅之的声音，僵硬着身体转过头去一看，便见周寅之皱着眉看着他，一双沉黑的眼眸冷而无情，简直叫他如坠冰窟！

什、什么情况？

他不过是说了那没眼色又不懂事的姑娘一句，千户大人怎么这个反应？

锦衣卫是个钩心斗角、相互倾轧的地方，冯程好不容易混进来，也算有点小聪明，几乎立刻反应过来，只怕自己吼错人了！

尤月嘴角的笑容已然凝固。姜雪宁唇边却挂起了一抹讽笑。

整座茶楼里寂静无声，堂倌战战兢兢地望着大堂里这一干锦衣卫，在心里与众人一般嘀咕：乖乖，怎生搞出这样大的阵仗？

周寅之走上前来，竟拱手欠身向姜雪宁行了一礼：“手底下这些人不知轻重，言语冒犯二姑娘，还望二姑娘莫怪。”

姜雪宁与尤月在自家都是行二，可现在不会有任何人误以为周寅之口中的“二姑娘”说的是尤月。

先前训了姜雪宁一句的那下属冯程，这会儿额头上的冷汗都被吓出来了。

尤月更是面色骤然一变，到这时，她终于明白姜雪宁打的是什么主意了！

看着眼前这个身穿锦衣卫飞鱼服的高大男人，尤月简直抖如筛糠，连声音都连不起来了：“你、你们……”

周寅之也不笑，更不管尤月是什么反应，道：“京中近日来乱党横行，早下过令谕不许寻衅滋事，你等却明知故犯，且在这茶楼之中一时半会儿也问不出结果，无法判断是不是企图行凶未遂。来人，将这两名嫌犯都押了，回衙门候审。”

身后的数名锦衣卫立刻应道：“是！”

这些人早抓过不知多少王公贵族，遇着女子下手也是毫不客气，根本不管人如何挣扎，立时便上去把人给拿住了。

尤芳吟还好，并未反抗，一副乖觉模样。

尤月却死命挣扎着。他们伯府以前也是与锦衣卫有关系的，自然知道这帮人讯问都有什么手段，只听说朝中那些官员落到锦衣卫手中都是生不如死，她哪里敢去？

尤月当下便哭喊起来：“姜雪宁，你好歹毒的心，竟与这帮人勾结起来害我性命！你……”

姜雪宁眉头一皱，先前还虚与委蛇地做出一副良善面孔，此刻眼底所有的温度却都退了下去，看着她，嗓音毫无起伏地道了一句：“你嚷嚷什么？”

她站在堂中，冰雪似的，一身漠然甚至有些冷酷的味道，叫人光看上一眼都不觉心底生寒。

这话她虽是对尤月说的，可先前没长眼地训了她一句的锦衣卫冯程听了却连头都不敢抬一下，暗地里肠子都悔青了。

尤月更是陡地闭了嘴。她环顾周遭，围观之人早散了个干净，锦衣卫以那周寅之为首，森然地站了黑压压一片，心底一时灰败如死，却再也不敢说一句话了。

天知道这帮人会怎么折磨她！

尤月一脸恍然，已失了魂魄似的，被一干锦衣卫押着走了。

尤芳吟被押走时，姜雪宁却冲她露出了淡淡的笑容。于是尤芳吟也回以一笑。

周寅之见人走远了，才回首看着姜雪宁道："前些日子听闻宫中十日一休沐，周某便想该挑个时间亲自登门拜谢，不想今日遇到，也能为您略尽绵薄之力。只是不知此事姑娘想如何处置？"

姜雪宁走回桌旁坐下，端起自己先前那盏没喝完的茶，只淡淡一笑道："那尤芳吟是我的人，你看着办。至于清远伯府，近来我手头紧，破船还有三分钉，你给敲打敲打。"

第二十二章 孝子

周寅之混的是公门。

这里向来有一种说法，叫“进衙门扒层皮”，吏治清明的时候这种事都不鲜见，朝局不稳的时候自然更是司空见惯了。锦衣卫早在朝野中引得怨声载道，这种事做起来更是轻车熟路，称得上是“个中翘楚”。

犯了事的人，越是有钱无权越好，放进牢里一拘七天，吓得胆都破了，家里人自然都忧心忡忡，抱着银子上下疏通，唯恐公门中的大人们不收。

这还是做得厚道的。

心狠手黑一些的人，甭管你是苦主还是犯事的，一有官司纠缠不清，便都以拘役待审的名义抓进来关了，届时那犯事的人要贿赂长官就罢了，连苦主都要破财消灾。

若谁不给银子，那也简单。糊涂官断葫芦案，管你是有罪还是清白，一笔画了通通受刑去。

今日从衙门来时，周寅之便在路上想姜雪宁是想干什么，到得茶楼中一看，虽则她言语中处处撇清自己与那尤芳吟的关系，又处处捧着尤月，似乎句句话都是为了尤月好，可这位“苦主”的神情看着却不是那么回事。

是以他略略一想，便猜她是要治尤月。锦衣卫在外头办差，他又是个新晋的千户，还不敢太明目张胆地向着姜雪宁，办事却不含糊：不管其他先把人给抓起来，接下来要怎么处理只听姜雪宁说。

可他没想到姜雪宁打的是这主意。

手头紧了……

周寅之点了点头，既没有表现出半分惊讶之色，更无置喙的意思，道："我明白了。"

燕临往日送过她许多东西，可那些东西要变卖出去也得一段时间，姜雪宁手中固然也有些钱，可遇到勇毅侯府遭难这种事，便是有泼天的银子只怕也不够使，况且自流井盐场这件事她志在必得，得手中的钱够才能以防万一，保证无失。

尤月既犯到自己手上，便算她倒霉。

今日自己本是做戏，却没料想尤芳吟豁出命来相护，抄起长凳就要对付尤月。若就此罢休，让尤月这么带尤芳吟回府，少不得对其一顿毒打。

姜雪宁实在不愿去想那场景，也不敢想。是以她宁愿先报官，把人给抓进牢里，让周寅之好吃好喝地给伺候着，也好过回府去受折磨。无论如何帮尤芳吟先把这段日子给躲过去，以后再想想有没有什么一劳永逸的法子。

姜雪宁轻轻掐了掐眉心，道："尤月也是宫中乐阳长公主的伴读，休沐两日本该回宫，此事你拿捏着办，也别闹太大。毕竟你这千户之位也没下来多久，纵然潜藏着查勇毅侯府与平南王逆党勾结一案有功，也架不住风头太盛，若被人当成眼中钉便不好了。"

周寅之瞳孔顿时一缩。

姜雪宁却什么也没说一般，还是寻常模样，继续道："这些日我都在宫中，勇毅侯府的事情我知之不详，你且说说吧。"

这茶楼之中空空荡荡的，锦衣卫的人一来拿人，客人便都走了个干干净净。可刚才毕竟那么大阵仗，周寅之处事小心谨慎，只道此地不方便说话，想请姜雪宁到他寒舍中一叙。

本来姜雪宁今日来是想会一会任为志的，而自己又遇到尤月这桩意外，怎么看今天也不是去办事的好时候，且尤芳吟既然已经见过对方，她其实没有太大的必要再出面，所以便答应了下来。

那一盏茶放下后，她便与周寅之一道从茶楼里出去。

姜雪宁的马车就在路旁。

周寅之是骑马来的，只是如今这匹白马已经不是原本那匹养了两年的爱马了。姜雪宁看了一眼，想起不久前从燕临口中听说的那件事，周寅之杀马……

过去，周寅之是娶了姚惜的，且后来此人还与陈瀛联手，构陷张遮，使张遮坐了数月的冤狱，直到谢危谋反，周寅之的脑袋才被谢危摘了下来，高悬于宫门上。

她想到这里，心情阴郁了几分。

车夫已经在车辕下放了脚凳。姜雪宁走过去扶着棠儿、莲儿的手便要上车。

可她万万没料想到，偶然一抬眼时，扫过大街斜对面一家药铺的门口，竟正好撞进了一双沉默、平静的眼眸——那人青簪束发，一丝不苟；素蓝的长袍显得格外简单，穿在他身上却无比契合；手上还拎着一小提药包。

张遮静静地站在那家药铺门口，也不知是刚出来，还是已经在这里站着看了许久。

这一瞬间，姜雪宁身形一僵，所有的动作都停了下来，脑袋里面“嗡”的一声，竟一片空白。

张遮却在此刻收回了目光，收回了看她的目光，也收回了看她身边的周寅之的目光，略一颔首算是道过了礼，便转身顺着人来人往的街道，拎着他方才抓好的药，慢慢行远。

莲儿顺着姜雪宁的目光望去，只看见一道清瘦的人影，也不知道是谁，一头雾水地唤道：“姑娘？”

姜雪宁抬手，有些用力地压住了自己的心口，觉得心里堵得慌。明明只是那样普通的一眼，现在的张遮也许还不认识周寅之这个刚上任不久的锦衣卫千户，可她却生出了几许心虚与愧疚之意——周寅之无疑不是善茬儿。

过去，张遮便厌恶她与这样的人为伍，而她此时暂不得脱身，要在这修罗场里打转，不得不先用着这样的人。

周寅之看出她神色有异，暗中揣度着方才那人的身份。姜雪宁却慢慢转过头来看着他，目光有些恍惚，仿佛透过他看到了什么别的东西，末了又泛上来几分隐隐的忧悒与怅惘……

周寅之从不否认眼前这名女子的美貌，早在当年还在乡野间的时候，他就领教过。可这还是第一次……他第一次为她这使他看不明白的眼神动容。

他道：“二姑娘有什么事吗？”

姜雪宁眨了眨眼，望着这穿着一身飞鱼服的高大男人，仍旧如在幻梦中一般，慢慢道：“我真希望你以后不要做什么太坏的事；或者，做了也瞒得好些，别叫我知道……”

周寅之抬眸看着她。

姜雪宁却已垂眸，无言地牵了牵嘴角，转身踩着脚凳上了马车。

初冬午后，坐落在城东的姚尚书府，四进院落幽静雅致，外头虽然门户紧闭，里头回廊长道上却时不时有丫鬟婆子走动说笑的身影。

姚惜听了人来报，万分雀跃地奔去了父亲的书房，甚至没来得及等人通传，便迫不及待地问询起来："爹爹，张遮派人送信来了是吗？写了什么呀？"

姚庆余今年已是五十多的年纪了，姚惜是他的幺女，也是他唯一的女儿，从来都待若掌上明珠，所以便是她平日行事有些不合规矩的地方，也无人斥责。

小厮见她进去也就没有通禀。

可姚庆余坐在书案后面，看着那一封已经拆开的信，已显年迈的脸上却逐渐显出一层阴云。

姚惜素来受着宠爱，一心想知道与自己的婚事有关的消息，进来后也没注意到姚庆余的脸色，反而一眼就瞧见了一旁被拆了的信封，于是注意到了姚庆余正在看的信。

她立刻凑了过去："女儿也想看看！"

那封信被她拿了起来。简单的素白信笺上是姚惜在宫中时已经暗暗看过许多遍的熟悉字迹，一笔一画，清晰平稳，力透纸背，如她那一日在慈宁宫中看见的人一样。

信是写给姚庆余的，可她也不知怎的，一见着这字便满怀羞怯，觉得脸上发烫。

她定了定神才往下看去。信里张遮先问过姚庆余安好，才重叙了两家议亲之事的前因后果，又极言姚府闺秀的好。姚惜真是越看越羞，没忍住在心里嘀咕这人看着冷硬，信里却还知道讨人喜欢，可这念头才一闪过，下一行字就已跃入眼帘，让她先前所有欢喜的神情都僵在了脸上！

"怎么会……"她急忙又将这几行字看了两遍，原本姣好的面容却隐隐有些扭曲，身体都颤抖起来，捏紧那封信笺，不愿相信。"他怎么还是要退亲？父亲，他怎么还是要退亲？"

姚惜的眼泪在眼眶里打转，她只觉自己先前所有的羞赧和欢愉都反过来化成了一个巨大的巴掌，甩到了她的脸上，把她整个人都打蒙了，甚至连面子都挂不住。

她无法接受，只一个劲儿地问着姚庆余。

姚庆余却抬起那一双已经浸过几许岁月起伏的眼，望向这个一直被自己宠爱着的女儿，想起了自己先前着下人去打听来的原委。他才是有些不敢相信，此刻也不回答姚惜的话，反而问她："你在宫里说过什么、想做什么，自己如今都忘了吗？"

姚惜不明所以："什么？"

姚庆余自打看见这封信时便一直压抑着的怒火终于在这一刻爆发出来，他一拍桌案，霍然起身，大声质问："当初想要张遮退亲时，你是不是在宫中同人谋划，要毁人清誉，坏人名节？！"

姚惜从没见过父亲发这样大的火。这一瞬间她都没反应过来，怔怔地道："爹爹怎会知道……”

姚庆余听见她这一句，差点没忍住一巴掌打过去！

可这毕竟是他最疼爱的幺女。那一只手高高举了起来，最终还是没有落下去，反将案头上的镇纸摔了下去，他气得声音都变了：“我怎么会养出你这么个女儿来！那张遮原是我为你苦心物色的，人品端重，性情忍耐，如今虽声名不显，假以时日却必成大器！你被猪油蒙心看他一时落魄想要退亲就罢了，为父也不忍让你嫁过去受苦，谁能想到你为了退亲竟还谋划过这等害人的心思！人张遮顾及着你姑娘家的面子，不好在信中对我言明原委，只将退亲之事归咎到自己身上，可你做了什么事情，人家全都知道！我姚府的脸都被你丢尽了！”

这真如一道晴天霹雳，当头砸下。

姚惜整个人都蒙了。她这时才知道张遮为什么退亲，一时整颗心都灰了下去，颓然地倒退了两步，仿佛有些站不稳了，只喃喃道：“他怎会知道，他怎会知道……”

姚庆余冷声道：“若要人不知，除非己莫为！你既做得出这种事，旁人知晓也不稀奇！”

姚惜却觉被伤了面子，那一页信笺都被她掐得皱了，她狠狠地咬着牙道：“不可能！那不过是在宫中的玩笑话，张遮怎么可能知道？我们姚府这样显赫的门楣，他一个吏考出身的穷酸破落户怎么可能会退亲？他家里还有个老母，知道这门亲事时那般欢喜，她也不可能由着他退亲！一定是有人暗中挑唆，父亲，一定是有人暗中挑拨，要坏我这门亲事……”

姚庆余听了这番话，只觉心寒。他望着她说不出话来。

姚惜脑海中却陡然浮现出一张明艳得令她嫉恨的脸孔，眼眶里的泪往下掉，咬着牙重复道：“一定是有人暗中挑拨……”

张遮拎着药回了家。

胡同深处一扇不起眼的旧门，推开来不像是什么官家门户，只小小一进简单的院落，干净的青石板上立着晾衣用的竹架子，上头挂着他的官服。

东面的堂屋里传来桌椅被搬动的声音，是有人正在洒扫。上了年纪的老妇人穿着一身粗布衣裳，腰上还系了围裙，正将屋内的桌椅摆放整齐，然后用抹布擦得干干净净。

张遮走进去时，她正将抹布放进盛了水的盆中清洗。抬头看见他的身影，蒋氏便朝他笑道：“回来啦，晚上想吃点什么？娘给你做。”

丈夫死得早，蒋氏年纪轻轻便守了寡，独自一人将儿子拉扯长大，岁月的风霜在她身上留下的痕迹格外残忍，眼角眉梢刻下了一道又一道细纹，使得她与京中那些儿子出息的命妇截然不同。

当年家徒四壁，她花了好大的力气才求私塾里的先生收了张遮。可私塾里别的花费也高，笔墨纸砚，样样都要钱。

蒋氏便节衣缩食地攒钱来给他买那些东西，只想他考取功名，出人头地，有朝一日为他父亲洗清冤情。

她知道自己的儿子聪明，也知道他若读书，必定是顶厉害的。

可不承想，他读了没几年，却瞒着她去参加了衙门那一年的吏考。等考成了，回来便同她讲，他不读书，也不科考了。

她气得拿藤条打他，一面打一面哭着骂："你想想你爹死得多冤枉，当年又都教过你什么？不成器的，不长出息的！吏考出来你能当个什么？官府里事急才用，不用也就把你们裁撤了！一辈子都是替人做事的，你真是要气死我啊！"

张遮那时不躲也不避，就跪在父亲的灵前由她打骂，背上被打得血淋淋一片。打到后面，蒋氏便把藤条都扔了，坐在堂上哭，只恨自己无能，一介妇人没有挣钱的本事。她岂能不知道儿子不考学反去考吏，是因为知道家中无钱，不想她这般苦？可越是知道，她越是难受。

自从张遮在衙门里任职后，领着朝廷给的俸禄，家中的日子虽然依旧清贫，可也渐渐好过原来的捉襟见肘了。

更让蒋氏没想到的是，过了没半年，河南道监察御史顾春芳巡视府衙，张遮告了冤，终让府衙重审他父亲的旧案，时隔十数年终于沉冤得雪，张遮也因此被顾春芳看中，两年多之后便被举荐到了朝廷，任刑科给事中，破格脱去吏身，成了一名"京官"。

这进小小的院落，便是他们母子初到京城时置下的。原本院子是很破落的，但蒋氏勤于收拾，虽依旧寒酸，添不出多少摆设，可看起来有人气儿，有个家的样子。

张遮把买回来的药放在桌上，皱着眉也没说话，上前把蒋氏手中的抹布拿了下来，放进那木盆里，又把木盆端到一旁去，才道："昨日已经擦过一回，家里也没什么灰尘，您身体不好，不要再劳累了。"

他说这话时也冷着脸。

蒋氏看着便摇头，道："你这一张脸总这么臭着，做事也硬邦邦的，半点不知道疼人，往后可怎么娶媳妇？"

张遮按她坐下，也不说话。

蒋氏却唠叨起来："不过那姚府的婚事退了也好，原本的确是咱们高攀，可对方也犯不着动这么下作的心思来害人。且你这水泼不进、针插不进、油盐不吃的硬脾气，倒跟你爹一个模样。高门大户的小姐便是嫁了你，又有几个能忍？"

张遮低头拆那药，没接话。

蒋氏瞅他这沉默性子，没好气地道："往后啊，还是娘帮你多看着点，一般门户里若能相着个懂得体贴照顾人的好姑娘，最好是温婉贤淑，把你放在心上还能忍你的。不然哪天你娘我下去见了你爹，心里都还牵挂着。"

绑着那药包的线已经被解开，混在一起的药材散在纸上，清苦的味道跟着漫开，张遮骨节分明的手指压在纸角上，没动。

曾经于狱中的种种熬煎，仿佛又涌了上来，过了好久，他才将它们都压下去，也将那一张在昏暗宫墙下压抑着喜悦望着他的脸压了下去，抬首看着蒋氏，慢慢地道："这种话，您不要乱说。"

★

斜街胡同深处的一座院落里，周寅之起身送姜雪宁到了门外，道："二姑娘若要探望那尤芳吟，得等晚些时候，免得人多眼杂。"

幺娘跟在他身后，也出来送姜雪宁。

姜雪宁便道："那我晚些时候再去。"

她从门口那缝隙里生了青苔的台阶上下去，却停步回头看了幺娘一眼，笑道："谢谢你今次为我煮的茶。"

幺娘受宠若惊。她不过是周寅之的婢女罢了，也不知这位于自家大人有大恩的贵人怎会对自己如此客气，连忙道："上回来没有好茶招待，幺娘手艺粗苯，只怕姑娘喝不惯，您喜欢便好。"

姜雪宁这才告辞离开，先行回府。

这时尤月与尤芳吟被锦衣卫衙门扣押候审的消息也已经传到了清远伯府。

众人都只当尤月是出去玩了一趟，想她晚些时候便能回来，哪里能料到好半晌不见人，竟是被抓了？

一时之间整个府里都不得安宁，清远伯夫人听闻之后险些两眼一闭晕过去，还是大小姐尤霜稳得住些，问来传话的下人："妹妹犯了何事，怎会被抓？"

那下人道："听人说是在茶楼里和三小姐动起手来，姜侍郎府上的二姑娘就在旁边，去报了案。没想到锦衣卫一来就把两个人都抓走了，说是在茶楼里一时半会儿问不清楚，不如回衙门去交代。”

这些话下人都是听人传的。当时其实是尤芳吟动的手，可众人一听说两个人都被抓走了，那自然认为是这两人相互动的手，传过来的话自然变了。

清远伯夫人立刻骂了起来：“尤芳吟这小蹄子，沾上她总是没好事！”

尤霜却有些敏锐地注意到了“姜二姑娘”这个存在。可她并未能被甄选入宫伴读，只粗略听闻过妹妹和姜雪宁的恩怨，对个中细节了解得并不清楚，虽有些怀疑此事与姜雪宁有关，眼下却还不好妄下定论。

她只道：“妹妹已经被选入宫中为伴读，机会难得。这一回回府本来只是出宫休沐，事情万不敢闹大，不管妹妹是不是清白，这事传到宫里总是不好。若一个不慎，被有心人钻了空子，只怕这伴读的位置也难保。且再过一天便要回宫，若妹妹还被羁押在牢中，便更难办了。我等妇道人家处理不好此事，与公门打交道，还要父亲出面才是。”

清远伯夫人立刻道：“对、对，咱们好歹也是勋贵之家！这些个锦衣卫的人，说拿人就拿人，何曾将我们放在眼里？我这便去见伯爷，请伯爷来处理。”

一行人匆匆地去禀报清远伯。

可谁料到清远伯一问具体情形之后，却脸色大变，霍然起身问道：“抓走月儿的是锦衣卫刚晋升的周千户？！”

众人不明所以。

清远伯却已暴跳如雷：“糊涂！糊涂！好端端的她去招惹锦衣卫干什么？原本的周千户与我们府中还打得上交道，如今刚上任的这位虽然也叫‘周千户’，可我托人去拜访过几次，对方也不曾答复我什么。锦衣卫这一帮人都是吃人不吐骨头的恶鬼，眼下要我拿什么去填他们的胃口？净给我惹事！”

清远伯夫人已然哭了出来：“可伯爷您要不救，我们月儿可怎么办啊？听说被扣押待审的人都与那些犯人一般待在牢里，天知道是什么可怜光景……”

清远伯面色阴沉，也考量起来。近来宫中有传闻要为临淄王选妃。月儿好不容易凭借着那日重阳宴上的书画第一被选入宫中做了伴读，这是个难得的机会，将来若能谋个好亲事，于伯府才有大助益。

可她要去牢里待过……

千金大小姐可不是三女儿那个贱妾生的，不能随便放弃，若事情传出去，往后谁愿意娶她？

这可真是突如其来的一遭横祸。伯府虽也是世家传下来的，可已连着三代都无人掌实权，在如今的朝廷早就位于边缘，只剩下个空架子好看，却不知还要花多少钱才能摆平此事！

清远伯越想越怒。可事情摆在这里也全无办法，他只能咬牙吩咐管家：“去，先点点内库银钱，另外，立刻备马车，我先去衙门看看！”

姜雪宁回到姜府时，日头已斜。

她进门便有婆子对她道：“您难得从宫里回来一趟，老爷、夫人说晚上在正屋摆饭，老奴还担心您回来得晚误了时辰，如今看却刚好。”

姜雪宁一听，顿了顿，道：“知道了。”

无论内里相处如何，面上大家还是一家子，回来吃顿饭自是应该的。

她回到自己房里略收拾了一下，便去了正屋。

这时廊庑上各处都点了灯。

屋里姜伯游同孟氏已经坐了一会儿。姜雪蕙坐在孟氏身边。

那桌上放了一封烫金的请帖，姜伯游正低头看着，眉头紧锁。

姜雪宁进来行了礼。

姜伯游叫她起来，看着她却欲言又止。

姜雪宁察觉到了，一抬眼看见他手中所持的请帖，那外封上头遒劲有力的字迹竟透着点熟悉感，那是燕临的字迹。

姜伯游觉着她也该看看，于是将请帖递了出去，道：“勇毅侯府来的请帖，邀人去观世子的冠礼。”

姜雪宁翻开请帖时，手指便轻轻颤了一下。只因这封请帖上每一个字都是燕临亲手写就的，虽然没有一个字提到她，似乎只是些寻常请帖上的话，可她想也知道勇毅侯府既然朝外送了请帖，便不可能只有这一封，更不可能每一封请帖都由燕临亲自来写。

她这一封请帖，是特殊的。便是已经当众对旁人撇清了同她的关系，可这名少年依旧希望自己能在旁边亲眼见证他加冠成人的那一刻。

姜雪宁慢慢合上了请帖。

姜伯游问：“届时去吗？”

姜雪宁道：“去。”

孟氏听他父女二人这对话，眼底不由得泛上几分忧虑，有心想说勇毅侯府已经出事，还不知后面如何，只怕京中高门大多对其避之不及，哪儿有他们这样上赶着去的？只是见姜伯游也点了点头，她便不好再说，又道：“坐下来先用饭吧。”

府里的厨子做菜一般，姜雪宁在“吃”这个字上还有些挑，是以食欲从来一般，吃得也少。

姜雪蕙坐在她旁边也不说话。

一顿饭，一家人闷声吃完了，难免觉着有些沉重。

待得饭后端上来几盏茶时，孟氏才道：“府里总归是老爷拿主意的，有些话妾身也不好讲。只是眼下谁都知道勇毅侯府已遭圣上见弃，咱们宁姐儿以往受小侯爷颇多照顾，虽然姻亲是不成了，可论情论理这冠礼也的确是要去的，这一点妾身不反对。可蕙姐儿与侯府一向无什么往来，我前些日与定国公夫人等人喝茶的时候，曾听闻临淄王殿下不久后要开始选妃了。我看，冠礼那一日，宁姐儿去得，蕙姐儿就算了吧。”

到底姜雪宁入宫伴读，也给家里长了脸。虽然她在宫中与人家清远伯府的小姐斗得跟乌眼鸡似的，难免叫他们这些做大人的在外头见着面难堪尴尬，可孟氏也不多说她什么，只想能把蕙姐儿摘出来些，也多给往后的亲事留几分可能。

姜伯游与勇毅侯府虽关系不浅，可大难当头，胳膊拧不过大腿，他自然也得考量考量阖府上下的情况，是以对孟氏这一番言语也不能反驳什么。

姜雪宁也没说话。

姜伯游便道：“这样也好。”

但谁也没想到，这时先前在旁边一句话也没说的姜雪蕙竟然抬起头来，道：“我也要去的。”

孟氏睁大了眼睛：“蕙姐儿！”

姜雪蕙却看了姜雪宁一眼，并无改主意的意思：“父亲是一家之主，届时已去了冠礼，我等子女如何选择并不重要。且如今勇毅侯府之事也未必没有转圜的余地，父亲与妹妹都去了，母亲与我自然也要去的。”

孟氏顿时愣住了。就连姜伯游都没有想到她会如此。

姜雪宁却定定地望着她，看她容色清丽，神情平静，想她口中之言，在情在理。这样一个大家闺秀，比之萧姝又有哪里差了？

于是姜雪宁慢慢地笑了笑。

孟氏一想，何不是这个道理？

姜伯游却叹蕙姐儿果然懂事明理。

用过茶后，姜雪宁同姜雪蕙一道从房中退了出来，走在廊庑上，脚步一停，道：“我若是你，有这样大好的机会，自然也是不会错过的。毕竟满京城都知道，临淄王殿下同燕临交好，燕临冠礼，他是必定去的。”

姜雪蕙面色一变，似没想到她竟说出这番话来，整个人都不由得跟着紧绷起来。

姜雪宁却是寻常模样，垂眸看见她此刻手中捏着的那一方绣帕，便轻轻伸手将其从她指间抽了出来，摊开来放在掌中，露出面上绣着的一茎浅青蕙兰，角上还有朵小小的红姜花，于是眉梢轻轻一挑，望着姜雪蕙道："我希望过些时候，你最好也拿着这方绣帕入宫。"

那绣帕被姜雪宁重新放回了姜雪蕙手中。姜雪蕙却看着她，仿佛没懂她说什么。

姜雪宁与她素不亲厚，自己打算自己的，也不想让她听明白，更不会解释什么，且心里还惦记着要去看尤芳吟，把绣帕还她后，一转身便朝府外去了。

姜雪宁这是夜里还要出门，可阖府上下也无一人敢置喙什么，都像是习惯了一般。

姜雪蕙立在原地瞧她的背影，浑然不在乎旁人的看法一般，这世间种种加之于内宅女子的规矩都似被她践踏在脚下，一时竟有些许艳羡，可转瞬便都收了起来。

姜雪宁过过的日子，她不曾经历，自然也就没这样的性情，说到底，都是人各有命。

很晚了，周寅之还待在衙门里，没回去。

下属问他："千户大人还不回吗？"

周寅之回："有事，你们先去吧。"

那些个锦衣卫便不敢多问，三个一伙五个一群的，把身上的官袍除了，勾肩搭背地出去喝酒，留下周寅之一个人。

姜雪宁是戌时正来的，外头罩着玄色的披风，戴着大大的兜帽，里头穿着鹅黄的长裙，却越发衬得身形纤细，到得衙门时把兜帽一放，一张白生生的脸露出来，眉目皆似图画。

周寅之看一眼，又把目光垂下，道："下午时清远伯府那边就来捞人了，不过周某记得二姑娘说休沐两日，倒也暂时不急，想来明日放人也算不得晚。"

他晋升千户不久，却还是头一回感觉到权柄在握，原来是这般好用。

下午是清远伯亲自来的，见了他却不大敢说话，一盒银票递上来，三千两。

周寅之看了他一眼，只把眉头一皱，道："伯爷不必如此，衙门回头把人审完了就能放出来，至多七天八天，若令嫒确与寻衅滋扰无关，自然不会有事。"

清远伯眼皮直跳。他又从左边袖中摸出一张五千两的银票来放上。

周寅之眉头便皱得更深："都是小辈们的事，锦衣卫这边也拿得分寸，不至于与什么天教乱党的事情扯上关系，伯爷还请回吧。"

清远伯一听差点没给吓跪，这回又从右边袖中摸出一张五千两的银票来放上，说话时却都要哭出来了，道："我那女儿自打出生起就没受过什么苦，家里也都宠着爱着，虽总犯点蠢，可也碍不着谁的事。她好不容易才被选进宫当伴读，过不一日便要回宫去的，还请千户大人高抬贵手，通融通融。"

周寅之这才道："伯爷爱女心切，听着倒也可怜，既如此，我命人连夜提审，您明日来就是了。"

清远伯这才千恩万谢地去了。

那一万三千两银票自然是留下了。

至于离开后清远伯是不是辱骂他心狠手黑，却是不得而知。

此刻周寅之便从自己袖中取出一个信封来，递给姜雪宁，道："伯府明日派人来接那尤月，不过却只字未提府里另一位庶小姐。我同清远伯说，此事还是要留个人候审，且尤芳吟是滋事的那个，暂时不能放人。伯爷便说，那是自然。然后走了。"

姜雪宁将那信封接过，拆了一看，两张五千两的银票。她便又将银票塞了回去，暗道破船的确还有三分钉。虽然算不上多，可也绝对不少，用来做自流井盐场那件事，自己回头再补点，该差不了多少。

当下她便道："捞一个尤月都花了许多，伯府才不会花第二遭冤枉钱。一个是嫡女，一个是庶女，一个入宫伴读，一个爹不疼娘不爱，死在狱中都没人管的，且人家想你还要留个他们的把柄在手里才安心，便故意把尤芳吟留给你，也好叫你这钱收得放心。"

这都是官场上司空见惯的手段了。

周寅之听着，点了点头。

姜雪宁又问："芳吟怎么样？"

周寅之便带她去了后衙的牢房。

狱卒见着千户大人带个女人来，一身都裹在披风里，虽看不清模样，可也不敢多问什么，得了吩咐二话不说打开门来，引他们进去。

锦衣卫多是为皇帝抓人，涉案的不是王公便是贵族，经常要使一些手段才能让这些人说"真话"，是以这牢狱之中处处摆放着各式狰狞刑具。

姜雪宁从未到过这种地方，一眼扫去，只觉触目惊心，然而下一刻却不可抑制地想起张遮。过去，那人身陷囹圄，审问他的是他的仇人，种种熬煎加身，又该是何等痛楚？

牢狱之中四面都是不开窗的，阴暗潮湿，冬日里还冷得厉害。

有些牢房里关着人，大多已经睡了，也有一些睁着眼，可看着人过去也没反应，跟行尸走肉似的，眼神里是让人心悸的麻木。

只是她越往前走，关着人的牢房越少，大都空空荡荡的。

到得最里面那间时，姜雪宁甚至看见了那牢门外的地上映下来几片明亮的烛光。她再往里走近了一看，这一间虽还是牢房，却收拾得干干净净：搁在角落里的床铺整洁，还放了厚厚的被褥；靠墙置了一张书案，放着笔墨纸砚；此刻正有明亮的灯烛放在案上。有一人埋首灯下，仔细地看着面前的一卷册子，发髻散下来简单地绑成一束，从肩膀前面垂落到胸前，眉清目秀，一派温婉柔顺的姿态。

正是尤芳吟。

姜雪宁顿时就愣住了，站在那牢房外，看着里面，一时都不知该做什么好。

周寅之走在她身后也没说话。

倒是此处寂静，他们从外头走过来时有脚步声，尤芳吟轻易就听见了，转头一看，竟见姜雪宁立在外面，顿时惊喜极了，连忙起身来，直接就把那关着的牢门给拉开了，道："二姑娘怎么来了？"

姜雪宁幽幽地看了周寅之一眼。不得不说，这人虽有虎狼之心，可曾经她喜欢用这人、偏爱器重这人，都是有原因的——办事太漂亮。

牢门原本就是没锁的，只如寻常人的门一般掩上罢了。

周寅之见这场面，便先退去了远处。

姜雪宁则走进去，一打量，终究还是觉得这地方太狭窄，望着尤芳吟道："我突发奇想搞这么一出来，带累得你受这一趟牢狱之灾……"

尤芳吟却从来没有这样欢喜过。

她左右看看自己这间牢房，却觉得舒坦极了，听着姜雪宁此言，连忙摇头，道："没有没有，才没有的事！周大人把我安排得可好了！我知道二姑娘也是不想我回府里去受罚，都怪我气上头来太冲动。我、我住在这里，很开心、很开心的。"

姜雪宁一怔："开心？"

尤芳吟却用力地点了点头，掩不住面上的欣喜，便想要同她说这地方可比柴房好了不知多少，且还有灯烛能照着，有账本能学着，只是话要出口时，对上她的目光，却又觉得这事不能让她知道。所以张了张嘴，她又闭上了，头也低垂下来，没了方才的喜悦，又成了最常见的那畏首畏尾的模样。

姜雪宁见她这般，便是不知道也猜着七八分了，再一看她这瘦削憔悴的形容，哪儿能不知道自己在宫里这段日子尤芳吟在府里过得很不容易呢？心底一时酸楚极了。

她强笑了一下，拉尤芳吟到那干净的床铺上坐下来，眼底有些泛泪，只道："我知道你在府里受她们欺负，可伯府的事情我却也难插手，不得已之下才想出这种办法。还好这里有千户大人能照应你，别的什么也顾不得了，好歹你在这不是人待的地方能过点像人的日子。等再过两日，便叫周大人宽限些，能偷偷放你出去。我过不了一日就要入宫，那什么自流井盐场的事，任为志的事，可都还要靠你呢。你在这样的地方，若能开心，我自然高兴；可若不开心，也万不能自暴自弃，我可什么事情都要靠芳吟来解决呢。"

话她是笑着说的，可声音里那一股酸楚却搞得尤芳吟心里也酸楚一片，连忙保证道："二姑娘放心，芳吟虽然笨，可这些天来看账本已经会了。这一回见着那位任公子，也已经谈过。家里二姐姐知道这件事后，也想要做。芳吟还记得您说过的话。这牢房既然能出去，也还能出去谈生意，天下便再没有比这更好的地方。我、您，我反正很高兴……"

她说得很乱，末了想说点什么安慰姜雪宁，苦于嘴笨，又不知道该怎么措辞了。

天下竟有人觉得牢里住着比家里舒服……

姜雪宁听了，初时放下心来，可转念一想，竟觉好笑之余是十分可怜的，叫她更心疼，当下也不敢在这话题上多言。

她只将方才周寅之给自己的那信封从袖中取出，交到尤芳吟的手里，道："瘦死的骆驼比马大，自流井任家那盐场再破败也远超寻常人所想，没点银两办不好事情，这些你都拿在手里。"

尤芳吟打开一看，却吓住了，她这一世都没见过这么多钱。

姜雪宁却想起眼下的困境来，道："清远伯府是不拿人当人看，又有尤月这么个苛待人的姐姐，本不该委屈你再待在那里。可一时半会儿我还想不到让你脱身的办法……"

尤芳吟忙宽慰她："没事，芳吟真的没事，便一辈子住在这里也没事。"

姜雪宁却没笑。她望着尤芳吟，第一次觉得这姑娘太招人疼："本来你离开伯府最好也最名正言顺的办法是找个稳妥的人嫁了，如此谁也不能说三道四。可偏偏我要保你只能出此下策，叫你进过了一趟牢狱，将来的姻缘却是难找了。"

离开伯府，最好的方法是嫁人。

尤芳吟眨了眨眼，垂下目光，却看着自己手中这装了一万两银票的信封，思考起来。

★

“真的是那小贱人朝我动手的，连长凳都抄起来了，我甚至都没敢向她动手！都是那个姜雪宁从旁挑唆，故意撺掇小贱人这么做的！”

“她从来被你欺负，怎敢打你？！”

“真的，爹爹我没有撒谎，你听我解释……”

“你自来在府中跋扈也就罢了，出门在外还要动手打她，传出去让人怎么说伯府？你竟然还叫人拿住把柄，招来了锦衣卫的人，把你抓进去！知不知道府里为了捞你出来花了多少钱？”

“什么？”

“一万三千两，整整一万三千两，全没了！”

因为旁人传话都说是她与尤芳吟动手才被锦衣卫的人抓走审问，所以伯府上下都以为是她出门在外还向尤芳吟动手，这才遭此一难。

连清远伯都这样想。

毕竟尤芳吟那样孬种的人，平日里府里一个低等丫鬟都能欺负她，谁能相信她会主动抄起板凳来对付几乎掐着她的性命的嫡小姐尤月？

这简直是撒谎都不知道挑可信的说辞！

尤月顶着清远伯的盛怒，真是无处辩解。在牢里面被关了一夜，又冷又饿，狱卒还格外凶狠，给的是味道发馊的冷饭，晚上连盏灯都不给点，黑暗里能听到老鼠爬过叫唤的声音，她被吓得死命地尖叫……

一整晚过去，她愣是没敢合眼。

到第二天上午伯府来人接她回去的时候，她的两只眼睛早已经哭肿了，眼底更是血丝满布，衣裙脏了，头发乱了，一头扑进清远伯夫人的怀里便泣不成声。

尤月原以为回了府，这一场噩梦便该结束了，没想到，那不过是个开始。

她刚回府，就被自己的父亲呵责，命令她跪在地上，质问她怎么闯出这样大的一桩祸事来，还说若不是她欺负殴打尤芳吟，断不会引来锦衣卫！

天知道真相就是尤芳吟率先抄起长凳要打她！当时她连还手的胆子都没有！

可谁叫她平日欺负尤芳吟惯了，此刻用真话来为自己辩解，上到父母下到丫鬟，竟没有一个人相信她，反而都皱起眉头以为是她在为自己寻找借口，推卸责任！

而且，一万三千两，那得是多少钱啊！

尤月瞪圆了双眼：“父亲你是疯了吗？怎么可以给他们一万三千两？！锦衣卫

里那个新来的周千户便是与姜雪宁狼狈为奸！这钱到他手里便跟到了姜雪宁手里一样！我知道了，我知道了……”

她说到这里时，面容忽然扭曲：“这就是一个局，一个圈套！爹爹，你相信我，就是姜雪宁那个小贱人故意挑唆尤芳吟来打我，又故意报了官，叫那个姓周的来，好坑我们伯府的钱！他们既然敢做出这种事情来，又逼爹爹拿钱，我们不如告到宫里面去，一定能叫他们吃不了兜着走！”

清远伯只要想起那一万三千两银子就觉得整颗心都在滴血，虽然保下了尤月，可如今的伯府本就捉襟见肘，这一万多两银子简直跟抽了他的筋、扒了他的皮一样痛。

是以看到爱女归来，他非但没有半分喜悦之情，反而更为暴怒。听见她现在还胡说八道，清远伯终于忍无可忍！

“啪！”

盛怒之下的一巴掌终于甩了出去，打到了尤月的脸上！

正说着要叫人去报官，告那周寅之收受贿赂的尤月，一张脸都被打得歪了过去，脑袋里“嗡”的一声响，没稳住身形，直接朝着旁边摔了过去！

“月儿！”

“父亲！”

“伯爷您干什么呀？！”

一时有去扶尤月的，有去拉清远伯的，堂里完全乱成了一片。

尤月不敢相信向来宠爱她的父亲竟然会打她，而且还是因为她蒙冤入狱这件事打她，整个人都傻掉了，眼泪扑簌扑簌地掉下来。

她竟一把将扶她的人都推开了，站起身来，直接就从堂内冲了出去，一路奔回了自己屋里，当下拿了钥匙，翻箱倒柜，什么值钱的东西都找出来了。

丫鬟婆子们见她脸色可怕，都不敢上前阻拦，但这会儿也不知她是要做什么。

清远伯夫人忙着留在堂内劝伯爷消气，只有大小姐尤霜担心她，连忙跑回来看她，见她把自己的积蓄都翻出来，吓了一跳：“你这是在干什么？父亲不过是一时气上头了，你平日里欺负尤芳吟，把人往柴房里一关十天，今次还在外面打她，才闹出这桩事来，难道现在还要离家出走威胁谁不成？”

“连你也相信他们不信我？”

尤月向来觉得这姐姐与自己同气连枝，伯府里只有她们两个是嫡出，尤芳吟那贱妾所生的连给她们提鞋都不配。平日她对尤芳吟过分的时候也没见姐姐出来说话啊，这会儿倒装自己是个好人了！

她冷笑起来："好、好，你不信便不信！那姜雪宁便是个吃人不吐骨头的恶鬼，大家都在京城，早晚有一天会撞上，我且看看届时你们是什么下场！"

尤霜觉得她在牢里被关了一天已经失去理智，听了这话都愣住了。

尤月却已翻出了自己的私房钱来数。她脸上有几分可怕的偏执，道："至于离家出走？你放心，我不至于这么蠢。不就是为那一万多两银子才对我这般疾言厉色吗？我便要叫你们看看，一万多两银子算得了什么？！"

"你数钱干什么？"尤霜莫名有些害怕。

尤月却看着她笑："不干什么。"心里想的却是，尤芳吟那小贱人现在也一样被关在牢里，吃着苦头，怎么着也比自己惨上几倍，且总有一日要回府。届时她要十倍百倍地报复回来！

说完，尤月转头直接叫了先前去蜀香客栈那边探听情况的下人进来，问："任为志那边怎么样了？"

那下人这些天来都在暗中打听情况，今日一早正好有个紧要消息，一听尤月问，便连忙在外头禀道："昨天有位京城里出了名的幽篁馆吕老板去客栈拜访过了任公子，今日一早又去了一趟，有风声传出来，说是吕老板已经出钱入了一些股，但还不知道真假。"

尤月听得心中一喜。有这样的大商人下场，事情便是靠谱的。

但紧接着她又心急如焚。这件事若被别人抢了先，自己可就捞不着什么便宜了。

当下，她道了一声"我知道了"，便将匣子里的银票抱了，转头往门外走去。

尤霜看得眼皮直跳，拉住她问："你干什么去？"

尤月十分不耐烦地甩开了她："不用你管！"

两日休沐眨眼便过，又到了伴读们返回宫中的时候。

仰止斋里陆续来了人，渐渐开始热闹起来。

姜雪宁那一晚在尤芳吟的牢房里说了好一会儿话才走，回去却不知道为什么梦魇缠身，一整夜都几乎没合过眼，白日里只忙着清点燕临以前送给自己的东西，都一一装在箱子里，以便交给姜伯游处理，是以次日返回宫中的时候，还有些没缓过劲儿来。

但她只是看上去有些困倦罢了。伴读中比她憔悴的大有人在。

经过先前搜查逆党之言的事情，仰止斋里的宫女全都换了一茬儿，看着都是生面孔，个个垂首低头站得很远。

流水阁里陈淑仪在沏茶，萧姝在喝茶，周宝樱在吃茶点，姚蓉蓉则是小心翼翼地陪坐在旁侧，打量着众人也不敢说话。

姚惜和尤月相对坐着。这两人的眼圈都有些泛红，只是姚惜埋着头、垂着眼、沉着一张脸，看着自己面前的杯盏，隐隐透出几分阴沉之意，却并不说话；尤月则是两眼浮肿未消，即便用煮熟的鸡蛋滚过了，看着也是刚挨过打一般的狼狈，一双眼抬起来，更是毫不掩饰地死死盯着刚从外面走进来的姜雪宁。

这气氛，傻子看了也知道不对。

姜雪宁刚进来倒没注意到姚惜，因为此刻的尤月看着实在是太惨也太显眼了，让人不能不一眼就注意到她。

姜雪宁想过尤月会很惨，可没想到会惨到这地步。看这恨不能将她吃了的眼神，尤月该是连那一万两的事情也知道了吧？

只是姜雪宁半点都不心虚。她嘴角含着些微的笑意踱步进来，半点不含糊地直接回视尤月，开玩笑似的道："看尤二姑娘这样子，怎么像是回家遭了劫难一样？连脂粉都遮不住脸上的痕迹了，这是遇到什么事了呀？"

尤月真是恨死她了。可经过茶楼那一遭，尤月才算是彻彻底底地明白过来：不管是在宫里还是在宫外，她都是斗不过这个女人的。至少目前斗不过！

这女人蛇蝎心肠，歹毒至极！

她对姜雪宁是又恨又怕，也知道在这仰止斋中，自己并无任何优势，是以面对着对方这明显的挑衅和嘲讽，竟只能咬碎了牙和着血往肚里吞，不敢回一句嘴。

在场的都是明眼人，只从这简单的一个回合，便猜在宫外这短短的两天里，尤月怕是在姜雪宁面前栽了个大跟头，以至于此刻虽然恨，却怕到连吭声都不敢了。

姜雪宁见她知道反了，倒觉省心。只是好整以暇地坐下来抬起头时，她却在无意中对上了姚惜那沉冷的目光，但在看到自己抬起头时，那沉冷便收了起来。

姚惜竟然扯开嘴角向她一笑。

姜雪宁忽然就想到了那日深夜宫中，张遮对自己说要退亲，再一想姚惜此刻的笑，只觉背后陡地一寒：姚惜心胸狭窄，心思也很不纯正，该不会以为是自己在背后告状坏了她的亲事吧？

但姚惜一句话也没说。姜雪宁更不好问。

这短短的一个眼神交会间的细节就像是没有发生过一样，并未激起半分浪花。

她们八位伴读，大多是晚间才到。

上一回走时，乐阳长公主沈芷衣还在被太后娘娘禁足，等她们这次返回宫中，沈芷衣的禁足已经解除，加之她们伴读有一阵，也算与沈芷衣熟悉了，当即便由萧姝提议，天将夜时，掐算了时间，去鸣凤宫找她，也好解解她的烦闷。

沈芷衣的确烦闷得厉害。因为为勇毅侯府求情，她竟与母后一言不合吵了起来。说是叫她禁足反省，可她也不知道自己错在何处，是以今日虽然解除了禁足，却也赌气不愿去慈宁宫请安。

伴读们来得正好。

鸣凤宫乃她的寝宫，什么玩乐的物件都有，便拉了众人一起来玩，一会儿演皮影，一会儿下双陆，还玩了几回捉迷藏，到很晚时苏嬷嬷来提醒，才停下来。

姜雪宁昨夜便没睡好，一整个白天也基本没合过眼，玩的时候便有些心不在焉，看她们下双陆时脑袋便一点一点的，差点打上瞌睡。

沈芷衣将这情景看在眼中。她也不管旁人怎么想，先叫其他人都散了，却去拉了姜雪宁的手，鼓着腮帮子道："宁宁你是不是困了？仰止斋距离我的寝宫可有好远呢，你今晚就在我这里睡吧。"

就在这里睡？

姜雪宁听见一个"睡"字真是浑身打了个激灵，登时有多少瞌睡都被吓醒了！她开口想拒绝。但先前沈芷衣同人玩闹时那欢喜的神情已然不见了，眼帘低垂下去，笑了笑，却是有些丧气惆怅的模样，低低地道："我想找个人说话。"

这时姜雪宁才发现，自己似乎是吃软不吃硬的。

她知道沈芷衣为何会被禁足，也知道沈芷衣从小同燕临要好，想想此刻对方贵为长公主，却只能看着自己的皇兄命重兵围了勇毅侯府而无能为力……

原本到嘴边的话便说不出口，姜雪宁终是道了一声："好。"

长公主的寝宫自是要多奢华有多奢华，金钩香帐，高床软枕。

沈芷衣好歹把姜雪宁拖上了床。

她给姜雪宁换上了自己的寝衣，把宫里伺候的宫女嬷嬷都撵了出去，光着脚抱了锦绣的枕头到她身边来，同她一般平躺在床上。

深宫里一片寂静。

殿里的灯都熄灭了，只有窗上糊着的高丽纸还映出几分外头的亮光。

姜雪宁忽然有点恍惚。

沈芷衣在她旁边，看着帐顶，眨了眨眼，道："宁宁，你说大人们怎么想得和我们不一样呢？燕临那样好，侯府也那样好。小时候我还去过他们府里，那樱桃树长得高高的，上头结的樱桃都红红的，听说是燕临的姑母当年栽下的。我馋得很，也顽皮，老想爬到那树上摘樱桃吃。燕临总说没熟，不要我上去。有一回，我便骗他说伯父叫他去练武，自己偷偷爬上了树，摘了那樱桃来吃，结果真是酸倒了我的牙。”

姜雪宁的泪滑过了眼角。

沈芷衣两手都覆在身前，特别想哭：“结果燕临回来找我，没找见。我躲在树上面，想要吓一吓他，结果不小心从树上掉了下来，摔到地上，疼得大哭。燕临都吓住了，然后还骂我，说我活该。伯母见他这么凶，便请出家法来把他打了一顿给我消气。我都已经忘了那时候我几岁，也忘了后来还发生了什么，就记得那树好高好高，太阳好大好大，还有那樱桃，明明是酸的，可现在想起来竟然好甜好甜……”

她说着，便真哭了起来。

这几日来，便是发脾气她也没有哭过一次，可也许是觉得宁宁和别人不一样，见到宁宁的第一次，她便能说到自己心里去，于是觉得这样的话是可以对对方说的。

她同萧姝固然要好，可这样的要好是隔了一层的……

有时候她甚至觉得不舒服。

明明她是这宫中最尊贵的长公主，可旁人看着萧姝、母后待萧姝，也好像不比自己差，且她总觉得，宁宁和阿姝也是不同的。

沈芷衣从来没觉得这样伤心过。她忍不住抱住了姜雪宁，将脑袋往她身上一埋，眼泪便全掉了下来，可又不敢叫殿外面的宫人们听见，便压抑着那声音饮泣。

姜雪宁觉着自己的颈窝里湿了一片，只听见她模糊的声音：“我好怕，以后燕临不见了，伴读不见了，大家都不见了，你也不见了，就只剩下我一个人……”

姜雪宁喉间哽着。她要竭力睁大眼睛，用力地克制着自己，才能不使情绪在这样一个夜晚中、在这样一座深宫里崩溃。

便是贵为公主，也有这样伤心惶恐的时刻……

人活在世间，谁又能免俗？

沈芷衣哭了好久，等哭累了，便渐渐困了，躺在她旁边慢慢睡着了。

姜雪宁为她掖好了被角，侧转身来凝视这位本该集万千宠爱于一身的公主，想起她过去悲戚甚至壮烈的命运，许久后，轻轻俯身亲吻她的额头，然后才退开，赤着脚踏在了这寝殿冰冷的地面上。她走到一扇雕窗前，轻轻打开了一条缝，朝着外面望去。

一盏盏宫灯高悬，红墙飞檐，重重叠叠。

鸣凤宫比之朴素的仰止斋，实在是太像坤宁宫了，姜雪宁睡不着，也不敢睡着。

第二十三章

宫装

姜雪宁基本一夜没睡，到天将明时才想着天亮还要去奉宸殿上课，因而强逼着自己忘却这座宫廷带给自己的不适，打了个盹儿，但也没一个时辰。

越是皇家越是规矩极严，睡懒觉这种事，姜雪宁在府中能有，沈芷衣在宫中却难有。许多年宫廷生活下来，一到起身的时辰，都不用宫女来叫，她自己便睁开了眼睛，起身来由宫人伺候着洗漱穿衣，显然早已习以为常。

大约是昨夜哭过发泄了一通，今早起来她除了眼眶有些发肿外，倒是恢复了往日的元气。

她不光自己洗漱，还指挥宫人们去伺候姜雪宁。

姜雪宁前天晚上便没睡好，昨夜一番折腾下来就更显疲惫，只是看沈芷衣难得恢复了欢笑模样，也不好表现出来让她看出端倪，坏了她难得的好心情，是以强行忽略了两边太阳穴传来的突突的紧绷感，唇边挂着笑，一面与沈芷衣说话，一面接受了宫人们的伺候。

仰止斋中的宫人并不伺候起居。但姜雪宁过去是当皇后的人，受着宫人们的伺候倒没有什么不自在的。只是在她极其自然地将锦帕递回那宫人的手中，并下意识地摆手要叫她们退下时，一股冷意才从她的脚底蹿了上来，让她不寒而栗。

沈芷衣还没察觉出异常。寝殿里伺候的女官看了姜雪宁一眼，却有些为难地问她："殿下，您昨夜一时兴起留姜伴读宿在殿中，宫人们却都还没去仰止斋取姜伴读常穿的衣裙，不知现在……"

姜雪宁该穿什么？

沈芷衣也回头看去，此刻姜雪宁只穿着雪白的中衣站在那边，一张美人脸素面朝天，大约是刚睡醒，有点病恹恹的感觉，像极了仕人画中那些愁眉轻锁的病美人。

真是太好看了。

她不禁眼睛一亮，立刻朝那女官道："宁宁的身量与我差不多，穿我的自然最好不过！来，宁宁，我要给你挑一身最好看的！"

姜雪宁还正在想自己在坤宁宫中养成的那养尊处优的习惯，根本没注意她们在说什么，还没反应过来，就已经被沈芷衣拉着坐到了妆镜前。

接下来她就听到沈芷衣左右招呼，一会儿喊这个宫女来为她傅粉画眉，一会儿喊那个宫女重新拿一身宫装来，又亲自打开了自己的妆奁，什么红宝石耳坠、景泰蓝手镯，全往姜雪宁身上比画。

姜雪宁一时有些哭笑不得，只觉得沈芷衣像是忽然得了玩偶的小姑娘，一定要把她打扮得漂漂亮亮的才肯罢休。她有些困倦，便没精神阻拦，索性一会儿站起一会儿坐下，任由她摆弄。

沈芷衣又换了一副耳坠在她的耳垂上比画，只觉这浅淡如烟霞的紫琉璃也唯有她这样纤细的脖颈和雪白的肤色撑得住，好看得让人舍不得移开目光。

只是看着看着，她先前飞扬的眉眼便垂了下去。

姜雪宁瞥见了，问她："不好看吗？"

沈芷衣放下手来，望着她的目光不曾移开，却多了点点滴滴的心疼："好看，可就是太好看了，让我忍不住去想，你这样不争不抢的性子，在宫里还要被人算计，若往后燕临也没了，有谁来护着你？"

姜雪宁无言。

沈芷衣却出奇认真地思考了起来，眼珠子骨碌碌一转，接着便是一亮，竟问她："你觉得我王兄怎么样？"

沈玠？！

姜雪宁眼皮一跳，立时想起自己过去的命运轨迹来，想也不想便立刻道："多谢殿下抬爱，临淄王殿下自是儒雅端厚，但雪宁寒微之身，只想安平一生，您可开不得玩笑。"

沈芷衣甚是不解："我王兄有什么不好的？"

姜雪宁心里道：你王兄哪里都好，就是不适合我。

沈芷衣想到这一茬儿很是兴奋，宫里都是她的人，也不惮被旁人听去，直接蹲到她面前道："真的，宁宁，我听母后和皇兄说过，不久后就要为我王兄选妃。如果你能成为我王兄的王妃，将来王兄多半被皇兄立为皇太弟，往后也住在宫中。这样你也就住在宫中，那岂不是能天天与我住在一块儿，常日见着，一块儿吃一块儿玩一块儿睡觉？”

她两只眼睛都亮晶晶的。

姜雪宁想起如今沈芷衣待自己甚是赤诚，她有心想要直接拒绝，可对着这样的目光，话到了嘴边，竟不大说得出口。

可若是不说清楚……先前明明没有呈递她的名姓却偏偏阴差阳错入宫伴读的事情又一次浮现在她的脑海里，紧接着浮现出来的便是入宫后所经历的以及将来要发生的种种事情。

她实在是怕了，也倦了。经历过了曾经的繁华，姜雪宁实在不想重蹈覆辙了。

她忽然用一种前所未有的认真目光回望着沈芷衣，轻轻将那一串紫琉璃耳坠从沈芷衣的手中拿出来，放回妆奁上，道：“雪宁是殿下破例召入宫中的，中间大费周折之处，想必殿下比我更清楚。那殿下也该清楚，最初姜府报了入宫的那个人并非我。能得殿下青眼，奉诏入宫，又得殿下多番照顾，能认识殿下，雪宁也很高兴。可宫中的生活并不是雪宁所喜欢的，雪宁出身寒微，心无大志，只想回到儿时的乡野之间，一骋心怀……”

沈芷衣怔住了。她没想到姜雪宁竟会说出这样一番话来，手里那串紫琉璃没了，取而代之的是她微微带着暖意的手掌，但一股怒意从心底浮了上来。沈芷衣想说“我待你这般好，你怎敢想着离开”，可一触着姜雪宁那温然诚恳的目光，才生出来的那片怒火便如被暖暖的流水压下来似的，慢慢熄了，转而成了几分孤寂和可怜。

她道：“你不喜欢宫里？”

姜雪宁道：“这里的日子过得叫人很不痛快。”

沈芷衣憋了一口气：“那你说，谁叫你不痛快，我通通给他们一个痛快，让你痛快痛快！”

她简直是小孩儿脾气，两只眼睛瞪得大大的，细细的眉也扬了起来，眼角下虽一道旧疤，却无损她公主的尊贵，只是两边腮帮子鼓起，嘴唇抿得紧紧的，显然是不肯善罢甘休的样子。

姜雪宁无奈极了，当下只怕这话题继续下去，反倒激起她的脾气，给自己来个一不做二不休，暗地里让她嫁给沈玠，那可没处说理去，是以叹了口气便想转移话题，道：“还是看看今日穿什么吧，耳坠也蛮好看的……”

但沈芷衣可不是那么好糊弄的人，她就是喜欢姜雪宁这个玩伴。

沈芷衣一面给她打扮，一面却搜肠刮肚，挖空了心思想从她嘴里套话，问：“是仰止斋的宫人对你不好？内务府那帮狗东西分例苛待你了？那个叫尤月的又欺负你？你就说嘛，到底谁叫你不痛快了？宁宁……”

她这架势，俨然是姜雪宁说一个她就要去干掉一个！

姜雪宁头上冒了冷汗。

可沈芷衣的问题一个接一个，猜测一个比一个离奇。一张嘴忽然说个没完，简直像只聒噪的八哥。

姜雪宁仰天长叹。头一次，她这么想给自己一个大嘴巴子：早知如此，她直接跟沈芷衣说一句“我更愿意当殿下的伴读，而不是当殿下的王嫂”，只怕沈芷衣就乐得直接打消让她嫁给沈玠的想法了，哪里用得着像现在一样被翻来覆去地询问？

真情实感遭雷劈啊！

终于，在沈芷衣说出第二十三个离奇的猜测之后，姜雪宁没禁受住诱惑的考验，尝试着开口道：“殿下既然如此在意我痛快不痛快，那我……就说了，其实出宫我就痛快了……”

沈芷衣朝她露出一个甜美的笑容：“宁宁，你做梦。”

沈芷衣把那串紫琉璃耳坠给她挂上，十分爽朗地哄她：“换一个，换一个本公主一定给你办到！”

姜雪宁心底默默泪流，琢磨了半天，脑袋里忽然冒出一个狗胆包天的想法：“那最让我不痛快的就是学琴了，谢先生三天两头抓我去学琴，要求还极其严格……”

沈芷衣难得地沉默了。

姜雪宁眨巴着眼睛：“您说过一定给办到的。”

这回轮到沈芷衣心里默默流泪了：满朝文武都知道谢先生在治学上的地位，要知道她在宫里上学这件事引得满朝非议，若无谢先生首肯，只怕还不能成。且谢先生平日里那教书的架势，便是给她一百个胆子，她也不敢到他面前猖狂，不准他提溜姜雪宁学琴啊！

可什么都能丢，乐阳长公主的面子不能丢！

沈芷衣强忍着心虚，义正词严地道：“谢先生肯这样认真地教你，朝堂公务都忙不完呢，每日还要抽大半个时辰来教你弹琴，是旁人都羡慕不来的事情。你怎么能嫌弃谢先生严格呢？太过分了！”

姜雪宁想开口：“可——”

沈芷衣抢道：“你再多说一句我就去告诉谢先生了！”

姜雪宁惊呆了：以前我怎么不知道你竟然还会拿打小报告威胁人？！

沈芷衣却咳嗽了一声，脸不红心不跳地道：“哎呀，本公主也不是万能的，除了这两件事之外还有谁叫你不痛快，你说出来，本公主必定为你主持公道！”

姜雪宁想了半天，憋出来一句："没有了。"

只是待穿衣上妆完毕，同沈芷衣一道用早膳的时候，她看着那块放进碗里的酥饼上用玫瑰花馅堆成的半朵兰花，夹起来咬了一小口，却慢慢垂下了眼帘。

沈芷衣问："怎么了？"

姜雪宁目光微微一闪，看着那一小块酥饼，道："没什么，只是忽然想起我家中的姐姐也会做这样的饼饵，一下有些想念……"

她说完便又岔开话题，继续吃了。

沈芷衣却垂眸思考了片刻，认真把这句话记在了心里。

用过早膳后两人便去奉宸殿上学。

她们到时，旁人早到了。

众人正在说话，听见说乐阳长公主来，都转头看去，可谁料想这一看，目光竟收不回来，只是这目光并未落在乐阳长公主身上，而是落在姜雪宁的身上！

入宫多时，伴读们穿的大多是自己来时所带的衣裳。

姜雪宁素日来的打扮更是偏于素雅，有点仗着自己底子好懒得打扮的任性。可今日她从鸣凤宫中来，穿的乃宫人们花了好久才选出来的往日沈芷衣穿的宫装。

雪白的衣料上压着一层又一层细密的金线。深蓝色的仙鹤衔云图从衣裙的下摆攀上来，两边宽大的袖袍上流水纹则如锦绣堆叠，腰间还挂了一块白玉玲珑佩环，唯独那月白色绣牡丹的香囊是她自己的。

她的一张脸更是精致璀璨，肤色本就白皙，描眉画眼，唇畔点朱，顾盼间已然神飞，一颦一笑都显得动人心魄。

但更叫人惊讶的是她给人的感觉。并没有任何小女儿家偷穿了锦绣华服的不适与不配，她穿着这一身宫装，原本漫不经心的轻浮随意似乎跟着不自觉地收敛进去两分，扶着宫人的手一步步走近，竟显出一种身在九重宫阙的凛冽与高华气质。

萧姝看了她好半天都没反应过来。

乐阳长公主却高兴地向众人炫耀，这是她打扮了一早上的成果。

众人见了姜雪宁这般姿容又如此精心打扮之后的容颜，心下震撼之余，却都有些泛酸，可面上还不得不附和称赞，一时都跟打翻了五味瓶似的心情复杂。

姜雪宁从鸣凤宫出来前也照过镜子，只觉这华丽宫装穿在身上，好看自是好看，却仿佛梦魇一般，透过妆镜看去，看见的竟不是自己，而是曾经那个进退不能、繁华迷眼的皇后。

她有心想换一身衣服，可眼见着要到上课的时间，也来不及再换，只好穿着这么一身到了奉宸殿。

她一夜没睡，心思也烦乱，一堂课上得心不在焉，直到这堂课结束了，看众人都把琴摆到琴桌上，才一下想起下堂是谢危教琴。

于是她掐了掐自己的眉心，这才醒了醒神。

那张蕉庵还在偏殿里放着，姜雪宁出了殿门便往偏殿走去。没想到今日谢危竟然很早就在偏殿里。殿门口的小太监有些惊讶地看了她一眼，隔门通传后，便打开门让她进去。

姜雪宁进了门。

谢危今早没有经筵日讲，也不想待在内阁同那帮老头子吵架，是以才来了偏殿处理公文，此刻正起身将自己那张峨眉从墙上取下，一转头看见姜雪宁，也怔了怔。

姜雪宁同他见礼："谢先生好。"

谢危的目光却在她身上停留了许久，打量她的衣着与妆容，眉头竟渐渐皱紧了。

"不好看。"说完他便斜抱峨眉，往殿门外走去。

姜雪宁站在原地，简直满脑门子官司。

这人怎么回事？

虽然她自己也觉着这一身衣服穿着很不合适，可从谢危嘴里说出这话来，怎么就这么不中听？女儿家好看不好看，轮得到臭男人来置喙？

更何况她怎么可能不好看！

姓谢的人话都不会说，活该讨不着老婆！

★

最近一段时间她们学琴，基本都学右手指法。每学一种指法后都教了相应的琴曲给她们做练习，谢危要求很严，谁也不敢马虎。

连沈芷衣在堂上也都规规矩矩的。

唯独姜雪宁今日上课时，一双眼睛瞪得老大，反正也不准她摸琴，她干脆坐在第三排最靠后的角落里，冷眼瞅着谢危，仿佛想用目光把这人给瞪穿。

谢危一时没明白她这是想干什么。

好在姜雪宁连着两晚都没大休息好，眼睛有些泛酸，瞪了他有一刻，困倦就翻涌上来，没一会儿就没撑住，打了个哈欠，能坚持住不闭上眼睛趴到案头去睡觉已经是极有毅力的事了，再提不起什么精神来瞪他。

一堂课再次浑浑噩噩地过去。

下学时，众人都已经知道姜雪宁学琴素来是要被谢先生提溜着的，谁也不想留在这里同他多待，一溜烟全散掉了。

姜雪宁却走不脱。

谢危抱着琴从殿上走下来，问：“你瞪我干什么？”

姜雪宁好不容易熬到下课，刚想要打个哈欠，听见这话却不得不强行将其憋了回去，为自己辩解：“怎么会呢？您一定是看错了，学生怎么敢做这样的事？”

谢危淡淡地道：“你不仅敢做，还敢撒谎了。”

姜雪宁假笑起来：“那该是学生认真听您讲课，一时入神，对您怀有万般孺慕之情，看呆了眼吧。”

谢危不为所动：“是吗？”

姜雪宁看着他这不咸不淡的样子就来气，顿时又想起这人方才皱眉说她“不好看”时的神情，于是暗暗起了几分报复之心，笑得格外甜美，道：“也可能是谢先生今日讲得枯燥乏味，十分不好，所以学生听得一头雾水，不自觉只能看着您了。”

枯燥乏味，她听得一头雾水！

若说先前谢危整个人还姿态从容，这会儿听了姜雪宁的这两句话，一张脸顿时就沉了下来，连眸底的温度都变得低了几分。

从来没有人这样评价过他——自打四年前回到京城开始在文渊阁主持经筵日讲以来，不管是先生还是学生，不管是同僚还是皇帝，对他都是称赞有加，像姜雪宁这样睁眼说瞎话的刺儿头，他还是第一回遇到。

心里哽了一下，谢危薄薄的唇紧抿成平直的一条线，有那么刹那是想要发作的。

可目光回到姜雪宁身上，他又忍了，波澜不惊地道：“自己开小差就差没睡过去了，听不明白，倒怪起先生不会教，也是本事。”

姜雪宁笑容不变：“您说得对。”

简直有点没脸没皮的味道，谢危说什么她就是什么。

谢危也懒得同她计较，便往殿外走去。

可没想到他一转身，姜雪宁就在他背后轻轻咬着牙小声嘀咕：“自己连个老婆也讨不着的大老粗，欣赏不来，不也有胆量说我不好看吗？能耐了啊你！”

“你说什么？”谢危脚步一顿，直接回转头来看她。

姜雪宁脖子后面一凉，连忙把琴一抱就跟了上来，仿佛刚才小声嘀咕的那个人根本不是她，异常狗腿地走到了谢危身边，道：“学生说自己就是个大老粗，什么也不懂得欣赏，还好谢先生心善，肯对我多加指点，我们这就学琴去吧。”

她真当他耳背？

谢危盯了她好半晌，觉着这学生有那么点“三天不打上房揭瓦”的浑劲儿，又想起这些年坊市间有关她的种种跋扈传言，只觉自己该约束她一下，免得她觉着自己好相处，越发得寸进尺。

可待要发作时，他又见她一双眼亮晶晶地看着自己，模样真是乖觉极了。

训斥的话到了嘴边，谢危没能说出来，到底咽了回去，只把宽大的袖袍一甩，道：“还知道谁是先生谁是学生便好，走吧。”

他转过身去。姜雪宁朝着他的背影吐了吐舌头，这才跟上。

两人又到了奉宸殿偏殿。

谢危将峨眉放在另一张琴桌上，道：“这几日来教的都是右手的指法，今日讲完按理便该对右手指法略有了解且能弹相应的琴曲。殿里面我抚琴时你坐得甚远，怕也不大能看清指法如何，所以现在我再弹一遍，你须仔细看清指法的细节，我弹完之后便由你来练习，弹一遍给我听。”

姜雪宁顿时一个头两个大。

谢危却问她：“听明白了？”

姜雪宁坐在自己的那张琴桌前，非常诚恳地点了点头，道：“听明白了。”

琴之一道于谢危而言，已是信手拈来。

他弹了今日在奉宸殿正殿里为诸人演示过的《彩云追月》。琴音淙淙，泻如流水。这种适合练习指法的琴曲，韵律简单而轻快，像是弹跳在清澈泉水上面的水珠，又像是随着溪水飘落而下的竹叶，并不复杂，由谢危弹来已有几分返璞归真的味道。

他抚琴时向来心无旁骛，待得琴音终了，才缓缓将双掌垂下，压了这一曲悠悠的余音，抬起头来道：“你看清……”“楚了”两字卡在喉间，陡地戛然而止，谢危的脸色忽然差到了极点。

旁边那张琴桌上，原本刚进来时还端端正正地坐着，片刻之前还睁大眼睛回答了一句“听明白了”的姜雪宁，不知何时已经整个人趴了下去。

琴桌就那么大点地方。脸趴下去之后，搁在上面的那张蕉庵古琴便被挤得歪到一旁，她的两条手臂抬起来枕在脑袋下面，眼睛早已闭上，连呼吸都变得均匀起来。

她竟然直接睡了过去！

谢危还压在琴弦上的手指忽然变得有些重，他怕自己一个不小心抠断琴弦，便慢慢地将手指抬了起来，面上也慢慢没了表情。

偏殿之中没有戒尺，但书案上放着今日要用的曲谱，他站起身来拿起那本曲谱，在手掌中顺着书脊一卷，便朝姜雪宁走过去，想要叫她起来。

只是他走过去，站到她身边，举起那本卷成筒状的曲谱，想要“请”她醒过来时，却不知为什么，停了停。

宫装繁复，看着固然华丽，穿起来却显厚重，少女的身形很纤细，站着或是坐着时，脊背挺得笔直，眉眼顾盼神飞，尚不觉得怎样。可此刻她枕着自己的双臂，就这么趴在窄窄的琴桌上睡着时，便自然地将自己蜷成了小小的一只。

这一身华丽的宫装忽然变成了一副坚硬的盔甲，但藏在里面的……只是个脆弱的小东西。

少女该是困极了，便是眼睑下扑了一层脂粉，也看得见些许疲倦的浅青。眼睛闭着，细眉垂着，艳丽的口脂有一些因为趴伏的动作蹭在了宫装的袖摆上，倒像是几瓣落花，又像是掉落的画笔在画纸上随意地画了几道，一串细细的紫琉璃耳坠搭在了耳边的脸颊上。

外头的天光不甚明亮，穿过那剔透的紫琉璃时，便折射出了几许柔和而璀璨的光，映落在她雪白的皮肤上。

这些日来他在殿中讲学，姜雪宁从来都是竖着耳朵听的。便是被叫到这偏殿中静心，她也从来乖乖的，没有怨言。

今日却是他一没留神，她就趴下去睡了。

谢危的目光落在她那卷曲而浓密的眼睫上，也落在她微微轻锁的眉头上，只疑心她是不是正在做什么噩梦，过了许久，终究还是将那眼看着就要敲到她脑袋上的曲谱收了回来。可站在已陷入酣眠的少女身边，他一时又有点不知如何是好了。

这么棘手的学生……他还真是头一回教。早知如此，他又何苦给自己添这麻烦？姜雪宁是不是学坏了，同自己又有什么相干呢？

他心底一哂，虽忍不住去想这小丫头是不是昨夜玩闹到太晚也不知休息，今日才这样困，可自从经历过上次《女诫》的事情，误会过她一次后，他便不会再武断地轻易下定论了。

在她身旁站了半天，谢危没忍住，摇了摇头，无声地一笑，竟不打算叫她，由着她去睡。

只是没想到，他刚转过身去，准备趁这点时间继续处理些公文，外头就有人叩了叩门，对着里面道："谢先生，圣上在乾清宫，正在议事，请您过去一趟。"

是个有些沉厚的太监的声音。大约也是完全没有想到里面会有人正在睡觉，是以声音有些大，没有半点放低。

谢危一听就皱了眉，下意识地转过头去看姜雪宁。

姜雪宁正在梦里脱了鞋袜踩水下去捉虾，正高兴间听得一声“乾清宫”，愣了愣，那只大虾登时就从她手里溜了出去。她着急了，使劲儿地往前一扑，脑袋跟着往前一点，一下就醒了。

她整个人霍然坐起身：“我的鱼，我的虾！”

然后她一抬眼，对上了谢危那一双忽然变得复杂难言的眼眸。

琴摆在面前，谢危站在案前。

她忽然觉得一颗心凉得透透的，自己整个人也凉得透透的。

谢危想起自己先前还疑心她是做了噩梦，此刻只静静地看着她，微微一笑：“有鱼有虾，要不要我再去御膳房给宁二姑娘请个大厨？”

★

什么鱼，什么虾？

再给姜雪宁一百个胆子她也不敢吃了！

不过……一说起吃的，她脑袋里就忍不住冒出桃片糕来。如果是眼前这个男人亲自做的，叫她去吃，也不是不可以？

不、不、不，她得赶紧打消这种危险的念头！

谢危本就忌讳她知道他那些不为旁人所知的事情，她要一个不小心说出来，天知道这人又要想到哪里去，届时变成实打实的祸从口出，可就不妙了。

想到这里，姜雪宁脸上露出了讪讪的笑容，心里忐忑，小心翼翼地为自己辩解：“昨夜是在长公主殿下的寝宫睡下的，不是很惯，所以今日才会困倦……”

谢危眉梢微动：“在长公主那边？”

姜雪宁异常诚恳地点了点头，还一抬手臂，那宽大而精致的宫装袖袍就垂展开来，道：“真的，您看，连衣裳都是长公主给我找的。”

少女看他的目光还是有些露怯，好像也知道自己是犯下了大错，倒没有什么狡辩不认的意思，虽然也为自己找了理由……

谢危看着她这身宫装，蹙着的眉没松，但开口时声音已比先前平缓了许多：“没睡好便回去补个觉吧，正好今日我也有事。”

姜雪宁一喜，没想到谢危竟这样好说话了，便想对他一通恭维：“谢先生真是通情达理……”

岂料她话音未落，谢危已淡淡地补道：“今日缺的课明日再补。”

她早该知道！姓谢的就该是这样不饶人！她高兴得太早了！

谢危亲眼看见少女唇边勾起的笑意凝滞，脸上刚出现的明媚表情也瞬间沉下去，原本心里堆积的一片阴云也不知为什么散开了些许，道："今日我讲的指法你明日一定要会，若不会……"

姜雪宁立刻点头如捣蒜："会、会、会，一定会！"

谢危忍了笑，平平地"嗯"了一声，径自先走出偏殿，与那先前来通传的太监一道向乾清宫去了。

见着他走远，姜雪宁这才缓缓地松了口气："吓死我了！"

此时此刻的姜府，也有人受了惊吓。

今日下午，孟氏要带姜雪蕙去寒山寺祈福，临出发前坐在屋里喝茶说话。

孟氏想起姜伯游言语间对姜雪宁的维护，轻轻叹了口气，道："原本我们府里报上去的伴读的名字是你，可不知怎的竟让宁姐儿进去了。她跟着婉娘，学得一副不容人的性子，以后只怕越发不会让你好过。如今勇毅侯府遭难，临淄王殿下选妃在即，我只盼着你今日能去求个好签，有点好运气。"

姜雪蕙坐在她下首，却未说话，目光下垂，只落在自己腿上那方绣帕之上，至今也有些参不透姜雪宁当日那话的意思。

这时外头管家忽然慌忙地进来通传："夫人，宫里面的公公来了！"

孟氏和姜雪蕙几乎同时站了起来。

孟氏脸色都白了，声音也跟着发抖："是朝上的事？是老爷出事了？还是宁姐儿又在宫里闯祸了？"

这管家哪里知道啊？

只是姜府里都知道自家二姑娘前些日子在宫里面有过一次非常惊险的遭遇，近来朝上又不安平，如今宫里面竟然来了人，不免都往坏事上想。

可没想到，进来的那位公公竟是满面笑意，躬身便道："夫人有礼了，大姑娘有礼了，咱家奉乐阳长公主殿下之命出宫来，特宣姜大姑娘入宫伴读，还请大姑娘略为收拾便随咱家入宫，长公主殿下等得可急。"

来的是伺候在沈芷衣身边的黄仁礼。

不过孟氏同姜雪蕙都不识得，闻得此言一时惊疑不定。

孟氏有些不敢相信："好端端的，长公主殿下怎会宣我们大姑娘入宫？"她说到这里甚至有些恐惧，"难道是我们府里的二姑娘闯祸了？"

黄仁礼才从宫里出来，对昨夜姜雪宁被长公主殿下留宿的事情可是一清二楚，听得孟氏此言有些诧异地扬了扬眉，面上的笑容便淡了几分，道："夫人不必多虑，我们殿下对姜二姑娘喜爱有加，昨夜还留二姑娘宿在她宫中呢。不过是早上二姑娘用饼饵的时候，说想起了大姑娘做的饼饵，我们殿下便记在了心上，猜她是想念亲人了，是以才派咱家来接大姑娘入宫，也陪殿下伴读，如此日日见着，也就不想着出宫了。”

孟氏一噎，顿时没了声音。

乐阳长公主让姜雪蕙入宫，但既不是因为她喜欢姜雪蕙，也不是因为姜雪蕙才华如何出众，不过是因为姜雪宁今早用酥饼的时候随便多说了一句话！

姜雪蕙就更是惊讶了。她自己心里清楚姜雪宁自打回京后对她有多厌恶，连个好脸色都不愿意给，如今竟然对乐阳长公主说想起她做的酥饼……

姜雪蕙的确会做酥饼，也端给过姜雪宁，但姜雪宁当着她的面便把她做的点心都倒在了地上，然后不大好意思地笑着同她说：“对不住，一没留神撒了，浪费了你的一番心意。”

但她的反应也是极快的。

孟氏的犹豫已让黄仁礼轻轻皱起了眉。

姜雪蕙便连忙躬身道：“承蒙长公主殿下抬爱，雪蕙谢过长公主殿下恩典，这便收拾，随公公前去。”

黄仁礼心道这姑娘倒还算个机灵的，便点了点头，脸色稍霁。

好不容易从谢危手底下逃过一劫的姜雪宁从奉宸殿偏殿回了仰止斋，连午膳都没用，就直接一股脑儿地扎进了自己的床，闭上眼睛蒙头大睡。

一直到下午有宫人来喊她，她才醒来。

原来是乐阳长公主这阵子玩心大起，叫了自己宫里的宫人们一起玩投壶，干脆又来仰止斋这边叫上伴读们一起。

大家入宫一来是陪沈芷衣读书，二来便是当她的好玩伴。沈芷衣有请，谁敢不去？

姜雪宁睡得也算刚刚好，便赶紧起身来洗漱，同众人一道去了鸣凤宫。

沈芷衣带着人玩得正疯，宫里面的宫人难得看她这么高兴，正陪着她玩。

姜雪宁一踏入殿中嘴角便抽了抽。

也不知沈芷衣从哪里学来的花样，有些宫人的脸上贴了长长的字条，甚至拿墨笔画花了脸，模样有些丧气，显然都是输了受到了“惩罚”。

伴读们一来，立刻被她拉着一起玩。中间自然有人巴不得趁此机会讨好沈芷衣，是以十分积极。

姜雪宁却不然。她午时没吃，正有些饿，眼看着殿中还摆着些蜜饯糕点，便没上赶着玩，反而划水蒙混，众人在前面玩闹，她便坐在后面先吃东西。

沈芷衣当然一眼就看见了她，但见她坐在那边吃东西，便体贴地没有叫她。

众人先玩了一轮投壶。

沈芷衣手里拿着箭，往往一投就中，算是个中好手，常常赢得众人喝彩，姜雪宁便远远地跟着喝彩。

但偏有人不大看得惯她如此清闲，招呼她道："姜二姑娘不来玩吗？听说你以前常常混迹在坊市里，投壶这些游戏，一定最是擅长吧，不来向我们露一手？"

姜雪宁抬头一看，是陈淑仪。这位大家小姐嘴角挂着淡淡的笑，正目有深意地望着她，神情是怎么看怎么嘲讽。

姜雪宁手里刚咬了一小口的蜜饯被轻轻放下了，她正要开口说话，没想到沈芷衣已眉头一皱，竟直接向陈淑仪道："没看到宁宁正在吃东西吗，她吃完了自会来玩，你多嘴什么？"

所有人都惊呆了！这话说得也太不客气了！

陈淑仪自己也完全没想到，嘴巴都微微张大，一时竟有些不知所措。要知道，陈淑仪怎么说也是陈大学士的掌上明珠，身份也算尊贵，常日与萧姝玩在一起，宫里面谁不卖她个面子？便是沈芷衣以前对她都和颜悦色的。如今她不过是问了姜雪宁一句，竟直接引得沈芷衣发作？

陈淑仪脸上有些挂不住，红一阵白一阵，讷讷地开口想为自己辩解："殿下，我没有……"

沈芷衣一张脸上没了表情，冷冷地道："没这意思就把嘴闭上。"

殿内瞬间都安静了。

姜雪宁也怔怔地望着沈芷衣。

明眼人都看得出来，乐阳长公主此刻的心情并不是很好，且言语之间完全是在维护姜雪宁，连陈淑仪这样的大家闺秀都不想给半点面子。

姜雪宁到底有什么本领把人迷成这样？

尤月在休沐期间同姜雪宁结了大仇，对她恨之入骨，却已经不敢出言说什么，更不敢有什么举动，唯恐落入姜雪宁的陷阱之中，是以此刻只能用眼神来表达自己对姜雪宁的鄙夷与愤慨。

然后……她都还没来得及想好等一会儿姜雪宁转过目光来，要对姜雪宁做出个什么样的神情才能激起对方的不爽与怒气，这眼神就已经被沈芷衣看见了。

沈芷衣盯了她片刻，扬了眉道："你用这种眼神看宁宁是什么意思？"

尤月整个人都蒙了，说不敢，做不行，如今连眼神都不能用了吗？！

尤月被吓得顿时收回了目光：“我、我……”

沈芷衣根本不听：“再用这种眼神看宁宁，我叫人把你的眼珠子挖出来！”

尤月打了个哆嗦，额头上冷汗冒出，脸色更是瞬间煞白，就差跪到地上去认错了，这会儿连头都不敢抬一下，连声道：“是、是。”

先是陈淑仪没做什么立刻被训，后是尤月一个眼神遭受骇人威胁，其他伴读都感觉出气氛不对来。

大多数人不敢说话。

姚惜却看了陈淑仪一眼，也看了尤月一眼，轻轻开口想劝一句：“淑仪姐姐该没有恶意，尤二姑娘也不过是看上一眼罢了，长公主殿下许是误解了吧？”

“误解？”

沈芷衣今日本就不是真的自己想玩投壶才叫她们来的，早上姜雪宁那句“这里的日子过得不痛快”她还没忘。往日不注意，如今她暗地里留心观察，便看出了许多端倪。

她冷笑了一声，手里还提着刚才给输了的宫人画花脸的笔，慢悠悠地踱到了姚惜面前，上下将她一打量，道：“姚小姐倒是悲天悯人呢，要不我禀明了皇兄，干脆送你去白云庵做个姑子，也好叫你这副慈悲心肠有些用武之地？”

姚惜可没展露出什么对姜雪宁的恶意，不过是站出来为陈淑仪和尤月说了句话而已，居然就被威胁要送去做尼姑！

哪个姑娘家敢面对这样的事情？

众人都倒吸了一口凉气。

姚惜更是没想到自己说句公道话也会被怼，心内一时又恨又怕，垂在身侧的手指悄然握紧，处境难堪到了极点，却连话都不敢说一句了。

姜雪宁那蜜饯还在口中，带着些酸的甜。这会儿她却是惊得咽不下去。她的目光在众人之间徘徊，又落回了沈芷衣的身上，完全不知道这位尊贵的公主殿下是在发什么疯，怎么见人就怼。尽管她觉得……爽爆了！

沈芷衣转眸间触到了她略带几分崇拜的目光，面上顿时飞过一片红霞，只觉脚底下飘着白云，整个人都要飞起来，于是假作不经意地避开了这目光，转头来对着其他人却一脸冰冷，竟大声道：“往日我是说过的，谁要敢开罪宁宁，别怪我不客气，没料想总有人当耳旁风。别以为我今日找你们来是要找你们玩乐，叫你们来，就是想警告你们——但凡是本公主能管的事，谁要让宁宁不痛快，我便让她十倍百倍地不痛快！”

投壶用的箭还放在桌上，宫人们的脸上还粘着字条，画着墨痕，但方才的玩闹和欢笑已一扫而空。

众伴读到这会儿总算是明白了，原来今日沈芷衣叫她们来是为了立威——为了姜雪宁一个人！

一时众人心里都是各怀想法，可在听过沈芷衣先前怼人的那些话后，却没一个人再敢张口反驳或者为谁说话，无一例外全都战战兢兢。

萧姝倒还算镇定。只是她悄然收回看向姜雪宁的目光，垂下头时，也不免增了几分忌惮与不悦。因为，沈芷衣的警告无疑也将她包括在内了。

不过她身份毕竟不同。有萧太后在，倒也不是很顾忌沈芷衣的话，且也不至于同其他几个人一般蠢。

“启禀殿下，人接来了。”

正在这时，黄仁礼脸上挂了喜庆的笑容，手持拂尘进了殿中，躬身便给沈芷衣行礼，这般禀道。

众人不由得看向他，这一时却很疑惑：人接来了，谁？

沈芷衣面上神情顿时一松，仿佛跟着高兴起来，竟然走到了姜雪宁的身边，向黄仁礼道：“叫人进来，给宁宁一个惊喜！”

于是黄仁礼一挥手，外面等候的姜雪蕙便整肃心神，躬身从殿外步入，目不斜视，也不敢多看，捏着绣帕的手交叠在身前，直直向着前方躬身行礼：“臣女姜雪蕙，见过长公主殿下，长公主殿下金安！”

来人竟然是姜雪宁的姐姐——姜家的大小姐姜雪蕙！

众人顿时都惊讶极了。

沈芷衣却摆手道：“平身吧，从今天开始你便也是本公主的伴读之一。你是宁宁的姐姐，有你陪着宁宁，也能叫她开心些。”

此言一出，所有人都瞪圆了眼睛：一个姜家出了两个伴读？而且听长公主这话的意思，她是专门叫这么个人来陪姜雪宁的啊！

一时众人什么表情都有。

不同于快十五岁才回京的姜雪宁，姜雪蕙乃正经在京中高门大户里受教的姑娘，言行举止淑雅大气，很是端正沉稳，眉目清秀婉约，同姜雪宁给人的那种明艳至慑人的感觉完全不同。

然而并没有人能为此高兴。

姜雪蕙谢过了乐阳长公主的恩典，这才起身。她那绣帕原本就在指间，随着起身的动作，便也轻轻地垂落展开，晃动间便露出了那雪白的一角上绣着的红姜花。

萧姝初时看见人只是皱眉，可当这绣帕连着这一朵红姜花落入她的眼底时，原本平静不起波澜，俨然不将自己放在众人之中的那种超然忽地崩碎，面色已隐隐骤变！

沈芷衣拉着姜雪宁的手，邀功似的笑起来：“怎么样，宁宁，现在痛快了吧？”

姜雪宁向萧姝那边轻轻一看，目光竟与她对了个正着，见着她的神情，便忽然意识到，如今这年纪的萧姝也不过如此。敢动手脚害我，我便把你真正忌惮的人放到你的眼皮底下，叫你寝食难安，坐卧不宁！

她唇边绽开了良善一笑，再看向沈芷衣时，是真心实意地眉开眼笑，甜甜地道：“劳殿下费神，这下痛快了！”

第二十四章
宁二

姜雪宁痛快了，但有的是人不痛快。到现在，谁还看不出乐阳长公主做这一切是为了姜雪宁？姜雪蕙入宫固然颇为引人注目，可聪明人都能意识到站在这件事背后的是姜雪宁。在她说出“痛快”二字的时候，殿内不知多少人暗暗黑了脸，便是原来有再好的玩乐心情，这一瞬间也被破坏殆尽。

接下来沈芷衣还邀了姜雪蕙来一起玩。

众人之中有几人明显是强颜欢笑作陪，萧姝更是从姜雪蕙拿着那方锦帕出现之后，就再也没有说过一句话。

入夜的仰止斋，各处宫灯点亮。

从鸣凤宫中回来，终于到得自己的房间，这位萧氏一族的大小姐、后宫太后娘娘的亲侄女，在没了旁人关注的情况下，终于放任一切其他表情在自己的脸上消失，唯余下那种近乎冷寂森然的平静。

末了她抬手轻轻压住额头，慢慢闭上了眼，手指的弧度却一根根紧绷，再睁眼时竟直接将桌上的茶盏扫落在地！

旁边伺候的宫人吓了一跳，瞪大了眼睛看着她。

萧姝没有看旁人，胸口微微起伏着。她脑海里浮现出的只是当初偶遇临淄王沈玠时，看见的那一方从他袖中掉落的绣帕，还有今日在姜雪蕙身上看见的那一方……

旁人或许已经忘了，可她还记得一清二楚。

不是姜雪宁，那个人竟然不是姜雪宁！

可谁能想到呢？

在宫内这段时间，沈玠也对姜雪宁处处关注，言语中多有照拂之意，勇毅侯府出事，燕临更是直接撇清了和姜雪宁的关系。种种蛛丝马迹都指向她。所以上次自己才会……

放在桌上的手指一点一点地握紧了，萧姝只感觉出一种阴差阳错的嘲讽：自己不仅没有除掉真正的威胁，反而露了痕迹，为自己树了一个真正的强敌……

姜雪宁终究还是敏锐的。

同一时间，姜雪宁房间里的气氛就颇为微妙了。

这里经由乐阳长公主一番折腾后，各类摆件早已是应有尽有，香软精致，墙上随意悬着的一幅字画都是前朝名士的真迹。

姜雪蕙是博学之人，一眼就能分辨。

宫人们自然已经布置好了她的房间，不过和其他伴读没有区别。可等应邀到姜雪宁的屋子里来时，她便轻而易举地发现了二者之间那巨大的差距，鸿沟天堑，于是对自己这妹妹在宫内的受宠程度有了十分直观清晰的了解。

姜雪宁已经换下了那一身繁复的宫装，只着简单的天青缠枝莲纹百褶裙，连先前费心绾成的发髻都打散了，乌黑的长发披散在脑后，有几缕被她用纤长的手指轻轻缠着，打成了卷儿。她只用似笑非笑的目光看姜雪蕙。

姜雪蕙坐在她的对面，倒是平静如水，道："你让我入宫来，到底是想干什么？"

姜雪宁面前摆着一张琴，却不是蕉庵，只是一张再普通不过的琴。她伸出手指轻轻拨弄了一下，听见那颤动的音韵时，才好整以暇地道："都到这宫里来了，也的确带了那一方绣帕，大姐姐要说自己半点不知道我为什么让你入宫，可也太虚假了吧？"

姜雪蕙低头看那方绣帕，便轻叹了一声："你对我有多恨，我们关系又如何，你我再清楚不过。要说你是想帮我，我断然不信。"

她的眉眼其实有那么一点点像婉娘。姜雪宁看着，拨弄着那琴弦的手指停了停，想起来的却是自己过去因嫉恨眼前这人做出的事情：在无意中得知临淄王沈玠暗中属意那绣帕的主人后，她便想方设法地阻挠了姜雪蕙参与选妃，自己却拿了这一方绣帕，再一次与沈玠"偶遇"。于是她抢了姜雪蕙的姻缘，当了临淄王妃，更成了皇后，彻彻底底地将自己恨的这个"姐姐"踩在了脚底下。

但最终她快乐得意吗？好像她没有很快乐，也没有很得意。而姜雪蕙照样过得很好。

有时候，姜雪宁甚至在想：她抢了姜雪蕙的姻缘，姜雪蕙到底知道不知道？从头到尾自己都没能向她炫耀。因为她被选上临淄王妃后不久，姜雪蕙便远嫁离开了京城，她也就没有了告诉这位姐姐实情、向其炫耀、引其仇恨自己的机会。

“你知道我不会帮你就好，这宫里面步步凶险，有些人误会了一些事，把本该施展到你身上的手段用到了我的身上，我可不差点没了小命？”姜雪宁嘲弄地一勾唇，回想起今日看见萧姝那骤变的脸色，真觉得爽快，“有人今日看见你带着那方绣帕来，脸色都变了呢！想来姐姐日后在宫中的日子该不会很如意。我嘛，自然是袖手旁观，坐山观虎斗了。”

换了旁人，未必能猜到那回到底是谁陷害自己，毕竟一切都没什么端倪。可萧姝倒霉就倒霉在遇到的人不仅是姜雪宁，更是重走“平行世界”的姜雪宁。如今还没有什么人知道萧姝对未来皇后之位的觊觎，可姜雪宁过去同她斗得你死我活，一开始就知道那张看似高高在上的清高面孔下隐藏着怎样勃勃的野心和熊熊的欲望。

蛛丝马迹一串，姜雪宁想不怀疑到她身上都难！

姜雪蕙闻得此言，立刻想起了前些日的听闻：宁姐儿在宫中被构陷与天教乱党谋反之言有关，险些就没了性命！

她心底顿时凛然。直到这时，她才隐约明白——那件事竟然与自己有关！

姜雪宁自然可以告诉她前因后果，好让她对萧姝有所警惕，可毕竟对姜雪蕙无法介怀，且这位姐姐也的确不傻，姜雪宁没必要说，也懒得去说，是以岔开了话题。

她一面摆弄着自己的指法，想着明日去谢危那边学琴可千万不能出差错，嘴上却漫不经心地道：“你知道自己丢了的那方绣帕落在谁手里了吗？”

姜雪蕙定定地注视着她，最终还是垂了眸，慢慢地道：“大约知道。”

“铮——”

姜雪宁手指轻轻一颤，连带着那琴音都跟着轻颤。

她霍然抬手回望着姜雪蕙，目光却陡然变得锐利，像是要在这一刻将她看穿！

知道！

姜雪蕙竟说自己“大约知道”！

如果她这时候已经知道了，那曾经的自己拿着她的绣帕去与沈玠“偶遇”，并且抢走了她的姻缘，姜雪蕙该也是知情的！可她从未发作……姜雪宁甚至以为她从头到尾不知情！

“怎么了？”

姜雪蕙本以为这位向来仇视自己的二妹妹做出今日的一番事来，应该已经对事情的全貌有所了解。可为什么她如实回答之后，宁姐儿却反而露出这种神情？

她不是很明白。

姜雪宁久久没有言语，垂眸望着自己面前这张琴，只觉得没了练琴的心情，便直接伸手把琴一推，冷淡地道："我累了，该说的也都说得差不多了，你请回吧。"

姜雪宁素来是这般喜怒无常，能这般坐下来耐心地同她说上一会儿话已是难得，此刻便是下逐客令，也不令人惊讶。姜雪蕙虽觉得她还有话没说，可自己也不好多问，于是站起身来，也叫她早些睡下休息，推了门走出去。

这一天晚上，姜雪宁再一次没能入睡。

第二天众人一早到奉宸殿上课，宫人们在第二排多加了一个位置，让姜雪蕙坐下，原本的八位伴读便正式成了九位。

来授课的先生们自然都惊讶万分。因为姜雪蕙是中途加进来的，往日他们教授的课业都没学过，先生们不免都有几分担心。众人中有不大看得惯姜雪蕙或者将对姜雪宁的仇恨转移到她身上的，虽都听闻姜家大姑娘不同于不学无术的二姑娘，是位真正的大家闺秀，可宫里先生教的东西毕竟不一样，姜雪蕙也不可能样样都知道，是以都等着看好戏，想见她当众出丑。

可接下来发生的事情却像是巴掌一样扇在了她们的脸上——姜雪蕙不仅会，而且什么都会！

姜府门楣虽然算不上高，孟氏却是实打实地把姜雪蕙当成高门闺秀来养的，诗词歌赋，礼仪进退，姜雪蕙竟无一不精！只是她平素为人不喜张扬，甚少在人前展露，是以少有人知。

如今她却因在宫中不得不应答先生们的提问，且因不了解宫廷里的情况，不敢有半分马虎敷衍，拿出了十分认真的态度，轻而易举地便赢得了先生们的惊叹。

现在的先生们和姜雪宁刚入宫进学时遇到的那些可不一样了，经过了赵彦宏的事情，众人大约也都知道谢危是个什么样的人了，明面上不再敢多偏袒萧姝。姜雪蕙又是姜雪宁的姐姐。在这宫里谁不知道姜雪宁受长公主殿下的照拂？他们倒是有心想要奉承两句，可姜雪宁的学业太差，便是他们脸皮再厚也有点夸不出口。

这下好，来了个姜雪蕙，刚刚合适！

一来她是姜雪宁的姐姐，也是被长公主破格选入宫中的；二来礼仪周到，温婉贤淑，不会给先生难堪，一点也不像是姜雪宁那个刺儿头；三来学识过人，熟读诗书，实在很是难得。

先生们当然不再吝惜夸奖，对姜雪蕙大加赞誉。

不过短短两三日过去，刚入宫不久的姜雪蕙就已经成为奉宸殿里颇受先生们偏爱、赞赏的香饽饽。

原本奉宸殿里是萧姝一枝独秀，如今半路上杀出个程咬金，竟渐渐有些压住了萧姝的光芒，双月争辉，一时瑜亮，实在叫人啧啧称奇。

萧姝是不是高兴，旁人很难看出来。但姜雪宁素知她的秉性。往日萧姝能超然物外，目无下尘，不过是因为没有谁能对她形成威胁罢了。可一旦感受到威胁，她原本高高在上的那副淡然自然会因为处境的变化而岌岌可危。

所以，只要一想到萧姝如今的心情，姜雪宁便觉得心里畅快得不得了。没办法，过去斗了那么久，如今萧姝偏偏又因那绣帕的误会而对自己下手，自己当然不能对她太客气！

更有意思的是，姜雪蕙出身不如萧姝，虽然在奉宸殿里很受先生们的喜欢，素日里却无半点骄矜之态，行止皆平易近人，与总端着的萧姝完全不同，很得人喜欢。连陈淑仪都愿意同她说话。

且京中向来有传闻，说姜家两姐妹关系一向不好，姜雪宁在府中霸道跋扈，总是欺负这位性格软和的姐姐。因此同姜雪宁关系不大好的那几个人反而有意无意地接近姜雪蕙，想要与她结交。

尤月更是觉得又来了一大助力，这一日走在路上便凑到姜雪蕙的身边，笑着对她道："往日在各种宴席上见到姜大姑娘，从来都知道大姑娘是有本事的，没想到竟这般了得。比起那不学无术的姜二姑娘来，可真是好了不知多少，真是一个天上一个地下！"

姜雪蕙看了她一眼，没说话。

陈淑仪也在旁边淡淡地道："明明你才是家中嫡长女，学识才华做人又都比你那妹妹高出不知多少，可在府中竟然忍气吞声地受她欺负，可也真是一桩奇谈了。要我是你，遇到这种败坏门风、不学无术的人，逮着机会非要好好治她不可！否则，一府的名声都被她坏干净了！"

这些日来众人在姜雪蕙面前也不止一次说姜雪宁了，姜雪蕙总是听着，也不反驳，众人便默认她们姐妹二人之间的不和是真的，是以背后编派的言语也渐渐放肆起来。大家都觉得姜雪蕙当与她们同仇敌忾。

可不料想陈淑仪此言一出，姜雪蕙清秀的眉竟颦蹙起来，脚步一停看向她，有些冷淡地道："我二妹妹虽然的确不学无术，却也没到败坏门风，丢尽府里名声的地步。淑仪小姐此言却有些偏颇不公了。我姜府虽然比不上一些高门大户，可家中管教也严，妹妹若有什么过错，自有家父与家母操心，何用淑仪小姐多言？”

众人全愣住了。姜雪蕙竟然会为姜雪宁说话？说好的这两姐妹关系一向不好呢？！陈淑仪更是面色微变，瞳孔微缩，看向了姜雪蕙。姜雪蕙却不卑不亢地回视她。

尤月都忍不住倒吸了一口凉气，这时才与众人一起回想起来：人家内里关系再不好，也都是姓姜，一府里出来的姐妹！所谓“妹妹”，便是回了家里我自己骂上一万句，也不容许旁人随意诋毁的！更何况顶着家族的名声，顾着家族的荣辱，往日隐晦地说上几句也就罢了，要指名道姓地说人败坏门风，姜雪蕙怎可能不发作？

这一下谁也接不上话了，气氛有些尴尬。

正好这时候姜雪宁手里拿了一卷书，拉开自己的房门，从里面走了出来，远远一抬眼就看见了仰止斋外头的她们，众人便更不好说话了。还是站在众人之中的周宝樱有些好奇地看了看姜雪宁，软软糯糯地问道：“我们正和姜大姐姐说起你呢，姜二姐姐又要去学琴了吗？”

姜雪宁一看见这帮人聚在一起，就知道她们没什么好话。周宝樱说众人正说起她的时候，有人脸色都变了。她心底一哂，道：“我去看看谢先生在不在。”

谢危上回同她说，叫她次日去偏殿练习指法，可第二日她到了，谢危却没到。宫人说前朝事忙，他暂时脱不开身。连着好些日，他都没有再现身奉宸殿，一堂课都没有上。

按理说姜雪宁自可不去偏殿学琴了，可她也不知谢危什么时候忙完，宫人们更不清楚，便只好每日去一趟偏殿，等上一刻。谢危若不来，她再走。

今日也是一样。

此时此刻，没有沈芷衣在，尤月虽已经彻底怵了姜雪宁，当着她的面绝对不敢说话，可旁边还有陈淑仪在。

听见姜雪宁说学琴的事，陈淑仪便轻笑了一声，竟瞥了方才颇不给她面子的姜雪蕙一眼，意味深长地道：“素来听闻谢先生与姜大人有旧交，姜二姑娘学琴这般堪忧，也肯费心教导。如今姜大姑娘也来了宫中，琴棋书画样样精通。只可惜先生近来忙碌，不曾来授课，不然见了姜大姑娘这般的美玉，必定十分高兴。毕竟是对着朽木太久了，也真是心疼谢先生呢……”

她话里隐隐有点挑拨的意思。可姜雪蕙没接话。连姜雪宁都没半点生气的意思，仍旧笑眯眯地向陈淑仪道：“淑仪姑娘今日说的话，雪宁记下了，等明日见了长公主殿下一定告诉她。”

“你！”

陈淑仪完全没想到她竟说出这样一番话来，当面用打小报告来威胁自己，一口气哽上来，面上登时难看至极。她想起那日被乐阳长公主训斥的场面，身子更是微微颤抖起来——气的！

姜雪宁却看都懒得再多看她一眼，冷冷地嗤了一声，便拿着手里那卷书，径直从她身旁走过。她压根儿没将这乌泱泱的一帮人放在眼底，脊背挺直，大步往奉宸殿去了。

殿门口只有个小太监守着。

姜雪宁走上台阶便问：“谢先生今日来吗？”

小太监摇了摇头，为她推开了门，回道：“没来消息。不过听说谢先生在前朝忙碌，两夜没合眼，昨夜回了府，今日说不准会来。”

姜雪宁点了点头，进了殿中。

峨眉高挂在墙上，蕉庵则平放在琴桌上。

她进了殿后，往琴桌前一坐，将手中书卷放下，是本医书。

那日街上偶遇张遮，瞧见他提着药，她才忽然想起张遮的母亲身体不好，患有头风。正好这几日谢危都在忙，她练着琴之余也有闲暇，便托沈芷衣往太医院借了本医书来看。早年她在乡野间长大，也曾跟着行脚大夫玩闹，倒是粗通些医理，医书写得不算艰深，她慢慢看着倒是能看懂。

只是今日，放下医书，姜雪宁却只怔怔地出着神。

明明让姜雪蕙入宫是在被萧姝构陷那一日便已经想好的，她这位姐姐素来优秀，别说有那一方绣帕在，便是没有，也能让萧姝知道人外有人，天外有天，世间并不只她一枝独秀，脱颖群芳。

可姜雪蕙真入了宫，她又没有自己想的那般平静。

是因为姜雪蕙竟很早就知道那方绣帕是被沈玠拾走的？还是因为姜雪蕙的确有旁人说的那样好呢？

她在乡野间长大，姜雪蕙在京城长大；她玩的是踩水叉鱼，姜雪蕙学的是琴棋书画；她顽劣不堪不知进退，姜雪蕙却贤淑端慧进退有度。

过去她便为此不平、嫉妒，甚至憎恶，而如今，要她坦然地接受自己的确没有别人优秀，也并不是一件轻而易举的事。

一个是姜大姑娘，一个是姜二姑娘，两人似乎天生就该一较高下。不仅旁人拿她们做比较，连她都忍不住会下意识地比上一比……

医书就端正地放在面前，姜雪宁只看着封皮上的字发呆，一时出了神。连外头有人进来，她都没察觉。

谢危今日又换上了那一身出尘的苍青道袍，一根青玉簪束发，甚是简单，本不过是来奉宸殿偏殿走一趟，可到得门口时竟听小太监说姜二姑娘在，便有些意外。

他推门进去时，姜雪宁还坐在琴桌前一动不动。

谢危手里拿着一封批过红的奏折，脚步从绒毯上踩过时没什么声音，站在她身后，视线越过她的肩膀往前，一眼便看见了搁在她面前的那本医书。

他一时静默。旧年口中那股腥甜的鲜血味道混着药草的苦涩一并上涌，谢危不由得想：这当年差点治死他的小庸医、不入流的行脚大夫，又在琢磨什么害人的方子？

她这模样是出神了啊。

他走过去，举起那奏折在她的脑袋上轻轻一敲，道："醒神！"

姜雪宁被敲了下，吓一跳，差点从座中蹦起来。

她抬头一看，谢危唇边含着抹笑，从她身旁走了过去，神情间有一抹不易察觉的疲惫，脸色看着似乎比上一回见时苍白了些。

谢危把那封奏折往书案上一扔，走到墙边抬手便将峨眉抱了下来，搁在自己的那张琴桌上，取下琴囊，五指轻轻一拨试了试音，头也不抬地道："听闻宁二姑娘这几日都来，该是将谢某的话都听进去了，指法都会了吧？"

宁二……

在听见这两个字时，姜雪宁便怔住了，以至于连他后面的话都根本没听进去。

她往日为何从不觉得，这样怪异的称呼，这样有些不合适的两个字，听来竟如此顺耳，如此熨帖？

姜雪宁，姜雪蕙。

姜，是她的姓；雪，不过字辈；唯有一个"宁"字属于她自己，也将她与旁人区分开来。

曾经，在回京路上认识谢危时，谢危如旁人一般唤她"姜二姑娘"；可没过几日，身陷险境后，谢危好像就换了对她的称呼，不叫"姜二"，反叫"宁二"。

如今也没变。

可她从来不明白为什么，也不知道谢危这人脑子是有什么毛病。但过去她不愿与谢危有什么接触，如今初时又过于惧怕，后来则是习惯了，竟从来没有问过，也很少去想他为何这般称呼她。

心底一下有些波澜泛起，荡开的却是一片酸楚之意。

人人都唤她“姜二姑娘”，往日她不觉有异，但有了姜雪蕙时，便是怎么听怎么刺耳。

姜雪宁眼底有些潮热。她向来知道谢危洞悉人心，无人能出其右，往日也领教过，却并不知道这人原来那么早、那么早时便将她看透，不叫“姜二”，反唤“宁二”，难怪他在朝野之中被人人称道。只是她过去实在愚钝，竟没明白……

明明此人彼时对她疾言厉色，曾伤她颜面，叫她难堪，如今她也对他心怀畏惧，又因学琴对他没好印象，深觉他面目可憎。可为这两个字，她竟觉得谢危好像也没那么过分了。

姜雪宁坐在琴桌前，看着他，忘了回答。

谢危话说出去，半天没听见回应，眉尖一蹙，便抬眸看去，却见那少女一双黑白分明的眼直直地望着自己，眼圈有些发红，眼睫一颤，眼眶里的泪珠便往下滚。

好端端的她怎么又哭起来？！

他动作一顿，抬手一掐自己的眉心，深觉头疼，无奈地叹了口气：“谁又招你了？”

★

今日她是来学琴的，既不是来吵架的，也不是来卖委屈的，何况谢危没招她没惹她，不过是她一时由“宁二”这称呼想到更多，以致触动情肠，忽然没控制住罢了。

在人前落泪终究丢脸，姜雪宁忙举起袖子，在脸上胡乱地抹了一通，擦得脸红妆染，跟只花猫似的，道：“沙子进了眼，没事。”

谢危忽地无言。

姜雪宁却打起精神来，一副没事的模样，顺手把那本医书放到一旁去了，问他：“先生今日要考校指法吗，还弹《彩云追月》？”

谢危看着她，“嗯”了一声，道：“会了？”

姜雪宁也不说话，只将琴桌上的琴摆正了。

她这几日来并未懈怠。

往日不弹琴是因为谢危说她心不静，不让她碰，但她其实向来知道，在谢危手底下学东西，是不能蒙混过关的，更不该心存侥幸，只因这人对什么事情都很较真。此刻她便什么也不想，径直抚弦，弹了开指曲。

又是这样的冬日午后。

因谢危今日来并无人提前告知，这偏殿之中的炭盆刚烧上还不大暖，窗扇开着一半，便显出几分寂寂的冷来。有风吹进来，带着些寒意的天光被风裹着落在他苍青道袍的袍角上，谢危就立在那书案前，中间隔了一段距离，看姜雪宁抚琴。

心难静是真的，静下来她确是可造之才。

少女眼角泪痕未干，面上红粉乱染，一双潋滟的眸子自然地低垂下来，浓长的眼睫将其轻盖，表情带有一种往日不曾为人见的认真，五指纤长，最适弄弦。

宫商角徵羽，调调皆准，音音皆合，他看指法听衔接虽还有些生涩粗浅，可大面上的样子是有了，也退去了往日在奉宸殿中学琴时的笨拙。

流泻的琴音从震颤的琴弦上荡出，偏殿内一时只闻乐声。

待得那琴音袅袅将尽时，谢危才动了动，缓缓点头："这些日倒的确没有荒废，粗粗有个样子了。来这偏殿终不是为了睡觉，算是可喜。"

他这是在调侃她上回在他抚琴时睡着的事。

姜雪宁张口便道："那是例外。"

可她才为自己辩解完，话音方落，腹内饥饿之感便自然地涌了上来，化作"咕咕"的一声轻鸣，若人多声杂时倒也罢了，偏偏此时的殿中唯她与谢危二人，静得连针掉下去的声音都能听见，这原本轻微的响声便如晴日雷鸣一样明显。

两人四目相对，一者尴尬脸红恨不能挖个坑往地里钻，一者却静默打量显然也未料到，表情甚至带了一点好笑。

谢危抬了一根手指，轻轻压住自己的薄唇，还是没忍住笑，道："的确是例外，上回是觉不够，这回是没吃饱。知道的都说你在宫中颇受长公主的喜爱宠信，不知道的见了你这缺觉少食的模样，怕还以为你到宫里受刑坐牢来了。"

姓谢的说话有时候也挺损。

姜雪宁暗暗咬了咬牙，看着他不说话。

谢危便问："没吃？"

姜雪宁闷闷地"嗯"了一声："上午看书忘了时辰，一没留神睡过去了，便忘了吃。"

宫里可不是家里，御膳房不等人的。

谢危难得又想笑。若按着他往日的脾性，是懒得搭理这样的小事的。俗话说得好，饱食易困，为学之人最好是有三分饥饿感在身方能保持清醒，凝神用功。

也就是说，读书人饿着正好。

不过宁二是来学琴的，方才弹得也不错，该是用了心的，且这样年纪的小姑娘正长个儿，他便发了慈悲，把书案一角上那放着的食盒打开，里头顶格放着一小碟桃片糕。谢危将其端了出来，搁在茶桌边上，然后一面将水壶放到炉上烧着，一面唤姜雪宁："过来喝茶。"

自他打开那食盒，姜雪宁的目光便跟着他转，几乎落在那一小碟桃片糕上扯不开。腹内空空，心里痒痒。

听见他叫自己喝茶，她脑袋里冒出来的第一个念头是：不能去。谢危是先生，她是学生，要有尊卑；她听过谢危当年大逆不道之言，知道谢危不为人知的秘密，谢危是动过念头要杀她灭口的。万一茶里有毒呢？

可那一小碟桃片糕就摆在那儿。

姜雪宁终究还是不大受得住那一点隐秘的诱惑，起身挪了过去。她这可绝不是为了吃的。谢危叫她过去喝茶，她怎能不从命？

姜雪宁道一声"多谢先生"，坐在了茶桌前面，看了谢危一眼，默默伸出只爪子，从那小碟中拿起薄薄的一片桃片糕来啃了一口。糕点入口那一刻，她动作忽地一顿，面上原本带着的一点隐约窃喜也有些僵了。

谢危初时也没在意，正拿了茶匙从茶罐里拨茶出来，抬头看了她一眼，道："怎么了？"

姜雪宁反应过来，立刻摇头："没事。"

不过是跟她想的不一样罢了，可她只要停下来用脑子想想都知道，如今的谢危是什么身份，眼下又是什么地方，哪儿能指望吃到某种味道？她最好还是不要泄露端倪，否则叫他看出来，想起当年那些事，天知道是不是一个动念又起杀心？

她赶紧埋头，细嚼慢咽。

桃片糕那松软的用料慢慢在口中化开，若忽略那过于甜腻的口感，倒也算得上精致，她吃两片垫垫肚子、充充饥倒是足够。在谢危面前，姜雪宁不敢嘴刁。

她吃了一片，又拿了一片。

谢危看她的眉眼，却终于察觉到点什么，问："御膳房做的点心不好吃吗？"

姜雪宁连忙摇头。

谢危的目光从她身上落到那一碟桃片糕上。这偏殿里特为他准备的点心，他甚少用过，此刻拿起一片来咬上一小口，糕点到舌尖时，眉梢便轻轻挑了一下。

姜雪宁不知为何心慌极了，连头都不敢抬起。

谢危慢慢将那片没吃完的桃片糕放下，静静地看了她许久，直到听得旁边水烧滚了，才移开目光，提了水起来浇过茶具，慢条斯理地开始沏茶。

这一回，姜雪宁知道了什么叫"食不下咽"。

谢危别的话也不说，只在沏茶的间隙问她前些日学过的文，随口考校了一下学问。

待一壶茶过了四泡，他便又叫她练琴去。他自己却不再做什么，坐回书案前，盯着那一封奏折上的朱批看了许久。

大半个时辰后，他对姜雪宁道："态度虽是有了，底子却还太薄。人常言勤能补拙，算不上全对，可也不能说错。今日便到这里，你回去之后切勿松懈。从明日开始，一应文法也要考校，你还是这时辰到偏殿来。"

姜雪宁终于松了口气，起身答应，然后才拜别谢危，带着几分小心赶紧从偏殿退了出去，溜得远了。

谢危却在这偏殿中又坐了一会儿，才拿着那份奏折出宫。

谢府与勇毅侯府仅有一墙之隔。不同的是勇毅侯府在街正面，谢府在街背面，两府一个朝东一个朝西，背靠着背。是以他的车驾回府时要从勇毅侯府经过，轻而易举就能看见外头那围着的重兵，个个用冰冷的眼神打量着来往之人。

他才下了车入府，上到游廊，剑书便疾步向他走来，低声道："除了公仪先生外，也有我们的人说，今日一早看见定非公子从恒远赌坊出来。但那地方鱼龙混杂，当时也没留神，把人跟丢了。"

谢危站在廊下，没有说话。

不远处的侧门外却传来笑着说话的声音，是有人跟门房打了声招呼，又往府里走来。

剑书听见，转头一看，便笑起来："老陶回来了。"

那是府里的厨子，做得一手好菜。

老陶膀大腰圆，白白胖胖，却满脸喜庆，一只手提着菜篮，一只手还拎了条鱼，见着谢危站在廊下，便连忙凑过去行礼，道："大人回来了，今儿个买了条新鲜的大鲤鱼，正活泛！前些天做的糕点也被刀琴公子偷偷吃完了，我还买了几斤糯米、一斤桃仁，可以试着做点桃片糕哩！"

谢危看了看他那装得满满当当的篮子，目光一垂，点了点头。

姜雪宁一溜烟出了奉宸殿偏殿，直到走得远了，到了仰止斋门口，扒在门边上回头一望，瞧着没人跟来，才长长地松了一口气。

吃个桃片糕她差点没被吓出病来！

她说得自己真是胆儿肥了，连谢危给的东西都敢吃也就罢了，还敢去肖想那是谢危自己做的，简直是连命都不想要了！万幸对方没察觉，她才安然脱身。姜雪宁轻轻拍了拍自己的胸口。

姚惜同尤月从仰止斋里面走出来时，正好看见她这副模样，心里想起的却是那一日她转身去找张遮时的姿态，一时恨意都翻涌上来，便淡淡地笑道："姜二姑娘不是学琴去了吗，回来怎跟做贼似的，不是又被谢先生训了吧？"

姜雪宁转头就看见了她。这些日来姚惜对她的敌意已渐渐显露端倪，只是恨自己的人多了，姚惜又算老几？她还没到需要自己太过注意的时候。是以姜雪宁听了讽刺也不生气，谁叫她今日琴弹得不错，勉强也算得了谢危的夸奖呢？她不上天都算轻的了。

姜雪宁扬眉笑笑，一副闲闲模样，道："那可要叫姚小姐失望了，今日终于能摸琴了，刚得了谢先生一句肯定呢，往后必定再接再厉，不辜负先生对我的一番苦心教诲。"

天下人未必见得自己的朋友过得好，却一定乐见自己的敌人过得坏。倘若所恨之人过得坏，便是见不着，远远听着消息都要心中暗爽。

姜雪宁无疑是姚惜的敌人。可姜雪宁非但过得不错，还当着面告诉旁人她过得不错，眉眼间的轻松笑意直像是一根根针，扎得人心里冒血！

姚惜噎住不说话了。

尤月早怕了，此刻更是闭着嘴巴当个锯嘴葫芦，一句话不说。

姜雪宁便拍了拍手，脚步轻快地从她们身边走开。

尤月打量着姚惜的脸色，轻声道："兴许她是打肿了脸充胖子，谁不知道她不学无术是出了名的？学琴也看天赋，她笨成那样，连指法都不熟，谢先生怎可能夸赞她？她不过是故意说出来叫你堵心罢了。"

姚惜深吸了一口气，拂袖转身，只是才行至仰止斋门口，目光不经意间一扫，脚步却一顿——方才姜雪宁所立之处，竟落下了一枚香囊。

尤月顺着她的目光看去，很自然地便弯身将这香囊捡了起来，翻过来一看，月白的底上用深蓝的丝线绣了精致的牡丹，针脚细密，很是漂亮。

"这不是姜雪宁的吗？"心里有些嫌弃，她一撇嘴，抬手便想将其扔进旁边的花木盆角落里。

没想到，姚惜看见，竟直接劈手将香囊夺了过去，拿在手里看着。

尤月有些不解："要还给她吗？"

姚惜心思浮动，眼底却是一片阴沉之色，道："不过一个小小的香囊罢了，着什么急？"

尤月便不说话了。

姚惜盯着这香囊看了半晌，随手便将其收入袖中，道：“回来时再还给她也不迟。看她天天挂着，说不准还是紧要物件，丢了找不着，让她着着急也好。”

于是尤月笑起来：“这好。”

姜雪宁才走，她们捡着香囊，也懒得回头喊她，径直往御花园去了。

前些天，宫里种的虎蹄梅已经开了。

太后娘娘的风寒也稍好了一些，皇后为讨喜庆，便在御花园中请各宫妃嫔出来赏梅，因有萧姝的面子在，仰止斋这边的伴读们也可沾光去看上一看，凑个热闹。

这种事，姚惜和尤月当然不愿错过。

梅园里虎蹄梅是早开的，蜡梅也长出了小小的花苞。人走在园中，倒是有几分意趣。

尤月出身清远伯府，甚是寒微，爱与人结交，更不用说是遇到这种千载难逢的场合，一意去各宫妃嫔面前巴结奉承，姚惜却不是很看得惯。她乃大家闺秀出身，不屑如此，是以宴到半路，干脆没出声，撇下众人往外园子里赏梅去了。

梅园颇大。

姚惜说是赏梅，可看着看着，在这已经有些冷寒的天里，却不可抑制地想起了那一日在慈宁宫中所见的张遮，又想起在父亲书房里所看见的那封退亲的回信，心中凄然之余更生恨意，不觉便走得深了。

尽处竟有些荒芜，一座平日少人来的幽亭立在梅林之中，周遭梅树都成丛栽种，倒是显得茂密了。

只是看着阴森，叫人有些害怕。姚惜胆子不是很大，一到这里便回过神来，想转身往回走，却没想到才往回走了没几步，一阵脚步声伴着低低的交谈声便从梅园那头传来。

“当日仰止斋之事若非哀家看出端倪，凭你这般思量不周，让那小宫女当庭受审，一个不小心，嘴不严将真相抖搂出来，你当如何自处？！”

“是侄女儿糊涂，失了常性。”

“万事行易思难，宫中尤其如此。谁也不是傻子！连对手的虚实都没摸清楚，便贸然行事，实在太叫哀家失望了。”

“……”

“如今一个姜雪宁没事，你平白为自己结了这么个劲敌；外头还进来一个姜雪蕙，样貌虽不顶尖，学业上却能与你争辉，且极有可能才是玠儿那方绣帕的主人，你可不仅仅是糊涂了！”

“姑母教训得是。”

萧太后走在前面，萧姝跟在她身后。一个满面的怒容不大压得住，有些严厉地斥责着；一个却没了往日高高在上的淡然，垂首静听着。

两人身后都没跟着宫人。很显然，这样的话也不适合叫宫人跟上来听。

脚步声渐渐近了。

姚惜素日与萧姝关系不错，走得也近，便是认不得萧太后的声音，也能辨清萧姝的声音，乍听两人所谈之事，只觉头上冷汗直冒，一颗心在胸腔里疯狂跳动。

当下她绝不敢现身。见旁边一丛梅树枝干交叠，藏得住人，她便屏住呼吸，连忙躲在其后，大气也不敢喘一下。

萧太后继续往前走着，从那丛梅树旁经过，道："你虽是萧氏一族难得一见的聪明人，可到底年岁还轻，所经历的事情还太少，思虑不够周全，也没想好足够的应变之法，那日险些便在殿中陷入被动。且你私自动手连哀家都不告诉，当哀家看不出你想如何吗？"

萧姝道："阿姝有愧姑母教诲。"

萧太后却叹了口气，道："圣上当年亲历过平南王之乱，从此多疑，便是对哀家这亲生母亲也不亲厚，连选皇后都选了个小门小户出身的，萧氏一族出身之人连妃位都不选一个，便是忌惮着呢。玠儿却性情温厚，对我更为亲近。我知你也是个心有大志的，且放眼京城，勋贵之女，没人比你更配得上母仪天下之位。"

姚惜躲藏在树后暂时不敢动，心里虽告诫自己想活命就不要去听，两只耳朵却封不住，那话音不断传入，叫她越听越心惊胆寒。

那日仰止斋之事竟是萧姝陷害姜雪宁，为的是临淄王沈玠，为的是要成为将来的皇后！

接着她便听到萧姝道："姑母的意思是……"

萧太后冷冷地道："圣上只要还在，要立玠儿为皇太弟，便不会容忍萧氏之女成为临淄王妃，你要沉得住气才是。"

萧姝道："难道便要眼睁睁地看着旁人上位？"

这时两人的脚步声已经有些远了，声音也有些远了。

姚惜咽了咽口水，不敢再多待，悄悄绕过那梅树丛，便要离开。可不承想心慌意乱之下容易出错，她匆匆弯身时竟不小心撞着了一枝梅枝，顿时梅花颤动，有枝干碰撞的声音传出。

"谁在那里？"萧太后回头隔着远远的地方只能看见那一枝梅枝动了动，下意识地便厉喝一声！

姚惜立刻知道自己已经泄露了行迹，慌不择路，拔腿便跑。只是恐惧到极点，恶念也涌了上来，她眼底一片狠色溢出，心念一动，竟直接伸手探入袖中，摸到了那枚方才拾到的香囊，直接将其掷在地上，然后快步出了这梅园，往别处转了一圈，才回到赏梅宴上。

宫里一堆妃嫔赏梅，还有个萧太后在，姜雪宁才不爱去凑那热闹。

流水阁里方妙被周宝樱拉了坐在那边下棋。她便走过去坐在旁边，一面剥着宫人端上来的花生吃，一面看两人在棋盘上较高下。

直到天色暗下来，去赏梅的那些人才回来。见着流水阁里有人在下棋，众人都跟着凑了过来，想看看这一局周宝樱又会赢方妙多少。萧姝也在她们之中。

见姜雪宁手边已经剥了一堆花生壳，萧姝淡淡笑了笑，目光微闪间，抬手便将一枚香囊递到她面前，道："方才在外头捡到一物，看着有些眼熟，是姜二姑娘的吧？"

姜雪宁怔了怔，抬眸看去。

萧姝指间挂着的那香囊正是先前尤芳吟做成第一笔生意时，专门用丝农送的绸缎，给她绣的那枚香囊，深蓝色的牡丹十分独特，很漂亮。

姜雪宁再垂眸一看自己腰间，不知何时已空空荡荡。她眉梢微微一挑，从萧姝手中将香囊接过，倒并不千恩万谢，仍是有些冷淡，平平地道："是我的，倒不知是何时落下的，有劳了。"

也不知香囊的边上被什么东西钩了一道，有些起毛。姜雪宁看了有些心疼，轻轻抚了一下，才皱着眉将其挂回自己腰间。

萧姝静静打量她的神情，观察她的行止，轻易便觉出那并不愿同她多言的冷淡来，可除此之外，竟十分坦然。

尤月在后面看得一头雾水。姚惜却在看见这一幕时心如擂鼓，险些脚下一软没站住。

★

东西失而复得，自然值得高兴，不过交还之人是萧姝，多少透着那么一点奇怪，姜雪宁不是很习惯。好在萧姝也并没有借此与她说话的意思，交还香囊之后便走了。于是姜雪宁也乐得自在，继续看周宝樱与方妙下棋。

这回两人下的是围棋。

方妙这一手已经进入长考，一时半会儿下不定。

周宝樱一副百无聊赖的模样，便也抓起旁边的花生来剥，还转过头看了姚惜与尤月一眼，好奇地道：“二位姐姐也去赏梅了吗？”

姚惜见萧姝走了才松了一口气，可听着周宝樱这一问，心又不由得紧了几分，勉强若无其事地笑道：“也去了，不过没看上多久，都陪着各宫娘娘说话了。”

周宝樱便“哦”了一声。她像是想要说什么，不过正巧这时候方妙“啪”的一声落了子，她的目光顿时便移开了，立刻拍手大笑起来：“我便知道方妙姐姐要下这里！看我吃你半目！”

方妙看她手指所落之处，立刻着急地大叫起来：“你！你怎么可以下这里呢？不对、不对，我还没想好，我不下这里！”

“落子无悔啊姐姐！”

周宝樱好不容易又要赢一盘，才不许她轻易悔棋，两人便在棋盘上面打闹了起来。

姚惜才历一番险，只觉心神俱疲，佯装无事地在流水阁中看了一会儿，才称自己困倦，往外走去。

尤月见状，目光一闪也跟了上去。

姜雪蕙从自己的房里出来时正好看见二人一前一后地回来，还轻轻打了声招呼，但兴许是她先前当面驳斥过她们的缘故，两人的神情看上去都不是很亲近，显得有些怪异的冷淡。

这时姜雪蕙倒也没在意。

到用过晚膳回房的时候，注意到姜雪宁那香囊上刮了一条道，姜雪蕙才问了一句：“这香囊是怎么了？”

姜雪宁低头看了一眼，道：“大约是不小心落下了，被萧姝捡到，还给我的时候已经这样了，估计是在哪里刮破了吧。”

香囊、汗巾这些东西，都是女儿家的私物。她是惯在外头混惯了，对这些小节不甚在意，姜雪蕙却是高门后宅里养出来的，闻言眉头便轻轻蹙了蹙，道：“什么时候丢的？”

姜雪宁同她的关系本来不近，若非必要，两个人都是不说话的。

如今姜雪蕙却主动问起。

姜雪宁细一思量便知道她在担心什么了，毕竟这种私物若在宫中往谁手里走一遭，扯出点什么男女之事来，落在有心人眼中，也够搞出一桩大事了。

她也没回话，只重新将香囊解了下来，直接打开来看，里头装的还是干花与香片，倒没多出什么别的东西，只不过原本淡淡的杜若芳息里竟隐隐多了一股冷香……那香味极淡，可她依旧能嗅出。

姜雪宁心头顿时微微一凛，脑海里想到的是今日在宫中的那一场自己并没有去的赏梅宴。从今天早上出门到晚上用膳，她所待过、经过的地方也不过就是从仰止斋到奉宸殿，还有中间那一条条宫道，中间绝对没有沾过什么梅花，更何况虎蹄梅是开得最早的……

除非萧姝用梅香。

可据她所知，并不是。

姜雪蕙不过是想问问什么时候丢的香囊，怕宫中有人拿这香囊做文章，却没想到姜雪宁拆了香囊略略一闻后便紧皱了眉头。

她难免担心："不对？"

姜雪宁眼底覆上一层阴影，望向了仰止斋门外以及门外那一条宫道，也不回答，把香囊一系，看周遭无旁人，便径直下了台阶，一路仔细看着。到得仰止斋门口，她忽然想起什么，脚步一停。

宫中的宫门都是木制的。这会儿两扇门还没关上，圆圆的铜环垂在两边。但在左侧那扇门差不多与人腰相同的高度上，有一道木刺突了出来，上头还挂了几缕极其纤细的月白蚕丝。

姜雪宁仔细一瞧，便发现了。她轻轻抬了手指将那几缕丝摘下，再将掌中的香囊摊开，香囊上那道刮痕尚新，月白的底色同这细细的蚕丝一模一样。

她再一回想，先前她从奉宸殿回仰止斋时，的确扒着这扇门往回望过。这么想来香囊该是那时候丢的。当时她遇到了尤月和姚惜，没看见旁人。可这香囊最终是萧姝拾到的，且上头还沾了几缕梅香……

姜雪蕙看她这架势就知道出了事。

但姜雪宁似乎知道她想说什么，只道："不用你管。"说完便拿着香囊回了屋。经历过上一遭搜查仰止斋被人陷害的事情后，姜雪宁已经小心了许多，毕竟她不再是皇后，旁人的一点阴谋诡计也能陷她于危难之中。

这事有没有蹊跷，暂且两说，要紧的是，如果有蹊跷，会有什么牵扯？

屋里点了灯，香囊与那一缕丝线都放在灯下，姜雪宁坐在案前看了许久。

入夜已深，很快她就听着流水阁那边笑闹的声音小了下去，紧接着便是方妙与周宝樱告别的声音，大约是终于下完了棋，约定要明天继续战。

这时候，姜雪宁便想：与其自己在这里思虑怀疑，倒不如明日直接找到萧姝，先发制人地开口问。毕竟她没做过的事情就是没做过，旁人若要栽赃陷害，难免有不周全、不完美之处，必定会露出破绽，被人发现马脚。而且，萧姝真的不糊涂。

一念定下，姜雪宁便打算洗漱歇息。

没想到，她刚起身，外头竟响起敲门声。

“叩叩。”

有人轻轻敲了敲她的门，接着竟是周宝樱那软软糯糯的嗓音：“宁姐姐你睡了吗？我房里的糕点吃完了，你这里还有吗？”

姜雪宁顿时一怔。

不管是曾经还是如今，她同周宝樱的交集都不深，隐约只记得这姑娘后来嫁了延平王，诸事不想，成日里研究吃喝，倒是非同于常人般逍遥自在。

这大半夜的她还找吃的？

姜雪宁上前开了门，道：“还有的，我给你拿些？”

周宝樱刚同方妙下完棋回来，有些羞赧地站在门外，仿佛这样找人要吃的很不好意思，见姜雪宁给她开门便眉开眼笑，跳了一步进门，道：“谢谢宁姐姐。”

宫里的糕点都是按例给的，周宝樱好吃，一天到晚嘴都不带停，自己房里的糕点吃完了是常事。姜雪宁却截然相反，入宫之后吃得甚少，对宫里目前的这些厨子，都不是很满意。

她将自己那几碟糕点都放进了食盒里，道：“我也不爱吃，要不都拿给你？”

周宝樱咬唇：“啊，这不大好吧……”

她话虽这么说，手却不由自主地朝着姜雪宁递过来的食盒伸去，紧紧地攥住了，两只眼睛弯得月牙儿似的，简直开心得冒泡。

给吃的都是好人。所以对着姜雪宁，她好话便一箩筐地往外倒：“我就知道宁姐姐长得好看心也善，很疼很疼我了！今天萧姐姐给你捡回来的那个香囊我可也看见了呢，不过那时候我站在廊上，姚惜姐姐和尤月姐姐在门口，已经先捡起来了，我想她们会还给你，就没再过去。见她们回来的时候没说给你香囊，我还纳闷了一下，还好萧姐姐竟然拿出来了。真是，若是我捡着就好了，这会儿也不算白吃姐姐的糕点了……”

她的两道眉锁了起来，一副有些发愁的小模样。

她说起话来软软糯糯的，语速却不是很慢，像倒豆子似的，自带一股韵律，一番话说出来差点让人反应不过来。

可待姜雪宁意识到她说了什么时，便忽地抬起头来看着她，微微一怔后，心头大震！

周宝樱却似对此毫无知觉一般，两手攥着食盒，有些愁苦为难的模样，好像下定决心一般咬了咬牙，对姜雪宁道：“这样吧！这回拿了姐姐的糕点，等下一次宫人们端糕点来时，我便把我的那一份分一半给姐姐，绝不反悔！”

姜雪宁竟无言以对。

周宝樱就当她是答应了：“那就这样定了！谢谢姐姐，我，就回去了？”

姜雪宁这才淡淡一笑，道：“回去吧，早些休息。”

周宝樱又蹦了一下跳出门去，朝姜雪宁挥手：“姐姐也早些休息！”

说完她便欢天喜地地拎着食盒往自己的房间走去，半道上还没忍住，掀开盒盖从里面拿了一块杏仁酥塞进嘴里，俨然是馋得狠了。

姜雪宁看着她的背影消失在长廊的拐角，才一垂眸，慢慢将门合上，心绪却陡地翻腾起来。

果然是姚惜与尤月呢……

不过这一点她先前就怀疑过了，所以当从周宝樱口中听说实情时并不是很意外。让她意外的却是周宝樱偷偷溜过来同她说话这件事本身。

这动作看似不经意，可若她先前对此事的蹊跷并无察觉的话，这话已经足够点醒她，让她心生警惕了。

这小姑娘……

姜雪宁不由得笑了，周宝樱虽然喜好吃喝，可到底是能在棋盘上杀得方妙片甲不留的棋痴，没表面上那么傻。这机灵劲儿，一般人没有。

次日早起去奉宸殿上课时，姜雪宁一脸若无其事。萧姝也是寻常模样。倒是姚惜似乎没睡好，有些恹恹的模样。

陈淑仪还打趣她：“这小模样看着憔悴，晚上都想什么去了呢？哎呀，是我忘了，咱们姚惜姑娘可不一样，是亲事都定下来的人，当然要想得多一点啦。”

若她以前这般说，姚惜必定满面羞红，接下来便会是众人一番打闹，气氛轻松愉悦。可没想到，这次姚惜听了她这话，脸色却顿时一变，甚至变得十分难堪起来，抬起头来直视着陈淑仪，表情竟有一分怒意。

陈淑仪立刻就意识到了，面上笑容一滞，停下笑来，迟疑了片刻道：“怎么，你不是不和那张遮退亲了吗？”

殿内众人对姚惜和张遮的亲事都是清楚的，一开始知道她要退亲，后来不知为什么又不退了，在慈宁宫意外见过张遮之后，她更似对张遮十分满意。

郎才女貌，两人虽不门当户对，可女方没怨言的话，也能成一对佳偶。按常理来讲，这门亲事自然是妥了。即便有张遮主动退亲的信来，可众人都不觉得那是什么事。包括萧姝在内，所有人的目光都转了过来，看向姚惜。

姚惜搁在桌上的手指攥得便紧了。

她只觉着这些好奇的目光里都藏着恶意的探寻和打量，甚至有一种隐隐等着看好戏的期待。张遮坚决要退亲的信她已看过，且还因为在奉宸殿中的一番戏言被父亲冷言斥责！

想起来她就恨。她更恨的是那张遮竟然敢退自己的亲！

她这样的大家闺秀，往后面子往哪里放？

此刻众人关切的目光非但没有缓解她心内的难堪，反而更加重了她心中的恼恨。可这种事她绝不愿宣之于口。哪个姑娘愿意坦然说自己被退亲了？

姚惜咬着牙关，朝陈淑仪笑了笑，竟没客气地道："那张遮不识好歹，小门小户出身，纵有一表人才也显得寒碜，更何况请人算过，一副天煞孤星命格，所以想来想去，还是算了。"

众人都惊讶地"啊"了一声。

姜雪宁却是亲耳听过张遮说要主动退亲的事情的，此刻听姚惜说得倒像是她主动退了张遮的亲一般，且张口就说张遮是"天煞孤星命格"！

这同她当日与尤月所议，有何区别？

姜雪宁的面容微微冷了下来。

姚惜却挑衅般故意看了她一眼，意有所指地道："不过，我看不上的人，那些小门小户出身的人想来都抢着要。所以便是退亲了，那张遮说不准也能找个不错的姑娘呢。虽然未必能与我相比，可说不准人王八对绿豆，瞧得上眼呢！"

旁人都听得一头雾水。

唯独姜雪宁清楚她这话是骂自己，胸腔一时鼓动。可她想要发作，对方又没指名道姓，她若跳出来，倒好像自己真同张遮有了什么不可告人的关系一般，反正中对方下怀。

正好这时上课的先生到了，姜雪宁便强行将胸臆中这股火气压了下去。只是她越压，这股火气反而越盛。

今日学书和礼，全程她的脸色就没好过。

那堂上的先生们乍一错眼瞧见她都以为是自己教错了，在知道姜雪宁逼走过两任先生之后，都不由得战战兢兢，生怕下一个遭殃的就是自己，倒没来找她的麻烦。

等到下课，姜雪宁要从殿中出去，姚惜也正好走了上来。她不想让，姚惜也不想让。两人挤了一下。

姜雪宁脾气上来，眉头一皱便直接推了姚惜一把，丝毫不客气地道："我走在前面你抢什么，赶着投胎去吗？”

姚惜也是今日冷不丁地被陈淑仪问起亲事，想起了张遮退亲的那一遭恨，疑心病上来总觉得此事与姜雪宁有关系，是以不自觉间便要与她作对，不肯相让，却忘了姜雪宁本身是何等不肯忍让的脾性，一点就着。

被她一推，姚惜险些一个趔趄倒下去！

殿内先生都还没走，宫人们立在一旁，见着这一幕简直惊呆了，完全不敢相信有人脾气这么火暴，众目睽睽之下直接发作！

连姚惜自己都没想到。

她被人扶了一下才站住，待反应过来之后却大怒：“姜雪宁你什么意思？”

姜雪宁冷笑：“想搞你的意思。”

沈芷衣都没走那么快，这会儿还在后面呢，并不知道两人之前还有什么恩怨纠葛，看着这场面都愣了一下。

旁人却都在悄悄地打量她的神情。

姚惜有心要与姜雪宁争个高下，可回头看了正关注着事情进展的沈芷衣一眼，却极为忌惮地收回了指着姜雪宁的手指，恨恨地道：“不做贼不心虚，暗地里做小人的当然恼羞成怒。”

姜雪宁轻嗤了一声：“不必指桑骂槐，我劝你最好收敛着点，被人退亲就乖乖地夹着尾巴做人，毕竟一场缘分好聚好散，旁人也不会到处声张。可若你自己死要面子不肯叫人好过，那人也自有一千一万种叫你不好过的法子。你敢出去胡说八道一句，我便敢叫满京城的人都知道你是做过什么事才被人退亲的！”

被人退亲！

原来姚惜竟然是被退亲的那个吗？

她不是先前信誓旦旦十分有信心地说，张遮退亲是为了不牵连她，只要她回绝，这门亲事是妥妥地会成的吗？

所有人听了姜雪宁的话都惊呆了，再看向姚惜的目光顿时有些微妙，有同情，也有些一言难尽。

姚惜完全没想到姜雪宁竟然这么不客气地当着所有人的面把这件事说出来，被众人看着，脸上青红交错，气得身子直抖，眼泪扑簌扑簌地就掉了下来。

姑娘家毕竟爱面子，被人当面打脸，当然委屈极了。

姜雪宁却终于出了一口恶气，看都懒得多看她一眼，一甩袖子便直接走了，往偏殿行去。反正她跋扈成性，旁人爱怎么说就怎么说去。

只是她这人言出必践，说到做到！

姚惜若敢做出跟曾经一般狗屁倒灶诬蔑打压张遮的事，自己便是舍了如今的清闲日子，不离开京城在这修罗场里搅和，也要跟她死磕到底，让她付出代价！

偏殿里一片暖意，提前烧了地龙，连沏茶的水都提前放在了炉上。

谢危一早便到了。

不大的一只食盒边上，一碟桃片糕搁在茶桌桌角，他却看着自己面前那一盏金红的茶汤，有些出神。

姜雪宁推门进来，他转头便看见了。只是比起往日，她这一脸冷凝冰寒的模样，倒像是跟谁有仇。

谢危轻轻扬了扬眉。他想问：谁又招你了？可一想这话昨日问过了，他便没有开口。

姜雪宁却觉得火气正大，走过来先向谢危躬身行礼，起身时见他正打量自己的神情，便知道是自己喜怒形于色了，因怕谢危误会，道："方才与贱人吵了一架，先生莫怪。"

谢危："……"

这两个字用得，她是真气上头了。宁二往日从不说这种话的。换句话讲，能当得上"贱人"二字，事情一定很严重。

他琢磨着她这满肚子的火气，也不像是能静心弹琴的，便一指自己对面，道："坐。"

姜雪宁闷头走过去坐下。

谢危看她一脸苦大仇深的样子，坐下来便不动了，便垂眸饮了口茶，淡声道："等着我给你倒茶不成？"

茶是在姜雪宁来之前就沏好的，倒在了茶海里。

姜雪宁这时才反应过来。往日谢危给她倒茶那是沏茶者的礼仪，且只喝过两回她都没留心，被他这一点，后脑勺都凉了一下，赶紧端起茶壶，看谢危那茶盏放下了，便十分乖觉地先给他续上，然后才转来给自己倒上一盏。

她也不敢说话，两手捧起茶盏来便喝了一小口。

今日是猴魁，显然也是宫中御贡，入口顺滑，齿颊回甘，饮过还能嗅得一分带着些清甜的香味……

嗯，清甜？猴魁是这味道吗？

姜雪宁忽地怔了一下，眼珠一阵转动，一下就看见了旁边那碟桃片糕。跟昨天一样啊，那味道她是有些嫌弃的，不想尝第二遍。看了一眼，她便把目光收了回来，继续喝茶。

谢危道："宫中行事，收敛为上，你却到处树敌，这次又因何事与人起争执？"

姜雪宁咕哝道："我也知道我这性情不适合在宫里待着，可您几位也没给我选择的机会啊。"

话说着那股清甜的香气又飘来。她没忍住，又转过去看了那碟桃片糕一眼：明明那么难吃，香气却这么诱人，到底是闹哪样？做人要有骨气，千万别伸手，不然一会儿吃不完还要在谢危面前硬着头皮塞，简直太惨！

谢危眉梢一挑："这是在怪我？"

姜雪宁心不在焉，都不记得自己刚才说什么了，下意识地"啊"了一声，立刻道："不敢、不敢。"

谢危的目光却移向了那桃片糕。他已经注意到姜雪宁向它看了不止一眼，道："想吃便拿，没人拘着你。"

"不、不、不，我不饿。"姜雪宁立刻摇头，表示拒绝。

谢危皱了皱眉。

★

这是什么表情？

姜雪宁有些狐疑地看了他一眼，莫名有点㞞，只疑心自己说错了什么："那我吃一个？"

谢危："……"

姜雪宁立刻改口："那还是不吃了。"

谢危忽然觉得有那么一点好笑，但他不是笑姜雪宁，而是笑自己。

他莫名地摇了摇头，看着自己掌心的那盏茶，却想起燕临来，道："性情顽劣，脾气不好，还没点眼力见儿，也不知燕临是着了什么魔。"

好端端的他怎么提起燕临，而且还纳闷燕临为什么看上她？

姜雪宁扯了扯嘴角，小声嘀咕："所以燕临有人爱，而你没老婆嘛。"

不过话一出口她就看见谢危抬起眼，立刻道："您说得对，我不学无术，配不上燕世子。"

她这心里有怨言又一副不敢同他计较的模样，看得人发笑，可谢危的嘴角刚弯起来一点，又不知为何落了下去。

燕临。

勇毅侯府。

冠礼。

不知不觉，日子已经很近了。

姜雪宁说完方才的话，也几乎同时意识到了这一点，面上轻松的神情便跟着敛了下去。

她还记得曾经的冠礼。

那时她对朝野上下的局势一无所知，也根本不知道当时的勇毅侯府已在危难之际，她已经下定决心努力去当皇后，但还没到付诸行动的时候，是以还十分贪玩，小孩子脾气，琢磨着要给燕临找个特别好的生辰礼物。

结果没想到，那日半道上误了时辰，她迟到了。

等她的车驾抵达侯府，整座宅邸早已血气冲天，兵甲光寒，里头一片哭天喊地的声音，前往赴宴的勋贵们吓得脸白腿软，奔命一般从里面逃出来。

她抓住人就问："怎么了，出什么事了？"

谁也不回答她。她便带着自己准备好的生辰贺礼想进去找人，可兵士将她拦住了。

她死活想要进去。然而这时候一颗头颅从里面滚了出来，掉在台阶上，溅得地上都是鲜血，她顿时就吓坏了，再转头一看，那些拿着刀剑的人都在冷冷地看着她。

也不知是谁拉了她一把，终于还是把她拉了回去。

回府后，她就病了一场。

也就是说，过去，她甚至没能去参加燕临的冠礼。

后来，燕临因此误会她是趋利避害，是知道侯府遭难，所以故意不去。

毕竟不久后她便告诉他，她要当皇后。

后来那已经经历过风霜雨雪，披着荣光还京成了将军的旧日少年，站在煌煌的宫殿里，轻轻按住她的肩膀，帮她将头上的金步摇摘下，对她说："那一天，我等了娘娘好久，站在堂上，看着每一位踏进来的宾客，满怀期待，总想也许下一个就是你。可等了一个又一个，看了一个又一个，临淄王来了，你没有来；谢先生来了，你没有来；连萧姝都来了，你还是没有来。可我想，宁宁答应过我，就一定会来。于是我等啊等，等啊等，等到重兵围了府，等到圣旨抄了家，等到台阶淌了血，也没有等到……"

姜雪宁无从为自己辩解。

又或者，对陷入仇恨与阴暗之中的旧日少年来说，一切辩解都显得苍白。

她只能无声地闭上眼。

曾经的种种忽如潮水逆涌，姜雪宁过了一会儿，才慢慢地看向自己手中的茶盏。平静的茶汤如一面小小的水镜，倒映出了坐在她对面的谢危的身影。

她说："燕临冠礼，听人说谢先生要为他取字。"

谢危淡淡地应："嗯。"

男子二十而冠，此后才成家立业。冠而有字，用以释名、明志。

勋贵之家出身的男子，到行冠礼时基本都会请来鸿儒高士为自己取表字，谢危年纪虽比不上士林中其他鸿儒，却是文渊阁主持经筵日讲的太子少师，往日还从未听说过谁能请得他为谁开蒙或是取字。

燕临似乎是第一个，也是迄今为止唯一一个。

可姜雪宁竟不知道曾经燕临的字是什么，取成了吗？

勇毅侯府遭难后，一切与燕氏一族有关的话题都成了禁忌，谁也不敢提起。等燕临还朝后，也再没有谁能亲密到唤他的字。也或许他有，可她不知道。

谢危打量她片刻，道："如今京中高门都知道勇毅侯府大势不好，冠礼请帖虽发了，可应者寥寥。你看着也不像是有什么仁善心肠的，届时要去吗？"

姜雪宁望着他道："燕临是我最好的朋友。"

所以不管情势如何，她都是要去的，且这一次不会再迟到，不会误时辰，不会再让那少年失望。

谢危听后却眉梢一挑，竟轻轻地嗤了一声。

最好的朋友？

他也不知是不是有什么话想说，反正摇了摇头，终究没说，似乎也没什么心思喝茶了，把手中的茶盏放下，道："练琴吧。"

姜雪宁其实还没喝完茶，可本来也不大渴，聊过这话题后，先前与姚惜起争执的火气却轻而易举地便消失了个干净，取而代之的是沉重。

她放下茶盏，坐到琴桌前练琴，还弹《彩云追月》开指。

昨日她都弹得好好的，按理说今日会更好，可没想到根本没有昨日流畅，滞涩磕绊，没几句就弹错了一个音。

谢危转头来看她。

姜雪宁一下停了下来，看着自己压在琴弦上那纤细的手指，它们不受她控制地轻轻颤抖着，连带着被压在下面的琴弦也跟着震颤。

她慢慢地将手指移开，交叠着握在身前，用力地攥紧，可那种颤抖的感觉从指尖传递到了心尖。

她垂下头，闭上眼。

谢危第一次没有斥责什么，只是淡淡地道："静不下便不弹吧。"

燕临冠礼在即……他不提起还好，一旦提起，她又怎能静心？

姜雪宁但觉心底冰冷一片，被什么厚重的东西压着，喘不过气来，连方才与姚惜吵架时那飞扬的眉眼都不见了神采，低低地应道："是。"

偏殿里再次没了声音。

谢危在书案前看公文，但似乎也不是很看得下去。

姜雪宁在琴桌前发呆，没一会儿便神游天外。

过了两刻，外头又有太监来，有事禀告谢危。但看姜雪宁在里面，没开口。

谢危便起身来，对姜雪宁道："自己沏茶看书，休憩片刻吧。"

他说完从殿中走了出去。那小太监跟着他到了廊上，压低了声音禀告着什么。

姜雪宁听不清楚。谢危的事情，她也不敢去听。

在琴前枯坐良久，她才出神时不觉得，回过神来却觉得身子有些僵硬。

这一张蕉庵乃燕临所赠。少年当时炽烈诚挚的眼神还在记忆的水面浮荡，可越是如此，她看着这张琴越觉憋闷，于是还是站了起来，干脆真坐到那茶桌前，重新烧水沏茶。

那碟桃片糕还搁在原处。姜雪宁正好瞧见它。喝第一泡茶时，她没去碰；喝第二泡茶时，便觉得肠胃里有些清苦；待得茶到第三泡，终于还是觉得自己得吃点什么，于是向着那碟桃片糕伸出了手。

雪白的一片一片糕点，中间点缀着一些成片的桃仁，乍一看好像和昨天的差不多，但仔细一瞧，好像每颗桃仁都比昨天的要大？

宫里的厨子别的不行，种种糕点的样子都是做得很好看的，闻起来也是很好吃的，虽然吃进去之后的感觉可能和想的不一样，可毕竟是在宫里嘛，谁在意它是不是真的好吃呢？

薄薄一片桃片糕拿在手里，姜雪宁盯着看了半天，腹诽了一句，终于还是随便地往嘴里塞去。糯米都揉到了一起，柔韧之余又不失松软，甜而不腻，清却不苦。

这味道……

初时没在意，可等味道在舌尖化开的瞬间，姜雪宁真是眼皮都跳了一下，差点吓得噎死自己，手一抖险些把茶盏给推翻！

甭管这桃片糕是什么味道，总之不会是这宫里的厨子做的！

过去，她叫宫里会做糕点的大厨都试过了，没一个能做出她想吃的味道，如今宫里没换过的大厨就更不可能了！

那这碟……

姜雪宁只觉刚才吃进去的怕是毒药，抬手压住自己的眼皮，也摁住自己的心口，恨不能把刚才吃进去的那片糕点给吐出来！

天哪，她到底干了什么？！

还是那句话，怎么连谢危的东西她都敢吃了！

说不准他正是用这碟桃片糕来试探她是不是还记得四年前那些事呢？

谢危此人心肠狠辣。都怪他最近态度太为和善，以至于她习惯性地得寸进尺，失去了警惕！

冷静。

冷静。

她就吃了一片而已，谢危也未必数过。以肉眼来看，这一碟桃片糕看起来和先前没有什么差别，再摆弄摆弄，就看不出来了。

姜雪宁连忙伸出手去，把那一碟桃片糕重新摆弄了一下，遮掩住了自己刚才拿走一片所留下的空隙，然后等谢危回来。

可她等了半天，谢危还没回来。

姜雪宁隐约又闻见那一股隐隐的清甜香气，原本低头看着茶水的眼珠子转过去看了桃片糕一眼，转回来；又转过去看一眼，又转回来。

其实……这一碟糕点看着也蛮多？

她再吃一片，他也未必能看出来。

姜雪宁扭过脑袋，朝偏殿门外看了一眼，听着那细碎的说话声还没停，胆子便壮了几分，又偷偷摸摸地伸出手去，从盘碟里扒拉出一片桃片糕，迅速塞进嘴里。

她再看那一碟桃片糕，嗯，很好，没什么破绽，就是左边这片看着突兀了些，莫名有些打眼。姜雪宁觉得不能任由它这么放着，这般打眼若吸引了谢危的注意力就不好了。

扔掉？

那也太浪费了。

所以她还是把它吃掉算了，这不算她偷吃，也不是她真想吃，只是为了让这碟桃片糕看起来正常点！

她发誓，吃过这一片就真的不吃了，再吃会死人的！

可偷吃这种事……有一就有二，有二就有三，有三就距离上瘾不远了，而且一片一片地吃，也的确看不出此刻这盘桃片糕和之前的有什么太大的区别……

罪恶的小爪爪再一次伸了出去。

“真的，最后一片，最后一片！”姜雪宁对着自己手里的第十片桃片糕立下誓言，然后咬了下去。

谢危这时正好从门外进来，也没听清，问道：“什么最后？”

“喀喀喀！”姜雪宁吓得一哆嗦，刚吃进去的桃片糕都来不及咽下便噎住了！

她连忙灌了半盏茶，才避免了被噎死之险，转过身来道：“没、没什么，说最后一泡茶了，念叨谢先生您怎么还没回来呢。”

谢危走近一看，她的确泡了茶，不过……这碟桃片糕原本是这么少的？

他看着姜雪宁，表情似笑非笑。

姜雪宁顺着他的目光一看，原本装着桃片糕的小碟……摆盘什么时候这么稀疏了？

没、没、没关系！

也许谢危这人眼神不好呢！

她讪讪一笑道：“刚才有点饿了，吃了一点，就吃了一点……”

谢危挑眉：“当我眼瞎？”

姜雪宁咬了咬牙：“比一点多一点。”

于是谢危“哦”了一声：“尝着怎样？”

姜雪宁心想自己可不能记得当年的味道，睁着眼睛说起了瞎话：“跟昨天差不多，宫里的厨子就是花里胡哨，看着好，吃着不行，喝个茶吃吃还是可以的。”

谢危忽然觉得——这丫头片子可能是真的活腻了。

念头一动，他走上前去，作势要把那一盘端了，道：“既然不好吃也不必委屈自己，扔出去好了，叫宫里的厨子再好好给宁二姑娘做一盘。”

扔了？！

姜雪宁脱口而出道：“别啊！”

话一出口她就想给自己两巴掌。谢危停下来，饶有兴味地看着她。姜雪宁终于知道，自己不仅是个有逆鳞的人，还是个有死穴的人。

由奢入俭难。她在乡野之间长大，口腹之欲难饱，是以尝过好的东西，便总念念不忘。

她心内惨淡一片，干脆豁出去，死猪不怕开水烫了，面无表情地顶着对方的注视，脸不红心不跳，语重心长地道：“也没有那么不好，做人当戒奢从简，不可浪费。”

然后她把那碟桃片糕从谢危手里接了过来。

谢危：“……”

若早知一碟桃片糕便能把这祖宗给收拾了，自己先前费那么大劲儿，又是哄又是训，都是为了什么？他突然有点怀疑人生是怎么回事？

★

从奉宸殿离开时，姜雪宁把没吃完的桃片糕一并带走了。

谢危看着她。

她还一脸义正词严地解释："谢先生常日出入宫廷，料想不会把糕点带进带出，如此这碟桃片糕放在殿中无人享用，搁到明日怕就不好吃了，不如让学生带回去。"

谢危没说话。

姜雪宁便当他是默认了。将食盒往手里一拎，她大步跨出了奉宸殿心想：反正馅儿也露了，装也装了，谢危没看出来就不会看出来，看出来了自己也无法改变他的想法或决定。那不如趁自己的脑袋还在脖子上，多活一天是一天，能吃一点是一点。拿命换来的桃片糕，她当然要带回去继续吃！

她想明白这一点，脚步就变得轻快起来，人走在路上，跟要飞起来似的。

谢危在她后面看着，只觉得她悲伤快乐都很真切，也很简单。

仰止斋众位伴读中，只有姜雪宁是被谢危提溜着需要另花时间去进学练琴的，所以旁人的时间往往和她对不上，旁人休息的时候她可能才回，她休息的时候旁人可能已经在看书了。

这会儿也一样。

姜雪宁拎着食盒回来，众人基本都在午歇，整座仰止斋里安安静静的。她进屋将食盒放在自己的桌上，打开来又没忍住吃了两片，才琢磨起来。

被陷害的事情已经发生过一次，她尚且能为自己找借口，说是没防备，不小心；可如果再发生第二次，那就连借口都没的找，是真的蠢。

与其暗中猜测，她不如当面澄清。更何况如今她与萧姝实在没有什么直接的利益冲突，她在宫内这段日子，不该这么难过才对。

那个或许惹了事的香囊，此刻就放在桌边上，一道破损的划痕十分明显。姜雪宁盯了它片刻，一念落定后，便将食盒合上，直接从桌上抓了香囊，推开门走了出去。

她的屋子在整座仰止斋最偏僻的角落。萧姝的屋子却是这里最好的那一间，坐北朝南，两面开窗，采光很好，邻着一条走廊，周遭也没有旁人。

姜雪宁走过去并不需要多久。

门口却有宫人静立着伺候。

姜雪宁走过去时，站在外面伺候的宫人便看见了，朝她弯身行了一礼，竟然直接对她道："姜二姑娘是来找萧大姑娘的吧？我们姑娘正在等您。"

姜雪宁顿时有些讶异地挑了挑眉。这可真让她有些意外了。

她看了这宫人一眼，没有说话。

宫人也不多言，上前便将门推开了，请她进去。

姜雪宁走了进去。

这间屋子布置得竟不比她那边差多少，处处透着点世家勋贵才有的底蕴，看起来没有那么富丽，可连角落里随便放着的一只花觚都是天青的釉色。

一个宫人站在书案前伺候笔墨。

萧姝穿着一身浅紫色的留仙裙，一手挽着袖，一手持着笔，正在作画。大江流去，两岸对出，古松矗立在高崖之上，孤帆飘荡远影渐淡于水波尽头。

气魄竟然不小。

旁的女子，不管是大家闺秀还是小家碧玉，大多偏爱工笔花鸟，写些闺中春怨，可萧姝显然不爱，更喜水墨染江山，格局更开阔些。

也或许，这是她想要给别人的感觉。

姜雪宁进来时，她笔尖正好点着那孤帆的帆影，抬眸看见姜雪宁便勾唇一笑，道："我便知道姜二姑娘会来找我，不过比我想的还早了许多。"

说话间她搁了笔，也摆了摆手叫伺候笔墨的宫人出去了。

屋内就只剩下了她们两人。

姜雪宁早知萧姝不是个好相与之人，闻言并不惊讶，道："那看来我还是很出乎萧大姑娘的意料的。"

萧姝点了点头："岂止出乎意料，简直是有些佩服了。"

姜雪宁道："你指的是搜查仰止斋那一桩事吗？"

萧姝笑道："姜二姑娘是明白人。"

姜雪宁嗤了一声，也不想废话，直接将那一枚香囊搁在书案上："昨儿你还给我的香囊，的确是我所有。不过你捡到香囊的地方，大约并不是我丢香囊的地方。"

萧姝竟道："我知道。"

姜雪宁顿时挑眉。

萧姝却沉默了片刻，似乎斟酌了一下，才道："搜查仰止斋那一桩事是我做的，可这一切也不过源于一个荒谬的误会，我并非想要针对你。"

姜雪宁忽然觉得她很有意思，回望着她，微微一笑："我也知道。"

这番对话颇为耐人寻味——两个人之间互相试探着。

其实在刚知道有姜雪宁这么个人时，萧姝并没有想过将她当成自己的敌人，一是她出身高门，能威胁到她的人很少，二是姜雪宁与她之间也没有实质的利益冲突。

若要两人成为敌人，这二者缺一不可。

然而她们入宫之后，一切似乎就有了变化。

姜雪宁在肉眼可见地备受重视，虽然出身不如她，可在宫中的待遇竟然也不比她差；随之而来的便是沈玠对姜雪宁的过度在意，甚至私藏了一方绣帕，有些敏锐的人都知道，沈玠极有可能会被立为皇太弟，而她是一个想要成为皇后的女人。在这种情况下，姜雪宁足够成为她的威胁，而且是很大的威胁。

那一次是刚巧得知宫里要下令搜查的事情，她前后一合计觉得即便此计不成也能让姜雪宁入慎刑司吃一番苦头，在里面发生什么事情，当然也不由姜雪宁本人说了算。如此她便可轻而易举地消除此人带来的威胁。

可她没想到，危机面前，这位小门小户出身的姜二姑娘竟然临危不乱、据理力争，甚至不惜以死威胁，硬生生地将这一场危机化解了。

她更没想到，沈玠的那一方绣帕另有主人。她的敌人根本不是姜雪宁，而是姜雪宁的姐姐姜雪蕙！

这可真是闹了天大的笑话！

萧姝一向好面子，可在因为这件事被太后姑母斥责的时候，即便心里再如何不甘，再如何不爽，也无法反驳是她自己走了一步错棋，出了一记昏着。

如此往后她既要对付姜雪蕙，还要对付姜雪宁这个新结下的仇人，实在很划不来。一个人再强，也不过是匹夫之勇，抵挡不过千刀万剑。

萧姝并不愿意树敌太多。而眼下这个香囊的事情正好为她提供了一个绝佳的机会，挽回先前的错误，也为自己减少一个强劲的敌人。

萧姝打量着姜雪宁的神情，轻轻摆手，请她坐下，道："当日实在是一念之差，无心之失，险些累得姜二姑娘出事，我心里实在有些愧疚难安。不过我与姜二姑娘也无甚交集，不甚了解，也不知要怎样才能解开这中间的误会……"

一念之差，无心之失？

那陷害若是成了她现在早已身首异处了！

不愧是萧氏一族，高门出身，真不拿旁人的命当命，如此高高在上！便是谢危都没这一副令人厌恶的嘴脸！

姜雪宁发现，这可能就是自己无论如何也不喜欢萧姝的因由所在。但她也无意因此亲自与萧姝撕个你死我活。对方既有拉拢她讲和的意思，她也不必立刻拒绝，好歹给自己讨回点利息来再说吧？

是以，姜雪宁淡淡地笑了起来，故作轻松地莞尔道："萧大姑娘这样尊崇的身份，若是想解开误会，那是给我面子，我哪里敢不应呢？"

端看她想不想罢了。

萧姝回视着她，似乎在衡量她这话的真假，过了好半晌，也懒得同她绕弯子了，道："聪明人面前还绕弯子没意思。坦白说吧，若你最终是要出宫去，那我不愿同你结仇。虽则我压你一头，可伤敌一千自损八百，何况我还要对付你姐姐。我愿意拿出诚意，只是不知先前那笔仇是否能一笔勾销？"

一笔勾销？

她想得倒是美，强买强卖的本事不小嘛。

不过这是心里面想的，姜雪宁面上看起来十分好说话，很感兴趣地道："这当然没问题，毕竟我人微言轻，势单力孤，也的确无法与您抗衡。只是不知萧大姑娘这诚意有多少了。"

萧姝拿起她那个香囊，思索着看了片刻，便笑道："总有些跳梁小丑在背后作妖，让人生厌。姜二姑娘不喜欢，我也不喜欢，不如由我料理妥当，也好叫大家都清静清静。"

姜雪宁一副很满意的样子："这可真是太好了。"

她用脚指头想也知道，背地里某个作妖的人该是用这香囊陷害了她一把，说不准还涉及什么紧要的事情。

萧姝当然不是什么良善之辈。什么"诚意"，什么"一笔勾销"，话说得好听罢了，事实上即便没有她的存在，萧姝也一定会找到那真正丢下香囊之人，除之以绝后患！萧姝这么讲不过是把这件事利用完全，若真能哄得她忘记先前被陷害的那桩仇怨，可不就是一石二鸟了吗？

姜雪宁不上这当，可她将来的确是要出宫去的，没必要这么早就跟萧姝撕破脸，且反正她都把姜雪蕙搞进宫来了，接下来虚与委蛇一段日子对她来说并无坏处。是以她答应得十分干脆。

两人这一番交谈之后，表面上算是冰释前嫌了，由萧姝亲自将姜雪宁送出了门。可待从这一条长廊上走出去，回头来再看着萧姝那两扇重新闭上的房门，姜雪宁只想起了曾经的纷纷扰扰。

过去，她同萧姝一般，死活想要当那个皇后，却没料想到江山一朝倾覆，她贵为皇后也不过渺如蝼蚁。

萧姝聪明一世，眼下一步一步地算计着想要登上那后位，却对那蛰伏在暗中的危险一无所知：她，或者说萧氏一族真正的敌人，根本不是此刻仰止斋中的任何一位伴读，而是那位高高站在奉宸殿上为她们传道授业解惑、圣人一般的谢少师、谢居安！

想到这里，她心底忽然生出一种坐山观虎斗的悠然之感，笑了笑，便转身向自己屋里走去。还有一碟桃片糕在屋里等着她呢。

人生苦短，跟人钩心斗角多没意思！

姜雪宁重新翻出了那本医书，也将那碟桃片糕从食盒里拿了出来，搁在书案边上，看书之余便顺手取一片来吃，冬日午后倒也悠闲惬意。

她看了约莫半个时辰，外头有人来找。

昨晚来过的周宝樱又在外头敲门，声音里充满了雀跃："宁姐姐！我来还你的糕点啦！"

姜雪宁一怔，花了好一会儿工夫才回忆起来，周宝樱似乎说过借她的糕点去吃，等新的糕点送到便来还她这种话。

不过……

她摇头笑了一声，走过去给对方开门，道："我还以为你说着玩呢。"

周宝樱果真拎了个食盒站在外头，小巧的琼鼻轻轻一皱，有些得意："与吃有关的都是大事，宝樱可也是言出必践呢，说到做到！"

她走进来，把食盒打开了，里头三层，装着的都是各色糕点。显然御膳房和仰止斋的宫人都知道她爱吃，每日糕点送来总是她那边最丰厚，样式和品种都多很多。

"这是核桃酥、杏仁酥，这是玫瑰馅饼、黄豆糕……"周宝樱眼睛亮亮的，一样一样地指给姜雪宁看。

可说着说着话，她忽然就看见了书案上摆着的那盘桃片糕，也不知为什么，目光就移不开了。

姜雪宁正纳闷她为什么没声音了，一看她，再顺着她的目光看去，心里面顿时"咯噔"一下，拔凉拔凉的。真是失策了……刚才去开门请周宝樱进来的时候，她为什么不先把这碟桃片糕藏起来？！

周宝樱咬了咬唇，看了看姜雪宁，又看了看那碟桃片糕："宁姐姐这个，看上去好像很好吃的样子……"

姜雪宁想说，不，你误会了，这个一点也不好吃。可谁又顶得住周宝樱这种小鹿似的湿漉漉的眼神？

简直好像自己不给她吃是一种罪恶。

更何况，这小姑娘昨日貌似无意地来同她说那一番话，是副善心肠。

姜雪宁思量片刻，终是不大忍心拒绝，虽然觉得心头滴血，还是微笑着摸了摸她的脑袋，道："你想吃，那我分一半给你拿回去，好不好？"

周宝樱顿时眉开眼笑地道："好！"

★

"郑尚书也真是老糊涂了，年将乞休，折子都下来了，却还在昨日内阁议事时当众为勇毅侯府求情。谁不知道现在圣上正在气头上？这事他可真是没看清楚形势。这不，引得圣上龙颜大怒。他一个遭殃不打紧，倒连累得在场所有同僚与他一道担惊受怕，唉……"陈瀛长长地叹了一声，叹完后却不由得打量对面的谢危的神情。

这是在谢府。

昨日下午内阁议事的时候起了争执，险些闹出大事来。但当时谢危似乎去了奉宸殿教那什么女学生，并不在阁中，因此免涉事端。

陈瀛忍不住要思量这中间是否有什么玄机在，是以趁着今日一早不用早朝，掐着时辰递上名帖来拜谢危，叙说昨日内阁中事，探探这位少师大人的口风。

谢危虽不在，对事情却是一清二楚。奉宸殿偏殿来的那太监已经将情况禀明了。

听着陈瀛的这一番话，他眉目间也无甚惊讶之色，只道："正是因为郑尚书年将乞休，折子都下来了，半截身子入土的人，顾虑比旁人要少，才敢做出这种事来。换了旁人或恐要担心头上顶戴、腰间印绶。圣上虽然恼怒，却也得防着天下悠悠众口，不至于对郑尚书怎样。"

他这一番话跟没说有什么区别？陈瀛当然知道郑尚书这老头子为什么这么敢说。

可……

他一副有些为难的模样，望着谢危道："可郑尚书都被收监了，难道还能放出来？"

谢危笑道："这就看陈大人以及刑部的旧属了。"

陈瀛若有所思。

谢危淡淡地道："圣上这人也念旧情，郑尚书半生为朝廷鞠躬尽瘁，在内阁议事之时公然触怒圣上，若不将其收监，人人得而效仿，天子威严何存？可人有时候上了台阶也缺个台阶下，且陈大人等刑部同僚都是郑尚书昔日下属，郑尚书行事如何，有目共睹。人情淡薄冷暖，都在这一念之间。”

官场上行走，谁人不愿趋利避害？若谁纯凭着“仁义”二字，根本走不远。

陈瀛便是向来不管旁人死活，只一心琢磨着上面人是怎么想的，听过谢危此言，心头便微微凛然，明白了谢危言下之意：皇帝固然把郑尚书下了大狱，可也想看看朝堂上其他人对这件事的反应；且郑尚书乃自己的上司，自己当了郑尚书多年的下属，连这侍郎之位都是郑尚书提拔上来的，若在此时落井下石，旁人兴许嘴上不置喙，背地里未免觉得他冷性薄情，暗中疏远；更何况新的尚书顾春芳即将上任，只怕也要看看手底下这帮人的品性。新官上任三把火，焉知这火不烧到自己身上？

陈瀛一念及此，已是通透了，也知谢危很快便要入宫授课，不敢有太多叨扰，起身便长身一揖，恭敬地道：“下官再谢先生指点。”

谢危平淡得很：“陈大人心思缜密，假以时日也必能想到的，言重了。”

陈瀛却知道这话不过是客气。所谓“假以时日”，便有早晚，有些事情不早点做便是错。而谢危最厉害的，恐便是在一切刚发生的时候便洞若观火，心中有数，执棋在手，运筹帷幄。

他笑了笑，也不反驳，再次躬身，才告辞。

侍立在旁的剑书在他经过时略一欠身，可等目送着此人的身影在回廊尽头消失后却紧皱眉头，对谢危道：“这位陈大人做人可真是精明，万事都要问明了再走，事事都来请教您，一则是他的确谨慎，二则只怕也有向您示好之意，按说该是对先生唯命是从了，可上回宫里那件事，他办得却不妥当。您交代的分明是他，可宫里来人到刑部请时，他却带了个查案厉害的清吏司主事张遮去。他明摆着是两头不想得罪，既想要办了您交代的事，但也不想被牵扯其中，像棵随时会倒的墙头草。”

剑书说的是宁二被陷害那件事。

这许多年来人心之恶谢危已看遍了，倒不感到意外，陈瀛这般做在他的意料之中，不这般做才是出乎他的意料，反倒要让他思考思考是不是自己有什么问题。

毕竟天下有谁能不权衡利弊呢？

是以他只道：“此人可用不可信，我心里有数。”

说罢，他将手中茶盏一搁，起身来，从这平日待客的厅中走回了自己的斫琴堂。

堂中竟然有人。若是陈瀛方才到此见了，只怕会忍不住起疑：这样一大早，京中幽篁馆的馆主怎么会出现在此地？

吕显昨日留宿在谢府，刚睡醒没多久，正打着哈欠糟蹋谢危的好茶，上好的大红袍已沏了三泡。

瞧见谢危进来，他便笑道："回来得正好，还能赶上一泡好的。那陈侍郎打发走了？"

谢危却走到那面空无一物的墙壁前，站定了，抬手掐紧自己的眉心，眼角显出一丝不易见的疲倦，道："皇帝忌惮的便是侯府，厌恶的也是侯府。有谁上来为侯府说话，都是在皇帝的脊梁骨上戳了一下。他或恐不会对这帮朝臣如何，这笔账却要记到侯府的头上。"

吕显眼皮一跳："郑尚书不是我们的人？"

谢危微微垂眸："有人非置侯府于死地不可。"

自平南王逆党在京中现身一事之后所发生的种种都从他的脑海里浮了出来，一件一件，越发清晰，只是越清晰，那一股在胸臆中涌动的戾气便越重。他轻轻张了手指，搭住自己的眼帘，也搭住自己的半张脸，忽然唤道："剑书！"

剑书随他一道到了斫琴堂，但未进门，只是在门边候着，立时道："在。"

谢危道："立刻着人往丰台、通州两处大营，盯好各条驿道，送出的不要紧，凡有送信入城者一律截下，连入城之人都不要放进去一个！若有想通传勇毅侯府出事消息之人，能抓都抓，不能抓都杀。"

这声音已是冰冷酷烈。吕显都听得心头一寒。

剑书领命将去，可迟疑了片刻，却犹豫着问道："若、若想入城的是教中人……"

谢危搭在面上的手指慢慢滑了下来，眼角眉梢沾染着的肃杀之气却渐渐寒重，沉默许久，才低沉地道："一律先杀。"

晨雾浮荡在院落之中，斫琴堂内尚有茶香氤氲。然而这一刻的剑书只觉深冬凛冽的寒气已提前加身，钻进人骨头缝子里，不自觉间已是一片肃杀之意！

他深深地望了谢危几眼，可终究知道事到如今，这件事在谢先生这里已经毫无转圜余地，是以收敛所有心神，躬身领命退了出去。

吕显却久久回不过神来，打量着谢危，难得没有平日玩笑的轻松表情："教中情况已经不堪到这境地了吗？"

谢危闭上了眼道："他年岁渐高，等不得了，且公仪丞素来与我不对付，我上京后，金陵之事便鞭长莫及，他若不趁机算计，倒堕了他的威名。世不乱，教不传。勇毅侯府治军甚严，在百姓中多有盛誉。他一朝设计逼得侯府陷入绝境，引皇帝忌惮出手除之，便可令朝廷失民心，如此天教才可卷土重来。何况勇毅侯府掌天下三分兵权，丰台、通州两处大营皆有重兵驻扎，向为侯府所率。若有人借此机会传递消息煽动军心，引得军中哗变……"

此为君王大忌。届时无论勇毅侯府是否清白，只怕都难逃九族被诛灭之罪！

这一点，吕显也能想到。只不过……他其实想说，若勇毅侯府当真出事，未必不是一件好事。毕竟朝廷失却民心，皇帝失却臣心，丰台、通州两处大营的兵力更可趁机拉拢，只要将还侯府清白、讨伐昏君的旗号一打出来，原勇毅侯府之旧部或许便会来投靠。

如此，牺牲一个侯府，却能换来利好之势。

可在谢危这里，事情好像非同寻常。

吕显不知其中利害，也不敢妄言，是以看了谢危许久之后，终究没有说什么，只是道："你把刀琴派去哪里了？我打听得今日那尤芳吟要见任为志，正缺个人探听探听。"

谢危瞥他一眼，皱眉道："刀琴没空。"

吕显顿时瞪眼。

谢危淡淡地提醒他："你对尤芳吟之事未免太执着了。"

吕显浑然没将这话放在心上，嗤了一声，有些斤斤计较地道："我吕照隐考学入仕输给你谢危便已经够丢人了，从商这一道苦心钻研，自问拿捏时机、算计人情都是上乘。总归你谢危不可能从商，我便没想过谁还要在此道上压我一头，生丝那一回却被人捷足先登。这口气是你能忍？"

谢危面无表情地道："我能。"

吕显：这还能不能好好聊天谈事了？！

他有心想要反驳，可细细一琢磨谢危这些年过的日子，又没那底气开口，终究把手一摆，气道："不管了，人你不借就不借，我还不能自己去查了吗？小小一个尤芳吟，我吕照隐手到擒来！"

说罢他把端着的那盏茶一口喝干，径直从斫琴堂走了出去。

谢危也不拦他。

吕显走到院门口之后回头一看，姓谢的又在面壁了，不由得暗骂了一声："奶奶的，还真不拦老子一下！好，你够狠。这回我非要把事情办漂亮了，叫你瞧瞧！"

骂完他便哼了一声，把手一背，扇子一摇，就上了街。

蜀香客栈还是老样子。

吕显琢磨着先去找任为志聊聊，也好探探口风，看看还有谁想要入这股。可没料想，他才跨进客栈门，一抬头就看见了站在那边正同掌柜的说话的尤芳吟。

好嘛，冤家路窄。

听闻最近任为志又收到了一笔钱，吕显暗中查过，竟然来自清远伯府，似乎还是后宅里的尤二姑娘出的。而那段时间，他正好在这客栈中看见过尤芳吟。

这一下，他倒有点不明白起来。难道上一回生丝的事情的确是伯府在背后主导，这微不足道的庶女不过是伯府派出来的一个小卒？

想到这里，吕显面上便挂上了笑意，一袭长衫穿在身上颇为斯文，竟上前主动向尤芳吟拱了拱手，道：“上回便在此地遇到过姑娘，听闻姑娘也与任公子有往来，今日缘分到了，又打个照面。在下今日来也找任公子，不如同去？”

尤芳吟顿时怔住。她如今还住在牢中，上回尤月和她一起进衙门的事情也不算光彩，是以尤府根本没有往外声张。而她等尤月已经入宫之后，才挑了个合适的日子，请周寅之将自己放了出来，准备办姜雪宁交代给自己的事情。

遇到吕显，她没想到，更没想到对方竟然主动上来搭话。

吕显见她半天不说话，试探着又问了一句：“姑娘？”

尤芳吟这才回神，却拘谨且慎重，既不知此人身份底细如何，更不知此人是何用意，更何况她今日见任为志，还有别的事情想说，并不方便旁人在场。

所以她垂下头道：“我与您不熟，还是自己去吧。”

吕显在生意场上打滚久了，很久没听过谁用这么直白的理由拒绝自己了。

不熟……

他的笑容有些僵硬：“姑娘说得也是。”

尤芳吟便低垂着眉眼，也不敢多言，只向他一躬身算是行了个礼，便谢过旁边的掌柜，埋着头往楼上去了。

吕显只好在下面看着。

尤芳吟越往上走，越是紧张，待到任为志门前，才深吸了一口气闭上眼定神，再睁开眼时表情已经一片坚定，叩门道：“任公子在吗？”

任为志这些日子来都在客栈里。因为已经有钱进来，有人愿意出钱入干股，他回到四川重振家中盐场的希望渐渐有了，是以这些日子来看着已经不那么憔悴，眉眼里也多了几分神采，乍见之下，竟依稀有些丰神俊朗。

他笑着请尤芳吟入内：“昨日通过消息后便没出门，专在这里等候，没想到尤姑娘来得这样早。”

尤芳吟入内坐下。

她径直从袖中掏出两样东西来搁在桌上：两张共一万两的银票放在左边，一页薄薄的写有生辰八字的纸笺放在右边。

任为志一看之下都愣住了，道：“尤姑娘今日……”

尤芳吟道："我来出钱入股。"

任为志心头顿时一跳，几乎立刻想说有这一万两便差不多够了，可再一看尤芳吟的神情，似乎不那么简单，略一迟疑，便没出声。

果然，尤芳吟道："不过我有两个条件。"

任为志肃容道："姑娘请讲。"

尤芳吟在他对面端正地坐着，道："第一，我出钱所入的干股，订立契约时需写明可以转手他人，而你无权干涉。"

任为志眉头顿时一皱，但随即又松开。他道："旁人出钱已经很难了，姑娘肯出钱，钱到了我手里，便可投入盐场。干股将来如何分红，于我而言都无差别。虽然这在生意场上似乎未有先例，但也未尝不可。"

他这是答应了。

尤芳吟点了点头。

任为志道："那第二呢？"

尤芳吟两手交叠在身前，微一垂眼，默然了片刻，才抬首直视着他，道："第二是，娶我。"

坐在尤芳吟对面，看着这眉清目秀的姑娘，任为志惊呆了。

吕显这人什么都好，智计也是一流，就是脾气略坏，万事不想居于人后。

谢危离府入宫之前，想想还是吩咐了刚回来的剑书一句，道："吕照隐行事离经叛道，且京中大局正乱，哪里有空去管什么尤芳吟？刀琴回来还是暂听吕照隐使唤，免得他成日挂心，不务正业。"

剑书笑起来，应声："是。"

谢危这才放下车帘，乘车入宫。

今日虽有课，但既无经筵日讲，也不大起朝议，所以他入宫的时辰稍迟。

他到奉宸殿时，翰林院侍读学士王久刚讲过书法离开。

众人正自休息玩闹。

周宝樱悄悄地从殿里溜了出来，藏身在那粗粗的廊柱后头，脸上挂着笑，从自己的袖中拿出了个小小的油纸袋，里头鼓鼓囊囊的，装着东西。她小心翼翼地打开来，数了一遍，便叹了口气："越吃越少，可也不能叫宁姐姐再分给我一点，那也太过分了……"

谢危走过来时瞧见这一幕，因大约知道周大人家的这小姑娘甚是爱吃，本也没留心，可下一刻周宝樱竟从那油纸袋里拿出了一片桃片糕。

谢危便停下了脚步。

周宝樱方吃了一口，低垂着的眼忽然看见前方台阶下出现了一片苍青道袍的衣角，便忽然一僵，目光顺着这一片衣角抬起，就看见谢危站在她面前。她吓得立刻把嘴里还叼着的半截儿桃片糕拿了下来，整肃地向谢危问好："谢先生好。"

谢危的目光落在她的手中，也落在那油纸袋上，他温和地朝她笑了笑："宫中昨日也做了桃片糕吗？"

他眉眼清俊，笑起来更如远山染墨。

周宝樱一下不那么紧张了，虽除了上学之外皆与谢危无甚接触，可莫名地觉着谢先生是个随和人，于是也笑了笑，很是开心地道："好像是没有做的，不过宁姐姐那边有，我的桃片糕就是宁姐姐给的，可好吃了，比宫里以前做的都好吃，还比蓉蓉上回带来的好吃！"

谢危温和地注视着她："这么好吃吗？"

周宝樱用力点头："当然！"

她看了看谢危，又看了看自己的油纸包里所剩不多的桃片糕，想起父母之训，咬了咬唇，似乎才下定决心，将打开的油纸袋向谢危递过去："您要尝尝吗？"

谢危唇边的笑意深了些，道："那便尝尝。"

他抬手便将那纸袋拿了过来。

周宝樱顿时睁大了眼睛，小嘴也微微张大，似乎想要说点什么。

谢危轻轻地道："怎么？"

这一瞬间，一种奇怪的寒意从背后爬了上来，周宝樱看着眼前这张含笑的脸，竟不知为什么想起了寺庙里画在墙上的那些阎府妖魔。

可这也是一瞬间的错觉。

她有些茫然起来，有心想说"我只是请您拿一片尝尝，不是全要给您"，可话到嘴边，被谢先生这般温和的目光注视着，又不好意思说出口，只能挠了挠自己的脑袋，有些不舍地道："没什么。"

谢危便用修长的手指拎着那纸袋，转过了身，在背过身去的那一刻，所有的表情都从他脸上消失了。

他进了偏殿。

外头的小太监立时进来布置茶具，置炉煮水。

谢危把这装着桃片糕的纸袋放到了桌上，静坐许久。

小太监躬身道："少师大人，今日御膳房做了新的糕点，还是叫他们不用送来吗？"

谢危敛眸没有说话。

小太监有些战战兢兢的。

过了许久，谢危才一指桌上搁着的那纸袋，语气平静无起伏地道：“往后都不用备，把这东西扔掉吧。”

第二十五章

少年

昨日的桃片糕给了周宝樱一半，姜雪宁想起来还有点丧气。

她垂首低眸跟在谢危身后进了偏殿。

谢危也不看她，只平淡地一指殿中那张琴桌，道："练琴吧。"

这时姜雪宁还没察觉什么。谢危讲话向来不多，一句话也不说几个字，她都习惯了。

上回心不静，这次她倒是稍稍静了些。坐下来弹完之后，她自己还觉得不错，想听听谢危怎么说。

可没想到，听琴的时候，谢危全程看着窗外，直到琴音袅袅尽了，他才回过头来看了她一眼，道："起手时心还太浮，弹得急了些，中段稍好，末尾又浮起来。往往你觉着满意之后，很快便不让人满意了。熟能生巧，你还是当再熟悉一些，心再静一些。"

姜雪宁瞅了瞅自己的手指若有所思。

谢危却道："勾指时太快，弦音急促，须待上一韵的余音将尽时才入。"

于是，姜雪宁终于隐隐察觉到了什么，但这个发现与琴无关，只与谢危有关。

他并不总是笑着的，眼底常含着的那一点笑意常常是礼貌居多，但眉眼只需柔和上那么半分，便总叫人如沐春风，完美得无懈可击。可在这座偏殿里，他是会皱眉的，也会在没有旁人的时候冷冷地笑着斥责她。

然而今日一切都淡下去了，不是冷，只是淡。尽管他的言行与平日似乎并没有区别，可姜雪宁总觉得好像疏远了一些，隔着一层东西似的。

这念头来得太快，也太直接，她甚至都来不及梳理这感觉究竟从何而起，更不知道到底有什么蛛丝马迹可循。

思绪一飞，眨眼又回到琴上。

“铮——”

姜雪宁按着谢危的指点重新尝试了一遍，然而比刚才更差了，不得其法。她有些不知所措地望着他。

少女的目光有一点困惑，她似乎想要开口再问他什么，但又不大敢开口。于是谢危想，她好像一直都是这样有些怕自己的。

学琴这件事，说总是没有用的。

他移步到姜雪宁身旁，轻轻将那一卷书搁在了她的琴桌边上，下意识地俯身便要将手指搭在弦上。然而当他倾身之时，宽大的袖袍垂落在少女纤细的手臂旁，又顿了顿。

桃片糕的事回到了他的脑海中。

她把他当什么人呢？

或者，他把自己当成什么人呢？

神情未变，谢危直接伸手将琴往旁边挪了挪，同姜雪宁的距离便拉开了。垂着眼帘，抬了手指，钩着弦弹了方才那一段，他才将琴还给她，道：“再试试。”

这回离得近，听得也清楚，姜雪宁大约明白了。她试了试，果然好了不少。只是抬眸注视着谢危从琴桌旁走过的身影，她却越发觉得方才划过心间的那种感觉不是错觉。

克制，疏离，这种保持着距离的感觉，不管是比起往日的含笑斥责，还是比起往日的耳提面命，按理说都会让她轻松不少。毕竟一开始她就是想远离谢危的。

可眼下，轻松之余，她却觉得哪里不对。但往细里一想，她又不知具体是哪里不对。

如果说这短短的一日或许还是她的错觉，那接下来的这几天，这种“错觉”便渐渐加深成了一种真正的感知。

是真的疏淡。

文一样讲，琴一样教，谢危还是往常那个谢危，还是那个满朝文武所有人都熟悉的谢危。可他没有什么脾气了，姜雪宁对着这般的他便连那少数的一点任性顽劣都不敢显露；偏殿里再也没有闲吃的糕点和零嘴，连茶他都几乎不沏了，更不用说像前几次一般叫她去喝了。

这种感觉像是什么？就像是一个人迈出来了一步，却又往后退了一步，回到原处。

姜雪宁无端地不大舒服，也不大自在。她的直觉告诉她，该是有什么事情在她不知道的时候暗中发生了，也或许是自己无意间做出了什么不对的举动，可二人的接触拢共就那么多，她实在无从想起。

每每对着谢危想要问个究竟时，她又觉得矫情。明明一切看上去都无异样，叫她从哪里问起呢？加上勇毅侯府燕临冠礼之日渐渐近了，旁的事情，姜雪宁也就渐渐放下了，没太多心思去想。

过去她为燕临准备了生辰贺礼，可最终没能送出去；如今她准备了相同的贺礼，只希望能弥补以前的遗憾，将之交到那少年的手中。

在又一次出宫休沐的时候，姜雪宁甚至不大来得及去过问尤芳吟那边的事情办得如何，就径自吩咐人往城西的铸剑坊去。

话本子里总写宝剑要挑明主，可事实上真正能铸好剑的都是匠人罢了，剑给何人从来不挑，能许重金者自为“上主”。很显然，这位他们并不相熟的“姜二姑娘”便是这样一位腰缠万贯的“上主”。

早在半年前，勇毅侯府小侯爷燕临的冠礼便已经引得大半座京城的人翘首以盼，不知多少有闺秀待嫁的人家等着那少年加冠取字的一日，各处为人说媒的冰人们更是早早准备好了花名册，就等着冠礼之后把侯府的门槛给踏破。

然而如今的光景是谁也没料到的。

不过短短半年时间过去，昔日显赫得堪与萧氏一族并肩的勇毅侯府已是危在旦夕，随时有阖府沦落为阶下囚的风险。往日是众人到处巴结钻营，唯恐小侯爷冠礼时自己不在受邀之列，徒受京中之人耻笑；如今却是一张张烫金请帖分发各府，要么闭门不收，要么收而不回，生怕再与侯府扯上什么干系，惹祸上身。

人情冷暖，不过如是。

仰止斋内诸位伴读除姜雪宁外，与燕临几无私交，原本大部分人是趋利避害不打算去的，可架不住沈芷衣要去。

非但要去，她还要光明正大、大张旗鼓地去。

众人都是长公主的伴读，一听沈芷衣说要去，便有些犹豫起来，接下来又听萧姝说自己要去，其余人便都被架到了火上，不去也不好。

大家伙儿一商议，干脆都陪沈芷衣一块儿去，如此便是将来出事追究起来，也与她们背后的家族无关，只不过是她们一帮小姑娘陪着长公主殿下去罢了。

所以，在十一月初八这一日，众人结伴乘车，自宫中出发，一道去往勇毅侯府。

沈芷衣本说要与姜雪宁一道走，但临出发前又被萧太后叫去，只好让她们先去，自己晚些再到。

这一来，姜雪宁便刚巧与周宝樱同车。

经过上回“借糕点”的事情后，两人的关系便近了不少。但陈淑仪、姚惜等人好像很介意周宝樱对姜雪宁的好感，老怕这小姑娘被她这狐狸精给拐骗走了似的，甭管是在奉宸殿进学，还是在仰止斋小聚，都把周宝樱给拽着，对姜雪宁十分防备。

周宝樱也糊里糊涂，对这些好像无所谓。反正嘴里有东西吃，手里有棋下，她便能两耳不闻窗外事，不折腾地坐上一整天。

这回居然能与姜雪宁同车，周宝樱还手舞足蹈地高兴了一阵，毕竟上回的桃片糕太让人记忆深刻了。

一上车她就抱住了那大大的引枕，巴巴地问姜雪宁：“宁姐姐，她们都不让我跟你说话，也不让我来找你，这些天可差点馋死我了！那桃片糕还有没有呀？”

她这可真是哪壶不开提哪壶。

姜雪宁也念叨好几天了呢。只可惜这既不是她做的，也不是她家厨子做的，更不是宫里御膳房做的，谢危这些天也绝口不提除了学琴、学文之外别的话题，就好像他与姜雪宁之间，除却师生关系外，的确没有什么旁的关系了。

不过……这好像也是事实。

所以姜雪宁越发不敢过问什么，只恐又有哪里做得不对触怒了他，或者对那口腹之欲上的事情表现得太热切，招致他想起旧事，忌惮上她。

此刻她坐在车内，也有些无奈，淡淡地笑了笑，回周宝樱道：“没有了，就那一些，分过一半给你后，剩下的我都吃了。”

周宝樱一张小脸顿时垮了下来。她愁眉苦脸，小声地抱怨起来：“早知如此，当时谢先生拿走的时候，我就不该那般大方。连我自己都没吃几片呢……”

“谢先生？”姜雪宁忽地一怔，“你说谢先生？”

“啊。”周宝樱点了点头，有些茫然的模样，接着又撇嘴委屈起来，道，“宁姐姐你不知道，你上回给我的桃片糕，我拿回去吃了几片，剩下的那些，晚上睡之前数了一遍才装进纸袋，想留着第二天再吃的。结果没想到我第二天偷偷跑到殿外吃的时候，被谢先生撞见了。”

姜雪宁终于意识到自己哪里错了。

周宝樱一张包子脸还有些气鼓鼓的：“我都没想到谢先生竟然是这样的人！他问起桃片糕，我又不能不回答，入宫读书之前爹爹还教过要尊重师长，我便请他尝一尝。我原以为他只拿一片，哪里知道他把剩下的全拿走了，还问我有什么不对！人家自己都舍不得吃……”

姜雪宁浓密的眼睫搭了下来，一时竟有些恍惚。

马蹄声嗒嗒，车厢轻轻摇晃。

尘封在她陈旧记忆里的那些事忽然渐渐在迷雾中变得清晰起来。

君子远庖厨，便如有些地方女子进不得祠堂一般，是世家大族最森严的规矩之一。

谢危是君子，是圣人，但那时她还只是个乡下野丫头，既不知道他的身份，也不懂这劳什子的规矩，听了府里那些来接她的人说的话，一直没有怀疑过，只当他真是什么往京城投奔姜府去的远房表少爷。

遇到山匪之后，他们流落山野之间，不知道其他人的音信，甚至不知道怎样才能走出困境。

高山深谷，如同囚笼。

当时谢危病得还不严重，看上去只是有些虚弱，还伴着点从他刚与她同路上京时便有的咳嗽，恹恹的模样，不很爱搭理人。

姜雪宁已经知道自己是姜府的嫡女了，对方却不过是个八竿子打不到一块儿的远房亲戚。她既怕别人觉着她是乡野丫头入京丢脸，也怕别人因此瞧不起她，是以即便落难了也还想使唤使唤谢危，叫他去摘些野果来吃，打些猎物充饥。结果她当然是使唤不动的。

自落入困境之后，谢危便抱着他的琴斜放在膝上，坐在那块坍塌下来的山岩上，看着山岭之间渐暗的天光。旁的什么声音他都好像听不见。

其实他似乎是在思考什么比落难更严重的事情，好像进了另一个世界似的。可姜雪宁那时看不明白，只当此人十分不给自己面子，因此还有些恼羞成怒。

不得已，她只好自己去了。

这当然不是很下得来台，但姜雪宁那时也没别的办法，脑袋里转着转着便强行为自己找好了理由：这病秧子走两步就要倒的模样，别说出去抓个什么山鸡野兔，就是出去摘些野果，说不准一个踉跄都能在林野里摔断腿，到那时她岂不是还要琢磨怎么背这人一起走？那可划不来。

所以很快她就调整好了心态，于是田庄上那些在京中贵人们看来十分不入流的本事，终于派上了用场。

冬日山林里并没有果实，但她手脚并用地费神折腾了一个陷阱，竟运气极好地抓住了一只蠢笨的灰毛野兔，便一路心情极好地抱在怀里回到了山岩下面。

山野里的笨兔子没有见过人，刚被抓的时候还死命扑腾。可大约是被姜雪宁抱得舒服，没一会儿它就安然地待在她怀里了。

她忍不住高兴地向上面坐着的谢危炫耀："看！我抓到的兔子，乖不乖？"

谢危听见声音，终于转过头来看了她一眼，也看了她怀里抱着的兔子一眼，那眼神里是超然的淡漠，甚至也许有那么一丁点儿的怜悯。

姜雪宁还伸手摸着它柔顺的皮毛。

谢危平静地问她："生火吗？"

那一瞬间，她整个人的身子都僵硬下来。她眨了眨眼，望着谢危回不过神。

因为，直到谢危问这一句，她才忽然想起：抓这只兔子来是为了果腹，她和谢危已经有些时辰没吃东西了，很饿，很饿。

她站在那里没回答。

谢危等了她一会儿，待天色都暗下来时，大约是知道她回答不了，便没有再问，而是小心地将那张琴放到一个妥帖不受风雨的角落，才走到一旁去，拾柴生火。

火堆燃了起来，周遭的温度也渐渐上来，并不很炽烈的火光在浓稠如墨的黑夜里浸染开，照着她抱着那兔子不松手的身影，摇晃着投在地上。

谢危站到了她面前。他高出她许多，旁边火堆的光映在他的面上，因轮廓的深浅而有了不同的明暗光影，一双幽深的瞳孔里聚拢了光华，向着她伸出手，要接过那兔子。

姜雪宁下意识地抱得紧了一些，抬起头来望着他道："我们、我们要不吃别的吧，我、我再去打个别的东西来……"

谢危沉默地注视了她片刻道："那下一个你舍得吃吗？"

她站在那里怔怔的，不知道该怎样回答。

谢危的手还是伸了过来。

她用力地抱着那只兔子，不想给他。可大约是她太用力了，弄疼了那只兔子，它竟然在她的手背上咬了一口，疼得她一下就把它放开了。

它蹿到了谢危的手里。他竟从宽大的袖袍里取出了一柄紧紧绑在腕上的短刀。

那时候姜雪宁才知道这人身上带了刀。

现在想想，一个什么病弱的远房表少爷，手无缚鸡之力的书生，随身带什么刀呢？但凡身上藏着刀的人，都是走在那最凶险的道上，随时备着出什么意外的。

可那时她还傻，没有深想。

谢危抓紧了那只兔子，按在旁边的石头上便要动刀。但她站在旁边发抖，大约是红了眼吧。谢危看见，手上动作便是一停，过了一会儿，终于一句话没说，拎着那只兔子走远了。

等他再回来的时候，方才还活蹦乱跳的蠢兔子已经被剥了皮毛，清理掉了内脏，穿在削尖的树枝上，被他轻轻地架在了火上。这人甚至找了些野生的树叶香料撒上。

姜雪宁抱着自己的膝盖坐在火堆旁，埋头咬着自己的袖子，才没掉眼泪。

谢危烤好了那兔子，掰了个兔腿递给她。

她一看，那兔腿表皮金黄，还渗出被热火烤出的油脂，沾着些不知名的香料，撕开的那部分细肉一条条的，终于没忍住，"哇"的一声哭了出来。

她哭到哽咽，哭到打嗝，哭到上气不接下气。

谢危也奈何不了她。伸出去的兔腿没人接，他与她又不太熟，更不知如何劝，便只好又把手收了回去，自己在旁边面无波澜地吃起来。

吃了一小半，看她还在哭，他便停了下来，又看她片刻，从怀里摸出一方干净的巾帕，打开来放到了她的旁边。那里面是桃片糕，只是不多，揣在怀里，包入手帕，还压得碎了许多，看着并不是很好。

谢危对她道："吃不下便吃这个吧。"

姜雪宁终究还是饿的。

她也知道那兔子得吃，可一想到它方才乖乖地缩在自己怀里的模样，便不想吃，也不敢吃。虽然之前处处看不惯这个远房来的病秧子亲戚，可她还是把那方手帕拾了起来，拿起里面的桃片糕来吃。那可真是她吃过的最好吃的糕点，甜甜的，软软的，便是里头混了眼泪她也没觉出苦来。

可毕竟桃片糕只有那么一点，她吃完之后反倒被勾起饥饿的感觉，于是变得好生气。她气自己是个没骨气的人，到底还是接过了谢危递来的另一只兔腿，一面继续哭着，一面啃着烤得恰到好处的兔肉，还抽抽搭搭地给自己找理由："谁、谁叫它敢咬我……"

那时候的火堆燃得有些久了，丢进去的松枝有细细的爆开的声音。

姜雪宁其实已经不大记得那兔子是什么味道了，可还记得那桃片糕的味道，也还记得谢危那干净的白衣垂落在地上，沾上些有烟火气的尘灰，污出一些黑……

人在绝境之中，很多事都是顾不得的，会做平时不敢做的事，会说平时不会说的话。

人或许也和平时不一样。

在生死面前，所有人都剥去尘世间生存时那一层层虚伪的面具，展露出自己最真实，或许是最好，也或许是最丑的那一面来。但究竟是在短暂的绝境里努力活着的人是真，还是在浮华尘世里汲汲营营地辛苦忙碌的人是真呢？

姜雪宁真不知道。

周宝樱看她久久不说话，一副也不知是喜还是悲的出神模样，心里莫名有些忐忑，很怕是自己做错了什么，小心翼翼地扯了扯她的衣袖，问："是、是哪里不对吗？"

姜雪宁眼帘一动，这时才回过神来。她似有似无地弯了弯唇，轻轻地叹了一声，道："没有关系。"

谢危这人啊，心眼真是比针尖还小。

前头赶马的车夫将马车停下了，朝着里面禀了一声："姜二姑娘，铸剑坊到了。"

姜雪宁对周宝樱道："我要下去取件东西，你稍待片刻。"

周宝樱便"哦"了一声，乖乖地坐在车里等她。

铸剑坊里的人早知她今日要来取剑，已经准备得妥妥当当。

那剑长三尺二分，剑锋以陨铁铸成，打磨出一道道水波似的刃芒，并不如燕临先前用的宝剑一般饰以宝石、铸以金银，只是这样简单直白地锋芒毕露。

青锋一出，寒光逼人。

过去，尚不知世事深浅的她只想燕临出身将门，往后也是要带兵打仗的，该有一柄杀人的剑；如今，万事沉浮都已如烟尘过去，她再看此剑，竟透出一种太合时宜、惨烈的残酷。

她多想那少年永远似往昔般炽烈灿烂如骄阳？

可老天爷不许。

暗中露出獠牙的豺狼们不许。

铸剑师将剑给她看过后，便将之收入匣中，双手递交给姜雪宁。

她不自觉地如抱琴一般将其斜抱了起来。可待得走出门，到了马车前，她才想起，剑匣不是琴，须得平放。

因在铸剑坊有一番耽搁，姜雪宁与周宝樱这辆马车辰正时分才抵达勇毅侯府。

大约是因为今日燕临冠礼，原本围府的重兵都退到了两旁去，一眼看去也不那么吓人了。

此刻来的宾客算不上多，可也没有那么少，都在门前一一递过了帖子，由笑容满面的管家着人引入内，仿佛与侯府旧日显赫时没有任何差别。

沈芷衣后从宫内出发，这时却差不多与姜雪宁同时到，一掀开车帘，瞧见她，便喊了一声："宁宁！"

姜雪宁抱着剑匣下车。

沈芷衣直接从车上跳了下来，也不顾伺候的宫人吓白了一张脸，走过去拉起姜雪宁便往侯府大门里面跑去："走，我们看燕临去！"

府里伺候的谁不认识她？没有一个人上前拦着，都给她让开道。

她还问了旁边伺候的人一句："燕临现在在哪儿呢？"

管家笑了起来，一张脸显得十分慈和："世子在庆余堂外陪延平王殿下他们说话呢。"

沈芷衣便知道了方位。她小时候来过勇毅侯府不知多少次，闭着眼睛都能走，此刻连半分停息都不愿，拉着姜雪宁一直跑啊跑，绕过了影壁，穿过了厅堂，走过了回廊，终于在那临水的庆余堂外看见了人。

沈芷衣伸出手朝着那边挥了挥，大声喊："燕临！"

那边的人都看了过来。

原本背对着她们站在水边廊下的那少年，正由青锋为他整理了簇新袍角的一条褶皱，此刻听见声音，便转过头循声望来，见是她们，原本平平的眉眼顿时灿若星辰般扬了起来，璀璨极了。

燕临先对沈芷衣笑了一声，道："你也来凑热闹。"

他说完话，目光却落在了她身旁那人身上。

沈芷衣转头一看姜雪宁还怔怔地站在那里，便推了她一把，姜雪宁被推得往前两步，有些猝不及防、不知所措地站在了少年面前。

有些日子不见，少年的轮廓越发清减，也比往日多了些凌厉气息。但在他看向她时，一切都柔和了。

"你也来啦。"

那原本最亲昵的"宁宁"二字被他悄悄地埋进了心底，却不想与旁人一般生疏地唤她"姜二姑娘"，索性便这样同她打招呼。

侯府危在旦夕的处境，这一刻好像都不存在了。

他垂眸看向她抱着的匣子，笑着问她："这是什么？"

姜雪宁这时才反应过来，隔了一世的生死，终于双手捧着这剑匣递到少年面前，注视着他，回他一笑："生辰贺礼。"

给你的。

在很久以前便想给你的。

★

异常普通的一只匣子，黑漆表面，唯独锁扣上铸着个十分尖锐的剑形。

燕临好歹是将门出身，一看这扣便知道这匣子乃放剑的盒子了，于是笑了起来，却偏偏不立刻伸手去接过来，反而故意问她：“沉不沉？”

精铁混着陨铁所打造的长剑，能不重吗？

姜雪宁一个细胳膊细腿儿的小姑娘，一路从门外抱了剑匣被沈芷衣拽着跑进来，连头上戴着的珠花都有些歪了，额头上沁出细细的汗珠，手的确要酸死了。

听见燕临含笑调侃的这句话，她气得扬了眉，当下道：“你知道沉还不接吗？”

燕临偶然来的坏心调侃，她脱口而出的抱怨，一切都是玩笑似的亲昵。两人虽未有任何肢体上的接触，可彼此的熟稔在这一刻显露无遗。这可与当日宫道上偶遇时燕临主动与姜雪宁撇开关系时的表现完全不同。

可此时此刻周遭竟也无人表示惊讶。或者即便有人有那么一点惊讶，略略一想后，也就释然了：能在如今这种风雨飘摇之时亲自来到侯府参加燕临的冠礼之人，无一不是与他关系甚密的好友。便是让他们知道，让他们看见，实也无伤大雅。

看着姜雪宁那一双托着剑匣的手已经有些轻颤，一双黑白分明的漂亮眼睛几乎是在瞪视着自己，燕临忍不住压着嘴角笑出声来，终于还是上前，亲手将这剑匣接了过来。

锁扣一掀，剑匣被打开，三尺青锋平躺在剑匣之中，天光从旁处照落，手上轻轻一斜，那冷寒的光芒便在众人眼底闪烁。

周遭一时有惊叹之声响起。

燕临望着那冷冽的剑锋，却陡地有些沉默。喉间轻轻一动，他才重看向面前的姜雪宁，道：“没有剑鞘吗？”

少年的眼眸乌黑如点漆，那一瞬间仿若有什么湿润的痕迹滑过，可随着轻轻一眨眼，又隐匿无踪。

她觉得自己的心房酸酸地发胀，却偏要弯唇去笑，带着几分执拗的明媚，不染阴影地道：“游侠的剑才需鞘，将军的剑却不用。便是哪一日要出远门，它藏在鞘中也不会太久，鞘该要收剑的人自己配的。”

游侠的剑才需鞘。

将军的剑却是要上战场的。

年少的人总是锋芒毕露，待其长大成熟，便如利剑收入鞘中，变得不再逼人，有一种被世事打磨过后的圆滑。可这种打磨，她多希望不是来自这种跌宕命运的强加，而是源于少年最本真的内心！

是以，她只赠剑，不赠鞘！

燕临伸手握住了剑柄，手腕轻轻一转，长剑便已在掌中。不再是他往日一看便是勋贵子弟所用之剑，此剑锋锐，冷冽，甚至狰狞。光映秋水，却无比契合他内心深处最隐秘的一片肃杀之意。

延平王一看便忍不住拍手，赞道："好剑！"

沈芷衣跟着起哄，好奇起来："叫青锋来跟你比比，试试剑吧！"

燕临便无奈地一笑。

但此刻距离冠礼举行还有好一会儿，也的确无事，他便一摆手叫青锋去取一柄剑来，与自己一试，眉目间的洒脱，依稀还是旧日模样。

姜雪宁站在台阶前看着，有些出神。

燕临却回首望向她，道："这样的生辰贺礼，我很喜欢。"

姜雪宁却笑不出来："就怕没赶上呢。"

燕临冲她笑起来，眉眼里都晕开柔和的光芒来，异常笃定地道："不会的。天下谁都可能会错过，可我知道，你一定会来。"

即便将来，也许我不能娶你；即便往后，勇毅侯府一朝覆灭。

他相信他要等的宁宁一定会来，便像是相信烈烈旭日都从东方升起，滚滚江河都向沧海汇聚一样，是那样理所应当，毫不怀疑。

这一刻，姜雪宁真的差一点就哭出来了。

站在她眼前的少年永远不会知道，的的确确存在过那样一种他以为不可能的可能，那就是她没有来。

燕临这样坚定地相信无论如何她都会来参加他的冠礼，相信自己可以等到，可曾经不管是耽搁，还是抄家，她就是没有赶到，到了也没能进去。

也许正是因为笃信，所以他才会有那样深切的失望。而且，她不仅没赶到，还带给了这个少年更深的绝望。

过去，她可真是个很不好、很不好的人啊。

宫中众多伴读基本是一道来的，只是其他人毕竟不同于乐阳长公主，也不同于姜雪宁，沈芷衣能拉着人直接问了方向便往里面跑，她们却不敢。

在门口递了帖子，众人才进去。

姚惜垂着头跟在萧姝与陈淑仪后面，只用一种格外冷漠的目光打量着这一座底蕴深厚的勇毅侯府，正要一同入厅时，却听见身后传来了声音。

有人将帖子递到了管家的手里，轻轻道了一声："张遮。"

尽管只在慈宁宫中听过那么一回，可那冷淡得近乎没有起伏的声音跟刻进了姚惜的耳朵里一样，让她立刻就辨认了出来。

这是他在递帖时自报家门。

姚惜的脚步顿时一停，霍然回首望去——张遮刚上台阶，立在门厅外，递过了帖子，垂着眼帘，眉目寡淡。

今日他没有穿官服，只一身素净简单的藏青细布圆领袍，既无华服，也无赘饰，与周遭同来之宾客站在一起，似乎并不很显眼，有一种很难被旁人注意到的淡泊。

可姚惜偏偏一眼就看见了他。

张遮却没注意到旁人，更未往姚惜这个方向看上一眼，便同他身边几个同来的刑部官员一道向另一侧厅堂走去。

姚惜忽然觉得恨极了。她站在那里，久久没挪动一步，直到看着张遮的身影消失在菱花窗扇的格挡后面，才握紧手指，强将胸中那一股滔滔奔涌的情绪压下，往前走去。

只是她心不在焉，虽往前走，却没往前看。萧姝她们早走到前面去了，迎面却有一名身着飞鱼服的男子从里面走出来，姚惜这一转身，竟险些与这人撞上！

"啊！"

她猝不及防，吓了一跳，立时退了一步，低低惊呼出声。待得看见眼前竟是名男子，生得高大魁梧，她便下意识地皱眉道："走路都不看一下的吗？"

周寅之可以说是锦衣卫里少数敢来参加冠礼的人之一，且千户之位在朝中也算不低了，却没想到走着路，差点被这姑娘撞上。

这倒也罢了，小事一桩，他却没想到走路不看路的那个人反而说他不看路。

他是喜怒不形于色的，当下脸色没变，情知这时候还敢来勇毅侯府的人，非富即贵，且背后都有一定的倚仗，所以只向姚惜一躬身道："无心之失，冲撞姑娘了。"

姚惜也看出了他是锦衣卫来。可她父亲乃六部尚书、内阁学士、太子太傅，岂会将这小小的千户看在眼中？

见对方道歉，她也没什么表示。她一个姑娘家，在这种场合撞着男子，心思难免敏感一些，也不说话，一甩袖子，径直往前面萧姝她们的方向去了。

周寅之却回头看了她一眼，问身旁的同僚："那是谁家小姐？"

那同僚道："姚太傅家的。"说完他又忽然"咦"了一声，挤眉弄眼地笑起来，"千户大人也感兴趣？"

周寅之随意地扯了扯嘴角，道："随口问问。"

他不过是对这姑娘刚才转过身那一瞬间眼底所深藏着的仇恨与怨毒有一点好奇罢了。情绪太强烈的人，都容易被利用，何况是这样真切又明显的仇恨？

周寅之不再多问，转身也向先前张遮去的那个方向走去。

谢危来得却不算早。

今日不上朝，他的府邸就在隔壁，故他既不搭乘马车，也不用人抬轿子，他只带了剑书，款步出门，不一会儿便到了勇毅侯府门口。

管家远远见着他便立刻躬身来迎。

早在勇毅侯府还没出事的时候，侯爷便在朝野之中多番寻觅，思考着要请谁为燕临取字，没想到偶然一日下朝与谢危同行，略聊了几句还算投契，一问，谢危竟然愿意，自然大喜，于是就定下了请谢危取字。

可以说今日来的众多宾客中，最重要的便是这一位，管家几乎是亲自引了他入内，笑着道："谢少师可算是来了，侯爷专门交代过，您今日若来了便先请到他堂内坐上一坐。"

谢危穿了一身雪白的衣裳，云纹做底，飘然出尘，步上台阶时，俨然九天之上的谪仙。他望了管家一眼，随同对方走入府中，望着两旁的亭台楼阁，却有一种如置梦境的恍惚，问："听闻侯爷这些日子病了，可好些了吗？"

管家便叹了口气，苦笑道："这光景哪好得起来呢？前不久侯爷还同世子爷喝酒，劝不听。不过禁府这些日来啊，脱去俗务，侯爷倒难得有空常与世子爷在一块儿，病虽没好全，心情却舒畅不少。"

"是吗？"谢危眨了眨眼，呢喃一般道，"那也好。"

勇毅侯燕牧住在承庆堂，正好在庆余堂后面，去承庆堂便会路过庆余堂。

一路假山盆景，廊腰缦回，看得出这是一座已经上了年头的府邸，不过雕梁画栋，许多都有了新的修饰，府中草木与二十多年前截然不同。

谢危走在这里，竟觉得很是陌生。

庆余堂临水，水里还有锦鲤游动，靠近走廊这头，则栽着一棵高高的樱桃树。大冬天的树叶早已掉完了。不过它生得极高，几乎越过了房顶，有些枝条甚至穿到了走廊的顶上，站在下方看时，高而萧疏的树影支棱在灰白的天幕下，仿佛能使人想见它在炎夏时的青绿。

谢危望着，有些收不回目光。

管家见了，只当他是有些疑惑偌大一个勇毅侯府怎能容忍这一棵树长成这样，便笑起来道："您别见怪，这樱桃树是侯爷当年亲手为表少爷栽下的，长了二十多年了……"说到这里他顿了顿，神情不大自然起来，大约是猜谢危不知道他说的是谁，补了半句道，"就是当年萧燕联姻，定非小世子……"

谢危搁在身前的手指慢慢地握紧了，仿佛这样能将内里忽然汹涌的一些东西也压下去一般，慢慢地道："原来如此。"

说话间两人已到了庆余堂前。

一干少年人皆聚在此处，刚看完燕临同青锋试剑，都齐声道好鼓起掌来，乍一回头看见谢危都吓了一跳，纷纷停下来转身行礼："见过谢先生！"

燕临望着谢危，目光深深，没有说话。

姜雪宁虽知道谢危算燕临的先生，要为他取字，也没想到会在这府邸深处遇到他，愣怔了片刻，才与旁人一道行礼，这便慢了半拍。

谢危注意到了，但并未说什么，道："不必多礼。"

他目光一转，便看见了燕临手中提着的长剑，开口要说些什么，可没想到前方那樱桃树背后竟传来"喵"的一声叫唤。

一只雪白皮毛上缀着黄色斑点的花猫追着什么飞虫，异常敏捷地从树后蹿了出来，竟往谢危所立之处奔来。

他瞳孔一缩，身体骤然紧绷。

众人都被吸引了目光。

姜雪宁心头猛地一跳，眼看这小花猫从她脚边经过就要蹿到谢危近前，都未来得及深想，便下意识地一弯身，连忙伸出手去将这只猫截住，抱了起来！

小花猫落进她怀里，便再没法往前了。它有些惊慌，"喵呜"地叫唤。

众人的目光一下都转落到了她的身上，有些惊讶于她忽然的举动。

姜雪宁却一口气在喉咙口差点没提上来，她悄悄看了站在原处僵硬着身子偏没挪动半步的谢危一眼，只似无意一般抬起手来轻轻抚摸那小花猫，宽大的袖袍便顺势将那猫遮了大半。

谢危无声地望了她一眼。她却只紧紧地抱着那小猫，怕它再蹿出去，面上则若无其事地向众人一笑，道："没想到侯府也养小猫，真是讨人喜欢。"

★

小姑娘爱猫，实在是再正常不过的事情。

燕临瞧见，不由得看着她笑。

众人的目光都被姜雪宁吸引，倒是几乎没有人注意到方才谢危那一瞬间的僵硬，待重新转过目光时，谢危整个人已经毫无破绽。

沈芷衣好奇地看了看谢危，问："谢先生是要去承庆堂吗？"

谢危没说话。

管家向沈芷衣躬身行礼，笑起来解释："正是呢，难得谢少师这样的贵客到访，侯爷特请少师大人过去说话。"

这倒难怪。

朝野上下都知道谢危这人好相处，但甚少听闻他同谁过从甚密，关系很好。从来都是旁人想要巴结他，登门拜访，还没有听说他主动造访谁的。

因知一会儿便要行加冠礼，众人都不敢多言耽搁他的时间。

当然，谢危原是他们的先生，本也没有太多话好说，是以寒暄过几句后，管家便引着谢危从回廊上走过，绕过后方的垂花门，往承庆堂方向去了。

眼见他的身影远去，姜雪宁才终于松了一口气。心里松下来，她手上的力道便也松了。那不安的小花猫得着机会，立时两腿一蹬，从她怀里蹿了出去，“喵”地叫唤一声，一溜烟跳上栏杆，消失在水边堆叠的假山之中。

直到这时，她才感觉到有细细的刺痛感从手腕上传来，垂眸一看，腕上不知何时竟被划下了一道血痕。一看就知道该是抱猫时被它扑腾的爪子抓伤的，只是刚才她心神太过集中，注意力完全不在这上面，是以竟没有任何感觉，直到这时候精神松懈下来，才觉出痛。

沈芷衣还看着谢危消失的方向，忍不住用胳膊捅了捅燕临，调侃起来：“满京城勋贵子弟，往后就属你燕临面子最大了，竟能请得谢先生来为你取字，可不知要羡杀多少人了。”

燕临也这时才收回目光，微微垂了垂眼帘，道：“多半都是看在父亲的面子上吧。”

延平王却不管这么多，在一旁起哄，道：“不管不管，总归是好事一件。眼看着还要个把时辰才举行冠礼，今日大家来都是客，燕临你是主，主随客便。我们好不容易来一趟，你可得招待招待我们吧？”

燕临笑看他：“你想干什么？”

延平王年岁还不大，朝左右看了看，像是怕被谁发现似的，才眨了眨眼道：“有酒吗？”

众人听见便一齐笑起来。

虽然是延平王提议，不过众人还真少有这样能聚在一起的时候，连沈芷衣都跟着赞同。

燕临无法，只好叫青锋与下人们取了些酒来摆在那樱桃树下，同众人坐下来玩闹饮酒。

管家在承庆堂前停下脚步，往前轻轻叩门：“侯爷，谢少师到了。”

里头传来咳嗽声，倒像是起身有些急切所致，有些苍老的声音里更暗藏着些旁人无法揣度的情绪："快快请进。"

于是管家这才推开门。

谢危在这门前伫立片刻，才走了进去。

冬日的天光本来便不如夏日明亮，屋内的窗户掩了大半，也未点灯，是以显得有些昏暗。空气里隐约浮着苦涩的药味儿。

那金钩挂着帘帐的床榻上，勇毅侯燕牧短短这段时间已添上许多老态，两鬓染上少许白霜，目光却锋锐如电，一下便落到了那从外间走入的人身上。

来人满是渊渟岳峙之气，沉稳之余又带有几分厚重。高山沧海，行吟采薇，像圣人，也像隐士，长眉淡漠，两目幽深。

燕牧仔细地盯着他的五官，似乎想要从这并不熟悉的轮廓中窥见几分熟悉的影子，可无论怎么搜寻自己的记忆，时间已经过去二十年，当年再清晰的脸庞，都被岁月侵蚀了。何况那只是个六七岁的小孩子，要从一名已然成熟的青年的脸上找见昔日的轮廓，也实在有些天方夜谭。并非人人长大，都还似幼时的模样。只不过是，人心里觉得像时，怎么看怎么像罢了。

燕牧又咳嗽了两声，轻轻一摆手："谢少师请坐，燕某有病在身，这些日子也不得出门，慢待了先生，还请见谅。先生肯来，真令敝府蓬荜生辉。"

谢危默然坐在了旁边的锦凳上。

燕牧道："犬子顽劣，多蒙圣上恩典，被选召入宫进学文渊阁，听说多得先生照拂。他没给先生添麻烦吧？"

谢危道："世子并不顽劣，甚是懂事，于文渊阁中进学时也少有令人操心的时候。侯爷家学渊源，管教也甚为严厉，晚辈……才疏学浅，不过略加约束一二罢了。"

晚辈。

按年纪算，谢危确实是晚辈。可朝堂上做官，便是萧家都要给他三分薄面，也从未听闻他在定国公萧远面前自称过"晚辈"。

燕牧的心紧了几分，可过后却涌出几分苍凉来，叹道："谢先生若是才疏学浅，这天下恐无饱学之士了。您看着燕临这打闹翻玩的顽劣模样都觉得好，那该是没见过真正乖巧的孩子。以前燕临是有位表兄的，读书学文，皆是过目成诵，聪明伶俐，讨人喜欢。家姐那时常带着他从萧氏那边回府来玩，我见着他呀，便想将来我那孩儿出生若也能像这样便好。只可惜，平南王与天教逆党叛乱，一朝重兵围城，还没等到燕临出生，那孩子便没了……"

谢危垂下目光，轻轻放在膝上的手指却颤了颤，慢慢握紧了攥成拳，才坐稳了。

燕牧的眼眶便红了起来，他仰在床榻上，目光有些放空，有些沧桑的声音里却藏着对这艰险世道的责难与苦痛："那样小的孩子，六岁多还不到七岁呢。大冷的天，雪盖下来冻到一起。他母亲跌跌撞撞疯了似的从宫里出来，扯开那些拦着她的人，一直到了那雪堆得高高的宫门前，就用手去挖，挖不动便去夺旁边的兵士的刀剑，抢他们手里的铁钎，一下一下地砸着。那冰雪实在是太硬、太厚了，连着淌出来的血冻在一起，铁钎敲上去，震得人手麻，磨破皮也浸出血来。她挖出个孩子来，五六岁年纪，冰雪却粘下了皮肉，根本看不出到底是谁。还是家里人哭着，才把她拉了回来……"

谢危坐着一动未动，若一座雕像。

燕牧却重看向他，眼底含泪，声音里倾泻出压不住的悲怆："那样小的一个孩子啊。那个冬天又是那样冷，也不知宫里面点没点灯，生没生火，夜里会不会有人为他盖上被子。多狠心肠的人才舍得将他推出去呢？若老天有眼，发了慈悲，还叫这孩子活在世上，不知该长成什么模样？"

谢危终于慢慢地闭上了眼，喉结一阵滚动，过了很久很久，才像是把什么强压下去似的，重新睁开眼。他想朝着燕牧笑上一笑，然而嘴角太沉，弯不起来，他只能木然着一张脸，低低地道："吉人天相，既是上苍慈悲，便该叫他劫波历尽，琢磨成器。"

"好、好……"燕牧竟笑了起来，尽管笑出了泪，却觉着这二十年来积郁之气尽从胸臆中喷涌而出，化作满腔豪情升起万丈！"该是历尽劫波，该是琢磨成器！"

他姐姐当年一怒之下和离回了家，却始终不愿相信那孩子葬身于三百义童冢内，含痛忍辱，多方找寻。只可惜天下之大，杳无音信，不过是个小小的孩童罢了，便再聪慧，他又怎能逃过那围城的劫数？终究是找不到。

所有人都觉得她不过是为人母者不相信孩子去了罢了，直到大半年前，竟有平南王余党在被他们的人抓住时声称，当年他们与天教屠戮京城时，定非世子并不在那三百义童之中，而是被天教的教首带走了。

燕牧不敢去想，若这些人说的是真的，那出身两大高门、身具贵胄血脉的孩子，落入那等凶残狠毒的乱党手中，过的是怎样的日子，又经历了多少不为人知的苦痛……只要一想，他便觉五内俱焚，不得安定！

此刻他只向着眼前这名青年颤颤地伸出手去。

谢危站起身来，走到他的榻边，伸出手时，便被燕牧紧紧地攥住了，那力道之大，竟握得人生疼。

他再抬眸，对上的却是燕牧一双睁大的满布着血丝的眼，那里面充斥着滔天的仇、泼天的恨，末了又化作深浓的悲哀。

燕牧沙哑着嗓音，望着他道："你来时，该看到庆余堂前一棵樱桃树，栽了有二十二三年了。当年刚栽上还结果不多，那孩子啊便坐在屋檐下的台阶上看书，也看看树，一日日盼着那樱桃熟透。如今树长得高了、茂了，一到了夏天，一片片绿叶底下，都挂着红果。来年夏至，谢先生不妨来摘了尝尝，要比许多年前甜上许多……"

谢危喉间已然哽住，许久后，他才低得要听不见了似的道一声："好。"

燕牧说完了话，便有些累了。

他不曾问，假若那孩子还活着，还在这世间，为何不早早来与亲人相认。

谢危从屋内退了出去。

廊上的天光太亮了，刺入他的眼底，也扎进他的心底，胸膛里一片火灼似的痛，让他忍不住抬手用力地将心口压住，脚下踉跄了两步，一手扶住了廊柱，指甲都陷进柱面留下痕迹，才撑着没有倒下。

他眉头紧蹙，一张脸发白。门旁不远处的管家吓了一跳，连忙走过来要扶他。谢危却自己站稳了。

管家骇住，担忧得很："您没事吧？"

谢危慢慢地松了手，眸底分明戾气奔涌，却在这一刻深深地被压进了那重叠的面具里，再抬眸时又平静如常，只是静到极处，便如死水无澜："不打紧，只是有些体寒心悸的毛病罢了。"

第二十六章
试剑

庆余堂前，众人已经摆上了酒，一面行酒令一面喝。

姜雪宁酒量着实一般，也被沈芷衣扭着喝了一点。她一沾酒，面颊上便染了薄红，煞是好看。

沈芷衣便忍不住拍了一下手，指着她问众人："看，宁宁好看不好看？"

在场有许多人是燕临的朋友，俱是少年心性。方才是碍着男女有别不好朝姑娘们那边看，可这时沈芷衣一问，包括延平王在内的许多少年人便悄悄抬起眼来朝姜雪宁看，一时有那情窦未开面皮也薄的便看红了脸。

唯有燕临看得坦然而认真，弯着唇笑："好看。"

姜雪宁无言。她原本是沾了酒才脸红，眼下薄红的面颊却是因为这简单的两个字又红了几分，变作绯红，越发有几分惹人注目的明媚娇艳韵致。

众人又是笑，又是闹，酒一喝起来，话一说起来，仿佛什么都忘了，连烦恼都抛于脑后。

萧姝等人耽搁片刻到来时，所见的便是这般场面。

人在廊下，她停下了脚步，走在她身后的其他伴读与另一名华服少年也跟着停下了脚步。

沈芷衣刚举起酒杯要叫延平王喝，一抬头看见廊下来了人，先是一怔，接着便笑起来："阿姝你们也来了。哎，这不是萧烨吗？竟然也来了。"

站在萧姝身后的那名少年，下颌抬得有些高。听见沈芷衣直呼他的名姓，嘴唇便抿了几分，可碍于对方乃公主身份颇高，他又不好发作，只能勉强笑了笑，道："萧烨见过长公主殿下。"

萧烨。

姜雪宁听见这名字便转头看去。

那少年十八九岁的年纪，眉眼与萧姝像极了，穿在身上的是昂贵的天水蓝锦云缎，腰间更是挂了许多香囊玉佩，还佩了柄剑鞘上镶满宝石的长剑。虽然在同人打招呼，他却并未看旁人一眼，神情颇为倨傲。

这便是萧氏一族现在的嫡子了，定国公的续弦所出，萧姝一母同胞的弟弟，据传当年和萧姝乃龙凤胎，很惹得京中的人赞叹，若不出什么意外的话，很快便能被封为定国公世子，承继偌大的萧氏一族。

身份如此贵重，也难怪他倨傲一些。只不过……等过两年萧定非出现，他要还能倨傲得起来、笑得出来，那才算是真本事呢。

姜雪宁收回了目光。

沈芷衣招了招手道："我们正在行酒令喝酒呢，你们也一起来。"

萧姝敛衽行了一礼："恭敬不如从命。"

燕临静静地看着，不出声也不反对。

萧烨走过来，大大咧咧地坐下了，然后扫了桌上一眼，轻轻撇了撇嘴，道："喝的是什么酒呀？"

延平王傻乎乎地回："陈年的杏花酿。"

萧烨摇头："这有什么好喝的。"

众人都看向他。他今日来还带了一把描金的折扇，抬起来便敲了敲桌，道："早知你们都来得这样早，要在这里喝酒，我便把我们家的紫金坛带来给你们，是江南一千人送来的，酒中第一。"

燕临笑了笑，没有说话。

萧姝眉头一皱，看了萧烨一眼。

萧烨便一摸鼻子，似乎反应过来什么了，但眼神依旧透着些不以为然，端起放在自己面前的那一盏酒来，道："当然了，杏花酿也不错，老酒，好酒，将就也能喝喝。"

众人原本都喝得很高兴，听了他这话却觉得大倒胃口。

在座的人哪个不是勋贵子弟？便是萧氏一族显赫，高出旁人，可谁家能没几坛子好酒？若非碍着今日乃燕临的冠礼，只怕众人立时便拂袖走了，都懒得搭理他。

到底还是延平王老好人，看气氛忽然不大对，连忙出来打圆场，端了一杯酒便站起来，向燕临高举，道："今日是燕临生辰，大家可好不容易能聚在一起，不如大家便一起敬他一杯，为他贺生辰，怎么样？"

沈芷衣当即道了一声："好！"

众人当然也无异议，齐齐站起来端酒，向燕临高举。

一个道："我祝燕世子福如东海……"

燕临笑："去你的。"

一个忙把前一个推开，道："我来、我来，当然是要如月之恒，如日之升，如……"

燕临叹气："俗。"

轮到萧姝，她略一思索，举杯注视着燕临道："我也俗，便祝愿燕世子年年有今日，岁岁有今朝。"

年年有今日，岁岁有今朝。

落在旁人耳中，这是祝愿燕临长命百岁。然而落在姜雪宁耳中却变得格外刺耳，听见萧姝说出这几个字的瞬间，她面色便陡地一变，目光忽然变得锐利了一些，向萧姝望去。

萧姝嘴角噙着淡笑，仿佛的确是出于真诚说出的这番话。

姜雪宁竟无法判断，她是无心，还是有意。

燕临便坐在姜雪宁的对面，闻言也抬起头来看了萧姝一眼，倒是面不改色，显出了一种超乎他年龄的沉稳，甚至道了声谢："能得萧大姑娘一句祝贺，燕临该记上很久的。"

萧姝道："客气了。"

燕临转头看向姜雪宁，方才那平淡的目光便柔和了许多，道："你呢，祝我什么呢？"

姜雪宁没想到燕临会主动叫她，心里还想着在场的人这么多，也不至于每个人都说上一句，自己同众人一道，混过去就是了。这下被燕临一点，所有人都看向了她。她张了张嘴，脑袋里竟一片空白。

燕临看她纤细的手指端着酒杯愣在当场，一副不知道要说什么的模样，不由得莞尔，便伸出手去主动用自己的酒杯与她的酒杯轻轻碰了一下，道："你想不出话来，那便换我来祝你吧。"

姜雪宁怔怔地望着他。

那少年注视着她，十分认真地道："愿尔明月长随，清风常伴，百忧到心尽开解，万难加身皆辟易。"

言罢他径直仰首饮尽盏中之酒。

众人便齐声喝起彩来，一道将杯中的酒喝了。

姜雪宁慢了片刻。等到燕临放下酒盏来看着她，她才觉着一颗心都被今日醇烈的酒液浸得酸胀极了，也仰首把盏中酒干了，一双眼眸都被染得水光潋滟，明亮动人。

今日燕临是主，众人的话都围着燕临说，酒都陪着燕临喝。

出身定国公府的萧烨自问身份地位都不比燕临低，可自坐下来之后却没谁搭理他，于是越坐越觉得气闷，索性把酒盏一放，站起来在这庆余堂的院子里四处打量。

先前姜雪宁送给燕临的那藏着剑的剑匣就搁在旁边。他走过去便看见了，好奇之下拿起剑来，举在天光下看了看，不由得摇头："这剑看上去也太简单、太沉手了吧？人都言剑走轻灵，怎么这样的剑也出现在侯府？"

正在同人说话的燕临一回头，目光便冷了冷。连沈芷衣都皱紧了眉头。

燕临走过去道："有的剑走轻灵，有的剑走厚重，剑不同，道不同，还请萧公子将此剑还给我吧。"

然后他便从萧烨手中把剑拿了过来。

萧烨听着这人言语平静，却完全没感觉出这人把自己放在眼里，且他从来是锦衣玉食，被人捧着长大的，自来不知什么是收敛，陡地冷笑了一声："本公子的剑乃京中著名的剑士柳夔先生所传授，燕世子这话的意思是他说得不对？"

游侠的剑与将军的剑，不是一种剑。

但燕临也不想同他解释，只道："你说对便对吧。"

他不这般还好，越这般，萧烨便越发觉得他轻慢，原本就压着的傲慢和不满顿时发作出来，眼看着燕临持着剑弯身便要将剑重新放回匣中，手竟直接往自己腰间一按，拔出了自己身上所佩的宝剑！

轻灵的剑身一晃，便压在了燕临的剑上！

他笑道："何必这么着急藏剑于匣？听说燕世子的剑术乃燕侯爷手把手教的，柳夔先生也对侯爷的剑多有赞誉，今日适逢其会，燕世子新得一剑，不知可否讨教讨教？"

萧烨这柄剑是雪似的剑，长、窄，甚至有些软。

燕临这柄剑却是三指宽，由陨铁铸成剑刃，有三分乌青的光华。

他还保持着先前要将剑放回剑匣的姿态，低垂着头，目光也下落，轻而易举地便看见了自己那映照在萧烨雪亮剑身上的眼眸，愠怒，肃杀，冷寒。

于是眉头轻轻一动，手腕一抖，燕临连脸上的神情都没变，便抬了剑一震，竟直接将萧烨所持之剑震得倒转回去，险些从他手中飞出！

萧烨猝不及防，大吃了一惊。

燕临却倒持着长剑，剑尖斜斜指地，方才姜雪宁双手托着都觉得吃力的长剑，被他提着竟不觉有什么重量，他姿态自然地笑道："讨教不敢当，萧公子既有心试剑，比一比亦是无伤大雅的。"

萧烨的面色立刻阴沉了下来。他自负向名师习剑，实在不将燕临这种跟着大老粗学剑的人看在眼里，又眼见乐阳长公主并京中勋贵子弟都在，有心要一逞本事，让众人都对他刮目相看，是以想也不想地便大叫了一声："好！看剑！"

话音落时，人已随剑而上。

众人都没想到他们说比就比，吓了一跳。姜雪宁也一下从座中起身。反倒是沈芷衣兴奋起来："呀，这下好玩了！"

燕临脚下没动，只一垂眸，侧身一避，便让开了这一剑。

长剑贴着他的肩膀擦了过去。

萧烨眉头一皱，便想回剑再打，可燕临重剑在手，倏地倒转，那沉重的剑身便划了个弧线打在萧烨的剑身之上。一时竟有火花四溅之感，剑身巨震之下，萧烨险些没握住剑，忙回身抽剑才得以稳住。

甫一交手便吃一亏，他面子上更挂不住。

他一咬牙关，提起长剑便按着师父所教，使出种种眼花缭乱的剑招来，然而燕临不出剑则已，一出剑便往往击中要害。

"当！"

"当！"

"当！"

燕临一身深蓝锦袍，衣袂都似带着劲风，初时还给萧烨几分面子，也是想看看他的深浅。可过了没几招之后便发现此人不过是花拳绣腿，学了点皮毛便自以为是，手底下遂重了起来。

一剑快似一剑，一剑重似一剑！

萧烨但觉虎口发麻，脚底下都站不住，燕临却背着一只手，闲庭信步般一剑一剑地劈来。每劈来一剑，萧烨便往后退一步，最终竟退到了那樱桃树下！

"铮！"

一声尖锐的鸣响，燕临面无表情，手中冷硬厚重的长剑剑身直接敲在萧烨的手腕上，再一挑，那轻灵雪剑便如一条素练，径直从萧烨手中飞出！

剑落下时掉在那青石砌成的台阶上，发出"当啷"一声响。

廊上观看的众人顿时倒吸一口凉气。

萧烨面上更是一阵红一阵青。对方完全没有给他留半点面子！

燕临自小便跟随着父亲勤学苦练，虽也是京中勋贵子弟，可放到通州、丰台两处大营里，也能与兵士中顶尖的好手打平，不管习武还是学剑，都倾向于实用、直接！因为战场上无法胜过敌人，死的便会是自己。这也就导致他的剑势看上去格外凛冽冷酷，甚至带了几分令人胆寒的威压！

击落萧烨之剑后，他手腕一转，双手握着剑柄，倒持长剑，连神情都与最初时没有两样，不带半分变换，长身而立，向对方抱拳道礼："承让了。"

萧烨虎口尚在发麻，咬牙道："你！"

燕临眉目间染上些许霜色，先前压着的那几分冰冷气息终于完全透了出来，甚至有一种京中勋贵子弟绝无的锋利："怎样？"

萧烨看他半晌，竟退了一步，冷笑一声道："罢了，武夫粗人，也就会这么一点东西。"

沈芷衣当即走了下来，盯着他道："你说什么？"

燕临却没有动怒，只是上下打量着萧烨，竟平淡地一笑，道："若当年的定非世子在，恐怕不至于如此废物。"

定非世子……

京中已经少有人听过这个名字了。

可到底事关萧、燕两大氏族的秘辛，暗地里终究有人传的：萧姝与萧烨都是续弦所生，定国公的原配妻子乃勇毅侯的姐姐、燕临的姑母，原本要承继萧氏一族的则是原配嫡子定非世子，若不是定非世子在二十年前不幸罹难夭折，燕夫人和离回了勇毅侯府，哪里轮得到续弦进门、萧烨成长嫡？只怕他连出生的机会都没有。

燕临这话看似平淡，威力可不小。众人的目光都落到了萧氏姐弟身上。

萧烨哪里能想到燕临毫无预兆地竟然提起这话题？他脸色一变，盛怒上来便要发作。

关键时刻萧姝冷喝了一声："你闭嘴！"

萧烨一窒，目中含恨，可终究没敢说话。

萧姝却走出来，倒还能保持些许镇定，只是脸色也不大好看了，向燕临行了一礼，道："舍弟莽撞，言语不慎，惹得燕世子不快，萧姝在这里为他赔礼道歉了。听闻定非兄长天资聪颖，慧敏过人，然而此事已经过去二十年，家父未尝不嗟叹伤怀。斯人已去，旧事难追，燕世子今日何必提起，如此咄咄逼人呢？"

燕临看向了萧姝，走到那栏杆前，将方才那凌厉冰冷的长剑稳稳地放入剑匣之中，淡淡地道："是啊，到底斯人已去，旧事难追。这样一个人若侥幸还活着，该是多可怕的一件事，又该有多少人为之提心吊胆、夜中难眠啊。"

★

这话里藏着一点凶险的感觉。

萧姝与燕临对视。

众人莫名听得心惊肉跳，但又很难参透这当中有什么不为人知的因由，因而只能看着他们。

还好这时后面传来了管家的声音，是在对着另一人说话："冠礼定在午时初，在前厅宴客，现在许多宾客都到了，少师大人这时去刚好。"

谢危从承庆堂回来了。他的身影从门后转了出来，脸色比起去时似乎苍白了些许，回到走廊上时抬头便看见众人，只问了一句："还不去前厅？"

燕临便合上剑匣，向谢危拱手道："这便去。"

谢危的目光从众人身上扫过，在看见萧姝时未见如何，瞧见萧烨时却停了停，这才随着管家径直从廊上先往前厅去。

先前弥漫在庆余堂外面那剑拔弩张的气氛，消失了不少。

延平王立刻趁机笑起来，道："这大好的日子，大家火气何必这么重呢？都是小事、小事，走、走、走，到前厅去了，可不敢让谢先生和那么多宾客等久了。"

萧烨便重重哼了一声，冷笑转身。

萧姝虽然面有不悦之色，但似乎也没深究的意思，只向着燕临看似礼貌地敛衽行了一礼，也与萧烨一道去了。

有延平王嬉笑着缓和气氛，加上萧氏姐弟走了，众人也终于放松下来，纷纷往前厅走去。

燕临落在最后，姜雪宁走在前面。

只不过眼见着要离开庆余堂的时候，他忽然压低了声音唤了一声："宁宁。"

姜雪宁身子微微一震，脚步便停下了。她转过身来看着他。

少年看了前方走远的众人一眼，才来到她面前，冲她笑了笑，背在身后的手掌拿出来，竟伸手一抛，将一个装着什么东西的沉甸甸的锦囊抛向了她："给你的。"

姜雪宁下意识地伸手接住。

前面走着的延平王忽然发现少了人，便不由得回头看来，远远地喊他："燕临，干什么呢？"

燕临抬头道了一声："来了。"

他低下头重新看着姜雪宁，嘴角弯弯，只是眼底多了一分如雾般缥缈的惆怅，转瞬即逝，轻轻地道："可惜这时节没有鸡头米了。"

说完他便先往前面走去，跟上了前方的延平王等人。

姜雪宁站在原地，轻轻打开了锦囊，里头是一小袋已经剥好的炒松子。

一如往昔。

她仿佛又能看见当初那少年从姜府高高的院墙上面跳下来，长腿一伸，随意地坐在她的窗前，把一小袋剥好的松子放到她面前时那眉目舒展、意气风发的模样。

她抬头往前看，少年的背影依旧挺拔，可比那些日子，已经多了几分沉重的沉稳。

姜雪宁忍不住轻轻地叹了一声，末了又不知为什么会心地笑起来。

天际云气涌动，风乍起吹皱平湖，涟漪泛起时，水底的锦鲤浮向水面。

似乎是要下雨了。

她认真地重新将那一小袋松子系好，然后才朝着前面走去。

水榭里，大多数人已经走了。

外头的天阴沉下来时，张遮的脚步却停了停，驻足在栏杆前，朝着外面望去。

陈瀛见着，也不由得停下了脚步。

在陈瀛的印象中，这位由刑科给事中调任到刑部来的清吏司主事是一个很奇怪的人，他不热衷于官场上那些交际往来，便是仅有的几次同僚相聚，他也不过是来露个面便走了，兢兢业业，却不汲汲营营。

大多时候他不说话，唯有在查案或是审讯犯人时才会字字珠玑，可即便说话时也显得沉默。这样一个人就像是平静的海，寡淡的面容总给人一种覆盖着许多东西的感觉，倒不是刻意隐藏，只不过是可能并不习惯表达，也不愿意吐露心声。

原本的刑部郑尚书因为为勇毅侯府说话触怒了圣上，被圣上一道圣旨勒令提前离任回老家，新的刑部尚书顾春芳已经在来京的路上，不日便将抵达京城，成为众人新的顶头上司。

而张遮的伯乐，正是顾春芳。

陈瀛目光微微一闪，心下一琢磨，倒觉得这是个极好的机会，于是笑一声走到张遮的身边来，道："张主事还不走，是在看什么？"

张遮回眸看了他一眼，神情间既无畏惧，也无热络，仍旧是淡淡的，只是道："要下雨了。"

陈瀛觉得莫名。他有心想说下个雨有什么大不了的，江南梅雨时节天天下雨呢，只不过话一出口就变成了："平日里看着张主事寡言少语，好像挺沉闷的，倒没想到原来还有这样的雅兴，想来是真正内秀于心了，无怪乎当年顾大人能慧眼识才相中你，真是令人钦羡啊。”

张遮道：“下官本鲁钝之人，得蒙顾老大人不弃，当年苦心栽培才有今日，然而也不过是碌碌小官罢了，陈大人言重。”

陈瀛连忙摆手：“哪里哪里！”

这水榭中只剩下他二人，连声音都显得空旷。

陈瀛站在他旁边，也向着天外涌动的云气看去，道：“郑大人直言丢官，被圣上遣回养老，顾春芳大人不日便将到任，陈某也是久闻顾大人英名，却因顾大人一直在外任职而无缘一见。张主事旧日供职在顾大人手下，颇被他器重，算来算去，等顾大人回京时，可要托赖张主事为陈某引荐一二了。”

说实话，如今的刑部，人人都想跟张遮说上话。奈何张遮是个闷葫芦，一看就不好搭讪。众人有心要巴结他，或通过他知道点顾春芳的习惯，可对上张遮时总觉得头痛万分，暗地里早不知把这油盐不进、半天不说一句话的人骂过多少回了。

陈瀛这意思已经说得很明白了。他想提前见见顾春芳，希望能由张遮这个旧日的熟人引荐，如此顾春芳即便再清正不阿，也不至于拒绝。怎么说他也是张遮的上峰，与其他人不同。他觉得张遮便是不愿应允，也不好拒绝。

可没料到，张遮竟然平平地道：“顾大人到任后我等自会见到，又何须张某引荐？陈大人抬举，张某不敢当。”

陈瀛差点没被噎死。他一向挂在脸上的假笑都有点维持不住，眼皮跳了跳才勉强想出一句能把这尴尬圆过去的话来，不过抬头正要说时，却见前方的廊上走过来一道俏丽的身影，于是眉梢忽地一挑，忘了要说什么了。

那姑娘陈瀛是见过的，就在不久前，慈宁宫里见到的乐阳长公主沈芷衣的伴读之一，搜查仰止斋那一回的主角儿，也是……太子太师谢危打过招呼要他保的那位！

因为那一小袋松子的耽搁，姜雪宁落在众人后面，可又不想迟到太多，便干脆穿了旁边一条近道。

可她没想到水榭这边竟然有人。

隔得远远地她便看见了那道身影，心头已是一跳，待得走近看清果然是他时，那种隐隐的雀跃与欢喜便悄然在她心底荡开。

这时张遮也看见了她。

四目相对，张遮轻轻垂了一下眼帘，姜雪宁却望着他，过会儿才转头看了陈瀛一眼，躬身向他二人行礼：“见过陈大人、张大人。”

她敛衽行礼时，一手轻轻搁在腰间，雪白纤细的手腕便露出来些许。

张遮低垂的目光落在她身上，一眼便看见了那一道算不上很明显的抓痕，带着淡淡的血色，那交叠了被宽大袖袍盖着的手轻轻握得紧了些。

心绪有些起伏，但他没有说话。

陈瀛却向姜雪宁笑起来："姜二姑娘也来了啊，可曾看到谢少师？"

张遮没出声，姜雪宁有些小小的失落。可转念一想他们现在本也不熟，张遮人前人后也的确不多话，所以很快她便重新挂起了笑容，回陈瀛道："谢先生去看了侯爷，刚才已经往前厅去了。"

陈瀛便"哦"了一声，堂堂一个朝廷三品命官，同姜雪宁的父亲一样的官位，对着姜雪宁却和颜悦色，随和得不得了，道："多谢姜二姑娘相告了，我正琢磨着找不到谢先生呢，一会儿便与张大人同去。"

陈瀛同谢危关系很好吗？

姜雪宁心底存了个疑影儿，又看了张遮一眼，然而这死人脸竟转头看着水里的鱼和风吹的波纹，她莫名觉得气闷，便道："那我先去了，二位大人，告辞。"

直到她走远，张遮都忍住了没有回头看她。

陈瀛却注视着她的身影消失，才收回目光，眸底透出几分兴味之感，转头来对张遮打趣道："我怎么瞧着这位娇小姐看了你不止一眼，到底当日慈宁宫中是你解了她的危难，也算得上是'救美'了，她像是对你有点意思呢？"

张遮垂下目光："陈大人说笑了。"

陈瀛一耸肩，却想到了点别的，自语道："也是，毕竟是谢先生张口要保的人，哪儿轮得到旁人。"

张遮心底忽然有什么东西骤然紧了，他慢慢回过头来看着陈瀛。

陈瀛问道："怎么？"

张遮微微闭了闭眼，道："没什么。"

陈瀛的心思已经转到了一会儿见着谢危说什么话上了，倒没留意到张遮此刻有些明显的异样，只是琢磨："谢少师可真是个叫人看不懂的人，虽则也算同他有了些交集，可总觉着也交不深。不过说来也很奇怪，张主事虽不同谢先生一般，可也给了陈某一种不大看得透、不大看得懂的感觉。你说你既不爱美人，旁人去秦楼楚馆里逛叫你你也不去；也不爱华服美食，成日里独来独往深居简出，实在是让人很迷惑。陈某倒不大明白，张主事这样的人，到底志在何处？"

"沙沙沙"，雨落了下来，水雾如一层轻纱，将湖面掩了，把楼阁遮了，顿时满世界都安静了，充满了一种朦胧的美感。

张遮抬首望着。

过了许久，连陈瀛都以为他是出神了也不会回答这问题了，他才破天荒似的开了口，慢慢道："志不高，向不远。辨清白，奉至亲，得一隅，静观雨。如此而已。"

★

冬日下雨，朔风吹拂。

街道上的行人本也不多，这时更加冷清下来。

京中各处坊市都少人问津，店铺的老板伙计们徒然望着那天空兴叹。

只是没过多久，那静寂的街道尽头竟传来了嗒嗒的马蹄声，沉重地连成一片，更有呼喝之声夹杂其中，不消片刻便有一名身披盔甲、须发灰白的将军高高地骑坐在马上，率着一干骑兵自街道上迅疾地奔过，直往京城城门处禁军驻扎之地奔去。

人人看了都心惊胆寒。

待这肃杀的一队人从这条街上离开之后，店铺中的老板伙计们才敢探出头来，却个个害怕得紧："这又是出了什么事啊？"

朔风越紧，天际彤云密布。掉下来的雨很快便变成了雪，今冬的第一场雪，终是下下来了。

有时候姜雪宁想想，上天终究还是垂怜她的，至少又让她遇到了张遮。

她从水榭旁边绕过来，很快就到了前厅。不大的细雪自天际纷纷扬扬地洒落，她见着只觉有些叹惋：张遮最爱的是雨，如今变作雪，他该不是很高兴吧？

前厅里宾客已然满座。

她本也想直接入席，不过走到前方游廊拐角下的时候竟看见了姜伯游，他似乎正在同朝中的同僚说话。

今日燕临行冠礼，朝中也有一些官员冒险来了。

姜伯游自然是其中之一。

他穿着一身石青百福纹圆领袍，同另一人站在院中栽种着的那棵劲松下面，眉头紧锁，听着那人说话，不由得直摇头："得罪了别家还好说，得罪了这位萧二公子却是有些难办的，这郑家人也真是可怜。"

那人叹息："谁说不是呢？西市口这边都知道郑家人，听说还有个儿子被送去了宫里当差，虽不算什么豪门世家，可小老百姓的日子过着也算不错。但遇到萧氏一族，霸人田产，逼人迁祖坟也就罢了，还想把人一家子送进牢里，未免有些惨了。"

话刚说完他抬头就看见了姜雪宁，于是剩下的话都咽了回去，向着姜伯游笑着道：“侍郎大人先前念叨许久，这不，令爱也到了。”

姜伯游转头就看见了姜雪宁，原本紧锁的眉头便展开了些许，同那名同僚拱了拱手，微有歉意，那同僚也不介意，便也向姜雪宁拱了拱手，自入厅中去了。

姜雪宁方才过来时听见了只言片语。她上前同姜伯游行礼，却没忍住问道：“父亲方才与人说话时提到的可是西市口胡同里头的郑家？”

姜伯游道：“正是，怎么，你认识？”

他想起那郑家确有一个人在宫里面当差，心念一动，便多问了一句。

姜雪宁想起的却是郑保，因彼时郑保乃司礼监的掌印大太监，住在哪里自然是朝野上下人人都知晓的。“西市口胡同”这几个字她还没有忘记。

听得姜伯游肯定，她便留了个心眼。

上一回仰止斋之围若无郑保，只怕还难度过，她便向姜伯游道：“这一家人多半是在坤宁宫里伺候的一名管事太监郑保的家人，父亲或许不知，搜查仰止斋那一次女儿得以虎口脱险，多赖此人随机应变，是个仁善忠义心肠。且后来谢先生曾告诉女儿，司礼监的王新义公公有心要收他做徒弟，不日将提拔去圣上身边伺候……”

话说到后半句时，尽管周遭没人，可她的声音依旧压下来许多，仅姜伯游能听见。郑保会被王新义收为徒弟去司礼监伺候这件事，姜雪宁当然不是从谢危那边知道的，谢危当初也不是特意要告知她这件事，可这并不妨碍她把谢危拖出来暂用。

果然，她把事情一说，姜伯游的面色便微微一变。

官场上混久的人，向来是“闻弦歌而知雅意”，不需说深，便明白话后面藏着的意思。

这郑家人开罪了萧氏那位板上钉钉要承继家业的萧烨公子，其实原不是郑家人的错，只因萧烨出游京外时看中了一片山头并着下面的地，要圈作自己的猎场，兴建避暑的别府，于是把周边的人家都赶了出去。

郑家人的祖坟与田产恰在那边。

郑家人本以为能同萧氏讲讲道理，不想告到衙门去反而引得萧烨大怒，反要将这郑家人送进牢里。

方才同姜伯游说话的正是顺天府尹。这么一件事落在手上，实在是烫手山芋，是以对方才向姜伯游倒苦水。

眼下是多事之秋，对文武百官来说，都是多一事不如少一事，对姜伯游来说也是如此。可若这郑保在宫中有恩于宁丫头，且有谢居安小友说此人大有前途，事情就不一样了。

他拧眉深思，末了对姜雪宁道：“此事我知晓了，你放心。”

冠礼在即，众人都进去了。

姜伯游便道：“你是同长公主殿下一道来的吧？走吧，我们也快进去。”

姜雪宁心知姜伯游该是有了主意，但也不多问，只道一声“是”，接着便跟着姜伯游入了厅中。

即便勇毅侯府已经不是全盛之时，这厅堂中也坐满了盛服的宾客，往里面一眼便可看见坐在主宾位置上的谢危，他旁边坐的便是今日会为燕临加冠的赞者。

姜雪宁匆匆看了一眼，小半部分人是熟面孔。

过去，许多原本与勇毅侯府关系还算亲厚的世家，收到侯府的请帖后未至，后来燕临还朝，谢危谋反，这些家族要么被一并清算铲灭，要么退出纷争散到权力边缘；而不顾这风雨飘摇情形依旧赶赴侯府来贺燕临冠礼的人，大多数人成了新一届权力的核心人物，就算有少数人食君之禄、忠君之事，谴责起燕临协助谢危谋反来，也都没有引来什么报复，即便没捞着什么大官，好歹也算安然无恙。

世间事有时候就是这般弄人：有时候想要避祸，却不知避祸才会引来真祸；有时候想要得到，却不知得到就是更深的失去。

沈芷衣到了之后，左右看都没瞧见姜雪宁，还有些着急，一看见她进来便连忙招手：“宁宁，这边。”

姜雪宁便走了过去。

大乾朝男女大防虽然没有那么严重，可一般男子加冠礼除长辈外基本是没有女宾来看的。但乐阳长公主沈芷衣毕竟身份尊贵，且与燕临算得上一同长大的好友，自然能够列席厅中，且位置还很靠前。宫中这些伴读都沾了她的光，位置在附近。姜雪宁更是被沈芷衣一拉，直接坐在了她的身边。

有人轻轻敲了敲厅里面一座小小的铜钟，周遭便立刻安静了下来。

众人的目光一时都聚集到了堂上。

穿上一身厚重华服的勇毅侯燕牧在老管家的搀扶下，从后堂走了出来。众人一见连忙行礼，燕牧面上虽有病色，可今日这样喜庆的日子里也不由得打起了精神，很有年轻时叱咤风云的气魄，还礼后甚至笑了起来。

“承蒙诸位来宾看得起，大驾光临，我侯府实在蓬荜生辉。”他的目光落在这堂中黑压压的一片人身上，锐利的眼眸中却有几分老怀快慰的感动，“燕牧四十五载徒然奔忙，走沙场，赴轮台，不想年纪稍大些却老病缠身，叫大家笑话了。今日风寒雪冷，诸位却能不弃，给足了我这半老头子体面，也给足了犬子体面，我燕牧定永记于心，在此谢过！”

说罢他竟长身一揖。

他说的是今日“风寒雪冷”，未提眼下朝局与侯府所面临的困苦半句，可众人偏都轻而易举地听出了那言下之意。

想勇毅侯府一门忠烈，燕牧少壮之年亦曾领兵作战，驱逐鞑虏，如今却被圣上下令，重兵围府犹未去，刀剑悬颈命不知，实在令人唏嘘。

如此大礼，众人如何当得起，一时都忙道“侯爷言重”“侯爷不可”，又以深揖之礼还之。

冠礼这才正式开始。

整座前厅被布置得与祠堂宗庙差不多。

燕临身上穿的乃簇新的素色交衽长袍，依着古礼自厅外走入，先叩天地，再祭宗庙，后拜父母，由赞者出席祷读祝词，方行加冠之礼。

士族三加。

燕临张开了自己的双手，任由那显得厚重的玄色深衣披上了自己的肩膀，沉沉地将他笼罩，宽长的革带也经由赞者的手从他腰间穿过紧束，一块刻着如意纹的圆形玉佩系在革带之上，低垂下来压住衣摆。

他躬身再拜。

赞者便高呼一声：“三加加冠，请大宾！”

行冠礼，最重要的便是加冠。冠礼中的主宾也称“大宾”，往往是德高望重之人，既要亲自为受冠者加冠，也要为受冠者取字。

赞者声音一出，所有人的目光便都落到了谢危身上。

按礼，大宾当着盛服。

可今日的谢危非但没有着盛服，甚至只穿了一身雪白的长袍，外头罩着一件白鹤云纹的氅衣，宽袍大袖，有着飘然逸世之态，与今日盛礼、与众人盛服，有一点格格不入。

然而主人家竟不置一词。

燕牧也向谢危看去。

谢危就这般沉默地看了许久，此刻终于一垂眸，轻轻起身，走上前来。

燕临抬眸望着他，侧转身向他而立。

府中下人递过了端正放着头冠的漆盘，由赞者奉了，垂首侍立在谢危身畔。

那只束发之冠乃以白玉雕琢而成，长有三寸，高则寸半，冠顶向后卷起，六道梁压缝，静静地置在漆盘中，天光一照，古朴剔透，有上古遗风。

一对简单的木簪则置于冠旁。

金冠多配玉簪，玉冠则多配木簪，前者富贵奢华，后者却显出几分清远。

勇毅侯府家训如何，可见一斑。

谢危道："冠者，礼之始也。而成人者，为人子、为人弟、为人少者，先行孝、弟、顺之礼，后可为人，进而治人。今危受令尊之请，为你加冠，诚望世子牢记今日之训。"

他从漆盘中捧过了那只玉冠。

燕临则一掀衣袍，长身跪于他身前。

众人的注意力都放在了谢危的手上，倒极少注意他说了什么，毕竟冠礼上的祝词说来说去都是那套。然而下方站着观礼的姜雪宁听着却心头一跳——少了，谢危说的祝词少了！

《礼记》中说的成人是要"为人子、为人弟、为人臣、为人少者"，要行的乃"孝、弟、忠、顺"，可谢危方才只说了为人子、为人弟、为人少，却独独没有说"为人臣"，更没有提半个"忠"字！

燕临也在这一刻抬起头来，那锐利深沉的目光直刺到谢危面上。

谢危却垂眸将玉冠放在了燕临的头顶，平淡地对他道："垂首。"

燕临心里江河翻涌似的震荡着，有惊讶，有骇然，可此时万不敢表露半分，望了他有片刻后，终于还是依言垂首。

赞者于是将木簪递上。

谢危接过。

可正当他要将那木簪穿过玉冠为燕临束发时，勇毅侯府外面忽然起了刀兵喧哗之声，门口似乎有侯府的护卫大喝了一声"你们干什么"，接下来便戛然而止，随之而起的是惊呼惨叫，并着一人冷厉的高声呼喝："圣上有旨，勇毅侯府勾结逆党，意图叛乱，挑唆军中哗变，今以乱臣贼子论处！凡侯府之人通通捉拿，敢有反抗者——格杀勿论！"

"什么？！"

厅中所有宾客全都悚然一惊，大多慌乱起来，朝着外面看去。

勇毅侯燕牧更是浑身一震，霍然起身！

外头的雪不知何时已经大了起来，一队手持着刀剑的兵士盔甲上泛着冰冷的寒光，竟直接砍杀了门口阻拦的护卫，踏着沉重肃杀的步伐进了府门，向前厅走来。

率兵者一脸森然，正是定国公萧远！

姜雪宁紧扣在袖中的手指都不由得颤了起来，曾经在侯府门口所见过的一幕幕血腥场面仿佛都从视野的底部涌了上来，令她如置冰窟！

所有人都知道勇毅侯府前途未卜，危在旦夕，随时有可能出事。可今日燕临举行冠礼宫里也没话说，该是圣上默许过的。谁也没有想到，圣上竟然偏偏选在今日动手，而率人前来者更是萧氏一族赫赫有名的定国公萧远！

骤然之间逢此巨变，几乎所有人都乱了心神。

燕牧一双苍老的眼眸紧紧地盯着走近的萧远。

燕临更是瞳孔一缩，骤然之间便要起身，然而一只手却在此刻重重地落了下来，用力地压在他的肩膀上。

他抬首看去。是谢危的手掌紧紧地按住了他的肩膀，扼住了他陡然冲涌上头的热血，然而从这仰首的角度他却无法清晰地分辨出对方的神情，只觉平静若深海，窥不见半分波澜，然而肩膀上却传来清晰的感知：那压着他的五指，力道紧绷，指尖几乎要深深地陷进他的肉里！

谢危轻轻眨了眨眼，浑然似看不见那惊天之变，也听不见那可怕动静似的，目光仍旧落在冠上。

压住燕临后，他重抬手，扶住玉冠，木簪执在他修长的手指间，慢慢地转动着，穿入玉冠底部的孔中。他眉目间的从容如青山染雨，飘逸里添上几分端肃的厚重，只平静地道："豪杰之士，节必过人。拔剑而起，挺身而斗，此乃匹夫见辱；卒然临之不惊，无故加之不怒，方称天下大勇者。世子毋惊、毋怒。"

⋆

二十年前，萧、燕两氏是亲家。

然而随着那不足七岁的孩童于平南王围京一役中不幸夭亡，这由姻亲作为纽带连接起来的脆弱关系，轻而易举地就破裂了。

萧远在这定国公的位置上已坐了二十余年。

当年老定国公膝下有三名嫡子，定国公这位置本轮不到萧远来承继。不过满京城的人都知道他运气好，原本该被立为世子的嫡长兄得了重病，烧成了个傻子。国公府正在犹豫立谁的时候，他在校场与新继勇毅侯之位的燕牧"不打不相识"，接着娶了燕牧嫡亲的姐姐燕敏为妻，由此轻而易举地扭转了在内宅中的劣势，既得到一名端庄干练的妻子，又得到了她母家的支持。很快，老定国公便为他请封，将其立为世子。待老定国公身故后，萧远便名正言顺地成了国公爷。

萧定非是他同燕敏唯一的嫡子。这孩子聪明伶俐，又同时具有萧、燕两族的血脉，可以说一出生便受到了整个京城的关注，在五岁时便被圣上钦点封为世子。

但萧远并不喜欢这个孩子。尤其是在平南王一役之后，但凡听到有谁再提起这个名字，他都会忍不住沉下面孔，甚至与人翻脸。

因为燕敏竟在此事之后与他和离！

勇毅侯府是最近几代靠在战场上立功，才慢慢积攒了足够的功勋，有了如今的地位；可定国公府是传了数百年香火未断，乃真正的世家大族。

在萧远之前，不曾有任何一位国公爷与妻子和离！

对男人而言，向来只该休妻，而和离则是奇耻大辱！妇道人家，头发长见识短，哪里知道朝局轻重？

萧远有心不放妻，奈何燕敏背后有侯府撑腰，且皇族也对燕氏一族有愧，被萧太后劝诫一番后，他终于还是写下了放妻书，与燕敏和离。

但从此以后，萧、燕两家便断绝了往来。

二十年过去，萧远再未踏足勇毅侯府。

今天，还是二十年后他第一次踏入侯府！

重甲在身、刀剑在手的兵士悉数跟在他身后，来自那九重宫阙、由圣上亲自写下的圣旨便持握在他手中，过往所受之气、所郁之怨全都在这一刻畅快地宣泄了出来！

萧远上了台阶，头发已然花白，穿深衣、着翘履，头顶上戴着高高的冠帽，走入厅堂后脚步便停了下来，带着几分危险的目光从在场所有人的面上扫过，看见依旧在为燕临加冠的谢危时眉头皱了皱，最终看向了旁侧已经站起来的燕牧。

燕牧一张脸已然沉如封冻："我勇毅侯府世代恪尽职守，忠君爱民，定国公方才所言是何意思？"

萧远冷笑了一声："当然都是圣上的意思！一个时辰前，通州来信，有人暗中挑唆，驻扎大营的五万大军闹出哗变，声称要为你勇毅侯府讨个公道！燕牧啊燕牧，当年平南王一役你我两家也算是深受其害，却未料到你竟敢暗中与乱党联系，圣上仁义有心，饶你一家死罪，谁料尔等竟敢意图谋反！你们的死期可算是到了！"

通州大营，军中哗变！

在场之人哪个不是在朝中混的？

方才遥遥听见萧远说"哗变"二字时众人便有了猜测，如今听他一细说，只觉背后的汗毛都竖了起来，一个个都不由得转过头向燕牧看去。

燕牧听闻通州大营哗变时也是一怔，可紧接着听到"你我两家也算是深受其害”这句话时，满腔的凄怆忽然就化作无边无垠的怒火！

他猛地拍了一下旁边的桌案！

案上的茶盏全都被震倒摔到地上，砸了个粉碎！

燕牧瞪圆了眼睛看着萧远，眼底近乎充血，一字一顿恨声质问：“你萧氏一族也敢说深受平南王一役之害吗？！”

偌大的前厅内，连喘气之声都听不见。

一面是圣旨到来，勇毅侯府罹难在即；一面是京中昔日显赫的萧、燕两氏之主对峙，剑拔弩张！

胆子稍小一些的人如今日来的一些伴读，早已吓得面无人色。

便是姜雪宁都感觉到自己的脖颈像是被谁的手掌死死地卡住了——知道是一回事，亲历又是另一回事。

少年的冠礼终究还是没能避免染上血色，笼罩上一层家族覆灭的阴云。

有那么一刹那，燕临便要站起来了，站到父亲身边去，同父亲一道面对今日倾覆而来的、残忍而未知的命运。

然而他面前的谢危，再一次向旁边伸出手去。

赞者哪里见过今日这样的场面，端着漆盘在旁边吓得腿软，险些跪下去。

谢危伸出手去之后半晌没人递东西，他便一掀眼帘，轻声道：“簪子。”

厅堂内正是安静时刻，谁也不敢说话，脑袋里一根弦紧紧地绷着，只怕就要发生点什么事。谢危这听似平淡的一声响起时，谁也没有预料，有人眉毛都跟着抖了抖，手中按着刀柄的兵士们更是差点拔刀出来就要动手，转头一看，却是谢危。

赞者都没反应过来。

谢危轻轻蹙了眉，又重复了一遍：“簪子。”

束发的玉冠所配乃一对木簪，方才他只插了左侧，却还剩下一边。

谁能想到这刀都悬到后颈上了他还惦记着加冠的事？

赞者这才后知后觉地拿了木簪，近乎呆滞地递到谢危手中。

谢危看都没看旁人一眼，持着木簪便插向束发的玉冠。

定国公萧远的目光这时也落到了他的身上，原本就蹙着的眉头不自觉蹙得更紧了，虽知道这位谢先生乃天子近臣，出身金陵谢氏，是个极有本事的人，可这处变不惊的模样浑然没将众人放在眼底啊。

萧远都懒得再与这帮人废话了。在他看来，勇毅侯府这帮人都与死人无异，是以直接一挥手，冷厉地道：“废话少说，今日赴宴的诸位大人还请不要乱动，凡燕氏党羽都给我抓起来！”

“是！”

他身后所有兵士领命，便要按上前来。

然而没想到斜刺里突然传出道声音问：“按大乾律例，圣旨传下当为接旨之人宣读圣旨，国公爷既携圣旨而来，怎不宣读圣旨便开始拿人呢？”

萧远都愣了一下。

按律例是有这么回事，可宫里来的圣旨，他难道敢假传圣旨不成？

眼底顿时带了几分肃杀之意，他循声望去，竟是一身形瘦高的青年站在人群之末，穿着藏蓝的衣袍，也未着盛服，因而不知是何官品，只猜位置不高，又看面相冷漠寡淡，颇觉眼生，便冷冷地道：“你是何人？”

那人两手都揣在宽大的衣袖里，垂叠下来，倒是表情平淡，并不紧张，道：“下官刑部清吏司主事，张遮。”

张遮。

对方一说这名字，萧远倒是有了印象，记起是前阵子朝中颇惹人议论的那个前刑科给事中，一介难搞的言官，眼皮登时跳了跳。

圣旨便握在萧远手中。眼下是众人看着，他纵使觉得面上挂不住，也不敢公然拒绝宣读圣旨！

左右也就是宣读一道圣旨的工夫。

这时的萧远还未多想，冷笑了一声，便“谢”过张遮提醒，将圣旨一展，“奉天承运皇帝诏曰”地念起来，大意确与他方才入府时所言无二，一则军中哗变事大，二则勾结平南王逆党不饶，着令定国公萧远亲率禁军抄没勇毅侯府，凡府中之人一律捉拿下狱。

一声“钦此”过后，萧远便骤然合上了圣旨，阴沉地道：“这下宣读过圣旨，尔等总该相信了吧？便是给本公天大的胆子，本公又岂敢伪造圣旨？来人——”

“国公爷，勇毅侯还未接旨呢。”

张遮在旁边看着，眼见他要下令抓人，眼皮一垂，又不咸不淡地补了一句。

这回别说是负责传旨的定国公萧远，就是心里已经接受了大难临头的命运的勇毅侯燕牧都忍不住有些傻眼，搞不懂这位姓张的大人到底是想干什么。

谢危却在听见“张遮”两个字时便眉梢一挑。加冠已毕，燕临站起身再向谢危一揖，转头看去。谢危的目光则静静地落在张遮的面上，并未言语。

萧远差点没被这句话给噎死，脸上一阵青一阵红，牙关一咬，道：“本公难道不知，还用你来提醒？”

接着他才将圣旨往前一递，道：“勇毅侯上来接旨！”

燕牧上前来接旨，可看着张遮也觉眼生，心想侯府该没有这样一个朋友，也不知对方葫芦里卖的什么药。

萧远料想一应事宜到此便该妥帖了，这姓张的该没什么刺儿要挑了，再一次挥手要唤人上来抓人。

然而这一回根本还没等他开口，他的眼皮便是一跳！因为他竟看见这姓张的移步向燕牧走去，竟将先前揣在袖中的手伸了出来，像是要问燕牧看那圣旨，脸却转向他这边，问了一句："敢问国公爷，您方才说通州大营军中哗变的消息一个时辰前传来，圣上才下了圣旨要抄侯府？"

这人到底想干什么？！

萧远此时已经有些按捺不住地握住了剑柄，冷冷地回答道："正是。"

张遮便向燕牧道："请借圣旨一观。"

萧远有些气急败坏了："位卑小官班门弄斧，究竟意欲何为？！"

燕牧眼珠一转，却直接将圣旨递了出去。

张遮接过圣旨来，骨节分明的长指轻轻将其展开，道："国公爷息怒，抄家灭族乃大罪，按律便是圣上的意思，各级政令也当由中书省核过盖印之后方能下达。下官昨日听闻中书省褚希夷大人抱病，通州哗变消息既是一个时辰前才传来，请褚大人入宫便要费些时候，传大人来此宣旨抄家又一番耽搁，一个时辰怕是不够用。是以……"

话到此时，他的目光已落在了这封圣旨之上。

曾经他从顾春芳处听来的秘辛果然是真——查抄勇毅侯府的圣旨确系沈琅亲手所书，然而当年宣旨之时圣旨上其实只盖着皇帝宝印，并无中书省之印！后来勇毅侯府一案的卷宗里出现的圣旨却是两印齐全，据传乃抄没侯府屠了侯府半数人之后，才由新任的中书省平章知事加盖了中书省印。

而原平章知事褚希夷老大人却被革职，老病归乡，没过半年便因贫病交加于家中过世。前去吊唁之同僚唯顾春芳一人，由此才知道这件事，大约推算出当年褚希夷官至中书省平章知事，无异于一朝宰辅，为何落得这般下场。

张遮的目光从那本该盖着中书省大印的空白处移开，重落到萧远面上，道："国公爷，这圣旨怕还宣不得，作不得数吧。"

萧远忍无可忍，拔剑直接指向他的咽喉，言语间已是盛怒难遏："竖子焉敢胡言！圣上亲书之旨由得你来置喙？！本公今日当削你首级，以乱党论处！"

姜雪宁万没料到张遮会站出来，且还接连说出了这样一番话，一颗心在胸腔里跃动，险些便要从嗓子眼儿里跳出来！

陈瀛更是在张遮刚说话的时候便悄悄远离了他。

然而张遮本人却无比平静。他伸手将那圣旨递了回去，寒光闪烁的剑刃映着他一张寡淡冷漠的面容，表情无悲无喜，只好言相劝一般道："国公爷怒杀下官并无所谓，但圣旨还是要送回宫中，请中书省加盖大印，方可下达的。"

圣旨都已经送到了，兵士都已经围了府，这人竟说皇帝说的话不作数，还得送回去盖个印再回来抄家！

岂有此理，岂有此理！

萧远这近五十年来从未遭遇过此等离奇之事，险些气个一佛出窍二佛升天，七窍里冒出烟来，连句完整的话都说不出，手抖个不停："你！你、你……"

第二十七章 燕回

天底下谁不知道皇帝的意思就是圣旨？

圣旨、圣旨，这“圣”字指的就是天子，指的就是圣上！

但凡皇帝定下的主意，又有几个人能更改？

萧远本以为自己乃携着天子之命前来，今日必能一吐往日积郁之气，好叫勇毅侯府俯首听令、在座大臣瑟瑟发抖，谁想竟遇到张遮这般会抬杠的人。

在逞嘴皮子功夫上，武将如何能同文人相比？

两道粗浓的眉毛使劲一皱，萧远便轻而易举地感觉到自己仿佛陷入了窘境，心底暗惊之下，猛地一凛，阴沉地注视着张遮，竟然道：“我萧氏一族忠君之事，甘为圣上前卒，圣旨乃本公亲眼见圣上写下，岂能因你一小小清吏司主事之言便贻误时机？今日本公便要杀鸡儆猴，看看斩了你这阻挠圣意、勾结乱党的贼臣，圣上到底是治你的罪，还是治本公的罪！”

话音方落，他竟真的提剑向张遮砍去！

厅堂内所有宾客更是大惊，一为萧远忽然给人扣上的大帽子，二为他言语行动间所透露出来的凶险之意，当即就有人大喝了一声道：“定国公是要滥杀无辜不成？”

姜雪宁却浑身血冷。因为她记得，过去，沈琅明明是下旨抄没勇毅侯府，将侯府所有人收监，等待案情查清后再发落。可她当日赶赴侯府时却见鲜血满地、人头坠阶！

这证明要么是曾经举行冠礼时发生了什么变故，要么是负责此事的定国公萧远故意寻找借口，大开杀戒！

眼见着萧远一步步向张遮逼近，周遭文武大臣更是怒声斥责、群情激愤，引得重重围拢厅堂的众多兵士纷纷握紧手中刀剑，一副随时准备动手的模样，姜雪宁紧张得喘不过气来。

她比在场所有人都更能感觉到那种失控的危险！

危急之际，目光在场内横扫，她却轻而易举地看见了立在年少宾客们这边、距离仰止斋这帮伴读位置不远的萧氏二公子萧烨，于是先前盘旋在脑海里的那个念头骤然冒了出来。

姜雪宁迅速上前一步，附耳过去对沈芷衣低声说了一句话。

沈芷衣正眉头紧皱地看着眼前将乱的情形，听见这句话之后诧异地看了姜雪宁一眼，然而只略一思索便露出几分惊喜之色，接着便将目光一转，也看向萧烨。

先前姜雪宁送给燕临的剑并未收入库中，而是由青锋抱着，立在一旁。沈芷衣二话不说，一步上前便掀了那剑匣把剑提起来，待向萧烨而去！

萧烨与燕临也算是同龄之人，可自他出生之后，便处处被人拿来与燕临做比较，他怎么着也是出身萧氏的嫡子，心里如何能痛快？

更何况不久之前他还与燕临闹了龃龉。

此时此刻他站在近处看着勇毅侯府这一副大难临头的倒霉样，心里别提多痛快，就差拊掌大笑了。是以他的神情非但不同于这殿中之人的惊慌，反而是笑容满面，并未注意到姜雪宁、沈芷衣这边的异样。

然而那剑真是出乎意料地重。沈芷衣猝不及防之下，刚将剑提起，就被其重量一带，险些跌倒在地。

这一来便吸引了周遭的目光。

萧烨看了过来，她也不由得看向萧烨。

那一瞬间，一股寒气从萧烨的尾椎骨上爬了起来，先前的笑意更是瞬间从他脸上消失，他的反应竟比兔子还快，扯着嗓子立刻大喊了一声："父亲救我！"

正要举剑压在张遮的脖子上的萧远顿时怔了怔。他回过头来一看，便看见站在那边的萧烨拔腿就要朝这边跑过来。

沈芷衣顿时着急了。

姜雪宁所站之处靠着外面一些，正在萧烨要经过的路上。她眼皮一跳，暗想计划赶不上变化，虽然心里一万次告诉自己在这风口浪尖上千万不要显露形迹，可在萧烨慌慌张张地从她眼前奔过的那个刹那，终究还是发了狠般一咬牙！

"砰！"

她直接一脚踹了出去，正踹在萧烨的膝上！

这大公子哥儿逃命逃得好好的，还正想着得亏自己见机快，要不就要成为旁人要挟他爹的工具了，根本就没想过途中会遭遇这么黑的一踹！

电光石火间谁能反应得过来？

他见着姜雪宁时只觉心底一冷，膝盖上传来剧痛，已不由自主地面朝下摔到了地上，脑袋“咚”一声砸在坚硬的地面上，甚至撞出了血来！

沈芷衣这时终于得了机会，反应过来，立刻提剑上前压在了萧烨的脖颈上！

萧远勃然大怒：“长公主殿下这是什么意思？”

沈芷衣本就隐隐知道了母后与皇兄对勇毅侯府的态度，甚至今日王兄想来，母后也没准许。若定国公萧远也是公事公办，她自然不好置喙什么，可如今做成这样，实在是欺人太甚！她是燕临的好友，如何能忍？

到底是一个王朝、帝国的公主，沈芷衣将脸拉下来时，也甚为吓人，寒声道：“皇兄下圣旨叫你捉拿，你却要开杀戒！焉知不是挟私报复？萧远你听好，这厅堂之中的人你要敢动上一动，本公主担保，你这不成器的孬种儿子立刻人头落地！”

那剑在燕临手中是挥舞自如，在她手中却有些勉强。剑尖压在地面上，剑身与地面形成一个夹角，萧烨的脖颈便在这夹角之中。

沈芷衣手腕因沉重的剑动上一动，那夹角便小上一分，剑刃几乎要贴着萧烨的脖颈了，他立刻心胆俱裂地惨嚎起来：“父亲，她要杀我，快救救我！”

这一出别说是萧远，就是勇毅侯府众人都没想到。

内外宾客再次目瞪口呆。

张遮的脖颈也被萧远的剑压住了，此刻他却不由得抬头望了一眼：姜雪宁不声不响地站在那边，一副不显山不露水的模样，倒是没几个人看见刚才关键的那一脚是她踹的。过去，她是没有来的；如今终于来了，是要补曾经的错、弥过去的憾了吗？

萧氏一族如今就这么个命根子，还等着他承继家业呢，且萧烨也是萧远悉心抚养长大的，难得同他亲近，萧远哪里会想到沈芷衣竟以此作为威胁！

萧远森然道：“长公主殿下难道站在燕氏这边，想要违抗圣旨不成？”

沈芷衣方才又不是没听见，根本不将定国公放在眼底：“第一，圣旨下达于律不合，刑部的张大人说得是，你该回去加盖大印；第二，本公主不管你们朝堂上是什么事，犯人秋后处斩尚要给吃顿好的，今日乃燕临举行冠礼之日，此刻礼仪尚未结束，容不得你等胡作非为！要么你此刻退下，要么我杀了你儿子！”

这一刻，她面上的那种果决与杀伐之意是姜雪宁从未见过的，那曾在鸣凤宫的夜晚里抱着她饮泣的脆弱，也被坚硬的盔甲覆盖。

此时的沈芷衣真正是风华凛冽！

燕临从张遮开口的时候便怔住了，待得姜雪宁、沈芷衣出手，更是僵立在原地望着。

来参加冠礼的文武大臣本也不满萧远拿着没盖印的圣旨来，鸡毛当令箭，更有沈芷衣站出来说话，终于有实在看不过去的人也出来附和道："男儿行冠礼，由少而长，生逢仅此一次，定国公何必把此事做绝了？"

"是啊，这也欺人太甚！"

……

渐渐地，厅堂之内附和的声音多了起来，也大了起来。

这帮人若集聚在朝廷里，也是一股不小的力量。

萧远听着，面色渐渐难看起来。

燕临却微微仰首，胸腔里一股滚烫的热血自跳跃的心房里奔涌而出，灼得他微微颤抖着，连眼眶都红了些许，那股汹涌澎湃之意如一团火，烧得那沉沉压下来的阴霾与坚冰都散去，化为虚无。

世道固然艰险，可人情有时冷，有时也暖！

少年垂在身侧的手指慢慢地握紧了，他只想将眼前这一幕都刻下来，深深地刻进记忆里……

谢危高立于堂上，一身雪白的素衣不染尘埃，只打量着萧远那阴晴变化的面色，又看了看正持剑压着萧烨与萧远对峙的沈芷衣一眼，终于开口道："定国公还是先退一步吧。"

萧远早注意到他今日也在此处。只是满朝文武都知道谢危乃天子近臣，且他感觉圣上对此人是言听计从的，因而旁人他都敢冒犯，却一直都当谢危不存在，唯恐惹出什么祸端。

可没他想到谢危竟对他说这话。

萧远盯着谢危道："少师大人是也要站在燕氏这边吗？"

谢危轻轻一摆手，示意一旁呆立的赞者下去，倒是从容不迫的模样，甚至轻轻笑了笑，道："差事是圣上交下来的，要办的乃勇毅侯府，国公爷也不过是中间这个人，万事谨慎为好。众多兵士皆在，国公爷也不过就是回头多跑上一趟的工夫，两全其美，何乐而不为？且既是眼下厅中众位同僚所提起之请，圣上若是问起，国公爷据实以告，圣上虽然会怒，但想必也不至于迁怒……"

所有人听得这话简直都要倒吸一口冷气！

周遭望向谢危的目光一时都惊异极了，想得浅些的人甚至有些愤怒。

萧远一听也是一怔，紧接着便浑身一激灵，立刻就反应过来了：谢危这话看似是在为勇毅侯府说情，实际上却说了这帮人站在勇毅侯府这边的后果。圣旨若立刻传到了，勇毅侯府被抄也就被抄了；可如有人还敢挑圣旨的刺，且站在侯府这边，为侯府说话，若让圣上知道，必定龙颜大怒啊！届时此事又没他什么错处，这笔账最终不还是会算到勇毅侯府的头上？

回宫加盖大印，看似不可为，实则大有可为啊！

想通中间这关节，萧远险些忍不住大笑起来，再看谢危只觉得当真像那九天的仙人、高台顶的圣贤，精妙绝伦，于是爽快地收了剑，竟道："既然是谢先生发话，这面子少不得要给的。本公便先行回宫，向圣上通禀此事，容后再来！"

谢危垂下眼帘不语。

姜雪宁却能感觉到身边起了些窃窃私语，众人的目光似乎都往谢危身上飘，似乎有人觉得他此举很受人诟病。

不过稍想得深些的人，已忍不住要对谢危五体投地了。

一句话扭转乾坤，莫过于此。

想也知道会来勇毅侯府为燕临的冠礼做主宾的，该不是什么阴险小人，可他说出这番话，却能顺利地摆平两边，轻易化解僵局，甚至陈明了个中利弊。

君王最忌讳的便是武将功高震主，勇毅侯府近年来功勋尚不算震主，可事涉勾结乱党之事，到底敏感。若满朝文武都站在侯府这边，焉知不会害了侯府？方才他们的行为已过了。若今日侥幸能度过此劫，他们当谨言慎行，不要反倒害了侯府才是。

萧远已打起了腹稿，只待回宫狠狠地告上勇毅侯府一状，对周遭兵士下令道："把这座宅邸通通围起来，半个人也不许进出！"

说完话他则看向沈芷衣，面上的怒意又涌上来，沉声道："公主殿下该放人了吧？"

沈芷衣也不说话，把剑收了回来。

但萧烨一脑袋磕到地上差点磕傻了，膝盖又疼，却是自己起不来。还是萧姝深深地看了姜雪宁一眼，才一摆手，叫左右伺候的人上前将人扶起。

围府的重兵重重把守着这座宅邸的每个角落。

府里伺候的下人都面白如纸。

但萧远到底拿着圣旨返回宫中去了。

厅堂内安静极了。

燕牧久久地望着谢危，说不出话来，过了好半晌才将气概一震，咬牙朗声道：

“既加冠，请谢先生为我儿赐字！”

赞者没见过这种场面，手脚发软动不了。还是老管家反应快，立刻将一早准备好的笔墨纸砚呈上，躬身递到谢危面前：“请先生为世子赐字。”

燕临也看向了谢危。

姜雪宁的五指悄然紧握在袖中，连手腕上那一丝细细的疼都不大感觉得到了，忍不住屏住呼吸，眼睛一眨不眨地看着谢危。

宣纸平铺在漆盘内，由管家高举着。

所有人的目光都落在谢危身上。

他一手敛了宽大的袖袍，提起笔，将落时，却停了好久，写了一个字，又停下来，最终竟然搁了笔，道：“世事难料，原定两字，如今只这一字，未尝不好。”

众人往那纸上一看——字如龙蛇，都藏笔画间，乍一看无甚锋芒，细一品力道雄浑。

纸上却只有一字，曰：回！

燕临，单字回。

“大鹏一日同风起，扶摇直上九万里。可苍穹不是容身所，沧海方是心归处。厄难度过，初心莫改！是字为‘回’。”

★

年轻的皇帝将近而立，看背影还有些英姿勃发，但若转过来看正脸，两只眼窝却微微凹陷，稍显纵欲阴鸷了些。

棋盘对面坐着的乃一名面阔口方的和尚。只是这和尚也没有和尚的样子，眉目间没有多少慈和之色，身材也十分魁梧，一双倒吊三角眼，看人时竟有些草莽枭雄气的凶神恶煞之意。

这便是当朝国师，圆机和尚。

萧远知道，四年前沈琅能顺利登基，这和尚似乎也有功劳，虽没有谢危功劳大，却极得皇帝信任，加上太后娘娘青睐佛家，所以封了一座寺庙给他不说，还将他封为本朝国师。

相比起来，谢危年纪虽轻，可一个太子少师比起来则显得有些寒酸。

朝野上下也有不少人把这和尚同谢危对比。

谢危如何不知道，但这和尚能成事，本事必然极大。

萧远不敢马虎，进到这大殿内后，便添油加醋地将自己在勇毅侯府所遭遇的事情一一呈报，只是言语间将涉及谢危时，到底有些忌惮，也恐自己的一番话反让谢危在皇帝面前露脸，所以干脆只字未提，结束后便问："圣上，他们大胆至此，该如何处置？"

沈琅一颗棋子执在指间，一双狭长的眼眸却瞬间阴沉了下来，在这光线本就昏暗的大殿之中更显得可怕极了，目光竟落在了萧远身上。算起来，他虽贵为皇帝，可也该叫萧远一声"舅舅"。

然而这个舅舅办事……

当皇帝和坐牢也没区别，权力看似极大，可也要防着天下悠悠众口。这种时候，"刀"就变得极为重要，什么脏的臭的都要这帮人去做，自己却高坐在上，泥不沾身！

不然他豢养心腹干什么？

换句话说，是心腹就得做心腹该做的事！若中间的心腹也想要当个"好人"，不想招惹麻烦，在这种事里把自己摘得干干净净……

不过是圣旨上少盖了一枚印，这位舅舅竟然打道回宫来！他这一回来岂不是告诉世人是自己执意要发作侯府？且对方这明摆着也是怕在此事之中担责。

真是废物一个！

沈琅有心要立刻发作，然而转念一想，顾及太后那边，终究将怒火压了下来，只冷着脸直接叫了王新义："褚希夷那老头子在养病，也别叫他进宫来，带舅舅去中书省那边取了印来先盖。勇毅侯府乱臣贼子不可轻饶，一律先给朕投下大狱！违令皆杀！"

萧远立刻洪亮地道："是！"

他看着沈琅脸色虽然不好，但只以为沈琅是暗中恼火勇毅侯府的反抗，根本想也想不到沈琅真正不满的是他以及萧氏一族，也根本想不到谢危方才劝他那一句的真正用意在哪里，是以还有些振奋，行过礼便与王新义一道先去取印。

按大乾律例，盖印之事得要褚希夷这边点过头才能办，可用印都在宫中，是以印信也都放在宫中。圣上强行取印，又不是人人都是张遮，便是心中觉得不妥，也无人敢置喙。更何况褚希夷还不在。

萧远那边给圣旨盖上印便走，大殿之中的沈琅却骤然掀翻了棋盘，咬着牙道："朕对勇毅侯府下手，萧氏固然高兴，可这模样暗中也是防着朕以此作为把柄他日也对他们下手啊！"

皇帝自然是没有错的，即便不曾加盖大印，也可说是一时怒极攻心。但若萧远已经知道中书省的大印没盖，还要依照圣旨之令，甚至对勇毅侯府大开杀戒，那萧远便会招惹非议，他日这件事也会成为把柄。

只要沈琅想，便可置萧氏于死地！

圆机和尚坐在他对面，见着棋盘摔在地上，棋子洒落满地，也未有半分惊慌之色，单手立在胸前，笑了一声：“难道圣上确无此意吗？”

沈琅便转眸望着他，怒意竟慢慢消了下去。

他起身，踱步，站到了宫门口，望着白玉阶下一重又一重的宫门，冷冷地笑道：“倒也是，不怪他们警觉。勇毅侯府已除，下一个便是萧氏。这天下唯一个皇族卓立于世便可，要什么两大世家！”

祭祖，加冠，取字，一应礼仪完备后，一场冠礼也走到了尾声。

燕氏一族以燕牧为首，向谢危献上金银、书墨等东西作为答谢，又使燕临行过三拜之礼，从此奉谢危为长，才算是结束。

礼毕时，燕临也长身向静寂厅堂内的所有人躬身一揖，道：“今日诸位大人、故友危难前来，不亚于雪中送炭，此情燕回永记于心！”

原本的少年，已称得上是名真正的男子了。

众人皆知今日之祸只怕不会善了，都在心底叹息一声，纷纷还礼。

谢危在旁边看着，却有些出神。

满朝文武大约都有这样的感觉——皇帝对他这位少师言听计从。

可事实上不然，那不过是因为他每一次说的话都能切中沈琅的心意，而不切心意的那些话他都没有说罢了。如此才使人有此错觉。有了这个错觉之后，满朝文武便不会有人想要得罪他，包括萧远在内。

而他可凭借对皇帝的了解算计旁人：萧远一是皇帝的舅舅，二是萧氏大族出身，自以为与皇帝亲厚，只怕是想不到皇帝真正的忌讳在哪里的。

可也正因他所处的位置太特殊，少师之位并无实权，相比那不显山不露水的国师圆机和尚显然略逊一筹，可一旦有了实权就会引来忌惮。

没有实权，有些事他终究力不能及。更何况他本能调动的力量还要受到背后天教的掣肘……

通州大营哗变！

他早派人在通州各处城门外设防拦截，报信者格杀勿论，军营中人不知消息，哪里来的什么“哗变”？！

一股凶戾之气暗地里悄然爬上他的心头。

外头又吵嚷起来，是萧远终于拿着盖完印的圣旨回来了。

这一下再无人能说什么。

虽然有人觉得这未免也太快、太容易，可印信都在，这种凭猜测的事情对不出真假，若再为侯府说话，只怕不仅引火烧身还害了侯府，所以众人都保持了沉默。

这倒让萧远有种一拳打到棉花上的感觉，恶声恶气地下令捉拿。

勇毅侯府的府卫都看向燕牧，燕牧只一摆手，示意他们不必反抗，任由铁链枷锁将侯府上上下下所有人束缚起来。

只不过，当有两名兵士拿着枷锁上来便要往燕牧脖子上卡时，旁边不远处立着的张遮眉头轻轻一皱，又不咸不淡地来了一句："刑不上大夫。"

萧远鼻子都气歪了。

两名兵士傻眼了，看向萧远。

萧远心里筹谋着以后再让这姓张的好看，此刻却只能将气都撒到别人身上，因此破口大骂道："没听见吗？！刑不上大夫，这老匹夫抓走就是！脑子是不是有毛病？！"

两名兵士莫名被骂了个灰头土脸，只好将枷锁撤了。

燕牧再一次看向这位素不相识的刑部清吏司主事，终是不由得向张遮笑了笑，竟洒脱地径直迈出了厅堂，随着府里其他人一道去了。

燕临还在后面一点。

从姜雪宁身旁走过时，他心里满腔潮涌，终究还是没有忍住。

去他的流言蜚语！这一刻，他只想一骋心怀！

他竟然在众目睽睽之下伸手将她揽入怀中，用力地抱了一下，然后眨眨眼道："走了，姜二姑娘，剑帮我收好。"

姜雪宁整个人都呆住了。

然而都没等她反应过来，燕临已经踏出了门。

原本热闹的侯府，忽然就凄清冷落下来。

片刻前还是冠礼正行，宾客满堂，如今却杯盘狼藉，命途难测！

上天啊，为什么对她的少年如此残酷呢？

姜雪宁想，反正自己往后也不准备待在京城，抱便抱了吧，名声她也不在乎。若往后谁真喜欢她，还会介意这个不成？

一时想到以前，她又想到以后，神情却怅惘起来。不经意间抬首，她竟对上了一双冷淡的眸子。

张遮不自觉间已经看了她许久。直到她也抬首对上他的目光时，他才意识到这点。

她那样想当皇后，过去辛辛苦苦、汲汲营营，如今重走“平行世界”，又已经知道了谁才是最终的大赢家，如今眼见旧事转轨，燕小将军不会再走上与过去一般的路，还对她用情至深，她大约快慰了吧?

可他好不快慰。来蹚这浑水之前，他便是明白的，可如今做完了，反倒……

与此间诸位大人，他都没有深交。眼见萧远并一干兵士已经在“请”众人离开，以备接下来查抄侯府，张遮终于还是抬头，看了看外头渐渐大了的鹅毛似的雪，也不同谁打个招呼，转身便向外头走去。

那一瞬间，姜雪宁竟想起了过去里的张遮。

此人爱极了雨。

可她的名姓中带的是个“雪”字，所以彼时刚刚知道有这么个油盐不进的人时，冬日里她去乾清宫正好遇到，便恣意跋扈地问他：“张大人既然这样喜欢雨，遇到这样下雪的天，还要同本宫一道走，该很讨厌我吧？”

那时张遮没有回答。但姜雪宁默认他是讨厌的。

后来天教乱党刺杀皇帝，累她遭殃落难，她同张遮躲在那茅屋下头时，外面在下雨，于是她又问他：“张大人这样喜欢雨，如今却跟我同在一个屋檐下看雨，想来你知道本宫名里还带个‘雪’字，该很讨厌吧？”

张遮也没有说话。

姜雪宁也与上一次问他一般，默认他是讨厌的。

但好久好久之后，在她看着外头坠落如珠的雨帘出神时，竟听到身边一道声音说：“也没有。”

也没有什么呢?

他没有那么喜欢看雨，没有知道她名里带个“雪”字，还是……没有那么讨厌雪?

那一刻她竟感觉到了一种罕见的忐忑，微热的心在胸腔里鲜活地跳动，很想很想回头去确认是不是他的回答，很想很想再一次开口追问：是没那么讨厌我吗?

可她手中还攥着不久前从头上随便摘下来的金步摇。凤吐流苏，璀璨耀目，在那一瞬间深深地扎了她的眼，于是她意识到：自己是个皇后，一旦真的越过某条线，等待着她的、等待着张遮的，都会是万劫不复的深渊。

她恐惧了，怯懦了，不敢深问。

那一天的雨下了好久好久，姜雪宁却第一次希望它能下一辈子，就在那山野间，就在那茅屋外，永远也不要结束。

宾客终究都散干净了。

燕临说：姜二姑娘，帮我把剑收好。

所以临走时，姜雪宁又将自己来时所带的那把剑放入剑匣中，入手时只觉剑又沉了些，上头覆着的一层寒光却映着人世悲苦。

宫里来了人，先将沈芷衣接走了。

沈芷衣也懒得多话，自顾自离去。

萧姝后面一些走，但临走时看着姜雪宁，笑意微冷地道：“往日倒没看出姜二姑娘临危时有这样大的本事。”

姜雪宁便淡淡地道：“若不临危，我也不知自己有这样大的本事呢。”

姚惜、陈淑仪两人都站在萧姝身边，嘲弄地看着她。

萧姝拂袖离去。她二人也跟上了。

周宝樱离开时却看着姜雪宁，有些担心的模样，想同姜雪宁说点什么，可陈淑仪等人走过去没多久，便回头喊她，她也只好闭上嘴，跟着去了。

冬日里的雪，下得够大了，转眼亭台楼阁、回廊山墙都被盖成了一片白色。

姜雪宁出来时，站在勇毅侯府门口仰首望去，但见那天空阴沉沉地压着，乌云笼罩成阴霾，只是也或许她今日心境不同于以前前，竟觉得那乌云的边缘上好似有一小束天光透出来，雪后终将放晴。

谢危竟还在姜雪宁之后。

她正望着天空时，他从门里走了出来。

两人的目光对上。

姜雪宁沉默不语，也不知道说什么。

谢危却看了看外头这一条白茫茫的街道，离去的马车在上面留下了清晰的车辙，可不一会儿又被大雪覆盖。

他从姜雪宁面前走过去，准备回府时，心里其实什么也没想，甚至是麻木的。然而已经走出去后，脑海中浮现出她方才交叠于身前的双手，他终于才想起点什么，停下脚步，有些疲惫地回首道：“你过来。”

姜雪宁还没从“谢危居然搭理自己了”这一点上反应过来，愣住了，下意识地道：“我要回宫。”

谢危看着她。姜雪宁便陡地一激灵，连忙跟着走了上去。

谢府便在勇毅侯府旁边，一墙之隔，实在不远。

谢危走在前面，姜雪宁也看不见他的神情，只听到他问：“还喜欢张遮？”

姜雪宁于是想起了先前张遮看自己的那一眼。她张了张嘴，把脑袋垂下去，半晌才慢慢地道：“怎能不喜欢呢？”

他值得。

谢危似乎有片刻的沉默，末了道："不欺暗室，防意如城。只是太冷、太直了些，不过，也好。"

也好。

也好是什么意思？

姜雪宁其实有些不明白，可听着前面那些话，倒觉得像是谢危认可了张遮这个人，于是心底微热，也不知为什么，有种与有荣焉的欢喜感。

连谢危带着她走进了谢府，她也没注意。

斫琴堂内，吕显一肚子火，正琢磨着那该死的尤芳吟这一番举动到底是想干什么，忍不住在屋里来回踱步，这时听得外头有人喊一声"先生"，便知是谢危回来了。

他一抬头正好看见谢危进门，开口就想要抱怨，谁料眼神一错眼皮一跳，竟看见谢危后面跟了个娇滴滴的小姑娘，这一瞬间满脑袋想法都被炸散了，差点没把自己的舌头咬下来："你居然带了个女人回府？！"

★

谢危走进去时也没想到吕显此刻会在这里，但转念一想姜雪宁该也不认识吕显，便没多言。听见吕显说出此言，他沉默片刻，把眉头一皱，道："姜家一个小姑娘，你胡说八道些什么？"

吕显当然还记得姜雪宁。这位姜二姑娘往日被燕世子带着，来他馆里买过琴，拿走了那张蕉庵，谢危暗地里还不满过一阵。可他说的是小姑娘不小姑娘的事吗？

认识谢危这么多年，这府里连个丫头都没有。谢居安潜心佛学，清心寡欲，不近女色，连什么猫儿狗儿鸟儿都不养，这偌大的府邸上上下下恐怕就墙根边打洞的耗子能逮出几只母的来！

他带个姑娘回府，那简直是太阳打西边出来！

吕显的目光落在姜雪宁身上，但见这姑娘比起上次见着时更加出挑，腰肢纤细，身段玲珑，眼珠黑白分明，本是清澈至极，然而因着那桃花瓣似的眼型，又多了几分含着娇态的天然妩媚。

从五官和神气上，这实算不得一张端庄的脸。眼下她才近十九还不到双十的年华，就已经这般，待得再长大些那还了得？

他心里总觉得有种说不出的古怪感——斫琴堂可不是什么人都能进的地方。但毕竟是在外人面前，这年头的小姑娘都聪明，吕显便没再说什么，强行将自己跌到地上去的下巴捡了回来，一副歉然模样向姜雪宁拱了拱手，道："请恕吕某眼拙，太惊讶竟没认出来，原来是姜侍郎府上的二姑娘，上回那张蕉庵用着还好吗？"

天知道姜雪宁看见吕显时才是差点没吓掉魂！

旁人不知道吕显同谢危的关系，可她是知道的。

那一瞬间她差点露出破绽来，还好吕显看见她十分惊诧，谢危的注意力又在吕显身上，没留神看她，这才让她有了喘息之机，立刻调整掩盖过去。

听吕显问起蕉庵，姜雪宁定了定神，回道："多谢吕老板当初帮忙张罗寻琴，琴是古琴，自然极好。吕老板也在谢先生这里，是送琴来吗？"

吕显一怔，立刻笑起来："是啊、是啊，近来有一张好琴的消息，不过主人家好像不大愿出，毕竟是受居安所托，所以来商量商量。"

这是顺坡下驴，他对姜雪宁没有半点怀疑。

姜雪宁却从他直呼谢危的字判断出这二人关系的确匪浅，但到这里便没什么话了。

谢危则转身向她道："伸手。"

姜雪宁一头雾水，莫名觉得有些毛骨悚然，伸出了自己的左手。

谢危长眉轻蹙，竟掀开她的衣袖来看。雪白的手臂上干干净净的，没什么伤痕。

他又道："另一只。"

这下姜雪宁隐约察觉到点什么了，右手垂在身侧，有些不想伸出来。

谢危眼底似乎有些愠怒闪过。但对着她还是压了下来，没有发作。眉眼轻轻一垂，他略略向前倾身，也不再同她废话，抓了她垂着不敢伸出的右手，将那层层叠叠的衣袖卷起来一些，便看见了她腕上那道带血的抓痕。

姜雪宁头皮发麻："都是刚才不小心……"

谢危却放了她的手，指了旁边一张椅子，道："坐。"

姜雪宁简直跟不上这人的想法，又或者说根本摸不透这人的想法，有些茫然地眨了眨眼，却看见那吕显戳在旁边，看着她的目光越发古怪，好像看着什么三条腿的兔子、长角的乌龟似的，稀奇极了。

她满腹疑惑，又不敢说。

谢危叫她坐，她也只好忐忑地坐了。

斫琴堂乃谢危常待着的地方，靠窗的长桌上还置着斫琴用的木材与绳墨，甚至有绕成一圈一圈的废掉的琴弦搁在角落。

装着药膏的匣子则放在长桌不远处的壁架上。

谢危走过去取了过来，一小瓶酒并着一小罐药膏，折了一方干净雪白的锦帕，略略蘸上些酒，到她面前，又叫她伸手。

姜雪宁有些愣怔。毕竟她同谢先生这阵好像有许久没有说过多余的话了，对方忽然来搭理她，还要给她上药，实在让她有一种如在梦境中的受宠若惊。

当然，还是“惊”多一些。

她愣愣地伸出了手去。那方沾了酒的锦帕便压在了她腕上的伤口上，第一瞬间她还没觉出什么，可等得两息之后，原本破皮的伤口处便渗入了灼烫的痛楚！

直到这时候姜雪宁才后知后觉地反应过来——这上头蘸的是酒啊！

小姑娘家家细皮嫩肉的哪里受得了这苦，吃痛之下泪花都一下冒了出来。她顿时起身，把手抽回来捂住，退得离谢危远了些，甚至有些委屈下的愤怒：“你干什么？”

一只沉甸甸的锦囊从她袖中掉出来，落到地上。

谢危还捏着那方锦帕，一时皱了眉：拿酒清理伤口是会痛些，可有到这地步，用得着这么大反应？

“扑哧。”旁边不远处不知何时搞了把瓜子来正嗑着的吕显看着这情形，一没留神直接笑出了声来。

谢危弯身捡起了地上那个锦囊，听见这声音，转过头就看见他，眉峰间顿时染上几分冰霜，神色冷了些，淡淡地道：“你怎么还在？”

“……”

吕显一颗瓜子卡在喉咙里，差点没被噎死。他无言了好半晌，微微笑起来，心道：那我现在出去行了吧！

将一把炒瓜子朝桌上一扔，哗啦啦地撒了一片，他风度翩翩地起了身，微微一笑道：“我去外面等，不打搅了。”

吕显真出去了。

姜雪宁却还是站着，万般警惕地看着谢危，泪意也没法逼回去，毕竟真疼。

谢危却掂了掂那锦囊，掉下来时落了几颗，一眼就看出来是剥好的松子，不由得看着她道：“去冠礼还带这些东西。”

姜雪宁瞪着他不说话。

谢危便一回首先将这一小袋松子搁到案头上，目光微微一闪，道：“那该是燕临给你的了。”

提到那少年，姜雪宁沉默了下来。

谢危的心里似乎也不好受，好一会儿没说话，之后才叫她道：“过来。这么点疼都受不了吗？”

你这种臭男人活该找不到老婆！

姜雪宁差点要气死了。她又急又恼，可看着谢危手上那方蘸酒的锦帕，更忍不住发怵。僵持了半晌后，她道：“我可以自己来。”至少自己下手不那么黑。

谢危凝视她片刻，终于还是伸手把那锦帕递了过去。

姜雪宁接过，但还是半天不敢下手。

谢危淡淡地道：“你准备在我府里过夜不成？”

姜雪宁一听，心便灰了一半，干脆把胆子一放，全当这只手不是自己的，轻轻把那蘸了酒的锦帕覆了上去。自己动手好歹有点准备，痛归痛，但咬咬牙还能忍。只是待把那一道抓痕上的血迹清理干净，她整个人都跟虚脱了似的。

到底还是谢危来给她上的药膏。

这种时候，姜雪宁未免有些恍惚。

过去，没出事没谋反之前，世人眼中的谢危都是个圣人、贤者，叫人挑不出错处，人人即便不能真的亲近他，也愿意多同他说上两句话。

他是太过完美，以至于有些不真实。

出事了，谋反了，世人眼中的谢危又从一个极端走向了另一个极端，成了所有人口中的反贼、叛臣，怀着野心的豺狼，披着圣名的奸佞。

太过污浊，又好像失之偏颇。

重走“平行世界”前，她也觉得谢危是后者；重走“平行世界”后，她却有些不确定了。好像谢危既不是这样，也不是那样，真像个谜。

不过想想这又与她有什么干系呢？勇毅侯府的事情已经出了，接下来便等一个结果。好好坏坏，都该算是结束。

她只想要收拾收拾自己的行囊，离开京城这步步杀机的繁华地，去过她的逍遥日子，什么谢危啊，萧氏、燕氏啊，皇宫啊，都该是要抛之于脑后的。

姜雪宁出了神。

谢危给她上完药膏时便发现了，淡淡出声拉回她的神思：“猫儿狗儿这样的畜生不通人情，便是豢养在人家，然凶性天生难除尽，往后不要离太近。”

姜雪宁抬眸看他，略略一想便知道了，谢危对她的态度又转了回来，多半是因为先前廊下那只猫吧？

她默然许久，似乎在斟酌着什么，终于还是道：“宝樱有事帮了我，那日回去她正好来，所以才把先生给的桃片糕分了她一半……”

谢危背对着姜雪宁，将药膏罐子放回匣中的手顿了一顿，然后道：“知道了。”

声音淡淡的，听不出情绪。

姜雪宁觉着自己该说的好像也都说完了，便把自己方才卷起来的衣袖慢慢放下，起身告辞，只是待要离开时，想起那漫漫不知方向的前路，脚步又不由得停住。

她好像鼓足了勇气，才能止住那股战栗感，转过身来问："先生现在还想杀我吗？"

谢危刚关上匣子，这一瞬间好像也有别的什么东西跟着被锁进了匣中。

他回眸，眸底平静无澜，一时竟好似有些倦意，道："同你说的那样多，便只记住了我说要杀你吗？"

姜雪宁愣住。她脑子里一下乱糟糟的，理不清什么头绪，努力想要去回想当时谢危还说了什么。

但谢危已经摆了摆手，道："回宫去吧。"

说完他又唤了一声："剑书，送她出去。"

★

姜雪宁走了，临出门时还没忘记回头拿了先前谢危搁在桌上的锦囊。

吕显立在外头摸着自己的下巴琢磨了半天，还是走了进来："哎哟喂，这怎么还闹上脾气了呢？"

谢危坐在桌边上，闭上了眼，直到这时候，满世界的喧嚣才彻底从他的脑海里退了个干净。

今天出的事已经够多了。

吕显今早就在府里，随时听着隔壁的动静，哪里能不知道发生了什么呢？只是他同勇毅侯府也没什么交集，同情归同情，唏嘘归唏嘘，却能十分冷静地看待这件事——这件对他们来说有利的事。从某种程度上来讲，他希望谢危与自己一般冷静，只可惜这话不敢说出口。

谢危半天没有说话。

吕显斟酌起来，暂时没想好要怎么开口。

然而过得片刻，他竟听谢危唤道："刀琴。"

门外暗处角落里的刀琴这时才悄无声息地走了进来，抬眸望谢危一眼："先生？"

谢危目光平静极了，道："探探公仪丞在哪里，请人过府一叙。"

请公仪丞来？！

吕显忽然有些紧张，隐隐觉得谢危这话里藏着一种异样的凶险，没忍住开口道:“你与他不是向来井水不犯河水吗？”

谢危没搭理他，顿了顿，又道:“过后也找定非来。”

这下轮到刀琴诧异了。

谢危坐着岿然不动，谁也不知他在想什么，他只道:“该是用他的时候了。”

花街柳巷，秦楼楚馆。

京城里最出名的是醉乐坊，一到了晚上便是乱花迷眼，觥筹交错，丝竹之声伴着衣香鬓影，是个温柔乡、销金窟。

不过眼下却是大中午。

下过雪后的街道一派安静，偶有出门为姑娘们跑腿的小厮丫鬟打着伞急匆匆地从道上经过，留下一串脚印，又叩响各家妓馆的后门。

醉乐坊红笺姑娘的屋里，一张软榻上铺着厚厚的貂皮，粉红的纱帐被熏得香香的，软软地垂落在地，花梨木的脚踏上散落着两件精致的衣袍。一把长剑连着剑鞘歪斜着插在画缸里。

外头也不知哪个丫头端茶递水时打翻了，惹来了妈妈厉声的责骂，终于将软榻上困睡懒起的人给吵醒了。

一条结实有力的手臂从温暖的锦被里伸了出来，歪躺在软榻上的男人慢慢睁开了眼，竟是一双风流含情的桃花眼，目光流转间透着点迷人的痞气。

他盯着窗外透进来的天光看了许久。

红笺姑娘早已经醒了，此刻便依偎在他身畔，轻轻地娇笑:“公子好睡。”

作为醉乐坊的头牌，红笺生得是极好看的，此刻什么也没穿，光溜溜地躺在人身侧，只略略一触碰便能勾得人心怀荡漾。

那男子收回目光来看她，少不得又是一番云雨。

身体的放浪，全然放纵。

事毕后，他喘了口气，竟从软榻上起身，捡起脚踏边散落的衣物往身上穿。

这时便可看出青年的身量很高，手臂与腰腹的线条都极好，将那束腰的革带扎紧时竟给人一种偾张的力量感，前胸的衣襟也未整好，有些散乱，以至于露出了一片结实的胸膛，汗津津的，看了叫人脸红。

红笺身子软得不行，撑着手臂半仰了身子起来看昨夜这位出手阔绰的恩客，有些酸溜溜地说:“公子不多住几天吗？”

那青年捡起外袍抖了抖，眉目里有种恣睢的放荡。他回眸看她：“京里面待久了，同一个地方睡久了，只怕有麻烦找上来。”

红笺不解：“难道您犯了事、杀了人？”

那青年一笑，把外袍披上了，青色上染着雪白的泼墨图案，倒是一派倜傥：“这倒还没有。怎么，舍不得我？”

红笺娇嗔：“都说妓子无情，实则最无情的还是你们这样的男人，睡过人家就走。”

他用一根象牙簪把头发也束了，却重新向着软榻走来。

粉红的纱帐被他一掀，柔软地舞动。有那么一片被风带着，覆到红笺的面上，他竟俯身来，隔着这朦胧的粉纱，在红笺的两瓣润泽的香唇上吻了吻，笑得有些邪气不羁：“如果有人来这儿找我，你便说我去城东‘十年酿’找酒喝去了，明白？”

说罢他已转身，拿上了那画缸里的剑，也不从门走，竟直接把窗户推开，一翻身便跳了下去。

外头是茫茫的雪，窗一开便被风裹着吹进来。

红笺姑娘的视线隔了一层粉纱，饶是在风月场里混惯了，轻轻抬手一抚自己的唇瓣，回想起方才那一吻来，都还有些心旌摇荡。人都走了，她还痴痴地望着那扇窗，没回过神来。

来时是同周宝樱一起，但回宫时周宝樱已经被萧姝等人叫走了，所以只姜雪宁一个。

手里攥着燕临给的那袋松子，她呆呆地坐了半晌，满脑子都是谢危方才说的那句话。可她那时刚重走“平行世界”，对上谢危心里只有恐惧，只疑心对方要杀自己这件事，旁的还真不大能关注到。这让她绞尽脑汁也没想出什么有用的来。

所以想了一阵后，她忽然就皱了皱眉：她想谢危干什么？不管这人往日说过什么，听方才那一句话的口风，这人似乎不会再向自己动手了，何况便是再给她一百个胆子，她也不至于背地里出卖他给自己找事。如此算来，她其实已经安全了。

姜雪宁忽然就摇头笑了一声，为勇毅侯府的事情沉重之余，也终于从夹缝里找到了一丝轻快情绪。

车厢里闷闷的，她轻轻撩开窗边的车帘，让外头凛冽的朔风吹拂到自己的面颊上，带来一股令人战栗的冰冷触感，然后长长地呼出一口气。

外头行人俱绝，商铺也大多关了门没开。

她看了一会儿，也透够气了，便将车帘放下。然而就在车帘垂落这瞬间，竟有一匹高峻的白马踩着白雪从她的车驾旁跑过，马上的人腰间佩剑，青色长袍迎风猎猎飞舞，煞是恣意飞扬，一闪而过时那侧面的轮廓却俊逸深邃……

萧定非？！

车帘垂落那一瞬，姜雪宁的脑海中尘封的记忆陡然被触发了，电光石火一片，她几乎立刻便重新掀起了车帘去看。然而那匹马已去得远了，眨眼间没了踪迹，连着纵马而去的那人也没了影子。

于是她疑心是自己的错觉：过去，这位“定非世子”是在沈琅驾崩、沈玠登基后才现身京城，回到萧氏的。如今他怎会这么早便出现在京城呢？多半是自己看错了吧。

掀开的车帘，终于慢慢放了回去。

只不过姜雪宁转念间又忽然想：这人是个实打实的坏坯，若能提前找到他，送他回萧家骗吃骗喝，保管能搞得萧氏一族鸡飞狗跳，让萧氏上上下下食不下咽……

从勇毅侯府回宫这段路不算长，她没一会儿便到了。

勇毅侯府出事，整座皇宫都透出一股肃杀气息，连仰止斋都比以往安静。

侯府燕临的冠礼上发生的事情，所有伴读都是看在眼中的：这一次可与以前小女儿家的口角完全不同了，姜雪宁竟是公然站在侯府那边，还敢对萧氏的公子动脚，这无异于是宣布与萧姝为敌了。便是素来要亲近她一些的方妙都为难极了，不敢同她说话。似陈淑仪、姚惜这些与她结仇的就更不必说了，虽不对她怎样，可明显也是隔岸观火，就等着她倒霉，时不时逮着机会，还要冷嘲热讽几句。

自从侯府回宫后，沈芷衣便没上过课了，谁也不知道是不是又受了罚。连带着奉宸殿这边都有好几日不上课，毕竟长公主殿下都不在，先生们难道给伴读上课？

姜雪宁倒不在乎那帮人对自己如何，只是回宫之后挂心着勇毅侯府的安危，又担心沈芷衣那边的情况，吃不下也睡不好。

不过偶有一回路过，她竟听人说郑保不在坤宁宫当差了。于是她终于按捺不住，私底下使人找了个借口叫郑保出来见了一面，想问问情况。

郑保如今已经在司礼监当差了，身上的衣服也换了一套，他原本就眉清目秀，如今衣服一衬就更是好看了，立在那宫墙下对姜雪宁道：“二姑娘便是不来找我，我也该来找二姑娘的。”

姜雪宁皱着眉，有些疑惑。

郑保却笑了笑：“家里的事情，多谢姜侍郎大人从中周旋了。”

姜雪宁这才想起来，冠礼的时候她的确同姜伯游说过，没想到办得这样快，大约姜伯游也是怕此刻这般特殊的时局，她在宫里孤立无援吧？

心底一时有些复杂，可她也不居功，只淡淡地道：“各取所需罢了。侯府的事情，如今什么情况？”

郑保如今在御前伺候，自然对很多事都清楚，便道：“连日来朝议都在争论此事，闹得沸沸扬扬。为着中书省大印的事情，褚希夷大人气得犯了病，又被皇上革了职，新任的中书令则是圣上的心腹。查抄侯府还有一应的东西要清点，尘埃落定只怕要些时候，说不准要拖到年后。”

曾经这件事也是拖了快两个月才定下。

姜雪宁依旧觉出了几分阴郁之情，又问：“长公主殿下呢？”

郑保道：“长公主殿下那个脾气，您也知道，太后娘娘找人接她回宫本也是要教训一番的，没想到殿下回宫后竟先去了乾清宫，一番大闹，质问圣上，引得龙颜大怒，亲自罚她禁足宫中了。不过殿下毕竟是圣上的亲妹妹，不会出什么事情，还请二姑娘放心。”

放心？

她这又哪里放心得下？

姜雪宁苦笑了一声，道：“我知道了，多谢你了。”

宫里如今也是风声鹤唳，人人自危，因有内务府玉如意一案，唯恐在这风口浪尖与谋反之事扯上什么关系，无事都不敢出门。

姜雪宁见郑保也是冒险。她问完话便准备离开，毕竟昨日由萧太后发话，叫上一干妃嫔，也叫了她们仰止斋的伴读，今日下午要去吟梅赏雪，众人都在准备，她若回去晚了难免惹人怀疑。

但没想到，她才迈开脚步，郑保竟然将她叫住了：“二姑娘……”

姜雪宁转身：“怎么？”

郑保张了张嘴，似乎犹豫了很久，终于开口提醒她道：“下午吟梅赏雪，您若避不开也要去，最好离温婕妤远一些。”

姜雪宁顿时愣住。

她待要多问，郑保却不再多言，躬身向她行了一礼，远远地从宫墙下走开了。

★

披香殿，温婕妤。

披香殿姜雪宁是知道的，可要说什么温婕妤，那就没有什么印象了。她听着这个位分，在后宫里也算不上很高，能引出什么事来？

她从这个方向上去想，竟毫无头绪。

她在回仰止斋的路上只觉此事事关重大，便绞尽脑汁，干脆逼迫着自己往另一个方向去想：过去这时候发生过什么大事吗？

最大的事情就是勇毅侯府被抄家了。

那时她从侯府回来后浑浑噩噩，吓得大病了一场，卧床好几天，在此期间只有临淄王沈玠时不时还惦记着她，派个人来问候看看情况。

等她病愈，只听说京中有人劫了天牢，皇帝雷霆震怒，惩治了京中的很多官员，许多大臣招来杀身之祸。

还有什么事吗？

比如，事情已经过去了好些天，沈琅为何又突然雷霆大怒？

前两日才下过雪，天气早已转寒，宫道上阒无人声。只有她轻轻的脚步声，传递开去。

一念转万念跟着转，脑海中倏地划过一道闪电，姜雪宁原本一直向前的脚步骤然停了下来，连着眼睛都一起睁大：除了乱党劫天牢外，在她病着的那段时间里，宫里面的确还出了一件放在别朝不算大，可放在本朝尤其是沈琅在位期间绝对不算小的事……

回到仰止斋，众人已经在为下午吟梅赏雪做准备了。

这一回姜雪宁没病，自然不能再抱病不去。所以她也只好换了一身素净的衣裳，系上粉蓝的披风，在争奇斗艳的众人之中刚好处于中等，既不至于因为太出格被人注意，也不至于因为太寒酸特别打眼。

她的神情看着与往日无异。旁人与她同在一个屋檐下也没多久，倒看不出什么来。可姜雪蕙怎么说也是她的姐姐，就算两姐妹平时有过节，也算得上有些了解，此刻看她不知怎的只觉她面上笼着一层阴影，在去往梅园的路上又悄悄转过头来看了她三次，眉头也微微蹙起，但一想两人的关系，终究没问。

姜雪宁便乐得轻松了。

梅园里栽种的各式梅花这时已经到了盛放的时候。前两日的雪还没化干净，堆在梅树下，青天白雪映红梅，煞是好看。

后宫里以萧太后为首，人基本都到了。

梅园东南角的看雪轩里，仰止斋的大部分伴读，在入宫这么久之后，终于算是第一次真正见到了皇帝的后宫，天子的妃嫔。

上首坐的乃萧太后，下面是精心打扮了一番的郑皇后，更下面则是妆容一个比一个精致娇艳的妃嫔，个顶个的大美人，或娇媚或慵懒，姿态万千，有的说话低声细语，有的则爽朗大方，乍一看，实在是令人钦羡。

当皇帝的三宫六院，妃嫔无数，当真可以说是享尽齐人之福了。

姜雪宁到时抬起头来一看，没忍住轻轻皱了皱眉，心里着实有几分鄙夷。临淄王沈玠倒不是什么纵欲之人，但他兄长沈琅在位时却是个会享受的人，曾有大臣看不下去，上奏折规劝他“戒之在衽席之好”，话说得已经不算委婉了，可沈琅哪里会听，反而恼羞成怒，过没多久就找了个借口把这大臣调出京了。

子嗣艰难，这能不艰难吗？还好他有个皇弟沈玠，从小关系不错，的确有几分长兄如父之感，且沈玠也的确听话，所以一直以来朝中的传闻都是皇帝无子嗣便立皇弟为储君，以堵天下悠悠众口。

这些个妃嫔，姜雪宁认得的并不是很多。

根据记忆里她鲜少的接触来看，顶多知道坐在皇后右边那个戴着华贵点翠头饰、有几分慵懒之态的乃如今后宫中正受宠的秦贵妃，再下头还有淑妃、贤妃两位，别的位分更低的却一概不识了，更别提什么温婕妤。

有郑保警告在先，她一路上过来都记着，随同众人入内行礼拜见时便有意无意地落在后面，礼毕后落座便也自然地居于末座，离那众位妃嫔远了些。

萧姝十分隐晦地看了她一眼。

姜雪宁恍若未觉。

众位伴读进来后，后宫中这些妃嫔看着这些年轻的姑娘，眸底便神色各异。倒是郑皇后向来不大受宠，大约也见惯了宫里新人换旧人的场面，更何况这些年轻姑娘不是入了后宫只是伴读，是以神情是最自然和善的一个，还主动提起了另一件事：“前些日圣上曾对臣妾提起为临淄王殿下选妃的事情，说殿下更多还是少年意气，也是时候让殿下成家立业，如此便可稳重些。殿下与圣上皆是太后娘娘所出，这一回怕又要为殿下劳心劳神，仔细相看了。”

今日的萧太后早没了前些日那阴沉的脸色，毕竟如今朝上发生的事情几乎件件合她心意，因而她春风满面，整个人看着甚至显得年轻了许多。

郑皇后这话说来也是讨她欢心。

临淄王终于要选妃，也就意味着要成家立业，对萧太后这个做母亲的来说自然是个好消息，所以她竟难得没有挑郑皇后的刺，反而笑着道：“此事虽由礼部操办甄选，可嫁娶之事男人家怎会比女人家懂？皇后主理后宫，内外命妇都在走动，也要多为殿下留心一些才是。”

郑皇后倒有些受宠若惊起来，忙道：“臣妾一定竭力尽心，也盼着殿下娶一位称心的王妃。”

坐在下方的秦贵妃怀里抱着精致的手炉，闻言却撩起眼皮，意态懒洋洋地看了最角落里那帮仰止斋的伴读一眼，拉长了声音打趣道：“要臣妾说啊，哪儿用得着那样费劲儿？喏，满京城最有才学、最有样貌的好姑娘不都坐在那边吗？长公主殿下选这伴读实在是一举两得，其实都省得再去甄选了。只怕咱们的临淄王妃，眼下就在这里呢。”

这话不是受宠的人不敢说。

这话说出来之后，萧太后的目光便落到了她身上，也向众位伴读那边看过去，却不动声色地道：“这谁说得准哪？做长辈的也不过就是把把关，要紧的还是他喜欢。行了，都别陪着我这老婆子说话了，趁着今冬第一场雪，难得出来走动，都多去看看吧。”

有关于临淄王沈玠选妃这个话题便被轻轻地带了过去。

众人自然都不敢再说什么，三三两两地起身往梅园走去。

梅花开得冷艳，人在花中也显得更加娇媚。

秦贵妃也搭着宫人的手起身款步往外走去，坐在稍靠边上的一名瓜子脸、穿浅紫色宫装的妃嫔便也跟着起了身，竟自觉地跟在她身后。

接着秦贵妃一打量，竟在姚惜面前停了下来。她难得笑得和和气气的：“打你刚进宫本宫便想找你说说话，毕竟我母亲常提起你母亲。表姑母近来可还好？”

姚惜的母亲同秦贵妃的母亲乃表亲，她刚入宫的时候也听父亲提过，但俗话说得好，“一表三千里”，姚惜入宫从来不敢像萧姝一般高调，毕竟这中间的姻亲关系太浅。她甚至都未必指望人记得，完全没想到今日第一次见着，这后宫中最受宠的贵妃娘娘竟主动走到她面前来说起此事，不由得心头一热，忙行礼道：“前些日出宫看过，家母身体康健，劳贵妃娘娘记挂了，见过贵妃娘娘。”

话说到这里，忽地一顿，姚惜目光一抬就看见了立在秦贵妃旁边那名妃嫔，略一回想后神情有些冷淡下来，但也按着规矩行礼道：“见过温婕妤。”

边上也正要起身思考去哪里避祸的姜雪宁听见这三个字，简直心头一跳，想也不想地就直接拉了身边的方妙，道：“我们一起下去看看吧。”

方妙还在愣神，姜雪宁已经拉着她的手直接从看雪轩里走了出去，根本不回头看上一眼。

那秦贵妃刚拉上姚惜，目光一扫似乎还准备叫上别人一道，但没想到转头一看，末尾的位置上已然空空如也，台阶下只能看见两道远远的背影。这时她若再叫人，就显得有些刻意了。

秦贵妃那精心描摹的细眉轻轻一挑，向一旁并未走出去的萧姝看了一眼，递了个“爱莫能助”的眼神，便毫无破绽地带着她身边那稍显怯懦沉默的温婕妤和刚说上话的姚惜一道走了出去。

方妙被姜雪宁拉着走出一段后，还没回过神来，没忍住回头看了一眼，眼神中便露出了几分思索，竟凑近了姜雪宁问：“怕有人害你？”

姜雪宁脚步一顿，瞳孔微缩。

方妙手指里把玩着一枚有些古旧的铜钱，笑了笑，有些得意地道：“宫里面的事情左右不就这样吗？搜查仰止斋那回你把太后娘娘得罪得那么惨，眼下又是后宫的一帮女人，我要是你，我也躲得远远的。”

原来她不知道。

姜雪宁放松下来，拨开前面一条垂下的梅枝，笑道：“你也知道我近来处境算不上好，小心驶得万年船嘛。”

方妙心有戚戚焉：“是该如此。”

方妙固然也是花了些心思才被选入宫里当伴读的，但那是因为与家里面的姐妹较劲儿，争个头脸，将来嫁娶时能说入过宫当过长公主殿下的伴读，自然风光。可她从没想过留在宫里。

在眼下这种有后宫嫔妃在的场合，她也与姜雪宁一般，不愿意冒头，巴不得离那些是非远远的，是以乐得和姜雪宁到处走动，也不到那些娘娘身边凑热闹。

眼瞧着大半个时辰过去，梅园里欢声笑语，什么事情也没发生。姜雪宁不由得想，也许是自己想多了。这种事情哪能在光天化日之下做呢，那不也太明显了？

然而这念头才一出，梅园西南角那头便忽然传来一串惊呼，紧接着就有人叫唤起来——

“老鼠，老鼠！”

“娘娘您没事吧？”

“姚小姐怎么回事，这般不小心……”

……

宫人们尖叫的声音明显，远近赏梅看雪的人都听见了，一时全都惊疑不定，朝着声音的来处去看情况。

姜雪宁不由得同方妙对望了一眼。

两人也远远地跟在众人后头朝着那边走去，待得走近时便看见，是秦贵妃、温婕妤并姚惜几个人，大约是赏梅时瞧见了老鼠，都吓得不轻，那瘦瘦小小的温婕妤更是摔到了雪地上。宫人们都七手八脚地上去扶，秦贵妃更是皱起了眉头，轻轻埋怨起姚惜来。

姚惜张了张嘴，似乎有些惊讶，想要辩解什么的样子，但一看秦贵妃又没说出口，只得站在一边，模样有些惊惶。

看宫人去扶温婕妤，她也想去。

温婕妤在这后宫中位分不算高，又看秦贵妃待姚惜好，还笑了笑道：“姚小姐不必挂怀，谁都有被吓住的时候，我身子骨禁摔，没大碍。”

她这么一说，姚惜便松了口气。

然而温婕妤刚刚起身来，脸色便白了一些，似乎觉得腹内有些不适，竟然伸手捂住了自己的肚子。

宫人吓了一跳：“婕妤怎么了？”

温婕妤的神情还有些茫然：“腹内好像有些不舒服……”

她自己还没意识到，但周遭的妃嫔们已悄然色变。然而众人面面相觑，竟无一个在此刻开口说话。

温婕妤微微用力扶着丫鬟的手，这一下又觉得方才那种不适的感觉没那么强了，好像好了很多，便又笑起来，道：“没什么大碍，还是继续看梅花吧。”

姜雪蕙是同周宝樱等人走在一起的，瞧见这一幕却目光闪烁，没忍住道：“婕妤娘娘滑了一跤，衣裳都打湿了，还沾了雪泥。天冷风寒，便是铁打的人也扛不住，您还是先回宫换上一身暖和衣服，再叫太医看上一看，喝些热汤去去寒，再说赏雪的事吧。”她望着温婕妤，目光很是认真。

温婕妤这时似乎终于意识到了什么，身子轻轻地抖了一下，更为瑟缩起来，不由得看向秦贵妃道：“这位小姐说得也在理，我都忘了，这便回宫换身衣裳再来，失礼了。”

众人都连忙出言关切她，叫她赶紧回去。

姜雪宁却望着这温婕妤的背影，心底发寒。

果然，温婕妤走后还没两刻，便有小太监急急地跑到梅园里，擦着头上的冷汗来禀告：“不好了！启禀太后娘娘、皇后娘娘，温婕妤见了红，太医诊治是有了身孕！”

整座看雪轩内顿时一片倒抽冷气的声音。姚惜更是脸色煞白，一个不小心打翻了桌上的杯盏。

然而，此刻已经没人能注意到她的失态了。

过去的听闻与如今的经历，竟真的又对上了。

然而从听闻到亲历，感受却浑然不同。

过去，姜雪宁抱病之后只是极其偶然地听说后宫里有个位分不高的妃嫔小产，沈琅知道之后暴跳如雷，那一阵在朝堂上迁怒了很多人，一有触怒他之人便被革职，引得朝臣们颇为非议。

可她不知这妃嫔到底是谁。

如今却几乎亲眼所见，再想到先前秦贵妃带着温婕妤去叫姚惜，只觉寒气都袭上身来。

出了这样的事情，什么吟梅赏雪自然都黄了。

众人回到仰止斋后，都不说话。

前些日还对姜雪宁横眉冷对、冷嘲热讽的姚惜，这会儿像是被人抽了魂似的呆坐下来，好半晌都没说话。陈淑仪上来温声安慰，她竟两手捂脸，一下恐惧得大哭起来，连声道："我也不知道，不是我撞的，是有人在后面撞了我……不关我的事……"

谁不知道当今圣上子嗣稀薄，年将而立，却膝下无子。这后宫里连个皇子都找不出来，妃嫔们攒足了劲儿地想要为皇帝诞下长子，也许皇上一个心情好便将其封为储君了，从此母凭子贵，要风得风，要雨得雨，奈何肚子就是没动静。

到如今朝堂上的确传出了要立临淄王为皇太弟的消息，可毕竟八字还没一撇，若真有皇子降生，事情必定有变化。

偏偏竟遇上温婕妤这事！

若让圣上知道……

姚惜想起来，忍不住浑身颤抖，哭得更大声了。

萧姝坐在一旁皱眉道："你怎么这么不小心？"

还有人宽慰道："只等等消息，看婕妤娘娘有没有事吧。"

姜雪宁静默地看着，经历过曾经的她是知道答案的：后来都轮到沈玠登基了，何况她当时的确听过后宫有这传闻，温婕妤腹中的孩子多半是没有保住。

姜雪蕙却似乎有些怜悯，轻轻叹了一声。

接下来便没谁说话了。

仰止斋中只能听见姚惜那悲切惶恐的哭声，搅得人心烦意乱。

到天色将暗时，终于有一名前去打听消息的宫人跑了回来。

萧姝立刻站起来问："怎么样？"

姜雪宁也看了过去。

那宫人喘着气，目光竟一片激动与振奋："保住了！婕妤娘娘的胎保住了。太医院的大人说是发现得早，受寒也不重，万幸没出大事，只是往后要格外小心！"

什么？！

胎保住了……

姜雪宁脑袋里忽然“嗡”的一声，心里有一种说不出的感觉，不由得霍然回首向姜雪蕙看了过去。她并非不同情温婕妤，只是此时此刻的震惊远远超出了她的预料，她根本没去料想温婕妤这一胎能够保住！

直到这时她才意识到：这时和过去是有着巨大不同的。过去她入宫成为伴读后，根本不知道自己有萧姝这个潜在的对手，在宫中也不合群，更没有与沈芷衣成为朋友，也就根本没有引姜雪蕙入宫这件事！那么过去在赏梅的时候，是没有姜雪蕙在的；而如今，姜雪蕙不仅在，还出言让温婕妤早些回去找太医……

不同了，一切完全不同了！

如果温婕妤这一胎保住，如果孩子顺利诞生，如果生下来再是个男孩，那从今往后所发生的一切，与过去相比，都将有天翻地覆的变化！

第二十八章

惊世

近暮时分，两名大臣走在宫道上。回想起方才御书房中所议之事，却都有些沉默。过了许久，眼看前后无人，才有人开口。

“您说谢少师当时少说的那一个字，是有心呢，还是无意呢？”

“这谁能知道？”

“可我琢磨着当时虽没人提，但该不只咱们听出来了吧？”

“那不废话吗？”

“可怎么没人在朝上提呢？”

“你怎知没人提？”

最先说话的那人心头陡地一凛，似乎思考起来，震了震。

另一人拍了拍他的肩膀，仿佛是宽慰，却问：“你既也听出来了，为什么不在朝上提呢？”

那人回道：“我心里觉着，侯府太可怜了……”

另一人便叹了口气：“唉，这不就结了吗？”

那人还是有些没想明白：“我只是不懂谢少师到底是为了什么。”

另一人笑了一声：“你觉着谢少师是什么人？”

那人不假思索地道：“朝中能臣，社稷栋梁，运筹帷幄，深谋远虑。”

另一人便道：“那你觉着他会说这种话为自己惹祸上身吗？”

那人便愣住了。

这种事正常人想来都不会做，更何况是智计卓绝的谢危呢？

那人往深了一琢磨，也不知怎的便觉得有些冷。

冷风吹过，两人都将手揣进了官服的袖子里，渐渐靠近了宫门，出宫去了。

御书房中却还聚集着内阁一帮大臣。

天色暗下来，灯盏已经点上了。

周遭亮堂堂一片，明亮的光束照在沈琅那一张阴晴不定的脸上，他的双目却紧紧地盯着案上这几份打开的书信——从勇毅侯府抄获的书信！

朝中真正说得上话的几位内阁辅臣都垂首立在下方，微微晃动的光亮让他们拉长在地上的影子也跟着晃动。

内阁首辅严庭年事已高，眼皮耷拉着，已经有些困倦，看沈琅盯着那几封书信很久，掐算着快到宫门下钥的时间了，眼见旁边其他人都不开口，心里只好叹了一声，自己先开口道："这些书信都来自勇毅侯府与平南王逆党的联系，说不定只是为掩人耳目，也有可能是侯府受了逆党的蒙蔽。二十年前的事情了，岂有这样言之凿凿的？"

定国公萧远自打在查抄侯府时看见这几封书信，便心神不宁，这几天几夜来都没睡得太好，以至于一双眼底全是红红的血丝，看上去甚是骇人。

听见严庭说话，他按捺不住，几乎立刻就上前一步，此时声音明显有些恼怒："严阁老说得是，侯府与逆党有联系乃事实，二十年前平南王围京之变，我那孩儿七岁不到的年纪早就惨死乱党刀下！逝者已逝，他燕牧又不是不知道平南王与天教逆党乃置我萧氏骨血于死地的元凶，明知如此还与虎谋皮，心肠何等歹毒，其心可诛也！这些书信不过是为与平南王逆党的联系找些借口罢了，实则暗中勾结逆党，意图谋反！"

"够了！"

出人意料，沈琅今日的耐性似乎格外不足，才听得二人说了几句，他竟直接用力地拍了一下桌案，面沉如水，声音里透出些许阴森之意。

"书信往来是假最好，可平南王逆党之言假若是真又当如何？"

萧远对上了沈琅的目光，想到假若那孩子真的没有死，假若还真的被天教教首带走，这一瞬间忽然打了个寒战！

御书房中几乎都是朝中老臣，对二十年前那桩宫廷秘辛便是没有亲耳听闻过，可凭借蛛丝马迹也有自己的推测。眼下众人听沈琅之言，却个个噤声不敢说话。

外面寒风吹着窗户，拍打着窗纸，呜咽有声。众人的影子黑漆漆地投在墙上。

此时此刻，此地竟不像是议事的御书房，倒像是废弃的深山古刹，风声奔流，驰如山鬼夜哭，平白叫人觉着会有已经被封入棺椁的亡魂从坟墓里踩着满地鲜血出来向活人讨债！

谢危静静地立在角落，阴影将他的身形覆盖了一半。

众人都不说话了。

沈琅终于想到了他，将目光转过去，望着他道："谢先生怎么看？"

谢危这时才抬眸，略略一躬身，却道："二十年前平南王逆党之事，臣不甚清楚，倒不知这书信有何问题。想来若定非世子还活在世上，是老天怜见，当恭喜国公爷又有了爱子的消息才对。"

他说到这里时，萧远一张脸近乎成了猪肝色。

御书房中其他人也都是面色各异，但紧接着一想也就释怀了：谢危乃金陵人氏，自小住在江南，直到二十岁赶考才到了京城，对这一桩陈年旧事自然不清楚，这样说话，本没有什么错处。

谢危说完还看了看其他人的脸色，也不知是不是觉着自己不知此事不便多言，便将话锋一转，道："不过臣想，当务之急只怕还不是追究这几封信。臣今日看北镇抚司那边上了一道折子，说在京城周边的村镇上抓获了一批天教传教的乱党，有三十人之多，不知该如何处置？"

沈琅一听便道："抓得好！"

他站了起来，背着手在御书房里踱了几步，道："便将他们押进天牢，着刑部与锦衣卫交叉轮流审问，一定要从他们嘴里审出东西不可！勇毅侯府逆乱，天教乱党出现在京城外，绝不是什么巧合！"

于是谢危道："是。"

沈琅还待要细问，但这时候外头来了一名太监，附到司礼监掌印太监王新义的耳边说了几句话，王新义眼睛都瞪大了，一脸惊色与喜色，忙问了一句："当真？"

太监轻声道："太医院确定保住了，皇后娘娘才让来报，当真。"

沈琅便皱眉问了一句："何事？"

王新义眉开眼笑，手里拿着拂尘，走上来便向沈琅拜下，高声道："恭喜圣上，贺喜圣上呀！"

沈琅一怔。

御书房里众位大臣的眼神更是落到了王新义身上。

王新义便续道："披香殿温婕妤娘娘有孕，太医院刚刚诊过的脉，皇后娘娘着人来给圣上您报喜呢！"

沈琅整个人脸上的表情都变了，有一种难以置信的狂喜，竟没忍住用力地抓着王新义问："当真，当真？！"

王新义道："当真，您去看看可不就信了？"

这一刻沈琅哪里还记得什么国家大事？他抬手一挥，直接往御书房外面走去：“摆驾披香殿！”竟将一干大臣全都撇下了，带着浩浩荡荡的一群太监宫女，径直往披香殿赶去。

御书房里的大臣顿时面面相觑，只是回想起方才听到的消息，却又都神情各异。

谢危的眉头更是不自觉地蹙了蹙。但阴影覆在他的面上，谁也没瞧见这细微的神情。

慈宁宫中，萧太后终于重重地将手炉扔在了案上，一张脸上丝毫没有得知妃嫔有孕且保住了孩子之后的喜悦。

萧姝就立在下方，脸色也不大好。

萧太后咬着牙关道：“这么件事没能一箭三雕也就罢了，偏偏连最紧要的那一点都没能办到！”

萧姝不敢顶撞，对着这位姑母多少也有些敬畏，回想起梅园中发生的那一幕，只觉心底都沁出些凉意来，姜氏姐妹的面容交叠着从她脑海中闪过。她垂下了头，倒没有太过慌乱，只是平静地道：“原以为姜雪宁才是个不好相与的，没想到真正棘手的是她姐姐。”

萧太后有些恼羞成怒：“你先前说，玠儿所藏的那绣帕，极有可能是这姜雪蕙的？”

萧姝淡淡地道：“八成是。”

萧太后冷冷地道：“都是祸害啊。”

温婕妤有孕的消息像是长了翅膀一样，一下午就飞遍了整座后宫，人人虽不敢明面上议论，可大家相互看看脸色却都有些异样。

圣上可还没有皇子啊。

谁也不敢想温婕妤这一胎若是一举得男，将会在整个后宫造成怎样的震荡。

姜雪宁她们所在的仰止斋毕竟不是后宫，也就知道点表面消息，只听说温婕妤立刻被升了昭仪，圣上赐下来的大批赏赐流水似的送进了披香殿，太医院上上下下更是被圣上亲自喊过去教训，要他们从此尽心伺候温婕妤这一胎。

不，现在该叫温昭仪了。

得知温昭仪这一胎没出事，姚惜整个人松了口气，跟虚脱似的差点腿一软倒在地上。

众人都安慰她说，没事了。

姚惜才又发泄似的大哭了起来。

姜雪蕙则皱着眉头，冷眼旁观。

夜里回房的时候，姜雪蕙倒和姜雪宁一个方向，走在了一起。

寒风里，宫灯在廊上轻轻晃动。

姜雪宁仔细回想着白日里这位姐姐在梅园之中的敏锐，不得不佩服这才是孟氏所教导出来的世家小姐，心思实在敏锐，便道："姐姐这一回可要如愿了。"

姜雪蕙也发现自己这位妹妹从几个月前开始似乎就变得比以前聪明了许多，被她看破一些事情，实在也在意料之中，但并未有任何心虚表情，道："纵然我有所图，可毕竟也算救人一命。若心中有数却袖手旁观，那才是造孽。如今这般，也能算是两全其美吧。"

她倒是半点也不否认自己有私心。

姜雪宁道："温昭仪必定记得你，圣上若知此事只怕也要赏赐，不过你这般也算得罪人了。"

姜雪蕙倒是看得开："有所求必有所舍，人活在世上，哪能让每个人都看得惯自己呢？得罪便得罪吧。"

姜雪宁便笑了笑。她的房间靠前面一点，这时已经走到了，便停下脚步，望着姜雪蕙道一声"那便要祝你好运了"，然后也不多言，推开自己的房门便走了进去。

一如姜雪宁所言，不过是次日中午，就有一帮太监急匆匆地捧着各式的赏赐来到仰止斋，一些是温昭仪给的，另一些却是来自皇帝沈玠的嘉奖，称赞姜雪蕙聪明仁厚。那赏赐之丰厚，看得人眼睛发红。

同时，与之相对的还有圣旨上的另一句话，半点也不留情地斥责昨日同在场中且同为仰止斋伴读的姚惜，胆小失仪险些累得温昭仪腹中皇嗣出事，命她即刻收拾东西出宫，竟直接下旨将她逐出了伴读之列！

昨日还以为自己已经逃过一劫的姚惜跪在地上接旨时，整个人都蒙了。

传旨的太监走后，她才站起来走了两步，脑袋都是昏沉的。

众人都不知该怎样宽慰她。毕竟被选入宫中做伴读这件事有多不容易，众人都知道。可如今她竟然被圣上下旨斥责逐出宫去，传到京中高门，可算是丢尽了脸，往后名声都坏了，还怎么嫁人？！

姚惜恍恍惚惚，脚步虚浮。众人只看得她走到门前，要抬脚跨过那门槛，身子却晃了晃，竟然一头栽倒下去！

"姚姑娘，姚姑娘！"

一时众人都惊慌不已，连忙抢上去扶人。

姜雪宁却懒得做这表面功夫，只冷眼在旁边看着：姚惜与尤月旁若无人地谋划，欲毁张遮的名声以达成退亲目的、蒙心害人之时，可想过会有今日的下场？

因果相系，活该罢了。

她的目光从众人身上转开，却看向了这流水阁中另一个并未抢上前去扶人的人——萧姝。

萧姝与姜雪宁对视了片刻，又看了立在众人边上不显山不露水的姜雪蕙一眼，唇边的笑意浅浅的，道："阿惜的运气真是不好啊。"

姜雪宁心底冷笑起来，面上却附和道："是啊，很不好呢。"

这件事哪有面上看着那么简单？

香囊那件事时，萧姝便有意要除姚惜了。赏梅时秦贵妃主动拉了姚惜去，不久后出事姚惜面色不对，明显是想要反驳秦贵妃但不知从何驳起，也不敢；接下来姜雪蕙出言提醒，温昭仪回宫才知自己有孕。

这是一个精心谋划的局！

是有人比温昭仪更早地知道她有孕的事情，既要借此除掉温昭仪的孩子，还想要顺手除掉姚惜，没能捎上自己，可能还令这一局的筹谋者有些扼腕呢。

当然，温昭仪腹中的孩子无事，这恐怕才最令背后之人如鲠在喉！

只是此事中间牵扯的事实在是太多了，若往深了去追究还不知要陷多深。姜雪宁实不愿涉足其中。如今有姜雪蕙去搅和就足够了，她权当什么也不知道，只明哲保身，防备着别人害自己。

宫里面着实热闹了一阵。

听说沈琅乐得大宴群臣。

这恐是姜雪宁在百般危困之中听到的唯一的好消息：因为引姜雪蕙入宫，意外改变了温昭仪的命运，进而保住了温昭仪的孩子，皇帝的心情也没有变坏，也许处理起前朝的事情，比起曾经来多少会仁慈一些。

只是不知前朝的人是否能抓住这个机会……毕竟后宫危险重重，温昭仪的孩子能保多久，还是个未知数呢！

一则乐阳长公主沈芷衣尚被禁足，二则仰止斋中出了姚惜这么件事，三则勇毅侯府出事宫内宫外都不平静，温昭仪受封赏后没两日，宫中便暂时遣散了仰止斋的众伴读，让先回家去，等长公主殿下解除禁足了再入宫。

但独独留下了姜雪蕙一个，说是温昭仪娘娘交代的，请姜雪蕙去披香殿住上几日，说话解闷。

这明摆着是因为梅园那件事，姜雪蕙得了温昭仪的青眼。

众人也羡慕不来，得了命后，便都收拾行囊出宫。

旁人多少有些忐忑难安，姜雪宁却为此长舒了一口气。旁人出宫后都回府了，她想起的则是勇毅侯府危难之际只怕也正是用钱之际，心念一转，便吩咐车夫先打道去锦衣卫衙门。

今日正该周寅之当值，一见到她来便知道她的目的何在，亲自将闲杂人等屏退，以探监的名义带着她去了尤芳吟的牢房。

尤芳吟正对着那一扇窗透进来的天光读书。

姜雪宁以为与往日一样，她看的该是账册，没想到走过去一看，竟是一本《蜀中游记》，看名字像是介绍蜀地风土人情的。她顿时有些惊讶，问："怎么忽然看起这个来？"

尤芳吟识得的字不多，因此看得很吃力，但也格外全神贯注，姜雪宁走到身边来她才察觉，还吓了一跳。

然而下一刻她便喜笑颜开。

姜雪宁从未在她面上看见过这样灿烂的笑容，一时还有些愣怔。

尤芳吟咬了咬唇，道："上回二姑娘说的事，芳吟仔细想了想，已经找到法子了，顺利的话，不出两月便能离开伯府。"

姜雪宁愣住："当真？"

尤芳吟睁大眼睛，用力地点了点头。

姜雪宁还有点反应不过来，下意识地道："什么法子？"

这一时，尤芳吟似乎有些忐忑，面颊上也忽然绯红一片，声音细如蚊蚋地说了什么："就是……"

姜雪宁没听清："什么？"

尤芳吟终于鼓起了勇气，声音变得大了些："我要嫁人了。"

姜雪宁感觉自己被雷劈中了，眼皮直跳，有一种不祥的预感。她一句话也说不出来。

尤芳吟却生怕她误会，连忙摆手解释："您别担心，我找的是蜀地那位任公子，不是真嫁人，是假成婚。我同他立了契约，待到蜀地之后便可和离。届时芳吟便是自由之身，可以离开伯府，安心为您做事了！"

立契约，假成婚！

姜雪宁目瞪口呆，不敢相信自己听见了什么：这惊世骇俗的法子只怕是她曾经所认识的尤芳吟都不敢想吧！这人胆子也太、太……

骤然得闻消息，姜雪宁一时难以消化。

呆滞了好半晌，她才用一种做梦般的语气喃喃地问道："怎么回事？"

尤芳吟这才讲述了前因后果。

整个事情其实一点也不复杂。

在上一次听姜雪宁分析过她在家中的处境之后，尤芳吟便忍不住冥思苦想，有什么办法能让自己安全地离开伯府。逃跑之后她也许会被抓回去，下场更惨；单独立一户，她还没有这样的能力，更别说是"女户"了。她想来想去，自然而然就想到了"嫁人"两个字上。

她找个人嫁了不就能名正言顺地离开了吗？

可她找谁来娶自己呢？

再有，女子历来是"在家从父，出嫁从夫，夫死从子"，若是她嫁出去后与在家中是一样的状况，甚至比在家中还要糟糕，那岂不是白费功夫？

所以，假若这个娶她的人够好，或者够配合，是最好不过的。

那天晚上，尤芳吟便把自己认识的所有男子的名姓都写在了纸上，一个个地想，甚至包括伯府门房家的老大王安。然而他们都不可能娶她。最终留在纸面上没有被划掉的名字只有一个，那便是任为志。

看着这个名字，尤芳吟一双眼越来越亮，脑海里做了一番构想之后发现，以她有限的交游来看，再没有比这个更合适的人选了！

第一，任为志缺钱，有求于她。

第二，远居蜀中，嫁出去之后她便能远离伯府的视线。

第三，她姐姐尤月也正想要入任为志的盐场的干股。

第四，任为志像是个好人。

她从来知道自己没有聪明的脑子，只能用这种极其笨拙的方法把自己所能想到的理由一个个地写下来，然后将这一页纸压在心房上，一晚上睁着眼睛也没能入睡。

因为，她心里生出了一个前所未有的大胆计划！

只要她能离开伯府，就是好事；只要能为二姑娘做事，就是好事。什么女诫家训、世人议论，她哪里又顾得了呢？

于是，在与任为志谈盐场生意的那一天，尤芳吟也与他谈了一桩关于终身的生意。

姜雪宁直到现在都还有些没缓过神来："那任为志什么反应？"

尤芳吟的脸颊有些红了，她似乎不大好意思，声音也小了下来，道："好像愣了很久，也不大敢相信。可我手里毕竟有姑娘您给的钱，他不认人也得认钱吧，所以在屋里面走了好几圈之后，还是坐下来问我原委了。我便一五一十地告诉他了。"

说到这里时她想起什么，忽然连忙摆了摆手："不过跟姑娘您有关的事情我一句话都没有提，他也还不知道。最后走的时候他同我说，便是要假成婚，也是终身大事，不敢儿戏，更不敢莽撞地答应我。所以叫我将此事放上几日，一则他需要冷静下来考虑考虑，二则也希望我回去之后仔细想想，若我几日之后还不反悔，他才敢说答应不答应的事。"

这般听来，任为志倒是个君子了。

姜雪宁想也知道，万两银票在前，娶了这么个傻姑娘，盐场便大有起死回生的机会，而且芳吟长得也不赖，性情也好，尽管在伯府处境不好，可论出身也算是官家庶女，配他一个商人出身是绰绰有余的，想想答应下来无甚压力。可这人还尽力劝尤芳吟回去再想想，算是不差。

只是想归如此想，姜雪宁终究从未听说过这样的事情，心里的担忧压过了其他，又问："现在他答应了？"

尤芳吟点了点头："答应了。"

她又补充道："他家中并无父母，事情皆是自己一个人说了算。他已经同我说好，成婚后便是名义夫妻，不敢相犯，也不必强要半年这样久，待到了蜀中安顿好之后，只要我提便可和离；若一时半会儿没能安顿好的话，我便先住在他的家宅之中，待安顿妥当再说。我同他已经立字为据，就看他什么时候去提亲了。"

尤芳吟在伯府只是个不受宠的庶女，只怕家里人都不会在她的亲事上多花时间。

伯府内里如何，姜雪宁略有了解。且尤月也指望着从任为志这里赚钱，大约会借这一桩亲事索要点什么，那也没关系，都给她就是，事情并不难办。

姜雪宁久久无言。她忍不住用一种惊叹的目光注视着眼前这在外人眼中木讷、胆小甚至有些笨拙的姑娘，一时竟忽然想起了两个词：大智若愚，内秀于心。可她转念一想，若尤芳吟的确是个计较得失、瞻前顾后的"机敏之人"，只怕是一辈子也不可能做出这样胆大的决定的。

越是一根筋的人，越容易做出非常之事来。

今日她来，本意是想问问任为志那边的事情办得怎么样了，却被这消息当头炸过来，以至于接下来尤芳吟同她讲正事，她都觉得有些恍惚。

一万两的干股已经成了。任为志也已经答应了这干股可以转让他人。且尤芳吟那姐姐尤月竟也出了两千两之多入了股。

事情进展得极为顺利，局已经布好，只待后续了。

眼看天色不算早了，姜雪宁与尤芳吟坐了一会儿，想想其实还有很多话想说，可又不知该怎么开口，便道："今日我才出宫来，宫里面正乱着，接下来一段时间都不用入宫伴读，只在府里听诏，倒多的是时间说话，过些时候我再来看你。"

尤芳吟便起身送她。

周寅之也在门口等候，带她走出牢房后也将她送到了门外。

马车还在外面等候，车夫看见她便问："姑娘，回府去吗？"

姜雪宁下意识地点了点头，可等坐到车上之后眉头却紧紧地皱了起来，无论如何都觉得不放心，越想心里便越觉得这事听上去怎么跟天方夜谭似的不靠谱？

"不行，这任为志我连面都没见过，万一是个骗子呢？"她的眉心拧出一道竖痕来，想尤芳吟这姑娘傻傻的，想了半天，眼看着马车都要转上回府的那条道了，她忽然便撩了帘子道，"先别回府了，去一下蜀香客栈。"

本来她应该尽量避免与这件事沾上关系。毕竟有先前生丝生意留下的隐患在，她还不知道背后究竟有谁在窥伺，贸然掺和进来，暴露自己，会很危险。

可眼下她也顾不得那么多了。这任为志，她非要看看不可！

车夫自然有些惊讶，可也知道姜雪宁在府里是跋扈脾气，心里虽然嘀咕这天色已经快晚了，若不回府只怕引家里人担心，但也不敢说出来，索性把鞭子一甩，催得拉车的马儿脚程再快上一些。

没一会儿到了蜀香客栈，姜雪宁便下车向里面走去，直接指名道姓地要见任为志。

还是楼上那间客房，任为志是第一次见姜雪宁，着实吃了一惊。

开门迎她进来后，整个人都有些惊讶，看她穿着打扮也不像是商人，所以他很是困惑，不由得问："不知姑娘找在下是有什么事？"

姜雪宁却皱了眉没说话。她盯着任为志上上下下看了三遍，皱紧的眉头也没松开，甚至连他的问题都没有回答，迈开脚步，绕着他从左边走到右边，又从右边瞅到左边。

任为志忽然觉着自己像是那摆在架上的猪肉，而眼前这位姑娘怎么看怎么像是那些个刻薄挑剔的客人……

任谁被这么打量一圈都会不自在，任为志也一样，背脊骨上都有一种发寒的感觉，咳嗽了一声，再次小心地询问道："姑娘？"

姜雪宁的脚步这才停了下来。

看模样这任为志倒也有些气度，五官生得不错，只是更像个书生，反而不像是商人。也难怪他家里的盐场会倒了。

不过人看着似乎还行的样子，可……她为什么就不是很乐意呢？

这人居然要娶芳吟。

姜雪宁确认了一下："你就是任为志？"

任为志还有点蒙："是。"

姜雪宁眼神里透出了几分苛刻和审视："你同芳吟立了契约，要娶她？"

任为志终于回过味儿来了，原来她是为这事来的！可先前尤姑娘似乎也没提过伯府里谁和她关系好，眼前这位姑娘也许是她娘亲那边来的亲戚？难怪对方看他的眼神特别像是为自家女儿相看夫君的丈母娘。

他唇边的笑容有些僵硬，额头上也冒了汗，这时便有些尴尬，讷讷地道："是。"

于是姜雪宁停了停，有一阵没有说话。

天知道她脑海里都在转什么念头。

这任为志可是个倒霉鬼啊，拿了钱回去搞卓筒井之后没多久就遇到了波折，盐场出事被烧了个干净，这人终于被命运逼到角落，走投无路上了吊，成了个吊死鬼。

如今姜雪宁投了钱给他，若能间接通过尤芳吟提点他几分自然也会提点，毕竟自己也有钱在里面。可这种事情天高皇帝远，鞭长莫及，蜀中的事情怎么出，她是不可能控制得了的，后面要真出了事，也实在不稀奇，她觉着自己提醒到了便成，剩下的得看老天，没想过一定要怎样。

可芳吟这傻姑娘，脑袋一拍就要跟他假成婚！

若事情与曾经一般没有改变，这任为志又跑去上吊了怎么办？

她家芳吟岂不成了遗孀，要守寡？

等等——遗孀？

姜雪宁脑袋里一个念头忽然闪过，她抬眸看着任为志的目光忽然变得古怪了几分：眼前这倒霉鬼若真的上吊死了，往后至少盐场是要留给遗孀的啊！那我们芳吟岂不是很快就能家财万贯直接暴富？

咯咯，当然她只是想想，只是想想而已。

姜雪宁的态度忽然变得和善了一些，面上也挂上了前所未有的和善笑容，十分有礼地向任为志一抬手，请他坐下："任公子，我们坐下聊聊？"

谢府，斫琴堂。

谢危今日提前从宫里回来，但既没有看书处理公务，也没有斫琴调弦，而是低垂着眼帘，自己亲自一点一点地收拾起那用树干根部雕成的茶桌，心无旁骛，沉静极了。

沏茶用的水也早已在炉上烧好，咕嘟嘟地往外喷着热气。

他这模样一看就是在等人。

待他将这一张茶桌收拾干净了，外头的脚步声便也传了过来，剑书引了一人走近，在门外禀道：“先生，公仪先生到了。”

★

公仪丞已经是五十多的年纪了，一张脸十分瘦削，身材也似枯枝般干瘦，外表看上去平平无奇，下巴上留了一撮山羊胡，一双眼睛倒透着些看透人心、精于筹谋的老辣，一身灰布袍子穿在身上，甚至透出些陈旧，让人很难相信这样一个不起眼的人竟是赫赫有名的天教二先生之一，一位跟在教首身边地位极高的谋士。

他入天教快有三十年了，跟在教首身边所经历过的事情更是数不胜数，可以说早已见惯风云，处变不惊了。只是当谢危的人找上门来，请他过府一叙时，这位老谋深算的人精依旧嗅出了几许不寻常的意味。

公仪丞倒不怕谢危。毕竟教首虽养此人二十年，甚至将其收为义子，似乎视同己出，极为信任，可谢危毕竟身世特殊，这种信任究竟到哪种程度，只怕不好妄下断言。他只是有些嫌麻烦。但人都已经找上门来了，他哪儿能不去？

且待在京中这段时间，公仪丞着实发现了一些不大好的端倪，也正琢磨着找个恰当的时机敲打敲打谢危，好叫这人记住什么才是自己的本分。

所以，他还是来了。

“请进。”斫琴堂内传来谢危淡淡的一声。

一如公仪丞在金陵偶尔见着对方时一般，这些年来谢危倒没什么改变。

心里头一念转过，他便走了进去。

剑书立在门外，没有进去。

斫琴堂外有些昏暗的光线从窗沿上照入，谢危穿着一身雪白的道袍，只用了一根乌木簪束发，倒有大半披散在身后，透出一种在家中的随意和闲适感。

一应茶具已经备好。

他抬头看见公仪丞，请他坐下，笑了笑：“前些日听闻公仪先生到了京城，我还有些不信，想先生若来京城多半会告知谢某一句。没想到，先生是真的来了。”

天教的核心势力都在南方，京城处北，朝廷的力量深厚，越往南控制越弱，也正适宜天教传教，发展势力。

公仪丞便常在金陵。

至于京城，则一向是天教力量薄弱之地。但从谢危几年前上京赶考参加会试开始，尤其是四年前回到京城筹谋着助沈琅登基之后，这样一个人便成了天教打入朝廷的暗桩，甚至这些年来越发壮大。天教的势力也因此得以在京中暗中发展，到如今已经颇具规模。

只不过在这里，谢危才是话事人。

按理说，同是教中之人，公仪丞来到京城，无论如何该给谢危打上一声招呼，可他没有。

公仪丞落座在谢危对面，此刻便抬了眼打量他，似乎是在揣摩他这一句话背后藏着的深意，然而开口时却异常直接："教首有命，事急在身，忙于应付，一没留神忘记了。何况你不是早就知道了吗？"

谢危将滚烫的水注入了茶盏之中。

公仪丞看着那流泻的泛着白气的水，淡淡地道："到了这京城，到处都是耳目，教首的事情吩咐下去尚有人要问一句该不该请你示下，哪儿用得着我来知会你？"

谢危执着壶的手顿了顿，道："公仪先生言重了，天教上下皆奉教首为尊，有命必从，有令必行，教首待危恩重如山，危岂敢僭越？"

公仪丞冷冷地笑了一声："是吗？"

谢危将那烧水的壶放回了炉上，脸色倒没变，转过来还为公仪丞斟上了茶，道："危自问并无有损天教之所为。"

公仪丞的目光忽然变得锐利了一些，他站起来，踱了两步，从一个比较高的位置俯视着谢危，竟道："那通州、丰台两营外面的事又怎么解释？"

谢危饮了口茶，挑眉："什么事？"

公仪丞看着他这淡然似乎不知事情原委的模样，终于觉得一股怒气从胸中生起，声音也变得尖厉了几分，斥道："狗皇帝一着棋错要对付勇毅侯府，可煽动民心引得天下纷乱，更能借此拉拢军中势力，壮大我教，实乃颠覆朝廷的天赐良机！可先后派去三拨人都如泥牛入海没了音信，过后不久竟在码头的芦苇荡里找到尸首，悉数被人截杀！你会不知情？！"

大约是今日沏茶用的水太烫，沏出来的茶汤滑过舌尖，留下的却是几分发涩的味道。冬天了，春天的新茶都搁陈了。

谢危慢慢放下了手中的茶盏，抬眸时对上公仪丞的目光，微微笑了起来："哦，还有此事？自公仪先生入京后，教中之事危都不敢插手了，一应事务都由先生在打理，倒还真不知道出了这样大的事情。可查到是谁做的了？”

四目相对，谢危的目光与神情都平和极了，公仪丞却紧紧地绷着，整张脸都透着一种难以言说的凝重。

纵然从来井水不犯河水，可公仪丞似乎总与谢危不对付。他觉得教首这一步棋就是下错了，当年就该斩草除根，不该留下这么个人，还任由他到了天教如此之高位，更放他到了这天教势力难以深入的京城！

这是引狼入室，又放虎归山！

公仪丞道：“那可真是奇了。敝人还以为度钧与勇毅侯府毕竟关系匪浅，此次那小侯爷行冠礼你还亲去为其加冠、取字，看着还像是念旧情的模样，进而以为你对天教的计划有所不满，暗中阻挠，觉得教首太过残酷呢！”

谢危道：“公仪先生误解了。”然而他说这话时却并未直视着公仪丞，而是转头去看庭院里凋敝的草木，接着便起身，负手到窗前，“我的志向与教首的志向一般无二，公仪先生在教中这么多年，我之所为，该是早有所知的。”

“那是以前敝人自以为知道罢了。如今到了京城，须知人心易变。”公仪丞笑得嘲讽，“朝野上下乃至整个京城的人都知道‘谢先生’很受圣上青睐，不久前甚至已经执掌了翰林院，地位越发稳固。只怕再等上两年，不仅有帝师之名，只怕连帝师之实也快了！荣华富贵迷人眼，谁还能记得当年发过的誓、立下的志？”

窗棂上有着精致的雕花，颇有几分江南情调。只是江南没有这样冷的朔风、这样大的白雪。

边上搁着一只花觚，然而这时节并无什么新鲜的花枝，插在里头的只是三支箭。

谢危伸手拿起一支来。入手沉重，箭镞乃以玄铁打成，箭身上描着细细的银纹，箭羽却是两片精致的金箔，嵌进箭尾。这种乍一看有些华而不实的东西，一看就知道大约是朝中哪位同僚所赠的玩意儿。

他手指轻轻地转了转，这一根箭也跟着转了转。

谢危道：“公仪先生这般言语，便是不信我了。如此说来，宫里玉如意一案，也是先生的手笔了？”

献给萧太后的玉如意上刻着逆党妖言，一桩风波闹下来折损了他在内宫中的布置，三两年心血毁于一旦，竟被逼得断尾以求自保！这一笔账，他可都还没算呢！

话说到这里，总算是有了几分刀光剑影的针锋相对之感。

公仪丞一听便大笑起来。他一掀衣袍，重新坐了下来，端起茶，却阴沉沉地道：“我坏了你的布置，动了你的人手，你果然是心中有不满的！”

谢危来到茶桌前方，背后便是那一堵空荡荡的用以面壁的墙，道：“旁人有所求，才会受我拉拢。在宫里面当差的，大多是贫苦人出身。勇毅侯府更是一门忠烈，保家卫国，称得上社稷栋梁。公仪先生辅佐教首多年，出谋划策，运筹帷幄，也曾传教布道，今来京城却先闹玉如意一案，风波牵累众多无辜之人，又要陷侯府于不忠不义之地，置其满门性命于不顾。敢问先生是否记得当年发过的誓、立下的志？”

“好、好！可算是说出真话来了！”公仪丞忍不住拊掌，但注视着谢危时眼神多了几分蔑视，“数月前教首派我秘密来京中了解情况主持大局的时候便有过担忧，一怕你富贵迷了心，二怕你与侯府牵扯太深妇人之仁！我本想你是个顾全大局之人，未料竟全被教首言中！”

谢危回视着他，没有接话。

公仪丞的目光冷冷的，连声音里都透出几分寒气，道：“你可不要忘记，当年是谁饶过你一命，又是谁让你有了如今的一切！你既知天教待你恩重如山，形同再造，便该知道自己在什么位置！教首要做的事，岂有你置喙的余地？！”

谢危依旧不言。那一根箭在他的指间，毫无温度，唯有那金色的箭羽映着越发昏暗的天光，折射出些许光亮。

公仪丞的口吻俨然已不是相谈，而是训诫了，且自问比谢危年长，在天教资历比谢危深，有资格教训他这么一顿，言语间甚至有了几分威胁警告的意思。

此次之后谢危必将失去教首的信任，是以他也不将谢危放在与自己同等的位置上了，凛然道：“扶危济困，天下大同，不过是招揽人心的教义。为成大事，牺牲几个微不足道之辈，牺牲一个勇毅侯府又算得了什么？乱世之中，圣人也不过是个废物，这天下唯有枭雄能够颠覆！”

乱世中，圣人也不过是个废物，这天下唯有枭雄能够颠覆。

谢危久久没有说话。直到手中执着的那一支箭上的金箔箭羽不再折射天光，他才慢慢地道了一句：“你说得对。”

公仪丞说了许多话，终于端起茶来喝了一口，润了润嗓子，都不回头看一眼他的神情，道：“从今往后，京中的教务你便不要再插手……”

话才刚说到一半，他脑后陡然一重！

竟是谢危不知何时走到了他的身后，一只手伸出来，毫无预兆地用力按住他的脑袋，压着撞到了那茶桌之上！

“噼里啪啦！”

茶桌上堆着的茶具顿时摔了一片！

公仪丞年事已高不说，更没有想过今日自己到谢危府上会遭遇什么危险，因为他根本没去想过谢危在天教多年，敢做出什么惊世骇俗之事来，完全反应不过来！

一切都在瞬息之间！

谢危面无表情，手里那支箭冷酷地穿进了公仪丞的脖颈，玄铁所制的锋锐箭矢从喉咙前穿出，力道之大竟将人钉在了桌面之上，颈侧的血脉爆裂喷出大股的血，溅在了他一身的白衣上！

“咕噜……”公仪丞的喉咙里发出了一些意味不明的怪声。他两只眼睛都因为惊恐瞪圆了，疯狂地挣扎着，伸出手来，死死抓着谢危按住自己的手，也捂住自己的喉咙，似乎想要以这种微弱的努力来挽救自己流逝的生命。

然而这一切在这漠然的人眼前是何等徒劳！

不甘心，不敢信，公仪丞嘴里都冒出血来，死死地瞪着他：“度钧！你……”

然而他的声音模糊极了，也让人听不清楚。

谢危似乎有些恍惚，还是那般，慢慢地、轻声细语地道：“你说得对，圣人成不了事，这天下要的是枭雄。守规矩的人，走得总是要艰难一些……”

那么，他还守什么规矩呢？

旁人做得的事，他也做得，且还会做得比旁人更狠、更绝！一如此刻！

在生命的最后，公仪丞终于意识到了什么，也意识到了谢危这番话底下的意思。然而他已经没有细想的时间了，后悔也晚了。

他脖颈里冒出的鲜血不再如先前一般急，就像是原本喷涌的泉眼慢慢干涸了一般，变得平和。

茶桌上下，淌了一片血。

公仪丞渐渐没了气。

犹带着温度的血从谢危的脚底下漫过去，他却没有挪动一步，直到手底下这具干瘦的尸体没有了动静，他才慢慢地放开手。

圣人的面孔，满手的鲜血！

他转过身来时，雪白的衣裳上一片触目惊心的红，抬眸便见门口的剑书骇然地望着他。

谢危走过去，拿起案上的一方干净巾帕擦着手，淡淡地道：“收拾一下吧。”

★

吕显来串门的时候，只见谢危已经坐在窗边上，正在看外头的风景。

天色昏暗，屋里面点着灯。

他毫无防备地直接从外面走了进去，张口便要同谢危说话，不承想目光一错竟瞧见满地的血，被昏黄跳动的灯光照着狰狞极了，平日里沏茶的桌上还钉着具死不瞑目的尸体！

吕显的面色都白了，身子摇摇晃晃，脑袋昏昏沉沉，直接就从房里退了出去，背过身扶着门框，差点没吐自己一身！

“公仪丞怎么死了？！”

事关重大，剑书同刀琴在里头收拾。

谢危手上的血还没擦干净，他转过头看了吕显一眼，道：“我杀的。”

吕显头皮登时发麻：“不是请他过府一叙吗，大家井水不犯河水，你杀他干什么？！”

谢危道：“可河水要犯井水。”

吕显崩溃：“你疯了！”

谢危垂眸看着自己染血的指缝，嗅着屋子里的血腥味儿，眼底透出几分厌恶之色，道：“我请他来便没打算让他活着走，一言不合，杀便杀了。”

吕显听见这句话，终于冷静了些：“你有计划？”

谢危道：“没有。”

吕显深吸了一口气，似乎在忍着什么，但还是没有回头去看：“你是天教中人，人是你请到府里来的，他现在还在京城，出了事你怎么逃得了干系？你拿什么跟天教交代？！”

谢危的神情平静极了：“不知道。”

“不知道？！”吕显跳了起来，一张斯文的脸孔都被今日这骇人听闻之事搞得有些扭曲起来，忍无可忍地朝他咆哮，“没有计划，不知道怎么交代！可你竟然把人杀了！你大爷的，谢居安，到底是你中邪了还是我中邪了？怎么办，怎么办？！你怎么敢做出这种事来！”

他的声音实在很是聒噪。

谢危终于轻轻蹙了眉，道：“你慌什么？”

他慌什么？！

谁遇到这种事能不慌啊？！

在吕显看来，谢危绝对不是什么冲动之人，也绝对不该做出这样的事情来，在京中这些年的布局谋划，桩桩件件都是心血堆砌，一个闹不好便会前功尽弃！

吕显甚至觉得有些愤怒。

他冷静不下来，转头想盯着谢危讲话，然而脑袋微微一侧，就瞥见谢危那一身雪白的衣裳上触目惊心的鲜血，又觉得一阵眩晕，脚底发虚。

于是这满腔无从宣泄的暴躁便向屋内的刀琴、剑书发泄过去。他愤愤地叫嚷：“你们两个别收拾这屋了，先把你们家先生拖下去换身干净衣裳再来！”

剑书不解地抬头：“为什么？”

吕显举起一只手来挡在自己的脸边上，生怕自己再见着屋里的场面，气急败坏地跳脚：“还为什么？老子晕血！”

★

姜雪宁从蜀香客栈离开时，终于放心了几分。

从头到尾她都没有自报家门，只问任为志许多话，也同他聊些蜀地的风貌，了解了一下盐场的情况，偶尔也提一下尤芳吟，同时暗中观察着任为志的神色。

不得不说，尤芳吟这姑娘，傻归傻，直觉还真是不差。

科举场上虽然屡屡失利才继承了家业，可任为志毕竟算个读书人，说话斯文，教养不错，倒没有商人的奸猾市侩。别说只是假成婚，便是真做夫婿他也够格的。

重新上马车时，她回头看了一眼客栈楼上那尚亮着的灯盏，脸上终于真心地挂上了几分轻松的笑容。

不过这般先去了锦衣卫牢房看尤芳吟，又打道蜀香客栈与任为志相谈，路上耽搁下来的时间可不少，待她回到姜府时，天都已经黑尽了。

姜伯游与孟氏在屋里等得有些焦急。

府里下人一路拎着灯笼送姜雪宁到了屋前，她便走进去，先躬身告了罪，道：“女儿路上办了些事，回来甚晚，让父母担心了。”

孟氏张口便想要说什么，却没想到姜伯游抢在了前头，道：“勇毅侯府的事情刚出，官府更是又抓了一批天教的乱党，如今的京城谁都不敢出门了，你这大晚上的还在外面溜达，像什么话！”

姜雪宁垂眸不言。

孟氏叹了口气，如今对姜雪宁的态度倒是少见地和乐，竟反过来劝姜伯游：“宫里宫外都是这么大的事情，你都吓得不轻，这会儿便别吓孩子了。你不是还说要问问宫里的情况吗？”

姜伯游这才作罢。

他也是久等姜雪宁不回，才有些着急上火，倒也没有斥责她的意思，所以很快平复下来，转而问她宫里到底什么情况。

第一是遣散了伴读，第二是单独留下了姜雪蕙。

姜伯游与孟氏都知道宫里出了件大喜事，披香殿的温婕妤怀有身孕被晋为昭仪，也听说姜雪蕙立功得了赏赐，却不清楚其中具体的细节和原委。

姜雪宁便一一道出当时梅园中的情景，包括后来姚惜倒霉，姜雪蕙得到赏赐且得到温昭仪青眼的事情也说了。

姜伯游道：“未必是什么好事。”

孟氏也叹了口气：“木秀于林，风必摧之，这般有些打眼了。”

姜雪宁心道你们可太小看姜雪蕙的本事了。

只是她心里这么想，嘴上却没说。

姜伯游摇着头道：“我倒宁愿她好好的，和宁姐儿一般回到家里来，这多事之秋，宫里钩心斗角，背后之人能害人一次便能害两次，上回倒霉的是姚家姑娘，焉知下回不会轮到蕙姐儿？”

孟氏皱紧了眉头，却还想得开些，道：“蕙姐儿自小谨慎些，只能想昭仪娘娘这一胎格外得圣上重视，阖宫上下必不敢懈怠。圣上都为此遣散伴读了，宵小之辈未必有可乘之机。若昭仪娘娘他日真诞下龙子，蕙姐儿又能得娘娘青眼，也算是富贵险中求。天底下哪儿有白掉的馅饼呢？”

姜雪宁心道，正是此理。

可大约是她有一会儿没说话，显得有些沉默，倒让人误以为她心里拈酸，情绪低落。

孟氏竟反过来宽慰她道：“不过宁姐儿你也别丧气，勇毅侯府方出事，我们两府毕竟暗中谈过婚约，宁姐儿你低调一些也好。一门上下同荣辱，有蕙姐儿在前面撑着，往后你也能从中得益的。”

孟氏固然有些不喜宁姐儿往日的做派，可蕙姐儿能入宫靠的还是宁姐儿，她到底还记得自己乃姜雪宁的亲生母亲，不至于太过厚此薄彼。更何况是这样艰难的时候？一门上下，一荣俱荣，一损俱损，万不能在这种时候离心离德。

姜雪宁却有些古怪地抬眸看了她一眼。孟氏到底是把一门的荣辱放在前头的，此刻对自己这般和颜悦色，若是曾经，她一颗心或许便软了，眼眶也要跟着红起来。可重走“平行世界”，姜雪宁竟觉得没什么太深的感觉，好像孟氏对自己好也好，坏也罢，都很难让她有什么更大的情绪波动，更何况不过是这样一句不痛不痒的宽慰呢？

她平淡地应了一声：“是。”

姜伯游却打量着她的神色，看出她的冷淡来，在心里叹了一声，却不好说什么，反而想起件事，转头对孟氏道：“我有话要单独跟宁丫头交代，你先回房休息去吧。”

孟氏顿时一愣。他有什么话是不能当着她说的吗？心里忽然又有了一点不满的情绪，可话是姜伯游说出来的，她也只好强压下心头那一点不快，先离开回了房去。

在她走后，姜雪宁便抬起头来，看向了姜伯游。不用姜伯游说，她都知道是什么事，这时心跳不由得快了些，问："是先前托父亲的事已经办好了吗？"

"上回你交给我的那几箱东西，贵重是贵重，只是兑当得太急，难免被人趁机压价。为父也不想贱卖糟践了侯府旧日的好东西，是以只处理了一半。另一半我叫账房抬进了我们府库，算了算中馈，从府里拿了一万八千两银子出来，算是抵价由府里买了。"

姜伯游捧了只匣子来，放到姜雪宁面前："一共凑了三万两，你看看，都在这里了。"

三万两。

要知道，便是把整个清远伯府掏空，恐怕也未必立刻就能拿出三万两银子来。燕临这些年给了她多少东西，可见一斑。

姜雪宁打开那匣子，略略一点，里头都是一色的千两一张的银票，厚厚一沓三十张。

她低低地道："父亲费心了。"

姜伯游道："勇毅侯府与我们也有故交，能帮上一些则帮上一些。只是侯府这案子很快便要交到三司会审，若是备着往后接济还好，若是想要疏通关节，恐怕……"

姜雪宁道："女儿有数，不会乱来的。"

她话虽是这么说，姜伯游也的确觉得她近些日子变得有主意了一些，甚至用官场上的话来说，是……城府深了些。便说这一次宫里面温昭仪在梅园这一桩事，他方才听着宁丫头的言语总隐隐觉得她是早早看破了这局的，只是并没有搅和进去，也没有要出这风头罢了。

可朝堂上的事情，他还是不免担心，当下免不了又叮嘱了姜雪宁几句，怕她一个人拿着这样大一笔钱，闹出什么事来。

姜雪宁又是一一应过，这一回倒并不是没将姜伯游说的话放在心上，相反，她知道姜伯游的告诫都是对的。勇毅侯府的案子由三司会审，圣上亲督，哪里那么容易疏通关节？一个不小心出点错都要人头落地。

只是朝廷也从来不是铁板一块，缝隙总归是有的，只看她仔细不仔细，能不能找到了。若论消息，只怕再不会有一个人比现在的郑保更灵通，只是她人在宫外，与宫内联系不便，便是有这么个人，此刻也用不上。

宫外则只有周寅之。

姜雪宁从姜伯游这里拿了钱后，自己又贴了那张琴的三千两进去，总共有银子三万三千两，次日便找上周寅之，探听如今勇毅侯府一案的情况。

周寅之虽已经是锦衣卫千户，这时也只能苦笑，道："案子已经交到三司，锦衣卫这边只得了一个与刑部一道审问犯人的职权，要过问上面的事情却是无法了。何况千户之位也太低，顶多能进到牢里，替二姑娘照拂几分，然而也不能顾周全。且刑部原本的郑尚书离任，原河南道御史顾春芳这两日刚刚上任，锦衣卫与刑部争权被此人压得太狠，怕没有多少插手此案的机会了。"

三司会审的"三司"，指的是刑部、大理寺、督察员。

这里头可没有锦衣卫的份儿。但凡锦衣卫的人想往里面伸伸手，便会招致三法司一致的攻讦，可说是寸步难行。

姜雪宁却道："勇毅侯府家大业大，抄没的东西无数，如今一应证据应当还在整理清算。你虽无法插手，可三法司的人多进出天牢，你且留意一下有没有什么奇怪的人。"

如果她没记错的话，勇毅侯府这桩案子很奇怪，一开始是搜出了侯府与平南王逆党往来的信函，为的其实是二十年前那可能早已躺在义童冢里的定非世子，但三司会审大半个月后又多出了一封信，这封信乃燕牧写给天教逆党的，信中竟提及要暗中扶植天教势力，愿将天教教众编入军中。

此信函一出，顿时称得上铁证如山，勇毅侯府一府上下的人被斩了一半，剩下的被流放千里之外，到那百越烟瘴之地，满朝文武都没几个敢为他们说话的。

为什么这封信半个月之后才出现？

为什么燕牧写给天教逆党的信会从家中被抄来？

再说了，抄家不算特别快，可也绝对不慢。这封信若一早被抄到，按理说早该送到了皇帝手中。

姜雪宁并不知道中间到底有什么事情发生，可如果这中间存在什么机会，而她因以为没有机会而错失掉，必是要扼腕抱憾的。

是以她才对周寅之交代一番。

周寅之虽不明白她为什么会说出这样的话来，可脑海中念头一闪，便想起她当日也是坐在堂上一语道破了他隐藏的心思，那种隐隐的深不可测之感再次浮现在他心头。

这位二姑娘，似乎越发不简单了。周寅之不知道她背后究竟有什么人，可越是这种时候越是半点不敢怠慢了。

回到锦衣卫衙门之后，他就跟住在了天牢内外似的，时不时去转上一圈，经常会碰到刑部来的人，比如那位顾春芳，又比如顾春芳颇为信任的那刑部清吏司主事张遮。

三法司的人自然见不惯锦衣卫，可也没理由赶他走，只当是他们锦衣卫贼心不死，还想要插手中间的事，有不客气的人言语间便颇多讽刺。

周寅之也不在乎。

如此，没过上多久，还真让他发现了那么一个奇怪的人：似乎是刑部下属的一名小吏，时常跟着来天牢转悠，目光总向被关在牢里的人看去，好像在筹谋什么东西。

周寅之连着观察了两日，终于觉得这人是真的有鬼。

第三日他便找了机会直接在小巷子里堵住这个人，将刀压在了对方的脖子上，威吓之下，还真问出了件大事来！

二话不说暗中将人控制起来关进自己府里后，周寅之便连夜拜访了姜雪宁，道："抓了一个人，是天教埋在官府里的暗线，得了什么'公仪先生'之令，要寻找时机将一封信呈给刑部，说是这封信能让侯府万劫不复。但这些日子那位'公仪先生'忽然没了消息，那人多次联系却没回应，心里发慌。他自己很怕这个公仪先生出了事，又不敢声张，有这一封信便生了贪心，想要借此敲诈侯府一笔，办成事就走。没想到他紧张之下露了形迹，被我抓个正着。"

姜雪宁一听简直头皮发麻！勇毅侯府这一案里竟也有天教的影子，连赫赫有名的"公仪先生"都被牵扯进来了！

只不过……这公仪先生没了消息又是怎么回事？

她瞳孔微微缩紧，想想也真顾不上那么多了，深吸了一口气，径直问道："信拿到了吗？"

如果她能拿到这封信，勇毅侯府的事情无疑会有巨大的转机！

★

然而，在她这问题出口的时候，周寅之的眉头却蹙了起来，他犹豫了一下，才道："没能拿到。"

姜雪宁顿时一怔："没有？"

周寅之道："信并没有在那人身上，天教之中似乎还有接应的人。今日我抓到的那个据他自己说只是出来探探情况，要等到合适的时机才敢将信交出。因事发匆忙，我想此事对二姑娘来说必定极为重要，所以还没仔细盘问过，便先来报上一声，不知接下来要怎么处理？”

姜雪宁的目光便落在了周寅之的身上，似乎在思考什么，过了片刻竟道：“这人还在你府上？带我去看看。”

这时候可是大晚上，周寅之有些没料到姜雪宁这般果断，但转念一想便明白自己毕竟是锦衣卫的人，只怕姜雪宁不敢绝对信任他，这样大的事情亲自去看上一眼才比较妥帖。是以他也没有阻拦。

倒是姜府外头守着的门房见到自家二姑娘大晚上还要出门，吓了一跳。姜雪宁只吩咐若家中问起便说她由周寅之陪着一道出门办事，请家中人不用担心，之后出了门。

周寅之还真未有半点虚言。那人果然被绑在他府中。

只不过姜雪宁忽然发现才过去半个月，周寅之竟然已经换了一座府邸，到了柳树胡同里头，虽然宅子依旧算不上豪华，可青砖黑瓦，看着比原先那座寒酸的小院好上太多了。

门口还守着一名身着玄袍的锦衣卫，看样子是周寅之的下属。

换了府邸没什么好惊讶的，周寅之若不会捞钱，那就不是姜雪宁知道的周寅之了，可在进入锦衣卫这样短的时间内他就已经发展到了可信任的下属，本事实在不小。

从门口进去时，姜雪宁不由得多看了这名守门的锦衣卫一眼。

周寅之道：“叫卫溪，武艺很不错。”

姜雪宁便点了点头。

那卫溪少年人模样，浓眉大眼，很是拘谨，不过在周寅之介绍他时也没忍住悄悄看了姜雪宁一眼，显然也是好奇能得自己上司这般礼遇的人是谁。没承想进入眼帘的竟是个漂亮极了的姑娘，他一时意外之下差点看直了眼。

回过神来时，他却发现眼前这姑娘用一种似笑非笑的目光看他，眼神倒不锐利，可莫名叫他红了脸，立刻把头埋了下去。

周寅之瞧见这一幕，眉头微不可察地蹙了蹙，问道：“人还在吧？”

卫溪立刻收敛心神回道：“没离开半步，还在里面。”

周寅之于是带着人进去。

姜雪宁却眉梢一挑，故意又多看了这叫卫溪的少年郎一眼，才迈开脚步，跟在周寅之后头进去，卫溪则是心里头七上八下地落在了姜雪宁后面。

人被关在府里西南角的柴房里，门被推开之后里头倒算干净。

一根粗麻绳并着一根精铁所制的锁链共同将人捆在柱子后面，从门口进去就能看见这人身上穿着刑部小吏员穿的缁衣。

姜雪宁在门口就停住了，没有继续往里走。

周寅之却一直走到了那人的面前。还没等他说话，那人一瞧见他便用力地挣扎起来，仿佛先前已经吃过一些苦头，十分恐惧："我真的什么也不知道了，信也不在我身上，你不是说我说了就放过我吗？"

周寅之俯视着他道："那同你接应的人是谁？"

那人直哆嗦："我们教中都是秘密行事，我等几人都是秘密听命于金陵公仪先生那边，每日子时把信放到白果寺，自然有人取走，第二天再去便有信函回复。可我从来没有见过那些人，看回信的字迹最少有三个人。周大人，您就是把我抓起来也没有用啊！信真的不在我身上！"

周寅之便看向了姜雪宁。

姜雪宁站在靠近门口的地方，皱着眉头，冷冷地道："你乃刑部的吏员，且能接近天牢，那几个人却要隐身暗中靠你来探听消息，想必他们也需要依赖你来将这封信送交朝廷知晓吧？也就是说，只要你告诉他们时机已经成熟，他们便会把信交给你！"

一听见这声音，那人浑身鸡皮疙瘩都起来了。

直到这时候，这倒霉鬼才意识到此次与周寅之一道来的竟然还有别人，而且还是一位姑娘，听这话的意思倒像是周寅之背后的人，一时生出几分惊惧之意。

他下意识地想要回头看看是谁。然而他才一动，周寅之已经用力一脚踹到他身上："那是你应该看的人吗？"

那人吃痛，顿时叫嚷起来。

周寅之厉声道："姑娘问你，是也不是？"

那人哭号："是、是！"

姜雪宁便道："那事情简单，你像往日一般与这些人联系，告诉他们三司会审时机已经成熟，到了能将信交出的时候了。你把信写下来，今夜子时便送过去，别耍什么花招。"

那人惊恐极了："不、不，若是被教中的人知道……"

姜雪宁的眉头顿时皱得深了些。

周寅之看她一眼，道："要不您回避一下？"

说完，他扯了一张抹布将这人的嘴巴塞了。

姜雪宁一看便退了出去。站在外头屋檐下，不一会儿她就听见里面传来被堵塞着的惨叫声，还有尖锐刺耳的铁链在柱子上剧烈撞击的声音，又过了些时候才停下。大约是那塞嘴的抹布被拿了下来，那人喘着粗气的痛苦之声这才传出，然而比起先前似乎虚弱了很多。

周寅之只淡淡地问："写不写？"

那人再也不敢负隅顽抗了，忙道："写、写，我写。"

姜雪宁便知周寅之肯定是用了些锦衣卫里用的狠手段，逼迫这人就范。

卫溪立刻去拿了纸笔。

那人哆哆嗦嗦地把信给写了下来。

写好后周寅之看过一遍，又拿出来给姜雪宁过目，姜雪宁仔细看了好几遍，没看出什么不妥，便交还给周寅之，让他带着这人连夜去白果寺放信，等天教的那些人上钩。

周寅之叫人埋伏在了附近。

姜雪宁则当晚便回去了。

然而她万万没想到，次日傍晚周寅之的确抓到了人，可被抓到的这个人身上竟然只带了半封信！而且，似乎早料到有这么个局在等着他，那人半点也不慌乱，只笑着对周寅之道："昨日周千户将人带走，我们就有所察觉了，拿了那封信回去之后，便猜是局。不过想来那窝囊废什么都告诉您了，所以在下也不绕弯子。我等乃天教秘密发展的暗线，除了公仪先生之外不与旁人联络，然而先生现在都没有音信，只怕已遭不测或是落到朝廷手中。按公仪先生的吩咐，这封信是无论如何都要送到刑部的，但现在此局竟被你们窥破，想来是做不成了。我等也不过是草莽出身，也未必一定要舍身办成此事。人在世上，求的无非名和利。这半封信周大人尽可带回去看，至于剩下半封信，便看周大人您背后的人有多少'诚意'了。"

周寅之可没料到被人反将一军。

而且这信……

他问："你们想要什么？"

对方冷冷地道："五万两白银，买燕氏一族的命，收到钱后我等立即离开京城，再不踏足半步！可若没有，剩下那半封信保管会出现在定国公萧远的案头上！"

今日谢危要入宫。

斫琴堂里早已经被收拾得干干净净，再也瞧不见一丝血迹。

公仪丞的尸首也不见了。

可谢危的心情似乎没有好上半分，甚至比起前些天还要差上许多，在换上那一身天青色的道袍时，他的眉头深深锁了起来，问："还没查到吗？"

刀琴立在后面，摇了摇头。

剑书眉目间也有些凝重之色，连为谢危整理衣襟的动作都变得十分小心，低声道："金陵总坛那边确留了一些人在京中做暗桩，可这些人只听公仪丞调令。如今我们已经将京城这边的香堂控制住了，审问前段时间跟在公仪丞身边的人，只知道有命令交代下去了，但、但还没人知道到底是什么命令。"

他说着，声音也小了下去。

谢危眼底的戾气便慢慢浮了上来，似乎忍耐着什么，他又问："定非那边呢？"

剑书越发不敢看他一眼，垂首道："那日先生吩咐下去后，便在京中四处找了，可定非公子没回过香堂一次。有人说他在醉乐坊，我们找过去后，花楼姑娘转达他的留话，说去了'十年酿'喝酒，可我们找过去之后也没有人……"

也就是说，这个人也没了影踪。

谢危竟低低地笑了一声："不错，很不错。"

剑书、刀琴皆听出了这话里藏着的凶险意味儿，半点不敢接话。

谢危整一整衣袍，淡淡地道了一声"继续查继续找"，也不再说些什么，径直出了府门，乘坐马车向皇宫驶去。

南书房里正在议事。

沈琅的心情前所未有地大好，除了后宫里温昭仪有孕外，朝堂上竟然也出了一件振奋人心的大好事。

谢危一进来，他便大笑起来："谢先生可算是来了，顺天府尹那边已经报过了消息，这一回天教有个重要的人物伏法，谢先生立下大功！"

众人的目光都落在谢危身上，眼神多少有些佩服。当然，也有人比较忌惮。

谢危倒跟没看见似的，毫无破绽地微笑起来，道："不过是手底下的人凑巧撞破他们一干人等在香堂集会，略机警了一些，这才联系顺天府尹派人围剿，将那公仪丞乱箭射死。微臣知道消息还没圣上快呢，不敢居功。"

若是吕显在此，听见这话只怕要大为惊骇——那公仪丞不是谢危亲自杀的吗？怎么到了此刻，竟然就成了顺天府尹围剿死的？！

但在这南书房中并无一人知道真相，只个个思考着这位谢少师原本就深受沈琅信任，此事过后只怕还要往上一层，实在令人艳羡。

沈琅则是说不出的快意。他负手踱步下来，甚至有些意气风发的模样，道："这天教妄图颠覆我朝之贼心不死，趁着勇毅侯府这事四处散布谣言作乱，此次竟被一举端掉在京中的据点，还杀了为其首脑出谋划策的大贼！料想是天灭此教，如此下去很快便能将逆党反贼连根铲除！”

众人都附和起来，口称“圣上英明”。

但刑部新上任的尚书顾春芳肃着一张冷面，却皱起眉头，并无多少高兴的神色，道：“可惜顺天府围剿之时竟不知此人身份，乱箭将其射死。此人既在匪首身边二三十年，出谋划策，必定知道天教许多底细，是此教中顶重要之人。若能将其生擒，拷问一番，不知将抖搂出多少有用之信息……”

众人的表情顿时变得讪讪的。

谢危闻言目光微微一闪，却仿佛想到什么一般道：“若能生擒的确最好，可如今这人死了，也未必就派不上用场。”

顾春芳的两道眉已经有了些霜白之色。听见谢危这话，他顿时一抬眉，向谢危看了过来：“谢少师有高见？”

“不敢当。”谢危甚是有礼，说话的同时向顾春芳揖了揖，然后道，“方才顾大人不说，谢某也没深想；然而顾大人一说，谢某心里倒冒出个主意来，只不过也许有些行险。”

沈琅顿时好奇：“什么主意？”

谢危便略略一弯嘴角，道：“朝廷剿灭了天教乱党，杀了他们许多人，公仪丞这般重要的人物固然在其中，可这消息只有官府与朝廷才知道。也就是说，天教那边并不知晓公仪丞已死。若我们放出消息，假称公仪丞没死，只是被朝廷抓了起来，正在严刑审问。依顾大人方才所言，此人必定知晓许多天教机密，天教的人怕机密泄露，必定派人来救。届时只需派人埋伏，或者更行险一些……”

说到这里时，他顿了顿。

众人听得点头。连顾春芳都不由得拈须思索起来，进而问道：“更行险一些又如何？”

谢危微微垂下眼，竟道：“这些日子来我们也抓了不少天教乱党，连番审问之下，说这些人大多见过公仪丞，知道是什么模样。然而传闻中为那天教匪首出谋划策的却还有一人，号为‘度钧山人’，深藏不露，从未现身人前。便是天教众人，甚至一些香堂的香主都没有见过此人一面。若是以公仪丞做饵，诱敌来救，却另派一人暗潜于牢狱之中与天教众人一道，假称是这‘度钧山人’，一路随来救的众教众返回，必能探听出许多教中秘辛，得到此教其余据点的情况后，再伺机而退，当大有所获！”

听到这里，其余人几乎没忍住背后汗毛一竖，同时忍不住暗叫了一声绝。

这可是个大胆的计划啊！

可中间所藏着的机会与收获也着实让人有些心动。

沈琅道："可派谁去好呢？"

是啊，派谁去？

前者以公仪丞为饵尚好，可后者，若一个不小心暴露身份，或许便要殒命于乱党之中，实在太过危险。

众人都拧眉沉思起来。

谢危扫了众人一眼，等了片刻，不见有人说话，才微微倾身，准备开口。

然而就在这时，不远处立着的顾春芳竟开了口，道："若论智计，谢少师的名声老臣是听过的，本来当首推少师大人方能应付这等局面。可谢少师名头太响，若假称自己乃那天教'度钧山人'，只怕要多费周折，引人怀疑。老臣这里倒有个人选，且也精研过天教之卷宗，对其多有了解，也许堪用。"

谢危瞳孔顿时微微一缩，向顾春芳看去。

沈琅却问："何人堪用？"

顾春芳则向自己身后看去，然后才道："便是老臣的旧属，也是如今刑部十三清吏司主事之一，张遮。"

张遮立于末尾，这时众人的目光瞬间汇聚到了他的身上。他却低垂着眼眸，没什么太大的反应。

谢危静静地打量着这个人，笼在袖中的手指却悄然握得紧了些，顾春芳既说了这话，他就不好再提由自己前去了……

第二十九章
银票

南书房议事结束。

众人都从里面退了出来，只留下内阁中的几大辅臣与少数天子近臣还在里面，似乎沈琅还有什么别的话要说。顾春芳才被调回京城，自然不在其列。

张遮同他走在一起，稍稍落后两步，还是那般沉默寡言。顾春芳打量着他的神情，一面走，一面道："先前在南书房里忽然提出让你借计潜入天教假扮那度钧山人，并没有事先与你商量，你心里不要介意。"

事实上他也没有办法事先商量。顾春芳不可能提前知道谢危今日会说什么，一切都是随机应变罢了。

张遮确实没有想过自己竟会这般阴差阳错地被牵扯进这些复杂的事情里去。他此生别无宏愿，不过是想多留出一些时间陪伴、照料好母亲罢了。被卷入纷争，实在是在他的意料之外。

曾经谢危与燕临谋反后，连带着天教的势力一并被绞杀了个干净，从上到下被血洗一空，只是直到教首人头落地，那传说中的"度钧山人"也没有出现。若真有此人，还那般重要，难道他能遁天入地、人间蒸发？

于是世人皆以为天教根本没有这样一个人，不过是乱臣贼子故意编造出这么一个神仙人物来哄骗教众，以使他们更相信天教罢了。

张遮倒因为供职于刑部接触过许多与天教有关的案子，也的确奉命查过这位度钧山人究竟是何人，可每回都查不出什么结果，最终不了了之。

但他也有过一些怀疑。

只是这种怀疑来得毫无根据，且着实有些匪夷所思，他从未对旁人吐露。如今，却好像有了些蛛丝马迹。

然而，张遮想，那些与自己似乎是没什么干系的。

他垂下眼帘道："大人往昔对张遮有栽培之恩，今次举荐也是抬举，万没有什么介意。只是谢少师既提了此计，也许心中有合适的人选，大人这般插上一脚，或恐会令谢少师介怀……"

顾春芳一双眼已经老了，却越发通透。他拈须道："正因为是谢少师提的，我才要举荐你。"

张遮顿时抬眸望向顾春芳。

顾春芳却少见地拧了拧眉头，但似乎又觉得自己这般过于凝重，于是又将眉头松开，笑着叹了口气道："或许是老夫老了，倒有些多疑起来，总觉得这位谢少师吧，年岁很轻，看着与世无争的模样，心思却很重，城府委实有些深，没有面上看着那么简单。我在他这般年纪时，可还是个在朝廷里撞得头破血流的愣头青，什么也不懂呢。希望是我多疑了些吧……"

张遮于是无言。顾春芳伸出手轻轻拍了拍他的肩膀，道："这回可要偏劳你了。对了，你母亲近来身体可好些了？"

张遮道："搬到京城后便好了一些，抓着药在调养。只是她还是闲不住，总要在家里忙些什么。"

这也劝不住。

顾春芳忍不住摇头："你是个孝顺孩子，我家那几个不成器的若能有你一半，老夫可省心了！"

斜阳渐落，两人出了宫去。

南书房里留下来的人，过了半个时辰也从里面出来了。

谢危走出宫门时，还是满面笑意。可待上了马车，方才那些和煦温良的神情便慢慢从脸上消退了，变成一片寂静的凝重。

吕显觉得自己整个人都有点不好了，刚从蜀香客栈回来，可听到的两个消息直到他经过已经被查封的勇毅侯府，踏进谢府大门，还在他脑袋里盘旋。

入了盐场的干股能任由人转卖？

任为志到京城顺带连终身大事一起解决了，这两天就要去清远伯府提亲？

这年头的事情怎么就这么让人看不明白？

他深深锁着眉头，也没理会府里其他朝他打招呼的人，一脚要跨进斫琴堂时，又想起前些天在这里面发生过的事情，不由得一阵恶寒，那一只迈出去的脚顿时收了回来。

他左右一看，刀琴、剑书都不在，便随便叫了个下人给自己搬了张椅子，干脆坐在斫琴堂外的廊下，出神地琢磨着。

吕显这是在等谢危，然而没料想，好不容易等到谢危回来，抬头却看见他的脸色着实没有比自己好上多少，眼皮便登时一跳。

他道："朝里出了变故？"

冬日庭院里花树凋敝，莲池里枯了的莲叶干黄地卷在水面上。

谢危那苍青道袍的衣袂像是枚飘零的落叶。

南书房议事时发生的事情也在谢危的脑海里转着，吕显问起，他便面无表情地说了一遍。

在听到他向皇帝献计时，吕显整个人头发都差点奓起来！

"借刀杀人，好计啊！"

那一日谢危杀了公仪丞，这样一个在天教鼎鼎有名的重要人物，想也知道若让天教得知此事，不知要掀起怎样一场腥风血雨。光是谢危这既在天教又在朝廷的双重身份，一个不小心便会腹背受敌，若叫人知道他身上的秘密，他便如那行走在两座不断合拢的悬崖夹缝里的人，早晚粉身碎骨！

所以，杀人之后他需要立刻对京中天教势力进行控制，听话的人收归己用，不听话的人冷酷剪除。

然而动静太大，天下又没有不透风的墙，都是教内的势力互相争斗，传到金陵必然引起总坛那边的注意。谢危是有把柄在他们手中的——他的身份便是最大的把柄。

所以这一切他必得做得神不知鬼不觉！

明明是谢危杀的公仪丞，如今却成了顺天府尹围剿天教时所杀，这不立刻就变得"名正言顺"起来？

且之后若谢危继续用这种方法，那简直是上上的"借刀杀人"之计！

想也知道谢危不可能将那些听命于他的力量铲除。那么，此番借助朝廷的力量，除掉的都是天教中更倾向于金陵那边的势力，削弱了金陵那边的力量，谢危控制京城这一块地方就变得更加容易；而在朝廷这边看来，铲除天教，更称得上是谢危的卓著功绩一件！

一石三鸟之计，莫过于此。

吕显忍不住拊掌叫绝。

然而谢危脸上的表情没有半分变动，他只是淡淡地补上了最终的结果——南书房议事，定下的那个假扮度钧山人的人并不是他，而是张遮。

吕显顿时目瞪口呆，几乎不敢相信自己听见了什么：“可、可这……你竟然没有提出反对，就这么任由事情发展？那张遮不会坏事？”

谢危微微闭了眼道：“我觉得，顾春芳似乎很忌惮我。”

吕显道：“这老头儿刚从外地被调任回来，往日又是河南道监察御史，活了大半辈子的人了，内里精明是肯定的。只是你若能瞒过天下人的耳目，瞒过这么一个人也不过是多花些心思，需要时间罢了。但那张遮若真探听出点什么来，倒霉的可就有可能是咱们这边的人了。”

天教有那么多堂口，都秘密分布在各地，这里面有一些人便是暗中听命于谢危的。若是谢危自己去“假扮”度钧山人，自然不会伤及自己的势力；但若是张遮去，天晓得会捅出什么祸端来？

吕显面上是个商人，这些年做多了生意，也不喜欢遇到这种或许会有风险的事，眉头紧紧一蹙，便道：“关键时候冒不得险。他既要潜入天教教众之中，此事本也有风险，我们不妨将计就计，趁机把此人杀了。他死在教众手中，朝廷会以为是计谋败露，不会怀疑到我们身上。”

谢危久久没有言语。

吕显觉得这是最妥帖的做法，想也不想便道：“我这就去布置一番。”他这会儿都忘了那任为志和盐场的事情了，一拍那张椅子的扶手，站起来便要去布置。

然后下一刻他却听到背后的人道：“不必。”

吕显一怔，回头看着谢危，几乎有些不敢相信自己的耳朵：“若放任此人假扮身份混入天教，谁也不知道会发生什么事情！若是不先除此威胁，只恐遗祸无穷！为什么不必？”

为什么？

谢危的脑海中竟然掠过一张脸，走在幽暗的宫墙下，那小姑娘的一双眼被他手里提着的灯笼的亮光照着，要跟着那火光一起燃烧似的，灼灼而璀璨。

你喜欢张遮？

喜欢。很喜欢，很喜欢……

这一刻他竟恍惚了一下，然后才看向吕显那一张凝重的脸，慢慢地道：“此局乃请君入瓮，张遮要孤身潜入，必定无援。此计既由我出，朝廷也必将让我来掌控全局。张遮乃朝廷命官，若一无所获还殒命其中，只怕我未必不担责、不招致非议。杀他简单，却也遗祸无穷，不如缓上一缓，看他潜入到底能知道些什么。若他知道了些不该知道的事，在其带着消息返京之前，再找机会将他除去，也不算迟。”

这般行事可不是谢居安往常的风格。吕显敏锐地意识到，除了谢危口中所言的这些以外，一定还有些自己不知道的因由存在。然而他沉默着考虑半晌，终究不敢问太深。

谢危站在廊下同他说完这番话，只看了看那渐晚的天，便抬步入了斫琴堂。

吕显却站在廊下没进去。他转过身向着堂中看去，深锁着的眉头一挑，一下想到了什么似的，忽然反应过来："等等，不对啊，张遮这个且不提，除公仪丞，清理京中势力，借刀杀人，你这分明是个连环计啊！先前刚杀人时你居然跟我说没有计划，不知道？！"

谢危又面朝着那面空白的墙壁站立，堂内没有点上灯盏，他的背影隐没在阴影之中，让人看不分明。

但吕显能听到他清晰平缓的声音。

他道："我敢说，你也真敢信。"

吕显："……"

以前我怎么没发现你是这么个贱人呢！

★

游廊下青石板的缝隙里长着密密的青苔，然而在这般的冬日里也显出了些许枯黄之色，姜雪宁已经静静地盯着那条缝隙许久了，目光不动，身形也仿若静止了一般。

周寅之曾一路护送姜雪宁上京，又是姜伯游的旧属，借着入府送姜伯游一些外地土产的机会来见姜雪宁，倒不会招致太多人怀疑。

只是此刻这般，难免叫人心中打鼓。自从他把与天教那帮人交涉的情形转告姜雪宁之后，她便是这般模样，有很久没有说话了。那半封信就压在她的指间，薄薄的一页信笺半新不旧，上面的字迹遒劲有力，整齐地排列下来。风吹来，信笺与字迹都在她的指缝里晃动。

周寅之也知此事非比寻常，斟酌了片刻道："那人已经被拿住，只是无论如何也不肯像之前的人一般再写信知会，且说此事在他出来之前就已经与同伴商议好，只怕是写了信去也无人会再上钩了。要不一不做二不休，直接以此二人的性命要挟，逼他们就范？"

这是最常见的做法。少有人能真的将生死置之度外，只要让对方感觉到足够的威胁，再硬的人都会很快服软。

然而姜雪宁的眼帘却轻轻地垂了下去，她竟闭了闭眼，道："投鼠忌器，没有用的。"

这从一开始就不是一场公平的交易。人固然怕死，可手里握着剩下半封信的却并不是被他们抓起来真正受到生命威胁的这个人，而是他散落在外面的同伙。如此即便他们以此威胁，旁人也不会放在眼底。再说了，无论怎么算，也是他们要更怕一些，更怕剩下那半封信为朝廷、为萧氏所掌控！

五万两白银。对方还真是敢狮子大开口！

姜雪宁的神色都不由得变得凝重了些，胸臆中也多少生出几分怒意，然而最终都被她强行压了回去：自己一早准备好钱，不就是备着像这样的时候拿出来用吗？与勇毅侯府的安危相比，身外之物实在不值一提。

只不过……她轻轻蹙了蹙眉头，道："开价虽高了些，可也不是不能接受。我只怕他们说的话是假的。如今是那公仪丞没了消息，这帮潜伏于京城的天教暗桩才生了心思。可若我们给了钱，那公仪丞又有了消息，难保他们不在收了钱的情况下还要将此信递出，如此我们便得不偿失。"

周寅之听到这里，欲言又止。

姜雪宁察觉到了，便问："怎么，有别的消息？"

消息倒是有的，只是周寅之的职权还未大到能了解得太清楚，是以有些迟疑，不大敢说。姜雪宁问起，他才犹豫了一下，道："这位'失踪'的公仪先生，朝廷里倒是有了一些消息。锦衣卫里有传言说，顺天府尹前两日围剿天教时，射杀了一位天教首脑，似乎就叫'公仪丞'。但我方才来找二姑娘时，又听同僚说此人并没有死，只是被抓了起来，与其他天教乱党一并被关押在天牢里。"

如果这消息有任意一条属实，那些天教的暗桩准备拿钱跑路，可信度便大为增加。

不是空穴不来风！

姜雪宁垂眸，慢慢将手中那一页信笺折了，道："信得信，不信也得信。只是我手中暂时凑不齐这么多钱，告诉那帮人，我等有诚意买下他们手中那封信，但须请他们多等上月余。要知道，信他们固然可以呈递给萧氏一族，可定国公未必是个善类，收了信也未必不顺藤摸瓜将他们连根拔起，还能算是大功一件，请他们暂时别去自寻死路吧。"

周寅之略感骇然："可这么大一笔钱……"

姜雪宁打断他的话道："你只管去说，银子我会想办法的。"

便是算上前阵子姜伯游给的，还有自己手里一些体己银子，她也凑不到四万两，更何况还要防备着万一。缺的这部分银子，难免令人发愁。周寅之走后，姜雪宁一个人坐在屋里想了很久，终于还是叹了口气，下了决定。

她找了个人，给任为志那边递了话。

于是第二天一早，来往于蜀香客栈的商户、掮客们，忽然发现了一件有些不同寻常的事情——客栈的大堂里不知何时竟然挂上了一块不小的牌子，上头写着四川自贡任氏盐场四成银股售罄，得银二万，不日将返回蜀地，经营盐场。至于卓筒井之用，亦将定时派快马往京中报送消息。至于诸人所购之银股，如有需要，无须任氏首肯，可自行转售！但达成转售的价钱和金额都会记在这块牌子上作为公示。

这牌子一挂，顿如一石投入平湖，在京中游商大贾之中激起了千层浪涛！

任为志与尤芳吟的"亲事"定得很快。

自打尤芳吟将自己的打算告诉姜雪宁，得知她并不反对之后，锦衣卫衙门这边由周寅之发了话，当然是极其配合地把人放了回去。

当天下午任为志便去提亲了。

尤芳吟在府里不过是个庶女，被"关"进牢房里那么多天也没人愿意花心思捞她出来，回到府里反而招致种种白眼。尤月更是记恨着她发疯险些对自己动手的事情，便要趁机报复。

谁能想到竟忽然会有个人来提亲？

这一下可真是让府里上上下下都吃了一惊。

别人上门来提亲，清远伯自然不可能将人拒之门外，按礼请了人进来相谈。

任为志家无亲眷，京中也无熟识之人，乃自己登门前来。

清远伯一问，他读书归读书，可连个举人功名都没有，还是个商人，第一时间便不大瞧得起。好歹他们是伯府，虽则尤芳吟是个不起眼的庶女，可面上也是官家出身，岂能配个商人？但随后听闻他家中竟然经营盐场，且刚筹措了一笔钱要回蜀地，清远伯便忽然心中一动，问了一句："你出多少聘礼？"

任为志说："三千两。"

伯爷不大满意，端茶送了客。

但这几日也被遣散出宫回了府的尤月正好听说了这件事，心思一动，竟然大着胆子，让人将任为志请过来说话。

少有人知道，她也是认识任为志的！

那一日她因为被伯爷花了一万三千两银子才安然带回家中，与家中闹了好大一场，之后便不顾姐姐尤霜的劝阻，抱着自己攒的私房钱出了门。

那时她便是去找任为志买盐场的银股！

没想到啊，任为志竟然想娶尤芳吟。

尤月一恨姜雪宁，恨她事事压着自己，让自己丢尽颜面，二恨尤芳吟，一个妾生的庶女竟敢抄起板凳跟自己动手，恨不能找个机会置这二人于死地。

她细一琢磨，便忍不住冷笑。很简单，尤芳吟这小蹄子往日连府门都不怎么出，去哪里认识什么外男？这任为志却直接来提亲，必定是她先前让尤芳吟出面去问盐场的事情的时候，两人勾搭上的。

尤芳吟这不知检点的贱人！

当然，心里这么想，话却未必要这么说，尤月觉得，对自己来说，这也是个机会。

怎么说她也是伯府嫡女，在府里说得上话，当下便对任为志暗示了一番。

任为志也十分“上道”，万分恭敬地请尤月为自己的亲事说项，先塞了一千两银子的红包，说是等事成之后还要再相谢。

尤月手里捏着钱，便高兴极了。她先前两千两体己银子都买了盐场的银股，手里正紧张，有这一千两银子自然滋润不少。

更何况还有后续？

若尤芳吟嫁过去，怎么说也是伯府出去的小姐，自己投进盐场的钱，岂不是更有保障？

是以尤月便假惺惺地勉为其难答应为任为志说几句好话。

清远伯府虽还有个爵位在，可在朝中不掌实权，前阵子为了从牢里面捞尤月出来又破费了好大一笔钱，险些将伯府的老底掏空。

三千两不多，可也不少，清远伯刚送走任为志，其实就有点后悔了。

不一会儿尤月便来劝说，旁敲侧击，道：“父亲，这可就是您糊涂了。那小蹄子微贱出身，京中豪门哪个看得起？她便是给人做妾也未必有人想要。如今这个任为志出身虽然低了些，可好歹算是个读书人，要紧的是家中经营盐场。您可不知道吧，京里面有好些人买了他的盐场的银股，等他回去若是成功，说不准便是个富商巨贾。更不用说如今人家还肯出三千两的彩礼钱。甭管这人成不成事，这可是白赚的钱啊！是这姓任的要娶那小蹄子，便是我们回头不给那小蹄子添什么嫁妆，料他也不敢说什么！”

伯爷有些为难：“可我都叫人走了……”

尤月眼珠子一转，说：“那还不简单？我再找人叫他来一趟，他怎会不来？您到时候见了他，就说是考验考验他的诚意，再顺势答应就好。”

如此一番说项，第二天任为志便再一次登门拜访。

清远伯端了好一阵的架子，终是将这门亲事应了下来。

尤月那边，少不得又收到了任为志递上的一千两红包。

事情便算是办妥了。

任为志家在蜀地，又赶着回去经营盐场，是以很快便敲定了成婚的日子。时间定在一个半月之后，任为志先回蜀地，尤芳吟则在这一个半月里将“嫁妆”准备妥当后，再远嫁到蜀地去。

姜雪宁听说这件事办成后，也不由得大松了一口气，一切都在预料之中，没出什么意外。

但京中其余商贾可就对此事啧啧称奇了。

谁都没想到这任为志来京之后竟然真的能凑到这么大一笔钱，而且顺带着把终身大事都给解决了，实在叫人有些不敢相信。

三天后，任为志便启程回蜀地了。

客栈老板收了些银子负责继续挂起那块牌子，来往的商贩进来看见，都忍不住要议论一番。

“盐场四成的银股，拆作四万股，得银二万两，算起来一股得值五钱银子，也就是五百文。我都没想过真的会有人出钱。京城里有钱人这么多的吗？”

“那可不，您还不知道呢？”

“怎么说？”

“京城里那幽篁馆的吕老板就出了五千两银子呢，手里攥着一万股。他也是钱多不怕，真是敢买！”

“是啊，那姓任的卷钱跑了怎么办？”

“这你就不懂了吧？人家都和清远伯府谈好了亲事，这就是告诉你，我跑不了，且请你们放心。而且银股若能转售，不放心他的人现在就可以把银股卖出去嘛！”

“说得轻巧，谁敢买啊？”

“是啊，别说是五钱一股，两文钱一股我都不买。一个破落盐场，拿着张不给人看的图纸，谁信他有本事把盐场做起来？”

“奇怪，吕老板出了五千两银子而已，那还有一万五千两银子是谁出的？”

“我知道做绸缎生意的刘老板买了几百两银子的闹着玩，反正也不缺钱，就当帮帮后辈了。你们有人想买吗？我可以帮你们去谈啊。”

“谁买这个！”

……

总而言之，众人议论归议论，好奇归好奇，在任为志刚回蜀地的这段时间里，有少量银股在外头，却没有几个人想要出价买。

便是偶有出价的人，也不愿出五百文一股买，有的出三百文，有的出四百文。

不过还真是奇怪了，前面五天乏人问津，到第六天的时候还真谈成了一笔，绸缎庄刘老板乃任为志的父亲的朋友，看在接济晚辈的份儿上花了三百两银子买了六百银股捏在手里，本就当这银子打了水漂，没想过还要找回来。

但居然真的有人找他买。来谈的是个姑娘，刘老板也不认识，反正对方出价三百五十文一股，能让他收回二百一十两银子，他甚是满意，都没多想便把手里的银股卖了出去。

于是那蜀香客栈的掌柜的便换了一块牌子，在上头用清晰端正的笔画记录下了这一笔交易的股数和价钱。

挂上去的当天便引来无数人围观。

客栈卖的茶水钱都成倍增长，倒让掌柜的乐开了怀。

只是众人看着那块牌子指指点点，却都是大声讥笑："看看，五百文买进来只能卖三百五，足足亏了三成啊！那些个买了几千两银子的人看到这个得气死吧？"

有人附和："是啊，亏大了。"

有人叹气："我看这盐场的任为志不靠谱，往后只怕三百五都没人买，还要跌呢！"

蜀地与京城可有好一段距离，所有人更没听说过什么卓筒井，根本不相信这玩意儿能从已经不能用的盐井里汲出更深处的新盐卤来。

这盐场的银股价钱便连续走低。之后十天又交易了两笔，然而价钱分别是三百文一股和二百九十文一股。

自打知道这盐场银股可以自由交易转售之后，吕显便时刻关注着蜀香客栈那边的消息，在得知第一笔卖出三百五十文价格的时候便忍不住骂了一声。

当价降到二百九十文时，他差点没气歪了鼻子。

尽管知道自己乃指望着盐场成事后分红赚大钱，可在知道股价的时候，他实在没憋住手贱，坐在幽篁馆里扒拉着算盘仔细一算，投了五千两，亏了一小半！一颗心都在滴血！

清远伯府里的尤月更是目瞪口呆，连着好几天睡不好觉，暗地里算着自己的钱，把任为志骂了个狗血淋头。

没有人看好盐场。

蜀香客栈之前还有许多人时不时地去看看，然而随着银股根本卖不出去，那板子几天也不换一下，众人的关注度便渐渐下来了，只剩下少数人还很执着地偶尔进去看一眼。

直到任为志离开京城一个月时，一条自贡盐场的消息忽然在所有盐商中间传开——卓筒井建起来了！

听说卓筒井建得高高的，足足有好几丈，立起来就像是一座小楼，看着甚是新奇吓人。立起来之后，花钱雇来的盐场盐工们便用力往下打井，在消息传来的时候比起以往的盐井已经深了有一丈多，还在继续往下打！

消息从盐商之中传到普通商人之中，没多久便得到了证实：蜀地任为志那边派快马入京来，蜀香客栈大堂的牌子上写下了卓筒井已立起来第一架且打了深井的消息！

这一下，原本冷清了近半个月的客栈再一次迎来众多好奇的商贾，甚至是来看热闹的普通人，比先前最盛时更盛！

手里捏着银股的人和考虑着要买入银股的人都在这里聚集，相互探听着情况。尽管那盐场里还没有真的打出盐卤来，可二百九十文甚至更低的出价已经一去不复返了。三百文没有人卖，四百文没有人卖，五百文也没有人卖，直到也不知谁开出了六百二十文也就是六钱二分银的高价，才成交了一小笔！

之前所有讥讽着旁人“买亏了”的人都不免面面相觑。

更有敏锐的聪明人从这价钱的变动里忽然意识到了什么更紧要的东西，比如吕显。在听人说现在有六百多文都买不到盐场的银股的情况时，他的后脑勺都麻了一下，直到这时候才有点回过味儿来，隐约明白了“银股可自由转售”这简单的几个字到底意味着什么！

这意味着不必等到盐场真的赚到钱，只要所有人觉得盐场可以赚到钱，银股价钱便可飞涨！而手持银股之人也不必等盐场经营好之后定期分红，直接将手中的银股转售便可提前获得大笔收益！

银子与银股竟还有这种玩法！

他简直见所未见，闻所未闻！

吕显不由得思量起来：是任为志自己想出这办法，还是别的购入银股之人想出来的办法？他一共才入了五千两，剩下的一万五千两又都在谁的手中？

一个月眨眼便过去了。

天教那边捏着剩下那半封信的人终于有些坐不住了，来消息催问他们何时能拿出那五万两银子来，眼看着约定的期限便要到了，显然是有些焦躁的。

周寅之也琢磨着这笔钱太多，姜雪宁去哪里找？

他又一次来到姜府，向姜雪宁通传了消息。

年关将近，京城里下雪的时候也多了，屋子里已经烧上了炭火。

姜雪宁想着等事情一过迟早还要回宫里，又知道谢危是个严苛人，有一阵没碰琴，想起来时不免惴惴，又想着弹琴静心，此时便坐在琴桌前调弦。

听了周寅之之言，她连目光都没转一下，只随手一指那桌案上，淡淡地道：“一万两你先拿去，交给他们，请他们放心。”

至于剩下的部分……

姜雪宁手指轻轻一勾，琴弦震动，便流泻出颤颤的音韵，在冰冷的空气里轻轻荡开，她的声音也轻轻的：“至于剩下的钱，也快了。”

再等等，再耐住性子等等。还没有到价钱最好的时候。

★

曾经的尤芳吟没有用过这样的法子。只不过她提过，姜雪宁便记住了。

任为志和自贡盐场这件事又正好是波峰起伏，寻常人料得到开头料不到中间，料得到中间料不到结尾，正是万中无一适合用这种法子捞钱的典型。

只是姜雪宁也是头一回做这种事情，并无前例可以参考，因而也是时时刻刻格外小心，唯恐一不小心就错过了时候。不过比起旁人来，她到底是占有先知的优势，所以倒没有旁人那般焦虑亢奋，总要在蜀香客栈大堂里面坐着等着方才安心。

周寅之知道姜雪宁同清远伯府的尤芳吟是有关系的，却不知道她们俩具体是在做什么。但近来坊市上有一些传闻，也曾传到他的耳朵里，知道尤芳吟要嫁给任为志，蜀地盐场那银股的事情他自然也听说了。

原本还没想到姜雪宁这里来，然而听她此刻之言，周寅之脑海里灵光一闪，忽然就隐隐猜着这盐场剩下那一万五千两的银股只怕有大半在姜雪宁的手里，进而想起了早先抓了伯府嫡小姐为姜雪宁敲诈来的一万两银子，心下不由得震了震。

古朴的琴经年在熏香之中被弹奏，即便此刻周遭没有焚香，也隐约透出几缕幽微的禅香。方才一勾后，琴弦的震颤尚未停止，姜雪宁注视着这几根弦，问道：“朝中近来有什么消息吗？”

周寅之道：“勇毅侯府的案子还在审……”

听闻三法司成日吵得不可开交，一方认为侯府虽与逆臣乱党有信函往来，可泰半是想要打听二十年前的定非世子的下落，实为亲情所系，不能以谋逆论处，抄没家产贬为庶民即可。

另一方却认定打听世子下落不过托词。谁都知道萧、燕两氏那一位定非世子早死在了二十年前，要找该去义童冢找，勇毅侯燕牧明知对方是反贼还要联系，分明是有反心，即便不处以灭族之罪，罪魁祸首如燕牧者及其妻儿亦当被枭首示众以服天下。

姜雪宁听后沉默，过了许久，竟忽然道："谢少师如今执掌翰林院，在朝中权柄日盛，耳目该也灵通。你手底下可有合适的人，能让他们'听说'点消息？"

周寅之顿时怔住。

姜雪宁却慢慢地补道："天教那帮人从我这里拿到钱之后，必定不会留在京城，而是想要暗中离开这是非地。你是锦衣卫，且权还未到，做不了这件事，不如交给别人去做。"

这笔钱本是她为勇毅侯府准备的，却不愿它落到宵小之辈手中，然而单凭她的力量怕无法阻止此事。更何况她也怕对方黑吃了她的钱不给信，自己没打着兔子还被鹰啄了眼，要紧的是那封信不能有闪失，所以在自己之外，最好还要有一重保障。

周寅之实在有些摸不透她的用意。

这位谢少师绝不是什么简单的人物，若要神不知鬼不觉地让人觉得不故意地将消息传递出去，不是一件简单的事情。

然而他转眼就想到了姜雪宁同谢危的关系。

两人该算是师生吧？可她既要谢危知道，又为何不直接言明？

也许这二人间的关系还有些不寻常，但实在不是他能揣度的，他不如装作什么也不知道，什么也不多想，只尽心思考怎么把这件事办成。

见过姜雪宁后，周寅之便带着那一万两银票离开了。

从府里出来时，他却正好看见一辆十分普通的马车在门口停下。他一抬眼，竟见尤芳吟从车上下来。

两人打了个照面。

尤芳吟见着他时怔了怔，但紧接着就露出笑容，朝着他行了一礼，只是在姜府门口毕竟不好说话，便这般擦身走了进去。

尤芳吟快出嫁了。这两天姜雪宁也正琢磨着找个机会叫她出来见上一面，再交代些事情，倒没想到她自己先找上门来，不由得有些惊喜。

她细看这姑娘，却是与往些日子不大相同了。

大概也是知道人要出嫁，面子上的功夫伯府总要敷衍一些的，为这么个庶女裁两身能看的衣裳也不花几个钱，且还指望着任为志那边能多赚些钱，伯府对尤芳吟自然不会太差。

一身水红色的新衣穿在身上，尤芳吟的面色也红润不少，竟难得地靓丽些了。

姜雪宁拉着她看了一圈，心里便高兴起来，道："原来我还觉得这任为志不过如此，可看着你换了副模样，也不用在府里受苦，又觉得此人勉强也算配得上我们芳吟了。"

尤芳吟被她说得脸红，讷讷地道："是、是假成婚。"

姜雪宁这才想起来，"哦"了一声，又不由得叹了口气："出嫁这样的大事，许多女儿家一生只有一次，你这样做却是不得已而为之，委屈你得很。"

尤芳吟却不觉得有什么委屈，出嫁固然是许多人一辈子才有一次的大事，可对她来说，在清远伯府里的日子过得实在水深火热，她若能借此机会脱逃出去，是以前想也不敢想的幸事。这些日子以来她都不敢睡太深，唯恐一觉睡过去，醒来却发现这一切不过是一场美梦。

她也不知该怎么表露自己的心绪，只认真而用力地摇头，道："没有，没有委屈的。倒是任公子答应芳吟这件事，才是有些为难了他……"

他为难吗？

拿了一笔钱娶了个好姑娘，虽然是假成婚，可也是天底下打着灯笼都找不到的好事，那任为志也敢觉着自己为难？

姜雪宁在心底轻轻哼了一声，只是当着尤芳吟的面也不说破，道："你来得正好，眼看着再过些时候蜀地便会来人接你去成亲，若是晚了怕还没机会给你。"

她说着，转过身去竟又打开了匣子，这里头还装着一沓银票。

姜雪宁拿起来便放进了尤芳吟的手中，道："你出门那一日我只怕也不好露面，毕竟你姐姐尤月恨我入骨，见面说不准想掐死我。不过想也知道，以伯府那德行，还有你那刻薄的姐姐，必定不会为你准备多少嫁妆。原本我给你准备的还多些，只是这些天出了意外，用钱的地方倒多起来，所以只留下这三千两银票，你拿了带在身上，千万别叫旁人知晓，连任为志也别告诉。财不露白，纵然你信他，也未必不会惹来什么别的祸端。等将来到了蜀地，若遇着个万一，我在京城鞭长莫及，是照顾不了你的，你手里多些钱，也好应个急。"

三千两银子添给她做嫁妆！

尤芳吟吓了一跳，但觉这银票烫手极了，根本不敢接，连忙推了回去，惊慌极了："我、姑娘对我已经很好了，我怎能还要姑娘的钱？"

姜雪宁便猜着她不会拿，可这笔钱她却是执意要塞给尤芳吟的，态度十分坚决。

她认真地看着尤芳吟道："这不仅仅是为了你，也是防备着盐场那边有个万一，多考虑一层总没有错。若盐场经营起来，任为志给你分红，你手里有了钱当然就不必动我给你的这一笔。等将来有机会，你再还给我便是。便当是我借给你的，可好？"

尤芳吟这才犹豫起来。

姜雪宁又一番好说歹说，尤芳吟才将这一笔钱收了下来，可一双眼都红了，眼眶里盈满泪，笨嘴笨舌，想要开口又不知怎样开口。

姜雪宁不得已拿了帕子给她擦眼泪，当下又是无奈又是好笑，转移了话题道："近来在府里待着还好吧，你姐姐有没有为难你？"

尤芳吟便道："没有的，二姐姐听说蜀香客栈那边银股跌了的时候恼火了几天，但后来银股又涨了，便成天欢喜，连带着对我都好了许多，还带我出去添置新衣，买些首饰，对我可好了。"

看来尤月过得蛮得意嘛。姜雪宁心道，且让她再得意两个月，回头有她哭的时候。不过这话她不会当着尤芳吟的面说，所以只微微笑起来道："那便再好不过了。"

姜雪宁在等待一个合适的时机，想了想自己的计划之后，也交代了尤芳吟几句。

周寅之那边的事情很快也办妥了。

接下来一连十日，蜀地那边又没有了消息，但所有人都在隐隐地期待什么，越接近清远伯府那名庶女出阁的日子，蜀香客栈里来往的商贾便越多。

用脚指头想也知道——蜀地任氏那边要派人过来接那名庶女远嫁去蜀，同时也必定会带来盐场最新的消息，而一旦卓筒井是真的能从已经"废掉"的盐井里采出更底下的井盐来，这任氏盐场的银股价钱必将一飞冲天！

众人翘首以盼，日子一天天过去。

很快到了十二月廿三，尤芳吟出阁的前一天，蜀地来迎亲的人终于到了！

这一天早晨，蜀香客栈的大堂里早已坐满了人，即便手里没有买下任氏盐场的银股，甚至也知道自己只怕买不到的人也偏要来凑个热闹，看看这生意场上前所未有的奇景。

众人都时不时向门口看去，每进来一个人都要转头打量一番。只是一直坐到午时初，他们要等的人和消息还没来。

眼看着就要中午，有些人便散了。住得近的人要回家吃饭。也有人是等得不大耐烦，但更多的人就在这客栈里点了菜，仍旧执着地等着。

午初二刻，一名短打劲装的壮硕汉子远远地驰马而来，把缰绳朝门口的小二一甩，迈着大步擦着大冷天里的热汗就走进了蜀香客栈，操着一副平仄不分明显带着些蜀地口音的官话，大声喊道："掌柜的呢？"

所有人一听，精神顿时一振。

掌柜的正提溜着堂倌叫他们赶紧去后厨催菜，听得这声音转过头来，看见人，眼睛顿时亮了亮："可是任公子那边派来的人？"

那身材壮硕的汉子爽朗一笑，露出一排白牙，显然是快意至极，道："正是。我乃任公子新雇的家仆，特带了人来京中迎未来少奶奶入蜀的。任公子做出的卓筒井在七日之前已经从往日废掉不能再采的盐井里汲出了盐卤，煮出了新的井盐，我走时，整个自贡的盐场的人都来看了。任公子着我特来客栈知会一声，也请掌柜的将这消息写在板上，挂了好叫买了我们盐场银股的人放心！"

他的声音不小，大堂里的人都听见了。

于是"轰"的一下，全炸开来，大堂里忽然之间人声鼎沸，谁也听不清楚谁在说什么了。

那汉子倒潇洒，因为还有事在身，要去一趟清远伯府接人，没有多留，报过消息便走。

所有人都被这消息振奋了。

也有少部分人怀疑是不是任为志作假，毕竟这种事听起来实在像是传奇，有些匪夷所思，让人不大敢相信。

然而下午时便有别的消息相继传来。盐场的事情，消息最灵通的自然是各大盐商，很快便证实这件事的确是真。

蜀地井盐开采，盐卤深藏于底下，原本的井盐开采不过往下打个井，能有三四丈深已经了不得了，更深处却苦无办法，往往一口井采到三四丈打不出盐卤便会被废弃。

然而卓筒井竟能打到地下十丈甚至数十丈！打通的竹筒往下一钻，咸泉便从井底喷涌而出，这哪里是什么"咸泉"，而是白花花的银子啊！

江南一带的盐商们还好，毕竟都是靠海为生，引海水为盐，开采经验的技术有了变化，对他们的影响暂时还不大，只是多了竞争对手；四川一带的大盐商们知道这消息却是无论如何也坐不住了，甭管在什么地方，知道这消息后全都快马加鞭，要赶去自贡任氏盐场见识见识。

这卓筒井一出，已然是要改变整个蜀地盐业的格局了！

众人听的消息越多，质疑的声音也就越小，对任氏盐场银股的热情也就越高，银股的价钱自然开始节节攀升！

六百多文已经根本没有人愿意出了。

大堂里有人喊价七百、八百、九百也无人应声。

直到第二天，忽然有一千银股出现在市面上，然而才说要卖，便被人以一股一千文也就是一两银子的高价一抢而空！

姜雪宁等待的时机终于到了。任氏盐场的银股价钱当然会继续往上涨一段时间，只是勇毅侯府那封信的事情迫在眉睫，天教那帮人的耐心只怕也要用尽了，便是知道往后还能赚更多，她也不敢再等了。

市面上那一千银股，便是她放出去探情况的。但这一笔交易她没露面，买主也没露面，倒也相互不知对方身份。

姜雪宁当时从清远伯府敲诈了一万两银子，全都交给尤芳吟入了任氏盐场的银股，可以说是如今握着盐场银股最多的人，共有两万股。前些天那位刘老板手里的几百股也是她趁着价低收走的。

只不过这于她而言只算个零头。

放出去一千股之后，她手里还有一万九千股，以如今银股价而论也值一万九千两银子。先前她手里的钱七七八八凑凑有接近四万两，但拿了一部分给尤芳吟做彩礼，自己手里也得留一部分应急，所以她大约还差一万五千两银子。

可这绝不是个小数，出得起这个钱的人不会多。她若直接放出一万五千股到市上，只怕便是没事也要引起旁人疑心这里面是不是有什么猫腻，怎么在任氏盐场银股价钱刚刚飞涨起来的时候便要抛掉？

价钱说不定还要跌。

所以姜雪宁只让人分批地放出消息，一千股一千股地出，顺便也等着鱼儿咬钩。

京中可说是但凡从商的人都在关注这件事，消息刚一放出去，便有无数人感兴趣，纷纷表示愿意出价。

风声眨眼便传到了吕显这里。旁人察觉不出端倪，吕显却感觉到了一丝古怪，眼底顿时精光闪烁："不对的，这情况是不对的。任氏盐场的行情正看涨，能抛出一千股来还跟着又抛出一千股，背后只怕是个持有大笔银股的人！这种时候抛银股，要么是不看好任氏盐场未来的情况，要么是……这个人现在很缺钱！"

幽篁馆里清静无人。谢危盘腿坐在他对面，看着他把面前一把算盘扒拉得直响，不由得道："别人缺钱，那又怎样？"

吕显眼珠子骨碌碌一转，嘿嘿笑道："当然是趁火打劫的好时候！"

他心里早就有一些想法在转悠，算盘扒拉到一半便放下了，竟直接起身，道：

“不行，这么大好的机会，我万万不能错过！”

谢危皱眉：“我还想同你说天教的事……”

吕显摆了摆手，头也不回地道：“你既然有了那帮人的消息，他们近期又要出城，将这帮人擒获乃轻而易举的事，就不用同我商量了。老子赶着赚钱，你再重要的事都放着，我先出门找个人去！”

外头正在下雪，连着下了好几日。

吕显出门前想了想，为防万一，干脆把银票连着印信都揣在了身上，从小童手里接了把伞便径直往京中白果寺去。

他这些天可都派人盯着清远伯府那边呢。对尤芳吟的行踪，吕显了如指掌。

明日便要从京城出发去蜀地，出嫁前的姑娘当然是要去庙里进个香，为自己祈祷姻缘顺遂。尤芳吟虽是假成婚，可该做的事情也是一样不少，面上看不出什么破绽。

这一回她是由府里一个小丫头陪着来的。

吕显可不将这种小角色放在眼底，随便派了个人去便把小丫头留在外面说话，自己却半点也不客气地叩门道：“里面可是尤芳吟尤姑娘？在下吕照隐，有一笔生意想来找姑娘谈谈。”

尤芳吟今日来拜庙，还顺道求了一根签，此刻正对着签文细看，听得叩门声响时差点抖了一下，再听见外面的人自报家门，脑海里便浮出一张脸来。二姑娘料得果然不错，此人竟真找来了。她心里不由得佩服极了，但也有一些紧张，强自镇定下来，道：“请进。”

吕显便推门进去。

一间简单的禅房，朴素极了，挂着幅简简单单的“空”字。

只是抬眸瞧见尤芳吟时，他不由得怔了怔：往日他是跟这姑娘在蜀香客栈里打过照面的，那时她穿着一身丫鬟穿的粗衣，甚至有些面黄肌瘦，看着虽清秀却也十分寒酸；如今却稍稍丰腴了一些，两颊也有些红晕，不知是不是将出嫁的缘故，眉目虽不如何出众，却给人一种温婉似水的感觉，有一种由内而外焕发出来的容光，目光落在他身上时，竟然让他有了少许的不自在。

直到这时，吕显才意识到，是了，人家姑娘明日就要嫁人了，自己今天却还敢跑来谈生意，胆子可真是不小。

尤芳吟问道：“我好像不曾约过您，不知吕老板找来，是有什么生意要谈？”

吕显这才回神，一笑之后便驱除了心底那片刻的异样，道：“旁人不知，尤姑娘与我却该是知道的。明人面前不说暗话，今日在蜀香客栈放出风声要出银股的人，该是姑娘，或者说是姑娘背后的人吧？”

尤芳吟没有说话。

吕显便胸有成竹地道：“吕某虽不知姑娘到底哪里需要用到这许多的钱，但想必也是急着将银股出手吧？只是京中关注此事的商人虽多，要能在短时间内拿出这样大一笔钱来，只怕也找不出几个人。我吕某人做了多年生意，信誉没的说。与其你们一千股一千股地往外抛，处理起来麻烦，还要小心不被人发现，不如有多少都出给我，我照单全收。尤姑娘考虑一下？”

尤芳吟想起姜雪宁的嘱咐来，便问：“你也出得起千文一股吗？”

吕显唇边顿时挂上了几分似笑非笑的表情：“市上银股少，所以价钱高，能有这个价不稀奇。可若尤姑娘一口气将手里的银股都抛出去，这价钱可就没这么高了。”

趁火打劫嘛，就是这般要义，吕显深得其中精髓。

尤芳吟一听这话心里便憋了口气，还好这些都是姜雪宁先前跟她说过了的，如今从吕显口中听到，倒没有多少愤怒之意。她只是想，二姑娘果真料事如神，连眼前这个人咬钩之后趁机压价都料到了。

她皱了眉道：“那吕老板出多少？”

吕显反问：“尤姑娘出多少？”

尤芳吟道：“一万五千股。”

吕显暗地里倒吸一口凉气，不由得挑眉道：“一万三千两。”

尤芳吟一听，一张小脸便冷了下来，道：“吕老板根本不是诚心来买的。”

吕显却笑：“诚心得很。”

尤芳吟想送客。

吕显偏偏赖着不走，手指轻轻叩着桌沿，姿态洒脱得很：“你，或者你背后的东家，原来缺一万五千两啊。”

尤芳吟双眼里便冒出了几分怒火。

吕显见她这般，越发知道自己是猜对了。

这种掌控一切的感觉让他觉着自己快意极了，便像是捏住了眼前这姑娘的命门，越发悠闲地补道：“尤姑娘也不必用这种眼神看着在下，在商言商嘛。做生意的人，谁都有个手头紧的时候，我吕某人也向来好心，能帮人的时候都愿意帮上一帮。既然是缺一万五千两，不如你便出一万七千银股给我，咱们一锤子把生意给谈好，也省得姑娘再为了那些许小钱到处发愁不是？”

也许是这话说到了尤芳吟的心坎上，他看对方的神情似乎犹豫了起来，好像在认真考虑他说的话。

吕显便极有心机地再接再厉，继续鼓动她。一番话接着一番话可说得上是苦口婆心，还极言她若一口气将这些银股都放到市上去的后果，只怕让人怀疑是盐场背地里有什么事，说不准连卖都卖不出去。

但尤芳吟还是没松口。

这时候，吕显便使出了撒手锏，把脸一板，道："话说了这样多，尤姑娘也没有要卖这些银股的意思，看来这笔生意是谈不成了。那吕某便先行告辞！"

说罢他便起身来向尤芳吟拱手。

尤芳吟没拦他。

吕显从禅房里走了出去，同时在心里面默默地数着，果然，才数到三，背后就传来慌忙的一声："吕老板留步！"

一抹得逞的笑便从吕显的唇边溢出，他知道，事情已经成了。

这种讲价的法子虽然老，可到底屡试不爽啊！

只不过这时候他背对着尤芳吟，是以也根本没看见这老实姑娘脸上忽然闪过的一抹同样放下心来的淡淡笑意。

一个急着要钱，一个急着要股，双方一拍即合，吕显是带着银票与印信来的，志在必得，自不必说；可让他觉得有些惊讶的是，尤芳吟竟也随身带着印信，几乎立刻就与他签订了契约。

一手盖印信，一手交银钱，吕显拿了契约走，尤芳吟拿了银票走。

从白果寺离开时，吕显简直大为振奋，心道任氏盐场这大多数的银股可都握在自己手里了，将来只等那白花花的银子入账。可走出去三里地之后，他面上笑容却忽地一滞，契约揣在怀里，他的脑海里却瞬间掠过那尤府庶女也从身上取出印信时的画面，脑袋里几乎"嗡"的一声：如果不是也志在必得，如果不是早有准备，谁出门上香的时候竟会带着印信？

他是趁火打劫来的。可人家难道能不知道有人会趁火打劫？

这一想他竟觉得心里凉了半截，顿时知道自己太着急了："绝对缺钱！对方绝对疯了一样缺钱！我若再沉住气些，必定能压下更多价啊！该死……"

他竟然跳进了别人准备的套！

吕显一张脸都差点绿了，一条路回去本来只需半个时辰，他却走一阵停一阵，愣是走到了天黑，回到幽篁馆时神情简直如丧考妣，可怕极了。

谢危这时还没走，听见推门声抬头看见吕显一身寒气地走进来，眉梢不由得微微一挑："你这是怎么了？"

吕显铁青着一张脸没有说话，只把那张契约放在了桌上。

谢危瞧了一眼，道："这不是谈成了？"

吕显道："价钱我出高了。"

对一个从商之人来说，能用更低的价钱拿下的生意却出了更高的价钱，绝对是莫大的耻辱！

吕显现在回想，就知道自己那时是上头了。

谢危听他这话的意思，却一下明白他脸色为何这么差了——吕照隐这般的人，能占十分便宜便不愿退一步只占九分，一定要十分都占满了才觉得自己不亏。想来是银股虽拿到了手中，可价钱本能更低，他却没压下来，因此恼恨。

天知道这会儿吕显满脑子都是尤芳吟那张脸，过了这一遭之后又不由得想起早些时候被人抢先一步的生丝生意，越琢磨心里越不是味儿，暗道这梁子结得深了。

足足缓了好半天，他才强迫自己将这恼恨压下，然后才注意到谢危这么晚了，竟还没走，于是道："你怎么还在？"

谢危却看向了窗外，平静地道："今夜有事，在等消息。"

天黑尽了。

那一万五千两银票从尤芳吟手中转到了姜雪宁的手中，又到了周寅之的手中，最终交到了两个黑衣蒙面之人手中。

周寅之只带了卫溪。

对方也只有两个人，倒是信守承诺，一手交钱，一手交信。

想来双方都甚是谨慎，又因此事极为特殊，更不敢让更多人知道，一边查过信没问题，一边看过银票没问题，便连话都不多说上一句，各自转身就走。

那两名黑衣人趁着夜色远去，走至半道上，左右看看无人，便进了一条巷子，再出来时已经换上了寻常衣物，将一张脸露出来，皆是平平无奇的模样。

公仪丞已经没了消息，银票又已经到手，这几个人心里面还想勇毅侯府也算得上是一门忠烈，他们把信卖了算做了件善事。但待在京城，只恐夜长梦多，是以他们拿到钱后当夜便想借着天教留在京中的一些关系离开京城，远走高飞。

然而就在他们怀揣着巨额银票接近城门，对着往日与他们接头的人打出暗号时，迎接他们的竟是城门上飞射而下的箭矢！

"嗖！"

"嗖嗖嗖！"

黑暗中箭矢上划过锐利的暗光，轻而易举地便没入了这些人的头颅，他们怀里的银票都还没揣热，根本都还没想明白发生了什么，就已经倒在地上，瞪着一双双眼睛没了气。

城门楼上，早埋伏在此处的刀琴利落地收了弓，站在门楼不易被人察觉到的黑暗角落里，吩咐身边的其他人道："下去仔细搜搜，看看有没有先生要的东西。"

立刻便有几条影子从上头下去，上上下下一番仔细搜身，却没摸着什么信函，反倒摸出了厚厚一沓银票，递交到刀琴手中，迟疑地道："刀琴公子，都搜遍了，这帮人身上都没有。"

刀琴一接过那厚厚一沓银票，便皱起了眉头。眼下死在城楼下的都是暗中听公仪丞调遣的人，不该有这么多银票才对。这帮人的钱从哪里来的？

他略略一想，心里面忽然有了个极其不好的预感，面色顿时一变，竟连话都不说了，径直下了城门楼便翻身上马，直朝着幽篁馆的方向疾驰而去。

屋子里点着灯，却忽然爆了一下灯花。

吕显黑着一张脸在打算盘，声音格外响。

谢危手里摸着一枚白玉棋子，盯着自己面前的棋盘，却好些时候都没有动上那么一下了，直到外头有小童通传刀琴公子回来了，他才陡地抬眸，眼底竟埋藏着几分闪烁的杀意！

刀琴走了进来。

谢危问："怎样？"

刀琴情知事情紧急，别的话都不敢多说，但将先前从那些人身上搜来的那厚厚一沓银票呈递给他，道："没有查到公仪丞让他们送的信，只在他们身上搜到了这五万两银票！"

"只有银票，没有信？"

谢危心底陡地一寒，竟觉一股战栗之意从脊椎骨爬上全身。他太了解人心了，几乎瞬间便猜到发生了什么：与公仪丞失去联系后，这帮人手里有信函，必定生了贪念，用这封信换了这一大笔钱财！

手里压着的那枚棋子顿时硌入掌心，谢危眉目间有戾气闪过，棋盘上黑白的棋子在眼底晃动，叫他心烦意乱，他竟抬手一推将这棋盘掀了，棋子落了满地。

"噼里啪啦"的声响却衬得这屋里屋外越发寂静。

吕显心情也不大好，可这时候连点大气儿也不敢喘。只是目光不经意地从那一沓银票上扫过时，他却忽然没忍住"咦"了一声：面上这两张银票，看着怎么这么……眼熟？

他心头猛跳了一下。一个惊人的想法忽然闪过他的脑海，让他伸手将这一沓银票都抓在了手中，一张一张地仔细看了起来。

越看，他那一双眼便越发明亮。

吕显的心跳简直快极了，甚至有一种说不出的亢奋感袭来，他直接将其中一万五千两银票抽了出来，放到谢危面前，颤抖着声音道："你认得出来吗？"

谢危皱眉："什么？"

吕显深吸了一口气："这分明是我下午带出去买那盐场银股时用的银票！通亨银号，一连十五张，不仅是记号，甚至连我走时揣进怀里留下的折痕都一模一样！"

这意味着什么，可真是再明白不过了！

吕显生怕谢危不信，一张张将这一沓银票在谢危面前铺开，将中间那些确凿的细节都指给他看："我便说好端端的怎么忽然要抛掉涨势大好的银股，没料着是要用在这里。若出这银票的人便是那封信的买主，这个人必定与清远伯府那庶女有千丝万缕的关系！"

而且……什么人会花这样大的价钱买下这样一封可称得上是侯府罪证的信函呢？要么是恨不能置侯府于死地的大仇家，要么……

谢危忽然沉默了下来，修长的手指轻轻搭在桌上一张平铺的千两银票边沿，心思流转间，折了一角起来，竟看见那银票边缘留下了零星几点窄窄的墨迹。

他皱起眉头，目光落在上面不动了。

吕显也注意到了他所看的地方，不由得一怔，道："我怎么不记得先前有这些墨迹……"

谢危抬眸看了他一眼，接下来却似想到什么，一张一张地将这十五张银票全都翻到背面。

吕显顿时目瞪口呆。

因为每一张银票右侧边沿竟然都有着窄窄几点戛然而止的墨迹！

谢危略一思索，便调整着顺序，一一将这十五张银票对着右侧边沿的墨迹排列起来，一张叠着一张，却依次错开窄窄的一条，所有的墨迹便如拼图一般吻合上了。

有人竟然在银票的骑缝上留了字！

不算特别工整的字迹，甚至有点潦倒歪斜，读来居然有几分委委屈屈、可怜巴巴的味道，写的是："先生，我错了。"

尾巴上还画了只小王八。

这一瞬间，谢危一下没忍住，笑出声来，眸底的戾气忽然冰雪似的全化了个干净。

那是……什么玩意儿？

吕显坐在谢危对面，那几个字又不是很工整，他看得极为费力，忍不住前倾了身子要把脑袋凑过来细看："写的什么，是留的什么暗号吗？"

然而他才刚将脑袋往谢危这边凑了一点，谢危便抬起了眼眸，目光淡淡地看了他一眼，手底下十分自然地把那一沓拼起来的银票收了。

吕显目瞪口呆。

谢危解释了一句："不是写给你的。"

吕显的脸上忽然出现了一点怀疑，暗自拿目光去瞟那已经重新归拢整齐的银票，眉头一皱，语出惊人："尤芳吟写给你的情书？"

狗嘴里吐不出象牙来。

先前笼罩在谢危身上的阴郁之气也随着先前融化冰雪似的一笑而消散，谢危整个人看上去又恢复了往日遗世独立般的淡然平稳，道："不是。"

吕显道："我猜也不是。人家尤姑娘都要成婚了，且跟你也没交集，不至于这时候给你写东西。那到底是哪个姑娘写给你的情话？"

谢危眉尖微蹙："什么情话不情话？"

吕显的目光没从他手里那一沓依旧没放下的银票上移开，眼底透出了几分审视意味："不是姑娘写给你的，事关重大，为什么我不能看？"

从直接听命于公仪丞的天教暗桩身上搜出来的五万两银票，里面有他之前付给尤芳吟的一万五千两，这十五张一千两的银票叠一叠拼起来竟然藏有暗字。

整件事都关乎勇毅侯府的安危啊。

谢危看了这信息过后便似放下心来，好像这件事已经控制住了，没有什么大不了的。

然而吕显的感觉恰恰与谢危相反。倒不是这件事本身让他有多忌惮，更让他隐隐感觉到不安和警惕的，是谢危方才那一瞬间所展露出来的状态，一种他觉得不应该出现在谢危身上的状态。

谢危还真被他问住了。这样的字迹，这样的语气，还有那自己见过的一只小王八，便是没有一个字的落款，他都知道这字是谁留下的了，也就知道了尤芳吟的背后是谁，所以才放下心来。

按理说此字他是该给吕照隐看的，然而……

他竟然不想。

抬起双目，不偏不倚地和对面投来的目光撞上，谢危也是敏锐之人，不至于察觉不到吕显方才的言下之意。

吕显道："你知道认识这么多年，我最佩服你的是什么吗？"

谢危暂时没开口。

吕显便扯了扯嘴角，然而眼底并无多少笑意："不是你的智计，也不是你的忍辱，而是你不近女色。"

然而谢危从头到尾捋了一遍，并不觉得自己有什么地方做得失当，宁二是他的学生，不过不管是这字还是这画都不大上得台面罢了。而且……宁二毕竟与旁人不同。

他一不过为探这小姑娘的虚实，二不过想约束她教导她不使她走上歪路，自问除此之外并无什么私心，更无男女色欲之求，当她是学生、晚辈，是以坦荡，觉着吕显是杞人忧天。

谢危将那一沓银票压在了自己手边，依旧没有要还给吕显的意思，道："不过些许小伎俩，玩闹上不得台面，给人看了也是贻笑大方，你多虑了。"

吕显忍不住要判断这话的真假。但看谢危神情的确毫无异样，一时倒真有些怀疑是自己小人之心疑神疑鬼："不过多虑一些总比少想一些好。看来此次的麻烦是已经解决了，不过是你看出了信落到了谁手中，还是对方在信息中言明了？如果是后者，我们行动的消息，你提前告诉过别人？"

谢危压在银票上的手指似有似无地僵了一下。

吕显瞧见顿时挑了眉。他与谢危认识的时间实在是有些久了，以至于一看对方这细微的神情便知自己大约是戳到了什么点，但聪明人话到这里便该打住了。

往黑漆漆的窗外看了一眼，吕显道："你该回去了。"

谢危起身告辞，临走时也带走了那一万五千两银票。

吕显没拦，送他到了门口。

然而登上回府的马车后，谢危靠坐在车厢里，盯着手里那沓银票上的墨迹，着实想了很久。

到得府门口时，他下了车。刀琴看他的神情有些不对。

谢危垂眸道："明日去姜府，叫宁二过来学琴。奉宸殿虽不用去了，但学业不可落下。"

周寅之暗觉骇然。

姜雪宁那边凑到足够的钱是下午，这样大一笔钱要直接给人也实在不能甘心，且这帮人还是天教秘密留下的暗桩，便是截获不了这笔钱，抓到这帮人也能立下一功。

所以在透露消息给谢危那边时，她也做了第二手准备，傍晚时才与对方交易是故意的。

在城内埋伏太过打眼，所以她让周寅之另找了名目调动了一些锦衣卫埋伏在城门外，连先前他们抓起来的那两个天教逆党都被放了出去，只等这一伙人出城来便将其截杀，看看能不能撞个运气把这五万两银子拿回来。

可他们等了一夜，无人出城。

周寅之次日清晨刚到衙门，便听同僚提起，说昨夜城门守卫处射杀了几个天教乱党，似乎是他们出钱买通守卫想要出城，但没想到城门守卫这边乃虚与委蛇，只等他们自投罗网。

那几个天教乱党周寅之可是打过交道的。

江湖人士讲义气但很精明，能通过蛛丝马迹知道自己的眼线已经被抓，然后拿了半封信出来逼迫他们就范，谈一笔胆大的生意，怎会跌在买通城门守卫这一环？除非与他们联系的本就是他们信任的人，但个中出了变故。

对方出卖了他们，反将他们坑杀。

内里牵扯到的事情必定复杂，周寅之对天教内部的了解不够清楚，但骤然听得这消息已经能够清晰地感知，这件事的背后除了他与姜雪宁在谋划之外，似乎还笼罩着一层厚厚的、莫测的阴影，更为庞大，更为隐秘。

不得不说，那一刻他联想到的乃先前姜雪宁吩咐他把消息透出去的事：会与那位他从未打过交道但素有圣名的谢少师有关吗？

周寅之再一次感觉到，在这一座云谲波诡的京城，他不过是被这汹涌大海掀起来的一小朵浪，与躺在浅滩上那一粒粒被浪带来带去的沙并无任何区别。

入世界，方知世界大。

自成为锦衣卫千户又在衙门里站稳了脚跟以后，他其实已经开始考虑，在勇毅侯府倒下之后，姜雪宁这样一个无足轻重的小姑娘还能为自己带来什么？

然而这一次，他却发现连这个小姑娘，自己似乎都还未探到真正的底。

周寅之再一次来到了姜府，却收起了自己在下属面前的架子，只如初到京城还在姜府做事时一般，显得谦卑而隐忍。

姜雪宁昨夜没等来周寅之那边的消息，今早正在担心，没想到正念着，他倒来了。

她便问：“怎么样了？”

周寅之把昨夜的情况与今早在衙门中的听闻，一一叙说了，同时观察着姜雪宁的神情。

出奇的是，姜雪宁似乎并没有他所想的那般凝重，倒像是意料之中一般，松了口气，然而过后又颦蹙了眉头，似乎在放下心之余，又添上了几分隐隐的忧虑。

周寅之试探着道："要暗地里查一查吗？"

姜雪宁扶着那雕漆红木几案的边角，缓缓地坐了下来，几乎是立刻摇头道："不要查。"

这种时候，她做得越多，错得越多。

她道："事情我已经知道了，你回去吧，往后便什么也不要管了。"

周寅之却觉得她今日说话比往日任何一次说话都要深奥，透着一种让人捉摸不定的莫测，以至于他表现出了少见的迟疑。

姜雪宁道："还有什么事吗？"

周寅之这才收敛心神，虽然想问这件事背后到底有什么隐情，可想起她当日也是无端道破自己想潜入勇毅侯府背后的意图，对着眼前的小姑娘竟生出几分忌惮，也怕她对自己心生不满，便道："没什么，只是有些意外。那下官便先回去了，二姑娘再派人来找我便是。若我不在府衙，找卫溪也行。"

姜雪宁想起当日在周寅之府里看见的那名脸红的少年郎，心道这倒是个不错的人选，于是点了点头："知道了。"

周寅之这才告辞。

他走后，姜雪宁静坐了很久，忽然就抱着自己的脑袋往桌上撞了一下："果然是他，要完蛋了！"

那可是五万两银子啊！

她抵换了燕临送给她的那么多东西，贴了自己的体己银子，还把手里涨势正好的任氏盐场银股给贱卖了，这才好不容易凑齐的。平白受了天教这帮人的胁迫，虽也算是花在了刀刃上，可她心里总归有些不爽。

且她也担心这帮人黑吃黑，所以不得不做三手准备。

第一，是自己这边老老实实地给钱，若能顺利拿到信自然再好不过。

事实上这一点奏效了。对方的确颇守信用，也或许是觉得他们肯为勇毅侯府的事情奔走出钱，也应该是守信诺的忠义之辈吧，还真把信交到了她的手上。

第二，派了周寅之那边埋伏在城门外，以防万一，不管是堵着信还是截回钱，都算是功劳一件。

这一点没能奏效。

这便与第三点有关了。

第三，她还吩咐周寅之暗中将消息透出去，以使谢危那边察觉到蛛丝马迹，进而也掺和到这件事里来，可以说是为大局加了最后一重保障。

因为她不敢说前面两点自己都能保证万无一失。这可是关系到勇毅侯府存亡的大事。损失金钱，甚至暴露自己，在这件大事面前都变得渺小得不值一提。

姜雪宁冒不起失败的险，所以赌了一把——赌她曾经认识的谢危暗地里是一个强大到令人恐惧的人，赌这个人只要知道消息便一定有掌控全局的能力，也赌他对勇毅侯府的在乎，或者说，是赌曾经的芳吟那个从未得到过任何人证实的猜测！

然而，姜雪宁都不知该说是幸运还是不幸，这个猜测在这一次被自己证实了！

试问，谢居安出身金陵，长在江南，与勇毅侯府从未有过深交，教燕临也不过是在文渊阁主持经筵日讲时顺带，既无切身的利害关系，更无患难相报的深厚情谊，只不过得到一点捕风捉影的消息，便肯舍了大力气，甘冒奇险在城门内设下杀局，手段之狠、行事之利令人胆寒，岂能是真与侯府没有半点关系？

彼时的姜雪宁也知道一个秘密。那就是，那个后来回到萧氏，吊儿郎当、色字当头，气得整个萧氏暴跳如雷的萧定非，压根儿不是真的定非世子！

当时这人是喝醉了。

朝野上下对这个人到底是不是真的世子，一开始是深信不疑的，毕竟当年的事情他都知道，可时间一长，众人总觉得小时候那样好的人怎么长成了这样，暗地里不是没有过非议的。

她也对此颇有想法，于是，便趁着那时候，颇有心机地问他以往"流落在外"时的经历。结果这浪荡子摇摇晃晃，竟趁着亭中没人看见，故意占她便宜一般凑到她近前来，嘴唇几乎贴着她的耳郭，道："娘娘是以为我喝醉了，说不准会说出什么'真话'来吧？"

姜雪宁一惊，便要退开。没料想这人竟用力拽住她的袖子，颇为邪气地扯开嘴角，目光灼灼地锁住了她："若娘娘肯陪我睡上一觉，我便告诉你，我的确不是那个'定非世子'。"

此人行止之大胆，实在大出姜雪宁意料。她没想到他在宫中也敢如此放肆，顿时冷了脸，甩开他的手退开来。

萧定非脚底下有些晃，不大站得稳，可唇边的笑非但没消减，反而更深了，他竟将方才拽了她那华丽宫装的袖子的手指放到鼻下轻嗅，眼神里刻着的都是叫人恼火的孟浪。

姜雪宁的目光寒了下来："你找死！"

萧定非却眉梢一挑，浑然没放在心上，反而将那食指压在自己的唇上，烙下一吻，轻笑道："我看是娘娘不知自己的处境，成日刺探些自己不该知道的事。若那人知道你今日听见我说了什么，只怕便是他不想，还要同我算账，也得要先杀掉娘娘呢。"

去为她取披风来的宫人这时回来，见到萧定非都吓了一跳。

她闭上嘴不再说话。

萧定非却没个正形，歪歪斜斜地向她行过礼，便从亭中退了出去，大约又是回了宴上。

从那时开始，姜雪宁便总忍不住去想：萧定非说的"那人"是谁，"他"是谁？而且或许还打算杀自己，那便证明对方至少有这样的能力……

可她左思右想也没什么头绪。

但那些本该真正的定非世子才能知道的一切事情，萧定非都知道，所以她唯一能确定的是：如果背后有筹谋之人，必定与那位真正的定非世子有莫大的联系！说不准，便是真正的定非世子本人！

然而直到自戕坤宁宫，她也没勘破个中隐秘。

如今……额头磕在雕漆方几上的姜雪宁一念及此，忽然又把脑袋抬了起来："怎么可能？"

她皱起眉头，着实困惑不解。如果这人是谢危，依萧定非所言，他怎么可能不想杀她呢？

不……现在她还不能肯定这人就是谢危。京中未必没有别人插手此事，也许的确是天教那帮人自己行事不小心败露，被人抓了破绽呢？

关键在那十五张银票上。

若幕后之人的确是谢危，又有吕显在，对方一定会认出这十五张银票的来历，略加查看便会发现写在银票骑缝上的字，进而知道她的身份！

姜雪宁正是怕背后之人是谢危，所以考虑良久，才在银票上写了那番话。因为她没有更多的时间去兑换银票。且即便兑换，这样大的一笔钱想查也能查到。

若背后之人不是谢危，当然没什么关系，旁人即便发现那些字也不知道这是什么意思，于她而言无非多做了闲笔，五万两银子打了水漂；可若的确是谢危横插一脚将人截杀，看见银票后又没看到信，必定会下死力气去查信函去向。

纸包不住火，更何况她势单力孤，如何与谢危相提并论？

为防万一，不如自己先低头认错，因为她的确并无恶意，反而帮了勇毅侯府大忙。若是等谢危自己查出来，再认错可就晚了，少不得引起对方的猜疑与忌惮。

而且……她还指望着若那人是谢危，那五万两银子说不准能要回来呢。

所以，那十五张银票到底到了谁手里？

姜雪宁的眼皮莫名地跳了起来。

方才出去支领月钱的棠儿这时回来了，面上却带了几分小心，对着姜雪宁道："二姑娘，前厅来了个人，说是谢少师那边吩咐，请您去学琴，无论如何，功课不能落下。"

一种不祥的预感袭来。

姜雪宁按住了自己的眼皮："好，我改日就去。"

棠儿战战兢兢地道："那人说，不能改日，谢少师忙，您得今日尽快去。"

姜雪宁："……"

他这么急，是赶着教完了她的琴去投胎吗？所以那十五张银票果然是落到姓谢的手里了吧！

第三十章
心扉

心不甘，情不愿，姜雪宁还是一顿收拾，抱着自己带回来的琴去了谢府。

她不过是前不久来过一趟，府里的下人竟好像还记得她，带着她一路从门口进来，直往斫琴堂去。

庭院边上栽种着犹绿的文竹，池塘的枯荷上覆着一层尚未融化的白雪，青色的鱼儿都在荷叶下面，偶尔游动一下。

这样江南水乡似的庭院在京中并不多见，甚为精致。

然而此刻的姜雪宁却无心欣赏，满脑子都是谢危那一双眼睛带着几分审视地晃悠，直到下人同她说“到了”，她才醒转，忙道了声谢。

谢危在堂内好整以暇地端了盏茶站在窗边，已经等了一会儿。

姜雪宁在外头磨磨蹭蹭的，不是很想进来。

谢危轻轻地将那盏茶搁在了窗沿，头也不回地道：“那样大的事情都敢插上一脚，这时候叫你来学个琴，胆子倒像是被虫啃了。你不进来，是要我出去请你？”

姜雪宁脸色微微一青，终于还是一咬牙，小心翼翼地跨过门槛走了进来，向谢危敛衽行了一礼：“学生见过先生。”

谢危这才回身看她。

小姑娘抱了张琴，连头也不敢抬，往下埋着，一双眼睛仿佛盯着自己的脚尖，就留给他一个头顶，看着倒像是个胆小怕事不折腾的闺秀模样。

可惜她就是不大听话。

他今日在家中，穿着一身宽松的苍青长袍，一指旁边已经空出来的琴桌，示意她把琴先放下，然后便淡淡地问：“知道错了？”

一听见这话，姜雪宁全都明白了。这不就是她先前写在银票上的话吗？

姓谢的果然拿了自己的钱！

姜雪宁心里喊了一声，但放下琴也不敢坐，只规规矩矩地立在旁边，老老实实地道："知道错了。"

认错态度一定要好，无论怎样也别狡辩，谢危说她错了她就是错了！

然而没想到，谢危的下一句是："哦，错哪儿了？"

是隐隐约约觉得自己若不先认错会死得很惨，可真要她说出自己哪儿错了，仔细一琢磨，又很难说出来：毕竟她也不觉得自己有错。

谢危把那一沓银票扔在了书案上，也扔到了她眼前，银票背后那每一张上都不多的墨迹便出现在姜雪宁的眼前。

她看得眼皮直跳。

谢危道："这不是做得很好吗，连先生都被你蒙在鼓里呢。"

姜雪宁只觉得这人今日说话格外夹带着一种揶揄的味道，让她忍不住想要张口反驳，然而想想敌强我弱，终究还是认㞞不敢。

她闷闷地道："事情这样大，学生也不敢信别人。"

谢危问："你怎么知道会是我拿到这银票？"

姜雪宁老实得很，不敢有什么隐瞒："是我托锦衣卫千户周寅之大人放出的风声，我知道先生知道，所以猜是先生。"

但她还是用了点心机，既不说是"我派周寅之"，也不直呼周寅之的姓名，而是说"锦衣卫千户周寅之大人"，尽量撇清自己与周寅之的关系，避免让谢危觉得她暗中培养自己的势力。

毕竟她自觉与周寅之就是与虎谋皮，若因此再被谢危记恨一番，岂不冤枉？

谢危又道："那又为什么放风声给我？"

姜雪宁忽然有些哑口无言。

谢危的目光便定在她的脸上，她悄然间一抬眸撞上，只觉那乌黑的眸底凝着些锐利的审视，便又吓得把脑袋埋下去，连忙道："除了谢先生之外，我也不知道别人了，总觉得谢先生若是知道也许会想想办法，死马当作活马医罢了。"

死马当作活马医？

如此罢了？

谢危绕着她踱了两步，竟陡地笑了一声，饶有兴味地道："我看着像是好人？"

姜雪宁可不敢说自己是为了试探什么，也不敢说自己有别的打算，豁出去了继续瞎扯："谢先生也是燕临的先生嘛，而且那种时候还为燕临行了加冠礼。侯府蒙冤实乃忠良，若是事情有些转机，想必谢先生能帮则帮，不至于袖手旁观，更不至于落井下石。既然如此，我不妨一试。如今不是果然证明先生您宅心仁厚，是个好人吗？”

谢危道：“小骗子，说的比唱的好听。”

她一张小嘴叭叭地就给人灌迷魂汤，生怕夸得人找到北了，黑白分明的眼珠子机灵地乱转，脸上还挂着几分甜甜的讨好的笑，说出来的话却没一句能信！

姜雪宁站在他面前真是拘束极了，莫名觉得浑身刺挠，总想要动动脚、动动手，偏又要忍住了不敢动，憋得难受。听见谢危说她“小骗子”，她也不敢反驳，当下抿着唇，苦苦思索自己如何才能脱困。

谢危却道：“只怕你也不能肯定是我，但假若是我的话，又怕事后被我查探看破，不如预先便写上。拿着银票的人不是我，你写的旁人也看不懂；若拿着银票的人是我，便算是你赌对了，无论如何不吃亏。”

他说的全中。

谢危这人就是脑子太好使，好使到让人害怕。

姜雪宁最怵的就是立在他面前，这会儿都被戳破了，只好硬着头皮认了，小声道：“谢先生明察秋毫，学生有什么小心思都被您看破，不敢说不是。”

这会儿她认下来，倒还算老实。宁二喜欢的虽不是燕临，可自来人的感情也不能强求，不能说燕临喜欢她对她好，她便也要回报同样的感情，以宁二往日跋扈刁钻的行事风格，她能惦记着燕临往日的情分，舍这五万两巨财来救侯府，已是极为难得了。

便是谢危真的铁石心肠，也不至于对她怎样，当下只垂了眸，向她伸手：“信带了？”

之前被他的人找上门来要她来“学琴”，姜雪宁便隐隐料着眼下会发生什么，此刻都不敢多嘴一句，便把那封信从袖中取了出来，毕恭毕敬地交到了谢危手中。

一开始给了一半，后来又给了一半，凑起来就是整的，都被她装在了一个信封里。

谢危伸指夹了信出来便展开迅速读了一遍，久久没有言语，神色却有隐隐的变化，沉下来许多，甚至有那么片刻的失神和恍惚。

姜雪宁偷偷地看着他，他才沉默着重将信笺折起来，问她：“你看过了吗？”

姜雪宁顿觉头皮一麻，天知道她来之前最怕的就是谢危问起这个问题，如今他果然问了，她知道自己若说没看过，便是鬼也不信，只好硬认了下来：“看过了。”

信中所陈，却是勇毅侯府燕牧主动提出要与天教合谋，称得上是惊世骇俗！

谢危便道："你先前说，你觉得勇毅侯府乃一门忠良，所以不愿看他们蒙冤受难，然而看过这封信后，你还觉得他们是蒙冤吗？"

这是什么恐怖的问题？！

姜雪宁额头上的冷汗都差点下来了。

朝野上下谁看了这封信还觉得侯府是蒙冤？她若觉得侯府是蒙冤，又是何居心？可若觉得侯府不是蒙冤，眼前这个人可是谢危，她说出来不是找死？

只不过……

姜雪宁的心跳忽然快了几分，她强忍住心头那一抹不安，磕磕巴巴地道："正是因为如此，学生才想要先生来分辨一二。也许这中间有什么误会，可信一旦呈递朝廷便不能收回，朝局又如此复杂，学生是不敢的。"

"我倒不知还有你不敢的事。"谢危淡淡地道了一声，将信放了回去，却没有还给姜雪宁的意思，"中间能有什么误会呢？"

姜雪宁大着胆子看了他一眼，道："听说朝中有些传闻，侯爷乃想查探二十年前理应与三百义童一道殒命的定非世子的下落，才甘冒奇险与平南王逆党有信函往来。如果、如果是那天教阴险，以此做饵，侯爷虚与委蛇，假借合谋之名想得知世子下落，也未可知？"

这一刹那，谢危的目光变得冰冷至极，直直地落到了她的身上，仿佛要在这电光石火之间将她洞穿！

姜雪宁整个人都吓得抖了一下，却一副不大明白的样子，好像不明白谢危为什么忽然之间这样看着自己，颇为茫然，战战兢兢地开口："学生也只是胡乱猜测……"

她这模样，倒让谢危意识到了自己的失态。

是啊，姜雪宁怎可能猜得到呢？

他不该有如此明显的表现才是，是以平静地敛回了目光，只道："你倒肯为侯府找理由。这信留在我这里，你没意见吧？"

姜雪宁敢有个鬼的意见！她现在只担心自己的小命。

眼见着谢危将那信放到了书案上，她小心翼翼地凑上前道："那什么，虽然我看过信，可先生放心，事关重大，我肯定不会往外说的。"

她的言下之意是，能不能不要杀人灭口？

谢危本无杀人灭口之意，更别说是对着此刻的她了，然而她话里的意思倒好像是怕极了。于是这一时他忽然觉得她有几分聒噪，回头便想说：再胡言乱语叫人拔了你的舌头。

然而目光转回，他只见身后的少女一双湿漉漉的眼带着些可怜地看着他，微微张开的樱桃唇瓣里贝齿雪白，舌尖一点嫣红竟浮着艳色，压在齿后，软软地含在口中。

瞬息间，山间野寺墙上描的勾人精怪闪过脑海，谢危忽然想起了吕显的那句话。

然而这闪念来得快去得也快，没有让他来得及抓住点什么，只是不知怎的收起方才泛出的些许不耐之色，道：“我并无此意。”

姜雪宁终于放下心来，松了口气，唇边的笑容也浮了上来，道：“谢谢先生！”

谢危一指那琴桌，道：“出宫也有很长一段时间了，看看功课如何。”

他这是叫她去弹琴。

姜雪宁神情有些呆滞，望着谢危，欲言又止。

谢危回眸，皱了眉：“怎么？”

姜雪宁轻咬唇瓣，一副极为踌躇的模样，然而一想起自己那五万两银子，终于还是大着胆子，讷讷地开口道：“先生您是不是忘了什么事？”

谢危道：“我忘了什么？”

姜雪宁把心一横，说道：“先前给您的那封信，我花了五万两银子，如今银票都在您手中，您看是不是、是不是……是不是还……”

话说到这里时，她抬眸对上了谢危的目光。那眼睛里盛着冬夜月色似的，叫人心头发凉。她吓得把后面的话给咽了回去。

谢危已经明白她要说什么了，垂眸看一眼那桌案上的银票，又掀了眼帘来注视着她，淡淡地道：“你伸手。”

他这是要给她吗？

姜雪宁眼睛微亮了一下，虽然有些迟疑，但她还是伸出了手去。

“啪。”

谢危伸手就给了她一巴掌。

有点疼。

姜雪宁立刻把手缩了回来，抬起一双眼，简直有些不敢相信地看着自己面前这道貌岸然之人，又是惊又是怕还藏了点不大有底气的怒，眼圈一下泛了红，攥住自己的手板心，却敢怒不敢言。

谢危淡淡地道：“说起来我还没问，你小姑娘家家的，哪儿来那么多钱，拿来又干什么？”

姜雪宁：“……”

谢危轻轻勾唇笑起来："你伸手，我给你。"

姜雪宁悄然将自己的一双手都背到了身后，实在是不敢再伸出去了，生怕谢危再问她钱从哪里来的，前后又是什么原委。她不敢回答，也解释不清，所以忙赔了笑道："不要了、不要了，都是孝敬先生的。"

谢危眉梢轻轻一挑，倒是一副正直模样："这束脩太贵，先生可不敢收。放心，还是会还给你的。不过这就要看你功课学得怎么样了。"

他一指那琴桌。

姜雪宁忽然很想骂脏话，心里憋了一口气，当着谢危的面却也不敢表达，不吭声地坐到了那琴桌前，想想便弹先前谢危教的《彩云追月》。然而这月余来她的确生疏了，虽然还记得指法，抚琴时却很生疏，接连弹错了好几个调。

谢危又站在那窗沿前喝茶，她弹错一个调，他便回头看她一眼。

他越看，姜雪宁就越紧张。到后面她根本弹不下去了，索性把琴一推，生上了闷气。

谢危忍笑："钱不要了？"

姜雪宁又忍不住想屈服，厚着脸皮道："这些天来是有些生疏，要不您再教教，我再试试？"

谢危便搁下茶盏，道："好啊。"

然而当他倾身，来到姜雪宁身边，抬了那修长的手指将要搭在琴上时，便看见了自己手指上那透明的指甲盖。不久前指缝里染血久久洗不去的一幕忽然涌入脑海。谢危的动作停住了，手指悬在琴弦上方一些，却没落下去。

姜雪宁正等着他落指弦上，这一时顿觉有些疑惑，不由得转过头去看他。

谢危的神情有些起伏莫测。

她轻声试探着问："谢先生也有不想抚琴的时候吗？"

谢危转头对上了她的目光。少女颇为小心地看着他，却好似还有些期待他抚琴做个示范，他有心想要撤回手指来离那琴弦远远的，可不知怎的，最终还是心一软，落了下去。

只是琴音伴着谢危解答的声音响起时，姜雪宁却有些走神了。

她忽然觉得他此刻的神情，自己在哪里见过。

想了很久，她终于想起来了，是在回忆里某次的宫宴上。

那是沈玠还未缠绵病榻，她也还得宠的时候，难免就有些忘形。席间奏琴的乐师弹错了音，诚惶诚恐，她便拍手玩笑，说不如请谢先生弹奏。

宴中百官都微微变了脸色。谢危似乎也皱了眉，然而她那时酒在酣处也没多少惧怕之意，恍恍惚惚间他好似看了自己一眼，也是此刻一般的神情。

最后他弹了吗？

姜雪宁只记得自己困倦得很，不久便醉眼惺忪，隐隐约约只记得有琴音缭绕在耳畔，可是不是谢危后来抚的琴却全无印象了。

重新讲过指法，谢危转头问她："会了吗？"

姜雪宁闻言一惊，这才回神，下意识地也转过头来。

两张脸便这般忽然拉近了距离，险些撞上。

四目相对，气息相交。

少女身上是一股栀子的甜香，浓长的眼睫覆压着清澈的瞳孔，琼鼻一管，檀唇微启，两枚红宝石雕琢成的耳珰挂在雪白的耳垂上，像极了两颗将熟的缀在浓绿叶片间的红樱桃，待人采撷，含苞似的少女般，带着鲜嫩的光泽。

姜雪宁从不是什么端庄的长相，入了京城后便渐渐脱去了青涩，长开了，抽了条，脖颈修长，体态玲珑，露在衣裳外面的肌肤皆吹弹可破，仿佛覆上五指便会留下道红痕似的脆弱。

谢危又看见了她泛红的一点舌尖，于是忽然有了前所未有的清晰的认知：纵然他心里将宁二当成当年那个还没长大的小姑娘，可已经是四年过去了，翻过年正月里便是她的生辰，再有一年她便二十了。她长大了，这般浮着艳色的好样貌，足以令京中许许多多男人对她趋之若鹜，为她梦魂牵绕。

我对宁二并无男女欲色之求。

谢危忽然就捕捉到了先前那一闪念时没来得及抓住的东西，站在她近前，身体有些僵硬。

姜雪宁觉得此刻的谢危似乎有些不对劲，退开后便站在那边看着她不动了。她唤了两声，谢危没应。她便伸出手去想拽一下谢危的袖袍，试探着再喊了一声："谢先生？"

没想到，谢危却看了她一眼，轻轻地往内收回手臂，抬了手指压住那片袖袍，避嫌似的没让她碰着，也没有再近前一步，说道："你只是有些生疏了，指法没忘，再弹弹试试。"

姜雪宁觉得他奇怪，但一听他说弹琴，也就不再花心思去想自己方才抓了个空的事，转而认真抚琴。

她弹了两遍，总算没什么错处地弹完了，眉间便染上了几分喜色。

姜雪宁高高兴兴地回转过头来，粲然一笑："先生，钱！"

桌案上便是那一沓银票，但谢危竟没拿那些，而是打开一只放在旁边的匣子，里面满满都是银票。

姜雪宁顿时满含期待。

然而下一刻递到她面前的不是一沓银票，而是一张。才一千两！

她高兴的神情顿时凝固了。

谢危道："不要？"

说着他作势便要收回银票。

姜雪宁连忙一把抓住了，道："要！"

可从谢危手里把这张银票扯回来之后，她却满心愤懑，觉得自己受到了欺骗："您不是说弹了琴就把银票还给我吗？"

谢危抬眉淡淡地看着她："我说的是看功课做得如何。"

姜雪宁一窒："我弹得就值这点吗？"

谢危转过身去合上那装满银票的匣子，嘴角轻轻一扯，回她道："弹成这样，换了别处，便是倒贴钱，我也不去听。"

★

谢危本不是真为了考校她功课才叫她来的，先问过了银票的事，又查过了她的琴弹得如何，外面剑书便急匆匆地来禀："三司会审，圣上那边请您过去。"

谢危便顿了顿，道："这便去。"

如今还有什么案子需要三司会审？

姜雪宁一下就知道了，神情间多了几分愣怔，连同谢危再争论争论那五万两银子的力气都没了。

谢危去刑部衙门，姜雪宁则打道回府。

一路上情绪都有些低落，可她没想到，马车刚在府门前停下，她掀了车帘钻出个脑袋来，便听见外面传来一声笑："我还道今日不巧，特意溜出宫来找你，却正赶上你不在家。没想到也没等多久，你便回来了。"

这声音清脆得甚是好听，姜雪宁熟悉极了。

几乎是在听见的瞬间，她便眼睛一亮，朝着那声音的来处看了过去，顿时惊喜地叫了一声："长公主殿下！"

负手站在门口的赫然是沈芷衣。

今日的她穿了一身水蓝色骑装，细腰和手腕处的衣料都收得紧紧的，站在一匹漂亮的枣红色骏马前面，一头乌黑如云的发都扎了起来绑成辫子，细长白皙的手指间还转着一条马鞭。

她脸上挂着笑，明媚极了，眼角下头虽然有道疤，可此时此刻反而削弱了这一副精致五官上所带着的柔和感，添上了一股前所未有的飒爽。

姜雪宁从未见过她如此装扮，乍一见时被震了震，随即便露出了难掩的惊艳神色，跳下车来到沈芷衣身边，欢喜地道："殿下这样真好看。"

一个多月没见，沈芷衣似乎有了些变化。她脸上原本的那种娇蛮沉了下来，有了一种大国公主才有的稳重，但眉目间又好似多了几分霜雪似的冷冽，倒是显得越发尊贵了。

听见姜雪宁这般说，她便笑起来，道："你去哪儿了，怎么现在才回来？"

姜雪宁便想起了在谢危府里的遭遇，少不得在沈芷衣面前打他一通小报告，道："宫里虽然下旨叫我们暂时出了宫，可殿下别以为就不用上学了。这不，谢先生今儿便派人来把我提溜过去考校功课呢。我差点就不能活着回来了。"

说着她吐了吐舌头。

沈芷衣却只当她是夸张，闻言一笑，又沉默了片刻，才道："谢先生待你严苛，却也是格外不同，你当好生对待才是。须知便是朝上能得他如此青眼的人，也不多。"

姜雪宁便怔了怔："怎么觉得您说这话怪怪的？"

沈芷衣没多解释，只叫今日唯一一个跟着她出来的侍卫将另一条马鞭递给了姜雪宁，道："今日我便是出宫来找你玩的。好些年没能出宫看看，往日你同燕临都玩些什么，也带我去玩玩呗。"

姜雪宁傻愣愣地看着马鞭："可我不会骑马。"

沈芷衣道："那坐在马上陪我走走也行。"

姜雪宁想这个没什么难度，便在旁边侍卫的帮助下不大雅观地爬到了马上去，有些紧张地拽着缰绳，同沈芷衣一道上街。

京里天气已经冷了，人没有那么多。

然而这样靓丽的两名女子竟然骑着马在街市上走，无疑吸引了众多目光。

姜雪宁对这京城的大街小巷都很熟悉，便指着左右的商铺、楼台同她叙说，很快便到了城西坊市间，然后忽然想起来，问："这些日子以来殿下在宫中……"

沈芷衣道："还好，毕竟是皇帝的妹妹嘛，谁敢为难我？"

姜雪宁于是不敢多问。

说起来，按着她记忆里的时间来算，在不出现那封信的情况下，勇毅侯府的案子也该有结果了吧？

如今里她能做的都做了，却不知最后结果会怎样。

两人到了一条街道附近，只听得前面有吹吹打打的热闹声音。众人都挤在道路两旁看热闹。

沈芷衣好奇起来：“前面在干什么？”

姜雪宁看着这条路的方向有些眼熟，脑海里顿时电光石火般闪过一个念头，立时拍了拍自己的脑袋，叫起来：“糟糕，我忘了，今日芳吟出阁！”

连着这两天来的事情都太过凝重刺激，她全副心神都扑在了上面，今早又被谢危那边来的人叫走，哪里有空去想，蜀地任为志那边派来接亲的人都到了，尤芳吟出阁自然是在今日。

沈芷衣好似听过这个名字，道：“伯府那个庶女吗？”

姜雪宁倒有些惊讶她竟知道，但并未往深了想，道：“我得去送她一程，殿下要同我一道吗？”

沈芷衣道：“那便去看看。”

听说这尤芳吟是受过宁宁救命之恩的，那一天是清远伯府重阳宴，沈芷衣虽然去得晚一些，可也曾听闻这件事，有些好奇这庶女芳吟是什么样子。

于是她便攥了缰绳，跟在姜雪宁后面。

可她们不是去清远伯府，而是直接出了城，等在城门外附近一处设在道旁的茶铺外面。

出京入京的人都要从这条官道上过。

往来的行人有许多，有客商在茶铺里歇脚。

荆钗布裙的茶水娘子拎着茶壶挂着满脸的笑容走在桌与桌之间，为客人们添着茶水。

姜雪宁同沈芷衣的马一到，这娘子便热情地招呼了起来，问她们道：“两位姑娘要下来歇歇喝口茶吗？”

姜雪宁道：“就在这里吧。”

沈芷衣便一甩缰绳，翻身下马，将马系在旁边，当先走进了茶棚，然而低头瞧见那长凳上黑乎乎、油腻腻的，却有些坐不下去。

茶水娘子见她二人打扮便知非富即贵，连忙上来拿了巾帕将那条长凳用力擦了擦。不过这条长凳经年有人坐着，再怎么擦也好不到哪里去，倒叫她有些尴尬，不大好意思地笑起来道：“小店寒酸，让两位姑娘见笑了。”

这妇人的笑容着实淳朴，那一笑还有几分腼腆。

沈芷衣往日不曾接触这样的人，怔了怔，才道：“无妨。”

那娘子在桌上放了两个茶碗，给她们添上茶水，道："看您两位该是在这里等人，茶水粗劣，也只好将就一些了。"

姜雪宁坐下捧起来便喝了一口，笑着道："也蛮好。"

那娘子倒有些没想到这小姑娘看上去娇滴滴的，却好似对这些浑不在意，愣了一下才拎着茶水走开。

这么个简陋的茶铺来了这样两个姑娘，难免惹得周遭人瞩目。但这毕竟是在京城外头，谁不知道是天子脚下？众人想也知道这两位姑娘身份不简单，便是外头系着的那两匹马都不寻常，也没谁敢上来搭讪什么，更没有人敢生出什么歹心。

"如今走南闯北做生意不容易啊！一到冬天边境上边乱得很，今年也不知怎么的，朝廷连兵也不出了，搞得我生意都没的做，只能提前回来过年了。唉，被婆娘知道，又要骂上一顿！"

"你还不知道吧，京里出事了……"

"是啊，就勇毅侯。"

"也没那么坏，世上条条都是道，北方的生意不好做，往南方转嘛。也没有外族滋扰，物产还丰饶，走上一趟能赚不少钱。咱们交上去那么多的赋税，朝廷也算在做事，你看这条条官道直通南北，横贯东西，去蜀地都要不了几天，顶多到那边翻山越岭时难上一些，可比往日方便不少。走上一趟，车马没以前劳顿，能省上不少钱。"

"哎哟，一说起这蜀地……"

……

客商们都是走南闯北的，很快便聊了起来，偶尔也有夫妇两人带着的孩子哭闹玩耍，倒衬得这小店格外热闹。

姜雪宁听他们议论朝廷，下意识地就看了沈芷衣一眼。

沈芷衣的目光却落在面前那盏粗茶上。

她的手指搭在茶碗粗糙的边沿，过了很久才将其端起来，姜雪宁一惊便要开口，但还没来得及说上什么，沈芷衣已经轻轻抿了一小口茶。

这种路边歇脚的茶铺的茶都是用上等茶叶留下的碎渣泡出来的，淡中有涩，回味没有什么甘甜，反而有些隐隐的苦味，实在连"将就"二字都算不上。

沈芷衣的神情有些恍惚。姜雪宁凝望着她，直到这时候才敢肯定：沈芷衣是带着心事出来的，一路上似乎都在想着什么，便是见到她的那时候也没有放松。

可这时候姜雪宁也不敢深问，正暗自思索间，不远处的道上溅起些尘沙，是几匹马护着一辆马车过来了，马车的马头上还系了条鲜艳的红绸，一看便是有喜事的。

远嫁便是这般的规矩，由夫家派人来接，娘家再随上人和礼，一路送自家的闺女去往夫家。

昨日曾去蜀香客栈通报消息的那壮硕汉子看了看前面的茶棚，犹豫了一下，刚要向车里问问要不要停下来大家喝口水再走，没想到那茶棚里便有人喊了一声：“芳吟！”

到蜀地可要一段距离，按着他们的脚程怕要半个月才能到，所以尤芳吟今日都没穿上嫁衣，只是穿了一身颜色鲜亮的衣裳，发髻上簪了花。刚出府时，她还有些失落，可待听见这一声喊，神色便骤然转喜，立刻对韩石山道：“就在这儿停！”

尤芳吟下了车来。

姜雪宁则从茶棚里出来，沈芷衣跟在她后面，也朝这边走。

韩石山便是任为志新请的护卫，武艺高强，正好一路护送尤芳吟去蜀地，这一时见着两个漂亮姑娘朝这边走来，不由得呆了呆，有些不知如何是好。

尤芳吟却瞬间眼底的泪都要出来了：“我还以为姑娘不来送我了。”

姜雪宁“呀”了一声：“怎么着也是成婚的大好日子啊，妆都上了，你这一哭又花了，可没人再给你补上。我这不是来了吗？”

沈芷衣在旁边，看了看尤芳吟，又看了看她身后送她去蜀地的那些人，于是问：“这是要嫁去哪儿？”

尤芳吟这时才注意到姜雪宁身边还有个人，一抬眼先注意到了对方的容貌，进而注意到了她眼角下那条疤，有些好奇，但有生人在场，一下又有些露怯。

姜雪宁便道：“这是乐阳长公主，在宫里很照顾我的。”

一听说“乐阳长公主”，尤芳吟吓了一跳，但接着听对方在宫里照顾姜雪宁，神情里便多了几分感激和亲近，好像受到照顾的不是姜雪宁，而是她自己一样，忙躬身行礼：“见过长公主殿下。”

周围包括韩石山在内的护送之人都吓了一跳，他们原以为接的未来主母不过是个伯府庶女，哪里料得到此刻来送她的人里竟然还有公主，都不由得生出了几分畏惧之意，同时也对尤芳吟刮目相看，暗道未来主母是个有本事的人，万不能看表面就将她小觑了。

沈芷衣淡淡地道：“不必多礼。”

尤芳吟这才有些战战兢兢地回答：“是要嫁去蜀地，我自生下来开始还从没到过那样远的地方呢，听说山高路远，才派了这么多人来接。还有条蜀道，可高可险了！”

沈芷衣又恍惚了一下："那样远啊……"

"是啊，离开京城也不知还能不能再回来。"尤芳吟点了点头，似乎也有一些担心和忧愁，然而回头望了一眼背后那被冬日的乌云层层盖住的恢宏京城，清秀的眉眼便舒展开了，担心与忧愁也化作了轻松与期待，"不过去很远很远的地方，不回来也好。"

对她来说，除了二姑娘之外，这座京城里并没有什么值得留恋的人和事，走便走了。

纵然有一日回来，她也一定是为了姜雪宁回来。

她并没有多少离开故土的不舍，反而对即将到来的全新生活充满了热切的期盼，整个人由内到外，焕然新生一般，透出一种光彩的明朗。

灰蒙蒙的天际低低地覆压着大地，凋零的树木在远山叠出层层阴影，偶然间能瞥见一抹寒鸦的影子掠过高空，向林间避去。大雁早已经飞向了南方，地上是连天的衰草，可明岁春风一吹便会漫山皆绿。

沈芷衣的目光也随着这连天的衰草去得远了，去到那阴沉沉的天空，仿佛是追逐着那一抹没了影踪的寒鸦，不知归处。

离开京城，远嫁蜀地。

她轻轻笑起来，眉目间却似笼罩上了一股难以形容的苍凉惆怅，道："去得远了也不错啊，真羡慕你，离开这里便自由了。"

姜雪宁终于知道先前那股不对劲儿来自哪里了。

在她的记忆里，沈芷衣去番邦和亲就在过完年后不久。她原以为还有几个月，可难道沈芷衣现在便已经知晓了？

远远地，马蹄声阵阵传来。

京城方向的官道上竟迅速驰来一队禁卫军，一直来到他们附近，为首之人看见沈芷衣才放下心来，颇为惶恐地翻身下马，向她行礼："见过长公主殿下，太后娘娘和圣上得知您出了城，都有些担心，特命末将前来护您周全。"

沈芷衣的神情间便多了几分恹恹之意。她早知道，说好的放她出宫来散散心，也不会太久，于是笑了一声，对姜雪宁道："我回宫去了。"

姜雪宁心底忽然一揪，这一瞬间竟感觉出了万般的伤怀，也不知哪里来的胆子，竟拽住了沈芷衣的一片衣角，忽然忍不住那股冲动问她："殿下也不想待在宫里吗？"

沈芷衣脚步一顿，回眸看她，沉默了片刻，才淡淡一笑道："谁想呢？"

但好像除此之外她也没什么别的能说了。

这世上便是有人命不由己。

她回身直接上马，也不管奉命来护她周全的这帮禁卫军，便直接驰马向着京城奔去，将所有人都甩在了身后。

姜雪宁站在原地，远远望着她的身影消失在官道上，被阴沉的天幕遮蔽，久久没有动上一动。

这一天，她送走了尤芳吟。

这一天，她知道沈芷衣将去和亲。

也是这一天，她一个人牵着两匹马回到姜府，便被姜伯游叫了去。

他说："三司会审定了案，勇毅侯府勾结平南王逆党，有不臣之心，然念其一族曾为社稷立功，圣上不忍刑杀，特赦免其三族死罪，家财被抄没充公，削爵贬为庶民，只燕氏主族杖三十，流徙黄州，非诏令相传不得擅离。唉，圣旨已经下达，算是不幸中的万幸了！"

★

贬为庶民，家财充公，流放黄州。

而那一次呢？

在她的记忆中，不仅被燕氏一族老人贬为庶民，且女者充为官妓，男者罚为贱奴，罪敢抗旨者处死，三族之内皆被流放至百越烟瘴之地，离家四千里，一路都是苦难。勇毅侯燕牧才到流徙之地没多久便因湿热天气引得旧伤复发，缠绵病榻没多久便咽了气。

如今比起以前已经好太多了。

可到底他们还是要被流放吗？

黄州。

黄州又是哪里？

姜雪宁始终不曾踏足离京城太远的地方，即便在书本上看见过这个地方，也很难想象那究竟是个什么地方，是不是住得人，又到底有多远。

姜伯游却深感庆幸，眼看自己这女儿忽然之间神情愣怔，生恐她忧愁于勇毅侯府的境遇，忙宽慰起来，道："黄州地在湖北，虽则二十年前平南王挥兵北上时的铁蹄曾经踏过，以至于如今此地成了一座荒城、废城，可比起什么寻常流放去的西北、辽东、百越，已经好上太多。顶多是日子苦一些，好在性命无虞，只当是寻常百姓，若熬得住，将来未必没有起复的时候。"

姜雪宁静默不言。

姜伯游又道："这已是圣上法外开恩，说是念在侯府劳苦功高的面上，实际上还是为温昭仪腹中那还未出生的孩子着想，不愿溅上血腥，宁愿放过侯府，为那孩子积福。不然单凭着侯府敢与平南王逆党联系，只怕是无法见容于侯府的。"

道理姜雪宁都明白，然而只要想到勇毅侯一府上下皆要背负冤屈，离开世代居住的京城和优渥的生活，去往黄州，连着那少年也要一并去受苦，她便能感到那种惆怅从心底深处翻涌上来，让她格外难受。

她问："什么时候出发呢？"

姜伯游想了想道："如今天气这样寒冷，且又抵近年关，怎么着也该是年后吧。"

姜雪宁若有所思地点了点头。

又听姜伯游说了一会儿话，她终于回了自己房中。

屋内一应摆设已经简单了不少，古琴蕉庵装在琴囊中，斜斜地悬挂在墙上；燕临冠礼那日叫她帮忙收好的那柄剑，无言地藏在剑匣中。

她走到妆奁前，掀开一只小小的盒子，已经干枯的茉莉手串静默地躺在里面。

天牢深处，即便白日也如黑夜。

冬日冷寒，地气潮湿，手摸上去便是这方寸囚牢中唯一的一床被子都是冰冷的，人眼所能见的光只来自远远的墙上点着的两盏昏暗油灯，燕临却背朝着走道而坐，纵然背部都是淋淋的血痕，目光却向着这牢狱中唯一的一扇窗外看过去。

白日里的天气算不上好，入目所见乃灰蒙蒙一片，偶尔有云气从空中奔腾而过。然而等到天光渐暗，却好似有一阵大风吹来，将天际阴霾都刮跑了，寥落的星辰铺在了窗口，一轮弦月静静地爬上梢头。

燕临很久没有看见这样好看的风景了。

他唇边竟挂上了一抹淡笑。

少年青涩的轮廓中依旧藏着些许锐利，并未被消磨，反而显得越发昂扬，像是扎根在山间顽石里迎风的劲松，没有半分要折腰或是退避的怯懦。

姜雪宁趁夜来到这里时，看见的便是这样一张坚毅的侧脸。

牢中望月，今夕何夕？

她的脚步一下停止不动了，身后跟着她来的周寅之见状压低了声音道："姑娘长话短说，尽快出来，下官便先告退了。"

这时燕临才听见了动静。

他回过头来便看见了墙边灯下立着的那一道身影。想来她是瞒着旁人偷偷进来的，身上披了件深黑的斗篷，把自己裹得严严实实，然而那一张白生生的脸依旧在昏黄的光下映出柔润的光泽。

都不需见着全貌，燕临便知是她。那一瞬他低低地笑起来："连这里都敢来，可真是长本事了。"

姜雪宁眼圈微红，过了好半晌才知他是认出了自己，迈步上前时只觉像是踩在云上，深一脚浅一脚，有些飘忽。

也是走得近了，她才看见燕临背后的血迹。

这寒湿的牢房中除了柴草和腐朽味道，还飘荡着一股隐约的血腥味儿与清苦的药味儿。

在听说勇毅侯府的案子由三司审结之后，她便放不下心，派人叫了周寅之来问，终于还是冒险由他带着进了天牢。

好在侯府犯的不是死罪，原本驻扎在天牢里的重兵都撤了。整座天牢的防卫都松懈不少，据周寅之说已经有人暗中来探望过侯府的人，想来暗中能够操作，这才得以一路过了重重关卡前来。

姜雪宁站在外面，竟不敢靠得近了，怕见着少年狼狈的模样，也叫他难堪，只问："这些天，你……"

还好吗？

想也知道他不好啊，她问这话有什么意义？

话说了才一半，她忽然就失去了言语，竟觉得往日什么都能说的一张嘴变得笨拙起来，都不知道该怎么说了。

燕临却望着她道："挺好的。"

姜雪宁的鼻子便又酸了。

燕临却忍不住笑，但大约也是这笑牵动了背后的伤口，让他吃疼，登时倒抽了一口凉气，又咳嗽了几声，脸色苍白了些："别在外头站着，进来呀。"

姜雪宁愣住。

这里可是天牢，两人中间隔着厚厚的牢门，她要怎么进去？

却没想到那少年扶了一把边上冰冷的墙壁，竟然有些费力地起身，站起来走到那牢门前，将那一圈一圈缠在上面的锁链解开了，像是在自己家里似的，拉开牢门，摆手相迎。

姜雪宁目瞪口呆。

这时候她才忽然想起，彼时燕氏一族出事之后，燕临其实是来找过自己的，之后她才知道勇毅侯府出了事。

试想一下，如此重罪，燕临怎能脱身？

如今这牢门就这般随意地用锁链搭着，几乎一瞬间就唤醒了她的记忆，觉出了其中的不寻常之处——看似是被流放，然而暗中享有这样的自由，勇毅侯府众人彼时的处境，当真是所有人以为的那样差吗？

燕临仿佛猜到了她在想什么，眼看着她站在外头半天不动，终于没忍住伸出手去一把把她拽了进来，道："一看你这样就知道这些天担心坏了，也不想想我侯府好歹也是京中两大高门之一，在朝中根基深厚，且还有你这个机灵鬼通风报信，让我们能提前做好准备，哪儿能真的落入完全不能翻身的窘境？"

姜雪宁眨了眨眼，还是没反应过来。被燕临一拽，她没留神踉跄了一步，还好燕临反应快，扶了她一把，才没让她摔倒。

这般有点呆呆傻傻的迷糊样，着实令燕临叹了口气："看着你这样，便是回头我去了黄州，只怕都放心不下。"

姜雪宁道："我没有那么傻的。"

燕临便坐在墙角那甚至说得上是简陋的床榻上，拍了拍自己身边叫她来坐，道："我知道，真傻也不至于用周寅之暗中通报消息了。这回也是他帮你进来的吗？"

姜雪宁点了点头。

燕临于是道："此人野心勃勃，不过也无甚大碍。墙头草，风往哪边吹便向哪边倒，只要你是那股最强劲的风，他们便不会离开你。只是若你无心去做那股强风，到底还是小心一些的好。"

这一点姜雪宁知道。

她坐下来，低垂着眼眸，静默不语。

在这窄窄的、阴暗的囚牢里，少女与少年并排坐着，就好像是以前那些悠闲而慵懒的午后，两人一道爬上了院墙，并排坐下来一起剥那刚采回来的鸡头米，彼此相视而笑，两条腿都挂在墙下晃荡；又像是偷偷溜到佛寺的后山，靠在那巨大的佛像背后，一道把手放在嘴边，向着对面的山谷大喊，惊飞了栖息的群鸟……

过往时光，在这一刻静默地流淌。她和他的影子都投落在潮湿斑驳的墙面上，被墙上那些堵满污垢的裂缝连接到一起。

燕临忽然就很舍不得这座京城，因为这里有他心心念念的人。

他转过头来望着少女恬静的侧脸，忽然问她："没有什么话想对我说吗？"

姜雪宁说："只是想来陪陪你。"

她也不知道说什么，但这般一起坐着，仿佛就已经很安心了。

少年的眼底氤氲了几分雾气，笑起来时便格外有了一种动人的意味，他道："你对我这样好，我也对你这样好，可为什么你不喜欢我？"

姜雪宁埋下头去，默默无言。

过了很久，那摇曳着的昏黄光影里才响起她的声音："跟你没有关系。我都说过了，我是个坏人。"

燕临却还是望着她，不曾移开自己的目光："那是怎么个坏法？"

姜雪宁的记忆忽如奔流的长河，又回溯到了很久以前。

如今的燕临真的没有任何不好，只是刻在她记忆里的伤痕实在是太深了，以至于她无论如何都无法将其抹去，只好远远地避开，尽力地弥补……

"我做过一个梦。

"梦里我傻傻地跟你说，我想要当皇后。

"你就变得很生气。

"后来我当了皇后，你也回来了，然后和别人一起把我关了起来，对我好坏好坏……"

姜雪宁的声音有些像烟云般缥缈，前面还轻轻的，后面却好像琴弦般颤了颤，但很快又稳住了，只是眨眼看着前方的瞬间，滚烫的泪珠却忽而滑落。

她想，这一刻自己是懦弱的。

抬手若无其事地把眼泪擦了，她还笑道："我是个胆小鬼，梦里面你可吓人了，所以就不喜欢你了。这样的我还不够坏吗？"

她说的明明是梦，可眼泪滚落的瞬间，燕临却觉得自己的一颗心都被揪住了，甚至有些喘不过气来，就好像真的发生过这样的事。

世上怎么会有人因为一个梦就不喜欢人了呢？

可此时此刻他竟不忍去深究，只是道："那怎么能说是你坏呢？分明是你梦里的我太坏太坏，才让宁宁不敢喜欢我。"

少年的声音是这般体贴而温柔，相比起来，她的言语则像极了无理取闹。

姜雪宁一下就哭了出来，眼圈红了一片，想止也止不住，惹得燕临无奈地上来抬了手指给她擦眼泪，还问她："你想当皇后吗？"

来之前，姜雪宁想的是无论如何也不能哭，然而眼泪控制不住地掉下来时，她便觉得丢脸。

她退开来，胡乱地举起袖子擦眼泪，也避开了少年灼热的目光，闷闷地道："都说了是梦里，现在不想的。不过那可是皇后，谁不想当人上人，想想怎么了？"

燕临失笑，目光却深了几分："皇后算什么人上人？"

这天底下，真正的“人上人”只有一个。

姜雪宁不知他何出此言，有些困惑地看了他一眼，少年却抬起手来轻轻地摸了摸她的脑袋，眼底隐约闪过了什么：在这样一座囚牢里，在这样困厄的境地中，没有人知道这名刚成年的少年郎忽然悄悄地立下了一个宏伟的心愿，但他谁也没有告诉。

外头敲过了梆子，夜过子时。

那方寸窗外的弦月也升上了中天，瞧不见了，徒留下一框稀落的星子和墨蓝的夜空。

燕临觉得这时间过得实在太快了，又想起自己这一去不知多久能回，便问她：“有喜欢的人了吗？”

姜雪宁低着头说：“有。”

燕临笑问：“那是谁？”

姜雪宁不吭声，也不敢说。

燕临便想起自己行冠礼那一日曾看见的那名刑部的官吏，道：“是刑部那位张遮大人吗？”

姜雪宁登时惊愕地抬眸望着他。

燕临却显得平淡地道：“你看他时的眼神，便像是我看你时的眼神。”

姜雪宁无言。

燕临则转头望着她，偏用了半开玩笑的口吻对她道：“我走的这段时间，你可要努力把自己嫁出去，嫁个值得托付的好人。不然啊，等我回来，可不管你喜不喜欢我，都要把你抢过来。”

少年用的是玩笑的口吻，脸上甚至含着笑，目光却是认真的。

姜雪宁知道他不是开玩笑。

然而，嫁给张遮吗？那她可真是需要很努力、很努力，才配得上他呢。

她轻轻哼了一声，却不大肯服输地道：“我会的。”

★

她这神情多像是前些年同他玩闹赌气的时候啊。但燕临知道，她是认真的，于是忽然有些遗憾起来：可惜很快就要离开京城，不然他是真的很想知道，那张遮到底有怎样的本事，将他的宁宁迷得这样神魂颠倒。

不过他大约是个不错的人吧？

他抬眸看了看天牢另一头的走道上周寅之那若隐若现的身影，静默片刻，还是道："你该走了。"

她竟然混进天牢这样的地方来探望过不久便将被流放的犯人，可说得上是十分胆大了。

姜雪宁也知自己若待得太久，必定令周寅之为难。

尽管心中有万般的惆怅与不舍，她还是站起身来，道："那我走了。"

只是她往外走出几步，到得那牢门前时，脚步又忍不住停下。

燕临看向她。

她注视着他，笑了笑："你交给我的剑还在，今日无法带进来给你，便留待你他日来取。"

燕临想起了自己当时托付她收起来的那柄剑，也跟着一笑，道："一言为定。"

姜雪宁道："一言为定。"

话到这里，她才转身重新竖起了斗篷，将自己严严实实地包裹起来，朝着周寅之那边走去。

见她从里面出来，周寅之暗暗松了一口气，也不说话，只走在她前面，要悄无声息地带她从这里出去。

即便撤去了重兵，天牢的守卫也显得比寻常牢狱森严。

一路要过三重关卡，前面两重都还好，见到是周寅之便没有人拦，然而正当他们走到最后一重关卡不远处时，前面却传来了嘈杂吵嚷的喧哗之声！

"几位大人是？"

"这是圣上手谕，着令今日便对燕氏一族行流放之刑，启程前往黄州，务必在除夕夜前离开直隶。圣上说了，大好的日子不愿瞧见这帮人在这里堵心。"

"是、是……"

来的人竟然不少，一听那行走之间带着盔甲兵器碰撞的声音，便知道来的都是禁卫军，奉了皇帝的命令前来。

周寅之一听，悚然一惊。

姜雪宁也吓了一跳。

本朝律例是犯人进了天牢后都不准探监，众人暗中来探监都是各凭本事，可若与这一干来提人的禁卫军撞上，被抓个正着，事情就大了，牵累周寅之都是小事，再牵连到勇毅侯府都有可能！

姜雪宁看了看前面这段路，果断地压低了声音道："先找个地方给我躲一下。"

躲一下？

可天牢就这么大点地方，在这里又无值房，有的只是一间又一间的牢房。

周寅之额头上也开始冒冷汗。

他先带着姜雪宁往后退去，往左面一转便是条由牢房夹着的长道，一直走到尽头处便发现了一间看上去竟算得上干净整洁的牢房，床榻与墙角之间有处能容人的缝隙。

周寅之道：“要委屈一下姑娘了。”

姜雪宁却知事情紧急，连忙悄然伏身藏在了这角落里，对周寅之道：“无妨，我藏一会儿，你先去看看外面是什么情况。”

姜伯游说，流放怎么着也得到年后，如今怎么说提人就提人？

她着实有些放不下心。

周寅之便定了定神，一整衣袍，若无其事地从这间牢房里走了出去，然而等他远远地看见那帮来提人去流放的禁卫军时，脑海里却忽然电光石火般一闪，想起了一处很不对劲的地方：天牢深处这样一间牢房，牢门开着似乎是没有住人的，然而方才那张床榻上的被褥却叠得整整齐齐……

冬日风冷，大牢外面挂着两盏灯笼，随风一直摇晃。

禁卫军拿了手谕从天牢提人出来，最紧要的几个人都被押进了囚车里，一辆连着一辆，其他不大紧要的人则都用锁链锁了挂在车后走。

不过月余光景，燕牧看上去又老了许多，两鬓白似染霜，神情却平静极了。

禁卫军的首领对他倒是颇为恭敬，一应事情准备完毕，还抱拳对他说了一句：“侯爷，我们这便要走了，天冷风寒，我等也是奉命行事，您多担待。”

燕牧轻轻“嗯”了一声。

燕临在他后面的囚车里，却有些担心地望着天牢里面，沉默不语。

一行人浩浩荡荡地启程，却都十分整肃，也没有什么太大的声音。

囚车一路驶过街道。

子夜的京城已经陷入了熟睡之中，坊市中的百姓并不知晓昔日侯府的功臣良将便在这样一个夜晚，从他们的窗前经过，去到荒凉的远方。

黑暗的一处街角里静静地停着一辆马车。马儿打了个冒着热气的喷嚏。

燕牧是久在行伍之中的人，对马匹的声音可以说是熟悉极了，骤然听见这微不足道的一声时，眼皮便骤然跳了跳。他睁开了紧闭的眼帘，忽然抬首向着那声音的来处望去，于是便看见了那辆马车，也看见了坐在马车内正朝着这边望来的那个人。

押送囚车的队伍距离马车尚有一段距离，又是这样黑夜，谢危本该看不清的。然而在这一瞬间，他却偏偏看见了燕牧那骤然明亮的眼神、灼灼燃烧的目光。

“哈哈哈哈……”也不知为什么，燕牧忽然就仰头大笑起来，笑声里满是快慰。

押送的兵士都被他吓了一跳，却不知个中原委。

那囚车很快去得远了，笑声也渐渐听不到了。

京城重重的屋宇叠起来隐没了囚车的踪迹，等到视线里最后那几个身穿囚衣的人也消失不见，谢危才终于慢慢地垂下了眼帘。

刀琴、剑书都立在车旁。

谢危悄然握紧了手掌。他是该出去见上燕牧一面的，可以他如今的处境和身份，这样的决定对他来说绝非明智之举。

过了好久，他才重新抬眸，却是问：“那边准备得怎么样了？”

剑书、刀琴都知道他问的是什么。

勇毅侯府的人之所以要这么急着被流放去黄州，除了皇帝沈琅的确不愿侯府之人在眼皮子底下碍着之外，更重要的是之前谢危在御书房中提出的那一“请君入瓮”的设想。

守卫天牢的禁卫军撤走了，如今连天牢里最重要的犯人也撤走了。潜伏在暗中的那些人便跃跃欲试，以为自己遇到了一个千载难逢的好时机，准备动手了。

剑书道：“同您料的差不多，便在今夜。”

姜雪宁蹲伏在那角落里，竖着耳朵听外头的动静。

人来了，人走了。

可周寅之好半晌都没回来，实在让她觉得有些奇怪，忍不住便悄悄地探出头来朝周围望了望。

方才来时匆忙，她都不及细看，此刻一看才发现这间牢房过于整洁了。

地面和墙面虽然都是黑灰一片，可眼前这张床榻收拾得整整齐齐，叠起来的被子上连道褶皱都看不见，还有两件蓝黑的外袍仔细地折起来放在被子上。想来住在这里的是个爱干净的人。

等等……一念及此，姜雪宁脑袋里忽然“嗡”了一声，她立刻意识到不对劲儿：这一间牢房里竟是有人住的吗？！

她这样一想可了不得。

紧接着更多的异常之处便浮了出来，比如这间牢房在天牢深处，比如明明像是有人住的样子，可周寅之匆忙之间带她进来时，牢门却没有上锁。

一种怪异的不祥预感袭上心头，姜雪宁当机立断便想离开。

可事情的发展远远比她想的要快，甚至也远远超出她的预料。

几乎在她提着裙角起身的同时，天牢门口处竟传来了呼叫喊杀之声！

狱卒们的声音惊慌极了。

“你们是什么人，干什么来的？”

“啊——”

“劫狱，劫狱，有人劫狱！”

短兵相接之声顿时尖锐地响了起来，从门口处一直传到天牢深处。

这牢狱之中关押着的大多是十恶不赦之流，一听见这动静，再听见“劫狱”二字，不管是原来醒着的还是本已陷入酣眠的人，这会儿全都精神一振，原本寂静的囚牢忽然仿佛变成了人间地狱，到处都是狂欢似的呼声和喊声，每一扇牢门前都立着疯狂的人影，或蓬头垢面，或意态疯狂，竟如群魔乱舞！

姜雪宁的心都凉了半截。

这时她才想起，彼时京中的确有这样赫赫有名的劫狱一事，乃天教乱党浮上水面作乱的开始，萧定非的踪迹也是因为此事才传出来，后来被人找到。

可是这一天吗？

无论如何她都没有想到，自己来此一趟竟恰好遇到此事！

这牢狱中到处都是穷凶极恶之徒，一旦被放出来还不知要怎样为非作歹。

她若是一不小心被人发现……

姜雪宁头皮都麻了起来，脚步已经到了牢门前，她却不知自己该不该踏出这一步，要不要趁着局势正乱冒险从里面冲出去。

门口处传来了欢呼的声音，囚牢里的犯人们也开始起哄。

有刀剑将墙壁上嵌着的油灯砍翻，夹道之上顿时暗了不少。

竟有急促的脚步声从道上传来！

姜雪宁听着那脚步声像是越来越近，立刻便想要躲藏起来，可没想到，就在她转身的那个刹那，前方那道身影来得极快，一下就进入了她的视野之中。

那一刻，她的心跳骤然一停！

蓝黑的粗布长袍，看上去普通极了，也就比这牢中关押着的其他犯人好上那么一些，然而摇曳的灯火却照不暖他一身的冷漠，修长的手指间竟还拿着一长串黄铜钥匙。他皱着眉头，比起往日的沉默，此刻那轮廓清瘦的脸上更有一种如临大敌般的凛冽！

张遮也万万没料着自己所在的牢房里竟会有人。

对方看见是他的瞬间已目瞪口呆。

他看见对方的瞬间更是愣住，紧接着双目之中却浮上了几分少见的薄怒，情急之下没控制住语气：“你怎么在这儿？！”

姜雪宁讷讷地不知如何开口。

站在牢房门口，她都挪动不了一步，心里面只恍惚间闪过一个念头：比起我为什么在这儿，你为什么也在这儿不更值得疑惑吗？

然而她什么也说不出来，只能怔怔地望着他。

张遮只觉得心里一股火气没来由地往上蹿，环顾周遭又哪里还有什么容身之地？

天教乱党劫狱，他更有重任在身。

然而姜雪宁一介弱质女流，身陷这般危局之中，若是不管不顾，谁知道回头会出什么事？

更何况……他又怎能看着她陷入险境？

“进来！”张遮已经没空解释更多，直接一把将还未反应过来的她往牢房里面拽，然后将手里那串钥匙扔下，抓起了床榻上原本叠好的一件外袍，道，“把衣服脱掉。”

姜雪宁不敢相信自己听见了什么。她瞪大了眼睛看着面前近在咫尺的张遮，傻愣着没动。

张遮却气她一个往日反应比谁都快的机灵人这时候跟傻了似的，听着外头混乱的声音渐渐近了，也顾不得许多，自己上手迅速解了她披在外面的斗篷、穿在外面的衣袍，径直把那件深蓝色的男子穿的粗布长袍给她穿在了外面，又在她纤细的腰间系紧。

然后便是她梳着的发髻。

好在今日姜雪宁本就是瞒着旁人趁夜前来，自然不可能打扮得太繁复，不过一根绸带把头发绑在脑后，张遮就着那根绸带便把她的头发扎成了个如男子一般的发髻。

少女穿着他的衣袍，未免有些显大，衣袍垂得很低，两手都笼在了宽大的袖袍里，越发显得纤细，像是听话的小猫。

她眨着眼看着张遮，白生生的一张未施粉黛的脸，在这样混乱而危急的夜晚，透出一种格格不入的惊艳与诱人气质。

张遮放下手来时便看见了这张脸，也看见了她望着自己时那过于专注的眼神。

姜雪宁想问问到底发生了什么。

然而凝视着她的张遮下一刻便转开了目光，竟直接从墙上抹了一把黑灰，手伸到她面前时顿了顿，紧抿着唇，道一声“得罪了”，便朝她的脸上抹去！

姜雪宁还未出口的话忽然都咽了回去。

张遮的手掌是粗糙的，那黑灰涂到她的脸上时，她能清晰地感觉到他指腹的茧皮从自己细嫩的皮肤上滑过，留下的却是干燥而温暖的战栗感。

不过片刻，姜雪宁那一张好看的脸便被涂得脏污一片，好歹遮掩了几分靓丽的颜色，除了瘦小一些之外，看着倒像是个同在狱中的犯人了。

而那些冲杀进来劫狱的天教乱党也很快到了，竟知道方位一般径直向这间牢房奔来。

他们人数不少，由几名还穿着囚衣的犯人带着，手中持着刀剑，面上皆蒙着黑巾，只露出一双眼睛来，眼神却都带着几分肃杀之意，见了张遮仿佛见到自己人似的，径直问道：“公仪先生呢？”

张遮道：“我方才早就去看过，公仪先生并不在天牢之中，只怕是朝廷设下的圈套！事不宜迟，现在顾不得更多了，先撤出去才是！”

众人顿时大惊：“什么？”

天教这边的人都是为救公仪丞而来，顺便救更多被关押在牢狱之中的天教教众，如今却听眼前这直接听命于公仪丞的暗线说公仪丞不在牢中，顿时知道了事情的严重性，不敢有半分迟疑，便要撤出。

然而为首之人目光一转便看见了立在张遮斜后方的姜雪宁，眉头皱了起来。

他有些疑惑地道：“张大人，这位是？”

张遮站在姜雪宁身前，直接抓住了她的手，波澜不惊地道：“我的人。”

其他人的目光都在姜雪宁脸上晃了晃。

但此刻也不是什么深究的时候，为首之人没有多问，直接吹了一声响亮的口哨，便一挥手道：“我们撤！”

远近的天教教众听得这声哨响，全都回撤。

有些牢门已经被人砍开了，原本被关押在里面的犯人也潮水似的涌了出来，所有人汇聚在一起，尽数穿过这早已狼藉一片的天牢，朝着门口冲去！

姜雪宁便在这乱哄哄的人潮之中，有一种被裹挟着身不由己的感觉。

然而在她前方，始终有一只手紧紧攥着她的手。

他的背影沉默而隐忍，他并没有回头，只是拉着她将她护在自己身后，不曾放开，带着她一路往前行去。

周遭喧嚣极了，心底那个角落却忽然安静下来，安静得能让她听见自己再一次变得剧烈的心跳。

前方会遇到什么样的危险呢?

她不知道，也不想知道。

此时此刻，这一道背影已经填满了她的视线，占满了她的心房，便是去往刀山火海、海角天涯，她也愿意随着他去。

（未完待续）

番外

青山遮不住

自罪

常年不见光的诏狱，就算收拾得再干净，空气里也总浮着几分阴冷的霉味。桌上只点着一盏昏暗的油灯，乍暖还寒的天气里，砚台里的墨一会儿不磨，便会冻结成冰。

张遮瘦长的手指上，青紫的旧伤犹未愈合，执着的那管细笔，已经许久没有动一下。

纸上墨迹已干。

字字句句，都是罪状。

但这一次，写的不是别人，而是他自己。

愧对

从小，学堂里的夫子便夸他聪明，对他也格外偏爱一些，认为他将来必能凭借才学，走科举入仕。

只不过，一切都被一场意外改变了。

向来与人为善的父亲突然蒙冤入狱，再也没能出来。府衙里的差役来家中将人抓走时，拿走了家里一切值钱的东西，不能带走的也都砸坏了。母亲冲上去与他们理论，但府衙的差役是从不跟别人讲道理的。他们一把将他的母亲推倒在地，任由这个无依无靠的女人坐在地上，以泪洗面。

可她又能伤悲多久呢？

一家人要她养活，新一年夫子的束脩又该交了。在嫁人之前，她也只会些女红，嫁人之后，也不过操持些家务。如今却要一肩挑起重担，披星戴月，抛头露面，在旁人的风言风语里，笑面相对，只为多卖出去一张天没亮就起来做好的炊饼。

那段日子，张遮一辈子也忘不了。

他不是没有恨过。

可母亲告诉他，你不能恨。因为世道就是如此浑浊，行走在世道上的，又有几个干净人呢？恨，是恨不过来的。

立身当正，做人当直。

张遮到底是没有去恨，只不过是退了学，考了吏。他不用再给夫子交束脩，每个月还能从府衙里领到一笔钱，补贴家用。

拿到钱的那一天，母亲很生气。

因为她那时才知道，她向来最看重的儿子，瞒着她退了学，还敢去考吏。天底下哪个正经的读书人愿意去考吏？吏者，小官，在官府里帮着人办差，领一份辛苦钱罢了，连往上走的机会都没有。

读书人考吏，就是自毁前程。

张遮想，那是他第一次觉得愧对母亲。但好在后来一番辛苦，为父亲翻了案，还得了河南道御史顾春芳的赏识，官至刑部，不算错得太厉害。

皇后

是什么时候开始，越错越深？

也许，最早是从那些捕风捉影的传闻里。

新皇是在一个严寒的冬日里登基的。一夜朔风吹得檐角挂上冰凌，宫里的太监宫女天没亮就出来扫雪，毕竟登基大典在即，这宫墙四处怎能见雪呢？只是谁也没想到，新皇路过时看见，竟然说，不必扫，就这样堆着吧，她爱看。

她爱看。

那时候，宫人们谁也不知道“她”指的是谁，毕竟他们之前跟的是先皇，对新皇的一应喜好还一无所知。直到后来，传说中那位嚣张跋扈的姜二姑娘入主坤宁，所有人看见那一张艳若春花的脸时，才明白，这就是“她”了。

从这时起，宫内宫外便没有谁不知道姜雪宁了。

不，那时他还不知道她叫姜雪宁。

人人只尊称她一声“皇后娘娘”。

皇后娘娘爱出去玩，新皇便常常带她去山庄避暑；皇后娘娘爱玉爱珠，新皇便把内帑都打开来任她挑选；皇后娘娘不喜见秋叶飘黄，新皇便叫人把树叶都涂绿了……

但这些都跟他没有关系。

他是张遮。

那个沉闷、无趣、乏味的张遮，整日里埋首案牍，既不喝酒，也不赌钱，更不出入秦楼楚馆，像是一块坚硬的石头，瞧见便让人心梗。

他的世界，简单到近乎单调。

所以他很难想象，世界上竟有姜雪宁那样的人，那样一个女人。

避暑山庄凉亭里，是姜雪宁对他的初见，却不是他对姜雪宁的初见。早在多次的宫宴上，他就已远远见过这位皇后娘娘许多次了。

只不过那时隔得远，她也不可能看见他。

但就是隔得那样远，姜雪宁也是会被人一眼看见的那个。

她大胆，出格，叛逆，轻佻，放肆，娇气，不遵守那座深宫里所有的规矩，热热烈烈地活着，像是一簇燃着的火，光是那双眼睛看着人，就好像要把人烧化了，直直地烙进人心里去。

只是张遮不喜欢她。

他也从不觉得自己会喜欢上她。

毕竟，谁会喜欢一个跟自己截然相反的人呢？

帝后

新皇沈玠是先皇沈琅的胞弟。有传闻说，他是谋害了先皇，才登上的这个皇位。毕竟先皇虽然常常服食丹药，可身体有太医看顾，不服药的时候神智也清醒如常人，怎么就会一朝暴毙，还使得太医院所有太医对此讳莫如深呢？

但登基后的新皇，待人随和，温润如玉。

以至于使人怀疑那些传言——这样好的一个人，岂会做出那等弑兄夺位的事来？

时间一久，这样的话也就没人再传了。

虽然张遮觉得这些未必是传闻。毕竟新皇虽然性情良善，可手握重权的太师谢危却高深莫测。

人们关心的，是帝后之间那些事。

可以说，大乾建朝百多年，从未见过如此和谐的帝后。或者说，从未见过如此宠爱皇后的皇帝。

只是不知道从什么时候开始，这种宠爱忽然变了。

好像就是一夜之间的事。

前一天，皇后娘娘爱那飞过的凤尾鹊，谢太师破天荒执了弓，将那羽毛漂亮的鸟儿射了下来。虽受了些伤，却还活着。于是姜雪宁将鸟悉心地养在笼子里，挂在屋檐下。她一开始喜笑颜开，后来便郁郁寡欢，总坐在檐下，看着那鸟儿发呆。

忽然有一天，笼子空了，鸟儿不见了。

宫人们说，没有人敢动皇后娘娘最喜欢的鸟儿，多半是娘娘自己放的，何况她谁也没有追究。

只是帝后的关系，忽然就冷了。

新皇不再往坤宁宫里走一步，对着朝臣时也露出了鲜有的疾言厉色；皇后也对新皇爱答不理，好像一下就不关心那些事了，对那些华服美食，都兴致缺缺。

没有人知道帝后之间是谁先变了，反正再不复从前模样。

再后来，萧姝便进宫了。

才一入宫便封为贵妃，又背靠太后的母族萧氏，满朝文武谁不以为沈玠是对姜雪宁生了厌，终于要将这德不配位的皇后废掉了。

可出乎所有人的意料，并没有。

纵使萧姝受尽荣宠，沈玠也没有提过一句废后。甚至某一位朝臣，也不知是不是受了萧氏一族的暗示，仅仅是在废后的事上旁敲侧击了两句，就遭了难。

沈玠当时并没有发作。可仅仅过了半个月，那位朝臣便明升暗降，被沈玠随手扔去了偏僻的岭南，与“封侯拜相”四个字绝了缘。

自此以后，再没谁敢提一句“废后”了。

情愫

张遮不太能看懂姜雪宁。

她是皇后，本该母仪天下，可种种做派，又像极了妖女，像极了祸水。然而那一双眼，偏又使你很难想到妖女，想到祸水。

避暑山庄的凉亭里，他撕了袍角，不给她面子，从此便被她惦记上了，三五不时来找他麻烦，好像他是她烦闷生活里难得的新乐子。

故意挡他的路，让他难堪；给他喝她喝过的水，让他愤怒；又或是执着一枝新摘的绿梅，带着几分戏谑，划过他眼角，一句话搅得他心烦意乱。

姜雪宁无疑是好看的。

就算是萧姝，虽然人人称赞她的美貌更端庄，更大气，可私底下谁又真觉得她能胜过姜雪宁呢？

芙蓉如面，柳如眉。

张遮想，也许是上苍看他活得太简单，太清苦，所以才故意降下姜雪宁这么一个人来考验他。

但他好像并没有禁受住考验。他开始因为这位皇后娘娘睡不着觉了。

天教乱党追杀，他阴差阳错与姜雪宁流落山野，同行数日。姜雪宁是肩不能挑手不能提的娇气，一应事宜都要他去打点。但或许是远离了那座囚牢一般的宫禁，置身于无人的旷野中，只有天地为伴，她身上那种属于人世的浮华渐渐剥落了，褪色了，只剩下通明月色下一捧寒冷的白雪，脆弱得等天一亮，太阳一出，便要化掉。

“我好羡慕你。”

她这样说。

张遮甚至记得那一刻她微微含笑的唇角。

第一次，他开始好奇一个人。

她是高高在上的皇后，甚至宫廷内外没人怀疑，只要她愿意，随时都能夺回皇帝的宠爱。这样一个人，何必羡慕一个两袖清风、一贫如洗的刑部侍郎呢？

姜雪宁独自坐在荒野里那棵野梨树的树枝上。

张遮不知她究竟是怎么爬上去的。

她一双纤细的手按在粗糙干燥的树皮上，两条腿在半空里晃荡，一点也不像个皇后，反倒让他想起以前镇子上那些家里没人管的野孩子。

“我找周寅之查过你了，你当年上学时就很受先生的赏识。令尊虽然出了事，可为人持正，教你清正自守。令尊出事后，令堂与你相依为命，所以你弃科举，从吏考，她关怀你，你也孝顺她。”

姜雪宁的声音，轻得风一吹就能带走。

那一刻，张遮竟感到害怕。害怕风真就这么把她吹走了，不见了，也害怕她浅淡的言辞里那罕见的一丝干净与柔软，因为那会打动他，让他做错事。

“张大人。”

她一向这么唤他。

“张遮。”

她又叫他，可却换了称呼。

张遮抬起头。

她回眸凝望着他：“为什么，你什么都有呢？”

张遮不明白。

“从小时候，到现在，每一样东西，我都要去抢，去夺，去争取。从没有一样是本来就属于我的，也从没有一样是别人主动给我的。一开始是婉娘，后来是爹娘，燕临，然后是后位，甚至皇帝的宠爱……”

姜雪宁罕见地说着真话。

也许，是真话。

“我不争，这些东西，就突然散了。就像河里流的水，留得住一时，留不住一世。”

张遮想，他完了。

这一刹他甚至想，也许姜雪宁说的都是假话，也许这又是一次恶劣的捉弄，也许她是在故意攻破他的心防，他不应该放松，他应该警惕，不要让姜雪宁钻进来。因为她会在他心里耀武扬威，宣布他是她不费吹灰之力征服的俘虏。

可他放任了自己回望着她，收不回目光。

姜雪宁说：“其实我不是故意要捉弄你，我只是喜欢你，又讨厌你。”

她说完，笑了一声，轻快地从树上跳了下来。

张遮不知道说什么。

但姜雪宁也似乎不想再说什么，径直就朝前面走去，没有再回过头。

那天晚上，张遮又梦见了她。

是在中秋的宫宴，朝臣们的面容都变得模糊，只有交错的觥筹。皇帝端着酒盏下来，姜雪宁则陪在皇帝身旁，静静地望着他，竟然悄悄伸出手，握住他的手，而皇帝就旁边与朝臣说话。那一只手，是柔软的，微凉的，又仿佛沾着令世人无法摆脱的缠绵，甚至是人心里一抹难以对人道明的欲念。

张遮一下就醒了。

他想，是他僭越了，是他疯了。

照暗

回到京城，一切都好像成了梦一场。

姜雪宁再也不捉弄他了。

张遮的生活好像突然回归了正轨，像是以前一样，平静简单得不起一丝波澜。可他和以前不一样了。他竟觉得这样的生活宛如一潭死水，充斥着沉闷与无聊。

不认识姜雪宁之前，他并不知自己过的是这样的日子。

她打破了他的世界，又抽身而去。

张遮发现，他开始关注与姜雪宁有关的消息。于是，他慢慢知晓，原来她的一切，在这座繁华的京城里并不是秘密。

他知道了婉娘，知道了姜府的秘辛……

渐渐地，便拼凑出一个新的姜雪宁来。

而这个姜雪宁，与所有人传言中的姜雪宁，与他以往以为的那个姜雪宁，并不一样。

张遮突然希望她好。

世间的流言蜚语，不要加在她身；宫内阴谋诡计，不要算计她命。如若苍天怜见，不给她荣华富贵，也让她安平顺遂。

只可惜……

天意从来不如人愿。

姜雪宁终究还是出事了。萧姝连着她背后的萧氏一族，又岂能容忍这么一个皇后压在他们的头顶？他们策反了周寅之，让姜雪宁四面楚歌，他们要置她于死地。

他没想到，再次见面，会是她穷途末路，有事相求。

昏暗的宫道上，姜雪宁拎了一盏宫灯等待着他。

太师谢危与他同行，远远看见姜雪宁，便借口回去寻玉佩，转身离开。

她那样仓皇又哀伤地请他帮忙。

她还诓骗他，以后要做个好人。

他没有回答，在沉默里走远。

前面的一段路，竟然是漆黑一片。也不知是不是眼见着朝局变了，宫人们都不尽心，连道边的宫灯都没有点亮。

姜雪宁还在后面。

张遮便向门旁的小太监说，把这一路的宫灯都点亮吧，皇后娘娘一会儿要从这儿过的。

落笔

他最终还是帮了她。

背弃自己一生的原则，任由自己陷入污浊的泥淖。

然后，他付出了惨重的代价。

母亲离世了。

他被关在诏狱已经长达三个月，三司会审了许多堂，可竟没有一个人敢为他写下定罪的判词。

张遮想，这有什么不敢呢？纵然他以前清正自守，也不妨碍他后来徇私枉法。但既然没有人为他写，那他便为自己写吧。

张遮慢慢地搁笔，注视着那长长的一页字迹，昏暗的灯影里，它们好像都活了过来，演绎着他这孤独冷寂、误入歧路的一生。

姜雪宁自戕的消息是昨日传来的。

而且是那位令整个朝廷都为之恐惧的帝师谢居安亲自送来的。

他说，你的娘娘殁了。

张遮想，尘终会归尘，土终会归土，这世间一切繁华也终将结束，也许这对她反而是个更好的结果。

只是那位谢大人……

可真奇怪。

与他相熟的狱卒，今早来送饭的时候，悄悄告诉他，本来卫梁大人要来探望，还带了一枝绿梅。但在诏狱门口遇到谢大人，也不知哪里触怒了谢大人，被抓起来，连那枝绿梅也被扔在地上踩碎了。

张遮于是笑起来。

原来连那样的圣人，也不能免俗。

姜雪宁说得对，她就像是那河里流淌的水，纵然青山想遮，也毕竟东流而去，回不了头了。

图书在版编目（CIP）数据

坤宁：全2册 / 时镜著. — 南京：江苏凤凰文艺出版社，2021.4（2024.1 重印）
ISBN 978-7-5594-5655-7

Ⅰ. ①坤… Ⅱ. ①时… Ⅲ. ①长篇小说 – 中国 – 当代
Ⅳ. ① I247.5

中国版本图书馆 CIP 数据核字 (2021) 第 020565 号

坤宁：全2册

时镜 著

责任编辑　刘洲原
特约编辑　薛天舒　夏君仪
装帧设计　苏　涛
封面插画　宵空酱
责任印制　刘　巍
出版发行　江苏凤凰文艺出版社
　　　　　南京市中央路 165 号，邮编：210009
网　　址　http://www.jswenyi.com
印　　刷　天津旭丰源印刷有限公司
开　　本　680 毫米 ×970 毫米　1/16
印　　张　41.75
字　　数　770 千字
版　　次　2021 年 4 月第 1 版
印　　次　2024 年 1 月第 3 次印刷
书　　号　ISBN 978-7-5594-5655-7
定　　价　88.00 元（全 2 册）

江苏凤凰文艺版图书凡印刷、装订错误，可向出版社调换，联系电话 025-83280257